SCHERZ KRIMI

Mords-Cocktails

Die hinterhältigsten Giftmorde der Krimi-Weltliteratur

Herausgegeben von Peter Haining

Stanley Ellin · Robert Bloch
Joan Aiken · Dorothy L. Sayers
Ellery Queen
Georges Simenon u.a.

Scherz

Die Erstausgabe dieser Crime Stories
erschien 1996 unter dem Titel:
«Mords-Cocktails»
Herausgegeben von Peter Haining

Sonderausgabe 1997

Umschlaggestaltung: Adolf Bachmann
Umschlagbild: Werner Opitz

Inhalt

Einleitung

Sherlock Holmes delektiert sich an Whisky und Wasser, Wein (vorzugsweise Weißwein) und gelegentlich an einem Gläschen Port. Lord Peter Wimseys höchstes Glück liegt in einem Glas Rotwein, und Commissaire Maigret, Inspector Morse und Detective Chief Inspector Wexford finden Entspannung bei einem Glas Bier. Im Gegenteil dazu – und auf der anderen Seite des Atlantiks – sind Philip Marlowe, Mike Hammer und Shell Scott Bourbon-Liebhaber, während Sam Spade, Matt Helm und der Bostoner Schnüffler und Bonvivant Spenser etwas exotischere Getränke wie Bacardi und Martini beziehungsweise Murphy's Irish Whiskey bevorzugen. Und ich brauche wohl niemanden daran zu erinnern, was James Bond «geschüttelt» und nicht «gerührt» liebte.

Alkoholische Getränke – und zwar üblicherweise von der hochprozentigen Sorte – gehören zur Kriminalliteratur, seit das Genre mit einer Handvoll Geschichten von Edgar Allan Poe zu Beginn des neunzehnten Jahrhunderts geboren wurde. Von den Tagen der *Bow Street Runners* Mitte des Jahrhunderts über die Gründung der Polizei bis zum Erscheinen einer Unmenge von Detectives privater oder staatlicher Art im Kielwasser der gefeierten «Agentur» in der Baker Street haben Alkoholika jeder Sorte sowohl eine Hauptrolle bei der Ursache des Verbrechens als auch bei der Stimulierung der Gesetzesvertreter und Kriminellen gleichermaßen gespielt. Manch einer behauptet, und ich stimme dem zu, daß ohne diese Stimulanzien die Kriminalliteratur längst ausgedörrt wäre.

Man bedenke, in wie vielen Kriminalgeschichten die Ehefrau oder der Ehemann den jeweiligen Ehegatten mit einem Gläschen den Garaus gemacht haben, in dem sich Gift befand, oder man erinnere sich an die zahllosen Butler, die es mit einem Schlummertrunk Scotch, Port oder Brandy taten. Nicht zu vergessen die Unmengen von Bösewichten, die eilfertig die Drinks ihrer Feinde und arglosen Opfer panschten, ganz zu schweigen von all jenen Gesetzeshütern, die den entscheidenden Hinweis auf Mord oder das Verschwinden einer Person in Rückständen in einem Glas oder in Lippenstiftspuren am Rand desselben fanden. All diese Elemente waren Speis und – Sie entschuldigen das Wortspiel – Trank des Kriminalschriftstellers.

Der Alkoholkonsum der Protagonisten auf jedweder Seite des Gesetzes deckt die gesamte reichhaltige Skala an Trinkgewohnheiten ab und reicht vom disziplinierten Genuß erlesenster Weine und Schnäpse der Gentlemen-Detektive englischen Zuschnitts bis zum schamlosen Besäufnis ihrer amerikanischen Kollegen, die ungeniert eine Flasche der «harten Sorte» konsumieren, bevor sie über ihr weiteres Vorgehen nachsinnen. Während erstere vorrangig um die Befriedigung ihrer Geschmacksnerven bemüht sind, scheinen die anderen wild entschlossen, ihre Leber zu ruinieren. In diesem Zusammenhang fällt mir eine Äußerung Hercule Poirots ein, der an einer Stelle sagt, ein Gläschen Sherry könne «die kleinen grauen Zellen angenehm beleben». Dashiell Hammetts Gegenstück zum kontinentalen Privatdetektiv vertrat dagegen eine wesentlich bodenständigere Ansicht bezüglich der Macht alkoholischer Stimulanzien, wie er sie beim Fall von *Rote Ernte* enthüllt.

«Lieber wäre ich stocknüchtern gewesen», räsoniert er da, «aber dem war nicht so. Sollte diese Nacht noch mehr Arbeit für mich bringen, wäre eine nachlassende Wirkung des Alkohols nicht wünschenswert. Der kräftige Schluck aus der Flasche weckt neue Lebensgeister. Ich goß reichlich King George in den Flachmann, steckte ihn ein und ging zum Taxi hinunter.»

Im Lauf der Jahre sind zahlreiche Anthologien mit Kriminalgeschichten erschienen, meines Wissens jedoch keine, die allein dem Mord durch Alkoholika gewidmet ist. Wie bereits angedeutet, sind Wein und Spirituosen aller Art in vielen großen Romanen und Kurzgeschichten von Bedeutung, aber dies scheint die erste Sammlung von Kurzgeschichten zu sein, bei denen der Alkohol eine zentrale Rolle spielt.

Ein Wort der Warnung: Die nachfolgenden Seiten enthalten ein Gebräu, das zu Kopf steigt. Die Geschichten wurden allesamt von erfahrensten Krimi-Autoren verfaßt; und jeder einzelne von ihnen versteht eine ganze Menge von seinem ganz speziellen Rauschmittel. Das Laster Alkohol ist hier im Übermaß vertreten. Nicht gedacht ist diese Kombination aus Alkohol und Mord als Ratgeber für potentielle Verbrecher oder als Mahnung zu lebenslanger Abstinenz.

Letztendlich ist alles eine Frage des Geschmacks, worauf der brillante Geschichtenerzähler und Weinkenner Roald Dahl bereits in der Eröffnungsgeschichte hinweist. Ich habe nach bestem Wissen und Gewissen darauf geachtet, daß jeder Tropfen von erlesener Qualität ist. Zum Wohl!

Peter Haining

I

Nenne mir dein Gift . . .

Geschichten von Kennern

Geschmack

Roald Dahl

Wir waren unser sechs beim Dinner an jenem Abend im Hause meines Freundes Mike Schofield in London: Mike, seine Frau und seine Tochter, meine Frau und ich sowie ein gewisser Richard Pratt.

Richard Pratt, ein berühmter Gourmet, war Vorsitzender eines kleinen Vereins, genannt «die Epikureer». Jeden Monat verschickte er privat an die Mitglieder eine Broschüre über Speisen und Weine, und er organisierte auch Festessen, bei denen erlesene Gerichte und seltene Weine serviert wurden. Um sich seinen Geschmackssinn voll und ganz zu bewahren, rauchte er nicht, und wenn er über Weine sprach, hatte er eine seltsame, fast verschrobene Art, jeden einzelnen wie ein lebendes Wesen zu charakterisieren.

«Ein intelligenter Wein», sagte er etwa, «ein wenig schüchtern und zurückhaltend, aber sehr intelligent.» Oder: «Ein gefälliger Wein, freundlich und heiter – ein bißchen frivol vielleicht, aber dennoch gefällig.»

Mike hatte mich schon zweimal mit Pratt zusammen eingeladen, und in beiden Fällen hatten die Schofields weder Mühe noch Kosten gescheut, um dem berühmten Gourmet ein exquisites Menü vorzusetzen. Und diesmal wollten sie sich offenbar selbst übertreffen. Als wir das Speisezimmer betraten, sah ich sofort, daß der Tisch für ein Festmahl gedeckt war. Die Kerzen, die gelben Rosen, das viele Silber, die Weingläser und dazu der leichte Bratengeruch aus der Küche – das alles ließ mir das Wasser im Munde zusammenlaufen.

Wir setzten uns, und plötzlich erinnerte ich mich, daß Mike bei jedem der vorangegangenen Besuche gefragt hatte, ob Richard Pratt sich zutraue, das Wachstum und den Jahrgang des französischen Weines zu bestimmen. Als Pratt erwiderte, daß dies nicht allzu schwierig sein dürfte, sofern es sich um einen der großen Jahrgänge handelte, hatte Mike Zweifel geäußert und ihm eine Wette angeboten. Pratt war auf den Vorschlag eingegangen und hatte beide Male eine Kiste des betreffenden Weines gewonnen.

Ich war sicher, daß sich das kleine Spiel an diesem Abend wiederholen würde, denn Mike nahm gern eine verlorene Wette in Kauf, wenn er dadurch beweisen konnte, daß sein Wein gut genug war, erkannt zu werden. Und was Pratt betraf, so fand er ein großes, nur schlecht verhehltes Vergnügen daran, seine Kennerschaft zur Schau zu stellen.

Der erste Gang wurde aufgetragen: sehr kroß in Butter gebratene Sprotten. Dazu gab es einen Mosel. Mike erhob sich und füllte eigenhändig die Gläser. Als er sich wieder setzte, fiel mir auf, daß er Richard Pratt beobachtete. Er hatte die Flasche vor mich hingestellt, so daß ich die Etiketten lesen konnte.

«Geierslay Ohligsberg, 1945» stand darauf. Er beugte sich vor und flüsterte mir zu, daß Geierslay ein kleines Dorf an der Mosel sei, außerhalb Deutschlands nahezu unbekannt. Bei diesem Wein, fügte er hinzu, handle es sich um eine Rarität, denn die Produktion des Weinguts sei so gering, daß ein Fremder kaum hoffen dürfe, etwas davon zu bekommen. Er selbst habe Geierslay im vorigen Sommer besucht, und es sei ihm unter großen Schwierigkeiten gelungen, ein paar Dutzend Flaschen zu erstehen.

«Ich bezweifle, daß außer mir jemand in England diesen Wein hat», sagte er mit einem Blick auf Richard Pratt. «Das Gute am Mosel ist», fuhr er mit erhobener Stimme fort, «daß er sich glänzend dazu eignet, vor dem Rotwein getrunken zu werden. Viele Leute servieren statt dessen Rheinwein, aber nur, weil sie es nicht besser wissen. Ein Rheinwein erdrückt einen delikaten Rotwein, ist Ihnen das bekannt? Es ist barbarisch, Rheinwein vor Rotwein zu servieren. Aber ein Mosel – ah! –, ein Mosel ist genau das Richtige.»

Mike Schofield, ein liebenswürdiger Mann in mittleren Jahren, war Börsenmakler. Zwischenhändler an der Börse, um genau zu sein. Und er schien, wie viele Menschen seiner Art,

Unbehagen, wenn nicht gar Scham zu empfinden, weil er so viel Geld in einem Beruf verdient hatte, der so wenig Bildung erforderte. Im Grunde seines Herzens wußte er, daß er in Wirklichkeit viel mehr als ein Buchmacher war – ein würdevoller, unendlich ehrbarer, insgeheim jedoch skrupelloser Buchmacher –, und er wußte, daß seine Freunde es auch wußten. So war er jetzt bestrebt, ein Mann von Kultur zu werden, sich auf literarischem und ästhetischem Gebiet zu vervollkommnen, Gemälde zu sammeln, Schallplatten, Bücher und alles, was sonst noch dazugehört. Sein kleiner Sermon über Rhein- und Moselweine war ein Teil dieser Bildung, dieser Kultur, nach der er strebte.

«Ein köstliches Weinchen, nicht wahr?» fragte er mich, beobachtete aber nach wie vor Richard Pratt. Ich stellte fest, daß er ihm jedesmal, wenn er den Kopf senkte, um einen Bissen Fisch in den Mund zu schieben, einen raschen, verstohlenen Blick zuwarf. Ich konnte fast *fühlen*, wie er auf den Moment wartete, da Pratt den ersten Schluck trinken und mit einem erfreuten, erstaunten, vielleicht sogar verblüfften Lächeln von seinem Glas aufsehen würde. Und dann mußte sich da eine Diskussion entwickeln, die Mike Gelegenheit gab, über das Dorf Geierslay zu berichten.

Aber Richard Pratt rührte den Wein nicht an. Seine Aufmerksamkeit war voll und ganz von Mikes achtzehnjähriger Tochter Louise in Anspruch genommen. Er hatte sich ihr halb zugewandt, lächelte sie an und erzählte ihr irgendeine Geschichte von einem Küchenchef in einem Pariser Restaurant. Beim Sprechen beugte er sich immer weiter vor, schien in seinem Eifer beinahe mit ihr zusammenzustoßen, und die arme Louise lehnte sich zurück, so weit sie nur konnte, nickte höflich, wenn auch recht verzweifelt, und wich Pratts Blick aus, indem sie starr auf den obersten Knopf seines Smokings sah.

Wir waren fertig mit dem Fisch, und das Dienstmädchen ging von einem zum anderen, um die Teller abzuräumen. Als sie zu Pratt kam, bemerkte sie, daß er noch nichts gegessen hatte, und blieb unschlüssig stehen. Pratt hob den Kopf, winkte sie fort und begann hastig zu essen. Mit flinken, ruckartigen Bewegungen schaufelte er sich die kleinen, knusprig braunen Fische in den Mund, griff dann nach seinem Glas, leerte es mit zwei raschen Schlucken und wandte sich sogleich Louise Schofield zu, um das unterbrochene Gespräch wiederaufzunehmen.

Mike hatte alles gesehen. Ich erinnere mich, daß er sehr ruhig und beherrscht dasaß, die Augen auf seinen Gast gerichtet. Sein rundes, freundliches Gesicht schien leicht zu erschlaffen, aber er hielt sich zurück und sagte kein Wort.

Bald darauf brachte das Dienstmädchen den zweiten Gang, einen großen Rinderbraten. Sie stellte ihn vor Mike auf den Tisch, und er stand auf, um ihn zu tranchieren. Er schnitt die Scheiben sehr dünn und hob sie behutsam auf die Teller, die das Mädchen ihm reichte. Als alle – auch er selbst – versorgt waren, legte er das Tranchiermesser hin, stützte die Hände auf die Tischkante und beugte sich ein wenig vor.

«So», sagte er zu uns allen, blickte dabei aber nur Richard Pratt an, «und nun der Rotwein. Ich muß ihn erst holen, also entschuldigen Sie mich einen Moment.»

«Holen, Mike?» fragte ich. «Wo ist er denn?»

«In meinem Arbeitszimmer, mit aufgezogenem Korken – damit er atmen kann.»

«Warum im Arbeitszimmer?»

«Wegen der Zimmertemperatur natürlich. Er steht schon seit vierundzwanzig Stunden dort.»

«Aber warum gerade im Arbeitszimmer?»

«Weil das der beste Platz im Haus ist. Richard hat mir bei seinem letzten Besuch dazu geraten.»

Als Pratt seinen Namen hörte, wandte er sich um.

«Das stimmt doch, nicht wahr?» fragte Mike.

«Ja», antwortete Pratt und nickte ernst mit dem Kopf. «Das stimmt.»

«Auf dem grünen Karteikasten in meinem Arbeitszimmer», sagte Mike. «Das ist die Stelle, die wir ausgesucht haben. Ein zugfreies Plätzchen in einem Raum mit gleichmäßiger Temperatur. Einen Augenblick bitte, ich bin gleich wieder da.»

Der Gedanke, daß er noch einen Wein auszuspielen hatte, belebte ihn sichtlich, und er eilte beschwingten Fußes hinaus. Eine Minute später kehrte er zurück. Er ging jetzt bedeutend langsamer und trug vorsichtig den Weidenkorb, in dem eine dunkle Flasche lag. Das Etikett war nach unten gekehrt, also nicht sichtbar. «Nun», rief er, als er sich dem Tisch näherte, «wie steht's mit diesem hier, Richard? Den werden Sie nie erraten!»

Richard Pratt drehte sich ohne Hast um, schaute zu Mike auf und ließ dann den Blick zu der Flasche in dem kleinen Weidenkorb hinunterwandern. Er hob die Augenbrauen, bis sie einen hochmütigen Bogen bildeten, und schob die Unterlippe vor. Unglaublich anmaßend und häßlich sah er auf einmal aus.

«Sie kommen nie dahinter», beteuerte Mike. «Nicht in hundert Jahren.»

«Ein französischer Rotwein?» fragte Pratt herablassend.

«Selbstverständlich.»

«Von einem der kleineren Weingüter?»

«Vielleicht, Richard. Vielleicht auch nicht.»

«Aber es ist ein guter Jahrgang? Einer der großen Jahrgänge?»

«Ja, dafür garantiere ich.»

«Dann dürfte es nicht allzu schwierig sein», meinte Richard Pratt. Er sprach in einem näselnden Ton, und seine Miene drückte äußerste Langeweile aus. Auf mich machte die affektierte Redeweise und die überbetonte Gleichgültigkeit einen eigenartigen Eindruck, um so mehr, als zwischen seinen Augen ein Schatten von Bosheit lag und seine Haltung gespannte Aufmerksamkeit verriet. Ich spürte ein leichtes Unbehagen, als ich ihn beobachtete.

«Der hier ist wirklich schwer zu erraten», versicherte Mike. «Ich will Sie nicht drängen, darauf eine Wette abzuschließen.»

«So. Und warum nicht?» Wieder das langsame Heben der Brauen, der kühle, gespannte Blick.

«Weil es zu schwer ist.»

«Na, hören Sie, das ist nicht gerade ein Kompliment für mich.»

«Mein Lieber», sagte Mike, «wenn Sie Wert darauf legen, können wir natürlich gern wetten.»

«Es dürfte nicht allzu schwierig sein, ihn zu bestimmen.»

«Sie meinen, Sie wollen wetten?»

«Aber ja, ich bin durchaus dazu bereit», antwortete Richard Pratt.

«Gut, dann also um das Übliche. Eine Kiste des betreffenden Weines.»

«Sie glauben wohl nicht, daß ich ihn bestimmen kann, wie?»

«Offen gestanden und mit allem Respekt gesagt, nein.» Mike war nach wie vor bemüht, höflich zu bleiben, während der andere kaum verbarg, wie sehr das alles ihn langweilte. Und doch schien Pratts nächste Frage von einem gewissen Interesse zu zeugen.

«Wollen wir den Einsatz erhöhen?»

«Nein, Richard. Eine Kiste ist genug.»

«Würden Sie um fünfzig Kisten wetten?»

«Das wäre töricht.»

Mike stand kerzengerade hinter seinem Stuhl am Kopfende des Tisches und hielt vorsichtig die Flasche in ihrem albernen Flechtkorb. Eine Spur von Blässe lag jetzt um seine Nasenflügel, und die Lippen waren fest zusammengepreßt.

Pratt lehnte sich lässig zurück und blickte zu ihm auf, die Brauen gewölbt, die Lider halb geschlossen, ein kleines Lächeln in den Mundwinkeln. Und wieder sah ich oder glaubte ich zu sehen, wie etwas ausgesprochen Beunruhigendes in seinem Gesicht aufflackerte – bösartige, gespannte Aufmerksamkeit zwischen den Augen und in den Augen, genau im Zentrum, im Schwarz der Pupille, ein lauerndes Fünkchen Verschlagenheit.

«Sie wollen also den Einsatz nicht erhöhen?»

«Was mich betrifft, alter Junge, mir ist es völlig egal», erklärte Mike. «Ich wette mit Ihnen um alles, was Sie wollen, um alles!»

Die drei Frauen und ich saßen schweigend da und beobachteten die beiden Männer. Mrs. Schofield wurde ärgerlich; ihr Mund bekam etwas Verkniffenes, und ich hatte den Eindruck, sie werde im nächsten Augenblick dazwischenfahren. Die Bratenscheiben lagen vor uns auf den Tellern und dampften leicht.

«Sie wetten wirklich um alles, was ich will?»

«Ich sagte es bereits. Wenn Sie das Risiko nicht scheuen – *ich* wette so hoch, wie es Ihnen beliebt.»

«Selbst um zehntausend Pfund?»

«Natürlich. Alles, was Sie wünschen.» Mikes Stimme klang jetzt sehr zuversichtlich. Er wußte genau, daß er jede Summe halten konnte, die Pratt ihm vorschlug.

«Sie sagen also, ich darf den Einsatz bestimmen?» vergewisserte sich Pratt noch einmal.

«Das habe ich gesagt.»

Eine Pause trat ein. Pratt blickte langsam in die Runde, erst auf mich, dann nacheinander auf die drei Frauen. Er schien uns daran erinnern zu wollen, daß wir Zeugen des Angebots waren.

«Mike!» mahnte Mrs. Schofield. «Mike, laß uns endlich mit diesem Unsinn aufhören und unseren Braten essen. Er wird ganz kalt.»

«Das ist kein Unsinn», sagte Pratt ruhig. «Wir schließen eine kleine Wette ab.»

Ich bemerkte, daß das Dienstmädchen mit einer Schüssel Gemüse im Hintergrund stand und offensichtlich nicht recht wußte, ob weiterserviert werden sollte oder nicht.

«Nun gut», meinte Pratt, «dann werde ich also den Einsatz nennen.»

«Legen Sie los», erwiderte Mike unbekümmert. «Mir ist es schnurzegal, worum wir wetten – Sie sind dran.»

Pratt nickte, und abermals spielte das kleine Lächeln um seine Mundwinkel. Ohne Mike aus den Augen zu lassen, sagte er langsam: «Ich wette mit Ihnen um die Hand Ihrer Tochter.»

Louise Schofield fuhr auf. «Halt!» rief sie. «Nein! Das ist nicht sehr witzig! Hör mal, Daddy, das ist überhaupt nicht witzig.»

«Beruhige dich, Kind», sagte ihre Mutter. «Sie scherzen nur.»

«Ich scherze nicht», erklärte Richard Pratt.

«Das ist lächerlich.» Mike konnte nicht verbergen, daß er einigermaßen fassungslos war.

«Sie sagten doch, Sie würden um alles wetten, was ich wollte.»

«Ich meinte Geld.»

«*Gesagt* haben Sie's nicht.»

«Aber gemeint.»

«Dann ist es schade, daß Sie sich nicht deutlicher ausgedrückt haben. Nun, wie dem auch sei, wenn Sie von Ihrem Angebot zurücktreten möchten, soll es mir recht sein.»

«Hier geht's nicht darum, ob ich von meinem Angebot zurücktreten möchte, alter Junge. Die Wette läßt sich ohnehin nicht durchführen, da Sie keinen gleichwertigen Einsatz zu bieten haben. Woher wollen Sie denn die Tochter nehmen, die Sie mir geben müßten, falls Sie verlieren? Und selbst wenn Sie eine hätten, würde ich sie bestimmt nicht heiraten.»

«Das freut mich, mein Lieber», warf Mrs. Schofield ein.

«Ich setze alles dagegen, was Sie wollen», verkündete Pratt. «Mein Haus zum Beispiel. Wie wär's mit meinem Haus?»

«Welches?» fragte Mike, natürlich im Scherz.

«Das Landhaus.»

«Warum nicht auch noch das andere?»

«Na schön, dann eben meine beiden Häuser.»

Hier sah ich Mike zögern. Er trat einen Schritt vor und stellte die Flasche in ihrem Korb behutsam auf den Tisch. Er schob den Salzstreuer zur Seite, den Pfefferstreuer, dann nahm er sein Messer in die Hand, betrachtete nachdenklich die Klinge und legte es wieder hin. Seine Tochter hatte ebenfalls bemerkt, daß er zögerte.

«Daddy!» rief sie. «Sei nicht *albern*! Es ist einfach *zu* blöde. Ich weigere mich, so verwettet zu werden.»

«Ganz recht, Liebes», kam ihr die Mutter zu Hilfe. «Hör sofort auf, Mike, setz dich hin und iß.»

Mike beachtete sie nicht. Er blickte hinüber zu seiner Tochter und lächelte – ein leichtes, väterliches, beruhigendes Lächeln. Aber in seinen Augen war ein kleines triumphierendes Leuchten. «Weißt du», sagte er noch immer lächelnd, «weißt du, Louise, wir sollten uns das doch mal überlegen.»

«Nun sei aber still, Daddy! Mir reicht's jetzt! Wirklich, etwas so Unsinniges ist mir noch nie vorgekommen!»

«Reg dich nicht auf, Kindchen. Hör dir erst mal an, was ich zu sagen habe.»

«Aber ich *will* es nicht hören.»

«Louise! Bitte! Die Sache ist so: Richard hat uns eine ernstgemeinte Wette angeboten. Er ist es, der darauf besteht, nicht ich. Und wenn er verliert, geht ein beträchtliches Vermögen in deinen Besitz über. Nein, warte einen Augenblick, Kindchen, unterbrich mich nicht. Jetzt kommt nämlich das Wichtigste: *Er kann unmöglich gewinnen.*»

«Er scheint es aber zu glauben.»

«Nun hör doch schon zu. Schließlich weiß ich, wovon ich

rede. Ein Fachmann, der einen französischen Rotwein kostet – sofern es sich nicht um einen der berühmten großen Weine wie Lafitte oder Latour handelt –, ist keinesfalls imstande, genaue Angaben über das Weingut zu machen. Er kann dir natürlich sagen, aus welchem Bordeaux-Gebiet der Wein stammt, ob er aus Saint-Emilion, Pomerol, Graves oder Médoc kommt. Aber jedes Gebiet hat mehrere Gemarkungen, und jede Gemarkung hat viele, viele kleine Weingüter. Es ist unmöglich, sie nur vom Geschmack und Geruch her zu unterscheiden. Auch wenn ich sage, daß der Wein, den ich habe, von einem kleinen Weingut stammt, das inmitten vieler anderer kleiner Weingüter liegt, wird Richard den Namen nie erraten. Es ist unmöglich.»

«Das kannst du nicht wissen», widersprach Louise.

«O doch, verlaß dich drauf. Ich will mich ja nicht selbst loben, aber was Weine betrifft, da weiß ich so ziemlich Bescheid. Und dann, bedenke doch, Kind, ich bin dein Vater. Glaubst du etwa, ich würde dich in etwas hineinmanövrieren, was du nicht willst? Ich versuche nur, dir Geld zu verschaffen.»

«Mike!» rief seine Frau scharf. «Hör jetzt auf, Mike, bitte!»

Wieder beachtete er sie nicht. «Wenn diese Wette zustande kommt», sagte er zu seiner Tochter, «bist du in zehn Minuten die Besitzerin von zwei großen Häusern.»

«Aber ich brauche keine zwei großen Häuser, Daddy.»

«Dann verkauf sie. Verkauf sie ihm auf der Stelle zurück. Ich arrangiere das für dich. Und dann, stell dir das nur einmal vor, mein Kind, dann bist du reich! Unabhängig für den Rest deines Lebens!»

«Daddy, mir gefällt das nicht. Ich finde es leichtfertig.»

«Ich auch», erklärte die Mutter energisch und nickte dabei mit ihrem Kopf wie ein pickendes Huhn. «Du solltest dich schämen, Michael, überhaupt so einen Vorschlag zu machen! Noch dazu deiner eigenen Tochter!»

Mike hatte nicht einmal einen Blick für sie. «Sag ja!» drängte er, die Augen fest auf das Mädchen gerichtet. «Sag schnell ja! Ich garantiere dir, daß du nicht verlierst.»

«Aber mir gefällt das nicht, Daddy.»

«Los, Kind, sag doch ja!»

Mike setzte seiner Tochter schwer zu. Er beugte sich zu ihr, sah sie unverwandt mit seinen harten, hellen Augen an, und es war nicht leicht für Louise, ihm zu widerstehen.

«Und wenn ich nun verliere?»

«Begreife doch endlich, daß du nicht verlieren kannst. Ich garantiere es dir.»

«Ach, Daddy . . .»

«Ich verschaffe dir ein Vermögen. Also los jetzt. Was sagst du, Louise? Ja?»

Ein letztes Zögern. Dann zuckte sie hilflos mit den Schultern. «Na gut. Aber nur, wenn du schwörst, daß ich auf keinen Fall verlieren kann.»

«Großartig!» rief Mike. «Dann ist ja alles in Ordnung. Die Wette gilt.»

«Ja», bestätigte Richard Pratt und sah das Mädchen an. «Die Wette gilt.»

Sofort griff Mike nach dem Wein, goß ein Schlückchen in sein Glas und lief dann aufgeregt von einem zum anderen, um die Gläser zu füllen. Wir alle beobachteten nun Richard Pratt, beobachteten gespannt sein Gesicht, als er langsam die rechte Hand nach dem Glas ausstreckte. Der Mann war etwa fünfzig Jahre alt, und er hatte kein angenehmes Gesicht. Es schien nur aus Mund zu bestehen, aus Mund und Lippen – den fleischigen, feuchten Lippen des professionellen Gourmets. Die Unterlippe hing leicht nach unten, eine weiche, vorgewölbte Feinschmekkerlippe, die ständig auf den Rand eines Glases oder auf einen Leckerbissen zu warten schien. Wie ein Schlüsselloch, dachte ich, als ich ihn betrachtete; sein Mund gleicht einem großen Schlüsselloch.

Langsam hob er das Glas an die Nase. Die Nasenspitze tauchte ins Glas und bewegte sich leicht schnüffelnd über die Oberfläche des Weines. Er schwenkte den Wein sacht im Glas, damit das Bukett zu ihm aufstieg. Die Augen hatte er geschlossen. Er war völlig konzentriert. Die obere Hälfte des Körpers, der Hals und die Brust, schien sich in eine große, sensible Riechmaschine zu verwandeln, in der die Botschaft der schnüffelnden Nase aufgefangen, gefiltert und analysiert wurde.

Mike hatte sich, wie ich feststellte, bequem zurückgelehnt, scheinbar unbeteiligt, obgleich er alles genau verfolgte. Mrs.

Schofield saß starr und steif am anderen Ende des Tisches und blickte mißbilligend geradeaus. Louise hatte ihren Stuhl ein wenig herumgerückt, so daß sie dem Gourmet das Gesicht zuwandte, und wie ihr Vater ließ sie ihn nicht aus den Augen.

Die Riechprobe dauerte mindestens eine Minute; dann senkte Pratt das Glas, ohne die Augen zu öffnen oder den Kopf zu bewegen, und kippte sich fast die Hälfte des Inhalts in den Mund. Er wartete, den Mund voller Wein, und empfing den ersten Geschmack. Darauf ließ er etwas Wein die Kehle hinunterrinnen, und ich sah, wie sich sein Adamsapfel beim Schlukken bewegte. Das meiste behielt er jedoch im Mund. Und nun, ohne noch einmal zu schlucken, sog er durch die Lippen ein wenig Luft ein, die sich im Mund mit den Düften des Weines vermischte und in die Lungen drang. Nach einer Weile stieß er den Atem durch die Nase aus und begann, den Wein unter der Zunge herumzurollen und zu kauen. Er kaute ihn buchstäblich mit den Zähnen, wie ein Stück Brot.

Es war eine feierliche, eindrucksvolle Darbietung, und ich muß sagen, er machte seine Sache gut.

«Hm», meinte er, als er das Glas absetzte und sich mit seiner rosa Zunge über die Lippen fuhr. «Hm – ja. Ein sehr interessantes Weinchen – sanft und gefällig, fast weiblich im Nachgeschmack.»

Er hatte zuviel Speichel im Mund, und während er sprach, sprühte gelegentlich ein helles Tröpfchen auf den Tisch.

«Nun können wir anfangen zu eliminieren», sagte er. «Sie müssen entschuldigen, wenn ich dabei mit größter Sorgfalt vorgehe – schließlich steht ja viel auf dem Spiel. Normalerweise würde ich vielleicht etwas riskieren, schnell vorpreschen und mitten im Weingut meiner Wahl landen. Aber diesmal – ich muß diesmal sehr vorsichtig sein, nicht wahr?» Er blickte Mike an und lächelte ein dicklippiges, feuchtlippiges Lächeln. Mike verzog keine Miene.

«Zuerst also, aus welchem Gebiet in Bordeaux stammt dieser Wein? Das ist nicht schwer zu erraten. Er ist viel zu leicht in der Substanz, als daß er ein Saint-Emilion oder ein Graves sein könnte. Offensichtlich ein Médoc. Ja, *darüber* besteht kein Zweifel ... Nun die zweite Frage: Aus welcher Gemarkung in Médoc kommt er? Das dürfte, wenn wir eliminieren, auch nicht schwer zu bestimmen sein. Margaux? Nein, ganz gewiß kein Margaux. Er hat nicht das feurige Bukett eines Margaux. Pauillac? Nein, auch kein Pauillac. Dafür ist er zu zart, zu mild und schmachtend. Der Wein aus Pauillac hat einen Geschmack, der fast herrisch in seinem Charakter ist. Und bei einem Pauillac schmecke ich auch immer ein gewisses Aroma heraus, ein eigenartig erdiges, kerniges Aroma, das die Rebe aus dem Boden jener Gegend annimmt. Nein, nein. Dies – dies ist ein sehr zarter Wein, zurückhaltend und keusch, der sich beim zweiten Schmecken zaghaft, aber sehr anmutig entfaltet. Ein bißchen schelmisch vielleicht beim zweiten Schmecken und auch ein bißchen unartig, da er die Zunge mit einer Spur, einer winzigen Spur von Gerbsäure neckt. Und im Nachgeschmack ist er köstlich – besänftigend und weiblich, mit einer gewissen heiteren Freigebigkeit, die man nur bei Weinen der Gemarkung Saint-Julien findet. Ohne Frage, dies ist ein Saint-Julien.»

Richard Pratt lehnte sich zurück, hielt die Hände in Brusthöhe und legte die Fingerspitzen sorgfältig gegeneinander. Er benahm sich lächerlich anmaßend, aber das war wohl Absicht – er wollte seinen Gastgeber verspotten. Ich war ziemlich gespannt, wie es weitergehen würde. Louise zündete sich eine Zigarette an. Pratt hörte das Zischen des aufflammenden Streichholzes und fuhr herum, plötzlich von Wut gepackt: «Bitte!» rief er. «Bitte, unterlassen Sie das! Es ist eine widerliche Angewohnheit, bei Tisch zu rauchen.»

Sie schaute ihn an, das brennende Streichholz noch in der Hand; der Blick ihrer großen, ruhigen Augen heftete sich auf sein Gesicht, verweilte dort einige Sekunden und entfernte sich dann langsam und verächtlich. Sie senkte den Kopf und blies das Streichholz aus, behielt jedoch die unangezündete Zigarette zwischen den Fingern.

«Entschuldigen Sie, meine Liebe», sagte Pratt, «aber ich kann es einfach nicht ertragen, wenn bei Tisch geraucht wird.»

Diesmal schaute sie ihn nicht an.

«Nun, lassen Sie mich sehen – wo waren wir stehengeblieben?» sprach er weiter. «Ach ja. Dieser Wein ist also aus Bordeaux, aus der Gemarkung Saint-Julien in Médoc. Gut und schön. Aber jetzt kommen wir zum schwierigsten Teil – dem Namen des Weinguts. Denn in Saint-Julien gibt es sehr viele Weingüter, und wie unser Gastgeber vorhin so treffend und richtig bemerkte, ist der Unterschied zwischen dem Wein des einen und dem des anderen oft recht geringfügig. Und trotzdem ...»

Er hielt inne und schloß die Augen. «Ich versuche, die ‹Lage› zu bestimmen», erklärte er. «Wenn mir das gelingt, ist die Schlacht schon halb gewonnen. Einen Moment, bitte ... Dies ist offenbar kein Wein erster Lage – nicht einmal zweiter. Es ist kein großer Wein. Ihm fehlt die Kraft. Aber eine dritte Lage – das könnte sein. Und doch bezweifle ich es. Wir wissen von unserem Gastgeber, daß es ein guter Jahrgang ist, und das schmeichelt dem Wein vermutlich etwas. Ich muß vorsichtig sein. Ich muß hier sehr vorsichtig sein.»

Er hob sein Glas und nahm einen kleinen Schluck.

«Ja», sagte er, mit den Lippen schmatzend. «Ich hatte recht. Es ist ein Wein vierter Lage. Jetzt bin ich sicher. Ein Wein vierter Lage von einem sehr guten Jahrgang, sogar von einem ganz großen Jahrgang. Deswegen schmeckte er im ersten Augenblick wie ein Wein dritter oder sogar zweiter Lage. Gut! Ausgezeichnet! Wir kommen der Sache schon näher. Was für Weingüter vierter Lage gibt es in der Gemarkung Saint-Julien?»

Wieder hob er das Glas und hielt den Rand an seine weiche, vorgewölbte Unterlippe. Ich sah die Zungenspitze hervorschießen, rosa und schmal, in den Wein tauchen und zurückschnellen – ein abstoßender Anblick. Mit geschlossenen Augen setzte er das Glas ab. Auf seinem Gesicht lag ein Ausdruck schärfster Konzentration; nur die fleischigen Lippen bewegten sich, glitten übereinander wie zwei feuchte Schwammstücke.

«Da ist es wieder!» rief er. «Gerbsäure im Mittelgeschmack und dieses Gefühl, als zöge die Zunge sich leicht zusammen. Ja, ja, natürlich! Jetzt hab ich's! Der Wein kommt von einem der kleinen Güter um Beychevelle. Ich erinnere mich deutlich ... Die Gegend um Beychevelle ... der Fluß ... der kleine Hafen, der so verschlammt ist, daß die Weinkähne ihn nicht mehr benutzen können. Beychevelle ... Vielleicht Beychevelle selbst? Nein, das glaube ich nicht. Aber irgendwo in der

Nähe... Château Talbot? Könnte es ein Talbot sein? Ja, das wäre möglich. Warten Sie...!»

Er nippte an seinem Glas. Aus den Augenwinkeln beobachtete ich, wie sich Mike Schofield immer weiter über den Tisch beugte, den Mund ein wenig geöffnet, die kleinen Augen starr auf Richard Pratt gerichtet.

«Nein, ich hatte unrecht. Es ist kein Talbot. Ein Talbot spricht einen etwas schneller an als dieser hier; das Bukett ist dichter an der Oberfläche. Wenn es ein Vierunddreißiger ist, was ich glaube, dann kann es kein Talbot sein. Hm... Lassen Sie mich nachdenken. Kein Beychevelle, kein Talbot und doch – und doch den beiden so ähnlich, so nah verwandt, daß der Weinberg eigentlich zwischen ihnen liegen muß. Nun, welcher könnte das sein?»

Er zögerte, und wir blickten ihn mit atemloser Spannung an. Jeder von uns, sogar Mikes Frau, beobachtete ihn jetzt. Ich hörte, wie sich das Dienstmädchen auf Zehenspitzen dem Büfett hinter mir näherte und die Gemüseschüssel sehr vorsichtig absetzte, um die Stille nicht zu stören.

«Ah!» rief er plötzlich aus. «Ich hab's! Ich glaube, ich hab's.»

Er trank den letzten Schluck Wein. Dann, das Glas noch in der zum Mund erhobenen Hand, wandte er sich Mike zu, lächelte – ein weiches, öliges Lächeln – und sagte: «Wenn Sie's genau wissen wollen: Das ist der kleine Château Branaire-Ducru.»

Mike saß stumm und starr da.

«Und zwar vom Jahrgang neunzehnhundertvierunddreißig.»

Wir alle sahen auf Mike und warteten, daß er die Flasche in ihrem Korb umdrehte und das Etikett zeigte.

«Ist das Ihre endgültige Antwort?» fragte Mike.

«Ich denke, schon.»

«Nun, ist sie es, ja oder nein?»

«Ja.»

«Wie war doch der Name?»

«Château Branaire-Ducru. Hübsches Weingütchen. Reizendes altes Château. Kenne es recht gut. Komisch, daß ich nicht gleich darauf gekommen bin.»

«Na los, Daddy», sagte Louise, «dreh sie um und laß uns den Namen sehen. Ich möchte meine beiden Häuser haben.»

«Einen Augenblick», murmelte Mike. «Nur noch einen Augenblick.» Er saß ganz still, wie vom Donner gerührt, und sein Gesicht wurde schwammig und bleich, als flösse die Kraft langsam aus ihm heraus.

«Michael!» rief seine Frau scharf vom anderen Ende des Tisches. «Was ist los?»

«Bitte, Margaret, halt du dich aus dieser Angelegenheit heraus.»

Richard Pratt sah Mike an, mit lächelndem Mund und kleinen, glänzenden Augen. Mike sah niemanden an.

«Daddy!» rief seine Tochter angstvoll. «Daddy, du meinst doch nicht etwa, daß er richtig geraten hat?»

«Reg dich nicht auf, Kindchen», stieß Mike hervor. «Dazu besteht überhaupt kein Grund.»

Ich glaube, es war vor allem der Wunsch, seiner Familie zu entrinnen, der Mike bewog, zu Richard Pratt zu sagen: «Ich mache Ihnen einen Vorschlag, Richard. Wir beide verziehen uns jetzt ins Nebenzimmer und bereden die Sache in aller Ruhe.»

«Ich will nichts bereden», erwiderte Pratt. «Ich will das Etikett auf der Flasche sehen.» Er wußte, daß er gewonnen hatte; seine Haltung, seine gelassene Arroganz waren die eines Siegers, und ich merkte ihm an, daß er höchst unangenehm werden würde, wenn es Schwierigkeiten geben sollte. «Worauf warten Sie noch?» fuhr er Mike an. «Los, drehen Sie sie um.»

Dann geschah dies: Das Dienstmädchen, eine kleine, aufrechte Gestalt in Schwarz und Weiß, stand auf einmal neben Richard Pratt und hielt etwas in der Hand. «Ich glaube, das gehört Ihnen, Sir», sagte sie.

Pratt wandte sich um und warf einen Blick auf die horngeränderte Lesebrille, die sie ihm zeigte. Er zögerte einen Moment. «So? Ja, vielleicht ist es meine. Ich weiß es nicht.»

«Doch, Sir, sie gehört Ihnen.» Das Dienstmädchen, eine ältere Frau – den Siebzig näher als den Sechzig –, lebte schon seit vielen Jahren im Hause und war der Familie treu ergeben. Sie legte die Brille auf den Tisch.

Pratt griff danach und schob sie ohne ein Wort des Dankes in die Brusttasche hinter das weiße Tuch.

Aber das Mädchen ging nicht fort. Sie blieb neben Richard Pratt stehen – genau gesagt, einen halben Schritt hinter ihm –, und es war etwas so Ungewöhnliches in ihrem Benehmen und in der Art, wie sie dort stand, klein, unbeweglich, hoch aufgerichtet, daß ich von einer plötzlichen Vorahnung befallen wurde. Ihr altes graues Gesicht mit dem vorgestreckten Kinn hatte einen frostigen und entschlossenen Ausdruck, die Lippen waren zusammengepreßt, und die Hände hatte sie ineinandergekrampft. Die komische Haube auf ihrem Kopf und der schmale Schürzenlatz ließen sie wie einen zerzausten, weißbrüstigen Vogel erscheinen.

«Sie haben die Brille in Mr. Schofields Arbeitszimmer liegengelassen», sagte sie mit betonter, unnatürlicher Höflichkeit. «Auf dem grünen Karteikasten, Sir, als Sie vor dem Essen allein im Arbeitszimmer waren.»

Es dauerte einige Zeit, bis wir die volle Bedeutung ihrer Worte erfaßten, und in dem Schweigen, das folgte, bemerkte ich, wie sich Mike langsam im Stuhl aufrichtete. Sein Gesicht bekam wieder Farbe, die Augen öffneten sich weit, der Mund wurde hart, und der gefährliche weiße Fleck in der Nähe der Nasenflügel begann sich auszubreiten.

«Bitte, Michael!» flehte seine Frau. «Bleib ruhig, Lieber! Bleib ganz ruhig!»

Das Faß Amontillado

Edgar Allan Poe

Die tausend Ungerechtigkeiten Fortunatos hatte ich, so gut es ging, ertragen, doch als er mich zu beleidigen wagte, da schwor ich Rache. Sie kennen mich und werden mir deshalb glauben, daß ich auch nicht eine einzige Drohung gegen ihn ausstieß. Eines schönen Tages würde ich mich schon rächen, das stand felsenfest; und meine Rache sollte so vollkommen sein, daß ich selbst nicht das mindeste dabei zu wagen hätte. Ich wollte nicht nur strafen, sondern *ungestraft* strafen. Ein Unrecht ist nicht gesühnt, wenn den Rächer wiederum Strafe ereilt – der Beleidiger büßt nicht, wenn er den Rächer nicht kennt.

Sie können sich denken, daß ich dem Fortunato mit keinem Worte, mit keiner Handlung Anlaß gegeben habe, an meinem Wohlwollen zu zweifeln. Ich lächelte ihm freundlich zu, wie immer, und er ahnte nicht, daß ich seinen Untergang plante.

Er hatte seine schwache Seite, dieser Fortunato, obwohl er im übrigen ein Mann war, den man achten, ja fürchten mußte. Er tat sich nämlich etwas darauf zugute, ein Weinkenner zu sein. Nur wenige Italiener sind wirkliche Kenner. Gemälde und Edelsteine beurteilte Fortunato gleich den meisten seiner Landsleute wie ein Scharlatan; doch was alte Weine anging, da war er, wie gesagt, wirklich ein Kenner. Ich selbst kannte mich ebenfalls sehr gut aus in den Erzeugnissen der italienischen Weinberge und kaufte reichlich ein, wo sich nur Gelegenheit bot.

Eines Abends in der Dämmerung, gerade während der tollsten Faschingszeit, traf ich meinen Freund auf der Straße. Er redete mich mit vergnügter Herzlichkeit an, denn er hatte viel getrunken. Der Gute sah buntscheckig genug aus in seinem engschließenden Gewande, dessen Hälften verschieden gefärbt waren, und seiner kegelförmigen, mit Schellen behangenen Kappe. Ich war so erfreut, ihn zu sehen, daß ich schier nicht aufhören konnte, seine Hand zu schütteln.

«Mein lieber Fortunato!» sagte ich zu ihm, «das trifft sich gelegen! Nein – wie ausgezeichnet Sie heute aussehen! – Aber denken Sie: Ich habe ein Faß Amontillado bekommen – oder vielmehr einen Wein, den man dafür ausgibt . . . ja, ja! Ich habe meine Zweifel . . .»

«Wie?» fragte er. «Amontillado? Ein Faß? Ein ganzes Faß? Nicht möglich! Und jetzt mitten im Karneval!»

«Ich habe ja auch meine Zweifel», erwiderte ich ihm. «Ich war töricht genug, den vollen Preis für Amontillado zu zahlen, ohne vorher Ihr Urteil einzuholen. Aber Sie waren nirgendwo aufzutreiben, und ich wollte die Kaufgelegenheit nicht vorübergehen lassen . . .»

«Amontillado!»

«Ich habe meine Zweifel, wie gesagt . . .»

«Amontillado!»

«Und möchte gern Gewißheit haben . . .»

«Amontillado! . . .»

«Da Sie wohl heute abend nicht mehr frei sind, will ich Luchesi aufsuchen. Wenn irgend jemand ein Urteil hat, so ist er es. Er wird mir schon sagen –»

«Luchesi kann Amontillado nicht von Sherry unterscheiden . . .»

«Und doch gibt es Dummköpfe, die behaupten, daß er sich ebensogut auf Wein verstünde wie Sie!»

«Kommen Sie!»

«Wohin?»

«In Ihre Keller!»

«Nein, mein Freund; ich will Ihre Liebenswürdigkeit nicht mißbrauchen. Ich sehe, Sie sind eingeladen! Luchesi –»

«Ich bin nicht eingeladen, kommen Sie!»

«Nein, mein Freund! Die Einladung wäre ja auch noch das wenigste! Aber die strenge Kälte verbietet, daß wir den Versuch machen. Die Gewölbe sind unerträglich feucht, die Wände ganz von Salpeter bedeckt.»

«Oh, kommen Sie nur! Die Kälte ... das macht nichts! Amontillado? Wer weiß, was man Ihnen aufgedrängt hat! Und – Luchesi, der kann wirklich keinen Sherry von Amontillado unterscheiden – kann er nicht!»

Damit schob Fortunato seinen Arm unter den meinen, ich nahm eine schwarze Seidenmaske vor, hüllte mich fest in meinen weiten Mantel und ließ mich von ihm zu meinem Palast führen.

Von der Dienerschaft war niemand im Hause. Sie hatten sich alle davongemacht, um auch ihren Teil von der allgemeinen Karnevalsfreude zu bekommen. Ich hatte ihnen gesagt, daß ich vor dem frühen Morgen nicht zurückkehren werde, und den formellen Befehl gegeben, sich nicht aus dem Hause zu rühren. Dies genügte, wie ich wohl wußte, daß sie alle entwischten, sobald ich den Rücken gekehrt hätte.

Ich nahm zwei Fackeln von ihren Haltern, gab Fortunato eine und führte ihn durch eine ganze Zimmerflucht bis an das Tor, das in die Gewölbe führte. Dann ging ich eine lange, gewundene Treppe hinab und bat ihn, mir nur ja recht vorsichtig zu folgen. Wir kamen endlich unten an und standen auf dem feuchten Boden der Katakomben der Montresor.

Der Gang meines Freundes war schwankend, und die Schellen an seiner Kappe klingelten bei jedem Schritt.

«Das Faß?» sagte er.

«Es liegt weiter unten», antwortete ich, «aber sehen Sie nur, wie das giftige weiße Gespinst an den Wänden glänzt!»

Er wandte sich mir zu und blickte mir mit glasigen Augen, aus denen Tränen der Trunkenheit sickerten, ins Gesicht.

«Salpeter?» fragte er nach einer Weile, nachdem er einen furchtbaren Hustenanfall niedergekämpft hatte.

«Ja ... Salpeter!» antwortete ich. «Aber wie lange haben Sie denn schon diesen schrecklichen Husten?»

Wieder packte es ihn, und während mehrerer Minuten war es meinem armen Freund unmöglich, zu antworten.

«Es ist nichts», meinte er endlich.

«Kommen Sie», sagte ich mit Entschiedenheit, «wir wollen wieder hinaufgehen. Ihre Gesundheit ist zu kostbar. Sie sind reich, geachtet, werden bewundert, geliebt; Sie sind glücklich, wie ich es einst war. Um mich wäre es weiter nicht schade. Wir wollen wieder hinaufsteigen. Ich könnte es nicht verantworten, wenn Sie krank würden. Überdies kann ich ja Luchesi –»

«Genug!» antwortete er. «Der Husten hat nichts zu sagen, hehe! Der Husten wird mich nicht umbringen, ich werde schon nicht davon sterben.»

«Das hoffe ich auch», gab ich zurück, «ich hatte nicht die Absicht, Sie unnötig zu beunruhigen. Aber Sie sollten doch vorsichtig sein. Ein Schluck von diesem Médoc übrigens – der wird vor der Feuchtigkeit schützen.»

Ich nahm eine Flasche von dem Lagerbett und entkorkte sie. «Trinken Sie!» sagte ich und reichte sie ihm.

Er blinzelte mir zu und brachte sie an seine Lippen. Dann machte er eine Pause und blinzelte mir wieder zu, während seine Schellen klingelten.

«Ich trinke auf die Verstorbenen, die unter uns ruhen!» lallte er.

«Und ich auf Ihr langes Leben.»

Dann nahm er wieder meinen Arm, und wir schritten weiter.

«Die Gewölbe», meinte er nach einer Weile, «. . . sehr groß . . . sehr . . .»

«Die Montresors», erwiderte ich, «waren eine große Familie.»

«Ich habe vergessen . . . Ihr Wappen vergessen . . .»

«Ein großer goldener Fuß in einem azurnen Felde; der Fuß zertritt eine Schlange, die ihre Zähne in seine Ferse gegraben hat.»

«Und die Devise?»

«Nemo me impune lacessit.»

«Schön!» sagte er. «Schön!»

Der Wein sprühte in seinen Augen, und die Schellen klingelten. Auch meine Phantasie wurde durch den Médoc erhitzt. Wir waren – an ganzen Wällen aufgeschichteten Gebeins, dann wieder an Fässern und Fäßchen vorbei – in das Innerste der Katakomben gelangt. Ich blieb stehen und faßte Fortunato am Arm.

«Sehen Sie doch nur», sagte ich, «wie der Salpeter immer dichter wird. Er hängt wie Moos an den Wänden. Wir befinden uns jetzt gerade unter dem Bett des Flusses. Die Feuchtigkeit sickert in Tropfen durch das Gestein. Kommen Sie, wir wollen zurückgehen, ehe Sie sich schaden. Ihr Husten –»

«Hat nichts zu sagen», entgegnete er lallend, «wollen weitergehen! Können ja ... noch einen Schluck Médoc ...»

Ich brach einer Flasche De Grave den Hals und reichte sie ihm. Er leerte sie auf einen Zug. Seine Augen funkelten jetzt in dem sonderbarsten Lichte. Er lachte und warf die Flasche mit einer Geste, die ich nicht verstand, in die Luft.

Ich sah ihn etwas erstaunt an. Er wiederholte die Bewegung – sie war sehr grotesk.

«Sie verstehen nicht?» fragte er.

«Nein!» erwiderte ich.

«Sind also nicht ... in der Loge?»

«Wie?»

«Sie sind ... nicht Maurer?»

«Doch! doch!» sagte ich. «Doch! doch!»

«Sie? Unmöglich! Sie – Maurer?»

«Ja, Maurer», behauptete ich.

«Ein Zeichen!» rief er.

«Hier!» gab ich zurück und zog eine Kelle aus den Falten meines Mantels.

«Sie scherzen!» meinte er und trat ein paar Schritte zurück. «Aber kommen Sie ... zu dem Amontillado!»

«Weiter!» sagte ich, versteckte das Werkzeug wieder unter meinem Mantel und bot ihm meinen Arm.

Er stützte sich schwer auf, und wir setzten unsern Weg fort. Zunächst kamen wir durch eine Reihe niedriger Bogengänge, stiegen tiefer hinab, gingen weiter, stiegen noch tiefer hinab und gelangten endlich in eine Wölbung, in deren unreiner Luft unsere Fackeln nur noch glühten und fast kein Licht mehr gaben.

Am Ende der Wölbung befand sich eine zweite, weniger geräumige. An ihren Wänden waren, wie in den großen Katakomben zu Paris, bis zur Decke menschliche Gebeine aufgeschichtet. Drei Seiten dieser inneren Krypta waren in dieser Art geschmückt. Von der vierten war das Gebein herabgefallen, lag verstreut auf dem Boden umher und bildete einen Haufen von ziemlicher Höhe. In der freigelegten Mauer befand sich eine

Nische von vielleicht vier Fuß Tiefe, drei Fuß Breite und sechs oder sieben Fuß Höhe. Sie war offenbar zu keinem bestimmten Zweck errichtet, sondern bildete einfach den Zwischenraum zwischen zwei der ungeheuren Pfeiler, die das Gewölbe stützten. Ihre Rückwand war die massive Granitmauer, die das Ganze umschloß.

Vergebens erhob Fortunato seine trübe Fackel, um in die Nische hineinzuspähen: das schwache Licht ließ die gegenüberliegende Mauer nicht erkennen.

«Treten Sie ein», sagte ich, «dort liegt der Amontillado. Was Luchesi anbetrifft –»

«Er ist ein Dummkopf», unterbrach mich mein Freund und tappte vorwärts, während ich ihm auf dem Fuße folgte. Im Augenblick war er am Ende der Nische angelangt, und als er fühlte, daß ihn der Fels hinderte, weiter vorzudringen, blieb er verdutzt stehen. Im nächsten Augenblick schon hatte ich ihn an den Felsen angekettet. In diesen waren nämlich in einer Entfernung von ungefähr zwei Fuß zwei eiserne Ringe eingelassen. In einem derselben hing eine kurze eiserne Kette, in dem anderen ein Vorlegeschloß. Nachdem ich ihm die Kette um den Leib gewunden hatte, war es das Werk einer Sekunde, sie zu schließen. Er war zu verblüfft, um Widerstand zu leisten. Ich nahm den Schlüssel an mich und trat aus der Nische.

«Fahren Sie einmal mit Ihrer Hand über die Mauer», sagte ich, «Sie müssen den Salpeter fühlen können. Es ist in der Tat sehr feucht. Noch einmal lassen Sie mich bitten: Kehren Sie zurück! Nein? Sie wollen nicht? Ja – dann muß ich Sie endgültig verlassen. Doch vorher will ich Ihnen all die kleinen Bequemlichkeiten beschaffen, die nur möglich sind.»

«Der Amontillado!» rief mein Freund, der sich von seinem Erstaunen noch nicht erholt hatte.

«Natürlich, natürlich», erwiderte ich, «der Amontillado.»

Während ich diese Worte sagte, machte ich mich über den Knochenhaufen her, von dem ich schon gesprochen habe, und warf ihn beiseite. Bald deckte ich auf dem Boden eine ziemliche Menge Bausteine und Mörtel auf. Mit diesem Material und meiner Kelle begann ich nun eifrig, den Eingang zur Nische zu vermauern.

Ich hatte kaum die erste Lage Steine gelegt, als ich bemerkte, daß die Trunkenheit Fortunatos zum großen Teil verschwunden war. Das erste Zeichen davon war ein dumpfer Schrei, der mir aus der Nische entgegenklang: Es war *nicht* der Schrei eines Betrunkenen! Dann folgte ein längeres Schweigen. Ich mauerte die zweite Lage auf, die dritte, die vierte, dann hörte ich wütendes Kettengerassel. Das Geräusch dauerte mehrere Minuten, und um mit rechter Genugtuung zuhören zu können, unterbrach ich meine Arbeit und ruhte mich auf dem Knochenhaufen ein wenig aus. Als das Gerassel dann endlich aufhörte, ergriff ich meine Kelle wieder und legte die fünfte Lage, dann die sechste und die siebente. Nun ging mir die Mauer schon bis an die Brust. Ich machte wieder eine Pause, erhob die Fackel über meine Mauer und beleuchtete mit schwachen Strahlen den Eingeschlossenen.

Da brach ein anhaltendes, lautes schrilles Geschrei aus der Kehle des Gefesselten; es war, als wolle er mich mit ihm zurückschleudern. Einen Augenblick lang zögerte – zitterte ich. Ich zog meinen Degen und begann in die Nische hineinzustechen, doch ein weiterer Augenblick des Nachdenkens beruhigte mich wieder. Ich legte meine Hand auf die festen Mauern des Gewölbes und fühlte mich höchst befriedigt. Ich näherte mich meinem Bauwerk von neuem und antwortete auf das Geschrei des Heulenden. Ich half ihm, ich wurde sein Echo, ich schrie noch lauter als er und noch kräftiger. Das tat ich – und der Schreier verstummte.

Es war unterdes Mitternacht geworden, und meine Arbeit näherte sich ihrem Ende. Ich hatte die achte, neunte und zehnte Lage vollendet und noch einen Teil der elften und letzten. Es blieb nur noch ein Stein zu mauern. Ich erhob ihn mit Mühe und brachte ihn ungefähr an die richtige Stelle. Da erscholl aus der Nische ein leises Lachen, daß sich mir die Haare auf dem Kopf sträubten. Dann hörte ich eine traurige Stimme, die ich kaum als die des edlen Fortunato wiedererkannte. Die Stimme sagte:

«Hehehe ... he ... he ... hehe ... he ... Das ist wirklich ein guter Spaß! – ein ausgezeichneter Spaß! Wir werden im Palast noch herzlich darüber lachen – he! he! – über unsern Wein! – he! he!»

«Über den Amontillado?» fragte ich.

«He! he! – He! he! – Ja, über den Amontillado. Aber wird es nicht spät? Wird uns die Signora Fortunato nicht im Palast erwarten? Und die anderen alle? Wir wollen gehen.»

«Ja», sagte ich, «wir wollen gehen.»

«Um Gottes willen, Montresor!»

«Ja», sagte ich, «um Gottes willen!»

Auf diese Worte erhielt ich keine Antwort mehr. Ich horchte hin. Vergebens. Ich wurde ungeduldig und rief laut:

«Fortunato!»

Keine Antwort. Ich rief nochmals:

«Fortunato!»

Wieder keine Antwort. Ich zwängte eine Fackel durch die kleine Öffnung, die noch geblieben war, und ließ sie hineinfallen. Was ich vernahm, war – Schellengeklingel. Mir wurde übel, ohne Zweifel von der Feuchtigkeit des Gewölbes. Ich beeilte mich, meine Arbeit zu Ende zu bringen, rückte den letzten Stein in die richtige Lage und schloß die Fugen mit Mörtel. Dann errichtete ich vor dem neuen Mauerwerk den alten Wall von Gebeinen. Seit einem halben Jahrhundert hat sie niemand mehr in ihrer Ruhe gestört. *In pace requiescat!*

Himmlisches Bier

A. E. Coppard

Barnaby Barnes unterhielt eine schmuddelige, rattenverseuchte Taverne, in der es nach Moder stank und in deren Gebälk es bei heftigem Wind krachte. Der Mann war ein Simpel, aber schlau, von bärbeißigem Naturell, dem nicht zu trauen war. Aber Nachsicht bekommt uns allen, also müssen wir einräumen, daß er zeit seines Lebens unglücklich, einsam und ohne Fortüne war. Er war fünfzig Jahre alt und kannte nichts als fünfzig Jahre Mühsal. Und auch mit dem Teufel war es zugegangen, denn immer wenn das Glücksrad sich zu seinen Gunsten drehte und sich anschickte, vor seiner Schwelle haltzumachen, war Barnaby nicht zugegen, war weit fort, anderweitig engagiert, sagen wir, betrunken, sagen wir, beim Heiraten, bei der Bestattung seiner ersten Frau Kitsey oder auf der Jagd nach Menanda Mears, seiner zweiten, die ihm weggelaufen war, weil er nicht im erwarteten Maß zärtlich war und obszöne Dinge sagte. Trotzdem hoffte er stets auf kommendes Glück, auf eine Wende des Schicksals, wie zum Beispiel auf den Fund eines Säckchens mit Juwelen, das ein Räuber verlor, oder auf ein Rezept dafür, wie aus Dreck Gold werde; und jedwede Idee zum Erwerb eines Vermögens gefiel ihm, und er versuchte auch das Dümmste, um daran zu kommen.

Unweit der Taverne stand eine Kirche, halb verfallen, in der es angeblich spuken sollte, da von dort ständig Kerzen verschwanden. In der Kirche konnte man Kerzen erwerben, um sie zu einem christlichen Zweck zu entzünden. Aber entweder waren die Dochte zu dick oder das Wachs war zu dünn, jedenfalls brannten sie in erstaunlich kurzer Zeit herunter, ohne auch nur eine Spur von Wachs, Schmierflecken oder Ruß zu hinterlassen. Die Leute vermuteten natürlich ein übles Spiel – eine

Kerze ist eine Kerze –, aber nichts wurde entdeckt, und nichts kam heraus, so daß man das Phänomen Hokus zuschrieb, dem König der Unterwelt, oder Pokus, der Königin des Himmels, denn eine dieser Personen – keiner war sicher, welche – wurde verdächtigt, in bestimmten Mittsommernächten seltsame Possen zu reißen. Und eines galt als sicher: Die Kirche war auf der Kuppe eines Hügels erbaut, der in vergangener Zeit von Elfen bewohnt gewesen war.

Ausgerechnet Barnaby Barnes wollte den Possen von Hokus – oder vielleicht Pokus – auf den Grund gehen. Denn, so sagte man, wer den Mut dazu aufbringe, würde mit einem Geschenk belohnt werden.

«Was für ein Geschenk? Welche Art von Geschenk?»

Er würde etwas sehen und etwas erhalten, so ein Geschenk eben. Auch wenn es nach nichts aussah – wurde behauptet –, würde es viel bedeuten. Es könnte sehr klein und doch wertvoll sein; es sei – so wurde ihm erklärt – einen Batzen Geld wert.

«Ich sehe nach», verkündete Barnaby Barnes.

Manche warnten ihn, es sei Wahnsinn und das Risiko nicht wert. «Du forderst das Schicksal heraus.»

«Sei's drum», entgegnete Barnaby Barnes.

Und so stieg er um Mitternacht – es war eine verrückte Nacht, in der ihn schwindelte vom Alkohol – den kleinen Hügel hinauf. Obwohl nur Halbdunkel herrschte, stolperte er in eine Herde Schafe, die sich zur Nacht niedergelegt hatte, und eine Zeitlang ertönte jämmerliches Blöken. Barnaby gelangte zur Kirche. Er sah sich um. Er spähte durchs Schlüsselloch, aber drinnen war es pechschwarz. Er schlenderte an der Kirche entlang, vorbei an den Ruinen und blickte über die Mauer auf die Schafe, die verstreut wie Steinblöcke auf der Weide lagen; sie schienen wieder zu schlafen; sie waren so still. Er ging zurück und blinzelte zum zweiten Mal durchs Schlüsselloch. Nichts zu sehen, nicht das geringste, also wandte er der Tür den Rücken zu und stand ruhig da, die Hände tief in die Hosentaschen vergraben. Eine schöne, milde Nacht war's, übervoll von Sternen, ein Stück Mond schien tief durch eine Baumgruppe, der Wind raschelte leise in den Gräsern und Büschen auf den Gräbern, und so stand Barnaby Barnes und wartete, wie ein mutiger Mann wartet – was auch immer mit ihm geschieht. Und dann geschah es, unverhofft und leise; etwas stieß schmerzhaft in sein Hinterteil, und er erschrak bis ins Mark. Er wirbelte herum und schnappte nach Luft.

Er sah einen bärtigen Mann. Aber was für ein winziges Kerlchen von einem Mann! Und er mußte sehr alt sein, denn sein Bart war lang und weiß, reichte ihm bis zu den Knien. Er war nicht größer als ein Kegel. Und er trug eine komische spitze Kappe. Auf jedem Schuh glänzte eine große Silberschnalle. Er hatte eine dicke weiße Kerze von fünf bis sechs Fuß Länge geschultert, wie ein Maurergeselle eine Stange, und er keuchte unter der Last. Es war die Kerze gewesen, die sich so grob in Barnaby Barnes' Hinterteil gegraben hatte. Aber das war nicht alles: Die Kirchentür hatte sich überhaupt nicht bewegt, sie war zugeblieben, verschlossen und verriegelt; das Kerlchen mußte geradewegs hindurchgegangen sein, mit Kerze und allem.

«Verzeiht!» rief der Zwerg. Barnaby Barnes erholte sich augenblicklich von seinem Schock. Von diesem Winzling war nichts zu fürchten, er hätte ihn leicht über Gräber und Mauer heben können.

«Sicher», antwortete Barnaby mit schlauem Unterton. «Aber wer wird denn da Kerzen stehlen?»

Der andere brauste auf: «Scher dich fort! Belästige mich nicht, dummer, böser Mensch!»

«Du kannst mich mal!» gab Barnaby Barnes zurück. «Du kommst durch die Tür gefegt wie ein Komet, geradewegs und mittendurch kommst du, und verletzt mich so, daß ich zwei Wochen nicht werde sitzen können.»

«Belästige mich nicht, Einfaltspinsel!» wiederholte der Kleine.

Barnaby sagte nichts mehr, sondern entriß ihm die Kerze und hielt sie über den Kopf. «Wo hast du die Kerze her, he?»

Der kleine Mann hüpfte vor Wut auf und nieder und versuchte, ihm die Kerze wieder zu entwinden. Bei einem großen Kerl wie Barnaby Barnes war sein Unterfangen völlig sinnlos. Barnaby lachte ihn nur aus. Aber bald lachte Barnaby nicht mehr. Ein Schaf sprang über die Kirchhofmauer und kam auf ihn zu, und hinter ihm kam noch eins und noch eins, die ganze

Herde, und bildete einen Kreis um Barnaby und den Kleinen. Mehr taten sie nicht. Sie blökten nicht, sie standen nur stocksteif und starrten und warteten. Barnaby hob den Fuß, als wolle er nach dem nächstbesten Schaf treten, aber es rührte weder Huf noch Kopf. Unbeweglich und furchtlos standen sie alle dicht an dicht, und Barnaby spürte, daß sie plötzlich keine harmlose Herde mehr waren, sondern vielmehr eine Meute, ja, sogar einem Rudel Wölfe ähnlich. Barnabys Mut war verflogen, und er war ziemlich kleinlaut.

Der Zwerg baute sich vor ihm auf. «Die Kerze!» forderte er.

Barnaby senkte die Kerze gehorsam wieder auf die Schulter des Kobolds.

«Und jetzt merk dir eins, Barnaby Barnes: Kein Wort davon zu einer Menschenseele, oder es ergeht dir schlecht.»

«Nein, Sir. Nein,nein!» erwiderte Barnaby, der am ganzen Körper zitterte.

«Also schön! Nicht vergessen! Bleib dabei, und ich werde dich belohnen, Barnaby Barnes. Wahrlich, es soll dein Schaden nicht sein. Ich verschaffe dir ein Vermögen, so sicher wie das Amen in der Kirche. Ich prahle nicht.»

Damit, die Kerze auf der Schulter balancierend, verschwand der Zwerg, und Barnaby sah nicht einmal, wie und wohin; gerade noch war er unmittelbar unter seinen Augen gewesen, und dann war er weg. Sogar die Schafe wandten sich ab und trollten sich, sprangen wieder über die Mauer. Barnaby brauchte nicht lange, um alles über Hokus und Pokus zu vergessen – er machte, daß er fortkam, und sah zu, daß er die Kirche weit hinter sich ließ.

Getreu seinem Versprechen sagte er niemandem etwas von den Ereignissen der Nacht, verlor kein Sterbenswort über die Kerze oder das andere, nichts, überhaupt nichts erzählte er, er hielt sich an sein Versprechen. Tja, und gar nicht lange danach hatte er einen Traum, in dem ihm war, als begegne er dem kleinen alten Mann wieder und erhalte von ihm ein Rezept für das Brauen von Zauberbier.

«Wozu soll das nütze sein?»

«Es bringt dir ein Vermögen», lautete die Antwort. «So sicher wie das Amen in der Kirche.»

Ein Vermögen zu machen war nicht leicht, und Barnaby sagte ihm das.

«Sparen macht reich», sagte der Alte.

Bier zu brauen war nicht billig, und Barnaby sagte ihm auch das.

Der Alte antwortete: «Habgier macht mißgünstig. Feilsche nicht auf dem Weg zum Reichtum. Wie gewonnen, so zerronnen. Schnell freund, schnell feind.»

Barnaby wachte auf und erinnerte sich an alles. Er füllte ein paar Fässer mit dem Gebräu. Das brauchte Zeit, viel Zeit, und allein beim Sammeln der Kräuter wurde er kreuzlahm. Er verbrauchte viel Geld, ja eine ganze Menge, die Kosten für den Sirup und das Malz ruinierten ihn fast. Aber als er einen Schluck des Zauberbieres probierte, wußte er sofort, daß dieses Getränk das reine Manna war. Es war der Könige, Engel, Richter und aller rechtschaffenen und aufrechten Männer würdig. Und es war sowohl ein moralisches als auch ein magisches Bier, es konnte einen sturzbetrunken machen oder stocknüchtern lassen – das hing nur davon ab, wie gut der jeweilige Mensch war. Ein paar Schlucke konnten einen adeligen Bösewicht aufs Kreuz legen oder, im wahrsten Sinn des Wortes, einen ehrenwerten Mann zum Richter erheben.

Der Ruhm dieses wunderbaren Bieres verbreitete sich bald, und in kurzer Zeit ging es mit Barnaby Barnes bergauf. Säufer und Wirtshaushocker aus dem Umkreis und weiter strömten in sein Gasthaus, um sein Gebräu zu kosten, und wer es einmal probiert hatte, war ihm auf immer verfallen. Es wurde in Liedern, in Trinksprüchen besungen, und es ging das Gerücht, es halte sogar den Tod in Bann und schenke den Menschen das ewige Leben. «Es ist reiner Nektar, die Nahrung des Phönix! Das Getränk der Götter, das himmlische Bier!» Der Profit wächst mit dem guten Ruf, und Barnaby Barnes war auf dem besten Weg, ohne große Anstrengung ein hübsches Vermögen zu machen. Selbst die Witwe Osmaston, eine reiche und schöne Frau, begann ein Auge auf ihn zu werfen.

Und doch kam es auf der Höhe seines Triumphs zu einem ärgerlichen Rückschlag. Die besondere Beschaffenheit des Bieres, seine Farbe und sein Geschmack rührten allein vom Extrakt eines bestimmten Kräutleins her, das der Mixtur beigegeben wurde. Es war kein gewöhnliches Kraut, und Barnaby Barnes teilte sein Wissen darum mit niemandem. Frisch gepflückt mußte das Kraut sein, und er allein sammelte es. Elender Dummkopf! Denn während sein Geschäft blühte und der Ruhm des Bieres sich ausbreitete, war er bald mit seinem Latein am Ende. Das Suchen und Sammeln zehrte an ihm, er wurde übellaunig und litt an ständiger Müdigkeit. Habsucht! Habsucht!

Sein Geheimnis mit anderen zu teilen hätte ihm gut getan, aber Habgier gibt ungern und bemächtigt sich jeden Dummkopfs. Er schickte Kinder aus dem Dorf aus, für ihn zu sammeln, nicht das echte Kraut, denn das war schwierig zu finden, sondern ein falsches Kraut, das dem echten sehr ähnlich war, jedoch wucherte wie die Pest. Und er bereitete das Malz, eine große Darre mit Malz, und Sirup minderer Qualität und gab alles in ein großes Faß und braute das Bier. Und nachdem er es gebraut hatte, war er von Freude erfüllt, denn für seinen Gaumen schmeckte es wie zuvor.

«Jetzt bin ich ein gemachter Mann!» Und er rieb sich die Hände und rief begeistert: «Ruhm ist mein Los, und Geld füllt meinen Beutel! Gütiger Himmel, da kommt Mrs. Osmaston, um mich zu besuchen – und ich bin noch nicht rasiert!»

Aber der erste Zecher, der das Gebräu kostete, spuckte es umgehend wieder aus. Es schmecke wie Wasser, behauptete er. Er schwor, es sei nichts als fauliges Wasser, weigerte sich, dafür zu bezahlen, und ging im Groll von dannen. Barnaby probierte es selbst noch einmal, und für seinen Geschmack war es dasselbe wie zuvor, aber das war eine Täuschung – denn dem war nicht so.

«Verrückter Hund!» murmelte er. «Das ist himmlisches Bier!»

Ein Gast nach dem anderen gab seinem Abscheu Ausdruck, schüttete das Getränk in den Rinnstein oder spuckte es wieder aus. Alle schimpften Barnaby Barnes einen Betrüger, der schlechtes Bier ausschenke. Was blieb ihm übrig, als dies zu leugnen und seinen Glauben an die Echtheit des Bieres zu beteuern? Er nahm einen Krug voll und schüttete es mit Vergnügen hinunter, aber bevor er noch den leeren Krug auf den

Tisch setzen konnte, schwankte er und fiel ohnmächtig zu Boden. Man ließ ihn mit dem Gesicht im Staub liegen.

Wie kurzlebig ist doch der Erfolg des Menschen! In einem Moment ist er ganz oben wie ein Hahn auf dem Mist, im anderen ist er nur ein welkes Blatt in der Gosse. So war es auch mit Barnaby Barnes. Von da an waren sein Bier und seine Taverne Gegenstand des Spottes und wurden der Lächerlichkeit preisgegeben. Niemand kehrte mehr bei ihm ein, nur im Spott dauerte sein Ruhm fort. Und doch hatte für Barnaby das Bier noch immer seine duftende Köstlichkeit: ursprünglich, echt und rein, gelobtes Manna, himmlisches Bier. Da es nun zu nichts anderem mehr nütze war, trank er es ganz allein auf, trank und trank es Tag um Tag, bis es aufgebraucht und er nur noch ein wandelnder Schatten seiner selbst war, verwahrlost wie ein gerupftes Huhn an der Schwelle des Todes. Dann, eines Tages, schöpfte er wieder Mut und raffte sich dazu auf, das echte Kraut zu sammeln. Und als er einen Strauß davon gepflückt hatte, richtete er das Malz her und kaufte mit dem letzten Silbergeld echten Sirup. Er braute zwei Fässer des Bieres und kostete es. Und als es durch seine Kehle rann, schmeckte es schal und faulig wie schlechtes Wasser. Aber das war eine Täuschung, denn dem war nicht so . . . Das Bier war gut, es war wieder das himmlische Bier. Den so Getäuschten und Verzweifelten verließ aller Lebensmut, er fiel mit einem Krachen in seinem eigenen, düsteren Keller zu Boden und starb zwischen den Fässern.

Er war bereits eineinhalb Tage tot, als sie ihn fanden, eine häßliche, steife Leiche. Neben seinen Füßen stand eine dicke weiße Kerze, so hoch wie ein gutgewachsener Mann, und brannte mit ungewöhnlicher Helligkeit. Sie brannte, verbrauchte dabei jedoch nicht ein Quentchen Wachs, und obwohl kein Lüftchen wehte, tanzte die Flamme wie ein Kobold und hüpfte fröhlich auf und ab.

Bittere Mandeln

Dorothy L. Sayers

«Donnerwetter!» rief Mr. Montague Egg. «Da hat wieder einmal ein sehr guter Kunde das Zeitliche gesegnet.»

Stirnrunzelnd blickte er auf seine Morgenzeitung, die ihn davon in Kenntnis setzte, daß an diesem Tage eine amtliche Totenschau abgehalten werde. Sie betraf die Leiche des Mr. Bernard Whipley, eines wohlhabenden, exzentrischen alten Herrn, dem die Firma Plummett & Rose von Zeit zu Zeit beträchtliche Mengen ihrer auserlesensten Markenweine und Liköre geliefert hatte.

Monty war mehr als einmal von Mr. Whipley eingeladen worden, seine eigenen Waren zu kosten, während sie in dem gemütlichen Arbeitszimmer in «Cedar Lawn» saßen – entweder eine Flasche alten Portweins, die Mr. Whipley selbst mit großer Sorgfalt aus dem Keller geholt hatte, oder einen Likörbrandy aus dem hohen Mahagonischrank in der Nische.

Mr. Whipley ließ niemanden an seine alkoholischen Vorräte heran. Dienstboten könne man nie über den Weg trauen, pflegte er zu sagen, und er habe keine Lust, bestohlen zu werden oder die Köchin mit dem Kopf unter dem Küchenschrank zu finden.

Mr. Eggs Miene verfinsterte sich noch mehr, als er las, daß Mr. Whipley, anscheinend durch Blausäure vergiftet, tot aufgefunden worden war, nachdem er zum Nachtisch ein Glas Pfefferminzlikör getrunken hatte.

Es ist peinlich, wenn Kunden plötzlich an Vergiftung sterben nach dem Genuß von Alkohol, den man ihnen geliefert hat. Schlechte Reklame.

Mr. Egg blickte auf seine Uhr. Die Stadt, in der er gerade die Zeitung las, lag nur fünfzehn Meilen von dem Wohnort des verstorbenen Mr. Whipley entfernt. Monty hielt es für ratsam, hinzufahren und an der Leichenschau teilzunehmen. Er war jedenfalls in der Lage, die Harmlosigkeit eines von der Firma Plummett & Rose gelieferten Pfefferminzlikörs zu bezeugen.

Also machte er sich sofort nach dem Frühstück auf den Weg. Bei seiner Ankunft ließ er dem Coroner seine Karte überreichen und sicherte sich auf diese Weise einen Platz in dem kleinen Schulzimmer, wo die Untersuchung abgehalten wurde.

Als erste Zeugin wurde die Haushälterin befragt, Mrs. Minchin, eine korpulente ältere Person von fast übertriebener Ehrbarkeit. Sie sagte, sie habe über zwanzig Jahre in Mr. Whipleys Diensten gestanden. Er sei fast achtzig Jahre alt gewesen, sehr aktiv und gesund, habe aber sein Herz schonen müssen.

In ihren Augen war er immer ein ausgezeichneter Arbeitgeber gewesen, vielleicht etwas sparsam. Die Haushaltskosten hatte er scharf überwacht, aber das hatte ihr nichts ausgemacht, da sie seine Interessen ebenso im Auge hatte wie ihre eigenen.

«Am Montag abend fühlte er sich durchaus wohl», fuhr Mrs. Minchin fort. «Mr. Raymond Whipley hatte sich nachmittags telefonisch zum Abendessen angemeldet...»

«Mr. Whipleys Sohn?»

«Ja, sein einziges Kind.» Hier blickte Mrs. Minchin hinüber zu einem dünnen, bleichen, alt aussehenden jungen Mann, der nahe bei Mr. Egg auf der Zeugenbank saß, und rümpfte vielsagend die Nase. «Mr. und Mrs. Cedric waren im Hause zu Gast. Mr. Cedric Whipley ist Mr. Whipleys Neffe. Er hatte keine anderen Verwandten.»

Mr. Egg identifizierte Mr. und Mrs. Cedric Whipley in dem elegant gekleideten Ehepaar in Schwarz, das auf der anderen Seite von Mr. Raymond saß. Die Zeugin berichtete weiter.

«Mr. Raymond kam um halb sieben in seinem Wagen an und begab sich sofort zu seinem Vater ins Studierzimmer. Er kam ein Viertel nach sieben wieder heraus, als der Ankleidegong vor dem Essen ertönte. Wir begegneten uns in der Diele, und er kam mir etwas aufgeregt vor. Da Mr. Whipley nicht erschien, ging ich zu ihm hinein. Er saß am Schreibtisch und las etwas, das wie ein Aktenstück aussah.

Ich sagte: ‹Entschuldigen Sie bitte, Sir, aber haben Sie den

Gong nicht gehört?› Er war manchmal ein wenig taub, wenn auch sonst wunderbar rege für sein Alter. Er blickte auf und erwiderte: ‹Danke, Mrs. Minchin.› Dann las er weiter, und ich sagte mir: ‹Mr. Raymond hat ihn wieder geärgert.› Um halb acht –»

«Einen Augenblick. Was hatten Sie sich bei dieser Äußerung über Mr. Raymond gedacht?»

«Nichts Besonderes. Mr. Whipley war nicht immer mit Mr. Raymonds Betragen einverstanden, und sie zankten sich manchmal deshalb. Mr. Whipley gefiel Mr. Raymonds Beruf nicht.

Um halb acht», fuhr die Zeugin fort, «ging Mr. Whipley nach oben, um sich umzuziehen. Er machte einen normalen Eindruck, nur sein Schritt war etwas müde und schwer. Ich wartete in der Diele, falls er Hilfe brauchte, und als er an mir vorüberging, bat er mich, mit Mr. Whitehead zu telefonieren und ihm auszurichten, er möchte am nächsten Morgen herkommen. Mr. Whitehead war sein Anwalt. Ich habe sofort angerufen, und als Mr. Whipley gegen zehn Minuten vor acht wieder herunterkam, konnte ich ihm sagen, daß Mr. Whitehead am nächsten Morgen um zehn Uhr hier sein würde.»

«Hat sonst noch jemand diese Bemerkung gehört?»

«Ja. Mr. Raymond und Mr. und Mrs. Cedric waren in der Diele und tranken ihren Cocktail. Sie müssen es alle gehört haben. Um acht Uhr wurde das Essen aufgetragen...»

«Haben Sie mit am Tisch gegessen?»

«Nein. Ich nehme meine Mahlzeiten auf meinem Zimmer ein. Gegen ein Viertel vor neun waren sie mit dem Essen fertig, und das Hausmädchen servierte den Kaffee, für Mr. und Mrs. Cedric im Salon, für Mr. Whipley und Mr. Raymond im Studierzimmer. Bis neun Uhr war ich allein in meinem Zimmer. Dann suchten Mr. und Mrs. Cedric mich auf, um ein wenig zu plaudern. Wir waren alle bis kurz vor halb zehn zusammen, als wir die Tür des Studierzimmers heftig zuschlagen hörten. Bald darauf kam Mr. Raymond in Hut und Mantel zu uns herein. Er sah sehr angegriffen aus.

Mr. Cedric sagte: ‹Hallo, Ray!› Aber Mr. Raymond nahm keine Notiz davon und wandte sich an mich: ‹Ich bleibe doch nicht über Nacht hier, Mrs. Minchin, sondern fahre sofort nach London zurück.› Ich erwiderte: ‹Sehr wohl, Mr. Raymond. Weiß Mr. Whipley von der Änderung Ihres Plans?› Er lachte sehr merkwürdig und sagte: ‹O ja, er ist durchaus im Bilde.› Dann verließ er das Zimmer, und Mr. Cedric folgte ihm. Ich hörte, wie Mr. Cedric sagte: ‹Nimm's nicht so tragisch, alter Junge.› Mrs. Cedric erwähnte dann, daß sie befürchte, Mr. Raymond habe sich mit dem alten Herrn gezankt.

Etwa zehn Minuten später hörte ich die beiden jungen Männer die Treppe herunterkommen und ging nach draußen, um zu sehen, ob Mr. Raymond nichts vergessen hatte. Er ging gerade mit Mr. Cedric aus der Haustür. Ich trug ihm seinen Schal nach, den er zurückgelassen hatte. Er fuhr sehr rasch davon, und ich kehrte mit Mr. Cedric ins Haus zurück.

Als wir an der Tür des Studierzimmers vorüberkamen, sagte Mr. Cedric: ‹Ob mein Onkel wohl . . .› Er brach ab und fügte hinzu: ‹Nein, es ist besser, wenn man ihn bis morgen allein läßt.› Wir kehrten in mein Zimmer zurück, wo Mrs. Cedric auf uns wartete. Sie fragte: ‹Was ist los, Cedric?› und er antwortete: ‹Onkel Henry hat die Geschichte mit Ella herausbekommen. Ich habe Ray ja gewarnt.› Sie sagte nur: ‹O du liebe Güte!› Dann schlugen wir ein anderes Thema an.

Mr. und Mrs. Cedric blieben bis halb zwölf bei mir und gingen dann nach oben zu Bett, während ich meinen üblichen Rundgang durchs Haus antrat. Als ich das Licht in der Diele ausmachte, bemerkte ich, daß das Licht in Mr. Whipleys Studierzimmer noch brannte. Da er nie so lange aufblieb, ging ich hin, um nachzusehen, ob er über einem Buch eingeschlafen war.

Da ich auf mein Klopfen keine Antwort bekam, trat ich ein, und da lag er tot im Sessel. Auf dem Tisch standen zwei leere Kaffeetassen, zwei Likörgläser und eine halbleere Flasche Pfefferminzlikör. Ich rief sofort Mr. Cedric, der mir riet, alles genauso zu lassen, wie es war, und Dr. Baker anzurufen.»

Als nächste Zeugin erschien die Hausgehilfin, die bei Tisch aufgewartet hatte. Sie erklärte, daß während der Mahlzeit nichts Besonderes vorgefallen sei. Nur seien Mr. Whipley und sein Sohn ziemlich schweigsam und nachdenklich gewesen.

«Am Ende der Mahlzeit hatte Mr. Raymond gesagt: ‹Hör mal

zu, Vater, so geht das nicht.› Mr. Whipley hatte geantwortet: ‹Wenn du deine Ansicht geändert hast, sagst du es mir am besten gleich› und hatte den Kaffee ins Studierzimmer bestellt. Mr. Raymond erwiderte: ‹Ich kann meine Ansicht nicht ändern, aber wenn du mich nur anhören wolltest...› Mr. Whipley schwieg.»

Als sie mit dem Kaffee und den Likörgläsern ins Studierzimmer kam, sah das Hausmädchen Mr. Raymond am Tisch sitzen. Mr. Whipley stand am Schrank und nahm Flaschen heraus.

«Er fragte Mr. Raymond: ‹Was willst du trinken?› Mr. Raymond erwiderte: ‹Pfefferminzlikör.› Woraufhin Mr. Whipley sagte: ‹Das sieht dir ähnlich – ein Frauengetränk.›»

Mr. Egg lächelte vor sich hin, als er diesen Worten lauschte. Er konnte sich den alten Mr. Whipley so gut dabei vorstellen.

Dann verzog er sein pausbäckiges Gesicht zu einer ernsteren Miene, als der Coroner Mr. Cedric Whipley vortreten ließ.

Mr. Cedric bestätigte die Aussage der Haushälterin. Er gab an, daß er sechsunddreißig Jahre alt und Juniorpartner in der Verlagsfirma Freeman & Toplady sei. Ihm waren die näheren Umstände der Auseinandersetzung zwischen Vater und Sohn bekannt. Ja, Mr. Whipley hatte ihn und seine Frau extra eingeladen, um die Sache mit ihnen zu besprechen. Es handelte sich um Raymonds Verlobung mit einer gewissen Dame.

Mr. Whipley hatte recht impulsiv von einer Testamentsänderung gesprochen, aber er, Cedric, hatte ihn dringend gebeten, sich die Sache noch einmal in Ruhe zu überlegen. Am Abend der Tragödie hatte ihm Raymond anvertraut, daß sein Vater ihn zu enterben gedroht habe. Er hatte Raymond dann den Rat gegeben, es nicht so tragisch zu nehmen, da der alte Herr sich wieder beruhigen würde. Raymond hatte ihm diese Einmischung übelgenommen.

Nach Raymonds Aufbruch hatte er es für besser gehalten, den alten Mann in Ruhe zu lassen. Nachdem er und seine Frau sich von Mrs. Minchin verabschiedet hatten, war er direkt nach oben gegangen, ohne das Studierzimmer zu betreten. Nach seinem Ermessen war es etwa eine Viertelstunde später, als er auf Mrs. Minchins Ruf hin wieder nach unten gekommen war und seinen Onkel tot vorgefunden hatte.

Er hatte sich über ihn gebeugt, um ihn zu untersuchen, und dabei einen schwachen Geruch von Mandeln auf den Lippen entdeckt, dann an den Likörgläsern gerochen, ohne sie anzufassen, und da ihm eins davon auch nach Mandeln zu riechen schien, hatte er Mrs. Minchin instruiert, ja nichts anzurühren. Er hatte dann die Idee gehabt, daß sein Onkel vielleicht Selbstmord begangen habe.

Ein Raunen ging durch den Saal, als Mr. Raymond Whipley an den Tisch des Coroners trat. Ein dünner, ungesund aussehender Mann, dessen Alter zwischen dreißig und vierzig lag.

Er gab seinen Beruf als «Kunstfotograf» an und sprach von einem Atelier in der Bond Street. Seine «expressionistischen Studien» prominenter Männer und Frauen hätten beträchtliches Aufsehen im West End erregt. Sein Vater, der altmodische Vorurteile hatte, habe seine Tätigkeit nicht gebilligt.

«Soweit ich unterrichtet bin», sagte der Coroner, «wird Blausäure häufig in der Fotografie verwendet.»

Mr. Raymond Whipley lächelte gewinnend bei dieser ominösen Frage.

«Zyankalium», erwiderte er. «Du meine Güte, ja. Recht oft. Ich selbst verwende es nicht so häufig. Aber ich besitze etwas, wenn Sie darauf hinauswollen.»

«Ich danke Ihnen. Können Sie mir jetzt Näheres über diese Meinungsverschiedenheit mit Ihrem Vater sagen?»

«Ja. Er hat entdeckt, daß ich mich mit einer Schauspielerin verlobt hatte. Ich weiß nicht, wer ihm das verraten hat. Wahrscheinlich mein Vetter Cedric, der es natürlich abstreiten wird, aber ich nehme an, daß es der famose Cedric war. Mein Vater ließ mich kommen und war sehr aufgebracht darüber. Voll eigensinniger Vorurteile. Wir hatten einen ziemlichen Auftritt vor dem Essen. Danach bat ich ihn erneut um eine Unterredung – dachte, ich könnte ihn vielleicht herumkriegen. Aber er wurde wirklich sehr beleidigend. Ich konnte es nicht mehr ertragen. Es regte mich zu sehr auf. Also bin ich Hals über Kopf wieder nach London gefahren.»

«Hat er erwähnt, daß er Mr. Whitehead kommen lassen wollte?»

«Oh, ja. Er sagte, wenn ich Ella heiratete, würde er mich

enterben. Ganz der gestrenge Vater. Ich erwiderte: ‹Dann enterbe mich nur.›

«Hat er auch erwähnt, zu wessen Gunsten er das neue Testament machen wollte?»

«Nein, aber ich denke, daß Cedric einen Batzen bekommen hätte. Er ist ja der einzige andere Verwandte.»

«Wollen Sie bitte eingehend schildern, was sich nach dem Essen im Studierzimmer zugetragen hat?»

«Wir gingen hinein, und ich setzte mich an den Tisch in der Nähe des Feuers. Mein Vater ging an den Schrank, in dem er seine Flaschen verwahrte, und fragte mich, was ich trinken möchte. Ich bat um einen Pfefferminzlikör, und er verhöhnte mich in seiner üblichen reizenden Art. Er nahm die Flasche heraus und forderte mich auf, mir selbst einzuschenken, als das Mädchen die Gläser hereinbrachte. Das tat ich dann auch. Ich trank Kaffee und Pfefferminzlikör. Er selbst trank nichts, solange ich da war. Er war ziemlich erregt und ging auf und ab, wobei er mir allerlei Drohungen an den Kopf warf.

Nach einer Weile erinnerte ich ihn daran, daß sein Kaffee kalt werde. ‹Scher dich zum Teufel!› lautete seine Antwort. Ich sagte: ‹O. k.› Dann machte er eine sehr unangenehme Bemerkung über meine Verlobte. Ich verlor die Beherrschung und gebrauchte einige – sagen wir mal, respektlose Ausdrücke. Dann ging ich hinaus und knallte die Tür zu. Als ich ihn verließ, stand er aufrecht hinter dem Tisch.

Ich ging zu Mrs. Minchin, um ihr zu sagen, daß ich wieder in die Stadt führe. Cedric wollte sich einmischen, aber ich sagte ihm, daß ich wisse, wem ich die ganze Schererei zu verdanken habe, und wenn er das Geld des Alten haben wolle, von mir aus herzlich gern. Mehr kann ich Ihnen nicht sagen.»

«Wenn Ihr Vater während Ihrer Anwesenheit nicht trank, wie erklären Sie die Tatsache, daß beide Likörgläser und beide Kaffeetassen benutzt waren?»

«Dann hat er seine wohl später benutzt. Er hat bestimmt nichts getrunken, ehe ich fortging.»

«Und er war noch am Leben, als Sie das Studierzimmer verließen?»

«Aber sehr.»

Mr. Whitehead, der Anwalt, erklärte die Testamentsbestimmungen des Verstorbenen. Cedric Whipley erhielt demnach eine jährliche Summe von zweitausend Pfund, die im Falle seines Todes an Raymond zurückfielen, der der Universalerbe war.

«Hat der Verstorbene jemals die Absicht geäußert, das Testament zu ändern?»

«Allerdings. Am Tage vor seinem Tode erwähnte er, daß er mit dem Verhalten seines Sohnes sehr unzufrieden sei, und wenn er ihn nicht zur Vernunft bringen könne, würde er ihn mit einer jährlichen Summe von eintausend Pfund abfinden und Mr. Cedric Whipley den Rest seines Vermögens vermachen. Mr. Raymonds Verlobte war ihm widerwärtig, und er erklärte, er wünsche nicht, daß die Kinder dieser Frau später sein Geld bekämen. Ich versuchte, ihn davon abzubringen, aber er nahm wohl an, daß die Dame die Verlobung auflösen würde, wenn sie davon hörte. Als Mrs. Minchin mich an dem fraglichen Abend anrief, war ich überzeugt, daß er ein neues Testament aufsetzen wollte.»

«Aber da er nicht mehr dazu gekommen ist, bleibt das Testament zugunsten von Mr. Raymond Whipley bestehen, nicht wahr?»

«Ganz recht.»

Inspektor Brown von der Bezirkspolizei berichtete dann über die Fingerabdrücke. Eine Kaffeetasse und ein Likörglas zeigten Mr. Raymonds Fingerabdrücke, die andere Tasse und das Glas mit dem Gift die von Mr. Whipley senior. Außer denen des Hausmädchens waren an Tassen und Gläsern keine anderen Abdrücke zu sehen, während die Likörflasche die Abdrücke von Vater und Sohn aufwies.

Mit dem Gedanken an die Möglichkeit des Selbstmords hatte die Polizei den Raum sorgfältig nach einer Flasche oder Phiole durchsucht, die vielleicht das Gift enthalten hatte. Man hatte aber nichts gefunden, lediglich im Kamin eine halbverbrannte Stanniolkapsel mit der verstümmelten Aufschrift: «... AU ... tier & Cie.» entdeckt.

Der Größe nach zu urteilen, hatte diese Kapsel jedoch den Korken einer Halbliterflasche bedeckt, und es erschien höchst unwahrscheinlich, daß ein Selbstmordkandidat einen halben Liter Blausäure kaufen würde. Auch war keine kürzlich geöffnete Flasche vorhanden, zu der die Kapsel gehörte.

An dieser Stelle tauchte ein schrecklicher Gedanke aus Mr. Eggs Unterbewußtsein auf – eine trübe Erinnerung an etwas, das er einst in einem Buch gelesen hatte. Die restliche Aussage des Inspektors, die rein formell war, entging ihm. Er wurde erst wieder aufmerksam, nachdem die Köchin und das Hausmädchen bewiesen hatten, daß sie den ganzen Abend zusammen verbracht hatten, und der Arzt aufgefordert wurde, seinen medizinischen Befund darzulegen.

Dieser erklärte, daß Mr. Whipley zweifellos an Vergiftung durch Zyankali gestorben sei. Nur eine sehr kleine Menge des Gifts war im Magen gefunden worden, aber selbst eine geringe Dosis wirkte bei einem Mann seines Alters und seiner natürlichen Gebrechlichkeit tödlich. Von allen bekannten Giften führt Zyankali am schnellsten zum Tode. Schon kurz nach dem Einnehmen traten Bewußtlosigkeit und Exitus ein.

«Wann haben Sie die Leiche zuerst gesehen, Doktor?»

«Ich kam um fünf Minuten vor zwölf, und da war Mr. Whipley mindestens schon seit zwei Stunden tot, wenn nicht noch länger.»

«Er konnte nicht, sagen wir mal, eine halbe Stunde vor Ihrer Ankunft gestorben sein, wie?»

«Unmöglich. Ich möchte sagen, um halb zehn herum und gewiß nicht später als halb elf.»

Als letztes wurde der Bericht des Analytikers verlesen. Der Inhalt der Likörflasche und der Kaffeesatz in beiden Tassen hatten sich als völlig harmlos herausgestellt. Beide Likörgläser enthielten ein paar Tropfen Pfefferminzlikör, und eins davon – das mit den Fingerabdrücken des alten Mr. Whipley – wies eine deutliche Spur von Blausäure auf.

Noch ehe der Coroner sein Resümee begann, lag es klar auf der Hand, daß die Sache für Raymond Whipley sehr finster aussah. Er besaß ein Motiv, und er allein konnte das tödliche Gift mit Leichtigkeit bekommen. Überdies fiel die Zeit des Todes fast genau mit dem Zeitpunkt seiner hastigen und aufgeregten Flucht aus dem Hause zusammen.

Selbstmord schien ausgeschlossen; die anderen Mitglieder des Haushalts konnten gegenseitig ihr Alibi beweisen; nichts deutete darauf hin, daß ein Fremder von außen her eingedrungen war. Es folgte das unvermeidliche Urteil: Raymond Whipley wurde des Mordes beschuldigt.

Mr. Egg verließ eilends den Saal. Zwei Dinge beunruhigten ihn – Mrs. Minchins Aussage und die halberinnerte Warnung, die er in einem Buch gelesen hatte. Er ging zum Postamt des Dorfes und schickte ein Telegramm an seine Arbeitgeber. Dann lenkte er seine Schritte zum Gasthof, wo er sich einen Tee bestellte, den er nachdenklich trank. Ihm schwante, daß dieser Fall für das Geschäft nicht gut sein würde.

Nach ungefähr einer Stunde wurde ihm die Antwort auf sein Telegramm überreicht. Sie lautete: «14. Juni 1893. Freeman & Toplady 1931» und war von dem Seniorpartner der Firma Plummett & Rose unterzeichnet.

Mr. Eggs heiteres, rundes Gesicht wurde von einer dunklen Wolke der Bestürzung und Qual überschattet. Er verzog sich in das Privatzimmer des Wirtes und meldete ein teures Ferngespräch nach London an. Weniger bestürzt, aber immer noch finster kam er nach einer Weile wieder zum Vorschein. Er stieg in seinen Wagen und begab sich auf die Suche nach dem Coroner.

Dieser begrüßte ihn freundlich und führte ihn ins Zimmer, wo auch Inspektor Brown und der Polizeichef des Bezirks versammelt waren.

«Nun, Mr. Egg», meinte der Coroner, «Sie sind sicher froh, daß dieser unglückselige Fall auf die Reinheit der von Ihrer Firma gelieferten Waren keinen Schatten wirft.»

«Um darüber mit Ihnen zu sprechen, habe ich mir die Freiheit genommen, Sie aufzusuchen. Geschäft ist Geschäft, aber Tatsachen sind Tatsachen, und meine Firma ist bereit, den Tatsachen ins Auge zu sehen. Ich habe mit Mr. Plummett telefoniert, und er hat mich ermächtigt, Ihnen die Sache vorzulegen.

Wenn ich es nicht täte», fügte Mr. Egg unumwunden hinzu, «so würde sich vielleicht ein anderer dafür finden, und das würde alles nur verschlimmern. ‹Warte nicht, bis peinliche Dinge bersten; muß die Wahrheit gesagt sein, sag du sie am ersten.› Mein Grundsatz – aus dem *Handbuch des Verkäufers*. Ein bemerkenswertes Buch, voll von gesundem Menschenverstand. Apropos gesunder Menschenverstand. Etwas von dieser Ware täte unserem jungen Freund auch keinen Schaden, nicht wahr?»

«Sie meinen Raymond Whipley?» sagte der Coroner.

«Meiner Ansicht nach ist dieser junge Mann ein pathologischer Fall.»

«Da haben Sie recht, Sir», pflichtete ihm der Inspektor bei. «Mir sind ja schon viele törichte Verbrecher unter die Augen gekommen, aber er übertrumpft sie alle. Leicht angeknackst, möchte ich sagen. Zankt sich mit seinem Vater, bringt ihn um und läuft dann in dieser höchst verdächtigen Art davon – warum hat er sich nicht gleich ein Schild umgehängt: ‹Ich bin der Täter!›? Aber wie Sie schon sagten, ist er wohl nicht ganz zurechnungsfähig.»

«Nun, das mag ja sein», bemerkte Mr. Egg. «Aber darüber hinaus haben wir es mit dem alten Mr. Whipley zu tun. Sehen Sie, meine Herren, ich kenne alle meine Kunden recht gut. Es gehört sozusagen zu meinem Beruf, ihre Neigungen auswendig zu wissen. Es hat keinen Sinn, einen 1847er Oleroso einem Herrn anzubieten, der seinen Sherry leicht und herbe liebt, oder einen Kunden, der auf ärztliche Verordnung bei Rheinwein bleiben muß, mit Gelegenheitskäufen von bestem Portwein zu quälen.

Nun erhebt sich die Frage: Wie ist der verstorbene Mr. Whipley überhaupt dazu gekommen, Pfefferminzlikör zu trinken? Er hat ihn nur für Damen bestellt. Er selbst konnte diesen Geschmack ganz und gar nicht ausstehen. Sie haben ja gehört, was er darüber zu Mr. Raymond gesagt hatte.»

«Das ist ein wichtiger Punkt», bemerkte der Polizeichef. «Ich darf wohl erwähnen, daß uns auch schon der Gedanke gekommen ist. Aber er muß das Gift in irgendeinem Getränk genommen haben.»

«Ich meine nur, behalten Sie das im Auge – das und die Dummheit bei diesem Mord, wenn er so geschehen ist, wie die Jury annimmt. Doch nun zu dieser Stanniolkapsel. Darüber kann ich Ihnen einiges sagen. Ich habe mich bei der Leichenschau nicht eingemengt, weil ich nicht alle Tatsachen beisammen hatte. Aber jetzt bin ich informiert. Wissen Sie, meine Herren, wenn an jenem Tag im Studierzimmer eine Kapsel von einer Flasche entfernt wurde, so muß eine dazugehörige Flasche existieren. Das ist doch logisch. Wo ist sie? Sie muß irgendwo sein. Flasche bleibt schließlich Flasche.

Nun, meine Herren, Mr. Whipley ist über fünfzig Jahre ein Kunde meiner Firma gewesen. Plummett & Rose ist ein altbekanntes Haus. Und Flaschen mit dieser Kapsel wurden von einer französischen Exportfirma auf den Markt gebracht, die im Jahre 1900 aufgelöst wurde. Prélatier & Cie. war der Name, und wir waren ihre Vertreter in diesem Lande. Diese Kapsel gehörte nun zu einer von dieser Firma exportierten Flasche Noyeau – Sie können die letzten beiden Buchstaben noch auf dem Stempel sehen – und wir haben am 14. Juni 1893 eine Flasche von Prélatiers Noyeau mit anderen Probeflaschen an Mr. Whipley geliefert.»

«Noyeau?» wiederholte der Coroner interessiert.

«Wie ich sehe, sagt Ihnen das etwas, Doktor.»

«Allerdings», erwiderte der Kronrichter. «Noyeau ist ein mit Bittermandelöl oder Pfirsichkernen gewürzter Likör, Mr. Egg, und enthält infolgedessen eine geringe Menge Blausäure.»

«Ganz recht», bestätigte Mr. Egg. «Normalerweise richtet er natürlich keinen Schaden an. Läßt man jedoch eine Flasche lange genug stehen, dann steigt das Öl an die Oberfläche, und es ist bekannt, daß das erste Glas aus einer alten Flasche Noyeau den Tod herbeiführen kann. Ich habe das in einem Buch, *Nahrungsmittel und Gifte,* gelesen, das vor einigen Jahren bei Freeman & Toplady erschienen ist.»

«Das ist ja Cedric Whipleys Firma», warf der Inspektor ein.

«Richtig», sagte Mr. Egg.

«Was wollen Sie damit andeuten, Mr. Egg?» erkundigte sich der Polizeichef.

«Nicht Mord, Sir», erwiderte dieser. «Nein, das nicht – obwohl es gewissermaßen dazu hätte führen können. Ich wollte nur sagen, daß nach Mr. Raymonds Fortgang der alte Herr vielleicht etwas nervös und unruhig wurde, wie das nach einer erregten Szene oft der Fall ist. Ich könnte mir denken, daß er den kalten Kaffee zu trinken begann und dabei das Verlangen nach einem Likör spürte.

Er geht also zum Schrank, kramt etwas darin herum und stößt auf diese alte Flasche Noyeau, die vierzig Jahre ungeöffnet dort gestanden hat. Er nimmt sie heraus, entfernt die Kapsel, die er ins Feuer wirft, und zieht den Korken mit seinem Korkenzieher, wie ich das oft bei ihm beobachtet habe. Dann schenkt er sich das erste Glas ein, ohne an die Gefahr zu denken, leert es, in seinem Sessel sitzend, und stirbt, ohne einen Hilferuf äußern zu können.»

«Sehr geistreich», bemerkte der Polizeichef. «Aber wo sind diese Flasche und der Korkenzieher geblieben? Und wie erklären Sie sich das Vorhandensein von Pfefferminzlikör in seinem Glas?»

«Aha!» sagte Mr. Egg. «Jetzt kommen wir der Sache schon näher. Irgend jemand hat seine Hand im Spiel gehabt, und zwar nicht Mr. Raymond; denn es war zu seinem Vorteil, alles so zu lassen, wie es war. Aber vielleicht ist gegen halb zwölf, als Mrs. Minchin ihr Zimmer aufräumte und die anderen Dienstboten im Bett lagen, jemand anders in das Studierzimmer gegangen, hat Mr. Whipley tot aufgefunden, daneben die Flasche Noyeau, und erraten, was geschehen war.

Nehmen wir einmal an, daß diese Person den Korkenzieher wieder in den Schrank legte, ein paar Tropfen Pfefferminzlikör aus Mr. Raymonds Glas in das andere schüttete und die Noyeau-Flasche mitnahm, um sie in Ruhe zu vernichten, wie sähe die Sache dann aus?»

«Aber wie konnte die Person das tun, ohne Fingerabdrücke auf Mr. Raymonds Glas zu hinterlassen?»

«Ganz einfach», erklärte Mr. Egg. «Er brauchte bloß den Stiel des Glases mit der ganzen Hand zu umschließen. So. Dann war nur ein schwacher Fleck am Oberteil des Glases zu sehen.»

«Und das Motiv?» fragte der Polizeichef.

«Nun, meine Herren, darüber möchte ich mich nicht äußern. Aber wenn Mr. Raymond wegen Mordes an seinem Vater gehängt worden wäre, so wäre das Geld seines Vaters wohl an den nächsten Verwandten gefallen – an den Herrn, bei dessen Firma das Buch erschienen ist, das uns genaue Auskunft über Noyeau gibt.

Es ist sehr unangenehm, daß meine Firma die fragliche Flasche geliefert hat. Eine Verantwortung müssen wir natürlich ablehnen. Aber wir werden in unserem demnächst erscheinenden Katalog eine Warnung hinzufügen.

Und Sie gestatten mir vielleicht, meine Herren, daß ich Ihnen unser neues Buch *Die hundertjährige Geschichte des Hauses Plummett & Rose* zusende. Es erscheint in eleganter Ausstattung – eine Zierde für jeden Bücherschrank.»

Das Einkommensteuergeheimnis

Michael Gilbert

Ich habe mein Anwaltsexamen vor dem Krieg bestanden und mich 1937 in eine kleine Kanzlei in der Londoner City eingekauft. Dann kam der Krieg, und ich wurde zum Heer eingezogen. Damals war ich bereits 35 Jahre alt. Da es nicht so aussah, als sollte ich viel von der Front sehen, besann ich mich auf meine Deutschkenntnisse und meldete mich zum Geheimdienst.

Nach Kriegsende kehrte ich nach London zurück, fand unsere alte Kanzlei zerbombt vor und den Partner tot. Unsere Anwaltspraxis hatte sich damit praktisch in Luft aufgelöst. Ich bekam problemlos eine Anstellung bei einer Firma in der Bedford Row, aber dort gefiel es mir nicht. Die Arbeit war unkompliziert, aber ohne Zukunftsperspektive. Also kündigte ich und trat in die Rechtsabteilung der Finanzbehörde ein.

Das mag sich noch langweiliger anhören als die Arbeit in einer privaten Anwalts-Sozietät, doch das ist ein Irrtum. Sobald ich meine pflichtgemäße Zusatzausbildung als Buchprüfer absolviert hatte, erhielt ich die Aufforderung, in die Ermittlungsabteilung der Finanzbehörde einzutreten, in der sich die Elite der Branche tummelte.

Fragt man einen Finanzbeamten nach der Aktiven Ermittlungsbehörde, kurz AEB genannt, so leugnet jeder deren Existenz. Das mag heißen, daß derjenige noch nie von dieser Abteilung gehört hat. Die meisten Ermittlungen in Steuersachen führen Buchprüfer durch, die Geschäftsbücher, Gewinn- und Verlustrechnungen und Quittungen prüfen und Fragen stellen, bis die Wahrheit ans Licht kommt. In einigen Fällen führt dies zu keinem Ergebnis. Die Ermittlungsbehörde muß aktiv werden. Jemand muß auf Faktenjagd gehen. Dann wird die AEB eingeschaltet.

Nicht immer geht es dabei um Millionenbeträge. Die Finanzbehörde glaubt, nachhaltigere Erfolge erzielen zu können, wenn sie an neuralgischen Punkten Exempel statuiert. Einen unserer spektakulärsten Erfolge konnten wir verbuchen, als ein Mitglied der Abteilung einen Gemüseladen aufmachte und – aber das ist eine andere Geschichte.

Als in den Akten der AEB der Name von Mr. Portway auftauchte, war es nur natürlich, daß das Dossier auf meinem Schreibtisch landete. Mr. Portway war nämlich Rechtsanwalt. Ich erinnere mich nicht mehr daran, wodurch wir zuerst auf ihn aufmerksam wurden – Sie wären überrascht, welche Beiläufigkeiten die AEB veranlassen können, aktiv zu werden: ein Gespräch im Zug, der Hinweis eines Versicherungsagenten, eine banale, aber lautstarke Prahlerei in einer Kneipe. Das Abhören von Telefongesprächen ist nicht unsere Sache, dazu ist es viel zu wenig effizient und, von unserem Standpunkt aus, völlig unnötig.

Der Fall Portway stellte sich so dar: Da war ein Mann, der ganz offenbar über erhebliche Mengen Geldes verfügte, ohne einen Finger krumm zu machen.

Eine erste Bestätigung des Verdachts erhielten wir durch eine verärgerte junge Frau, die Portway zuerst als Buchhalterin eingestellt und später wegen Unfähigkeit wieder entlassen hatte. Sie behauptete, Mr. Portway fahre einen teuren Wagen, kleide sich gut, gebe große Summen beim Weinhändler aus (sie hatte eine seiner Rechnungen gesehen), führe jedoch eine altmodische Ein-Mann-Kanzlei, die ihn nach allen Gesetzen der Wirtschaftlichkeit schon längst in den Ruin hätte treiben müssen.

Tagelang habe er gar keine Klienten, sagte sie, und verbringe den Vormittag bei der Lektüre eines Buches (es handle sich hauptsächlich um Krimis) in seinem Zimmer; dann mache er zwei Stunden Mittagspause, döse nach seiner Rückkehr etwas auf der Couch, trinke eine Tasse Tee und gehe nach Hause. An anderen Tagen kämen gelegentlich ein oder zwei Klienten. Die Geschäfte, die er betreue, seien fast ausschließlich An- und Verkäufe von Häusern und das Aufsetzen von Miet-, Hypothekar- und Verkaufsverträgen. Mr. Portway erledige dies alles persönlich. Er habe eine weibliche Kraft, die die Tipparbeiten erledige und im Vorzimmer sitze, und eine weitere (bis dahin unsere Informantin), die die Bücher führe.

Ich gehe davon aus, daß Sie über die Buchführung bei Rechtsanwälten keine Ahnung haben, und ich beabsichtige nicht, Ihnen darüber einen Vortrag zu halten; Tatsache ist jedoch, daß Rechtsanwälte, besonders zugelassene, praktische Anwälte, diesbezüglich strenge Auflagen haben – Auflagen, die gesetzlich verankert sind und deren Einhaltung von der Anwaltskammer peinlichst überwacht wird. Und das ist gut so, denn Anwälte handhaben viel Geld, das ihnen nicht gehört.

Nachdem unsere diskreten Nachforschungen ergeben hatten, daß Mr. Portway über kein Privatvermögen verfügte, beschlossen wir, uns des Falles anzunehmen. Einen Ansatzpunkt zu finden war nicht schwierig. Mr. Portway hatte keine Ahnung von Bilanzen. So klein seine Kanzlei auch war, er brauchte jemand, der zumindest mit den Grundbegriffen der Buchführung vertraut war, wenn er die jährliche obligate Buchprüfung überstehen wollte. Wir durchforschten die einschlägigen Zeitschriften, bis wir seine Annonce entdeckten. Ich bewarb mich um den Job.

Es entzog sich meiner Kenntnis, ob es noch andere Bewerber gab, aber ich war sicher, daß ich der einzige ausgebildete Jurist und Buchhalter war, der bereit war, den Hungerlohn zu akzeptieren, den Portway bot.

Mr. Portway entpuppte sich als kleiner, rundlicher, weißhaariger Herr mit rosaroten Bäckchen. Bei seinem Anblick dachte man automatisch an Dickens und seine Pickwickier, obwohl er weder Brille trug noch irgend etwas Eulenhaftes an sich hatte. Drängte sich überhaupt ein Vergleich auf, dann eher der mit einer Schildkröte. Er hatte eine ledrige Haut, den unerschütterlichen Gesichtsausdruck eines Zynikers und die breite Oberlippe des Lebenskünstlers.

Er begrüßte mich herzlich und zeigte mir mein Büro. Die Praxis erstreckte sich über Parterre und Keller eines Bürohauses. Mr. Portways sogenanntes Heiligtum lag vom Eingang aus gesehen rechts. Die Fenster führten auf den gepflasterten Innenhof mit Brunnen, dem einzigen Überbleibsel von Lombards Inn, dem ehemaligen Gasthof, der hier gestanden hatte. Es war ein hübsches Zimmer, eher klein, das die rundum stehenden Regale voller gebundener Entscheidungssammlungen noch enger erscheinen ließen. Mein Zimmer lag links vom Eingang, war noch kleiner und noch spärlicher möbliert. Im Keller lagen die Lagerräume für alte Akten und Urkunden und eine unterirdische Stahlkammer.

Sie haben jetzt eine ungefähre Vorstellung von der kleinräumigen Überschaubarkeit der Kanzlei und verstehen vermutlich, warum ich meine Aufgabe als leicht einschätzte. Ich ging davon aus, daß eine Woche mehr als ausreichen würde, um herauszufinden, ob in diesem Betrieb tatsächlich etwas nicht stimmte.

Darin irrte ich gründlich.

Eine Woche genügte zwar, um festzustellen, daß etwas *nicht* stimmte. Aber gegen Ende des ersten Monats war ich meinem Ziel, herauszufinden, *was* nicht stimmte, noch keinen Schritt näher gekommen.

Ich berichtete meinen Vorgesetzten schriftlich über meine dürftigen Erkenntnisse.

«Mr. Portway», schrieb ich, «führt eine Kanzlei, die ihm gerade genug einbringt, um die Gehälter seiner beiden Angestellten, die Miete, die Stromrechnung und andere Unkosten bezahlen zu können, wobei für ein persönliches Einkommen kein Penny übrigbleibt. Im Gegenteil, gelegentlich muß er kleinere Defizite in der Bürokasse aus eigener Tasche ausgleichen. Private Einkünfte hat er nicht. Es gehört zu meinen Aufgaben als Buchhalter, Mr. Portways persönliche Steuererklärung vorzubereiten (was, wie ich fairerweise gestehen muß, auf seinen Vorschlag hin geschah), und abgesehen von einem kleinen Depot Kriegsanleihen und gelegentlichen Einkünften aus Artikeln über Weine, ein Gebiet, auf dem er als anerkannter Experte gilt, hat er – oder so gibt er vor – keine anderen Einkommensquellen. Aber obwohl er praktisch kein Einkommen hat, lebt er in guten Verhältnissen und scheint sich kaum einen Luxus zu versagen. Er lebt nicht unbedingt extravagant, aber ich schätze ohne Zögern, daß sich seine persönlichen Ausgaben auf etwa dreitausend Pfund pro Jahr belaufen.»

Meine Vorgesetzten empfanden diesen Bericht als so wenig zufriedenstellend, daß ich zu einem persönlichen Gespräch gebeten wurde. Der Chef der Abteilung war damals Dai Evans, ein rundlicher, quicklebendiger Waliser. Obwohl er mit allen Mitgliedern seiner Abteilung per du war, war mit ihm nicht gut Kirschen essen.

«Soll ich an Wunder glauben, Michael?» fragte er. «Wie kann ein Mann stets über eine beachtliche Geldsumme verfügen, ohne sie irgendwo zu verdienen?»

«Vielleicht druckt er sich sein Geld selbst», entgegnete ich.

Dai beschloß, den Einwand ernst zu nehmen. «Ein Geldfälscher, meinst du? Das halte ich für unwahrscheinlich.»

«Nein», widersprach ich. «So habe ich das nicht gemeint. (Ich wußte so gut wie jeder andere, daß das Fälschen von Banknoten einschließlich der Beschaffung des Spezialpapiers jeden Normalbürger überforderte.) «Ich dachte eher, daß er vielleicht einen Vorrat hat. Leute hamstern Geld. Daran ist nichts Illegales. Angenommen, er hat vor dem Krieg viel Geld gemacht und es irgendwo versteckt. Vielleicht in seiner Stahlkammer im Keller. Den Schlüssel dazu trägt er immer bei sich. Außerdem ist die Stahlkammer der einzige Raum, zu dem außer ihm niemand Zutritt hat. Jede Woche holt er gut zwei Dutzend Pfundnoten heraus und gibt sie aus.»

Dai brummte: «Warum macht er sich dann die Mühe, eine Kanzlei zu unterhalten? Du sagst, sie kostet ihn nur Geld. Warum bringt er seinen Hamstervorrat nicht in ein Bankschließfach? Würde ihm Geld und Mühe sparen. Die Sache gefällt mir nicht, Michael. Wir sind da einer Schweinerei auf der Spur, Junge. Bleib dran.»

Also kehrte ich zur Lombards Inn zurück und hielt Augen und Ohren offen. Und während die Wochen vergingen, wurde das Rätsel immer ärgerlicher und unergründlicher.

Im Lauf des folgenden Monats stellte ich eine sehr sorgfältige Kalkulation auf. In einem einzigen Monat leistete Mr. Portway beim Kauf eines Hauses in Höhe von 5000 Pfund und dem Verkauf eines anderen für denselben Betrag Rechtsbeistand. Er entwarf den Mietvertrag für ein Büro in der City und erstellte die Hypothek einer alten Dame bei einer Baugesellschaft. Das

Einkommen aus diesen Transaktionen betrug genau 171,50 Pfund. Das waren exakt fünf Pfund weniger als die Unkosten für die Kanzlei während desselben Zeitraums...

Eines Tages, kurz nach drei Uhr nachmittags, mußte ich Mr. Portway zufällig einige Papiere überbringen. Ich fand ihn in einem Sessel am Kamin sitzend, die *Times* (die er täglich von der ersten bis zur letzten Seite las) in der einen und ein Glas Wein in der anderen Hand.

«Sie sehen mich meinem heimlichen Laster frönen», empfing er mich. «Ich gehöre noch zur alten Schule. Für mich muß ein roter Bordeaux nach dem Mittagessen und ein Burgunder nach dem Abendessen getrunken werden.»

Ich selbst bin ein Liebhaber französischer Weine. Und Mr. Portway konnte mein flüchtiger Blick auf das Flaschenetikett nicht entgangen sein.

«Es ist ein Pontet Canet», sagte er. «Jahrgang 1943. Sicher der beste Kriegsjahrgang und beinahe die beste Schloßabfüllung des Jahres. Im Aktenschrank steht ein Glas, Mr. Gilbert.»

Wein trinkt man nicht im Stehen. Bevor ich wußte, wie mir geschah, saßen wir nebeneinander vor dem Kamin, die Flasche zwischen uns. Nach dem zweiten Glas begann Mr. Portway in Erinnerungen zu schwelgen. Ich spitzte die Ohren, natürlich um nützliche Information aufzuschnappen. Trotzdem war ich nicht ganz bei der Sache. Der Privatmann in mir genoß in diesem Moment einen exzellenten Bordeaux und die Gesellschaft eines Lebenskünstlers.

Offenbar war Mr. Portway erst spät zur Jurisprudenz gekommen. Er hatte bei Bertolozzi, dem großen florentinischen Kupferstecher, Kunst studiert und dann einige Jahre in der Werkstatt von Groener gearbeitet, der sich auf Metallintarsien und Metallreliefs spezialisiert hatte. Mr. Portway nahm eine schöne kleine Kopie des päpstlichen Kolophons in Kupfer, die er selbst angefertigt hatte, vom Kaminsims. Später hatte ihn der Erste Weltkrieg, den er hauptsächlich in Ägypten verbracht hatte, aus der Bahn geworfen.

«Ich hatte plötzlich das Bedürfnis nach etwas Handfesterem in meinem Leben als die Kunst des Metallreliefs», erzählte er. Daraufhin hatte er es mit Architektur versucht, war gescheitert und hatte sich danach für Jura entschieden – hauptsächlich, um einem kinderlosen Onkel einen Gefallen zu tun.

«Seit zwei Jahrhunderten hat es Portways in Lombards Inn gegeben», sagte er. «Leider werde ich wohl der letzte sein.»

Das Klingeln des Telefons unterbrach unsere Plauderei, und ich kehrte in mein Büro zurück.

Während ich an diesem Abend über den Stand der Dinge nachdachte, gelangte ich zu der Einsicht, daß Mr. Portway mir die Antwort auf ein Rätsel serviert hatte, indem er mir ein anderes stellte.

Seit zwei Jahrhunderten hat es Portways in Lombards Inn gegeben. Eine sentimentale Verpflichtung? War das vielleicht der Grund, weshalb er willens war, die Praxis aus eigener Tasche zu finanzieren, die ihm nicht länger ein Auskommen gewährleistete? Aber woher kam das Geld? Je intensiver man sich mit dem Problem beschäftigte, desto absurder wurde es.

Als Buchhalter, Sie erinnern sich, gingen sämtliche Einnahmen und Ausgaben der Firma über meinen Schreibtisch. Ich wußte also – hundertprozentig und definitiv –, daß kein Penny in Mr. Portways Tasche floß. Im Gegenteil, fast jeden Monat mußte er einen Scheck von seinem Privatkonto zuschießen, damit die Kanzlei handlungsfähig blieb. Und seine Bankauszüge verzeichneten weder Beträge aus den Einnahmen der Kanzlei noch aus anderen Quellen.

Aber woher nahm er das Banknotenbündel, das er stets in seiner Brieftasche hatte? Zwangsläufig gelangte ich zu dem einzig logischen Schluß: daß Mr. Portway eine absolut sichere und diskrete Methode entdeckt haben mußte, selbst Geld herzustellen.

Dabei schloß ich die herkömmliche Geldfälschung aus. Obwohl Mr. Portway eine Ausbildung als Graveur besaß, von der er ja offen gesprochen hatte, waren die Probleme und Schwierigkeiten zu groß. Woher hätte er das Spezialpapier beziehen sollen? Und die Scheine, die ich gesehen hatte, sahen nicht im entferntesten wie Fälschungen aus.

Ich hatte daher etwas ganz anderes ins Auge gefaßt. Der Kern des Geheimnisses mußte in der Stahlkammer liegen. Dies war der einzige Raum, den niemand außer Mr. Portway je betreten hatte, der Raum, für den er allein einen Schlüssel besaß. So sehr ich mich auch bemüht hatte, ich hatte nicht einmal einen flüchtigen Blick durch die Stahlkammertür erhaschen können. Benötigte Mr. Portway eine Urkunde aus der Stahlkammer, wartete er stets, bis ich zum Mittagessen gegangen war, und holte sie dann. Außerdem verließ er ausnahmslos als letzter abends das Büro.

Die Tür zur Stahlkammer war solide, altmodische Handwerksarbeit. Wenn man allerdings Zeit und Geduld hat, kann man letztendlich jedes Schloß knacken. Zumindest den Schlüssel hatte ich zweimal gesehen, was schon ein großer Pluspunkt war. Es dauerte nicht lange, bis ich mir Schlüssel verschafft hatte, von denen ich fast sicher annahm, daß ich damit die Tür würde öffnen können. Als nächstes mußte ich nur eine günstige Gelegenheit abpassen.

Schließlich verfiel ich auf einen recht einfachen Plan.

Eines Nachmittags erklärte ich Mr. Portway, gegen drei Uhr eine Verabredung mit unserem zuständigen Finanzbeamten zu haben, die vermutlich eineinhalb Stunden dauern werde. Ich bat, danach gleich nach Hause gehen zu dürfen. Mr. Portway war einverstanden. Er war dabei, einen komplizierten Übereignungsvertrag aufzusetzen, der ihn noch eine Weile an den Schreibtisch fesseln würde.

Ich kehrte in mein Zimmer zurück, nahm Hut, Regenmantel und Aktentasche und schlich auf Zehenspitzen in den Keller. Lautlos öffnete ich die Tür eines der Lagerräume. Die Mittagspausen der vergangenen Tage, in denen ich allein in der Kanzlei gewesen war, hatte ich dazu genutzt, eine Front von Urkundenkassetten etliche Zentimeter von der Wand abzurücken und darauf bündelweise alte Zeitungen zu stapeln. Nachdem ich die Tür des Lagerraums wieder geschlossen hatte, zwängte ich mich vorsichtig in mein Versteck. Abgesehen davon, daß der von mir aufgewirbelte Staub zum Niesen reizte, war es erträglich. Bald hatten sich die Staubpartikel wieder gesetzt, und eine gewisse Schläfrigkeit überfiel mich.

Es war fünf Uhr, bevor ich Mr. Portway hörte. Seine Schritte kamen den Kellergang entlang und verhielten dann. Ich hörte, wie er die Tür gegenüber der Stahlkammer öffnete. Einige Minuten blieb alles still. Die Tür wurde wieder geschlossen. Im nächsten Moment wurde meine Tür geöffnet. Die Deckenbeleuchtung flammte auf.

Ich hielt die Luft an. Das Licht erlosch, und die Tür ging wieder zu. Ich hörte das Klicken des Schlüssels im Schloß. Dann entfernten sich die Schritte.

Mr. Portway war gründlich, das mußte man ihm lassen. Ich hörte, wie er sogar die Toiletten kontrollierte. (Ursprünglich hatte ich erwogen, mich dort einzuschließen. Jetzt war ich froh, den Plan verworfen zu haben.) Schließlich entfernten sich die Schritte nach oben; ich hörte ihn weiter hin und her gehen, die große äußere Kanzleitür schlug zu, dann herrschte wohltuende Stille in allen Räumen.

Ich wartete fast zwei Stunden. Die einzige Unwägbarkeit stellte die Putzfrau dar, eine unberechenbare alte Frau namens Gertie. Sie besaß einen eigenen Schlüssel und kam manchmal abends, manchmal erst am frühen Morgen. Über Wochen hatte ich ihre Gewohnheiten studiert. Später als Viertel vor acht Uhr abends hatte sie die Kanzlei nie verlassen.

Gegen halb neun hatte ich das Gefühl, vor ihr sicher zu sein und mit meinen Nachforschungen beginnen zu können.

Die Tür des Lagerraums war kein Hindernis für mich. Das Schloß war auf meiner Seite angebracht, so daß ich es nur abzuschrauben brauchte. Die Tür zur Stahlkammer war schon ein anderes Kaliber. Ich hatte mir all die Dinge beschafft, die in der einschlägigen Branche als die geeigneten Hilfsmittel galten – Schlüsselrohlinge für mehrere Schloßtypen mit grob ausgeformten Bärten, mit denen sich fast alle alten Schlösser öffnen ließen. Nun war es an mir, herauszufinden, welcher am besten geeignet war, und diesen schließlich auf Paßform zu feilen, bis er das Schloß öffnete. (Bei modernen Sicherheitsschlössern, bei denen alles millimetergenau aufeinander abgestimmt ist, funktioniert diese Methode nicht; alte Schlösser jedoch, deren Prinzip auf starken Federn und komplizierten Verzahnungen basiert, sind trotz der furchterregend aussehenden Schlüssel wesentlich einfacher zu knacken.)

Gegen halb elf Uhr hörte ich das erregende Klicken, das Erfolg versprach. Ich stieß die Stahltür auf, knipste das Licht an und trat ein.

Vor mir lag ein kleiner Tresorraum mit weißgetünchten Ziegelwänden. In den Holzregalen zu beiden Seiten lagerten dunkle Dokumentenkassetten. Darauf verschwendete ich keine Zeit. Ich konnte mir denken, was sie enthielten.

Zu meiner Linken, hinter der Tür, stand ein Tisch. Auf diesem Tisch entdeckte ich einen Kasten aus massivem Teakholz mit Messingbeschlägen – wie man ihn verwendete, um ein Mikroskop aufzubewahren, nur größer. Er war mit einem kleinen Bramahschloß gesichert, für das keines meiner mitgebrachten Werkzeuge taugte.

Ohne große Hoffnung auf Erfolg versuchte ich mich eine Weile an dem Schloß. Wenn der Kasten auch schwer war, so schien mir schließlich die einzige Chance zu sein, ihn mitzunehmen und ihn einem Fachmann zu überlassen. Falls sich allerdings herausstellte, daß er lediglich ein wertvolles Mikroskop enthielt, das ein Klient Mr. Portway zur Aufbewahrung anvertraut hatte, war ich blamiert.

Plötzlich kam mir eine Idee. Im Regal neben der Tür stand eine schwarze Metallkassette mit dem Etikett *E. Portway – Persönlich.* Es handelte sich um die Art von Kassette, in der ein vorsichtiger Mensch seine Kriegsanleihen und Ausweispapiere aufbewahrt. Die Kassette war ebenfalls verschlossen – jedoch mit einem normalen Vorhängeschloß, zu dem ein Schlüssel aus meiner Sammlung paßte. Ich öffnete sie. Tatsächlich lag oben auf einem Stapel von Papieren ein abgegriffenes Schlüsseletui aus Leder, das einen einzelnen Bramahschlüssel aus Messing enthielt.

Mein Atem ging schwer. War die abgestandene Luft in dem Kellergewölbe daran schuld? Zu allem entschlossen, steckte ich den Messingschlüssel in das winzige Schlüsselloch und drehte ihn herum. Ich schlug den Deckel der Kassette zurück – und vor mir lag Mr. Portways Geheimnis.

Zuerst war der Anblick enttäuschend. Es handelte sich lediglich um eine kleine Druckpresse, wie man sie für Firmensiegel verwendet. Ich hob sie aus dem Kasten, nahm ein weißes Blatt Papier aus dem Regal, schob es in die Presse und drückte den Hebel hinunter. Ich ließ den Hebel wieder los und zog das Blatt Papier heraus.

Auf dem Bogen prangte ein orangerotes behördliches Steuerzeichen im Wert von zwanzig Pfund. Ich wandte mich erneut dem Holzkasten zu. Er enthielt ein Tablett mit je nach Nennwert sorgfältig sortierten Prägestöcken über zehn Shilling, ein Pfund Sterling, zwei Pfund Sterling, fünf Pfund Sterling und weiter aufwärts bis zu hundert Pfund Sterling.

Ich nahm einen der Prägestöcke heraus und hielt ihn ans Licht. Er war perfekt gemacht. Mr. Portway hatte seine Zeit in Bertolozzis Florentiner Atelier nicht vergeudet. Hinter dem jeweiligen Prägestempel fand ich sogar mehrere kleine Rädchen, mit denen das Datum eingestellt werden konnte, jedes einzelne ein Meisterwerk der Uhrmacherkunst.

Plötzlich hörte ich Schritte im Hof, und Mr. Portway stand in der Tür, bevor ich auch nur die Chance hatte, den Prägestempel aus der Hand zu legen.

«Was machen Sie denn hier?» fragte ich reichlich dämlich.

«Sobald das Licht im Tresorraum angeknipst wird», erklärte Mr. Portway, «gehen sämtliche Lampen in meinem Büro an. Ich habe ein nützliches Arrangement mit dem Hausmeister des großen Wohnblocks am Ende der Straße. Er behält meine Kanzlei immer im Auge. Wenn er Licht sieht, ruft er mich sofort an.»

«Verstehe», murmelte ich. Nachdem ich mich vom ersten Schreck erholt hatte, war ich vollkommen ruhig. Körperlich war ich dem doppelt so alten und wesentlich kleineren Mr. Portway sowieso überlegen. «Ich habe gerade Ihre heimlichen Arbeiten bewundert. Eine eigene Druckerei für Steuermarken! Eine Meisterleistung, Mr. Portway.»

«Ja, nicht wahr?» stimmte mein Arbeitgeber zu und sah unter der grellen Deckenbeleuchtung blinzelnd zu mir auf. Sein Schildkröten-Gesicht verriet weder Angst noch Wut, eher ein vergnügliches Schmunzeln angesichts der überraschenden Wendung der Dinge. «Sind Sie Privatdetektiv?»

«AEB – Ermittlungsbehörde der Finanzverwaltung.»

«Und Sie haben meine kleine Maschine bewundert?»

«Überrascht mich offen gestanden, daß außer Ihnen noch nie jemand darauf gekommen ist.»

«Ja», sagte er. «Das Maschinchen ist sehr nützlich. Für einen praktizierenden Rechtsanwalt jedenfalls. Ich bin darauf gekommen, weil ich mich geärgert habe, daß meine Klienten der Regierung mehr Geld bezahlen müssen als an mich. Und die Regierung macht schließlich keinen Finger krumm. Ist Ihnen klar, daß ich für den Kaufvertrag eines Hauses im Wert von fünftausend Pfund ein Honorar von zirka dreiundvierzig Pfund bekomme, während die Regierung hundert Pfund kassiert?»

«Skandalös», pflichtete ich bei. «Also haben Sie diese kleine Maschine gebaut, um das Mißverhältnis auszugleichen. Wenn ich's mir überlege, die einfachste Form der Fälschung – und dabei todsicher.» Je mehr ich darüber nachdachte, desto besser gefiel mir die Sache. «Wenn ich nur daran denke, welchen Aufwand man treiben muß, um Hundertpfundnoten zu fälschen! Allein die Beschaffung des Spezialpapiers! Hier genügen die kleine Maschine, Prägestempel, ein bißchen Armkraft –»

«Oh, ein bißchen mehr steckt schon dahinter», widersprach Mr. Portway herablassend. «Wer Banknoten fälscht, ist ein Idiot. Die Blüten müssen in Umlauf gebracht werden, und jede einzelne ist eine potentielle Gefahr für den Fälscher. Hier verschwindet jedes Dokument, das mit einem Steuerzeichen versehen wurde, umgehend in einer Urkundenkassette, wo es mindestens zwanzig Jahre unbehelligt liegenbleibt. Wahrscheinlich interessiert sich nie wieder jemand dafür.»

«Für den Buchhalter», sagte ich, «ist das der reizvollste Punkt. Lassen Sie mich raten! Bei einem Hauskauf, zum Beispiel, gibt Ihnen Ihr Klient zwei Schecks, einen für Ihr Honorar, der auf die übliche Art durch die Bücher geht, und einen zweiten für die Stempelsteuer. Stimmt's?»

«Einen Barscheck.»

«Natürlich einen Barscheck. Den lösen Sie persönlich bei der Bank ein, kommen hierher.»

«Ich habe mir stets die Mühe gemacht, durch die Stempelabteilung zu gehen, für den Fall, daß mich jemand beobachtet.»

«Eine vernünftige Vorsichtsmaßnahme», lobte ich. «Dann kommen Sie hierher, versehen persönlich das Dokument mit der staatlichen Steuermarke und stecken die Steuer in die eigene Tasche. In Ihren Büchern taucht die Summe nie auf.»

«Genauso ist es», sagte Mr. Portway. Er schien meine schnelle Auffassungsgabe zu schätzen.

«Nur eines begreife ich nicht ganz», fuhr ich fort. «Sie sind Junggeselle, ein Mann mit einfachen Bedürfnissen. Könnten Sie nicht – ich möchte nicht überheblich klingen – aber wenn Sie härter arbeiten würden, könnten Sie nicht ganz legal genug Geld verdienen, um ein Auskommen zu haben?»

Mr. Portway sah mich für einen Moment an, und sein Lächeln vertiefte sich.

«Offenbar», sagte er, «hatten Sie noch keine Zeit, den Rest der Stahlkammer zu durchsuchen. Meine Ansprüche sind alles andere als bescheiden, Mr. Gilbert. Und in Anbetracht der skandalösen, verbrecherischen Steuerpolitik unserer Regierung – oh, ich bitte um Verzeihung! Ich vergaß einen Augenblick –»

«Sie brauchen sich nicht zu entschuldigen», wehrte ich ab. «Ich habe oft dasselbe gedacht. Sie sprachen von Ihren Ansprüchen . . .?»

Mr. Portway trat vor zwei große Dokumentationskassetten mit herunterklappbarem Vorderteil. Auf dem Etikett stand *Lord Lampeters Nachlaß*. Er öffnete sie mit einem Schlüssel, den er an einer Kette bei sich trug. Der Metallkasten enthielt ein Regal, und im Regal zählte ich die staubigen Hälse von einem Dutzend Flaschen.

«Château Margaux, Jahrgang 1934. Ich kann kaum behaupten, daß er jetzt schon seine Spitzenreife erreicht hat. Und hier» – er schloß die Kassette *Dean von Melchester, Familienangelegenheiten* auf – «hier verwahre ich einen echten Schatz. Einen Mouton Rothschild 1924.»

«1924!»

«In Magnumflaschen. Ich weiß, daß Sie einen guten Tropfen zu schätzen wissen, und da dies vielleicht unsere letzte Gelegenheit ist . . .»

«Tja . . .»

Mr. Portway nahm einen Korkenzieher, ein Dekantiergefäß und zwei Gläser aus einem kleinen Schrank mit der Aufschrift *Grundstücks-Formulare*, entkorkte routiniert den Mouton Rothschild und dekantierte ihn mit ruhiger Hand. Dann schenkte er zwei Gläser ein. Wir hielten sie gegen die nackte Glühbirne an der Decke, um die dunkle, samtene, beinahe schwarzrote Farbe des Weines zu prüfen, und nahmen unseren ersten köstlichen Schluck. Der Wein rann seidig durch die Kehle.

«Was, sagten Sie, haben Sie in den anderen Kassetten?» fragte ich schwärmerisch.

«Meine Vorliebe gilt den großen Bordeaux-Weinen», erwiderte Portway. «Da ich erst 1945 zu kaufen angefangen habe, habe ich natürlich keinen Wein, den man als echtes Museumsstück bezeichnen könnte. Aber ich habe ein kleines Los Château Talbot 1927, der fast zu gut ist, um wahr zu sein.» Er deutete auf die Kassette *Marquise von Gravesend* in der Ecke. «Dann ist da ein Romanée Conti 1937 – aber Ihr Glas ist ja leer...»

Nachdem wir den Mouton Rothschild in einvernehmlichem Schweigen getrunken hatten, sah ich auf die Uhr. Es war zwei Uhr morgens.

«Jetzt finden Sie kaum ein Taxi oder einen Bus nach Hause», sagte Mr. Portway. «Darf ich vorschlagen, daß wir dem guten Bordeaux einen noblen Burgunder folgen lassen, wie es sich nach alter Sitte gehört?»

«Tja...» begann ich.

Ich war mir durchaus bewußt, daß ich mich in meiner offiziellen Stellung als Steuerfahnder korrumpieren ließ. In Wirklichkeit jedoch stand mein Entschluß längst fest. Als der Morgen graute und der Romanée Conti zur Neige ging, einigten wir uns über einen Partnerschaftsvertrag.

Der Name der Sozietät sollte Portway & Gilbert, Lombards Inn 7 lauten.

Falls Sie also zufällig daran denken, ein Haus zu kaufen...

Nagelprobe mit einem Toten

Stanley Ellin

Es war ein schlimmer Augenblick. Das Café in der Rue de Rivoli hatte verlockend ausgesehen; ich hatte mich an einen der Tische draußen an der Straße gesetzt, und als ich dann zufällig zum Nebentisch hinüberblickte, merkte ich, daß ich einer jungen Frau in die Augen starrte, die mich in überraschtem Wiedererkennen ansah. Es war Madame Sophia Kassoulas. Plötzlich ragte die Vergangenheit über mir auf wie ein ungeheurer Geist aus der Flasche. Der Schock war so groß, daß ich fühlte, wie mir das Blut aus dem Gesicht wich.

Madame Kassoulas war augenblicklich an meiner Seite.

«Monsieur Drummond, was ist? Sie sehen so krank aus. Kann ich irgend etwas für Sie tun?»

«Nein, nein. Etwas zu trinken, das ist alles. Kognak, bitte.»

Sie bestellte mir einen Kognak, setzte sich dann und knöpfte mir besorgt das Jackett auf. «Oh, ihr Männer. Wie ihr euch in dieser Sommerhitze anzieht!»

Unter anderen Umständen hätte das durchaus angenehm sein können, aber ich stellte mit Verlegenheit fest, daß ich den anderen Cafébesuchern das Bild eines bedauernswerten weißhaarigen alten Großvaters bieten mußte, der von seiner weichherzigen Enkelin umsorgt wurde.

«Madame, ich versichere Ihnen –»

Sie drückte mir einen Finger fest auf die Lippen. «Bitte! Kein Wort mehr, bis Sie Ihren Kognak haben und wieder in Ordnung sind. Kein einziges Wort.»

Ich gab nach. Außerdem war eine Umkehrung der Verhältnisse nur fair. Bei der alptraumhaften Szene vor sechs Monaten, als wir zuletzt zusammengewesen waren, hatte sie Schwäche gezeigt und ich war derjenige gewesen, der sie wieder auf die

Beine gebracht hatte. Bei unserer jetzigen Begegnung mußte sie ebenso jäh wie ich von bösen Erinnerungen befallen worden sein. Aber sie hielt sich gut; ich bewunderte sie.

Man brachte mir den Kognak, und obwohl ich mich sozusagen *in extremis* befand, hielt ich ihn automatisch gegen die Sonne, um die Farbe zu prüfen. Madame Kassoulas' Lippen verzogen sich zu einem schwachen Lächeln.

«Der gute Monsieur Drummond», murmelte sie. «Immer ein Connaisseur.»

Das war ich wirklich. Und das hatte auch – ich erkannte es in grimmiger Erinnerung – das Ganze ins Rollen gebracht, an einem Tag, so sonnig wie dieser, voriges Jahr in Paris ...

Es war der Tag, an dem mich ein Mann namens Max de Maréchal im Büro meiner Firma, Broulet und Drummond, Weinhandlung, in der Rue de Berri aufsuchte. Ich kannte de Maréchal flüchtig als Herausgeber der teuren kleinen Zeitschrift *La Cave*, die einzig und allein zur Unterrichtung von Weinkennern publiziert wurde. Kein Fachorgan, sondern eine Art Sprachrohr für *La Société de la Cave*, einen kleinen, auserlesenen Zirkel von Weinkennern und Weinliebhabern. Da ich die Ansichten der Zeitschrift im allgemeinen teilte, freute ich mich, ihren Herausgeber kennenzulernen.

Als ich ihn dann sah, stellte ich allerdings fest, daß ich ihn ganz und gar nicht mochte. Er war Mitte Vierzig, einer dieser adretten, übergesunden Typen, die wie abgedankte Heldendarsteller wirken. Außerdem hatte er einen fieberhaften Bewegungsdrang, der mich nervös machte. Ich selbst bin eher langsam und phlegmatisch. Menschen gegenüber, die ständig in höchster Aufregung herumspringen wie ein Pingpongball auf einem Wasserstrahl, fühle ich mich höchst unbehaglich.

Er sei gekommen, sagte er, um ein Interview mit mir zu machen. Er bereite eine Artikelserie in seiner Zeitschrift vor und frage verschiedene Weinexperten, welches nach ihrer Meinung der größte Wein sei, den sie je gekostet hätten. So könne man vielleicht zu einer Übereinstimmung kommen und sie festlegen. Falls ...

Ich unterbrach ihn: «Falls es überhaupt möglich ist, Einigkeit über den größten Wein zu erzielen. Wenn Sie ein Dutzend Experten fragen, bekommen Sie auch ein Dutzend verschiedener Meinungen.»

«Anfangs sah es in der Tat so aus. Inzwischen habe ich aber festgestellt, daß mehrere sich für nur zwei bestimmte Weine entschieden haben.»

«Und für welche?»

«Beide sind Burgunder. Einer ist der Richebourg 1923. Der andere ist der Romanée-Conti 1934. Ohne Frage gehören beide zu den edelsten Weinen.»

«Ohne Frage.»

«Würden auch Sie einen davon als den Ihrer Ansicht nach größten bezeichnen?»

«Ich lehne es ab, eine Wahl zu treffen, Monsieur de Maréchal. Bei solchen Weinen sind Vergleiche nicht nur idiotisch, sie sind unmöglich.»

«Dann glauben Sie nicht, daß es einen Wein gibt, der ganz allein, ohne Konkurrenz, an der Spitze steht?»

«Doch, es ist möglich, daß es einen solchen Wein gibt. Ich habe ihn zwar nie probiert, aber die Beschreibungen, die von ihm existieren, loben ihn ohne Einschränkung. Ein Burgunder natürlich, von einem Weingut, das niemals wieder etwas Ähnliches produziert hat. Können Sie sich denken, welchen Wein ich meine?»

«Ich glaube, ja.» De Maréchals Augen glänzten. «Der glorreiche Nuits Saint-Oen 1929. Stimmt's?»

«Ja.»

Er zuckte die Achseln. «Aber was nützt es mir, das zu wissen, wenn ich noch niemanden getroffen habe, der ihn wirklich probiert hat? Ich möchte mich in meiner Artikelserie mit lebenden Experten befassen. Alle, die ich fragte, haben von diesem legendären Saint-Oen gehört, aber kein einziger hat eine Flasche davon auch nur gesehen. Welch ein Unglück, wenn von einem solchen Jahrhundertwein – dem möglicherweise allergrößten – nur eine Legende bleibt. Wenn es doch nur noch eine, eine einzige Flasche auf Erden gäbe –»

«Warum sind Sie so sicher, daß es keine mehr gibt?» fragte ich.

«Warum?» De Maréchal lächelte mitleidig. «Weil es nicht sein kann, mein lieber Drummond. Vor nicht allzulanger Zeit war ich selbst auf dem Weingut Saint-Oen. Die Unterlagen des *vigneron* weisen aus, daß insgesamt nur vierzig Dutzend Kisten des 1929ers produziert wurden. Überlegen Sie! Jämmerliche vierzig Dutzend Kisten, über all die Jahre von damals bis heute verteilt, und Tausende von Weinkennern, die nach ihnen gierten. Ich versichere Ihnen, die letzte Flasche wurde schon vor einer Generation geleert.»

Ich hatte nicht vorgehabt, es zu verraten, aber sein herablassendes Lächeln ging mir auf die Nerven.

«Ich fürchte, Sie liegen mit Ihren Berechnungen ein wenig daneben, mein lieber de Maréchal. In diesem Augenblick nämlich ruht eine Flasche Nuits Saint-Oen 1929 in den Kellern meiner Firma.»

Die Enthüllung traf ihn so hart, wie ich es mir gewünscht hatte. Sein Unterkiefer fiel herunter; mit offenem Mund starrte er mich in sprachloser Verwunderung an. Dann zog Argwohn über sein Gesicht.

«Sie machen einen Scherz», sagte er. «Das kann nicht stimmen. Gerade haben Sie mir erzählt, daß Sie den Jahrgang noch nie gekostet haben. Und jetzt behaupten Sie –»

«Es ist die Wahrheit. Nach dem Tod meines Partners im letzten Jahr fand ich die Flasche in seinem Privatvorrat.»

«Und Sie waren nicht versucht, sie zu öffnen?»

«Ich widerstehe der Versuchung. Der Wein ist gefährlich alt. Es wäre äußerst schmerzlich, ihn zu öffnen und dann zu entdecken, daß er schon tot ist.»

«Nicht doch!» De Maréchal schlug sich an die Stirn. «Sie sind Amerikaner, Monsieur, das ist Ihr Problem. Nur ein Amerikaner kann so reden, nur jemand, der die obszöne Freude der Puritaner an der Selbstverleugnung geerbt hat. Ein Jammer, daß die letzte vorhandene Flasche Nuits Saint-Oen 1929 einen solchen Besitzer hat! Das geht nicht! Das geht absolut nicht! Monsieur Drummond, wir müssen zu einer Einigung kommen. Welchen Preis verlangen Sie für den Saint-Oen?»

«Keinen. Er ist unverkäuflich.»

«Er muß verkäuflich sein!» brauste de Maréchal auf. Mit

Mühe beherrschte er sich wieder. «Sehen Sie, ich will offen mit Ihnen sprechen. Ich bin kein reicher Mann. Für diese Flasche Wein können Sie tausend Franc, möglicherweise sogar zweitausend Franc bekommen, und ich bin nicht in der Lage, soviel Geld auszugeben. Aber ich bin gut bekannt mit einem Mann, der auf jede Ihrer Forderungen eingehen kann. Monsieur Kyros Kassoulas. Vielleicht haben Sie von ihm gehört.»

Da Kyros Kassoulas einer der reichsten Männer Europas war, jemand, dem sich andere große Herren nur mit Ehrfurcht näherten, war es schwer, ihn nicht zu kennen, trotz seiner überall und ständig verbreiteten Bemühungen, in strikter Abgeschiedenheit zu leben.

«Natürlich», sagte ich.

«Und kennen Sie auch das eine große Interesse in seinem Leben?»

«Woher sollte ich? Nach den Zeitungsberichten scheint er ein geheimnisvolles Wesen zu sein.»

«Eine dumme Journalistenphrase für einen reichen Mann, der es vorzieht, seine Privatangelegenheiten für sich zu behalten. Nicht, daß sie skandalös sind. Sehen Sie, Monsieur Kassoulas ist ein fanatischer Weinliebhaber.» De Maréchal zwinkerte mir bedeutungsvoll zu. «Deshalb habe ich ihn dafür interessieren können, unsere *Société de la Cave* zu gründen – und deren Zeitschrift.»

«Und Sie zum Herausgeber zu machen.»

«Ganz recht», sagte de Maréchal ruhig. «Natürlich bin ich ihm dafür dankbar. Er seinerseits ist mir dankbar, weil ich ihn gut berate, was die großen Weine betrifft. Ganz unter uns, er war ein trauriger Fall, als ich ihn kennenlernte. Ein Mann ohne den geringsten Hang zu einem Laster, ohne die Fähigkeit, Literatur, Musik oder Kunst zu genießen. Die Leere seines Lebens trieb ihn zur Verzweiflung. An jenem Tag, als ich ihn darauf hinwies, er müsse seinen außerordentlich feinen Geschmack für guten Wein kultivieren, füllte ich diese Leere aus. Seitdem ist die Erforschung der wertvolleren Jahrgänge für ihn die Reise durch ein Wunderland gewesen. Heute ist er, wie gesagt, ein fanatischer Connaisseur. Auch ohne ausdrücklichen Hinweis wüßte er, daß Ihre Flasche Nuits Saint-Oen 1929 im Vergleich zu anderen Weinen das ist, was die Mona Lisa unter den Gemälden darstellt. Ist Ihnen klar, wie sich das in dieser Sache für Sie auswirken wird? Er ist ein harter Geschäftspartner, aber er wird schließlich zweitausend Franc für diese Flasche zahlen. Darauf gebe ich Ihnen mein Wort.»

Ich schüttelte den Kopf. «Ich kann nur wiederholen, Monsieur de Maréchal, der Wein ist unverkäuflich. Er hat keinen Preis.»

«Ich bestehe darauf, daß Sie einen Preis nennen!»

Das war zuviel.

«Also gut», sagte ich, «dann beträgt der Preis hunderttausend Franc. Und ohne Garantie, daß der Wein nicht tot ist. Genau einhunderttausend Franc.»

«Aha», sagte de Maréchal wütend. «Sie wollen ihn nicht wirklich verkaufen! Aber –»

Plötzlich wurde er starr. Seine Züge verzerrten sich, seine Hände krallten sich in seine Brust. Sein Gesicht, das eben noch rot vor Wut und Eifer gewesen war, erschien jetzt totenbleich und blutleer. Er ließ sich schwer in seinen Stuhl fallen.

«Mein Herz», keuchte er mühsam. «Nichts Besonderes. Ich habe Tabletten –»

Die Tablette, die er sich unter die Zunge legte, war sicher Nitroglyzerin. Ich hatte einen solchen Anfall einmal bei meinem Partner Broulet erlebt.

«Ich rufe einen Arzt», sagte ich, aber als ich ans Telefon ging, wehrte de Maréchal mit einer heftigen Geste ab.

«Nein, machen Sie sich nicht die Mühe. Ich kenne mich aus. Es ist nicht das erste Mal.»

Er sah auch schon wieder besser aus.

«Wenn Sie so etwas öfter haben, sollten Sie sich anders verhalten», sagte ich. «Für einen Herzkranken sind Sie viel zu leicht erregbar.»

«Ach, ja? Und wie würden Sie sich fühlen, mein Freund, wenn vor Ihnen plötzlich ein legendärer Wein auftauchte, an den Sie nicht herankommen? Nein, verzeihen Sie mir bitte. Es ist Ihr gutes Recht, Ihre Waren nicht zu verkaufen, wenn Sie es nicht wollen.»

«So ist es.»

«Aber einen kleinen Gefallen können Sie mir tun. Würden Sie mir wenigstens erlauben, die Flasche Saint-Oen zu sehen? Ich zweifle nicht an ihrer Existenz. Aber die Freude, sie zu betrachten, sie in Händen zu halten –»

Einen so kleinen Gefallen konnte ich ihm tun. Die Weinkeller von Broulet und Drummond lagen nahe den Halles au Vin, eine kurze Autofahrt vom Büro. Ich geleitete ihn durch das kühle Steinlabyrinth, das an die Seine grenzte, führte ihn zu den Regalen der Nuits Saint-Oen, wo, getrennt von den weniger großen Weinen späterer Jahre, die einzige noch existierende Flasche von 1929 in einsamer Majestät ruhte. Ich holte sie vorsichtig herunter und reichte sie de Maréchal, der sie voll Ehrfurcht entgegennahm. Er prüfte das Etikett mit dem Auge des Experten und fuhr mit der Fingerspitze sacht über den Korken.

«Der Korken ist in gutem Zustand.»

«Und wenn schon. Das rettet den Wein nicht, wenn seine Zeit abgelaufen ist.»

«Natürlich nicht. Aber es ist ein ermutigendes Zeichen.» Er hielt die Flasche gegen das Licht. «Und der Bodensatz scheint normal zu sein. Denken Sie daran, Monsieur Drummond, daß einige große Burgunder fünfzig Jahre gelebt haben. Manche sogar noch länger.»

Er gab mir die Flasche widerwillig zurück. Als ich sie wieder ins Regal legte, blieben seine Augen so intensiv darauf gerichtet, daß er wie ein Mann unter Hypnose wirkte. Um den Bann zu brechen, mußte ich ihn anstoßen, bevor ich ihn nach oben in die sonnige Außenwelt führen konnte.

Dort trennten wir uns.

«Ich bleibe in Verbindung», sagte er, als wir uns die Hand schüttelten. «Vielleicht können wir gegen Ende der Woche zusammen essen.»

«Bedaure», sagte ich wahrheitswidrig, «aber Ende der Woche bin ich in New York, in meinem dortigen Büro.»

«Schade. Aber Sie werden mich natürlich informieren, sobald Sie nach Paris zurückgekehrt sind.»

«Natürlich», log ich.

Max de Maréchal ließ sich jedoch nicht abschütteln – nicht jetzt, wo er den Nuits Saint-Oen 1929 leibhaftig vor Augen gehabt hatte. Er muß eine Angestellte in meinem Pariser Büro bestochen und von ihr erfahren haben, wann ich aus den Staaten zurückkehrte, denn er rief mich an, sobald ich wieder an meinem Schreibtisch in der Rue de Berri saß. Er begrüßte mich überschwenglich. Welch ein Glück, daß er gerade jetzt anrief! Ein Glück für ihn – und auch für mich! Warum? Weil *La Société de la Cave* am kommenden Wochenende ein Diner geben würde, eine regelrechte Weinproben-Orgie, und weil der Vorsitzende der Gesellschaft, Kyros Kassoulas selbst, um meine Anwesenheit gebeten hatte.

Mein erster Impuls war, die Einladung abzulehnen. Immerhin wußte ich, was dahintersteckte. Kassoulas hatte von dem Nuits Saint-Oen 1929 gehört und beschied mich auf sein Territorium, wo er persönlich ohne Gesichtsverlust darum feilschen konnte. Außerdem waren diese Weinproben, wie sie von verschiedenen Experten-Zirkeln veranstaltet werden, nichts für mich. Sicher, einen seltenen und exzellenten Wein zu probieren, gehört zu den lohnendsten Erfahrungen des Lebens; aber eine Weinprobe in Gesellschaft von Mitenthusiasten scheint aus unerfindlichen Gründen alle falschen, snobistischen Reaktionen, die in der Seele auch des ehrenwertesten Bürgers versteckt sind, ans Licht zu bringen. Es war mir schon immer ein Greuel, herumzusitzen und ansonsten ganz vernünftige Männer miteinander wetteifern zu sehen, wer sich wohl am ekstatischsten über einem Glas Wein gebärdete, zu sehen, wie sie die Augen verdrehen, die Nüstern blähen, sich anstrengen, die widersinnigsten Adjektive zu finden, um den Wein zu beschreiben.

Auf der anderen Seite stand schlichte Neugier. Kyros Kassoulas war eine interessante Figur, und mir wurde hier die Chance geboten, ihn leibhaftig kennenzulernen. Am Ende siegte die Neugier. Ich nahm an dem Diner teil, ich traf Kassoulas und stellte bald erfreut fest, daß wir großartig miteinander auskamen.

Der Grund dafür war leicht zu verstehen. Kyros Kassoulas war, wie de Maréchal es ausgedrückt hatte, ein Weinfanatiker, ein Mann mit aufrichtigem Interesse an den Eigenschaften des

Weines, an seiner Geschichte und allem, was dazugehörte. Und ich konnte ihn besser informieren als irgendein anderer in seinem Bekanntenkreis. Sogar besser, wie er mir sagte, als der beschlagene Max de Maréchal.

Im Verlauf des Essens stellte ich mit Interesse fest, daß alle im Saal sich nach Kassoulas richteten, vor allem der schamlose Kriecher de Maréchal, während Kassoulas selbst sich nach mir richtete. Das gefiel mir. Es dauerte nicht lange, und ich fand ihn nicht nur eindrucksvoll, sondern sogar sympathisch.

Eindrucksvoll war er natürlich auch. Etwa fünfzig, klein, mit gewaltigem Brustkasten, ein dunkles Gesicht mit tiefen Furchen und fast affenartigen Ohren – er war häßlich auf eine Art, die so manche intelligente Frau faszinierend findet. Irgendwie erweckte er die Vorstellung eines alten, aus einem Mahagoniblock roh herausgehauenen Götzenbildes, bisweilen gemildert durch einen Schimmer von Interesse in seinen verhangenen, stets wachsamen Augen. Dieser Schimmer wurde intensiv, als er im Gespräch schließlich auf meine Flasche Saint-Oen kam.

Man habe ihm den Preis genannt, bemerkte er trocken, und er sei der Meinung, hunderttausend Franc seien vielleicht doch ein klein wenig übertrieben. Wenn ich mich also mit zweitausend Franc zufriedengeben könnte ...

Ich schüttelte lächelnd den Kopf.

«Das ist ein gutes Angebot», sagte Kassoulas. «Nebenbei gesagt mehr, als ich für jedes andere halbe Dutzend Weinflaschen in meinem Keller bezahlt habe.»

«Das will ich nicht bestreiten, Monsieur Kassoulas.»

«Aber verkaufen wollen Sie auch nicht. Wie groß ist die Chance, daß der Wein sich noch trinken läßt?»

«Wer kann das sagen? Der 1929er Saint-Oen ist spät ausgereift, deshalb lebt er möglicherweise länger als die meisten anderen. Er könnte aber auch schon tot sein. Deshalb öffne ich die Flasche selbst nicht und verkaufe auch niemand das Recht, sie zu öffnen. Auf diese Weise bleibt sie ein einzigartiger, ein herrlicher Schatz. Wenn man sie öffnet, ist sie vielleicht nur noch eine Flasche verdorbenen Weins.»

Es sprach für ihn, daß er mich verstand. Und als er mich für das nächste Wochenende auf sein Gut bei Saint-Cloud einlud, sagte er mir direkt, er suche nur meine Gesellschaft und nicht eine weitere Möglichkeit, um die Flasche Saint-Oen zu feilschen. Dieses Thema würde er nicht mehr anschneiden. Ich solle nur versprechen, ihm als erstem Gelegenheit zu geben, ein Angebot zu machen, falls ich mich je zum Verkauf der Flasche entschlösse. Und das sagte ich ihm gern zu.

Es war ein für mich angenehmes Wochenende auf seinem Gut, das erste von vielen, die ich dort verbrachte. Das Anwesen war riesig, wurde aber reibungslos von einer Schar tüchtiger Angestellter bewirtschaftet, die unter der Leitung eines stämmigen grauhaarigen Majordomus namens Joseph standen. Joseph war offensichtlich Kassoulas' ergebener Sklave. Ich war nicht überrascht, als ich erfuhr, daß er Sergeant in der Fremdenlegion gewesen war. Er reagierte auf Befehle, als sei sein Herr der Oberst seines Regiments.

Eine Überraschung war für mich die Dame des Hauses, Sophia Kassoulas. Ich weiß nicht mehr genau, wie ich mir Kassoulas' Frau vorgestellt hatte – jedenfalls nicht als ein Wesen, das jung genug war, seine Tochter zu sein, sanft, schüchtern, mit einer leisen, fast flüsternden Stimme. Nach heutigen Maßstäben, die eine junge Frau dazu verurteilen, ein Knochengestell mit langen, glatten Haaren zu sein, war sie vielleicht ein wenig zu üppig, mit etwas zu ausgeprägten Rundungen, aber ich bin ein altmodischer Mann und glaube, daß Frauen ausgeprägte Rundungen haben sollten. Und wenn sie außerdem, wie Sophia Kassoulas, blasse, dunkeläugige, leicht errötende Schönheiten sind, um so besser.

Als ich im Lauf der Zeit ein immer engerer Freund der Familie wurde, konnte ich ihr die Geschichte ihrer inzwischen fast fünfjährigen Ehe entlocken. Sophia Kassoulas war eine entfernte Kusine ihres Mannes. Als Kind armer Eltern in einem griechischen Gebirgsdorf geboren, im Kloster erzogen, war sie Kassoulas zum ersten Mal bei einem Familientreffen in Athen begegnet; als noch sehr junges Mädchen hatte sie ihn bald darauf geheiratet. Sie war, so versicherte sie mir mit ihrer weichen, leisen Stimme, eine sehr glückliche Frau. Von einem Mann wie Kassoulas erwählt zu werden, sei gewiß das größte Glück

Aber das sagte sie, als ob sie sich verzweifelt bemühte, sich selbst davon zu überzeugen. In Wirklichkeit schien sie vor Kassoulas eine Todesangst zu haben. Wenn er eine ganz normale Bemerkung an sie richtete, schrak sie vor ihm zurück. Immer wieder sah ich diese Szene – und ich sah, wie er sie in Reaktion darauf mit eiskalt-höflicher Nichtachtung behandelte, die sie nur noch mehr einschüchterte.

Das ergab eine ungesunde Situation, weil, wie ich aus den Augenwinkeln sah, der charmante Max de Maréchal stets zur Stelle war, um Madames Angst zu verscheuchen. Nach einer Weile kam es mir zu Bewußtsein, wie oft ein Abend in Saint-Cloud damit endete, daß in einer Ecke Kassoulas und ich diskutierend über unserem Kognak saßen, während Madame Kassoulas und Max de Maréchal sich eng nebeneinander in einer anderen Ecke unterhielten. An diesen Tête-à-têtes war nichts Ungehöriges, aber sie gefielen mir trotzdem nicht. Die junge Frau wirkte so naiv wie ein Reh, und de Maréchal hatte alle Eigenschaften eines erfahrenen Wilddiebs.

Kassoulas selbst merkte entweder nichts oder war erstaunlich uninteressiert. Mit Sicherheit mochte er de Maréchal. Er erwähnte es mehrmals mir gegenüber, und einmal, als de Maréchal sich in einer Diskussion mit mir über die Vorzüge eines bestimmten Weins erregte, sagte Kassoulas in ernsthafter Sorge zu ihm: «Ruhig, Max, ruhig! Denk an dein Herz! Wie oft hat der Arzt dich vor Aufregung gewarnt!» Es war ungewöhnlich, daß Kassoulas seine Gefühle so deutlich zeigte. Im allgemeinen schien er, wie so viele Männer seiner Art, völlig unfähig, auch nur die geringste Emotion auszudrücken.

Er sprach denn auch nur ein einziges Mal von seinen Gefühlen, soweit sie seine schwierige Ehe betrafen; das geschah, als ich mit ihm seinen Weinkeller inspizierte und ihn darauf hinwies, daß ein Dutzend Volnay-Cailleret 1955, die er gerade eingelagert hatte, sich wahrscheinlich als äußerst unausgeglichen erweisen würden. Es sei ein Fehler gewesen, diesen Wein zu kaufen, sagte ich; man wisse nie, ob er nicht verdorben sei, wenn man die Flasche öffne.

Kassoulas schüttelte den Kopf.

«Das Risiko habe ich einkalkuliert, Monsieur Drummond! Ich mache keine Fehler.» Er zuckte kaum merklich die Achseln.

«Nun, ja, einen vielleicht. Wenn ein Mann ein halbes Kind heiratet –»

Er unterbrach sich. Es war das erste und letzte Mal, daß er dieses Thema berührte. Ihm lag daran, über Wein zu reden, obwohl er gelegentlich, weil ich ihn anregte und mich als guter Zuhörer erwies, Geschichten aus seiner Vergangenheit erzählte. Mein eigenes Leben war eintönig. Es faszinierte mich, Bruchstücke aus Kassoulas' Leben zu erfahren, einer Hafenratte von Piräus, der als Kind ein Dieb gewesen war, in seiner Jugend ein Schmuggler und der vor seinem dreißigsten Lebensjahr zum Multimillionär geworden war. Ich empfand dabei die gleiche dramatische Spannung wie auch Kassoulas, wenn ich ihm Geschichten über einige der großen Weine erzählte, die, wie der Nuits Saint-Oen 1929, sich im Faß launisch und zweifelhaft verhalten hatten, bis sie durch ein Naturwunder plötzlich zu voller Größe erblüht waren.

Bei solchen Themen war auch Max de Maréchal in Hochform. Wenn ich sah, wie er sich in den Diskussionen ereiferte, mußte ich innerlich lächeln und daran denken, wie er Kassoulas damals herablassend als Weinfanatiker beschrieben hatte. Diese Bezeichnung paßte auf ihn selbst noch besser. Was auch immer an Max de Maréchal falsch sein mochte, seine Gefühle für große Weine waren echt.

Während dieser Monate hielt Kassoulas Wort. Er hatte gesagt, er werde nicht mehr mit mir um die kostbare Flasche Saint-Oen feilschen, und er tat es auch nicht. Gewiß, wir diskutierten den Saint-Oen oft genug – de Maréchal war von diesem Thema besessen –, aber wie sehr Kassoulas auch versucht sein mochte, mir erneute Angebote zu machen, er sagte nichts.

Dann geschah folgendes: An einem trüben, kalten Regentag öffnete meine Sekretärin die Tür zu meinem Büro und verkündete mit Ehrfurcht in der Stimme, Monsieur Kyros Kassoulas wolle mich sprechen. Das war eine Überraschung. Obwohl Sophia Kassoulas, die außer de Maréchal und mir keine Freunde auf der Welt zu haben schien, mehrmals mit mir gegessen hatte, wenn sie zum Einkaufen in der Stadt war, hatte ihr Gatte sich bisher nie herabgelassen, mich in meinem Reich zu besuchen, und ich hatte ihn auch jetzt nicht erwartet.

Er trat ein, begleitet von dem stets adretten de Maréchal, der sich, wie ich mit wachsender Verblüffung feststellte, in einem Zustand fieberhafter Erregung befand.

Wir hatten uns kaum begrüßt, als de Maréchal direkt aufs Thema kam.

«Die Flasche Nuits Saint-Oen 1929, Monsieur Drummond», sagte er. «Sie erinnern sich sicher, daß Sie einmal einen Preis für sie nannten: hunderttausend Franc.»

«Nur, weil sie für einen solchen Preis niemand kauft.»

«Würden Sie sie für weniger verkaufen?»

«Ich habe bereits klargemacht, daß das nicht in Frage kommt.»

«Mit Ihnen zu handeln ist nicht leicht, Monsieur Drummond. Aber Sie werden sich freuen zu hören, daß Monsieur Kassoulas jetzt Ihren Preis zahlen will.»

Ungläubig sah ich Kassoulas an. Bevor ich etwas sagen konnte, zog er einen Scheck aus der Tasche und reichte ihn mir, ungerührt wie immer. Unwillkürlich warf ich einen Blick darauf: ein Scheck über hunderttausend Franc. Nach dem augenblicklichen Wechselkurs waren das zwanzigtausend Dollar.

«Das ist lächerlich», brachte ich schließlich hervor. «Das kann ich nicht annehmen!»

«Aber Sie müssen es», sagte de Maréchal bestürzt.

«Ich bedaure. Kein Wein ist auch nur einen Bruchteil der Summe wert. Vor allem kein Wein, der vielleicht schon tot ist.»

«Ah», sagte Kassoulas leichthin, «vielleicht zahle ich gerade dafür – daß ich feststellen kann, ob er tot ist oder nicht.»

«Wenn das Ihr Beweggrund ist –», protestierte ich.

Kassoulas schüttelte den Kopf.

«Nein. Die Wahrheit, mein Freund, ist, daß dieser Wein ein für mich schwieriges Problem löst. Bald tritt ein großes Ereignis ein, nämlich mein fünfter Hochzeitstag, und ich habe überlegt, wie meine Frau und ich ihn angemessen feiern können. Da hatte ich einen Einfall. Wie kann man ihn besser feiern als dadurch, daß man den Saint-Oen öffnet und entdeckt, daß er sich noch in perfekter Blüte, in makelloser Reife befindet? Was könnte bei einem solchen Anlaß bewegender und bedeutungsvoller sein?»

«Dann ist es um so schlimmer, wenn der Wein tot ist», argumentierte ich. Der Scheck in meiner Hand wurde allmählich warm. Ich wollte ihn zerreißen, konnte mich aber nicht dazu durchringen.

«Macht nichts. Das Risiko liegt allein bei mir», sagte Kassoulas. «Natürlich werden Sie dabeisein und selbst Ihr Urteil über den Wein abgeben. Darauf bestehe ich. Es wird ein denkwürdiges Ereignis sein, ganz gleich, wie es ausgeht. Ein intimes Diner für uns vier und der Saint-Oen als Krönung des Festes.»

«Der Hauptgang muß ein Entrecôte sein», hauchte de Maréchal. «Das paßt ausgezeichnet zu dem Wein.»

Irgendwie konnte ich nicht mehr zurück. Ich faltete langsam den Scheck über hunderttausend Franc und steckte ihn in meine Brieftasche. Schließlich und endlich war ich Weinhändler und lebte davon.

«Wann soll das Diner stattfinden?» fragte ich. «Denken Sie daran, daß der Wein einige Tage stehen muß, bevor er umgefüllt wird.»

«Natürlich, das habe ich berücksichtigt», sagte Kassoulas. «Heute ist Montag. Das Diner findet am Samstag statt. Da bleibt mehr als genug Zeit, jedes Detail perfekt vorzubereiten. Am Mittwoch werde ich dafür sorgen, daß die Temperatur im Speisezimmer genau reguliert, der Tisch gedeckt und die Flasche Saint-Oen aufrecht darauf plaziert wird, damit sich der Bodensatz setzen kann. Der Raum wird abgeschlossen, damit nichts passiert. Bis Samstag sollte er abgelagert sein. Aber ich plane nicht, den Wein zu dekantieren. Ich habe vor, ihn direkt aus der Flasche zu servieren.»

«Riskant», sagte ich.

«Nicht, wenn man mit ruhiger Hand gießt. Zum Beispiel mit dieser.» Kassoulas hielt mir seine kräftige Hand mit kurzen, dicken Fingern hin; sie zitterte nicht. «Ja, dieser grandiose Wein verdient die Ehre, aus der eigenen Flasche eingeschenkt zu werden, so riskant das auch sein mag. Jetzt ist Ihnen doch sicher klar, Monsieur Drummond, daß ich ein Mann bin, der jedes Risiko eingeht, wenn er meint, die Sache sei es wert.»

Bei einem Treffen mit Sophia Kassoulas später in der Woche hatte ich guten Grund, an diese Schlußworte zu denken. Sie rief früh am Morgen an und fragte, ob ich sie zum Mittagessen treffen könne, zu einer Zeit, in der man im Restaurant noch unter sich sei. Ich nahm die Einladung gern an, denn ich glaubte, sie wolle über ihre eigenen Pläne für die große Feier mit mir sprechen. Meine freudige Stimmung verlor sich allerdings, sobald ich mich zu ihr an den Tisch setzte, der im Hintergrund des schwach beleuchteten, fast leeren Raums stand. Sie war offensichtlich in Panik.

«Irgend etwas stimmt nicht», sagte ich zu ihr. «Was ist los?»

«Alles», sagte sie jämmerlich. «Und Sie sind der einzige, an den ich mich wenden kann, Monsieur Drummond. Sie waren immer so nett zu mir. Wollen Sie mir jetzt helfen?»

«Mit Freuden. Wenn Sie mir erzählen, was los ist und was ich dabei tun kann.»

«Ja. Es geht nicht anders. Sie müssen alles erfahren.» Madame Kassoulas holte tief Atem. «Es ist schnell gesagt. Ich hatte eine Affäre mit Max de Maréchal. Kyros hat es jetzt entdeckt.»

Das war schlimm. In eine solche Geschichte wollte ich auf gar keinen Fall verwickelt werden.

«Madame», sagte ich unglücklich, «das ist eine Angelegenheit, die Sie und Ihr Gatte allein regeln müssen. Bitte, sehen Sie ein, daß mich das nichts angeht.»

«Oh, wenn Sie nur verstünden –»

«Ich sehe nicht, was es da zu verstehen gibt.»

«Sehr viel. Was Kyros betrifft, mich, meine Ehe. Ich wollte Kyros nicht heiraten, ich wollte niemand heiraten. Aber meine Familie arrangierte die Sache – was konnte ich tun? Und es war schrecklich, von Anfang an. Für Kyros bin ich nur eine nette kleine Dekoration in seinem Haus. Er hat für mich nichts übrig. Er macht sich mehr aus dieser Flasche Wein, die er bei Ihnen gekauft hat, als aus mir. Wenn es um mich geht, ist er kalt wie Stein. Aber Max –»

«Ich weiß», sagte ich müde. «Bei Max war es anders. Max machte sich sehr viel aus Ihnen. Oder wenigstens erzählte er Ihnen das.»

«Ja, das hat er erzählt», sagte Madame Kassoulas trotzig.

«Und ob es nun wahr war oder nicht, ich hatte es nötig. Wenn eine Frau keinen Mann hat, der ihr sagt, daß sie ihm etwas bedeutet, hat sie nichts. Aber es war schlecht von mir, Max in Gefahr zu bringen. Und jetzt, wo Kyros Bescheid weiß, ist Max in großer Gefahr.»

«Weshalb glauben Sie das? Hat Ihr Gatte Drohungen geäußert?»

«Nein, er hat nicht einmal gesagt, daß er von der Affäre weiß. Aber er weiß es. Ich schwöre es. Es ist die Art, wie er sich mir gegenüber in den letzten Tagen verhalten hat, es sind die Bemerkungen, die er macht, als ob er sich über einen Witz amüsiert, den nur er versteht. Und das Ganze scheint etwas mit dieser Flasche Saint-Oen zu tun zu haben, die im Speisezimmer eingeschlossen ist. Deshalb bin ich zu Ihnen gekommen. Sie müssen helfen. Sie kennen sich in diesen Dingen aus.»

«Madame, ich weiß nicht mehr, als daß der Saint-Oen für Ihre Dinner-Party am Samstag vorbereitet wird.»

«Ja, das hat Kyros auch gesagt. Aber *wie* er es sagte –» Madame Kassoulas beugte sich zu mir. «Sagen Sie mir eines: Ist es möglich, Gift in eine Flasche Wein zu praktizieren, ohne den Korken herauszuziehen? Ist das irgendwie möglich?»

«Ach, Unsinn. Können Sie denn wirklich glauben, daß Ihr Gatte Max vergiften will?»

«Sie kennen Kyros nicht so gut wie ich. Sie wissen nicht, wozu er fähig ist.»

«Auch zu einem Mord?»

«Auch zu einem Mord, wenn er sicher ist, ungeschoren davonzukommen. In meiner Familie erzählt man sich eine Geschichte, wie er in sehr jungen Jahren einen Mann umbrachte, der ihn um eine kleine Summe betrogen hatte. Er stellte sich dabei so geschickt an, daß die Polizei nie herausfand, wer der Mörder war.»

Da fielen mir plötzlich wieder Kassoulas' Worte ein, daß er jedes Risiko einginge, wenn er glaube, die Sache sei es wert; ich spürte, wie es mir kalt über den Rücken lief. Viel zu deutlich sah ich vor meinem inneren Auge, wie die Nadel einer Spritze den Korken jener Flasche Saint-Oen durchstach und wie tödliches Gift in den Wein tropfte. Dann wurde mir plötzlich klar, wie unsinnig dieses Bild war.

«Madame», sagte ich, «ich will Ihre Frage so beantworten. Ihr Gatte hat nicht vor, irgend jemand auf Ihrer Dinner-Party zu vergiften, es sei denn, er wolle uns alle vergiften; aber ich bin sicher, daß ich auch eingeladen bin, um meinen Anteil am Saint-Oen zu kosten.»

«Und wenn nur in Max' Glas Gift getan wird?»

«Das wird nicht geschehen. Ihr Gatte hat zuviel Respekt vor Max' Geschmackssinn, um mit einem so plumpen Trick zu arbeiten. Wenn der Wein tot ist, wird Max es sofort merken und ihn nicht trinken. Wenn er noch gut ist, würde er jeden Zusatz beim ersten Schluck entdecken und den Rest nicht mehr anrühren. Übrigens, warum besprechen Sie die Angelegenheit nicht mit Max? Er ist doch derjenige, den sie am meisten angeht.»

«Ich habe es versucht, aber er hat mich bloß ausgelacht. Er sagte, ich bilde mir alles nur ein. Ich weiß, warum er so reagiert. Er ist darauf versessen, diesen Wein zu probieren, und will sich durch nichts davon abhalten lassen.»

«Ich kann diese Haltung verstehen.» Ich war bemüht, von dem unangenehmen Thema loszukommen. «Und er hat recht, was Ihre Einbildung betrifft. Wenn Sie wirklich einen Rat von mir wollen, dann halte ich es für das beste, daß Sie sich Ihrem Gatten gegenüber so benehmen, als sei nichts geschehen, und sich in Zukunft von Monsieur de Maréchal fernhalten.»

Es war unter den Umständen der einzige Rat, den ich ihr geben konnte. Ich hoffte nur, daß sie nicht zu sehr in Panik ergriffen war, um ihn zu befolgen. Oder zu verliebt in Max de Maréchal.

Da ich mehr wußte, als gut für mich war, fühlte ich mich am Abend der Party äußerst unbehaglich. Daher sah ich mit Erleichterung, daß Madame Kassoulas sich glänzend in der Hand hatte, als ich zur Gesellschaft stieß. Bei Kyros Kassoulas konnte ich überhaupt keine Veränderung in seinem Verhalten ihr oder de Maréchal gegenüber entdecken. Das schien mir ein überzeugender Beweis dafür, daß Madames schlechtes Gewissen zu lange und zu stark auf ihre Phantasie eingewirkt hatte und daß

Kassoulas von ihrer Affäre überhaupt nichts ahnte. Er war kaum der Mann, der sich gleichmütig Hörner aufsetzen ließ, und er war äußerst ruhig. Als wir zum Essen Platz nahmen, war es klar, daß ihn nur das Menü interessierte und, vor allem, die Flasche Nuits Saint-Oen 1929, die vor ihm stand.

Die Flasche hatte drei Tage gestanden. Alles, was man nur hatte tun können, um den Zustand ihres Inhalts zu sichern, war geschehen. Die Raumtemperatur war mäßig warm; sie war konstant gehalten worden, seit die Flasche ins Zimmer gebracht worden war, und Max de Maréchal hatte sie, wie er versicherte, täglich in regelmäßigen Abständen überprüft. Und dabei gewiß entzückt und entrückt die Flasche angestarrt und die Stunden bis zu ihrer Öffnung gezählt.

Da überdies die Tafel, an der unsere kleine Gesellschaft Platz nahm, groß genug für achtzehn oder zwanzig Menschen war, gab es große Abstände zwischen unseren Plätzen, aber auch Raum für die Flasche, die in einsamer Pracht außer Reichweite unbedachter Hände stand, die sie hätten umwerfen können. Die Diener machten deutlich einen weiten Bogen um sie. Joseph, der stämmige, verbissene Majordomus, der sie mit dräuendem Blick in den Augen überwachte, mußte ihnen wohl Fürchterliches angedroht haben, falls sie ihr zu nahe kämen.

Jetzt mußte Kassoulas zwei gefährliche Prozeduren, die Vorspiele für das Ritual der Weinprobe, vornehmen. Normalerweise bleibt ein großer Wein wie der Nuits Saint-Oen 1929 stehen, bis sich der ganze Bodensatz unten, am Flaschenboden, abgesetzt hat. Dann wird er in eine Karaffe umgefüllt. Dieses Umfüllen sorgt nicht nur dafür, daß Sediment und Korkenreste zurückbleiben, es bedeutet auch, daß der Wein gehörig Luft bekommt. Je älter ein Wein ist, desto länger muß er an die Luft, um die in der Flasche angesammelte Muffigkeit loszuwerden. Aber Kassoulas war entschlossen, den Saint-Oen zu ehren, indem er ihn direkt aus der Originalflasche servierte; daher hatte er sich die delikate Aufgabe gestellt, den Wein am Tisch so sorgsam zu entkorken, daß keine Korkenreste in die Flüssigkeit geraten würden. Nachdem der Wein bis zum Entrée offen gestanden hatte, würde er ihn so umsichtig einschenken müssen, daß der Weinstein in der Flasche nicht aufgestört würde. Er hatte drei Tage gebraucht, sich abzusetzen. Die geringste Panne beim Entkorken oder Einschenken, und es würde noch drei Tage dauern, bis man den Wein trinken konnte.

Sobald wir saßen, ging Kassoulas an seine erste Aufgabe. Wir beobachteten mit angehaltenem Atem, wie er den Flaschenhals fest ergriff und den Korkenzieher in der Mitte des Korkens aufsetzte. Dann drehte er langsam, sehr langsam, mit der Konzentration eines Sprengmeisters, der eine Bombe entschärft, den Korkenzieher. Er hatte vor, tief genug einzudringen, um einen Halt im Korken zu haben, so daß er gezogen werden konnte, wollte aber vermeiden, den Korken ganz zu durchbohren. Nur so konnten keine Korkstückchen in den Wein geraten.

Man braucht große Kraft, einen nicht ganz durchbohrten Korken aus einer Weinflasche zu ziehen, die jahrzehntelang verschlossen war. Die Flasche muß aufrecht und unbeweglich gehalten werden, das Ziehen muß vertikal und gleichmäßig geschehen, ohne Drehbewegung, die den Korken spalten würde. Ein altmodischer Korkenzieher ist das richtige Instrument dafür, weil er das Gefühl für exakte Korkenbewegung vermittelt.

Kassoulas' Hand ergriff die Flasche so fest, daß seine Knöchel weiß hervortraten. Seine Nackenmuskeln waren gespannt, die Schultern vorgeneigt. Trotz seiner gewaltigen Kraft schien es ihm unmöglich zu sein, den Korken zu bewegen. Aber er gab nicht nach, und am Ende war es der Korken, der nachgab. Langsam und sanft wurde er aus dem Flaschenhals gezogen, und zum ersten Mal, seit der Wein vor vielen Jahren aus dem Faß gezapft worden war, konnte er jetzt wieder an der Luft atmen.

Kassoulas bewegte den Korken unter seiner Nase hin und her und roch daran. Er zuckte die Achseln, als er ihn an mich weiterreichte.

«Unmöglich, auf diese Weise etwas festzustellen», sagte er, und er hatte natürlich recht. Der Duft feinen Burgunders, der dem Korken entströmte, bedeutete gar nichts, denn auch toter Wein kann ein gutes Bukett haben.

De Maréchal machte sich nicht einmal die Mühe, den Korken anzusehen.

«Nur der Wein ist von Bedeutung», sagte er erregt. «Ganz allein der Wein. Und in einer Stunde werden wir sein Geheimnis kennen, sei es nun gut oder schlecht. Die Stunde wird uns lang erscheinen, fürchte ich.»

Mir kam es zunächst nicht so vor. Das Essen, das uns vorgesetzt wurde, war für mich eine mehr als ausreichende Ablenkung. Die Speisefolge war, als Tribut für den Nuits Saint-Oen 1929, etwa so arrangiert worden, wie ein klassischer Dirigent ein kurzes Programm leichterer Komponisten als Vorbereitung für ein Meisterwerk von Beethoven arrangieren würde. Artischockenherzen in *sauce blanche*, Languste mit Champignons und, um den Gaumen zu reinigen, ungewöhnlich saures Zitroneneis. Einfache Gerichte, makellos zubereitet.

Und die Weine, die Kassoulas dazu ausgewählt hatte, sollten seinem Diamanten offenbar als Fassung dienen. Ein ordentlicher Chablis, ein respektabler Muscadet. Beide waren gut, keiner war dazu angetan, einem Connaisseur mehr als ein knappes zustimmendes Nicken zu entlocken. Das war Kassoulas' Art, uns zu sagen, daß nichts die herrliche Verheißung jener offenen Flasche Nuits Saint-Oen dämpfen dürfe.

Dann gerieten meine Nerven allmählich außer Kontrolle. Ich wurde immer gespannter, und während das Essen seinen Fortgang nahm, zog die Flasche Saint-Oen meine Augen magnetisch auf sich. Es wurde bald zur Qual, auf den Hauptgang zu warten und darauf, daß der Saint-Oen eingeschenkt würde.

Wem, fragte ich mich, würde die Ehre zuteil werden, den ersten Tropfen zu kosten? Kassoulas war als Gastgeber dazu berechtigt, aber er konnte jeden anderen, dem er seine Achtung erweisen wollte, dazu ausersehen. Ich war mir nicht sicher, ob ich ausersehen werden wollte oder nicht. Ich war zwar auf das Schlimmste gefaßt, aber ich wußte, daß ich, wenn ich bei Tisch als erster entdeckte, der Wein sei tot, ein Gefühl haben würde, als müßte ich über den Wolken ohne Fallschirm aus einem Flugzeug aussteigen. Doch als erster zu entdecken, daß dieser größte aller Weine die Jahre überlebt hatte ... Max de Maréchal, der rot war vor zunehmender Erregung und sich ständig den Schweiß von der Stirn wischen mußte, hatte vermutlich dieselben Gedanken.

Endlich wurde das Hauptgericht aufgetragen, das *entrecôte de bœuf*, das de Maréchal vorgeschlagen hatte.

Dazu gab es lediglich eine Platte mit *petits pois*. Dann gab Kassoulas Joseph einen Wink, und der Majordomus schickte das Personal aus dem Zimmer. Es durfte nicht die geringste Störung geben, während der Wein eingeschenkt wurde, keine wie immer geartete Ablenkung. Als sich die massiven Türen des Speisezimmers hinter der Dienerschaft geschlossen hatten, kehrte Joseph zur Tafel zurück und nahm bei Kassoulas Aufstellung, bereit für jeden Dienst, der von ihm verlangt wurde.

Der Augenblick war gekommen.

Kassoulas nahm die Flasche Nuits Saint-Oen 1929. Er hob sie langsam, mit unendlicher Vorsicht, um den tückischen Bodensatz nicht aufzustören. Rubinrotes Feuer ging von ihr aus. Er hielt sie auf Armeslänge von sich entfernt und starrte sie gedankenvoll an.

«Monsieur Drummond, Sie hatten recht», sagte er abrupt.

«Ja?» sagte ich überrascht. «Inwiefern?»

«Daß Sie sich weigerten, das Geheimnis dieser Flasche zu erschließen. Sie haben einmal gesagt, daß diese Flasche, solange sie ihr Geheimnis bewahre, ein außergewöhnlicher Schatz sei, daß sie aber nach dem Öffnen sich vielleicht nur als eine Flasche schlechten Weins entpuppen könne. Ein Desaster. Schlimmer noch, ein Witz. Das war die Wahrheit. Und angesichts dieser Tatsache merke ich jetzt, daß ich nicht den Mut habe festzustellen, ob das, was ich hier in Händen halte, ein Schatz oder ein Witz ist.»

De Maréchal wand sich fast vor Ungeduld.

«Dafür ist es jetzt zu spät!» protestierte er heftig. «Die Flasche ist schon offen!»

«Dennoch gibt es noch einen Ausweg aus meinem Dilemma», sagte Kassoulas zu ihm. «Passen Sie auf. Sehen Sie gut hin.»

Sein Arm bewegte sich und nahm die Flasche aus dem Bereich des Tisches. Die Flasche kippte langsam. Völlig verblüfft sah ich Wein aus ihr fließen und sich auf das Parkett ergießen. Tropfen spritzten auf Kassoulas' Schuhe, näßten seine Hosenaufschläge. Die Lache auf dem Fußboden wuchs.

Ein unmenschlicher gurgelnder Laut von de Maréchal riß

mich aus meiner Erstarrung. Dann ein wilder Schrei des Entsetzens von Sophia Kassoulas.

«Max!» schrie sie. «Kyros, hör auf! Um Gottes willen, hör auf! Siehst du nicht, was du ihm antust?»

Sie hatte Grund zum Entsetzen. Auch ich geriet in Entsetzen, als ich de Maréchals Zustand sah. Sein Gesicht war aschfahl, sein Mund stand weit offen, seine Augen waren auf den roten Strahl fixiert, der sich erbarmungslos aus der Flasche in Kassoulas' unerschütterlicher Hand ergoß, und traten ihm in wahnwitzigem Schrecken aus dem Kopf.

Sophia Kassoulas lief zu ihm, aber er stieß sie schwach zur Seite und versuchte aufzustehen. Seine Hände streckten sich flehend nach der jetzt fast leeren Flasche Nuits Saint-Oen 1929 aus.

«Joseph», sagte Kassoulas ungerührt, «kümmern Sie sich um Monsieur de Maréchal. Der Arzt hat ihm verboten, sich während seiner Anfälle zu bewegen.»

Josephs eiserner Griff hinderte de Maréchal am Aufstehen, aber ich sah, wie seine blasse Hand in einer Tasche herumsuchte. Ich fand meine Geistesgegenwart wieder.

«In seiner Tasche!» rief ich. «Er hat Tabletten!»

Es war zu spät. De Maréchal griff sich plötzlich mit der bekannten Geste unerträglichen Schmerzes an die Brust; dann wurde sein ganzer Körper schlaff, sein Kopf sank nach hinten, seine Augen verdrehten sich und starrten blind an die Decke. Das letzte, was sie wahrscheinlich gesehen hatten, war, wie der Strahl des Nuits Saint-Oen zu einem Tröpfeln wurde, das Tröpfeln zu einem Sickern von Weinstein, das sich in der großen Lache auf dem Boden verdickte.

Für de Maréchal konnte man nichts mehr tun, aber Sophia Kassoulas war am Rande einer Ohnmacht. Obwohl ich selbst schwach in den Knien war, half ich ihr auf ihren Stuhl und ließ sie den Rest des Chablis in ihrem Glas trinken.

Der Wein drang durch ihre Betäubung. Sie saß da, atmete schwer und starrte ihren Mann an, bis sie die Kraft fand, etwas zu sagen.

«Du wußtest, daß es ihn umbringen würde», flüsterte sie. «Deshalb hast du den Wein gekauft. Deshalb hast du ihn ausgeschüttet.»

«Das reicht», sagte Kassoulas kühl. «Du weißt nicht, was du redest. Und du bringst unseren Gast mit deinem Ausbruch in Verlegenheit.» Er wandte sich an mich. «Traurig, daß unser kleines Fest so enden mußte, Monsieur, aber solche Dinge passieren eben. Der arme Max. Bei seiner Veranlagung hat er sich das Unglück selbst zugezogen. Und Sie sollten jetzt besser gehen. Der Arzt muß gerufen werden, um ihn zu untersuchen und die nötigen Papiere auszufüllen. Diesen medizinischen Dingen beizuwohnen kann unangenehm sein. Es ist nicht nötig, Sie einer solchen Unannehmlichkeit auszusetzen. Ich werde Sie zur Tür bringen.»

Wie ich das Haus verließ, weiß ich nicht mehr. Ich hatte gesehen, wie ein Mord begangen wurde, und es gab nichts, was ich in dieser Sache tun konnte. Ganz und gar nichts. Allein laut auszusprechen, daß das, was ich hatte geschehen sehen, Mord war, würde vor jedem Gericht ausreichen, mich wegen Verleumdung zu verurteilen. Kyros Kassoulas hatte seine Rache fehlerlos geplant und durchgeführt. Nach meiner bitteren Berechnung kostete sie ihn nicht mehr als hunderttausend Franc und den Verlust einer untreuen Ehefrau. Es war unwahrscheinlich, daß Sophia Kassoulas noch eine Nacht in seinem Hause verbringen würde, und wenn sie es nur mit dem, was sie auf dem Leibe trug, verlassen mußte.

Nach dieser Nacht hörte ich nie wieder von Kassoulas. Dafür wenigstens war ich dankbar...

Nun, sechs Monate später, saß ich an einem Tisch in einem Café in der Rue de Rivoli mit Sophia Kassoulas, die, wie ich, den Mord miterlebt hatte und, wie ich, hilflos zum Schweigen verurteilt war. Angesichts des Schocks, den mir unser Zusammentreffen verursachte, mußte ich ihre Gefaßtheit bewundern, als sie sich besorgt um mich bemühte, darauf achtete, daß ich einen Kognak trank und dann noch einen zweiten, lebhaft über Unwesentliches plauderte, als ob dadurch die Erinnerung an das Vergangene in unseren Köpfen ausgelöscht werden könnte.

Sie hatte sich verändert, seit ich sie zuletzt gesehen hatte. Zum Besseren verändert. Aus dem scheuen jungen Mädchen war eine schöne Frau geworden, die Selbstbewußtsein ausstrahlte. Das war nicht schwer zu erklären. Irgendwo, dessen war ich mir sicher, hatte sie den richtigen Mann gefunden, und diesmal war es kein Untier wie Kassoulas und kein Casanova-Verschnitt wie Max de Maréchal.

Nach dem zweiten Kognak war ich fast wieder ich selbst, und als ich meine Samariterin auf ihre kleine juwelenbesetzte Armbanduhr schauen sah, entschuldigte ich mich, daß ich sie aufgehalten hatte, und dankte ihr für ihre Freundlichkeit.

«Eine kleine Gefälligkeit für einen so guten Freund», sagte sie vorwurfsvoll. Sie erhob sich und sammelte Handschuhe und Tasche ein. «Aber ich habe Kyros versprochen, daß ich ihn –»

«Kyros?»

«Aber natürlich Kyros. Mein Mann.» Madame Kassoulas sah mich verwundert an.

«Also leben Sie noch mit ihm zusammen?»

«Ja, sehr glücklich.» Dann hellte sich ihr Gesicht auf. «Sie müssen entschuldigen, daß ich so schwer von Begriff bin. Ich habe etwas Zeit gebraucht, um zu verstehen, warum Sie eine solche Frage stellen.»

«Madame, ich muß um Entschuldigung bitten. Schließlich –»

«Nein, nein, Sie hatten alles Recht, sich danach zu erkundigen.» Madame Kassoulas lächelte mir zu. «Aber ich erinnere mich manchmal nur noch schwer daran, daß ich jemals mit Kyros unglücklich war. In jener Nacht hat sich alles für mich so völlig verändert –»

Sie sah mich an. «Aber Sie waren doch dabei, Monsieur Drummond. Sie haben selbst gesehen, wie Kyros die Flasche Saint-Oen auf den Fußboden gegossen hat, nur meinetwegen. Welch eine Offenbarung! Welch ein Erwachen! Und als mir dämmerte, daß ich ihm wirklich mehr bedeutete als selbst die letzte Flasche Nuits Saint-Oen 1929 auf der Welt, als ich den Mut fand, an diesem Abend in sein Zimmer zu gehen und ihm zu sagen, welche Gefühle das bei mir ausgelöst hatte – oh, lieber Monsieur Drummond, seitdem haben wir den Himmel auf Erden!»

Die Freunde des Fusels

Kingsley Amis

Der (technische) Erfolg von Simpsons Reise ins Jahr 2010 veranlaßte die Regierung, ähnliche Experimente für eine ganze Palette von Zeitzielen durchführen zu lassen. Auf diese Weise erlangten wir Kenntnis von einigen seltsamen und gelegentlich auch durchaus beängstigenden Informationen über die Zukunft; ich denke da weniger an politische Entwicklungen als vielmehr an Veränderungen im Bereich «Trinken und Alkoholika».

Schon aus diesem Grund möchte ich die Gelegenheit nutzen, allen jungen Leuten mit gehörigem Bierdurst und hoher Lebenserwartung zu raten, soviel Gerstensaft zu schlucken wie nur möglich, denn ab dem Jahr 2016 wird dieser nicht mehr gebraut. Und vor einem halben Jahr fand Simpson heraus, daß in der Welt des Jahres 2045 Alkoholkrankheiten in ihrer Gesamtheit die Ursache für ein Drittel aller Todesfälle sind; das heißt, es sterben daran beinahe ebenso viele Menschen wie durch Verkehrsunfälle und Selbstmord zusammen. Man führte dieses Phänomen im allgemeinen auf die 2039 eingeführte Vermarktung von Weinen und Spirituosen zurück, die keine Kater verursachenden Substanzen mehr enthielten und gleichzeitig, selbst unter härtesten Testbedingungen, von den unbehandelten Alkoholika nicht zu unterscheiden waren – ein Triumph der Biochemie, dem die Menschheit seit der Zeit meiner ersten Bierchen mit Eifer zustrebte.

Jedenfalls fügte es sich glücklicherweise, daß die Regierung unbedingt das Ergebnis der amerikanischen Prädidentschaftswahlen im Jahr 2048 in Erfahrung bringen wollte, so daß Simpson zu diesem Jahr in die Zukunft reisen und neue Informationen zurückbringen konnte. Er berichtete uns nicht nur vom kurz bevorstehenden triumphalen Einzug des Kandidaten der Rosenkreuzer ins Schwarze Haus, sondern auch von der kompromißlosen Ächtung der neuen Trinkgewohnheiten und allem, was damit zusammenhing. Nachdem Simpson in einem Gespräch eine einzige versteckte Anspielung auf das Thema gemacht hatte, konnte er sich glücklich schätzen, der Bar des Travellers' Club mit heiler Haut entkommen zu sein.

Einige Zeit lang war die Erforschung der noch ferneren Zukunft durch unsere Abteilung aufgrund eines hartnäckigen Fehlers im TIOPEPE blockiert, wodurch die Projektionskreisläufe bei ungefähr 83,63 Jahren über unserer gegenwärtigen Zeitrechnung abbrachen. Dann, eines Tages im Jahr 1974, brachte Rabaiotti mit einer genialen Eingebung alles wieder ins Lot. Nicht einmal eine Woche später war Simpson auf der Reise ins Jahr 2145. Wir hatten uns alle wie üblich im Labor versammelt, um seine sichere Rückführung zu gewährleisten. Nachdem Schneider ihm die üblichen entspannenden Injektionen verabreicht hatte, kam Simpson mit bedeutungsschweren Neuigkeiten zu sich. Meinungsverschiedenheiten wegen Spionageflügen über den Monden des Saturns hatten zu einem ernsthaften Konflikt zwischen Wales und Mars geführt, den zu diesem Zeitpunkt führenden Mächten der Inneren Planeten – und schließlich 2101 einen interplanetaren Atomkrieg heraufbeschworen. Die Hälfte der Venus und Gebiete auf der Erde von der Größe Europas waren dadurch praktisch ausgelöscht worden.

Rabaiotti fand als erster die Sprache wieder, als Simpson geendet hatte. «Bis dahin ist es noch lange hin. Die meisten unserer Urenkel betrifft das nicht.»

«Stimmt. Aber allein die Perspektive!»

«Ja, ich weiß», seufzte ich.

«Kein Grund zur Traurigkeit, Baker», sagte der Direktor. «Machen können wir sowieso nichts dagegen. Wir haben noch eine volle halbe Stunde bis zur offiziellen Konferenz – erzählen Sie uns, wie es mit Alkohol und Trinkgewohnheiten bestellt sein wird.»

Simpson rieb sich den kahlen Schädel und seufzte. Mir fiel auf, daß seine Augen blutunterlaufen waren, ein Phänomen, das nach Reisen in die Zukunft allerdings häufig auftrat. Ein mehr als gewissenhafter Alkoholforscher, das war unser guter alter Simpson. «Also das gefällt euch bestimmt nicht.»

Von «gefallen» konnte keine Rede sein.

Simpsons Landung im Jahr 2145 war durchaus erfolgreich gewesen. Allerdings hatte es einen unerklärlichen Fehler bei der Programmierung des Landeortes gegeben, die eine Woche zuvor unser jüngstes Geistesprodukt, der Temporale Inspektions-Apparat und Meteorologisch-Astronomisch-Regionale Interrelations-Automat (kurz TIAMARIA genannt), vorgenommen hatte. Dieser hatte ihm grünes Licht zur Materialisierung in einer Höhe von dreieinhalb Metern über dem Erdboden gegeben. Das hatte zur Folge, daß Simpson einen üblen Sturz tat, der zum Glück in einem Blumenbeet endete und ihn reichlich erschütterte. Wie sich herausstellte, sollte das nicht der einzige Schock bleiben.

Der Atomkrieg hatte die Erde in ihrer Entwicklung so weit zurückgeworfen, daß die noch im Wiederaufbau begriffene Welt, in der Simpson sich wiederfand, kaum von der zu unterscheiden war, die er auf Reisen in die nähere Zukunft kennengelernt hatte. Sein offizieller Bericht, so beunruhigend er auch sein mochte, war daher schnell zusammengestellt, so daß ihm noch gut zwei Stunden blieben, bevor ihn das Spannungsfeld des TIOPEPE wieder in die Gegenwart zurückholen sollte. Er wählte daher ein Restaurant, das seinem Geldbeutel entsprach – die Kameras des TIAMARIA und unsere Fälscher beim Zeitübergreifenden Schatzamt hatten das Devisenproblem gelöst –, suchte sich einen freien Tisch und fragte nach einem Aperitif.

«Kein Problem, Sir», erwiderte der Ober. «Die Seekuhmilch vom Mars ist heute besonders zu empfehlen. Oder gerade ist eine frische Lieferung Saft fleischfressender Limonen vom Iapethus eingetroffen... falls Ihnen der Sinn nach Exotischem steht. Sehr, hm, vollblütig, Sir.»

Simpson schluckte. «Was Sie nicht sagen», murmelte er. «Ich dachte allerdings an etwas – na Sie wissen schon – an etwas Hochprozentiges.»

Das Verhalten des Obers änderte sich schlagartig. «Aha. Sie

meinen Alkohol?» fragte er kühl. «Manchmal weiß ich wirklich nicht, wo diese Welt noch enden soll. Also gut. Mal sehen, was ich tun kann.»

Das, was der Ober als Alkohol definiert hatte, wurde ihm in drei klotzigen Krügen, wie drei gleiche Teile eines runden Kuchens angeordnet, auf einem Metalltablett serviert. Der Simpson am nächsten stehende Krug trug in ungelenken Buchstaben die Aufschrift BIR. Simpson goß sich etwas von der trüben, braunen Flüssigkeit in ein Glas. Was er trank, schmeckte wie mit einem Schuß Industriealkohol versetztes, abgestandenes Abwaschwasser. Simpson griff nach dem Krug mit der Aufschrift BOSHLY. (Wir kamen später überein, daß dies eine Verballhornung des Wortes Beaujolais sein mußte.) Das Gesöff war wie rote Tinte mit einer kräftigen Beimischung Industriealkohol. Als letztes blieb KONACK. Industriealkohol mit einem Schuß kaltem Tee.

Während sich Simpson noch bange fragte, ob er durch eine Laune des TIOPEPE versehentlich in eine entlegene Ecke der sechziger Jahre des zwanzigsten Jahrhunderts zurückversetzt worden sei, merkte er plötzlich, daß ihn ein Mann am Nebentisch aufmerksam beobachtete. Als sich ihre Blicke trafen, kam der Fremde umgehend an seinen Tisch und setzte sich mit einer höflichen Entschuldigung ihm gegenüber. (Es sei ungewöhnlich, pflegte Simpson bei seinen Berichten gern zu betonen, welche Anziehungskraft er auf seinen Zeitreisen auf die Leute ausübe.)

«Bitte entschuldigen Sie», begann der Mann höflich. «Aber Ihrer Miene nach zu schließen, sind Sie ein Konnäzer. Ich bin übrigens Piotr Davies auf Urlaub von den Grönländischen Obstzuchtanstalten. Sie sind nicht von der Erde, oder?»

«Oh ... nein. Ich komme gerade vom Merkur. Die erste Reise seit meiner Jugend.» Simpson konnte nicht umhin zu bemerken, daß Piotr Davies' Gesicht von einem dichten Netz geplatzter Äderchen überzogen war und auf seiner Nase die üppigsten Wucherungen blühten, die er je gesehen hatte. (Er vermied es, bei dieser Beschreibung den Direktor anzusehen.) «In gewisser Weise bin ich sicher ein Connaiss ... ein Konnäzer», fuhr Simpson angestrengt fort, nachdem er sich mit Namen vorgestellt hatte. «Jedenfalls versuche ich, eine gewisse Differenzierung in meiner...»

«Sie treffen den Nagel auf den Kopf», ereiferte sich Piotr Davies. «Differenzierung. Das ist das Wort. Ich wußte, daß Sie eine verwandte Seele sind. Differenzierung. Und Tradition. Auf der Erde heutzutage nicht häufig zu finden. Und, soviel ich weiß, ist es auf dem Merkur auch nicht anders.»

«Nein... nein, sicher nicht.»

«Wir Konnäzer erleben harte Zeiten. Tja, der Krieg der Planeten natürlich! Und seine Nachwehen!» Davies hielt inne und musterte Simpson erneut prüfend. «Haben Sie heute abend schon was vor?» fragte er schließlich. «Ich meine jetzt gleich?»

«Also... in zwei Stunden habe ich eine Verabredung. Die muß ich einhalten. Aber bis dahin...»

«Ausgezeichnet. Gehen wir.»

«Was ist mit meinem Abendessen?»

«Wenn Sie erst dort gewesen sind, wohin ich Sie bringe, verzichten Sie gern darauf.»

«Aber wohin wollen Sie mich...»

«An einen Ort, der für einen Konnäzer wie Sie genau das richtige ist. Was für ein Glück, daß Sie mir in die Arme gelaufen sind! Alles Weitere erkläre ich Ihnen auf dem Weg.»

Vor dem Lokal bestiegen sie eine Art radloses Taxi und fuhren in ein vornehm wirkendes Viertel. Davies' Erklärungen waren ausschweifend und umfassend; Simpson kam es sehr zustatten, daß Davies ihn für eine Person hielt, die lange abseits des Mittelpunkts aller Dinge gelebt hatte. Auf diese Weise erfuhr er, daß der Krieg der Planeten sämtliche der großen, zentralen und vollautomatischen Destillieranlagen für Spirituosen zerstört hatte; daß bakteriologische Kriegsführung viele Nutzpflanzen vernichtet hatte; betroffen waren unter anderem Weinrebe, Gerste, Hopfen und sogar Zuckerrohr; daß die fanatischen religiösen Bewegungen der Nachkriegszeit, viele mit Rückendekkung der Regierung, alle alkoholischen Getränke auf zwanzig Jahre geächtet hatten. Simpson erschauderte bei diesen Neuigkeiten.

«Als die Leute schließlich zur Besinnung kamen», führte Davies trübsinnig aus, «war es zu spät. Das Wissen um diese Dinge war verlorengegangen. Prozesse wie Destillation oder Gärung kann man nicht auslöschen. Dazu sind sie zu fundamental. Aber die einzelnen, besonderen Verfahren, die Extrabeigaben, die Tricks, die Tradition ... die sind für immer verloren. Whisky – was für ein vollmundiges, ausdrucksvolles Wort! Wie könnte das Zeug nur geschmeckt haben? Das wenige, das wir darüber in der noch vorhandenen Literatur finden, vermittelt nur eine ungefähre Vorstellung. Mozzel, da sind wir ziemlich sicher, muß ein deutscher Weißwein gewesen sein ... ungefähr aus der Gegend, wo jetzt der große Krater ist. Gin war ein mit Wacholder aromatisierter Schnaps, auch das wissen wir. Natürlich gibt es mittlerweile keinen Wacholder mehr.

Alkohol als Genußmittel ist allmählich ausgestorben. Ich meine den echten, kultivierten Alkoholgenuß – nicht den Konsum von dem Zeug, das man Ihnen vorzusetzen versucht hat. Ich und einige wenige Gleichgesinnte haben versucht, ein gewisses Basiswissen zusammenzutragen. Vergeblich. Aber dann, rein zufällig, hat einer von uns, ein Archäologe, einen primitiven, zweidimensionalen Fernsehfilm ausgegraben, der fast zweihundert Jahre alt ist. Der Streifen lieferte uns eine ausführliche Darstellung einiger archaischer Getränke und der damit verbundenen Gewohnheiten. Alles sehr detailliert. Der Film trägt den Titel ‹Die Armen und Gestrandeten›; in grauer Vorzeit war das ein Ausdruck für Leute mit beschränkten finanziellen Mitteln, den wir allerdings in diesem Zusammenhang sofort als ironisch gemeint erkannten. Die Satire hatte damals Hochkonjunktur. Jedenfalls war das Resultat der Entdeckung unseres Freundes ... das hier.»

Mit einer schwungvollen Geste zog Davies eine Pappkarte aus der Tasche und reichte sie Simpson. Darauf stand:

DIE FREUNDE DES FUSELS
Gegründet 2139 zum Zweck des Genusses von
traditionellen Spirituosen in traditioneller
Kleidung und in traditioneller Umgebung

Bevor Simpson dies enträtseln konnte, ließ sein Begleiter das Taxi anhalten und bugsierte Simpson kurz darauf durch das

Portal eines riesigen, schönen Herrenhauses. Am Ende einer mit dicken Teppichen ausgelegten Eingangshalle befand sich eine steile, schmale Treppe. Die gingen sie hinunter. Am Fuß der Treppe griff Davies in einen Schrank und förderte zutage, was Simpson als einen weichen Filzhut von der Art erkannte, wie sein Vater ihn getragen hatte; außerdem eine Schiebermütze, ein großes Stück Sackleinen und eine reichlich ramponierte braune Decke. Sämtliche Stücke waren schmutzig und voller Flecken. Simpson stieg eine seltsame, unappetitliche Geruchsmischung in die Nase. Von irgendwoher war gedämpftes Stimmengemurmel zu hören.

Wortlos reichte Davies ihm Mütze und Decke, schlang sich selbst das Stück Sackleinen wie eine Stola um die Schultern und setzte den Filzhut auf. Simpson folgte seinem Beispiel mit Mütze und Decke. Dann schob Davies ihn durch eine niedrige Tür.

Der Raum, den sie betraten, war von Kerzen spärlich erleuchtet, die in Flaschen steckten. Es dauerte daher einen Moment, bis Simpson die Kulisse, die sich ihm bot, überblicken konnte. Zuerst war er nur erstaunt. In diesem Zimmer war keine Spur von dem Luxus, den er oben gesehen hatte: Die groben Steinwände waren schmierig und feucht, den Fußboden bedeckte ein Durcheinander aus Säcken und halb zerfallenen Matten. Ein Koksofen verbreitete stickige Hitze; dicker Zigarettendunst hing über allem; die Luft war zum Schneiden. An einer Wand stand ein Tisch voller Flaschen und Trinkgefäße, die an Teetassen erinnerten. Unter den Gegenständen, die Simpson verständnislos betrachtete, waren mehrere Laibe Brot, einige Flaschen Milch, ein Stapel aus kleinen runden Dosen und, abseits in einer Ecke, ein altmodischer, rostiger Gaskocher oder die Nachbildung eines solchen.

Simpsons Staunen und Verwirrung schlugen jedoch in leichte Besorgnis um, als er die gut ein Dutzend Männer entdeckte, die auf Packkisten und kaputten Stühlen saßen oder auf dem Fußboden lagen und hockten. Jeder trug irgendeine alte, verbeulte Kopfbedeckung und hatte eine Decke oder ein Stück Sackleinen um die Schultern gelegt. Alle unterhielten sich für Simpson unverständlich mit einem Nachbarn oder, was noch häufiger war, führten Selbstgespräche. Davies nahm Simpson beim Arm und führte ihn zu einer halb kaputten Bank an der Wand.

«Die Decken und das ganze Drumherum sollten vermutlich beim gemeinschaftlichen Genuß von Alkohol eine demokratische Atmosphäre herstellen», flüsterte Davies. «Sowieso ist der rituelle Teil des Abends gleich zu Ende. Unser Film war in vieler Hinsicht nicht ganz eindeutig, aber es handelte sich offenbar um eine Art der Selbstreinigung oder vielleicht sogar um ein Gebet. Der Rest ist weniger förmlich. Ah ...»

Das Gemurmel zweier Männer war immer lauter geworden, was schließlich dazu führte, daß sie aufeinander losgingen. Allerdings waren ihre Schläge und ihr Gerangel ein zu symbolischen Gesten erstarrter Schaukampf, eine Pantomime wie bei einer Ballettaufführung oder dem japanischen Theater. Bald hatte einer von ihnen die Oberhand gewonnen, drückte den Gegner auf den Boden und tat so, als schlage er auf ihn ein. («Was diese Szene angeht, tappen wir völlig im dunkeln», flüsterte Davies. «Könnte ein gespielter Hinweis auf die uralte Rolle des Alkoholgenusses nach körperlicher Betätigung sein.») Als der Kämpfer, der ausgestreckt auf dem Boden lag, Bewußtlosigkeit vortäuschte, ertönte eine laute, energische Stimme:

«Ende des ersten Teils!»

Sofort gerieten alle in Bewegung. Die Leute sprangen auf und warfen ihre geborgten Kleidungsstücke ab, unter denen sie elegant in der Mode der Zeit gekleidet waren. Davies führte Simpson zu dem Mann, der die Programmänderung verkündet hatte. Simpson vermutete in ihm einen Akademiker. Zweifellos war er der Gastgeber des Abends. Sein Gesicht war, wie bei Davies, nur noch schlimmer, mit geplatzten Äderchen übersät.

«Freut mich, daß Sie bei uns sein können», sagte der Gastgeber, nachdem Simpsons Anwesenheit erklärt worden war. «Ist eine Ehre, einen Außerweltler bei einer unserer bescheidenen Zusammenkünfte begrüßen zu dürfen. Wir kommen jetzt zum zweiten Teil. Hat Piotr Ihnen schon von dem uralten Film erzählt, aus dem wir soviel gelernt haben? Mittlerer und letzter Teil des Films sind allerdings so beschädigt, daß wir beinahe gar nichts mehr damit anfangen können. Was jetzt in unserem

Programm folgt, kann demnach nur als phantasievolle Rekonstruktion gelten, fürchte ich. Aber ich darf wohl sagen, daß wir die Tradition mit Geschmack und dem gebührenden Respekt interpretiert haben. Fangen wir einfach an!»

Er gab einem Assistenten, der am Tisch stand, ein Zeichen. Daraufhin begann dieser, die Teetassen mit einem Gemisch zu füllen, von dem ein Teil aus einer Art Weinflasche stammte und rot war. Der andere Teil kam aus einer Medizinflasche und war bis auf einen leicht purpurroten Schimmer farblos. Der Gastgeber reichte Simpson höflich die erste der gefüllten Tassen und sagte: «Bitte, machen Sie uns die Ehre, den nächsten Teil des Abends zu eröffnen.»

Simpson trank. Im nächsten Moment hatte er das Gefühl, als sei eine Tränengasbombe in seiner Kehle explodiert und sprühe nun Currypulver in seine Speiseröhre. Als sein Hustenanfall vorüber und die Tränen versiegt waren, stellte er fest, daß von seinen Trinkgenossen einer nach dem anderen ähnliche Symptome zeigte.

«Interessant, was?» fragte der Gastgeber und rang schwankend nach Atem. «Ein hübscher Gaumenschocker! Man könnte sagen, er geht über das herkömmliche Schmecken und Riechen hinaus und wird geradezu körperlich faßbar. Wohl kaum ein sinnliches Erlebnis – nahezu asketisch, beinahe abstrakt. Die Erfindung eines Genies, finden Sie nicht auch?»

«Was – was ist . . .?»

«Punsch, mein lieber Freund», warf Piotr Davies stolz ein. Und mit Verzückung in der Stimme fügte er hinzu: «Rotwein und Brennspiritus. Natürlich können wir kaum hoffen, jemals die legendären Bestandteile von rotem Burgunder wiederherzustellen, die eigentlich dazu gehörten, aber unser hausgemachter, bescheidener Boshly ist auch kein schlechter Ersatz. Sowieso ist er anteilmäßig nur von untergeordneter Bedeutung.»

«Nach dem ersten Schock benutzen wir gern ein Röhrchen.» Damit reichte der Gastgeber Simpson einen Strohhalm. «Ich hoffe, Sie mögen die Teetassen. Hat was Traditionelles, finde ich. Machen Sie es sich bitte bequem. Um den Fusel muß ich mich persönlich kümmern – da können wir kein Risiko eingehen.»

Simpson setzte sich neben Davies auf eine Packkiste. Nach einigen Minuten wurde ihm klar, daß diese aus einem einzigen Stück Holz geschnitzt war. Und plötzlich merkte er auch, daß die Feuchtigkeit der Wände künstlich durch kleine Sprinkler an der Decke erzeugt wurde. Das verleitete ihn zu der Vermutung, daß auch die Säcke auf dem Fußboden speziell für diesen Zweck gewebt und dann künstlich gealtert worden waren. Während Simpson so tat, als sauge er an seinem Strohhalm, sagte er nervös zu Davies: «Was genau meinen Sie mit Fusel? Zu meiner Zeit haben die Leute normalerweise...» Er hielt erschrocken inne, fürchtete, sich verraten zu haben, doch der Mann aus der Zukunft hatte nichts gemerkt.

«Ah, Ihnen steht ein großartiges Erlebnis bevor, mein Freund; etwas, das außerhalb dieses Raumes seit zahllosen Dekaden völlig unbekannt ist. Für unsere Vorfahren im späten zwanzigsten Jahrhundert mag das ein ganz alltägliches Getränk gewesen sein, aber für uns ist es eine unschätzbare Kostbarkeit, eine wertvolle Scherbe, gerettet aus dem Wrack der Historie. Passen Sie gut auf... jede Kleinigkeit ist absolut authentisch.»

Mit brennenden Augen beobachtete Simpson, wie sein Gastgeber die Rinde von einem Laib Brot brach und in den Schnabel eines Emaillekrugs stopfte. Dann hielt er eine Kerze, die er aus der nächstbesten Flasche nahm, an einen flachen runden Kuchen bräunlicher Konsistenz, den sein Assistent in einer Zange hielt. Eine Flamme schoß in die Höhe; Flüssigkeit tropfte auf das Brot, durchdrang es und sickerte weiter in den Krug. Die versammelten Gäste klatschten und johlten. Ein nächster und übernächster Kuchen wurde auf dieselbe Weise verarbeitet. «Schuhwichse», sagte Simpson und die Stimme brach ihm.

«Richtig. Heute abend haben wir's mit den dunklen Brauntönen. Wir geben einen Schuß Ochsenblut dazu, um dem Getränk mehr Körper zu verleihen. Das ergibt einen kräftigen, runden, durchschlagenden Drink. Wir benutzen übrigens Brot aus Weißmehl. Vollkornmehl ist zu durchlässig, wie wir festgestellt haben.»

Strahlend trat der Gastgeber mit einer halbvollen Tasse auf Simpson zu. «Runter damit, mein Junge», sagte er. «In einem Schluck!»

Alle Blicke waren auf ihn gerichtet. Er hatte keine andere Wahl. Simpson schloß die Augen und trank. Diesmal war es, als bohrten sich Hunderte von Drillbohrern gleichzeitig durch seine Nase, Kehle und Mundhöhle. Das Wasser schoß ihm aus sämtlichen Schleimhäuten im Kopfbereich. Er hatte das Gefühl, jemand habe ihm das Gesicht in Säure getaucht. Seine Schultern zuckten spastisch, und ein Film legte sich über seine Augen.

«Ich muß sagen, die helleren Farbtöne haben irgendwie mehr Pep», sagte eine Stimme neben Simpson. «Besonders im Gaumenbereich.»

«Andererseits wiederum ziehen sie nicht so durch.» Es folgte ein Schluckgeräusch und ein unterdrückter Schrei. «Sind Sie vergangenen Monat bei der Probe von Normalbraun hier gewesen? Hatte ein wunderbares Feuer! Und erst die Kraft! Ich war für die nächsten vier Tage blind.»

«Ich bleibe dabei, daß Dunkelbraun als Rundumdurchputzer nicht zu übertreffen ist. Erstaunliche Wirkung auf Gaumenzäpfchen und Mandeln.»

«Was haben Sie gegen Schwarz?» Das war eine jüngere Stimme.

Es folgte eine peinliche Stille, die ein Hustenanfall und ein herzerweichendes Stöhnen aus einer anderen Ecke des Raumes etwas weniger bedrückend machte. Schließlich wurde das Schweigen gebrochen, indem jemand weltmännisch sagte: «Jeder nach seinem Geschmack. Sicher steckt da auch Kraft dahinter, aber ich glaube, die Erfahrung zeigt, daß der rußige, ölrauchige Geschmack doch ziemlich oberflächlich ist. Die meisten von uns tendieren mit zunehmendem Alter zum Strohfarbenen.»

«Ah, großartig! Er ... ja, er benutzt beim nächsten Krug eine Dose Farblos. Passen Sie auf, welche Wirkung das auf das Septum hat!»

Simpson kam mühsam auf die Beine. «Ich muß jetzt gehen», murmelte er. «Wichtige Verabredung.»

«Was? Sie bleiben nicht bis zur Leuchtgasmilch? Die macht Pudding aus dem Gehirn, müssen Sie wissen!»

«Tut mir leid ... Ein Freund erwartet mich.»

«Dann auf Wiedersehen! Grüßen Sie mir den Merkur. Vielleicht gründen Sie ja einen Ableger der Freunde des Fusels auf Ihrem Planeten. Wäre ein großartiger Gedanke!»

«Wirklich großartig», wiederholte der Direktor sarkastisch. «Allein der Gedanke! Die Vorstellung von einem Atomkrieg ist schon schwer zu verdauen, aber diese armen Teufel... Baker, wir müssen eine Botschaft vorbereiten. Simpson soll sie auf seiner nächsten Langstreckenreise mitnehmen, damit die in der Zukunft wissen, wie man einen anständigen Wodka oder Gin brennt, auch wenn es keine Weinreben mehr gibt.»

Ich hörte kaum zu. «Ist diese Welt nicht komisch? Schuhwichse in denselben Farbtönen, die wir kennen? Vollkornbrot, obwohl die Nutzpflanzen angeblich...»

Ein Schrei vom anderen Ende des Labors ließ mich innehalten. Rabaiotti war dabei gewesen, den TIAMARIA zu überprüfen. Jetzt drehte er sich um und stürmte aufgeregt auf uns zu. Seine Stimme klang schrill vor Erregung.

«Phasenverzerrung, Sir! Anomalien im Tracking beim Output! Ergibt einen völlig neuen Effekt!»

«Und der TIOPEPE ist damit vernetzt, was?» sagte Schneider.

«Selbstverständlich!» schrie ich. «Simpson war auf einer anderen Zeitschiene, Sir! Eine alternative Wahrscheinlichkeit, eine Parallelwelt! Kein Wunder, daß die Höheneinstellung nicht gestimmt hat. Das ist wirklich unglaublich!»

«Kein Atomkrieg auf unserer Zeitschiene – nicht sicher, jedenfalls», sang der Direktor und schwenkte die Arme.

«Keine Zerstörung der Rebsorten.»

«Keine Freunde des Fusels!»

«Trotzdem», sagte Simpson leise zu mir, als wir zum Konferenzraum schlenderten, «in mancher Hinsicht haben die's besser als wir. Wenigstens ist das Zeug, das sie benutzen, echt. Niemand wird je an Schuhwichse herumexperimentieren, damit sie weicher schmeckt oder haltbarer wird und man sie mit teureren Marken verwechselt. Außerdem kann sie das, was die saufen, nur verbessern.»

«Während wir...»

«Genau. Das Bier vom Faß, auf das du so stehst, ist überhaupt nicht vom Faß! Es kommt heutzutage aus einem riesigen Stahltank, weil das alles einfacher macht. Und die Deutschen sind nicht umsonst die besten Chemiker der Welt. Frag Schneider, was er von den 1972er Mosel-Jahrgängen hält. Und was, glaubst du, machen diese vielen Wissenschaftler in Bordeaux?»

«Es gibt noch Italien, Spanien und Griechenland. Sie werden...»

«Italien nicht mehr. Frag Rabaiotti, oder tu's lieber nicht. Spanien und Griechenland halten sicher am längsten durch, aber 1980 muß man schon nach Albanien fahren, wenn man noch echten Wein trinken will. Vorausgesetzt, die Chinesen haben bis dahin nicht angefangen, den Albanern ihr Land zu modernisieren.»

«Was willst du dagegen machen?»

«Auf Whisky umsteigen. Der ist immer noch echt. Heute abend nehme ich mir eine Flasche mit nach Hause. Kannst du mir fünfundzwanzig Piepen leihen?»

II

Sterben für einen Drink

Lebensgefährliche Cocktails

Die Öffnung der Krypta

John Jakes

Ich las die Geschichte zum ersten Mal, als ich noch sehr jung war. Selbst damals schien sie auf eine Weise wirklich zu sein, wie das andere Geschichten, die ich las, nie sein konnten. Als ich älter wurde, versuchte ich mir einzureden, es sei lediglich die Phantasie eines Knaben, die mir dieses Gefühl von Realität vermittelt hatte. Aber dann las ich die Geschichte ein zweites Mal, und es war plötzlich keine Geschichte mehr. Sie wurde zur echten, lebendigen Wahrheit, leicht verzerrt, aber dennoch wirklich. Eine Stimme tief in mir sprach dann stets zu mir, flüsterte in mir hohl und sanft.

Dies ist die Wahrheit, sprach die Stimme. *Dies sind Tatsachen. Es ist weder Phantasie noch Legende.* Und ich glaubte es. Sie erfüllte mich ganz und gar, und als erwachsener Mann war mir diese Wahrheit gegenwärtiger denn als Kind. So arbeitete ich in meinem Job bei der *Gazette* und lebte mein Leben entlang der Straßen von Paris. Ich las die Geschichte immer wieder, bis sie Teil von mir war, bis ich wußte, daß sie irgendwo, irgendwann Bestand gehabt hatte.

Natürlich wollte ich es mir beweisen, wollte die leise Stimme in mir rechtfertigen, doch jahrelang hatte ich keine Gelegenheit dazu. Dann, an einem Sommerabend, als der Himmel über der Stadt sich mit fahlem Zwielicht füllte, aß ich mit Dr. Armand zu Abend, einem guten Freund und berühmten Historiker. Ich weiß noch genau, wie wir zusammensaßen, unsere Zigarren rauchten und unseren Kognak tranken. Und wie ich der Realisierung der Wahrheit, die in mir lebte, einen Schritt näherkam.

Dr. Armand nahm einen Brief von einem kleinen Beistelltisch. Er neigte sein weißes Haupt. «Das dürfte Sie interessieren, Paul.»

«Was haben Sie denn da?»

Er warf einen Blick auf das eng beschriebene Blatt. «Einen Brief eines Freundes in Rom. Offenbar ist er vergangenen Monat an der Küste entlanggefahren. Dabei ist er auf ein hochinteressantes Haus in einem kleinen Dorf gestoßen.»

Ich paffte meine Zigarre und versuchte ruhig zu bleiben, aber etwas in mir regte sich unruhig. «Was ist an diesem Haus so interessant?»

«Nun», sagte Dr. Armand und sein Blick schweifte durchs Fenster hinauf zum friedlichen Abendhimmel, «es ist ein ziemlich altes Haus und halb verfallen, aber einer der Gastwirte am Ort sagte, es habe einer Familie namens Montresor gehört.»

Ich saß wie vom Donner gerührt.

Dr. Armand schwenkte den Brief in seiner Hand. «Zufall, natürlich. Aber ich dachte, es könnte Sie interessieren.» Er kicherte unterdrückt und machte weiter Konversation. Aber ich hörte ihn nicht mehr. Die Stimme war wieder da und sprach leise zu mir. *Er glaubt nicht. Aber du kennst die Wahrheit.*

«Ja.» Meine Stimme klang laut und eindringlich.

«Was haben Sie gesagt?» Dr. Armand sah mich verwirrt an.

Ich verabschiedete mich hastig unter einem Vorwand, nachdem ich alle Einzelheiten aus ihm herausbekommen hatte. Als ich in meine Wohnung zurückkehrte, konnte ich nicht schlafen. Da war er also! Der Beweis für das, was ich glaubte. Und dieses kleine Beweisstück weckte in mir den Wunsch nach mehr Beweisen. Als der Morgen kam, ging ich zum Chefredakteur der *Gazette* und kündigte. Ich hob meine Ersparnisse von der Bank ab, kaufte ein kleines Auto und machte mich auf in Richtung Süden.

Ich fuhr schnell. Zwanghaft zog es mich in Richtung Italien, zu einem kleinen Dorf, zum Beweis der Legende, die für mich lebendige Wahrheit geworden war. Und es war mehr als ein zwingender Wunsch, den ich in mir spürte, denn ich fühlte, daß eine äußere Macht mich trieb. Ich schlief am Straßenrand im Auto und aß nur, wenn das Knurren in meinem Magen zu schmerzhaft wurde. Die Landschaft flog an mir vorüber, ich war in Italien, raste über Ebenen, durch Flußtäler, passierte Flüsse, störte den Frieden schläfriger Piazzas und wirbelte Staub hinter mir auf. Aber ich mußte Gewißheit haben!

Natürlich wurde ich müde, sehr müde. Nachdem ich mich mehrfach verfahren, den richtigen Weg wieder gefunden und schließlich die Küste erreicht hatte, schmerzte mir jeder Knochen im Leib. Ich fühlte mich schmutzig und hatte einen Dreitagebart. Aber es war die Sache wert. Mit jedem Kilometer, den ich fuhr, wußte ich, daß ich der Wahrheit näherkam.

Am frühen Abend erreichte ich schließlich die Stadt. Zwei Stunden war ich an der Küste entlanggefahren, das Meer hatte sich zu meiner Linken wie ein schimmerndes Laken ausgebreitet, als ich endlich die Kuppe eines kleinen Hügels erreichte. Ich hielt den Wagen an. Die Stadt lag mir zu Füßen. Musik und laute Stimmen drangen zu mir herauf. Die Straßen waren hell erleuchtet. Meine Hände umfaßten das Steuerrad. Eine Feuerwerksrakete schoß über der Stadt hoch in den Himmel und zerbarst in einem roten Sternenregen. Da wußte ich, daß Karneval war.

Ich fuhr den Hügel hinunter. In den Straßen drängten sich Menschen in Karnevalskostümen, sangen, tanzten und liefen durcheinander. Ich bahnte mir zu Fuß den Weg durch die Straßen, achtete kaum auf die Menschen, sondern hielt nur nach dem Gasthof Ausschau, den der Brief erwähnte. Endlich entdeckte ich ihn. So nah am Ziel muß ich halb verrückt gewesen sein. Ich schob mich brutal durch die Menge, zwei junge Männer drehten sich nach mir um, und ihre dunklen Augen blitzten mich durch die Schlitze ihrer Masken wütend an. Ich stieß die Tür des Gasthauses auf, ohne sie weiter zu beachten.

Der Gastwirt hieß Giacomo. Er musterte mich eingehend, die alte, gebräunte Stirn in nachdenkliche Falten gelegt. Ich war Ausländer, und ich war nicht kostümiert. Er muß gefühlt haben, daß etwas mit mir nicht stimmte. So wie ich aussah, mit Bartstoppeln, ungewaschen, die Kleidung zerknittert, war ihm das kaum zu verübeln.

«Was wünschen Sie, *Signore?*» fragte mich der alte Mann. Er schenkte sich ein Glas Wein ein und leerte es hastig.

Ich brachte kaum ein Wort heraus. Die Erregung machte mich

verkrampft und nervös. «Ich ... ich suche nach einem alten Haus.»

Er lachte schallend. Ich merkte, daß er mich für einen Verrückten hielt, und das machte mich wütend. Am liebsten hätte ich mich über die Theke gelehnt und die Worte aus ihm herausgepreßt. «Wir haben hier viele alte Häuser, *Signore*. Diese Stadt ist voller alter Häuser.»

«Es ist ein besonderes Haus. Es gehörte einer bestimmten Familie. Der Familie Montresor.»

Er dachte nach und starrte auf den Weinsatz in seinem Glas. Dann nickte er. «Ja, das Haus der Montresors ist in dieser Stadt. Es ist eine Ruine, *Signore*, halb verfallen. Niemand interessiert sich mehr dafür. Warum suchen Sie denn ausgerechnet dieses Haus?»

«Das tut nichts zur Sache. Wo ist es?»

Er wies mir den Weg. Am Südrand der Stadt. Ich warf ein paar Münzen auf den Tisch und lief hinaus. Diesmal bahnte ich mir rücksichtslos den Weg, stemmte mich gegen die wogende, schwitzende Menschenmenge, die sich durch die Straßen wälzte. Die Feuerwerksraketen zerbarsten funkelnd über mir, der Krach machte mich taub, aber ich drängte weiter, getrieben von meinem Wunsch. Menschen belegten mich mit wütenden Flüchen, aber das schreckte mich nicht. Schließlich brach ich aus der Menge aus und fand mich in einer verlassenen Straße wieder, völlig im Dunkeln, mit riesigen purpurroten Schattenplakken, in denen die Häusermauern in tintenschwarzer Undurchdringlichkeit verschwanden.

Ich hastete die Straße entlang, die sich plötzlich als Sackgasse entpuppte. Mein Mut sank. Ich hielt vor etwas an, das mir wie ein Eisentor erschien, und zog ein Streichholz heraus. Ich zündete es an und hielt es hoch. Die rötliche Flamme flackerte gespenstisch. Das Herz raste in der Brust.

Denn dort, vor mir, schmückte ein Wappen den Stein, das ich nur zu gut kannte. Der große Menschenfuß, der eine Schlange zertrat, die ihre Fänge in die Ferse dieses Fußes versenkt hatte. Über dem Wappen prangte der Wappenspruch. Ein Blick auf das erste Wort genügte. *Nemo* ... Mein Streichholz verlosch in einem plötzlich aufkommenden modrigen Lufthauch. Mit zitternden Händen zündete ich das nächste an. *Nemo me impune lacessit.* Und unter dem Wappen stehend fühlte ich, wie mich eine Macht packte und in ein vor Angst und Schrecken schlotterndes Wesen verwandelte. Der Name, gewichtig in breiten Großbuchstaben eingemeißelt: *Montresor.*

Mein zweites Streichholz verglühte flackernd in der Dunkelheit. Mit wild klopfendem Herzen stieß ich gegen das Tor. Ein ohrenbetäubendes Quietschen und Ächzen ertönte, und ich sprang hastig zurück, als das Tor aus den Angeln brach und mit einem mächtigen metallischen Hall auf den Stein des Hofes schlug. Es war das richtige Haus, und ich war dem Kern meines Geheimnisses ganz nahe. Ich rannte über den Hof, in dem tiefen Bewußtsein, bald den Grund zu kennen, warum ich mich all die Jahre zu diesem düsteren und böse vor sich hin brütenden Ort hingezogen gefühlt hatte. Ich sollte erfahren, welche merkwürdige und geradezu teuflisch realistische Eingebung mich glauben gemacht hatte, die Legende sei wahr, und mich den Beweis hatte suchen lassen.

Die bedrückende Ausdünstung von Alter und Verfall stieg mir in die Nase, als ich durch das Eingangsportal in den ersten der finsteren Räume trat. Ich kannte den Weg ... Oh, Gott! Ich kannte den Weg und konnte mich nicht wehren. Hier war der Ort, an den zu kommen ich bestimmt war. Warum ich dazu auserwählt war, wußten nur die Geister, die hier hausten, zu klären.

Ich hob tastend die Hand und fand eine Fackel, die an der Wand in ihrer Halterung hing. Mit heftig zitternden Händen entzündete ich sie mit einem Streichholz und hatte bald ein flackerndes rötliches Licht, das mich leitete. Meine Schritte hallten hohl auf dem kalten silbergrauen Stein wider. Hastig durchschritt ich die zahlreichen ineinander übergehenden alten Säle, denen jedem ein ganz spezieller Geruch von Verfall und Verlassenheit anhaftete. Der Eingang zur Treppe, die in die Tiefe führte, tauchte lauernd vor mir auf, und ich eilte weiter, rannte die Stufen hinunter, sah zu, wie die Schatten sich im Licht der tropfenden Fackel entfalteten, sah, wie die Realität in meinem Kopf zu materieller Wirklichkeit wurde. Dann wurde die Luft plötzlich kühler, und ich stand auf feuchtem Erdreich.

Um mich herum waren endlose Reihen von Weinregalen, längst all ihrer Fässer und Flaschen beraubt, verwaist und den kreuz und quer huschenden Ratten, Staub- und Altersweben überlassen, deren groteske Formen die Bretter wie Mäntel überzogen.

Jetzt rief die Stimme nach mir, hallte durch mein Bewußtsein, trieb mich weiter und weiter, ohne daß ich ihrer Macht hätte widerstehen können. *Komm, komm, beeil dich, beeil dich, das Werk muß vollendet werden.* Welches Werk? Ich wußte es nicht. Trotzdem hastete ich weiter. Mittlerweile war ich ohne Willen, eine Kreatur, die wie betäubt den Befehlen einer unbekannten, übersinnlichen Macht gehorchte. Von den Deckengewölben hingen Salpeterausblühungen in bizarren Formen, und das Licht der Fackel tanzte und kreiste über die uralten Steinmauern. Die Kälte ging mir durch Mark und Bein.

Erneut führte mein Weg durch abschüssige Gewölbe, das Licht meiner Fackel erfaßte die leeren Augenhöhlen alter Totenschädel, die wahllos auf menschlichen Gebeinen thronten, und neues Entsetzen ließ mich erschauern, während mir mein Gefühl sagte, daß ich tief unter dem Flußbett sein mußte. Feuchtigkeit tropfte über die gelblichen Schädel, und Ratten scharrten und rumpelten zwischen den Bergen von Gebeinen. Die Stimme ertönte erneut, mit erstarktem, herrisch sonorem Ton. *Komm, beeil dich, vollende das Werk!*

Ich ging durch niedrige Torbögen, stieg erneut tiefer, folgte meinem Weg durch einen weiteren langen Gang, kletterte über Haufen der grausigen Überreste menschlichen Lebens und jagte wieder einen Abhang hinunter, bis ich schließlich mit geradezu überwältigendem Entsetzen merkte, daß ich die tiefste, letzte Krypta erreicht hatte, weit in den Eingeweiden unserer dunklen Erde. Ein feuchter, fauliger Windstoß erfaßte meine Fackel und dämpfte sie, so daß plötzlich ein überirdisch bläuliches Licht die Krypta umfing. Hier türmten sich die ausgeblichenen Relikte menschlicher Körper bis unter die Decke. Und unmittelbar vor mir erhob sich eine Wand aus gemauertem Stein, und wiederum davor auf dem Boden lag uraltes Maurerwerkzeug.

Verwunderung und Ehrfurcht erfaßte mich, als ich erkannte, daß sich hier schließlich die äußerste Wahrheit dessen manifestierte, was nur eine vage Ahnung gewesen war. Die Stimme sandte ihre monströse Botschaft in die entlegensten Winkel meines Bewußtseins, und mir wurde klar, daß der, der da zu mir sprach, hinter dem gemauerten Stein eingeschlossen war. Und trotzdem besaß er teuflische Macht über mich.

Erbrich die Mauer.

Der Befehl hallte in mir wider. Ich war verwirrt. Ich schwankte benommen und hätte beinahe meine Fackel fallen lassen. Taumelnd trat ich vor, nicht länger ein Mensch, sondern Medium einer merkwürdigen und schrecklichen Kraft aus den tiefen Abgründen des Übernatürlichen, das weit außerhalb menschlichen Begriffsvermögens liegt. Ich kniete nieder, steckte meine Fackel in einen Berg von Gebeinen und befestigte sie, so gut ich konnte. Dann nahm ich das Maurerwerkzeug in die Hand und betrachtete es forschend und mit fiebrigheißer Stirn. Ich sprang vor und attackierte das Mauerwerk mit einer Heftigkeit, die an Wahnsinn grenzte.

Ich habe keine Vorstellung, wie lange ich so gewütet habe. Die Fackel brannte langsam nieder, während ich auf das uralte Mauerwerk einschlug, Splitter um Splitter abklopfte, bis das Blut aus meinen geschundenen Händen spritzte und den Stein rot färbte. Ich arbeitete fieberhaft, stieß wimmernde Laute aus, schleuderte, einem Verrückten gleich, unbekannten Göttern Verwünschungen entgegen, erregte mich bis zu einem Grad, der mich zum brutalen, hirnlosen Automaten reduzierte. Als mein Wahn abebbte, hatte ich eine Öffnung in die Mauer gehauen, die gerade einen Fuß breit und hoch war. Ich nahm mit kraftloser Hand meine Fackel und leuchtete damit in das Loch. Und meine wahnsinnigen Augen entdeckten den Körper, der zu der Stimme gehörte, die mich auserwählt hatte.

Dort im flackernden Licht erkannte ich die Gestalt über dem Boden einer kleineren Krypta, schwebend und wie in Nebelschwaden gehüllt. Ich erkannte das Narrengewand, das zarte Läuten der Glöckchen auf der spitzen Kappe, den übermächtigen Gestank schalen Weins. Und in dem gespenstischen Gesicht glühten zwei Kreise, so intensiv wie das innerste Feuer der Unterwelt. Die Stimme, die sich erhob, stammte von dieser überirdischen Erscheinung.

«Du hast die Pflicht erfüllt, die dein schändlicher Ahne eurer Familie auferlegt hat. Du hast mich aus meinem Kerker befreit und meiner Seele die Freiheit wiedergegeben, auf daß sie ungehindert in die äußeren Sphären entweiche. Die Schuld ist gesühnt.»

«Wer spricht da?» schrie ich voller Entsetzen. «Wer spricht so zu mir?»

«Fortunato», kam die Antwort. «Meine gequälte Seele hat meinen Körper überlebt.»

«Fortunato?» schrie ich schrill. «Aber warum bin ich auserwählt worden? Warum war es meine Aufgabe und meine allein, Euch zu befreien? Wer bin ich, daß ich hergerufen wurde? In Gottes Namen, sprecht!»

«Du bist ein Montresor», ertönte die Stimme des Knochenmannes.

«Montresor!» krächzte ich mit einer Stimme, die den Wahnsinn in sich barg.

«Der letzte der Linie der Montresors. Ich habe in dir den Geist des ersten Montresors lebendig erhalten, diesen bösen Geist, der sich an der eigenen Schuld nährte und sich in den Geist eines Mannes verwandelte, den Schuld erfüllte. Ich habe dich mit dem Zwang belegt, mich zu befreien, und du hast entsprochen.»

Und dann wurde mir klar, was bislang nur ein vages Gefühl gewesen war, nämlich, daß die geistige Substanz jenes ersten, hassenswerten Montresors, der den unerträglichen Fortunato eingemauert hatte, auf mich übergegangen war, bis sich endlich das Spirituelle mit dem Materiellen in mir vereinigt hatte.

Meine Fackel begann erneut zu flackern. Ich schwankte unsicher, der feuchte Film des Wahnsinns legte sich über meine Augäpfel. Mir wurde schwindelig, doch kurz bevor sich Bewußtlosigkeit wie ein Mantel gnädig über mich breitete, fühlte ich, wie ein Wispern der Vorsehung aus der kleinen Krypta an mir vorbeiglitt, wie ein heftiger Windstoß vorbeirauschte, das zarte melodiöse Klingeln der Glöckchen in einem letzten Triumph hinter sich ließ und sich zur Oberfläche der Erde und zum Sternenhimmel aufschwang, befreit und ohne Fesseln nach vielen hundert Jahren tief im Inneren unseres Planeten. Dann wurde ich ohnmächtig.

Und erst in diesem Augenblick bin ich erwacht. Meine Fackel ist verloschen. Ich bin schwach nach der schweren Arbeit an der Mauer, und ich liege auf dem kalten Boden der Krypta, deren Stille mich durchdringt, und ich habe weder Willen noch Kraft, mich zu rühren. In der Dunkelheit höre ich leises Rascheln und Scharren. Die Ratten erwarten meinen Abgang. Ich werde ruhen, bis die Schatten der Unterwelt sich senken, denn meine Schuld ist gesühnt.

Vor der Party

William Somerset Maugham

Mrs. Skinner verspätete sich nicht gern. Sie war bereits angekleidet. Sie trug ein schwarzes Seidenkleid, wie es ihrem Alter und der Trauer um ihren Schwiegersohn entsprach. Sie war gerade dabei, ihren Baretthut aufzusetzen. Es war ihr nicht ganz wohl dabei, da seine Verzierung mit Reiherfedern möglicherweise bei einigen Bekannten, die sie sicher auf der Veranstaltung treffen würde, bissige Bemerkungen auslösen konnten. Es war natürlich scheußlich, solche schönen weißen Vögel nur wegen ihrer Federn abzuschießen und dazu noch in der Brutzeit, aber sie waren nun einmal an ihrem Hut und sahen so hübsch und stilvoll aus. Wie hätte sie die Federn auch zurückweisen können, wenn sie ihren Schwiegersohn nicht beleidigen wollte! Er hatte sie den ganzen weiten Weg von Borneo mitgebracht in der Annahme, ihr eine große Freude zu machen. Kathleen hatte sich damals über Gebühr entrüstet; vielleicht tat es ihr jetzt, nach dem, was inzwischen geschehen war, leid, aber Kathleen hatte Harold nie recht leiden können. Mrs. Skinner stand vor ihrem Ankleidetisch, rückte den Hut auf dem Kopfe zurecht – es war schließlich der einzige nette Hut, den sie besaß – und steckte dann eine Nadel mit einem großen pechschwarzen Knopf hinein. Wenn jemand sie wegen der Reiherfedern zur Rede stellen sollte, hatte sie die Antwort schon bereit.

«Ich weiß, es ist schrecklich», wollte sie sagen, «und ich würde sie natürlich niemals kaufen, aber mein armer Schwiegersohn hat sie mir mitgebracht, als er das letzte Mal auf Urlaub war.»

Dies würde zugleich als Erklärung und Entschuldigung dienen, warum sie diesen Federschmuck besaß und ihn trug. Alle waren ja so teilnahmsvoll gewesen. Mrs. Skinner nahm ein sauberes Taschentuch aus der Schublade und besprengte es mit ein paar Tropfen Eau de Cologne. Sie gebrauchte niemals Parfüm, das nach ihrer Ansicht nur leichtfertige Frauen verwendeten, aber Eau de Cologne war so erfrischend. Sie war jetzt so ziemlich fertig, und ihre Blicke schweiften über den Spiegel hinweg durch das Fenster. Pastor Heywood hatte einen schönen Tag für seine Gartengesellschaft. Es war warm, der Himmel blau, die Bäume hatten ihr frisches Frühlingsgrün noch nicht verloren. Sie lächelte, als sie ihre kleine Enkelin in dem Garten hinter dem Haus sah, wie sie eifrig ein kleines Blumenbeet harkte, das ihr ganz allein gehörte. Joan war allerdings zu bleich. Sie hätte nicht so lange in den Tropen bleiben dürfen. Sie war so ernst für ihr Alter; nie sah man sie umherrennen; sie vertiefte sich in Spiele, die sie selbst erfunden hatte, und begoß ihre Blumen. Mrs. Skinner strich mit ein paar Handbewegungen ihr Kleid glatt, nahm ihre Handschuhe und ging nach unten.

Kathleen saß am Schreibtisch und arbeitete an den Listen, die sie aufstellen mußte, denn sie war ehrenamtliche Sekretärin des Damengolfklubs, und wenn Wettspiele waren, hatte sie eine Menge zu tun. Aber auch sie hatte sich bereits für die Party zurechtgemacht.

«Du hast also doch deinen Jumper angezogen», sagte Mrs. Skinner.

Sie hatten schon beim Essen erörtert, ob Kathleen ihren Jumper oder ihr schwarzes Seidenkleid anziehen sollte. Der Jumper war schwarz und weiß, und Kathleen hielt ihn für sehr schick, wenn er auch nicht eigentlich als Trauerkleidung gelten konnte. Millicent jedoch hatte nichts dagegen einzuwenden gehabt.

«Es ist gar kein Grund vorhanden, warum wir alle so aussehen sollten, als kämen wir gerade von einem Begräbnis», hatte sie gesagt. «Harold ist immerhin schon acht Monate tot.»

Mrs. Skinner hatte diese Bemerkung sehr unpassend gefunden. Seit ihrer Rückkehr von Borneo war Millicent etwas sonderbar.

«Du willst doch wohl deine Witwentrauer noch nicht ablegen, Liebste?» hatte ihre Mutter gefragt.

Millicent gab keine direkte Antwort.

«Man nimmt es heute mit der Trauerkleidung nicht mehr so genau wie früher», versetzte sie, und als sie nach einer kleinen Pause fortfuhr, war etwas in ihrer Stimme, das ihrer Mutter sehr eigentümlich vorkam. Kathleen war es auch aufgefallen, denn sie hatte ihre Schwester erstaunt angesehen.

«Ich bin überzeugt», hatte Millicent gesagt, «Harold wäre der letzte gewesen, der verlangt hätte, daß ich auf unbegrenzte Zeit um ihn trauerte.»

«Ich habe mich schon früh angezogen, weil ich Millicent etwas sagen wollte», erwiderte Kathleen auf die Bemerkung ihrer Mutter.

«So?»

Kathleen erklärte ihre Worte nicht näher. Aber sie legte ihre Listen beiseite und las mit zusammengezogenen Augenbrauen zum zweitenmal den Brief einer Dame, die sich bitter beklagte, daß der Ausschuß höchst ungerechterweise ihr Handikap von vierundzwanzig auf achtzehn herabgesetzt hatte. Die ehrenamtliche Sekretärin eines Damengolfklubs muß über sehr viel Takt verfügen. Mrs. Skinner begann ihre neuen Handschuhe anzuziehen. Die heruntergelassenen Jalousien hielten das Zimmer kühl und dunkel. Mrs. Skinner blickte auf den großen, hölzernen und buntbemalten Nashornvogel, den ihr Harold zur Aufbewahrung hinterlassen hatte. Ihr kam er ein wenig sonderbar und barbarisch vor, aber Harold hatte ihm großen Wert beigemessen. Er war irgendein religiöses Symbol, und auf Pastor Heywood hatte er starken Eindruck gemacht. An der Wand über dem Sofa hingen malaiische Waffen, deren Namen sie vergessen hatte, und hier und da standen auf kleinen Tischen Silber- und Bronzegefäße, die Harold ab und zu geschickt hatte. Sie hatte Harold gern gehabt, und unwillkürlich suchten ihre Augen sein Bild, das neben den Photographien ihrer beiden Töchter, ihres Enkelkindes, ihrer Schwester und ihrer Neffen auf dem Klavier stand.

«Wo ist denn Harolds Bild, Kathleen?» fragte sie.

Kathleen sah sich um. Das Bild stand nicht mehr auf dem gewohnten Platz.

«Irgend jemand hat es fortgenommen», sagte Kathleen.

Überrascht und verwundert stand sie auf und ging zum

Piano. Die Photos waren neu geordnet worden, so daß keine Lücke sichtbar war.

«Vielleicht wollte Millicent es in ihrem Zimmer haben», meinte Mrs. Skinner.

«Da hätte ich es bemerkt. Überdies hat Millicent mehrere Bilder von Harold, aber sie hält sie unter Verschluß.»

Mrs. Skinner konnte nicht verstehen, daß ihre Tochter keine Bilder Harolds in ihrem Zimmer hatte. Sie hatte mit ihr schon einmal darüber gesprochen, aber Millicent hatte nichts darauf erwidert. Sie war sonderbar schweigsam, seitdem sie von Borneo zurück war. Sie hatte das Mitgefühl, das ihre Mutter ihr so gern gezeigt hätte, nicht gerade zurückgewiesen, aber auch nicht danach verlangt. Sie schien nicht bereit zu sein, von ihrem großen Verlust zu sprechen. Der Kummer äußerte sich bei verschiedenen Menschen auf verschiedene Weise. Ihr Mann hatte gesagt, das beste sei, man ließe Millicent in Ruhe. Da Mrs. Skinner gerade an ihren Mann dachte, kehrten ihre Gedanken wieder zu der Gesellschaft zurück, zu der sie eingeladen waren.

«Vater fragte mich, ob er einen Zylinder aufsetzen sollte. Ich riet ihm dazu, da gegen einen Zylinder niemand etwas einwenden kann.»

Der Pastor wollte die Einladung offenbar in großem Stil aufziehen. Die Konditorei Boddy sollte Stachelbeer- und Vanilleeis liefern, aber den Eiskaffee wollten die Heywoods zu Hause herstellen. Es würde eine große Gesellschaft werden. Die Gäste sollten den Bischof von Hongkong kennenlernen, der bei dem Pastor zu Besuch war. Er war ein alter Schulfreund von Heywood. Der Bischof wollte einen Vortrag über die Missionen in China halten. Mrs. Skinner, deren Tochter acht Jahre lang im Fernen Osten gelebt und deren Schwiegersohn einen Distrikt in Borneo verwaltet hatte, zeigte sich brennend interessiert. Natürlich würde sie einen solchen Vortrag ganz anders würdigen können als Leute, die nie etwas mit den Kolonien und der Welt da draußen zu tun gehabt hatten.

«Was kann einer von England wissen, der nur England kennt?» wie Mrs. Skinner sich ausdrückte.

Er kam in diesem Augenblick ins Zimmer. Er war Rechtsanwalt, wie vor ihm schon sein Vater, und hatte seine Amtsräume in Lincoln's Inn Fields. Er fuhr jeden Morgen nach London und kam am Abend zurück. Er konnte seine Frau und seine Töchter nur zu der Gartengesellschaft des Pastors begleiten, weil dieser vernünftigerweise einen Samstag dafür ausgesucht hatte. Mr. Skinner sah in seinem Gehrock und seiner grauschwarzen Hose sehr gut aus. Er war nicht besonders auffällig, aber sehr adrett angezogen. Er sah aus wie ein ehrenwerter Familienanwalt, und das war er ja auch. Seine Firma übernahm keinen Prozeß, der nicht ganz sauber war, und wenn sich jemand von ihm vertreten lassen wollte, der keine ganz reine Weste hatte, machte Mr. Skinner ein sehr ernstes Gesicht.

«Ich glaube, Ihr Anliegen gehört nicht zu den Fällen, auf deren Übernahme wir Wert legen», sagte er dann. «Ich halte es für besser, daß Sie zu einer anderen Firma gehen.»

Er zog dann seinen Notizblock zu sich heran und kritzelte einen Namen und eine Adresse darauf, riß das Blatt Papier ab und reichte es dem Kunden.

«Wenn ich an Ihrer Stelle wäre, würde ich, glaube ich, zu dieser Firma gehen. Sie brauchen nur meinen Namen zu erwähnen, und sie wird sicher alles für Sie tun, was ihr möglich ist.»

Mr. Skinner war glattrasiert und hatte einen völlig kahlen Kopf. Seine bleichen, schmalen Lippen waren fest zusammengepreßt, aber seine blauen Augen blickten schüchtern drein. Seine Wangen waren farblos, sein Gesicht voll feiner Runzeln.

«Du hast deine neue Hose angezogen, wie ich sehe», sagte seine Frau.

«Man findet selten eine so gute Gelegenheit. Ich habe mir überlegt, ob ich eine Blume im Knopfloch tragen soll.»

«Das würde ich nicht tun», sagte Kathleen. «Das scheint mir nicht sehr fein zu sein.»

«Aber viele Gäste werden so erscheinen», entgegnete Mrs. Skinner.

«Nur Angestellten und ähnlichen Leuten gefällt so etwas», erklärte Kathleen. «Die Heywoods haben alle möglichen Leute einladen müssen, und übrigens sind wir in Trauer.»

«Ich bin gespannt, ob nach der Ansprache des Bischofs gesammelt wird», sagte Mr. Skinner.

«Das glaube ich kaum», bemerkte seine Frau.

«Ich hielte das für ziemlich geschmacklos», meinte Kathleen.

«Es ist besser, man macht sich darauf gefaßt», sagte Mr. Skinner. «Ich werde für uns alle geben. Ob zehn Shilling genügen – oder muß ich wohl ein Pfund opfern?»

«Wenn du überhaupt was gibst, Vater, solltest du ein Pfund hergeben», sagte Kathleen.

«Wenn eine Sammlung stattfindet, will ich nicht weniger als andere beitragen, aber andererseits sehe ich nicht ein, warum ich mehr herausrücken soll, als ich muß.»

Kathleen legte ihre Papiere in die Schublade des Schreibtisches und erhob sich. Sie warf einen Blick auf ihre Armbanduhr.

«Ist Millicent fertig?» fragte ihre Mutter.

«Es ist noch Zeit genug. Wir sind erst um vier gebeten. Ich denke, wir sollten nicht viel vor halb fünf eintreffen. Ich habe Davis gesagt, er solle um Viertel nach vier vorfahren.»

Gewöhnlich fuhr Kathleen das Auto; aber bei großen Gelegenheiten wie dieser zog der Gärtner Davis seine Livree an und spielte Chauffeur. Es sah besser aus, wenn man so vorfuhr, und Kathleen wollte auch deshalb nicht selbst fahren, weil sie ihren neuen Jumper anhatte. Sie sah, wie ihre Mutter Finger für Finger in die neuen Handschuhe zwängte, und das erinnerte sie daran, daß auch sie ihre Handschuhe anziehen mußte. Sie roch an ihnen, denn sie waren gerade gereinigt worden, und sie wollte feststellen, ob es noch zu merken war. Der Geruch war sehr schwach. Sie glaubte nicht, daß jemand ihn bemerken würde.

Schließlich ging die Tür auf, und Millicent kam herein. Sie trug ihre Witwentrauer. Ihre Mutter konnte sich nicht daran gewöhnen, aber sie wußte natürlich, daß Millicent sie ein Jahr lang tragen mußte. Es war schade, denn sie stand ihr nicht. Merkwürdig, anderen stand sie gut. Sie hatte einmal versuchsweise Millicents Hut mit dem weißen Band und dem langen Schleier aufgesetzt und gefunden, daß sie sehr gut darin aussah. Sie hoffte natürlich, ihr lieber Alfred würde sie überleben, aber wenn das nicht sein sollte, würde sie, wie Königin Victoria, die Trauer nie mehr ablegen. Bei Millicent war das anders. Sie war im Vergleich zu ihr noch jung, erst sechsunddreißig. Es war sehr traurig, wenn man in diesem Alter schon

Witwe war. Es bestand auch keine große Aussicht auf Wiederverheiratung. Kathleen, die fünfunddreißig war, dachte anscheinend schon nicht mehr ans Heiraten. Als Millicent und Harold das letzte Mal da waren, hatte sie den Vorschlag gemacht, sie sollten Kathleen mitnehmen. Harold war nicht abgeneigt gewesen, ihrer Anregung zuzustimmen, aber Millicent hatte sich dagegen gesträubt. Mrs. Skinner wußte nicht, was sie dagegen einzuwenden hatte. Kathleen hätte dadurch vielleicht Aussichten gehabt. Man wollte sie natürlich nicht los haben, aber ein Mädchen sollte heiraten, und alle Männer, die sie in ihrer Heimat kannte, waren bereits verheiratet. Millicent hatte als Entschuldigung für ihre ablehnende Haltung das Klima angeführt. Sie sah schlecht aus, das war richtig. Niemand würde denken, daß Millicent die hübschere von beiden gewesen war. Kathleens Aussehen hatte sich im Laufe der Jahre verfeinert. Viele hielten sie allerdings für zu mager, aber jetzt, da sie ihr Haar geschnitten und rote Wangen hatte, weil sie bei jedem Wetter Golf spielte, kam sie Mrs. Skinner hübsch vor. Von der armen Millicent konnte man das nicht sagen. Sie hatte ihre Figur verloren. Groß war sie nie gewesen, aber jetzt, da sie dick geworden war, sah sie plump aus. Sie hatte zuviel Fett angesetzt. Mrs. Skinner führte das auf die tropische Hitze zurück, die Millicent davon abgehalten hatte, sich Bewegung zu machen. Ihre Haut war wachsbleich und unrein. Ihre blauen Augen, die ihr soviel Anziehungskraft verliehen hatten, waren matt geworden.

‹Sie muß etwas für ihre Halspartie tun›, dachte ihre Mutter. ‹Sie bekommt da eine richtige Wamme.›

Sie hatte schon ein paarmal mit ihrem Mann darüber gesprochen. Er hatte gemeint, Millicent sei eben nicht mehr so jung wie früher. Das mochte sein, aber sie brauchte sich deshalb nicht so völlig gehenzulassen. Mrs. Skinner nahm sich vor, mit ihrer Tochter gelegentlich ein ernstes Wort darüber zu reden, aber sie mußte natürlich ihre Trauer respektieren und würde daher warten, bis das Jahr um war. Sie war übrigens heilfroh, einen Grund zu haben, diese Auseinandersetzung, die sie schon im voraus nervös machte, hinauszuschieben, denn Millicent hatte sich sehr verändert. Es lag etwas Verdrossenes und

Mürrisches in ihrem Gesicht, das ihrer Mutter gar nicht behagte. Mrs. Skinner sagte gern alles laut heraus, was ihr durch den Kopf ging, aber Millicent hatte, wenn man eine Bemerkung machte (nur um etwas zu sagen, wohlverstanden), die scheußliche Gewohnheit, keine Antwort zu geben, so daß man sich fragte, ob sie überhaupt zugehört hatte. Manchmal fand ihre Mutter diese Haltung so aufreizend, daß sie sich, um Millicent keinen Verweis zu erteilen, daran erinnern mußte, daß der arme Harold erst acht Monate tot war.

Vom Fenster her fiel das Licht auf das stumpfe Gesicht der Witwe, als sie schweigend ins Zimmer kam, aber Kathleen hatte das Licht im Rücken. Sie sah ihre Schwester einen Augenblick an.

«Millicent, ich muß dir etwas sagen», begann sie. «Ich habe heute morgen mit Gladys Heywood Golf gespielt.»

«Hast du gewonnen?»

Gladys Heywood war die einzige unverheiratete Tochter des Pastors.

«Sie hat etwas über dich gesagt, was du meiner Ansicht nach erfahren solltest.»

Millicent blickte über ihre Schwester hinweg auf das kleine Mädchen, das im Garten Blumen begoß.

«Hast du Annie gesagt, Mutter, sie soll Joan ihren Nachmittagstee in der Küche geben?» erkundigte sie sich.

«Ja, sie wird ihn gleichzeitig mit dem Personal bekommen.»

Kathleen maß ihre Schwester mit kühlen Blicken.

«Der Bischof hat auf der Heimreise einige Tage in Singapur zugebracht», fuhr sie fort. «Er reist sehr gern. Er war auch in Borneo, und er kennt dort einige Leute, mit denen du auch bekannt bist.»

«Da wird er sich freuen, dich zu sehen», sagte Mrs. Skinner. «Hat er den armen Harold gekannt?»

«Ja, er hat ihn einmal in Kuala Solor getroffen. Er erinnert sich sehr gut an ihn. Er sei entsetzt gewesen, als er die Nachricht von Harolds Tod vernommen habe.»

Millicent setzte sich und zog langsam ihre schwarzen Handschuhe an. Es erschien ihrer Mutter sonderbar, daß sie alle diese Bemerkungen mit völligem Schweigen hinnahm.

«Was mir gerade einfällt, Millicent», sagte sie. «Harolds Photo ist verschwunden. Hast du es weggenommen?»

«Ja, ich habe es entfernt.»

«Ich hätte mir eigentlich denken können, daß du es für dich haben wolltest.»

Wieder antwortete Millicent nichts. Diese Angewohnheit war wirklich scheußlich.

Kathleen veränderte leicht ihre Stellung, um Millicent besser ins Auge fassen zu können.

«Warum hast du uns erzählt, Harold sei am Fieber gestorben?»

Die Witwe rührte sich nicht. Sie richtete ihren Blick fest auf Kathleen, und ihre bleiche Haut rötete sich plötzlich, aber sie gab keine Antwort.

«Was willst du damit sagen?» fragte Mrs. Skinner überrascht.

«Der Bischof sagt, Harold habe Selbstmord begangen.»

Mrs. Skinner stieß einen Schrei aus, aber ihr Mann machte eine besänftigende Geste mit der Hand.

«Ist das wahr, Millicent?»

«Ja.»

«Aber warum hast du uns das nicht gesagt?»

Millicent schwieg eine Weile. Sie spielte leicht mit einer bronzenen Schale aus Borneo, die neben ihr auf dem Tisch stand. Auch diese war ein Geschenk Harolds.

«Ich dachte mir, es wäre besser für Joan, wenn die Leute annähmen, ihr Vater sei am Fieber gestorben. Sie sollte die Wahrheit nicht erfahren.»

«Du hast uns in eine äußerst peinliche Lage gebracht», sagte Kathleen mit gerunzelter Stirn. «Gladys Heywood machte mir Vorwürfe, weil ich ihr nicht die Wahrheit gesagt hätte. Ich hatte die größte Schwierigkeit, ihr beizubringen, daß ich nicht die geringste Ahnung davon hatte. Ihr Vater, sagte sie, sei hierüber ziemlich betroffen. Da wir doch so viele Jahre miteinander bekannt seien und er dich dazu noch getraut habe, hätten wir Vertrauen zu ihm haben können, meint er. Wenn wir ihm schon nicht die Wahrheit gesagt hätten, wäre jedenfalls nicht nötig gewesen, ihn anzulügen.»

«Ich muß sagen, darin kann ich ihm nur zustimmen», bemerkte Mr. Skinner bitter.

«Ich habe Gladys natürlich gesagt, daß uns keine Schuld trifft. Wir haben ja nur berichtet, was du uns gesagt hast.»

«Hoffentlich habe ich dich nicht um dein Spiel gebracht», meinte Millicent.

«Aber wirklich, Kind, das ist eine höchst unpassende Bemerkung!» rief ihr Vater aus.

Er erhob sich vom Stuhl, ging zu dem leeren Kamin hinüber und blieb, der Macht der Gewohnheit gehorchend, mit geteilten Rockschößen davor stehen.

«Es war meine eigene Angelegenheit», sagte Millicent, «und wenn ich sie für mich behalten wollte, sehe ich nicht ein, warum ich es nicht hätte tun sollen.»

«Du scheinst überhaupt keine Liebe zu deiner Mutter zu haben, wenn du dich nicht einmal ihr anvertraut hast!» rief Mrs. Skinner.

Millicent zuckte die Schultern.

«Du hättest wissen können, daß es einmal herauskommen würde», sagte Kathleen.

«Warum? Daß zwei alte Tratschtanten nichts Besseres zu tun hatten, als über mich zu sprechen, konnte ich nicht voraussehen.»

«Wenn der Bischof sagte, er sei in Borneo gewesen, so war es nur natürlich, daß die Heywoods fragten, ob er dich und Harold kannte.»

«Das ist alles müßiges Gerede», sagte Mr. Skinner. «Ich meine, du hättest uns die Wahrheit sagen sollen. Dann hätten wir uns entscheiden können, wie wir uns verhalten sollten. Als Rechtsanwalt kann ich dir sagen, daß man eine Sache nur schlimmer macht, wenn man versucht, sie zu verbergen.»

«Der arme Harold!» jammerte Mrs. Skinner. Tränen flossen ihr über die rotgeschminkten Wangen. «Es ist schrecklich. Mir war er immer ein guter Schwiegersohn. Was hat ihn nur dazu gebracht, etwas so Schreckliches zu tun?»

«Das Klima.»

«Du solltest uns besser alles erzählen, Millicent», sagte ihr Vater.

«Das kann Kathleen besser.»

Kathleen zögerte. Es war einfach nicht zu verstehen, daß so

schreckliche Dinge in einer Familie wie der ihrigen vorkommen konnten.

«Der Bischof sagt, Harold habe sich die Kehle durchgeschnitten.»

Mrs. Skinner schnappte nach Luft. Sie ging impulsiv auf ihre verwitwete Tochter zu, um sie in die Arme zu schließen.

«Mein armes Kind!» schluchzte sie.

Aber Millicent entzog sich ihr.

«Bitte laßt mich in Ruhe. Ich kann ein solches Getue einfach nicht ertragen.»

«Aber wirklich, Millicent!» sagte Mr. Skinner und zog mißbilligend die Augenbrauen zusammen.

Mrs. Skinner tupfte sich vorsichtig mit dem Taschentuch die Tränen ab und kehrte mit einem Seufzer und einem leichten Kopfschütteln zu ihrem Stuhl zurück. Kathleen spielte nervös mit der langen Kette, die sie um den Hals trug.

«Ist es nicht geradezu lächerlich, daß ich die Einzelheiten über den Tod meines Schwagers von einer Freundin erfahren muß? Man kommt sich so dumm dabei vor. Der Bischof möchte dich gerne sehen, Millicent. Er möchte dir sagen, wie sehr er mit dir fühlt.» Sie machte eine Pause, aber Millicent gab keine Antwort. «Er sagt, Millicent sei mit Joan fortgewesen und habe bei ihrer Rückkehr den armen Harold tot auf dem Bett gefunden.»

«Es muß entsetzlich gewesen sein!» sagte Mr. Skinner.

Mrs. Skinner begann wieder zu weinen, aber Kathleen legte ihr die Hand auf die Schulter.

«Weine nicht, Mutter», sagte sie. «Du bekommst sonst rotgeränderte Augen, und die Leute werden das komisch finden.»

Alle schwiegen, während Mrs. Skinner sich die Augen trocknete und einen erfolgreichen Versuch machte, sich zusammenzunehmen. Es kam ihr sehr sonderbar vor, daß sie gerade in diesem Augenblick die Reiherfedern auf dem Hut trug, die Harold ihr geschenkt hatte.

«Ich muß euch auch noch eine andere Mitteilung machen», sagte Kathleen.

Millicent richtete ihre Augen wieder auf ihre Schwester. Sie tat es ohne Hast, aber mit einem Ausdruck gespannter Erwartung. Sie sah aus wie jemand, der auf ein Geräusch wartet, das er ja nicht überhören darf.

«Ich will dir nicht weh tun, liebe Schwester», fuhr Kathleen fort, «aber ich meine, du müßtest es unbedingt wissen und dazu Stellung nehmen. Der Bischof hat auch gesagt, Harold habe getrunken.»

«Oh, wie schrecklich!» rief Mrs. Skinner. «Wie kann man nur so etwas Furchtbares sagen! Hast du das von Gladys Heywood? Was hast du darauf erwidert?»

«Ich habe gesagt, es sei gänzlich unwahr.»

«Das kommt davon, wenn man etwas verbergen will», sagte Mr. Skinner gereizt. «Es ist immer dasselbe. Wenn man etwas vertuschen will, entstehen allerlei Gerüchte, die schlimmer sind als die Wahrheit.»

«Man hat dem Bischof in Singapur gesagt, Harold habe sich im Zustand des Delirium tremens das Leben genommen. Ich denke, Millicent, du wirst uns allen einen Dienst erweisen, indem du das energisch bestreitest.»

«Wie kann man nur so etwas Schreckliches von einem Toten sagen!» rief Mrs. Skinner. «Wenn Joan heranwächst, könnte es ihr zu Ohren kommen und ihr schaden.»

«Aber worauf beruht denn diese Behauptung, Millicent?» fragte Mr. Skinner. «Harold war doch immer sehr enthaltsam.»

«Hier», sagte die Witwe.

«Hat er wirklich getrunken?»

«Wie ein Fisch.»

Die Antwort kam so unerwartet, und der Ton war so sarkastisch, daß alle drei auffuhren.

«Millicent, wie kannst du so von deinem toten Gatten sprechen!» rief ihre Mutter und schlug ihre hübsch behandschuhten Hände zusammen. «Ich kann dich nicht verstehen. Du bist so sonderbar, seitdem du wieder hier bist. Ich hätte nie geglaubt, daß eine meiner Töchter den Tod ihres Mannes so hinnehmen kann.»

«Das laß vorläufig beiseite», sagte Mr. Skinner. «Wir können später darüber sprechen.»

Er ging zum Fenster und sah in den sonnigen kleinen Garten

hinaus, dann spazierte er wieder ins Zimmer zurück. Er nahm seinen Kneifer aus der Tasche und putzte ihn mit dem Taschentuch, obwohl er gar nicht die Absicht hatte, ihn aufzusetzen. Millicent sah ihn an, und ihr Blick war unmißverständlich ironisch, wenn nicht sogar zynisch. Mr. Skinner war ärgerlich. Er hatte seine Wochenarbeit hinter sich und war bis Montag morgen ein freier Mann. Er hatte zwar seiner Frau gesagt, die Einladung passe ihm durchaus nicht in den Kram und er würde viel lieber seinen Tee ruhig im eigenen Garten trinken, aber innerlich hatte er sich doch darauf gefreut. An chinesischen Missionen lag ihm nichts, aber die Begegnung mit dem Bischof würde sicher interessant sein. Und jetzt dies! Er liebte es nicht, in solch unerfreuliche Sachen hineingezogen zu werden. Es war wahrhaftig nicht angenehm, plötzlich von einem Schwiegersohn zu hören, der ein Trunkenbold und Selbstmörder war. Millicent strich sorgfältig ihre weißen Ärmelaufschläge glatt. Ihre Gelassenheit reizte ihn, aber anstatt sich an sie zu wenden, redete er seine jüngere Tochter an.

«Warum setzt du dich denn nicht hin, Kathleen? Ich meine, es sind doch genug Stühle im Zimmer.»

Kathleen zog einen Stuhl heran und setzte sich, ohne etwas zu sagen. Mr. Skinner blieb vor Millicent stehen und sah sie an.

«Ich begreife natürlich, warum du uns gesagt hast, Harold sei am Fieber gestorben. Ich halte es aber für einen Fehler, weil solche Dinge früher oder später doch herauskommen. Ich weiß nicht, inwieweit das, was der Bischof den Heywoods erzählt hat, den Tatsachen entspricht, aber wenn ich dir einen Rat geben darf, so erzähle uns alles so genau, wie es möglich ist; dann können wir weiter sehen. Wir können nicht hoffen, daß diese Unglücksbotschaft auf den engen Kreis, der jetzt von ihr Kenntnis hat, beschränkt bleiben wird. In einem so kleinen Ort können die Leute kein Geheimnis bewahren. Es wird leichter für uns alle sein, wenn wir die volle Wahrheit wissen.»

Mrs. Skinner und Kathleen hielten die Form seiner Ansprache für ganz vorzüglich. Sie warteten auf Millicents Antwort. Die hatte mit unbewegter Miene zugehört. Die plötzlich aufgetretene Röte war wieder aus ihrem Gesicht gewichen, und es war wie gewöhnlich teigig und blaßgelb.

«Ich glaube, wenn ich euch die Wahrheit sage, wird sie euch nicht sehr gefallen», wandte Millicent ein.

«Du wirst hoffentlich wissen, daß du auf unser Mitgefühl und Verständnis rechnen kannst», sagte Kathleen ernst.

Millicent warf ihr einen Blick zu, und der Schatten eines Lächelns schwebte um ihren fest geschlossenen Mund. Sie sah alle drei nacheinander an. Mrs. Skinner hatte den unangenehmen Eindruck, daß ihre Tochter sie alle anblicke, als seien sie Mannequins auf einer Modenschau. Sie schien in einer anderen Welt zu leben und keine Verbindung mit ihnen zu haben.

«Wie ihr vielleicht wißt, liebte ich Harold nicht, als ich ihn heiratete», begann sie nachdenklich.

Mrs. Skinner wollte gerade eine Bemerkung dazu machen, als eine schnelle, kaum sichtbare, aber nach so vielen Ehejahren ganz eindeutige Kopfbewegung ihres Mannes sie davon abhielt. Millicent sprach weiter, langsam, ohne die Stimme zu erheben und in kaum wechselndem Tonfall.

«Ich war siebenundzwanzig, und kein anderer war in Sicht, den ich hätte heiraten können. Er war zwar vierundvierzig und kam mir ziemlich alt vor, aber er hatte eine gute Stellung, nicht wahr? Eine bessere Partie würde sich kaum zeigen.»

Mrs. Skinner wurde wieder weinerlich zumute, aber sie dachte an die Party.

«Jetzt weiß ich natürlich, warum du sein Bild weggenommen hast», sagte sie betrübt.

«Still, Mutter!» ermahnte Kathleen sie.

Es war eine Aufnahme aus ihrer Verlobungszeit und ein sehr gutes Bild von Harold. Mrs. Skinner hatte ihn immer für einen tadellosen Mann gehalten. Er war groß und stark, vielleicht ein wenig zu dick, aber er hielt sich gut, er wirkte achtunggebietend. Schon damals neigte er zur Kahlköpfigkeit, aber Männer werden heutzutage eben leicht kahl, und Harold hatte seiner Schwiegermutter erklärt, die Topis, die Sonnenhelme, seien verderblich für den Haarwuchs. Er hatte einen kleinen schwarzen Schnurrbart, und sein Gesicht war tief von der Sonne gebräunt. Am besten wirkten seine Augen, die braun und groß waren. Joan hatte sie von ihm geerbt. Er konnte interessant erzählen. Nach Kathleens Meinung war er eingebildet und gespreizt, aber Mrs. Skinner konnte einen Mann nicht verurteilen, der selbstbewußt auftrat. Sie sah bald, daß Millicent Eindruck auf ihn machte, und von da an gewann sie ihn Tag für Tag lieber. Er war immer sehr aufmerksam zu seiner Schwiegermutter, und wenn er von seinem Verwaltungsdistrikt sprach und von dem Großwild, das er erlegt hatte, hörte sie zu, als sei sie wirklich interessiert. Nach Kathleens Ansicht hatte er eine ziemlich hohe Meinung von sich, aber Mrs. Skinner gehörte einer Generation an, die das für richtig und ganz in Ordnung hielt. Millicent sah sehr bald, woher der Wind wehte. Sie sagte nichts zu ihrer Mutter, aber diese wußte, daß ihre Tochter nicht nein sagen würde, wenn Harold ihr einen Antrag machte.

Harold war zu Besuch bei Bekannten, die dreißig Jahre in Borneo gewesen waren und das Land über alles rühmten. Es war nicht einzusehen, warum eine Frau dort nicht behaglich leben sollte. Die Kinder mußten natürlich heimgeschickt werden, wenn sie sieben Jahre alt waren, aber so weit vorauszudenken hielt Mrs. Skinner für unnötig. Sie bat Harold zum Essen und sagte ihm, sie seien immer zur Teezeit zu Hause. Er schien nicht zu wissen, was er mit sich anfangen sollte, und als der Besuch bei seinen alten Freunden sich dem Ende näherte, erklärte sie ihm, sie würden sich alle freuen, wenn er zwei Wochen zu ihnen käme. Nach Ablauf dieser Zeit verlobten sich Harold und Millicent. Die Hochzeit war großartig. Das junge Paar verbrachte die Flitterwochen in Venedig und reiste dann nach dem Fernen Osten. Millicent schrieb aus verschiedenen Häfen, die das Schiff anlief. Sie schien glücklich zu sein.

«In Kuala Solor waren alle sehr nett zu mir», sagte Millicent. Kuala Solor war die Hauptstadt des Staates Sembulu. «Wir wohnten bei dem Gouverneur und wurden überall zum Essen eingeladen. Ein paarmal hörte ich, wie Männer Harold etwas zu trinken anboten, aber er lehnte ab. Er sagte, mit der Ehe habe für ihn ein neues Kapitel begonnen. Ich hatte keine Ahnung, warum sie lachten. Mrs. Gray, die Frau des Gouverneurs, sagte mir, sie seien alle sehr froh, daß Harold sich verheiratet habe. Für einen Junggesellen sei es auf einer Außenstation entsetzlich einsam. Als wir Kuala Solor verließen, verabschiedete sich Mrs.

Gray so sonderbar von mir, daß ich ganz überrascht war. Es war, als lege sie mir Harold feierlich ans Herz.»

Sie hörten sie schweigend an. Kathleens Augen ruhten die ganze Zeit auf dem unbewegten Gesicht ihrer Schwester, aber Mr. Skinner starrte geradeaus auf die malaiischen Waffen, die Krise und Parangs an der Wand über dem Sofa, auf dem seine Frau saß.

«Erst als ich anderthalb Jahre später nach Kuala Solor zurückkam, entdeckte ich, warum sich alle so sonderbar verhalten hatten.» Millicent gab einen Laut von sich, der wie das Echo eines verächtlichen Lachens klang. «Ich wußte damals bereits etwas mehr als zuvor. Harold war nach England gekommen, um zu heiraten. Erinnerst du dich noch, Mutter, wie wir uns anstrengten, ihn zu kapern? Wir hätten uns nicht so viel Mühe zu geben brauchen.»

«Ich weiß nicht, was du damit sagen willst», entgegnete Mrs. Skinner nicht ohne Bitterkeit, denn das Wort ‹kapern› war eine Unterstellung, die ihr nicht gefiel. «Ich sah, daß du Eindruck auf ihn machtest.»

Millicent zuckte ihre schweren Schultern.

«Er war ein richtiger Säufer. Er ging jeden Abend mit einer Flasche Whisky zu Bett, und am Morgen war sie leer. Der Erste Sekretär des Gouverneurs sagte ihm, er müsse sein Amt niederlegen, wenn er nicht aufhöre zu trinken. Es sei dies die letzte Warnung, aber er wolle ihm noch einmal eine Chance geben. Er konnte seinen Urlaub nehmen und nach England fahren. Es wurde ihm der Rat gegeben, zu heiraten, damit er nach seiner Rückkehr jemand hätte, der auf ihn aufpaßte. Harold hat mich geheiratet, weil er eine Wärterin brauchte. In Kuala Solor schloß man Wetten ab, wie lange ich ihn nüchtern halten würde.»

«Aber er war in dich verliebt», unterbrach ihre Mutter sie. «Du weißt nicht, wie gut er immer von dir gesprochen hat, und als du damals nach Kuala Solor gingst, um Joan zur Welt zu bringen, schrieb er mir einen so reizenden Brief über dich.»

Millicent blickte wieder zu ihrer Mutter hinüber, und eine tiefe Röte färbte ihre blasse Haut. Ihre Hände, die ruhig in ihrem Schoß lagen, begannen ein wenig zu zittern. Sie dachte an jene ersten Monate ihrer Ehe. Die Regierungsbarkasse brachte sie bis zur Flußmündung. Sie verbrachten die Nacht in dem Bungalow, den Harold scherzend seine Seeresidenz nannte. Am nächsten Tag fuhren sie in einem Prahu, einem Eingeborenenboot, stromaufwärts. Nach den Romanen, die sie gelesen hatte, besaß sie eine ganz andere Vorstellung von den Flüssen Borneos. Sie sollten dunkel und unheimlich sein, aber der Himmel war blau, mit weißen Wölkchen getüpfelt, und das Grün der vom Wasser bespülten Mangroven und Nipahs glitzerte in der Sonne. Zu beiden Seiten erstreckte sich der pfadlose Dschungel, und in der Ferne sah sie als Silhouette gegen den Himmel die zackigen Umrisse eines Berges. Die Luft am frühen Morgen war erfrischend und klar. Sie schien in ein freundliches, fruchtbares Land zu kommen und hatte ein Gefühl grenzenloser Freiheit. Auf den Zweigen der dichtverschlungenen Bäume saßen Affen, und einmal zeigte Harold auf etwas, das wie ein Baumstamm aussah, und sagte, das sei ein Krokodil. Harolds Stellvertreter, im weißen Anzug und Topi, war am Landungssteg und begrüßte sie, und ein Dutzend schmucker kleiner Soldaten präsentierte das Gewehr vor ihnen. Harold stellte ihr Mr. Simpson, seinen Mitarbeiter, vor.

«Wahrhaftig, Sir», sagte er zu Harold, «ich bin froh, daß Sie wieder da sind. Ohne Sie ist es hier verteufelt einsam.»

Der Regierungsbungalow war von einem Garten umgeben, in dem alle Arten bunter Blumen wild wuchsen. Das Haus lag auf einem niedrigen Hügel. Es sah ein wenig schäbig aus und war nur spärlich möbliert, aber die Zimmer waren kühl und sehr geräumig.

Harold streckte die Hand aus. «Der Kampong, das Eingeborenendorf, ist dort unten.»

Ihre Augen folgten seiner Gebärde. Aus Kokospalmen stieg der Klang eines Gongs auf. Es gab ihr tief im Herzen einen seltsamen kleinen Stich.

Obschon sie nicht viel zu tun hatte, vergingen die Tage ziemlich rasch. Wenn der Morgen dämmerte, brachte ihnen ein Boy ihren Tee. Sie nahmen ihn draußen auf der Veranda ein und genossen die duftige Frische der Frühe (Harold im Trikothemd und Sarong, sie im Morgenrock), bis es Zeit wurde, sich für das Frühstück anzukleiden. Dann ging Harold in sein Büro, und sie lernte ein bis zwei Stunden Malaiisch. Nach dem Tiffin, dem Mittagessen, kehrte Harold zu seiner Arbeit zurück, während sie schlief. Später erfrischte eine Tasse Tee sie beide wieder, und dann machten sie einen Spaziergang oder spielten Golf. Unter dem Bungalow hatte Harold ein ebenes Stück Dschungel roden lassen und auf ihm einen Golfplatz mit neun Löchern angelegt. Um sechs wurde es dunkel. Dann kam gewöhnlich Mr. Simpson herüber. Sie plauderten bis zum Abendessen, und manchmal spielten Harold und Simpson Schach. Die balsamischen Abende waren herrlich. Die Glühwürmchen verwandelten die Büsche unter der Veranda in kalt funkelnde, zitternde Leuchtfeuer, blühende Bäume würzten die Luft mit süßem Duft. Nach dem Essen lasen sie die Zeitungen, die vor sechs Wochen in London erschienen waren, und gingen dann zu Bett. Millicent genoß das Gefühl, jung verheiratet zu sein. Die einheimischen Diener in ihren bunten Sarongs, die barfüßig, still, aber freundlich im Hause umhergingen, gefielen ihr. Sie hatte das angenehme Gefühl, als Frau des Ersten Regierungsbeamten eine wichtige Rolle zu spielen. Harold imponierte ihr durch seine völlige Beherrschung der Eingeborenensprache, durch sein herrenhaftes Auftreten und durch seine Würde. Dann und wann ging sie ins Amtshaus, wo er als Richter die Streitigkeiten der Einheimischen entschied. Die Vielfältigkeit seiner Aufgaben und die geschickte Art, mit der er sie erledigte, nötigten ihr Achtung ab. Wie Mr. Simpson sagte, wurde Harold mit den Eingeborenen besser fertig als andere. Festigkeit, Takt und gute Laune wirkten bei ihm zusammen, und das war wesentlich im Umgang mit dieser furchtsamen, rachsüchtigen und argwöhnischen Rasse. Millicent begann eine gewisse Bewunderung für ihren Mann zu fühlen.

Sie waren ein Jahr verheiratet, als zwei englische Naturforscher auf ihrem Wege ins Innere für einige Tage bei ihnen haltmachten. Sie brachten eine dringende Empfehlung vom Gouverneur mit, und Harold wollte sich nicht lumpen lassen. Ihre Ankunft war eine angenehme Abwechslung. Millicent lud Mr. Simpson zum Essen ein (er wohnte im Fort und aß nur an Sonntagabenden bei ihnen). Nach dem Essen setzten sich die Männer auf die Veranda, um Bridge zu spielen. Millicent ließ sie allein und ging bald zu Bett, aber die Spieler machten einen solchen Lärm, daß sie eine Zeitlang keinen Schlaf finden konnte. Wie spät es war, als Harold ins Zimmer schwankte, wußte sie nicht. Sie verhielt sich still. Er entschloß sich offenbar, noch ein Bad zu nehmen, bevor er zu Bett ging. Der Baderaum war direkt unter ihrem Schlafzimmer. Er stieg die Treppe hinab. Offenbar glitt er aus, denn es gab ein gewaltiges Getöse, und sie hörte ihn fluchen. Dann erbrach er sich heftig. Sie hörte, wie er Kübel Wasser über sich schüttete, und kurze Zeit darauf kam er, diesmal sehr vorsichtig, wieder nach oben und schlüpfte ins Bett. Millicent tat so, als schliefe sie. Sie war entsetzt. Harold war betrunken. Sie nahm sich vor, ihn deshalb am Morgen zur Rede zu stellen. Was würden die zwei Naturforscher von ihnen denken! Aber am Morgen trat Harold mit solcher Würde auf, daß sie nicht den Mut hatte, auf die Sache zu sprechen zu kommen. Um acht Uhr setzten sich Harold und sie mit den beiden Gästen zum Frühstück. Harold warf einen Blick auf den Tisch.

«Hafergrütze», sagte er. «Millicent, ich glaube, meine Gäste möchten gern ein bißchen Worcestersauce zum Frühstück. Nach mehr werden sie kaum Verlangen haben. Ich persönlich werde mich mit Whisky und Soda begnügen.»

Die beiden lachten beschämt.

«Ihr Mann ist ein furchtbarer Mensch», sagte einer von ihnen.

«Ich würde glauben, die Gebote der Gastfreundschaft nicht richtig erfüllt zu haben, wenn ich Sie am ersten Abend Ihres Besuches nüchtern ins Bett geschickt hätte», sagte Harold in der offenherzigen und etwas pompösen Art, in der er sich manchmal ausdrückte.

Millicent lächelte säuerlich, tröstete sich aber mit dem Gedanken, daß die Gäste ebenso betrunken gewesen waren wie ihr Mann. An diesem Abend blieb sie bei ihnen, und man ging zu einer vernünftigen Stunde zu Bett. Sie war froh, als die Fremden Abschied nahmen. Das Leben floß wieder ruhig dahin. Einige Monate später machte Harold eine Inspektionsreise durch seinen Distrikt und kam mit einem schlimmen Malariaanfall zurück. Zum erstenmal sah sie nun die Krankheit, von der sie schon so viel gehört hatte. Als Harold sich langsam erholte, fiel es ihr nicht weiter auf, daß er sehr schwach war; sie fand jedoch sein Verhalten sonderbar. Wenn er vom Amt zurückkam, starrte er sie mit glasigen Augen an. Er stand auf der Veranda und schwankte leicht, aber doch würdevoll, und hielt lange Ansprachen über die politische Lage in England. Dann verlor er den Faden und sah sie mit einer schalkhaften Durchtriebenheit an. Da er sonst immer so ernst und gemessen war, wußte sie nicht, was sie davon halten sollte.

«Sie zwingt einen in die Knie, die verfluchte Malaria. Ach, liebes Frauchen, du hast keine Ahnung, wie anstrengend es ist, am Aufbau des Empire mitzuwirken.»

Mr. Simpson sah manchmal, wie ihr vorkam, so besorgt aus, und wenn sie allein waren, schien er etwas sagen zu wollen; aber aus Schüchternheit unterließ er es dann im letzten Augenblick. Dieses Gefühl wurde so stark, daß es sie nervös machte, und eines Abends, als Harold, sie wußte nicht warum, länger als üblich im Büro blieb, konnte sie nicht mehr an sich halten.

«Was haben Sie mir zu sagen, Mr. Simpson?» platzte sie heraus.

Er wurde rot und zögerte.

«Nichts. Was veranlaßt Sie zu der Annahme, ich hätte Ihnen etwas Besonderes zu sagen?»

Mr. Simpson war ein hagerer, hoch aufgeschossener junger Mann von vierundzwanzig, der sich große Mühe gab, seinen mächtigen welligen Haarschopf glatt und anliegend zu halten. Seine Handgelenke waren von Moskitostichen geschwollen und fleckig. Millicent sah ihn fest an.

«Glauben Sie nicht, es wäre besser, Sie sagten es mir, wenn es etwas mit Harold zu tun hat?»

Er wurde jetzt krebsrot. Er rückte unruhig auf dem Stuhl hin und her. Sie drang weiter in ihn.

«Ich fürchte, Sie werden mich für frech halten», begann er schließlich. «Es ist scheußlich von mir, hinter seinem Rücken etwas über meinen Chef zu sagen. Malaria ist eine schlimme Sache, und wenn man einen Anfall gehabt hat, fühlt man sich gänzlich erledigt.»

Er zögerte wieder und zog die Mundwinkel nach unten, als wolle er weinen. Millicent kam er wie ein kleiner Junge vor.

«Ich werde alles mit Grabesschweigen bedecken», sagte sie lächelnd. Sie versuchte ihre Unruhe zu verbergen. «Erzählen Sie es mir doch.»

«Dann muß ich Ihnen leider sagen, daß Ihr Mann immer eine Flasche Whisky in seinen Amtsräumen hat. Es ist ein Jammer. Er nimmt nämlich dort oft einen Schluck mehr, als er sonst tun würde.»

Mr. Simpson bekam vor Aufregung eine heisere Stimme. Millicent fühlte, wie ein kalter Schauer sie durchfuhr. Sie nahm sich zusammen, denn sie wußte, sie durfte dem jungen Mann keine Angst machen, wenn sie alles aus ihm herausholen wollte. Er scheute sich, mit der Sprache herauszurücken. Sie drängte ihn, bat ihn, appellierte an sein Pflichtgefühl und brach schließlich in Tränen aus. Dann sagte er ihr, Harold sei in den letzten zwei Wochen immer mehr oder weniger betrunken gewesen. Die Eingeborenen sprächen bereits darüber und sagten, es würde mit ihm bald wieder so schlimm sein wie vor seiner Verheiratung. Er habe damals regelmäßig zuviel getrunken. Trotz aller ihrer Versuche, Näheres über jene Zeit aus ihm herauszubringen, lehnte es Mr. Simpson ab, ihr Einzelheiten zu berichten.

«Meinen Sie, daß er jetzt drüben geblieben ist, um zu trinken?»

«Das weiß ich nicht.»

Millicent glühte plötzlich vor Scham und Zorn. Das Fort, wie es genannt wurde, weil man dort die Gewehre und die Munition aufbewahrte, diente auch als Gerichtssaal. Es stand dem Bungalow gegenüber, umgeben von einem Garten. Die Sonne war gerade am Untergehen, und so brauchte sie keinen Hut. Sie eilte hinüber. Sie fand Harold in dem Büro hinter der großen Halle, in der er die Gerichtssitzungen abhielt. Vor ihm stand eine angebrochene Flasche Whisky. Er rauchte und sprach mit einigen Malaien, die ihm mit unterwürfigem und gleichzeitig verächtlichem Lächeln zuhörten. Sein Gesicht war hochrot. Die Eingeborenen verschwanden sofort aus dem Zimmer.

«Ich bin hergekommen, um zu sehen, was du tust», sagte sie.

Er stand auf, denn er behandelte sie stets mit ausgesuchter Höflichkeit, und schwankte auf sie zu. Da er sich unsicher auf den Beinen fühlte, richtete er sich hoch und steif auf.

«Setz dich, meine liebe Millicent, setz dich, nimm Platz. Ich hatte noch dringend zu tun. Deshalb konnte ich nicht eher kommen.»

Sie sah ihn mit zornfunkelnden Augen an.

«Du bist betrunken», sagte sie.

Er starrte sie an, seine Augen traten etwas hervor, und sein breites, fleischiges Gesicht nahm einen hochmütigen Ausdruck an.

«Ich verstehe nicht im geringsten, was du damit sagen willst.»

Sie hatte sich vorgenommen, ihm heftige Vorhaltungen zu machen, brach aber plötzlich in Tränen aus, sank auf einen Stuhl und bedeckte ihr Gesicht mit den Händen. Harold blickte sie eine Weile an, dann kollerten auch ihm die Tränen über die Wangen. Mit ausgestreckten Armen ging er auf sie zu und fiel schwer vor ihr auf die Knie. Schluchzend zog er sie an sich.

«Verzeih mir, verzeih mir», stammelte er. «Ich verspreche dir, es soll nicht wieder vorkommen. Es war diese verdammte Malaria. Sie hat mich dazu gebracht.»

«Es ist so erniedrigend», stöhnte sie.

Er weinte wie ein Kind. In der Selbsterniedrigung dieses großen gesetzten Mannes lag etwas Rührendes. Millicent nahm die Hände vom Gesicht. Mit flehendem und zerknirschtem Ausdruck schaute er zu ihr auf.

«Willst du mir dein Ehrenwort geben, daß du nie wieder Alkohol anrührst?»

«Ja, ja. Ich hasse ihn.»

Da sagte sie ihm, sie erwarte ein Kind. Er war überglücklich.

«Darauf habe ich mich schon lange gefreut. Das wird mir Kraft geben.»

Sie gingen zum Bungalow zurück. Harold badete und schlief dann ein wenig. Nach dem Essen hatten sie eine lange und ruhige Aussprache. Er gab zu, er habe vor seiner Verheiratung gelegentlich mehr getrunken, als gut für ihn war. Wenn man von der Welt abgeschnitten sei, könne man leicht einem solchen Laster verfallen. Er willigte in alles ein, was Millicent von ihm verlangte. Es waren noch einige Monate, bevor Millicent sich zur Entbindung nach Kuala Solor begeben mußte, und in dieser

Zeit war Harold ein ausgezeichneter Gatte, aufmerksam, untadelig und liebevoll. Als die Barkasse sie abholte und sie ihn für sechs Wochen allein lassen mußte, versprach er feierlich, während ihrer Abwesenheit keinen Alkohol anzurühren. Er legte ihr die Hände auf die Schultern.

«Ich breche niemals ein Versprechen», sagte er in seiner würdevollen Art. «Aber selbst wenn ich nichts verspräche, könntest du dir vorstellen, daß ich in der Zeit, in der du so viel durchmachen mußt, etwas täte, was dir Kummer bereiten könnte?»

Nach Joans Geburt wohnte Millicent im Hause des Gouverneurs, und Mrs. Gray, seine Frau, war sehr gut zu ihr. Die beiden Frauen hatten während der langen Stunden, in denen sie allein waren, nichts zu tun als zu reden, und so erfuhr Millicent mit der Zeit alles über die alkoholische Vergangenheit ihres Mannes. Am allerwenigsten konnte sie sich mit der Tatsache abfinden, daß Harold nur unter der Bedingung, sich zu verheiraten, seinen Posten behalten konnte. Sie rief in ihr ein dunkles Rachegefühl hervor. Und als sie entdeckte, was für ein unverbesserlicher Trunkenbold er gewesen war, bekam sie starke Beklemmungen. Sie hatte eine entsetzliche Angst, er könnte während ihrer Abwesenheit wieder seiner Sucht nachgegeben haben. Sie fuhr mit ihrem Kind und einer Pflegerin zurück. Sie blieb eine Nacht in dem Bungalow an der Flußmündung und schickte einen Boten in einem Kanu voraus, der ihre Ankunft ankündigen sollte. Ängstlich blickte sie nach dem Landungssteg, als die Barkasse sich dem Ufer näherte. Dort standen Harold und Mr. Simpson. Die adretten Soldaten waren in einer Reihe aufmarschiert. Ihr wurde schwach ums Herz, denn Harold schwankte leicht hin und her wie ein Mann, der versucht, auf einem rollenden Schiff sein Gleichgewicht zu behaupten. Sie erkannte, daß er betrunken war. Es war keine sehr angenehme Heimkehr.

Millicent hatte ihre Eltern und ihre Schwester, die ihr schweigend zuhörten, fast vergessen. Sie spürte jetzt wieder deren Gegenwart und richtete sich auf. Alles, was sie da erzählte, schien so weit weg zu sein.

«Da wußte ich, daß ich ihn haßte», sagte sie. «Ich hätte ihn umbringen können.»

«Oh, Millicent, sag doch so was nicht!» rief ihre Mutter. «Vergiß nicht, daß der Arme tot ist.»

Millicent sah ihre Mutter an, und ihr Gesicht wurde plötzlich finster. Mr. Skinner wurde es unbehaglich zumute.

«Sprich weiter», sagte Kathleen.

«Als er entdeckte, daß ich alles über ihn erfahren hatte, ließ er sich vollständig gehen. Nach einem Vierteljahr hatte er wieder einen Anfall von Delirium tremens.»

«Warum bist du nicht von ihm fortgegangen?» fragte Kathleen.

«Was hätte ich damit erreicht? Er wäre nach vierzehn Tagen entlassen worden. Wer sollte für mich und Joan sorgen? Ich mußte bleiben. Wenn er nüchtern war, konnte ich mich ja über nichts beklagen. Liebe fühlte er nicht für mich, aber er hatte mich gern. Ich hatte ihn ja auch nicht geheiratet, weil ich in ihn verliebt war, sondern weil ich verheiratet sein wollte. Ich tat alles, um den Alkohol von ihm fernzuhalten. Ich erreichte sogar, daß Mr. Gray die Übersendung von Whisky aus Kuala Solor verbot, aber Harold erhielt ihn von den Chinesen. Ich beobachtete ihn wie eine Katze eine Maus. Aber er war zu schlau für mich. Nach kurzer Zeit ging es von neuem los. Er vernachlässigte seine Amtspflichten. Ich hatte Angst, es könnten Beschwerden einlaufen. Wir waren zwei Tagereisen von Kuala Solor entfernt, und das war unser Glück, aber es mußte doch etwas durchgesickert sein, denn Mr. Gray schrieb mir einen privaten Warnungsbrief. Ich zeigte ihn Harold. Er tobte und fluchte, aber ich sah, daß er Angst bekam, und einige Monate war er ganz nüchtern. Dann begann es wieder. Und so ging es fort bis zu unserem Urlaub.

Bevor wir hierherkamen, bat ich ihn und flehte ihn an, sich ja in acht zu nehmen. Es sollte keiner von euch merken, was für einen Mann ich geheiratet hatte. Solange er in England war, ging alles gut. Bevor wir fortfuhren, warnte ich ihn. Er hatte Joan sehr liebgewonnen und war stolz auf sie. Sie hing sehr an ihm, mehr als an mir. Ich fragte ihn, ob ihn sein Kind später als Trunkenbold ansehen sollte. Dadurch entdeckte ich, womit ich Eindruck auf ihn machen konnte. Der Gedanke erschreckte ihn. Ich sagte ihm, ich würde es nicht zulassen, und wenn Joan ihn einmal betrunken sähe, würde ich sie ihm fortnehmen. Er wurde ganz bleich, als ich das sagte. In jener Nacht fiel ich auf die Knie und dankte Gott, weil er mir einen Weg gezeigt hatte, meinen Mann zu retten.

Er bat mich, ihm zur Seite zu stehen, dann wolle er einen neuen Versuch machen. Wir beschlossen, die Sucht zusammen zu bekämpfen. Und er gab sich redlich Mühe. Wenn er fühlte, daß das Verlangen ihn zu überwältigen drohte, kam er zu mir. Ihr wißt, daß er immer gern großtat, aber bei mir war er so klein und demütig wie ein Kind. Er verließ sich auf mich. Er liebte mich wohl nicht, als er mich heiratete, aber nun liebte er mich, mich und Joan. Ich hatte ihn gehaßt, weil er sich erniedrigt hatte, weil er, wenn er betrunken war, versuchte, sich würdevoll, überlegen und herablassend zu gebärden, was mich abstieß. Aber nun zog ein sonderbares Gefühl in mein Herz ein. Es war nicht Liebe, aber eine eigentümliche scheue Zärtlichkeit. Er war jetzt noch etwas mehr als mein Mann, er war wie ein Kind, das ich lange und ermüdende Monate hindurch unter dem Herzen getragen hatte. Er war so stolz auf mich, und ich war stolz auf ihn. Seine langen Reden reizten mich nicht mehr, und sein gespreiztes Wesen erschien mir eher komisch. Schließlich besiegten wir den bösen Feind. Zwei Jahre lang trank er keinen Tropfen Alkohol mehr. Er verlor die Sucht völlig. Er konnte sogar über sie scherzen.

Mr. Simpson war nicht mehr bei uns, und wir hatten einen anderen jungen Mann namens Francis.

‹Ich bin ein bekehrter Trunkenbold›, sagte Harold einmal zu ihm. ‹Wenn meine Frau nicht gewesen wäre, hätte man mich längst an die Luft gesetzt. Ich habe die beste Frau, die es auf der Welt gibt, Francis.›

Ihr wißt nicht, was solche Worte für mich bedeuteten ...

Alle meine Mühen und Sorgen hatten sich gelohnt. Ich war überglücklich.»

Sie schwieg. Sie dachte an den breiten gelben, schlammigen Fluß, an dessen Ufer sie so lange gelebt hatte. Vor Sonnenuntergang flogen die Reiher weiß und glitzernd in der von Hitze zitternden Luft den Fluß hinab; sie flogen niedrig und schnell und entschwanden bald den Blicken. Sie waren wie ein Triller schneeiger Noten, süß und rein und frühlingshaft, ein göttlicher Akkord, den eine unsichtbare Hand auf einer unsichtbaren Harfe anschlug. Eingehüllt in die Schatten des Abends, flatterten sie zwischen den grünen Ufern dahin wie die glücklichen Gedanken eines zufriedenen Geistes.

«Dann wurde Joan krank. Drei Wochen lang schwebten wir in Angst. Ein Arzt war erst in Kuala Solor zu erreichen, und wir mußten das Kind von einem eingeborenen Medizinmann behandeln lassen. Als Joan wieder genas, fuhr ich mit ihr an die Flußmündung, um sie durch die frische Meeresluft zu stärken. Wir blieben eine Woche dort. Es war das erste Mal, daß ich mich von Harold trennte, seitdem ich wegen meiner Niederkunft in Kuala Solor war. In der Nähe war ein Fischerpfahldorf, aber in Wirklichkeit waren wir ganz allein. Mit großer Zärtlichkeit dachte ich immer an Harold, und auf einmal wußte ich, daß ich ihn liebte. Ich war so froh, als das Boot uns wieder abholte, denn ich wollte es Harold ja sagen. Ich dachte, wie sehr er sich darüber freuen würde. Ich kann euch nicht beschreiben, wie glücklich ich war. Als wir stromaufwärts ruderten, erzählte mir der Bootsführer, daß Mr. Francis ins Landesinnere gegangen sei, um eine Frau zu verhaften, die ihren Mann ermordet hatte. Er sei schon ein paar Tage fort.

Ich war überrascht, daß Harold nicht am Landungssteg war, um mich abzuholen. Er war in dieser Beziehung sonst peinlich aufmerksam. Er sagte manchmal, Mann und Frau sollten zueinander so höflich sein, wie sie zu Bekannten wären. Ich konnte mir nicht vorstellen, welche Amtsgeschäfte ihn abgehalten hatten. Ich ging den niedrigen Hügel hinauf, auf dem der Bungalow stand. Die Aja, die malaiische Kinderfrau, führte Joan hinter mir her. Es war sonderbar still in dem Bungalow. Ich sah auch keine Diener, und dies kam mir höchst seltsam vor. Vielleicht hatte Harold mich nicht so bald erwartet und war ausgegangen. Ich stieg die Treppe hinauf. Joan hatte Durst, und die Aja führte sie in die Küche, um ihr etwas zu trinken zu geben. Harold war nicht im Wohnzimmer. Ich rief seinen Namen, aber niemand antwortete. Ich war enttäuscht, weil ich ihn so gern dagehabt hätte. Ich ging in unser Schlafzimmer. Harold war doch nicht ausgegangen, er lag schlafend auf dem Bett. Diese

Entdeckung machte mir Spaß, weil er immer behauptete, er schliefe nie am Nachmittag. Das war für ihn lediglich eine schlechte Gewohnheit, der nur Weiße huldigten. Ich trat leise ans Bett. Ich wollte mir einen Scherz mit ihm machen, ihn kitzeln oder so etwas. Ich öffnete die Moskitovorhänge. Er lag auf dem Rücken und hatte nur einen Sarong an. Eine leere Whiskyflasche lag an seiner Seite. Er war betrunken.

Es hatte wieder begonnen. Alle meine jahrelangen Kämpfe waren nutzlos gewesen. Mein Traum zerfloß in nichts. Es war alles hoffnungslos. Maßlose Wut ergriff mich.»

Millicents Gesicht wurde wieder dunkelrot. Sie umklammerte die Stuhllehne.

«Ich faßte ihn bei den Schultern und schüttelte ihn mit aller Kraft. ‹Du Biest!› schrie ich, ‹du Biest!› Ich war so wütend, daß ich nicht wußte, was ich tat und sagte. Ich schüttelte ihn immer wieder. Ihr könnt euch nicht denken, wie häßlich er aussah, dieser große, dicke, halbnackte Mann. Er hatte sich tagelang nicht rasiert, und sein Gesicht war aufgedunsen und purpurrot. Er atmete schwer. Ich schrie ihn an – vergeblich. Ich versuchte ihn aus dem Bett zu ziehen, aber er war zu schwer. Er lag wie ein Baumstamm da. ‹Mach die Augen auf!› schrie ich. Ich schüttelte ihn wieder. Ich haßte ihn. Ich haßte ihn um so mehr, als ich ihn eine ganze Woche von Herzen geliebt hatte. Er hatte mich verraten. Er hatte mich im Stich gelassen. Ich wollte ihm sagen, was für ein elender Schuft er war. Ich konnte ihn nicht wachbekommen. ‹Du sollst die Augen aufmachen!› rief ich. Er sollte mich wenigstens ansehen.»

Die Witwe fuhr sich mit der Zunge über die trockenen Lippen. Ihr Atem ging schnell. Sie schwieg.

«Wenn er in einem solchen Zustand war, wäre es das beste gewesen, ihn schlafen zu lassen», erklärte Kathleen.

«An der Wand neben dem Bett hing ein Parang. Ihr wißt ja, welche Vorliebe Harold für solche exotischen Dinge hatte.»

«Was ist ein Parang?» fragte Mrs. Skinner.

«Stell dich nicht so dumm, Mutter», sagte Mr. Skinner gereizt. «Gleich hinter dir ist einer an der Wand.»

Er zeigte auf das malaiische Schwert, auf dem aus irgendeinem Grunde seine Augen unbewußt geruht hatten. Mrs. Skinner zog sich mit ängstlicher Gebärde, wie wenn man sie auf eine Giftschlange aufmerksam gemacht hätte, in die Ecke des Sofas zurück.

«Plötzlich quoll Blut aus Harolds Kehle hervor. Er hatte eine große Wunde quer über den Hals.»

«Millicent!» rief Kathleen, schnellte hoch und sprang mit einem Satz auf ihre Schwester zu. «Was um Gottes willen willst du damit sagen?»

Mrs. Skinner starrte sie mit großen entsetzten Augen und offenem Munde an.

«Der Parang war nicht mehr an der Wand. Er war auf dem Bett. Da öffnete Harold die Augen. Sie waren von Joans Augen nicht zu unterscheiden.»

«Das verstehe ich nicht», sagte Mr. Skinner. «Wie konnte er Selbstmord begehen, wenn er in dem von dir geschilderten Zustand war?»

Kathleen griff nach dem Arm ihrer Schwester und schüttelte ihn heftig.

«Millicent, um Himmels willen, erkläre doch!»

Millicent machte sich von ihr frei.

«Wie ich euch schon gesagt habe, der Parang hing an der Wand. Was geschah, weiß ich nicht. Ich sah nur, wie das Blut floß und Harold die Augen öffnete. Er starb fast unmittelbar darauf. Er sagte kein Wort mehr, gab aber eine Art Keuchen von sich.»

Schließlich fand Mr. Skinner seine Stimme wieder:

«Aber es war Mord, du Elende!»

Millicent, deren Gesicht jetzt mit roten Flecken übersät war, warf ihm einen so haßerfüllten, zornigen Blick zu, daß er zurückwich. Mrs. Skinner rief:

«Millicent, du hast es nicht getan, sag, daß du es nicht getan hast!»

Dann hatten sie alle das Gefühl, als ob ihnen das Blut in den Adern zu Eis würde, denn Millicent lachte laut auf.

«Wer sollte es sonst getan haben?» sagte sie.

«Mein Gott!» murmelte Mr. Skinner.

Kathleen hatte kerzengerade dagestanden, die Hände aufs Herz gedrückt, als klopfe es unerträglich.

«Und was geschah dann?» fragte sie.

«Ich schrie. Ich lief zum Fenster und riß es auf. Ich rief nach der Aja. Sie kam mit Joan angelaufen. ‹Joan dalassen›, rief ich. ‹Ja nicht mit Joan kommen!› Sie rief den Koch und übergab ihm das Kind. ‹Schnell, schnell!› Ich wies auf Harold hin. ‹Der Tuan hat sich das Leben genommen!› schrie ich. Sie kreischte auf und lief aus dem Hause.

Niemand wollte näher kommen. Alle waren ganz fassungslos. Ich schrieb Mr. Francis einen Brief, berichtete ihm, was geschehen war, und bat ihn, sofort zurückzukommen.»

«Was hast du ihm denn berichtet?»

«Ich hätte bei meiner Rückkehr Harold mit durchgeschnittener Kehle aufgefunden. In den Tropen muß man die Menschen schnell beerdigen. Ich kaufte einen chinesischen Sarg, und die Soldaten schaufelten ein Grab hinter dem Fort. Als Mr. Francis kam, lag Harold schon zwei Tage in der Erde. Mr. Francis war noch ein dummer Junge. Ich konnte ihm einen Bären aufbinden, ohne daß er es merkte. Ich sagte ihm, ich hätte den Parang in Harolds Hand gefunden, und es sei kein Zweifel, daß er sich in einem Anfall von Delirium tremens getötet habe. Ich zeigte ihm die leere Flasche. Die Diener bestätigten, er sei während meines Aufenthaltes an der Küste dauernd betrunken gewesen. Dieselbe Geschichte erzählte ich in Kuala Solor. Alle waren sehr nett zu mir, und die Regierung gewährte mir eine Pension.»

Eine ganze Weile sagte niemand ein Wort. Schließlich riß sich Mr. Skinner zusammen.

«Ich bin Jurist. Ich bin Rechtsanwalt. Als solcher habe ich gewisse Pflichten. Wir haben immer eine sehr achtenswerte Praxis gehabt. Du hast mich in eine unmögliche Lage gebracht.»

Er versuchte, die sich wirr in seinem Kopf jagenden Gedanken zu ordnen. Millicent sah ihn verächtlich an.

«Und was willst du in der Sache tun?»

«Es war Mord, das ist unbestreitbar. Meinst du, ich kann zu einem Mord schweigen?»

«Rede keinen Unsinn, Vater», sagte Kathleen scharf. «Du kannst nicht deine eigene Tochter anzeigen.»

«Du hast mich in eine unmögliche Lage gebracht», wiederholte Mr. Skinner.

Millicent zuckte die Schultern. «Ihr habt mich ja gedrängt, euch alles zu erzählen. Ich habe es lange genug allein getragen. Es wird Zeit, daß ihr mir alle dabei helft.»

In diesem Augenblick öffnete das Hausmädchen die Tür.

«Davis ist mit dem Auto vorgefahren.»

Kathleen hatte die Geistesgegenwart, etwas darauf zu sagen, und das Mädchen schloß die Tür wieder.

«Wir brechen besser gleich auf», sagte Millicent.

«Ich kann doch jetzt nicht zu der Party gehen», rief Mrs. Skinner entsetzt. «Ich bin ja ganz erledigt. Wie können wir den Heywoods gegenübertreten? Und der Bischof will dir sicher vorgestellt werden.»

Millicent machte eine Gebärde, als ob ihr das völlig gleichgültig sei. Ihre Augen behielten den ironischen Ausdruck.

«Wir müssen gehen, Mutter», drängte Kathleen. «Wie sieht es denn aus, wenn wir wegbleiben?» Sie wandte sich wütend an Millicent. «Oh, meiner Ansicht nach ist das alles schrecklich taktlos!»

Mrs. Skinner blickte hilflos ihren Mann an. Er ging zu ihr, reichte ihr die Hand und half ihr vom Sofa auf.

«Ich fürchte, wir müssen gehen», sagte er.

«Und ich mit den Reiherfedern auf dem Hut, die Harold mir eigenhändig gegeben hat», stöhnte sie.

Er führte sie aus dem Zimmer, Kathleen folgte ihnen dicht auf den Fersen, und einige Schritte hinter ihnen ging Millicent.

«Man gewöhnt sich daran», sagte sie ruhig. «Zuerst habe ich an nichts anderes denken können, aber jetzt vergesse ich es manchmal zwei oder drei Tage vollständig. Es ist ja nicht so, als drohe einem Gefahr.»

Niemand antwortete ihr. Sie schritten über den Flur und durch die Haustür. Die drei Damen setzten sich hinten in den Wagen, und Mr. Skinner nahm neben dem Fahrer Platz. Es war ein alter Wagen, und Davis mußte erst den Anlasser anwerfen. Mr. Skinner drehte sich mürrisch nach Millicent um.

«Das hättest du mir nie erzählen sollen», sagte er. «Es war höchst selbstsüchtig von dir.»

Davis setzte sich ans Steuer, und sie fuhren zum Gartenfest des Pastors.

Eine Flasche Gin

Robert Bloch

Mr. Collins hastete die Treppe hinauf. Mit seinem wabbelnden Kinn, den lang herunterbaumelnden Ohrläppchen und rotunterlaufenen Augen sah er aus wie ein verängstigtes Karnickel. Ganz nach Kaninchenart warf er furchtsam einen Blick zurück über die Schulter und eilte dann in den Bau – Verzeihung – in das Gebäude.

Auf kurzen Beinen hoppelte der kleine Mann durch die große Eingangshalle. Der Korridor des Museums wirkte leer und verlassen. Trotzdem schossen seine geröteten Äuglein ängstlich in jeden Winkel. Mit einem Seufzer der Erleichterung blieb er vor einer Tür stehen. Auf einem Schild dort stand: KURATOR – Büro. Er eilte hinein.

Die junge Dame im Vorzimmer erhob sich erschrocken hinter ihrem Schreibtisch.

«Tom!» rief sie. «Tom – wo sind Sie die letzten drei Tage gewesen? Ich war krank vor Sorge. Warum haben Sie sich nicht gemeldet?»

Mr. Collins warf ihr einen flüchtigen Blick zu.

«Tut mir leid, Edith. Ich kann das jetzt nicht erklären. Ist der Doktor drinnen?»

Die junge Dame kam hinter dem Schreibtisch hervor. Sie verzog den Mund – nicht mehr besorgt, sondern plötzlich ärgerlich.

«Tom – Sie haben ja getrunken! Wieder mal auf Sauftour gewesen, was? Wenn Sie sich sehen könnten! Sie sind ja völlig fertig! Sie sind wohl seit drei Tagen nicht im Bett gewesen!»

Mr. Collins stöhnte. «Richtig. War ich auch nicht. Aber es ist nicht so, wie Sie denken, Edith! Ehrlich! Ich habe keinen Tropfen angerührt –»

«Pah!» schnaubte Edith verächtlich. Es war ein unerfreuliches Geräusch, und Mr. Collins zuckte zusammen. Dann straffte er die Schultern.

«Ich muß Doktor Sweet sprechen. Sofort!» verlangte er.

«Er ist beschäftigt und darf nicht gestört werden. Tom, sehen Sie mich an! Ich möchte, daß Sie mir augenblicklich erklären, was Sie angestellt haben und –»

Mr. Collins rannte an ihr vorbei und stürmte ins Nebenzimmer. Mit schweißnasser Hand schlug er die Tür hinter sich zu.

Dann stand er in Dr. Sweets Privatbüro und rang nach Luft. Das Heiligtum des Kurators war groß, und das war gut so. Anderenfalls hätte die Unmenge von Gegenständen, mit denen der Raum vollgestopft war, auch kaum Platz gehabt. Da standen reihenweise Bücher, regalweise Bücher, stapelweise Bücher. Statuen. Götzenbilder. Figurinen. Tische voller Gläser. Tische voller Vasen. Tische voller Flaschen. Der Fußboden war mit Papieren und Manuskripten gepflastert. Der Schreibtisch in der Zimmermitte verschwand völlig unter Bergen von Krimskrams.

Es dauerte eine volle Minute, bis Mr. Collins zwischen alledem die Gestalt von Dr. Sweet entdeckte, der hinter Papierstapeln verborgen am Schreibtisch saß. Plötzlich stand der Doktor auf, als wolle er sich bemerkbar machen.

«Nun?» sagte der alte Mann. Seine Hände fuhren über eine turmartige Stirn in buschiges weißes Haar, wo die Finger schließlich eine Brille ertasteten. Diese schob Dr. Sweet sich jetzt auf die Nase.

«Bei Baal und Astarte!» rief er aus. «Collins!»

Der kleine Mr. Collins machte einen Schritt vorwärts und rülpste. «Ich bin wieder da», verkündete er.

«Das sehe ich. Ich will verflucht sein, wenn Sie's nicht sind. Haben Sie es, Mann? Haben Sie's?»

«Hier.»

Mr. Collins zog einen in Seidenpapier gewickelten Gegenstand aus der Innentasche seines Jacketts.

Dr. Sweet griff hastig und doch behutsam danach. Er wickelte das Papier ab und hielt den Inhalt in den Handflächen.

«Perfekt!» murmelte er. «Frühkoreanisch. Mit dieser Vase ist die Sammlung vollkommen. Bei der Kabbala, sie ist ein Schatz! Gratuliere!»

Mr. Collins wurde blaß. «Sie sollten mir lieber Beileid wünschen», flüsterte er.

«Was ist denn los?»

«Was los ist? Wissen Sie's denn nicht?»

«Ich bin sehr beschäftigt gewesen, mein Sohn. Sehr beschäftigt. Ich bin meine ganze Sammlung durchgegangen. Drei Tage lang.»

«Also, während Sie durch Ihre Sammlung gegangen sind, bin ich durch die Hölle gegangen.»

«Sehr interessant.» Dr. Sweet drehte sich um. Seine Hände liebkosten die Vase. «Das müssen Sie mir unbedingt ein anderes Mal erzählen. Im Augenblick bin ich sehr beschäftigt. Sie entschuldigen mich.»

«Hören Sie, Doktor!» Collins war nervös. «Wenn Sie mich jetzt nicht anhören, gibt es vielleicht kein anderes Mal.»

«Reden Sie doch keinen Unsinn, mein Sohn. Ich habe Sie gebeten, zu Mr. Sung nach Hause zu gehen, um diese Vase zu kaufen. Das haben Sie getan. Was Sie in den vergangenen drei Tagen gemacht haben, interessiert mich nicht. Vermutlich ordentlich auf den Putz gehauen, was?» Der alte Mann brach plötzlich in heiseres Gelächter aus.

Collins verlor die Beherrschung.

«Sie kotzen mich an!» brüllte er. «Sie und Ihre Sekretärin! Auf Sauftour soll ich gewesen sein? Vielleicht darf ich Ihnen mal sagen, daß ich die vergangenen drei Tage aus Angst um mein Leben ununterbrochen U-Bahn gefahren bin!»

«Gefährliche Dinger, diese U-Bahnen», bemerkte Dr. Sweet. «Ich fahre nie damit.»

Mr. Collins stöhnte unterdrückt.

«Vielleicht kriegen Sie das endlich in Ihren Kopf», kreischte er, «als ich zu Sung kam, um die Vase zu kaufen, wurde sein Laden im Parterre gerade überfallen. Diebe sind in das Antiquitätengeschäft eingebrochen, und wir haben sie oben gehört. Sung ging hinunter. Sie haben ihn erschossen. Dann haben sie mich mit der Vase in der Hand gesehen und sind hinter mir her – zu dritt. Gorillas!»

«Großer Gott!» Der Doktor schnalzte mit der Zunge, als wolle er ein Kind bei Laune halten. «Müssen hinter seiner wertvollen Sammlung hergewesen sein.»

«Natürlich, was denn sonst?» jammerte Collins. «Aber das ist nicht wichtig. Jetzt sind sie hinter mir her.»

«Die Vase ist zwanzigtausend wert.» Der Doktor freute sich diebisch. «Kann's ihnen nicht verdenken. Wahrhaftig nicht.»

Collins murmelte Unverständliches, dann hatte er sich wieder in der Hand. «Ich bin also durch den Hinterausgang getürmt und zur nächsten U-Bahn-Station gerannt. Sie sind mir gefolgt. Und seit drei Tagen bin ich vor ihnen auf der Flucht, von U-Bahn-Waggon zu U-Bahn-Waggon, von Zug zu Zug. Sie wechselten sich bei der Verfolgung ab. Mittlerweile erkenne ich sie alle drei. Zur Polizei konnte ich nicht gehen. Schließlich habe ich keinen Beweis, daß Sung die Vase mir vor seiner Ermordung verkauft hat. Also mußte ich Zug fahren, bis ich endlich entwischen konnte. Und das ohne zu ruhen, zu schlafen oder zu essen ...»

«Wie unangenehm.» Dr. Sweet stellte die Vase liebevoll in ein Regal. «Also, die Vase ist hier in Sicherheit. Warum gehen Sie nicht nach Hause und rasieren sich? Sie sehen schrecklich aus.»

Mr. Collins legte solo eine Art Veitstanz aufs Büroparkett.

«Richtig schlecht sehe ich erst aus, wenn die mich erwischen», stöhnte er. «Ich habe Angst, das Museum zu verlassen. Sie könnten mir auflauern.»

«Bei den vier Propheten!» rief der Doktor aus. «Das ist wirklich aufregend, was? Wenn ich Sie wäre, würde ich eben nicht rausgehen.»

Mr. Collins sank plötzlich auf einen Stuhl.

«Was ist los?»

«Ich sterbe!» ächzte er. «Ich sterbe vor Hunger. Haben Sie Erbarmen! Geben Sie mir was zu essen.»

«Draußen im Vorzimmer liegt noch ein Sandwich. Ich habe es mittags nicht gegessen», sagte Dr. Sweet stirnrunzelnd. «Mögen Sie gehackten Schinken?»

«Ich schlucke alles!» gestand Collins atemlos.

Plötzlich schossen die Äuglein des kleinen Mannes zu einer

Reihe von Flaschen auf dem Schreibtisch. Da waren große und kleine Flaschen, einige mit Stöpseln verschlossen, andere offen. Grüne und braune.

«Genau das, was ich jetzt brauche», murmelte er. «Einen Drink.»

«Was soll ‹was› sein?» Dr. Sweet blieb an der Tür stehen.

«Ich habe Sie nur gefragt, was in der Flasche dort ist.»

Collins deutete wahllos mit dem Finger und zeigte auf eine schlanke braune Flasche, die abseits von den anderen auf der hinteren Hälfte des Tisches stand.

«In *der* Flasche?» Dr. Sweet musterte ihn mit einem seltsamen Ausdruck.

«Ja.»

Der Doktor antwortete mit einem einzigen Wort und ging hinaus.

Zwei Sekunden später war Collins beim Tisch. Mit zitternden Fingern griff er nach der Flasche und zerrte an dem festsitzenden Korken. Schließlich zog er ihn heraus, setzte die Flasche an die Lippen und trank. Dann ließ er sie sinken und tappte zu seinem Stuhl zurück.

Als Dr. Sweet zurückkam, fand er Mr. Collins zusammengesunken und mit einem merkwürdigen Gesichtsausdruck auf seinem Stuhl. Er hatte offenbar einen Schluckauf.

Der Doktor ignorierte es und reichte ihm das Sandwich.

«Hier ist der gehackte Schinken», sagte er.

Collins starrte es bleich und angeekelt an.

«Keinen Appetit», brummte er.

«Was heißt das?»

Collins schluckte.

«Stimmt was nicht?»

«Hick!»

«Collins – was ist los?»

«Hick!»

Dr. Sweet schüttelte den kleinen Mann bei den Schultern.

«Was haben Sie gemacht?»

«Ich – hick – habe einen Schluck aus der Flasche genommen – hick – aus der Flasche Gin, die Sie da haben.»

«Gin?» wiederholte Dr. Sweet. «Beim Barte des Propheten! Ich habe hier gar keinen Gin!»

«Aber Sie haben es doch gesagt, bevor Sie hinausgegangen sind!» entgegnete Collins vorwurfsvoll. «Sie haben mir gesagt – hick – daß Gin in dieser braunen Flasche ist.»

«Ach ihr großen tanzenden Derwische!»

«Was – ist – hick – los?»

«Ich habe nie behauptet, daß Gin in der Flasche ist.»

«Nein?»

«Ich sagte, es sei ein *Dschinn* drin.» Dr. Sweet rollte die Augen. «Ein Dschinn», wiederholte er. «Ein Flaschengeist. Und Sie haben ihn geschluckt!»

Collins nickte matt.

«Ich habe nur einen Schluck genommen», flüsterte er. «Etwas ist mir in den Magen gerutscht. Fühlt sich hart an. Hick!»

«Du liebe Zeit!» jammerte der Doktor. «Ausgerechnet eine meiner Kostbarkeiten. Die Flasche ist Hunderte von Jahren alt. Gefunden am Persischen Golf. Ich habe immer darauf geachtet, daß sie fest verschlossen blieb. Diese Dschinns sind freigelassen äußerst gefährlich. Deshalb hat Salomon sie eingesperrt. Und jetzt müssen ausgerechnet Sie einen verschlucken!»

Collins kam mühsam auf die Beine.

«Soll das heißen, daß ich einen Kerl in meinem Bauch habe?» krächzte er. «Dann holen Sie ihn wieder raus!» Vor Aufregung vergaß er seinen Schluckauf.

Dr. Sweet fuhr sich mit der Hand ins wollige Haar. «Ich fürchte, das kann ich nicht», flüsterte er. «Sie verstehen das nicht. Wenn der Dschinn freigelassen wird, spielt er total verrückt. Sie müssen ihn einfach drinbehalten.»

«Kommt überhaupt nicht in Frage!» erklärte Collins. «Ich will was zu essen in meinem Magen und keinen Zwerg!»

«Das ist ja der springende Punkt», erwiderte der Doktor. «Der Dschinn ist ein Winzling, wenn er eingesperrt ist. Aber in Freiheit wächst er sich zu einem Riesen aus – zu einer überdimensionalen Rauchsäule in Menschengestalt. Vielleicht fünfzehn Meter hoch. Er bringt nur Unheil und Verderben.»

Collins hörte nicht mehr zu. Er war eifrig damit beschäftigt, sich einen Finger in den Hals zu stecken.

Dr. Sweet hechtete nach Collins' Hand.

«Nein, nicht!» keuchte er. «Sonst entwischt er.»

«Genau das will ich erreichen. Glauben Sie, ich gehe mit diesem – diesem Monstrum in mir herum? Stecken Sie ihn wieder in die Flasche.»

«Ich wünschte, ich könnte das», sagte der Doktor und seufzte. «Aber er würde nicht zurückgehen. Von jetzt an sind *Sie* seine Flasche.»

«Ich?» Collins starrte auf seinen gewölbten Bauch. «Ich soll eine menschliche Flasche für einen arabischen Dämon sein?»

«Ich fürchte, ja. Wir müssen irgendwie einen Ausweg finden.»

Collins starrte verzweifelt auf das Schinkenbrot.

«Ich habe schrecklichen Hunger!» klagte er. Er streckte die Hand nach dem Brot aus.

«Nein, Sie dürfen nicht essen!» Dr. Sweet stieß seine Hand zurück. «Begreifen Sie denn nicht? Essen würde den Dschinn verdrängen.»

«Was machen wir dann? Den Magen auspumpen?»

«Und ihn rauslassen? Bestimmt nicht.»

«Denken Sie sich was aus! Schnell!»

«Ich weiß, ich weiß.» Der Doktor ging mit gesenktem Kopf zum Fenster. Plötzlich wirbelte er herum. «Schnarchen Sie?»

«Ob ich schnarche? Was tut das zur Sache?»

«Schnarchen Sie?» fragte der Doktor beharrlich.

«Vermutlich schon.»

«Dann», entschied der alte Mann, «muß ich Ihnen verbieten, zu schlafen. Wenn Sie erst mal einschlafen und den Mund offenlassen, kommt der Dschinn raus.»

«Ohhh!» stöhnte Collins. «Sie sind 'ne schöne Hilfe.»

«Selbstverständlich», überlegte der Doktor weiter, «haben Sie drei Wünsche frei.»

«Wünsche?»

«Ja. Es ist Angewohnheit der Dschinns, ihren Gefängniswärtern drei Wünsche zu gewähren, bevor sie freigelassen werden. Sie könnten mit dem Dschinn einen Handel abschließen.»

«Wie denn das?»

«Vielleicht können Sie mit ihm reden», schlug Dr. Sweet vor.

«Mit meinem Bauch reden?»

«Bauchredner machen das auch.»

Mr. Collins holte tief Luft. «Also gut», murmelte er. «Also gut.» Er hielt inne. Seine Stimme kam plötzlich seltsam tief aus der Kehle.

«He du! Da unten!»

Ein Ton kam aus Collins' Mund. Es war nicht seine Stimme, trotzdem sprach jemand. Eine hohle Stimme. Eine eingesperrte Stimme.

«Ja, Herr!»

Der Klang der Antwort brachte beide Männer aus dem Konzept. Collins erschauderte. Als er versuchte, weiterzusprechen, merkte er, daß er kein Wort herausbrachte. Was sollte man unter solchen Umständen auch zu einem Dschinn sagen?

«Wie ... wie geht's da unten?» war das einzige, was ihm einfiel.

«Sehr schlecht, Herr. Bitte erlaubt mir, herauszukommen.»

«Er will raus!» wisperte Collins.

Der Doktor nickte. «Natürlich.»

«Was ist mit meinen drei Wünschen?» fragte Collins.

Die Stimme aus seinem Bauch wurde sanft. «Aber gewiß doch, Herr. Drei Wünsche ... was immer Euer Hochwohlgeboren möchten!»

Collins wandte sich an Dr. Sweet. «Haben Sie ihn gehört? Angenommen, ich wünsche mir, daß er in seine Flasche zurückkehrt?»

Sweet schüttelte den Kopf. «Würde nicht funktionieren. Leider. Das läuft der Abmachung zuwider.»

«Ja, vermutlich.»

Der Doktor nahm Collins bei der Schulter. «Wenn ich's mir recht überlege, scheint es mir nicht sicher für Sie zu sein, überhaupt etwas zu wünschen. Denn beim dritten Wunsch kommt er raus.»

«Aber ich könnte zwei Wünsche –»

Eine Stimme unterbrach sie. Es war der Dschinn.

«Dann laßt Ihr mich frei, o Herr?»

«Darüber muß ich erst noch nachdenken», hielt Collins ihn hin. Er wandte sich mit einem verzweifelten Seufzer zum Fenster. Und plötzlich schienen ihm die Augen aus den Höhlen zu treten.

«Da!» rief er atemlos. «Sehen Sie runter!»

«Was gibt's denn?»

«Sehen Sie die drei Männer?»

«Ja.»

«Das sind die Gorillas, die mir auf den Fersen sind. Sie kommen rein – ich muß hier raus!»

«Aber der Dschinn ...»

«Ist mir egal.» Collins hechtete zur Tür.

Der Doktor rannte hinter ihm her.

«Hier!» drängte er. «Nehmen Sie das mit. Und viel Glück!» Er hielt ihm die braune Flasche mit dem Korken hin. Collins ergriff sie hastig.

«Und nicht vergessen», warnte Dr. Sweet. «Lassen Sie sich ja nicht erschießen oder so. Der Dschinn würde durch die Löcher entkommen.»

Collins schluchzte unterdrückt auf und rannte durch die Tür.

Die Sekretärin empfing ihn mit eisigem Blick. Ihre Augen fielen auf die Flasche in seiner Hand.

«Also doch!» sagte sie vorwurfsvoll.

«Aber Edith – sie ist leer! Sehen Sie?» Collins hielt sie mit der Öffnung nach unten.

«Das weiß ich. Sie haben sie ausgetrunken, stimmt's?»

«Ich habe keinen Tropfen angerührt –» begann Collins, aber eine andere Stimme unterbrach ihn.

«Wer ist diese Suleika, Herr?»

Edith wirbelte herum.

«Was haben Sie gesagt, Tom?»

«Ist es Euer Wunsch, daß ich sie zerstöre?» fuhr der Dschinn dreist fort.

«Nein, nein – nichts.» Collins beantwortete beide Fragen gleichzeitig. Die Anstrengung war zu viel für ihn. Sein Schluckauf meldete sich zurück.

«Tom, Sie sind krank.»

Collins nickte. «Magenbeschwerden», sagte er.

«Ich hole Ihnen ein Natron», erbot sich Edith versöhnlicher.

«Nein, nicht nötig. Das würde ihm nicht gefallen.»

«Wem sollte das nicht gefallen?»

«Na, dem Ding da drunten ... in mir», begann Collins und hielt abrupt inne.

«Phantasieren Sie jetzt schon, Tom?»

«Keine Ahnung!» Die Augen des kleines Mannes blinkten. «Lassen Sie mich raus!» befahl er. «Schnell. Sie sind hinter mir her – müssen jeden Moment dasein.»

«Wer ist hinter Ihnen her? Tom Collins – Sie sind betrunken. Das ist es!»

«Halt dein Lügenmaul, Frauenzimmer!» Die Stimme kam aus dem Bauch.

Edith schnappte nach Luft. Als sie den Mund öffnete, stürzte Collins zur Tür hinaus.

Er rannte den Korridor entlang und näherte sich dem Eingang. Dann blieb er stehen. Plötzlich war ihm übel vor Angst.

Auf den Treppen des Eingangsportals standen breitbeinig drei Männer – der untersetzte kleine Bursche im blauen Trenchcoat, der große Dünne mit der Melone auf dem Kopf und der häßliche Dicke, der die Hand so bedeutungsvoll in die Jackettasche gesteckt hielt.

Collins starrte in die drei Gesichter mit dem blauschwarzen Bartschimmer. Er sah die zusammengepreßten Lippen und die kleinen Augen, ein Kaleidoskop von haarigen Händen, eckigen Kinnladen und wulstigen Brauen.

Sie warteten nur darauf, daß er herauskam.

Collins steckte die Flasche in die Jackettasche. Er drückte sich hinter die Eingangssäule und wischte sich die Stirn.

Sollen sie warten, entschied er. Er hatte keine Eile. Solange er drinnen war und sie draußen ...

Aber sie würden nicht draußen bleiben.

Collins sah, wie die drei die Köpfe zusammensteckten. Der Mann mit der Melone flüsterte etwas und deutete vielsagend auf das Gebäude. Dann stoben sie auseinander und marschierten getrennt die Treppe hinauf.

«Oh, oh!» keuchte Collins.

«Herr?» fragte die Stimme aus seinem Bauch.

Aber der «Herr» hatte keine Zeit, zu antworten. Mit dem Mut

der Verzweiflung beschloß Collins, sein Heil in der Flucht zu suchen. Wenn er einfach zwischen ihnen hindurchlief, während sie jetzt die Stufen heraufkamen...

Er stürzte aus dem Gebäude und lief polternd die Treppe hinunter. Sie sahen ihn kommen, versuchten zur Seite zu springen. Er rannte geradewegs auf das Trio zu und warf sich mit voller Wucht gegen den Dicken in der Mitte.

Mit einem erstaunten Grunzlaut taumelte der fette Kerl rückwärts. Seine beiden Komplizen stolperten über seine Füße und fielen die Treppe hinunter.

Collins sprang über das Knäuel von Leibern und rannte weiter die Treppe hinunter. Als er sich umdrehte, waren die Ganoven wieder auf den Beinen, und der Dicke zog eine Waffe. Er fackelte nicht lange und zielte. Die Mündung seiner Pistole zeigte genau auf die Stelle, wo eine Kugel Mr. Collins am wenigsten bekommen würde.

Collins sah sich gehetzt um und hoffte, das Pflaster würde sich irgendwo auftun und ihn aufnehmen. Doch es gab keinen Ausweg, keinen Ort, der Schutz bot. Er stand völlig wehrlos, eine lebendige Zielscheibe.

«Es ist aus», stöhnte er.

«Wie meinen, Herr?»

Die Stimme drang wie durch einen Nebel in sein Bewußtsein. Dann fiel es ihm wieder ein.

«Dschinn», krächzte er. «Jetzt hast du eine Chance. Zeig, was du kannst. Ich wünschte, du würdest dich dieser Typen annehmen. Und zwar schnell.»

«Euer Wunsch ist mir Befehl!» antwortete der Dschinn.

Im nächsten Moment merkte Collins, daß er auf den Mann mit der Pistole zurannte.

Die drei Schurken starrten ihm erstaunt entgegen. Der Dicke hielt die Waffe ruhig und schußbereit auf ihn gerichtet. Und dann...

Collins fühlte, wie es geschah. In seiner Kehle breitete sich etwas aus. Das Trio vor ihm sah es ebenfalls.

Sie glotzten auf seinen Mund. Es war ein kleiner Mund, aber aus ihm wand sich die längste Zunge der Welt. Oder was war es?

Etwas... etwas Langes und Schwarzes. Etwas Muskulöses

und Drohendes. Etwas, das sich wie eine Rauchsäule vorwärts wand, aus Collins' geöffnetem Mund wich und sich zu unglaublichen Proportionen aufblähte. Etwas, das in der Luft stehenblieb und Klauen und eine Faust ausstreckte.

«Paß auf!» kreischte der Dünne plötzlich. «Er brennt – Rauch kommt aus seinem Mund.»

Aber es war kein Rauch, der dem noch immer rennenden Collins gut drei Meter voraus war.

Das merkte auch der Dicke, als er das schwärzliche Ungetüm an seinem Kinn fühlte. Es war seine letzte Wahrnehmung, bevor er auf das Pflaster sank.

Die Waffe fiel ihm aus der Hand. Sein untersetzter Kumpan riß sie fluchend an sich.

«Du willst es nicht anders, was?» zischte er böse. Ein Schuß schlug in die schwarze Säule, die aus Collins' Kehle aufragte. Die Kugel traf, aber die riesige tintenschwarze Rauchtatze umhüllte den Kopf des Schützen und senkte sich tiefer.

Es gab ein Geräusch, das klang wie das Knacken einer Walnuß in einem Nußknacker – nur zehnmal lauter.

«He!» schrie der dritte, als Collins sich umdrehte und die grausige Erscheinung erneut zum Angriff überging. Der schwarze Dampfhammer schlug zu und schickte auch den letzten Mann zu seinen Kumpanen auf den Asphalt, wo alle wie nasse Lappen liegenblieben.

Allmählich zog sich die Rauchgestalt vor Collins' Mund zusammen und verschwand.

Mr. Collins stand da und rieb sich den schmerzenden Kiefer.

«Mann!» stieß er atemlos hervor. «Wie hast du das gemacht?»

«Ganz einfach, Herr. Jeder Wunsch von Euch ist mir Befehl.»

«War das wirklich dein Arm?» fragte Collins schwach.

«Tatsache. Bin ich nicht viele Ellen groß?»

«Sprich nicht davon», bat der Gerettete. «Allein bei dem Gedanken dreht sich mir der Magen um.»

«Eure anderen beiden Wünsche?» drängte die Stimme des Dschinn. «Vielleicht möchtet Ihr Magentabletten?» fragte er listig.

«Nein danke», sagte Collins. «Laß mir noch ein bißchen Zeit zum Nachdenken.»

«Aber ich wünsche, aus diesem Gefängnis freigelassen zu werden!» jammerte der Dschinn. «Ich bin kein Jonas.»

«Und ich bin kein Walfisch», fuhr Collins auf. «Glaub mir, mir tut das mehr weh als dir.»

Das stimmte. Collins hatte furchtbare Bauchschmerzen. Der Dschinn dort unten war dauernd in Bewegung. Moment mal – wenn er in die braune Flasche paßte, konnte er seine Größe offenbar bis auf zehn Zentimeter reduzieren. Trotzdem, für einen Bauch war das eine ganz schöne Portion.

Für Collins jedenfalls entschieden zuviel. Aber im Augenblick hatte er ganz andere Sorgen.

Er warf einen Blick auf die drei Gestalten auf dem Pflaster und schauderte bei dem Gedanken daran, was geschehen wäre, wenn zufällig ein Passant den Kampf beobachtet hätte.

«Muß mich fortmachen, bevor jemand auftaucht», murmelte er. Er ging einen Block weiter und bog hastig um die nächste Ecke. Zehn Minuten lang rannte er durch die Straßen, bevor er ein langsameres Tempo anschlug.

Dabei machte ihm die Last in seinem Bauch zunehmend zu schaffen. Der Dschinn, für den die merkwürdige Umgebung ungewohnt war, ging offenbar ständig auf und ab.

«Würdest du freundlicherweise aufhören, ständig in mir rumzupoltern?» bat Collins und hoffte, niemand hörte ihm zu.

«Ist das ein Wunsch?» erkundigte sich der Dschinn.

«Nein. Vergiß es.»

Collins zuckte mit den Schultern. Eine alte Frau vor ihm drehte sich um. Collins machte den Mund zu und versuchte, gelangweilt auszusehen.

Aber es war zu spät. Ein Rülpser entwich ihm.

«Verzeihung», murmelte Collins.

«Ganz meinerseits», kam die Stimme aus seinem Bauch.

Die alte Frau sah hastig weg.

«Suffkopf», murmelte sie.

Collins wurde rot.

«Ich wünschte, sie würden ...» begann er und verstummte.

Nein. So ging es nicht. Mit Wünschen mußte er vorsichtig sein. Er durfte nicht sagen, daß er wünschte, schlafen, essen oder Frieden finden zu dürfen. Der Preis dafür war zu hoch.

Trotzdem mußte er etwas unternehmen. Und zwar schnell. Collins wurde das Absurde seiner Situation bewußt. Er mußte den Dschinn loswerden.

Könnte ich wünschen, daß er nicht da wäre? überlegte er. Oder hatte Dr. Sweet recht mit der Behauptung, daß er sich des Flaschengeists auf diese Weise nicht entledigen könne?

Er nahm die Flasche aus dem Jackett und starrte sie an. Die Flasche des Dschinn. Wie kriegte er ihn nur wieder da hinein? Das war das Problem. Genau das mußte er sich wünschen.

Autsch! Der Dschinn vollführte offenbar einen Steptanz.

Collins klopfte sich vorsichtig auf den Bauch.

«Wer da?» kam die Stimme sofort.

«Mann, halt den Mund!» schnarrte Collins.

Ein Passant sprang entsetzt zur Seite. Er warf einen verächtlichen Blick auf die Flasche in Collins' Hand.

Collins bog hastig in eine Seitenstraße ein.

«Schau nur, was du angestellt hast!» jammerte er. «Alle halten mich für betrunken. So geht das nicht weiter.»

«Sprecht einen Wunsch aus!» lockte der Flaschengeist.

Collins schwang die braune Flasche in sinnloser Wut.

Plötzlich lächelte er. Er hatte eine Idee. Das war die Lösung! Endlich!

«Also gut», flüsterte er. «Ich spreche einen Wunsch aus. Hör ihn dir an, Dschinn. Und paß gut auf. Der Wunsch ist wichtig.»

«Euer Wunsch ist mir Befehl.»

Collins holte tief Luft. Er kostete jede Silbe seiner Worte aus.

«Ich wünsche, die Flasche, aus der du kamst, hätte nie existiert.»

Für einen Augenblick herrschte erstauntes Schweigen. Und dann...

Collins fühlte es zwischen seinen Fingern. Das Gewicht schwand. Er sah auf die Flasche herab, die er in der Hand hielt. Aber da war keine Flasche mehr. Da war nichts zwischen seinen Fingern.

Mit Entsetzen wurde Collins bewußt, daß da nie etwas gewesen war. Er hatte nie eine Flasche bei sich getragen, hatte nie eine gesehen. Er konnte sich nicht einmal mehr genau erinnern, wie sie beschaffen gewesen war.

Der kleine Mann seufzte aus tiefstem Herzen. «Das war's also», hauchte er.

«Ihr habt gesprochen, Herr?»

Wieder diese unglaubliche Stimme. Und noch immer aus seinem Bauch.

«Was zum ... Ich dachte, du bist fort.»

«Ich doch nicht», verbesserte der Flaschengeist ihn. «Nur die Flasche. Aber ich bin nicht in der Flasche. Ich bin in Eurem Bauch.»

Collins hielt sich den Kopf mit beiden Händen. «Also gut», stöhnte er. «Ich kann dich nicht loswerden. Ich gebe auf.»

«Und Ihr laßt mich raus?» drängte der Dschinn.

«Ich weiß nicht.»

Collins schleppte sich aus der Seitenstraße. Er lief wie in Trance weiter.

«Das ist das Ende», sagte er zu sich. «Jetzt ist die Flasche futsch. Ich kann ihn nicht mehr in etwas hineinbugsieren, das gar nicht existiert.»

«Herr!»

Wieder diese verhaßte Stimme.

«Was gibt's?»

«Euer dritter Wunsch, Herr?»

Collins konnte nicht antworten. Sein dritter Wunsch? Er hatte so viele. Er wünschte, dieser verdammte Flaschengeist würde ihn nicht ständig «Herr» nennen. Zum Beispiel. Denn in Wirklichkeit beherrschte der Dschinn ihn. Der Dschinn hinderte ihn am Essen, am Schlafen und isolierte ihn von seinen Mitmenschen. Und wie sehr Collins es sich wünschte, essen zu können, zu schlafen und wieder mit anderen zusammenzusein!

Aber er wagte es nicht, seine Wünsche laut auszusprechen. Er wagte es nicht, diese Kreatur freizulassen, und doch konnte er so nicht weitermachen. Er war am Ende.

Mechanisch trugen seine Füße ihn die Treppen zu seiner Wohnung hinauf. Der Dschinn wabbelte bei jedem Schritt in ihm auf und ab und beklagte sich bitter über das Treppensteigen. Collins war froh, daß ihm niemand begegnete.

Na gut, lange würde es nicht mehr dauern ...

In der Wohnung ging Collins geradewegs in die Küche. Dort

stand eine Viertelliterflasche Gin. Gin, mein Gott, das war eine Ironie des Schicksals. Er öffnete sie und trank einen Schluck. Einen kräftigen Schluck. Er verlieh ihm den Mut, den er brauchte, um zu tun, was er sich vorgenommen hatte.

Er setzte sich ans Telefon und rief im Museum an. Er mußte das tun. Er war es Edith schuldig, ihr reinen Wein einzuschenken. Sie meldete sich sofort.

«Edith?»

«Ja? Oh, Sie sind's, Tom?»

«Edith, ich möchte Lebewohl sagen.»

«Aber Tom, wohin gehen Sie denn?»

«Runter zum Pier.»

«Tom, Sie wollen doch nicht ...»

Collins legte schnell auf. Er hatte sich wieder einmal wie ein Affe benommen. Aber es half nichts. Er konnte Edith nicht sagen, was er hatte sagen wollen. Über den Flaschengeist. Über seine Liebe zu ihr.

Überhaupt war die Liebe zu ihr schuld, daß er zur Flasche gegriffen hatte. Dieses Gefühl der Minderwertigkeit! Sie war immer so ruhig, so überlegen. So unnahbar. Und er war nur ein kleiner Museumsangestellter.

Deshalb hatte er diese Vase drei Tage lang verbissen verteidigt. Trotz der drei Männer, die ihm auf den Fersen gewesen waren. Dr. Sweet hatte ihm versprochen, ihn zu seinem Assistenten zu machen, wenn es ihm gelänge, die Vase zu erwerben. Dann hätte er Edith heiraten können. Aber jetzt hatte er den Dschinn am Hals beziehungsweise im Bauch, und es gab keinen Ausweg.

All das hatte er ihr sagen wollen. Aber er hatte es nicht über sich gebracht. Und wenn schon? Was hätte es ihm genützt? Er wollte zum Pier hinuntergehen und sich ins Wasser stürzen. Er und der Dschinn gemeinsam. Es war der einzige Ausweg.

Collins steckte die Flasche Gin ein und ging. Bevor er das Gebäude verließ, nahm er noch einen Schluck. Das tat gut und half ihm, den Weg bis zum Ufer zu bewältigen.

Der Dschinn war erholsam still. Zwar machte er ab und zu eine heftige Bewegung, aber Collins nahm keine Notiz davon. Bald würde alles überstanden sein.

Sein Blick schweifte aufmerksam über den herbstlich einsamen Strand. Er stapfte über den kurzen weißen Landungssteg. Unter ihm gurgelte das eisige Wasser über die Steine.

Seine Gedanken wurden klarer. Das war nicht gut.

Er zückte die Flasche und trank. Einen tiefen Schluck. Dann setzte er sich ans Ende des Piers. Er starrte in das schwärzlichgrüne, tiefe Wasser. Wasser – wie er das haßte. Gin war besser.

Er nahm einen weiteren Schluck. Der Vorrat schmolz. Sobald der Gin ausgetrunken war, würde er ins Wasser gehen. Er trank erneut. Der Alkohol wärmte.

«Herr!»

Wieder diese vermaledeite Stimme. Collins mußte sich zur Antwort zwingen.

«Was ist los?»

«Wo sind wir? Mir ist warm.»

«Geht dich nichts an.»

«Aber mir ist so komisch, Herr.»

Sehr gut! Der Gin bekam dem Flaschengeist nicht. Collins nahm erneut einen tiefen Schluck. Mit boshafter Genugtuung steckte er den Flachmann in die Tasche.

«Uhhh, Herr – das brennt!»

«Mir behagt es.»

Und wie es ihm behagte! Collins merkte, daß er beschwipst war. Ein angenehmes Gefühl.

«Ich werde ganz naß», klagte der Flaschengeist.

«Bald wirst du noch viel nasser.» Collins kicherte. Denn wenn er vom Pier sprang ...

Aber das konnte warten. Erst noch einen Schluck.

Er begann sich richtig gut zu fühlen. Er freute sich auf den Augenblick der Erlösung. Das Wasser sah mittlerweile schon einladender aus.

«Herr – was ist das?»

«Magenmedizin. Genau, was du mir geraten hast.»

«Aber sie riecht so komisch.»

«Reine Gewohnheit.»

«Sie ist stark. Wie Feuer.»

Collins lachte. «Das beste Zeug, das ich je getrunken habe», gluckste er.

«Du trinkst das?» fragte der Dschinn ungläubig.
«Natürlich.»
«Oh.»
Dann war Stille. Collins trank rücksichtslos weiter.
«Das ist gut.» Es klang wie eine Erleuchtung.
«Freut mich, daß es dir schmeckt.»
«Trinken wir mehr davon.»
«Warum nicht.» Collins nahm ein Schlückchen.
«Ihr habt recht, Meister. Exzellent. Wärmt so schön.»
Es war der letzte Strohhalm. Der Dschinn betrank sich tatsächlich an dem Gin, den Collins in sich hineinschüttete.
«Mehr ... mehr davon!» forderte die Stimme. Sie war laut und hatte einen leichten Zungenschlag.
Collins gehorchte begeistert.
«Sagt, Herr!»
«Ja?»
«Was ist mit Eurem anderen Wunsch?»
«Vergiß es.»
«Nett von Euch. Sehr nett. Trinken wir einen drauf.»
Sie tranken.
«Heiß hier unten. Macht durstig.» Der Dschinn lallte mittlerweile. «Ich kann nicht mehr stehen.»
«Dann leg dich hin.»
«Kann ich nicht. Will noch einen Drink.»
Erneut wurde der Flachmann angesetzt. Collins trank den letzten Tropfen.
«Gut. Ihr seid der beste aller Herren.»
Collins fühlte, wie der Flaschengeist schwankte. Er stand auf. Jetzt, da der Gin getrunken war, war es Zeit zu handeln. Auch die schönste Feier war einmal vorüber. Der Gedanke, möglicherweise gleichzeitig zwei Kater ertragen zu müssen, war furchtbar. Collins sah auf das Wasser hinunter und holte tief Luft.
«Herr?»
«Was gibt's?»
«Will noch 'n Drink!»
«Nein», entgegnete Collins schroff. «Keine Drinks mehr.»
«Bitte. Ich muß noch einen haben.»

Collins frohlockte. Der Dschinn bettelte schamlos. Das geschah ihm recht, nach all dem Elend, das er ihm bereitet hatte.

«Nur noch einen! Bitte.»

«Nein. Warum sollte ich dir was zu trinken geben? Was hast du für mich getan? Du hast mein Leben zerstört, du intrigierst gegen mich, du hast meinen netten warmen Magen okkupiert und trittst ihn mit Füßen. Glaubst du, es gefällt mir, rumzulaufen, als sei ich schwanger?»

«Nur noch einen kleinen Schluck!» bettelte der Flaschengeist.

«Kommt nicht in Frage», wehrte Collins ab.

«Aber ich will ... das herrliche Zeug ... Ich tu alles dafür!»

Collins fühlte, wie der betrunkene Dschinn vor Begierde zitterte. Er sah auf den leeren Flachmann und dann aufs Wasser.

Plötzlich setzte Collins sich wieder hin.

«Hör mal», sagte er leise.

«Hör ja schon», lallte der Flaschengeist.

«Willst du diesen Drink wirklich?»

«Ich schwör's, Herr.»

«Dann», sagte Collins, «kannst du rauskommen und ihn dir holen.»

«Wie das?»

«Ich habe gesagt, du mußt ihn dir holen – ich habe keine Lust mehr, das Zeug zu dir runterzuschütten.»

«Ihr laßt mich raus?»

«Warum nicht? Wenn du den Drink willst, komm raus und hol ihn dir.»

«Euer Wort», murmelte der Flaschengeist, «ist mir Befehl.»

Collins machte den Mund auf, um zu antworten.

Die Antwort kam nie. Es würgte ihn – würgte ihn vor Rauch. Eine Wolke entwich seinen geöffneten Lippen, und eine ebenholzfarbene Säule stieg vor ihm in die Luft auf. Kein Arm diesmal, aber eine riesige, aufgeblasene Wolke, die konturlos in der Luft schwebte.

Collins erkannte, wie sie allmählich Form annahm – es entstanden ein unglaublich riesiger Torso, hochaufgeschossene kohlschwarze Gliedmaßen und ein paar blutunterlaufene rote Augen wie geriffelte Billardbälle.

«Warte!» flüsterte er. «Der Drink ist da drin.» Mit zitterndem Finger zeigte er auf den Flachmann.

Die tintenschwarze Säule schwankte beschwipst. Sie veränderte sich nicht weiter.

«So kommst du da nie dran», sagte Collins. «Du bist zu groß.»

Die Rauchsäule drehte sich spiralförmig in trunkener Unentschlossenheit. Plötzlich begann sie sich zusammenzuziehen. Schnell reduzierte sie sich zur Größe eines erwachsenen Menschen, dann zu der eines Kindes. Eine kleine schwarze Rauchpuppe tanzte schließlich über der Flasche.

«Noch kleiner!» hauchte Collins.

Gehorsam machte sich der Dschinn noch kleiner. Ein winziger schwarzer Hauch schwebte um den Hals des Flachmanns.

«Da rein», dirigierte Collins.

Das Rauchfähnchen zögerte. Eine schrille, piepsende Stimme ertönte.

«Aber es ist in der Flasche!» protestierte sie weinerlich.

Collins holte Luft.

«Ja», hauchte er. «Und du auch!»

Seine Hand schoß vor und schob das wolkige Kränzchen in den Flaschenhals des leeren Flachmanns. Er setzte mit flinken Fingern den Deckel auf und drehte ihn fest zu.

In der Ginflasche tanzte der Geist trunken und zornig auf und ab. Sein faltiges kleines Gesicht war vor Wut verzerrt, und Collins sah, wie sein Mund lautlos Flüche formte.

Noch hörte er die schrille Autohupe hinter ihm am Kai nicht. Erst als Edith aus dem Wagen gesprungen war und polternd über den Pier auf Collins zurannte, wandte dieser den Kopf.

Im nächsten Moment lag sie in seinen Armen und schluchzte ein wenig, während es zärtlich aus ihr herausbrach:

«O Tom! Gott sei Dank, daß ich noch rechtzeitig komme ... armer Liebster ... Selbstmord wegen mir ... Doktor Sweet hat mir alles erklärt ... wie du die Vase für ihn erworben hast ... und als ich aus dem Fenster gesehen habe und die drei schrecklichen Männer dalagen ... Was hast du mit ihnen gemacht? Ich wußte nicht, daß du so stark und so wunderbar bist ...»

So ungefähr ging es, zwischen Schluchzen und Umarmungen und Küssen.

Collins gefiel es sehr.

Nur einmal unterbrach sich Edith, nur für einen Moment. Sie sah die Ginflasche am Rand des Piers stehen und wandte sich ab.

«Aber Tom, du mußt mir versprechen, nicht mehr zu trinken.»

«Selbstverständlich, Liebes», flüsterte der kleine Mann. «Von jetzt an rühre ich nichts mehr an, das in Flaschen steckt.»

Edith lächelte glücklich. Sie bückte sich und schnappte die Flasche. Sie warf sie ins Wasser.

Collins schenkte ihr einen anerkennenden Blick. Es war ein guter Wurf. Die Flasche tanzte weit draußen in den Wellen.

«Jetzt fällt mir ein Stein vom Herzen», murmelte sie glücklich.

«Und mir fällt ein Stein aus dem ...»

Aber Collins sprach es nicht aus. Er hielt Edith so fest an sich gepreßt, daß er die Flasche mit dem Geist nicht sehen konnte, die immer weiter aufs offene Meer hinaustrieb.

Likör

Joan Aiken

«Ein Paradies», sagte sich Blacker, als er in den Wald hineinging. «Ein Paradies. Ein Märchenland.»

Er war ein Mann, der zu Übertreibungen neigte; «poetische Ader» nannte er es, während seine Freunde es als «Blackers kleine Phantasieausflüge» oder auch weniger höflich bezeichneten. Bei dieser Gelegenheit sagte er jedoch tatsächlich nur die Wahrheit. Schweigend stand der Wald um ihn herum, hoch und golden, während das Sonnenlicht des Nachmittags in schrägen Streifen durch die erst halb belaubten Baumwipfel des frühen Sommers fiel. Unten bedeckten Anemonen mit ihren blassen Blüten wie ein Teppich den Boden. Irgendwo rief ein Kuckuck.

«Ein Paradies», wiederholte Blacker, schloß das Tor hinter sich und wanderte den überwachsenen Pfad entlang auf der Suche nach einem Fleckchen, wo er sein Schinkenbrot verzehren konnte. Zu beiden Seiten wurden die Haselnußbüsche immer dichter, bis das kreisrunde blaue Auge des Tores, durch das er gegangen war, zu einem Punkt wurde und schließlich verschwand. Die größeren Bäume, die über die Haselnußsträucher hoch hinaus wuchsen, waren noch nicht voll belaubt und boten daher wenig Schutz; im Wald war es sehr heiß und sehr still.

Plötzlich blieb Blacker mit einem Ausruf der Überraschung und des Bedauerns wie angewurzelt stehen: Neben dem Weg lag im Bingelkraut, im vollen Schmuck seines Frühlingsgefieders, ein Fasanenhahn. Mit dem Mitgefühl und der Neugierde eines Städters, der derartige Dinge für eine Unfreundlichkeit der Natur hält, drehte Blacker den Vogel um. Die Federn – purpur und bronzefarben, grün und golden – fühlten sich unter seiner Hand wie das Haar eines Mädchens an.

«Armer Kerl», sagte er laut, «was mag ihm nur passiert sein?»

Er ging weiter und überlegte, ob dieser Vorfall sich irgendwie verwerten ließe. «Requiem für einen Fasan im Mai.» Zu anspruchsvoll? Zu sentimental? Vielleicht würde eine Wochenzeitschrift so etwas bringen. Er begann Verse zu formen, und während er weiterging, starrte er auf seine Füße und dachte nicht mehr an die Verzückung über die ihn umgebende Schönheit.

Zu Tode gekommen... und irgend etwas... Flug durch das Laub,
vor seinem... irgend etwas... Stolz im prunkenden Gefieder.

Oder würde eine kürzere Zeile vielleicht besser sein, etwas äußerst Schlichtes und Herzergreifendes, farblose Tränen des Kummers wie Frühlingsregen, der von den Blättern der Blumen tropft?

Merkwürdig, so überlegte Blacker, während er seinen Schritt beschleunigte, wie schwer es ihm fiel, die Natur in Verse zu fassen; die Natur war schön, möglicherweise, aber sie war nicht anregend. Aber Gedichte über die Natur waren das, was die Zeitschrift *Feld und Garten* haben wollte. Dennoch müßte der Fasan eigentlich fünf Guineen wert sein. Leichthin schritt er vorüber, wo er immer noch lag, und irgend etwas dauerte...

Verdammt! In seiner Versunkenheit war er fast auf einen zweiten Fasan getreten. Was war mit den Vögeln los? Blacker, der etwas gegen Ereignisse ohne sichtbare Erklärung hatte, ging mit gerunzelter Stirn weiter. Der Pfad führte nach rechts bergab, ließ die Haselnußsträucher hinter sich und durchquerte ein kleines Tal. Unter sich entdeckte Blacker überrascht ein kleines geheimnisvolles Steinhaus, an drei Seiten von Bäumen umgeben. Davor erstreckte sich ein morastiger Streifen. Dort stand ein Liegestuhl, und friedlich ausgestreckt lag darin ein Mann, der die Nachmittagssonne genoß.

Blackers erster Impuls war, sofort wieder umzukehren; er hatte das Gefühl, einen fremden Garten betreten zu haben, und die unerwartete Begegnung erfüllte ihn mit leiser Verwirrung. Warum hatte man nicht irgendwo ein Warnschild aufgestellt?

Der Wald hatte einen so verwaisten Eindruck wie der Garten Eden gemacht. Aber wenn er umkehrte, konnte es den Eindruck erwecken, als fühlte er sich irgendwie schuldig und hätte etwas zu verheimlichen; dann beschloß er jedoch, kühn an dem Haus vorbeizugehen. Schließlich war er nirgends auf ein Hindernis gestoßen, und nichts hatte darauf hingedeutet, daß es sich um einen Privatweg handelte; folglich hatte er das Recht, hier zu sein.

«Guten Tag», sagte der Mann erfreut, als Blacker näher kam. «Ein bemerkenswert schönes Wetter, nicht wahr?»

«Ich hoffe sehr, hier nicht widerrechtlich eingedrungen zu sein.»

Als Blacker den Mann näher betrachtete, revidierte er seine erste Vermutung. Das hier war kein Förster; in jeder Linie des hageren und wie gemeißelt wirkenden Gesichts lag Würde. Was Blackers Aufmerksamkeit am meisten auf sich zog, waren jedoch die Hände, die eine kleine vergoldete Kaffeetasse hielten. Sie waren so weiß, so zerbrechlich und so hager wie die blassen Wurzeln von Wasserpflanzen.

«Keineswegs», sagte der Mann herzlich. «Wenn ich es bedenke, kommen Sie sogar im geeignetsten Augenblick. Ich heiße Sie willkommen. Gerade wünschte ich mir ein wenig Gesellschaft. So köstlich ich diese Einsamkeit finde, wird sie doch manchmal, ganz plötzlich, ein wenig langweilig, ein wenig banal. Ich hoffe, daß Sie Zeit haben, Platz zu nehmen und mit mir den Kaffee und einen Likör zu teilen.»

Während er sprach, griff er hinter sich und brachte einen zweiten Liegestuhl zum Vorschein, der auf der Veranda des kleinen Häuschens gestanden hatte.

«Ich danke Ihnen sehr und bin wirklich entzückt», sagte Blacker und überlegte, ob er die Charakterstärke besitzen würde, sein Schinkenbrot hervorzuholen und es angesichts dieses patrizischen Einsiedlers zu essen.

Bevor er einen Entschluß gefaßt hatte, war der Mann im Haus verschwunden, und als er wieder heraustrat, brachte er eine weitere vergoldete Tasse, gefüllt mit schwarzem duftenden Kaffee, der glühendheiß war, und reichte sie Blacker. Außerdem hatte er ein winziges Glas mitgebracht, und dieses Glas füllte er aus einer dunklen, einer Medizinflasche ähnlichen Karaffe sorgfältig mit einem klaren, farblosen Likör. Vorsichtig schnupperte Blacker an dem Glas, da er der Karaffe und dem selbstgebrauten Inhalt nicht traute, aber der aromatische und kräftige Duft ähnelte dem von Curaçao, und die Flüssigkeit bewegte sich in dem Glas mit öliger Trägheit. Mit Sicherheit handelte es sich nicht um irgendeinen Kräuterlikör.

«Also», sagte sein Gastgeber, nahm wieder Platz und machte eine flüchtige Geste mit seinem Glas, «möge er Ihnen bekommen.» Dann kostete er von seinem Glas.

«Auf Ihr Wohl», sagte Blacker und fügte hinzu: «Mein Name ist Roger Blacker.» Es klang ein wenig lahm. Bei dem Likör handelte es sich zwar nicht um Curaçao, aber doch um etwas Ähnliches und sehr Kräftiges; Blacker, der ausgesprochen hungrig war, spürte, wie ihm die Hitze zu Kopf stieg, als hätte ein Apfelsinenbaum hier Wurzeln geschlagen und entfaltete nicht nur seine Blätter, sondern auch seine golden schimmernden Früchte.

«Sir Francis Deeking», sagte der andere, und da begriff Blakker, warum die Hände so auffallend wirkten, so ganz und gar unüblich schienen.

«Etwa der Chirurg? Aber sicherlich wohnen Sie doch nicht hier?»

Deeking machte eine abwehrende Handbewegung. «Ein Refugium für die Wochenenden. Eine Eremitage, in die ich mich von der Anstrengung meines Berufes zurückziehen kann.»

«Allem Anschein nach ist es hier sehr einsam», meinte Blakker. «Die nächste Straße ist sicherlich fünf Meilen entfernt.»

«Sechs. Und Sie, mein lieber Mr. Blacker – welchen Beruf üben Sie aus?»

«Ach, ich bin Schriftsteller», sagte Blacker bescheiden. Der Likör zeigte bei ihm die übliche Wirkung, es gelang ihm, so zu tun, als wäre er nicht ein Journalist, der für ein Groschenblatt mit literarischen Ambitionen arbeitete, sondern ein Philosoph und Essayist von seltenem Rang, eine Art zweiter Bacon. Während er sprach – und was er sagte, wurde durch die höchst schmeichelhaften Fragen von Sir Francis hervorgelockt –, erinnerte er sich bestimmter journalistischer Informationen über seinen Gastgeber: die Operation des indischen Fürsten, der Blinddarm des Ministers, die Amputation bei jener unglückseligen Ballerina, deren beide Füße bei einem Eisenbahnunglück zerquetscht worden waren, die großartige Operation, die bei der amerikanischen Erbin so wunderbar erfolgreich gewesen war.

«Sie müssen sich wie ein Gott vorkommen», sagte er plötzlich und bemerkte mit Überraschung, daß sein Glas leer war. Mit einer Handbewegung wehrte Sir Francis diese Bemerkung ab.

«Wir alle besitzen gottähnliche Eigenschaften», sagte er und beugte sich vor. «Und Sie, Mr. Blacker, ein Schriftsteller, ein schöpferischer Künstler – kennen Sie nicht auch eine Macht, die gottähnlich ist, wenn Sie Ihre Gedanken zu Papier bringen?»

«Dann eigentlich nicht», sagte Blacker und spürte, wie der Likör sich in seinem Kopf zu goldenen und rostbraunen Wolken formte. «Nicht so sehr, aber ich besitze tatsächlich eine ungewöhnliche Eigenschaft, eine Kraft, die nicht viele Menschen besitzen, denn ich kann die Zukunft voraussagen. Zum Beispiel wußte ich, als ich durch diesen Wald ging, daß dieses Haus hier stand. Ich wußte, daß Sie vor diesem Haus sitzen würden. Ich kann die Liste der Pferde eines bestimmten Rennens betrachten, und plötzlich springt mir von dieser Seite der Name des Siegers förmlich entgegen, als wäre er in goldenen Lettern gedruckt. Bevorstehende Ereignisse – Flugzeugunglücke, Zugzusammenstöße – spüre ich immer schon im voraus. Langsam entwickle ich ein schreckliches Gefühl für nahendes Unheil, als wäre mein Gehirn ein Vulkan unmittelbar vor dem Zeitpunkt des Ausbruchs.»

Wie war noch die eine Information über Sir Francis Deeking gewesen, so überlegte er, ein Bericht aus neuester Zeit, ein winziger Absatz, der ihm in der *Times* aufgefallen war? Er konnte sich nicht erinnern.

«Tatsächlich?» Sir Francis betrachtete ihn mit gespanntestem Interesse; seine unter schweren Lidern verborgenen fanatischen Augen ähnelten hellen Lichtpunkten. «Ich habe mir schon immer sehnlichst gewünscht, einen Menschen mit derartigen Eigenschaften kennenzulernen. Sie muß dem Betreffenden eine erschreckende Verantwortung aufladen.»

«Das ist sehr richtig», sagte Blacker. Er versuchte, den Eindruck eines Menschen zu machen, den die Last übernatürlicher Verantwortung gebeugt hat; dann bemerkte er, daß sein Glas wieder gefüllt war, und trank es aus. «Natürlich verwende ich diese Begabung nicht für meine eigenen Zwecke; irgend etwas Grundsätzliches in mir widerstrebt dem und hindert mich daran. Im wesentlichen scheint es sich dabei um einen ähnlichen Instinkt zu handeln wie den, der jeglichen Kannibalismus oder Inzest verhindert...»

«Richtig, richtig», sagte Sir Francis zustimmend. «Aber bei einem anderen Menschen sind Sie in der Lage, ihn zu warnen, ihm zu gewinnbringendem Handeln zu raten...? Mein lieber Freund, Ihr Glas ist leer. Erlauben Sie.»

«Ein vorzügliches Getränk», sagte Blacker undeutlich. «Es ähnelt einem Kranz aus Apfelsinenblüten.» Mit seinem Finger machte er eine Bewegung.

«Ich stelle den Likör selbst her – aus Marmelade. Aber erzählen Sie weiter. Können Sie mir den Sieger jenes Rennens nennen, das heute nachmittag in Manchester gelaufen wird?»

«Bow Bells», sagte Blacker, ohne zu zögern. Es war der einzige Name, an den er sich erinnern konnte.

«Sie interessieren mich ungeheuer. Und das Ergebnis der heutigen Nachwahl in Aldwych? Kennen Sie das auch?»

«Unwin, der Liberale, wird mit einer Mehrheit von zweihundertzweiundachtzig Stimmen siegen. Dennoch wird er seinen Platz im Unterhaus nicht einnehmen. Heute abend um sieben wird er in seinem Hotel durch einen Unfall mit dem Aufzug ums Leben kommen.» Blacker war inzwischen weit entrückt.

«Tatsächlich?» Sir Francis schien entzückt. «Ein widerlicher Kerl. Ich habe in verschiedenen Aufsichtsräten mit ihm zu tun gehabt. Erzählen Sie weiter.»

Blacker bedurfte dazu fast keiner Aufforderung. Er erzählte die Geschichte des Finanziers, den er rechtzeitig vor dem Zusammenbruch der Erdölgesellschaft gewarnt hatte, den Traum von dem berühmten Geiger, der dahin geführt hatte, daß der Mann seine Überfahrt auf der vom Pech verfolgten *Orion* rückgängig machte, und die tragische Geschichte des Stierkämpfers, der seine Warnungen unbeachtet gelassen hatte.

«Aber ich rede zuviel von mir», sagte er schließlich – teils, weil er ein merkwürdiges Stolpern seiner Zunge bemerkte, die Weigerung seiner Gedanken, sich ausdrücken zu lassen. Deshalb sprach er über ein unpersönliches Thema, über irgend etwas ganz Einfaches.

«Die Fasanen», sagte er. «Was ist mit den Fasanen passiert? Auf dem Höhepunkt ihres Lebens verendeten sie. Es – es ist schrecklich. Auf dem Wege hierher fand ich vier, vier oder fünf.»

«Tatsächlich?» Sir Francis schien das Schicksal der Fasanen nicht im geringsten zu interessieren. «Es handelt sich um ein chemisches Sprühmittel, das man bei Getreide verwendet, soviel ich weiß. Dadurch wird die gesamte Ökologie gestört; vorher hat man an die vermutlichen Folgen überhaupt nicht gedacht. Wenn Sie die Verantwortung dafür trügen, mein lieber Mr. Blacker – aber verzeihen Sie, es ist ein heißer Nachmittag, Sie müssen müde und erschöpft sein, wenn Sie heute vormittag zu Fuß von Witherstow losmarschiert sind. Darf ich Ihnen den Vorschlag machen, einen kurzen Schlaf zu halten ...»

Seine Stimme schien aus ständig größerer Ferne zu kommen; ein Netz sonnenfarbiger Blätter lag plötzlich vor Blackers Augen. Dankbar lehnte er sich zurück und streckte seine schmerzenden Beine aus.

Kurz danach rührte Blacker sich wieder – oder war es nur ein Traum? Jedenfalls erblickte er Sir Francis, der neben ihm stand, sich die Hände rieb und ein höchst zufriedenes Gesicht machte.

«Mein lieber Freund, mein lieber Mr. Blacker, was sind Sie nur für ein *lusus naturae*. Ich werde nie dankbar genug dafür sein können, daß Sie bei mir vorbeikamen. Bow Bells hat tatsächlich gesiegt – mit erheblichem Vorsprung. Ich habe eben den Bericht gehört. Welch ein Unglück, daß ich keine Zeit hatte, auf dieses Pferd zu setzen – aber das macht nichts, das macht gar nichts, dem kann ein andermal abgeholfen werden.

Es ist zwar unfreundlich von mir, Sie in Ihrer wohlverdienten Ruhe zu stören; aber trinken Sie dieses letzte Glas und schlafen Sie dann noch ein wenig, solange die Sonne den Wald bescheint.»

Als Blackers Kopf wieder gegen den Liegestuhl zurücksank,

beugte Sir Francis sich vor und nahm ihm vorsichtig das Glas aus der Hand.

Süßer Strom der Träume, so dachte Blacker, wenn man sich vorstellt, daß das Pferd tatsächlich gesiegt hat. Hätte ich doch nur selbst fünf Pfund darauf gesetzt; ein Paar neue Schuhe könnte ich sehr gut gebrauchen. Ich hätte meine Stiefel ausziehen sollen, bevor ich einschlief, denn sie drücken etwas. Ich muß bald wieder aufwachen, muß in etwa einer halben Stunde wieder unterwegs sein...

Als Blacker schließlich aufwachte, stellte er fest, daß er im Innern des Hauses auf einem schmalen Bett lag, mit einigen Decken zugedeckt. Sein Kopf schmerzte und pochte mit unangenehmer Intensität, und er brauchte Minuten, bis er wieder deutlich sehen konnte; dann merkte er, daß er sich in einem kleinen weißgetünchten und zellenartigen Raum befand, der außer dem Bett, auf dem er lag, und einem Stuhl nichts enthielt. Außerdem war es fast dunkel.

Er versuchte, sich aufzurichten, aber eine seltsame Taubheit und Schwere hatte seinen Unterkörper ergriffen, und nachdem er sich auf einen Ellbogen gestützt hatte, war ihm so übel, daß er weitere Versuche aufgab und sich wieder hinlegte.

Das Zeug war sicherlich so stark gewesen, daß es ihn einfach umgeworfen hatte, überlegte er reumütig; ein Idiot war er gewesen, es überhaupt zu trinken. Er mußte sich bei Sir Francis entschuldigen. Wie spät es wohl war?

Schnelle leichte Schritte näherten sich der Tür, und herein trat Sir Francis. Er hatte ein Kofferradio bei sich, das er auf das Fensterbrett stellte.

«Oh, mein lieber Blacker, ich sehe, daß Sie wieder da sind. Erlauben Sie mir, Ihnen einen Schluck anzubieten.»

Geschickt richtete er Blacker auf und gab ihm aus einer fast geschlossenen Schnabeltasse einen Schluck Wasser.

«Nun legen Sie sich wieder hin. Ausgezeichnet. Wir werden Sie bald wieder – nun, nicht gerade auf die Füße stellen, aber doch so weit bringen, daß Sie sich hinsetzen und Nahrung zu sich nehmen können.» Er lachte leise. «In Kürze werde ich Ihnen etwas Fleischbrühe bringen.»

«Ich bitte um Entschuldigung», sagte Blacker. «Aber ich darf Ihre Gastfreundschaft nicht länger in Anspruch nehmen. In einer Minute werde ich wieder ganz bei mir sein.»

«Sie nehmen meine Gastfreundschaft nicht in Anspruch, mein lieber Freund. Und Sie werden auch nicht wieder aufbrechen. Ich hoffe, daß Ihr Aufenthalt bei mir von Dauer und angenehm sein wird. Diese Umgebung, so beruhigend, so förderlich für die Inspiration eines Schriftstellers – was könnte Ihnen angemessener sein? Sie brauchen nicht zu glauben, daß ich Sie stören werde. Die Woche über bin ich zwar in London, aber an den Wochenenden werde ich Ihnen Gesellschaft leisten – bitte, glauben Sie nicht, daß Sie mir beschwerlich fallen oder *de trop* sind. Ganz im Gegenteil. Ich hoffe, daß Sie mir die Freundlichkeit erweisen, mir die Aktienkurse im voraus mitzuteilen, so daß damit jede kleine Schwierigkeit, die ich auf mich genommen habe, reichlich vergolten sein wird. Nein, nein, Sie müssen sich hier ganz wie zu Hause fühlen – berücksichtigen Sie bitte, daß dies jetzt Ihr Heim ist.»

Aktienkurse? Blacker brauchte einen Augenblick, um sich zu erinnern, und dann dachte er: O Gott, meine Zunge hat mir wieder einmal einen Streich gespielt. Er versuchte, sich der Dummheiten zu erinnern, deren er sich schuldig gemacht hatte. «Diese Geschichten», sagte er lahm, «diese Geschichten waren ein wenig übertrieben, verstehen Sie? Über meine Gabe, die Zukunft vorauszusagen. In Wirklichkeit kann ich es nicht. Daß das Pferd siegte, war reiner Zufall, wie ich fürchte.»

«Bescheidenheit, reine Bescheidenheit.» Sir Francis lächelte, war jedoch ziemlich blaß geworden, und Blacker entdeckte Schweißtropfen auf der Stirn des anderen. «Ich bin überzeugt, daß Ihr Wert gar nicht abzuschätzen ist. Seit ich im Ruhestand lebe, halte ich es für absolut notwendig, meine Einnahmen durch kluge Investitionen zu vergrößern.»

Plötzlich erinnerte Blacker sich des Inhalts jenes kleinen Absatzes in der *Times*. Nervlicher Zusammenbruch. Vollständige Ruhe. Aufgabe jeder beruflichen Tätigkeit.

«Ich – ich muß jetzt wirklich gehen», sagte er unbehaglich und versuchte, sich aufzurichten. «Um sieben wollte ich wieder in der Stadt sein.»

«Aber Mr. Blacker, das kommt überhaupt nicht in Frage. Um derartige Dinge zu verhindern, habe ich Ihnen nämlich beide Füße amputiert. Aber Sorgen brauchen Sie sich deshalb nicht zu machen; ich weiß, daß Sie hier glücklich sein werden. Und ich bin überzeugt, daß Sie Ihre eigenen Fähigkeiten zu Unrecht angezweifelt haben. Hören wir uns jetzt um neun die Nachrichten an, damit wir befriedigt feststellen können, daß der unangenehme Unwin tatsächlich im Hotel in den Aufzugschacht gefallen ist.»

Er ging zum Kofferradio und schaltete es ein.

Das Weinglas

A. A. Milne

Ich stecke in einer schrecklichen Zwickmühle – wie Sie gleich begreifen werden. Ich weiß nicht, was ich tun soll...

«Eine Lebensregel, die ich während meiner Laufbahn bei Scotland Yard als sehr hilfreich erkannt habe», sagte der Superintendent, «ist ganz simpel: Es kann durchaus Gold sein, was glänzt.» Er schenkte sich nach und reichte die Flasche weiter.

«Ich kann Ihnen nicht ganz folgen», bemerkte ich in der Hoffnung, ihn dazu zu bewegen, ausführlicher zu werden.

Ich bin Kriminalschriftsteller. Falls Sie noch nie von mir gehört haben, kann das nur daran liegen, daß Sie keine Krimis lesen. Ich habe «Der Mord auf der Hintertreppe» und «Das Geheimnis der abgeknickten Zaunrose» geschrieben, um nur zwei meiner Erfolgstitel zu erwähnen. Ich nehme an, das war ursprünglich der Grund für Superintendent Frederick Mortimers Interesse an meiner Person und umgekehrt. Mortimer ist ein hochgewachsener Mann mit den Gesichtszügen eines römischen Imperators; ich bin eher der kleine, gefällige Typ. Im Lauf der Zeit sind wir Freunde geworden. Das gemeinsame Abendessen einmal im Monat wurde uns zur Gewohnheit. Mortimer sprach gern über seine Fälle, und ich hörte natürlich ebensogern zu. An besagtem Abend jedoch schien uns der Wein merklich in den Kopf zu steigen.

«Ich kann Ihnen nicht ganz folgen», wiederholte ich.

«Kurz gesagt, die einfache Mordmethode ist oft die beste. Was nicht heißt, daß der Mörder von schlichtem Gemüt sein muß. Gott bewahre! Er ist ja schlau genug, zu wissen, daß die simple Lösung zu einfach ist, um glaubhaft zu sein.»

Das klang alles andere als einfach. «Nennen Sie ein Beispiel», bat ich prompt.

«Nehmen wir den Fall der Flasche Wein, die dem Marquis von Hedingham zum Geburtstag geschickt worden war. Habe ich nie davon erzählt?»

«Nie», antwortete ich, schenkte mir ein und reichte die Flasche weiter.

Mortimer füllte sein Glas und überlegte. «Lassen Sie mir einen Moment Zeit, alles zu rekapitulieren», bat er. «Es ist lange her.» Während er die Augen schloß und die Vergangenheit Revue passieren ließ, orderte ich noch eine Flasche vom selben.

«Ja», begann Mortimer und schlug die Augen auf. «Jetzt hab ich's wieder.»

Ich beugte mich voll gespannten Interesses vor und bekam folgende Geschichte zu hören:

Für uns im Yard (sagte Mortimer) fing alles mit der knappen telefonischen Meldung an, daß den Butler des Marquis von Hedingham im Stadthaus Seiner Lordschaft in der Brook Street ein plötzlicher Tod ereilt habe und daß als Todesursache Gift vermutet werde. Das war um sieben Uhr. Wir fuhren sofort zu besagtem Haus. Der Fall war Inspektor Totman übertragen worden. Ich war damals ein junger Sergeant bei der Kriminalpolizei und arbeitete üblicherweise unter Totman. Der Inspektor war ein zackiger Militarist, mit schmalem, mittelbraunem Oberlippenbärtchen; auf eine aufgeblasene, konventionelle Art gut in seinem Job, aber ohne jede Phantasie. Und er dachte bei allem und jedem nur an seinen eigenen Vorteil. Ganz ehrlich gesagt, ich mochte ihn nicht. Nach außen hin gingen wir freundlich miteinander um, denn man streitet sich nicht mit seinen Vorgesetzten, und er war so eitel zu glauben, daß ich ihn tatsächlich bewunderte. Trotzdem war mir klar, daß er mich nur ausnutzte, und ich hatte den heimlichen Verdacht, daß ich längst befördert worden wäre, hätte er mich nicht absichtlich bei sich behalten, um von meiner Intelligenz zu profitieren.

Wir fanden den Butler in seinem Anrichtezimmer ausgestreckt auf dem Fußboden. Eine geöffnete Flasche Tokajer, ein zerbrochenes Weinglas, das noch Reste der Flüssigkeit enthielt, der medizinische Befund, der Vergiftung als Todesursache bestätigte, das alles fügte sich für uns zu einer plausiblen Geschichte zusammen. Die Flasche Wein war eine Stunde zuvor im Haus abgegeben worden, mit einer Visitenkarte von Sir William Kelso. Auf der Karte stand mit Schreibmaschine geschrieben: «Alles Gute, Tommy! Anbei was zum Anstoßen.» Ich kann mich an den exakten Wortlaut natürlich nicht erinnern, aber so ungefähr hieß es. Offenbar hatte Seine Lordschaft Geburtstag und feierte aus diesem Anlaß im engsten Familienkreis von sechs Personen. Sir William Kelso, muß ich dazu sagen, war der älteste Freund und auch ein Verwandter des Marquis, der Sir Williams Schwester geheiratet hatte. Sir William war an diesem Abend ebenfalls zur Geburtstagsfeier eingeladen. Der zirka fünfzigjährige Junggeselle galt seinem Neffen und den Nichten als liebevoller Onkel.

Der Butler hatte Flasche und Karte Seiner Lordschaft gebracht – das war gegen sechs Uhr gewesen. Und Lord Hedingham, wie er uns sagte, hatte die Karte genommen und so ungefähr gesagt: «Guter, alter Bill. Wir trinken den Wein gleich heute abend, Perkins.» Und Perkins hatte geantwortet: «Sehr wohl, Mylord.» Dann war er mit der Flasche verschwunden. Die Visitenkarte war auf dem Tisch liegengeblieben. Was später geschah, war unschwer nachzuvollziehen. Perkins hatte die Flasche in der Absicht geöffnet, sie zu dekantieren, und wohl der Versuchung nicht widerstehen können, ihren Inhalt als erster zu verkosten. Ich vermute, daß es von jeher seine Angewohnheit gewesen war, die Weine Seiner Lordschaft zu probieren, er jedoch nie zuvor einen so schweren Tokajer getrunken hatte. Aus diesem Grund hatte er sich gleich ein ganzes Glas eingeschenkt, es getrunken und war fast sofort gestorben.

«Großer Gott!» unterbrach ich ihn. «Was für eine glückliche Fügung ... für Lord Hedingham und die anderen, meine ich natürlich.»

«Richtig», sagte Mortimer und drehte sein Weinglas in der Hand.

Der Inhalt der Flasche wurde analysiert (fuhr er fort). Es wurde eine mehr als tödliche Dosis Blausäure darin gefunden. Natürlich haben wir sämtliche Routineermittlungen durchgeführt. Zusammen mit dem jungen Roberts, einem netten Kerl, der oft mit uns arbeitete, habe ich alle Apotheken der Gegend abgeklappert. Und Totman hat von Sir William und Lord

Hedingham angefangen bis hinunter zum Dienstpersonal alle vernommen.

Roberts und ich sind mit besagter Flasche bei allen Weinhändlern der Nachbarschaft gewesen. Was wir gegen Ende der Woche feststellen konnten, war folgendes:

Erstens: Der Mörder hatte offenbar ein Motiv, Lord Hedingham, einen seiner Gäste oder vielleicht sogar die ganze Geburtstagsgesellschaft umzubringen. Der Etikette entsprechend war Lord Hedingham der erste, der den Wein kosten würde. Ein Schluck allerdings wäre kaum tödlich gewesen, und bei einem Wein von so ausgeprägtem Aroma dürfte man das Gift kaum geschmeckt haben. Alle hätten auf Seine Lordschaft angestoßen. Seine Lordschaft hätte sein Glas auf das Wohl seiner Gäste erhoben, und auf diese Weise hätten alle von dem vergifteten Wein getrunken und wären je nach der konsumierten Menge mehr oder weniger schwer vergiftet worden. Andererseits war es möglich, daß Seine Lordschaft gleich zu Anfang mehr als nur einen Schluck getrunken hätte. Damit wäre er der einzige gewesen, den es getroffen hätte. Daraus wiederum schloß ich, daß das Motiv eher Rache als Gewinnsucht war. Der Täter konnte sich an Lord Hedingham rächen, wenn Seine Lordschaft oder *irgendein* Mitglied der Familie vergiftet wurde; profitieren konnte er nur, wenn eine oder mehrere *bestimmte* Personen getötet wurden. Es dauerte eine Weile, Totman das begreiflich zu machen, aber schließlich schwenkte er auf meine Linie ein.

Zweitens: Der Mörder hatte Gelegenheit gehabt, einer von Sir William Kelsos Visitenkarten habhaft zu werden, und wußte, daß John Richard Mervyn Plantagenet Carlow, zehnter Marquis von Hedingham, von Familie und Freunden Tommy genannt wurde. Totman schloß daraus, daß der Täter zum Familien- und Freundeskreis Hedingham/Kelso gehören mußte. Dem habe ich widersprochen. Ich führte damals aus: (a) daß man Visitenkarten eher Fremden als engen Freunden gebe, es sei denn, es handle sich um eine förmliche Aufwartung, also einen Anlaß, bei dem man die Visitenkarte in einer Schale oder auf einem Tablett in der Eingangshalle hinterlegte, wo praktisch jeder sie stehlen konnte; (b) daß die Tatsache, daß Lord Hedingham Tommy genannt werde, auch in den Klatschspalten der Zeitschriften gestanden haben und demnach einem weiten Leserkreis bekannt sein konnte; und, was am einleuchtendsten war, (c) daß der Mörder nicht gewußt habe, daß Sir William Kelso an diesem Abend ebenfalls zur Geburtstagsfeier geladen war. Sicher wäre entweder beim Eintreffen oder beim Servieren des Weines eine Bemerkung gefallen und Lord Kelso hätte mit Sicherheit abgestritten, von diesem Geschenk Kenntnis zu haben. Auf diese Weise hätte die Flasche sofort als verdächtig gegolten. Das war nicht eingetreten, weil Perkins noch vor Sir Williams Eintreffen von dem Wein getrunken hatte. Und sowohl Sir William als auch Lord Hedingham versicherten uns, daß sie an ihren jeweiligen Geburtstagen stets zusammen zu dinieren pflegten und sie überzeugt seien, daß jeder enge Freund das wissen müsse. Ich drängte Totman, die beiden diesbezüglich genauer zu befragen, und er stimmte mir dann in allen Punkten zu.

Drittens: Nichts bewies uns, daß der Inhalt der Flasche tatsächlich den Angaben auf dem Etikett entsprach; verständlicherweise zögerten alle Experten, den Wein für uns zu verkosten. Aus seinem Duft ließ sich nur schließen, daß es irgendein Tokajer sein mußte. Das machte alles natürlich noch schwieriger. Ich muß gestehen, daß wir weder vom Käufer des Weins noch vom Käufer des Gifts auch nur den Hauch eines Hinweises hatten.

Demnach ergab sich für uns folgendes Bild vom Mörder: Er hegte einen legitimen oder fiktiven Groll gegen Lord Hedingham und hatte keine Skrupel, auf drastischste Weise Rache zu nehmen. Er wußte, daß Sir William Kelso ein Freund Seiner Lordschaft war, ihn Tommy nannte und ihm vermutlich eine Flasche Wein zum Geburtstag schenken würde. Er wußte jedoch nicht, daß Sir William an diesem Abend bei der Familie dinieren würde; und zwar wußte er das auch bis um sechs Uhr abends nicht. Daher war kaum anzunehmen, daß sich der Mörder unter den Angestellten oder den Hausbewohnern befand. Schließlich hatte der Mörder Gelegenheit gehabt, einer von Sir Williams Visitenkarten habhaft zu werden.

Und tatsächlich gab es jemanden, auf den dieses Bild perfekt paßte. Es handelte sich um einen Burschen namens – warten Sie einen Moment – Merrivale, Medley – ach, ist auch egal. Merton, das war der Name. Merton. Er war ein halbes Jahr Kammerdiener Seiner Lordschaft gewesen, bis man ihn des Diebstahls verdächtigt und ihn ohne Zeugnis entlassen hatte. Also genau der Mann, den wir suchten. Zwei Wochen haben wir nach Merton gefahndet. Und dann, als wir ihn schließlich hatten, mußten wir feststellen, daß er das wasserdichteste Alibi hatte, das man sich vorstellen konnte. (Der Superintendent hob die Hand, und es kam mir in den Sinn, daß er als junger Verkehrspolizist mit derselben Geste den Verkehr gestoppt haben mußte.) Ja, ich weiß, was Sie jetzt sagen wollen, was ihr Krimiautoren immer sagt – je besser das Alibi, um so schlimmer. Gut, manchmal ist das so, zugegeben; aber nicht in diesem Fall. Denn Merton saß im Gefängnis, unter einem anderen Namen, aber schon seit zwei Monaten. Er wartete auf seinen Prozeß. Und wie lautete, glauben Sie, die Anklage? Ja, natürlich, Sie haben es erraten. Schließlich habe ich es praktisch schon gesagt. Man verdächtigte ihn, einen Mord begangen zu haben – und zwar einen Giftmord.

«Gütiger Himmel!» rief ich dazwischen. Ich nutzte die Gelegenheit, um das Glas meines Freundes nachzufüllen. Er sagte: «Richtig.» Und nahm einen großen Schluck.

Sie können sich vorstellen, was für ein Schock das für uns war (fuhr er fort). Eine gewisse Art von Mord war begangen worden; wir hatten unsere Schlüsse gezogen und waren darauf gekommen, daß es eine bestimmte Person gewesen sein mußte, ohne zu wissen, ob diese eines solchen Verbrechens überhaupt fähig war; und dann, nachdem diese Person auf den Punkt bewiesen hatte, daß sie dazu fähig war, hatten wir gleichzeitig den Beweis, daß sie's nicht getan hatte.

Ich habe zu Totman gesagt: «Machen wir ein paar Tage Urlaub. Jeder von uns denkt noch mal über alles nach. Dann werfen wir alles in einen Topf und fangen wieder ganz von vorn an.»

Totman fuhr sich über sein Bärtchen und lachte auf seine arrogante Art. «Sie glauben doch wohl nicht, daß ich zugebe, unrecht zu haben, wo ich doch gerade bewiesen habe, daß ich recht hatte?» (Totman sagte «ich», obwohl er alles von mir hatte!) «Merton ist unser Mann. Er hat die Flasche präpariert und ein anderer hat sie für ihn abgeliefert. Das ist es. Er mußte den Geburtstag abwarten, wissen Sie, und als er sich im Gefängnis wiederfand, hat er seine Frau oder einen anderen geschickt...»

«... um die Flasche, die netterweise das Etikett ‹Gift – erst Weihnachten abliefern› trug, zu überbringen?» Ich konnte mir diese Bemerkung nicht verkneifen. Ich war so wütend auf ihn.

«Seien Sie nicht dümmer, als Sie es sowieso schon sind!» brüllte Totman daraufhin. «Und werden Sie nicht unverschämt, sonst kommen Sie in Teufels Küche.»

Ich entschuldigte mich unterwürfig und sagte ihm, wie gern ich für ihn arbeitete. Er verzieh mir. Wir waren wieder Freunde. Er klopfte mir auf die Schulter.

«Nehmen Sie einen Tag frei», sagte er freundlich. «Sie sind überarbeitet. Fahren Sie mit dem Bus aufs Land und denken Sie sich eine gute Geschichte für mich aus. Die Geschichte dieser Flasche und wie sie von Mertons Wohnung in die Brook Street gekommen ist, wer sie dorthin brachte und warum. Ich gebe zu, ich weiß im Augenblick noch nicht, was dahintersteckt. Aber so war das mit der Flasche, darauf können Sie wetten. Ich fahre nach Leatherhead. Seien Sie Freitagmorgen wieder hier. Mal sehen, was wir dann haben. Zufällig ist das mein Geburtstag. Ich habe das Gefühl, das Glück ist mir hold.» In Leatherhead war eine alte Frau vergiftet worden. Und Totman hatte mir bereits zum dritten Mal in dieser Woche gesagt, wann er Geburtstag hatte.

Ich bin mit dem Bus nach Hampstead Heath gefahren. Ich bin zwanzigmal um den Teich dort herumgelaufen. Und jedesmal, wenn ich wieder eine Runde gedreht hatte, kam mir Totmans Theorie noch dümmer vor als zuvor. Und mit jedem Mal wurde das Gefühl stärker, daß wir uns zu einer völlig künstlichen Interpretation der Dinge hatten hinreißen lassen. Es klingt phantastisch, ich weiß, aber ich glaubte fast den Mörder in meinem Rücken zu spüren, wie er uns in die Richtung schubste, in die er uns haben wollte.

Ich setzte mich auf eine Bank, stopfte die Pfeife und sagte mir: «Richtig! Der Mörder ist jemand, der wollte, daß ich all das glaube, was ich dann auch geglaubt habe. Wenn ich mir eingeredet habe, daß der Mörder mich irreführen wollte, dann wollte er, daß ich denke, er wolle mich irreführen. Das bedeutet, daß die Wahrheit genauso war, wie sie zu sein schien. Also, mein Lieber, fängst du ganz von vorn an, nimmst die Dinge, wie sie sind, und hörst auf, so superschlau zu sein. Von jetzt an läßt du dir nichts mehr einreden.»

Und natürlich war das erste, was mir danach einfiel, daß der Mörder den *Butler* hatte umbringen wollen!

Es schien unglaublich, daß wir das übersehen haben konnten. Probierte nicht jeder Butler die Weine seines Herrn? Also konnte man mit Sicherheit davon ausgehen, daß Perkins das erste Opfer der Flasche eines besonderen Spitzenweines sein würde, die mit Gift versetzt war. Welcher Butler konnte schon widerstehen, sich ein Glas einzuschenken, während er einen hochwertigen Wein dekantierte?

Immer mit der Ruhe, sagte ich mir. Nichts überstürzen! Zwei Einschränkungen drängten sich auf: Erstens war Perkins vielleicht der eine von tausend Butlern, der den Wein nicht probierte. Zweitens, selbst wenn Perkins wie alle vom Wein seines Herrn kostete, hätte er sich an diesem Abend schlecht fühlen und sich ein Glas für später aufheben können. Wäre es daher nicht viel zu riskant für einen Mörder gewesen, der nur Perkins töten wollte und keinen Groll gegen Lord Hedinghams Familie hegte? Wie konnte er sicher sein, daß der Butler als erster trank?

Diese Probleme hielten mich eine Weile auf, aber nicht lange. Plötzlich erkannte ich die Lösung in ihrem ganzen Umfang.

Es war nicht riskant, wenn (a) der Mörder über die Gewohnheiten des Butlers Bescheid wußte; und wenn er (b) im Notfall die Familie im letzten Moment daran hindern konnte, den Wein zu trinken. Das hieß, wenn er ein intimer Freund der Familie und persönlich bei der Geburtstagsfeier anwesend war und, ohne sich selbst verdächtig zu machen, den Argwohn der anderen auf den Wein lenken konnte.

Anders ausgedrückt, nur wenn er Sir William Kelso persönlich war! Denn Sir William war der einzige, der sagen konnte: «Trinkt den Wein nicht. Angeblich soll ich ihn euch geschickt haben, aber das stimmt nicht. Da ist was faul dran.»

Warum hatten wir ihn nicht von Anfang an verdächtigt? Aber

natürlich weil wir angenommen hatten, daß das Opfer in der Hedingham-Familie zu suchen sei; und Sir Williams Zuneigung für Schwester, Schwager, Neffe und Nichten stand außer Zweifel. Aber hauptsächlich war unsere Annahme schuld gewesen, daß einem vergifteten Wein die eigene Visitenkarte hinzuzufügen das Dümmste sei, was ein Mörder tun könne. «Das *Dümmste*, was ein Mörder tun könne» – und deshalb das *Klügste*, was ein wirklich schlauer Mörder dann tun würde.

Um meine Theorie für mich zu ergänzen – denn ich hatte wenig Hoffnung, Totman vorerst überzeugen zu können –, mußte ich ein Motiv finden. Warum sollte Sir William Perkins umbringen wollen? Ich machte mir selbst das Vergnügen, an jenem Nachmittag mit Lord Hedinghams Haushälterin Tee zu trinken. Wir hatten einander bei anderen Gelegenheiten, während meiner häufigen Dienstbesuche im Haus, schöne Augen gemacht. Heute darf ich das ja sagen – ich hatte damals durchaus Erfolg bei Frauen. Als ich wieder ging, wußte ich zweierlei: Perkins war allgemein unbeliebt gewesen, sowohl unter den Angestellten als auch bei der Herrschaft. «War ein Wunder, daß sie sich das haben gefallen lassen. Und Lady Hedingham ist seit letzter Zeit ein anderer Mensch», hatte die Haushälterin gesagt.

«Wie anders?» fragte ich.

«Soviel jünger, wenn Sie wissen, was ich meine, Sergeant Mortimer. Fast wieder wie ein junges Mädchen!»

Ich wußte, was sie meinte. Das war die Lösung: Erpressung!

Was sollte ich tun? Welche Beweise hatte ich? Keine. Es waren alles nur Vermutungen. Wenn Kelso etwas Verdächtiges getan oder auch nur eine echte Spur hinterlassen hätte, hätte ich mit meiner Geschichte jede Jury überzeugen können. Aber wie es aussah, hatte Sir William in den Augen jedes Gerichts der Welt nur etwas völlig Unverdächtiges getan, hatte einen eindeutigen Beweis seiner Unschuld hinterlassen – seine Visitenkarte. Totman hätte mich nur ausgelacht.

Und der Gedanke, von Totman ausgelacht zu werden, gefiel mir überhaupt nicht. Ich fragte mich vielmehr, wie ich *ihn* der Lächerlichkeit preisgeben könnte. Ich fuhr mit dem Bus in die Baker Street und wanderte ziellos und gedankenverloren durch den Regent's Park. Als ich mich plötzlich gegenüber der Hanover Terrace wiederfand, wen sah ich da? Den jungen Roberts.

«Hallo, junger Mann, was machen Sie denn hier?»

«Hallo, Sarge.» Er grinste. «Hab meinen alten Schulkameraden besucht. Sir William Kelso – oder vielmehr seinen Kammerdiener. Tottie hatte die Idee, daß er Merton gekannt haben könnte. So von Kammerdiener zu Kammerdiener, wissen Sie.»

«Ist Inspektor Totman denn schon zurück?» fragte ich.

Roberts nahm Haltung an. «Nein, Sergeant Mortimer, Inspektor Totman wird nicht vor dem späten Abend aus Leatherhead, Surrey, zurückerwartet.»

Dem Jungen konnte man einfach nicht böse sein. Ich am allerwenigsten. Er hatte vor niemandem Respekt. Trotzdem war er ein prima Kerl. Und er hatte Augen im Kopf. Er sah alles und vergaß nichts.

«Ich wußte gar nicht, daß Sir William hier in der Gegend wohnt.»

Roberts deutete auf die andere Straßenseite. «Sehen Sie das prächtige Herrenhaus da drüben? Vor fünf Minuten hätten Sie mich dort im Kellergeschoß angetroffen. Habe mich mit einem Hausmädchen unterhalten. Sie hielt Merton allerdings für eine Stadt in Surrey. Was natürlich auch stimmt.»

Plötzlich kam mir eine verrückte Idee.

«Hm, wie wär's, wenn Sie noch mal da runter in den Dienstbotentrakt gehen?» schlug ich vor. «Ich habe vor, Sir William einen Besuch abzustatten. Da wär's nicht verkehrt, wenn Sie in Reichweite blieben. Meinen Sie, die lassen Sie wieder rein? Oder haben die die Nase voll von Ihnen?»

«Sergeant, die lieben mich! Die wollten mich vorhin gar nicht wieder weglassen.»

Im Yard gilt der Spruch «Einmal ein Mörder – immer ein Mörder». Vielleicht wollte ich Roberts deshalb in meiner Nähe haben. Ich hatte nämlich vor, Sir William Kelso auf den Kopf zuzusagen, was ich mir während meiner Wanderungen um den Teich bei Hampstead Heath überlegt hatte. Bisher war ich Hedinghams Schwager nur einmal begegnet, und er hatte den Eindruck eines Mannes auf mich gemacht, der zwar vor einem

Mord nicht zurückschrecken würde, aber ungern log. Ich nahm daher an, daß er sich irgendwie verraten würde ... und dann – nun, es war nicht auszuschließen, daß es zu Handgreiflichkeiten kommen könnte. Für diesen Fall brauchte ich Roberts.

Während Roberts und ich zum Portal gingen, suchte ich in meiner Brieftasche nach einer Visitenkarte. Zum Glück entdeckte ich noch eine, die letzte. Sehr sauber war sie allerdings nicht mehr. Sie hatte einen häßlichen Tintenfleck. Roberts, dem nie etwas entging, sagte: «Ich persönlich benutze immer Löschpapier.» Damit pfiff er weiter fröhlich vor sich hin. Ich kannte ihn ja mittlerweile und wußte, wie das gemeint war. «Was Sie nicht sagen», entgegnete ich und klingelte. Ich reichte dem Hausmädchen meine Visitenkarte und bat, mit Sir William sprechen zu dürfen. Roberts zwinkerte ihr zu und deutete auf die Hintertür. Sie nickte nur und bat mich herein. Roberts ging ins Kellergeschoß, um dort auf sie zu warten. Ich war beruhigt.

Sir William war ein hochgewachsener Mann, ebenso groß wie ich, wenn auch wesentlich älter. «Nun, Sergeant, was kann ich für Sie tun?» begrüßte er mich und drehte meine Karte zwischen den Fingern. Er schien mir freundlich gesonnen. «Setzen Sie sich doch, bitte.»

«Ich bleibe lieber stehen, Sir William. Ich habe nur eine Frage. Wenn ich darf, heißt das.» Ja, ich weiß, es war verrückt, aber irgendwie mußte ich es tun.

«Bitte. Jederzeit», antwortete er desinteressiert.

«Seit wann wußten Sie, daß Perkins Lady Hedingham erpreßte?»

Er stand vor seinem riesigen Schreibtisch, ich ihm gegenüber. Er hörte auf, mit meiner Karte zu spielen, verharrte vollkommen regungslos. Es herrschte eine so absolute Stille, daß ich diese mit jeder Faser meines Körpers zu spüren glaubte. Ich sah ihm unverwandt in die Augen, da können Sie sicher sein. So standen wir wer weiß wie lange.

«Ist das alles?» erkundigte er sich. Was mir angst machte, war, daß seine Stimme unverändert klang, ganz normal.

«Nun, nur noch eines. Haben Sie eine Schreibmaschine im Haus?» Wieder nur ein Indiz, das einen echten Beweis hätte erhärten können. Trotzdem sagte ihm das, daß ich es wußte.

Er seufzte tief, warf meine Karte in den Papierkorb und ging zum Fenster. Dort stand er mit dem Rücken zu mir und blickte hinaus, ohne etwas zu sehen. Er dachte nach. Er muß einige Minuten dort verharrt haben. Dann drehte er sich um, und zu meiner Verblüffung lächelte er freundlich. «Ich schätze, wir setzen uns lieber», schlug er vor. Das taten wir dann auch.

«Ich habe eine Schreibmaschine im Haus, die ich gelegentlich benutze», begann er. «Ich nehme an, Sie benutzen auch eine?»

«Ja, das tue ich.»

«Und das tun Tausende anderer Menschen – wie vielleicht auch der Mörder, den Sie suchen.»

«Tausende von Menschen, der Mörder eingeschlossen», stimmte ich zu.

Er merkte den Unterschied und lächelte. «Menschen» hatte ich gesagt, nicht «andere Menschen». Und ich hatte nicht wiederholt, daß ich nach dem Mörder suchte. Schließlich hatte ich ihn gefunden.

«Und dann», fuhr ich fort, «ist da noch der Wortlaut der getippten Nachricht.»

«War daran irgendwas bemerkenswert?»

«Nein. Bis auf die Tatsache, daß er für den Anlaß mehr als passend war.»

«Aber mein Lieber, jeder hätte den richtigen Ton getroffen. Ein ganz simpler Geburtstagsglückwunsch.»

«Jeder aus Ihrer Gesellschaftsschicht, Sir William, der Sie beide kannte. Mehr nicht. Morgen hat Inspektor Totman Geburtstag.» Wie er mir ständig einhämmert, fügte ich für mich hinzu. «Wenn ich ihm eine Flasche Whisky schicke, würde der junge Roberts – das ist der Polizist, der mit an diesem Fall arbeitet – Sie haben ihn vielleicht schon gesehen – er wartet unten im Kellergeschoß auf mich –» Ich fand es sehr geschickt, das unauffällig einzuflechten. «Also Roberts jedenfalls könnte vermutlich erraten, was ich schreiben würde. Wie jeder andere bei uns im Yard, der uns beide kennt. Und zwar aufs Wort genau. Aber *Sie* könnten es nicht, Sir William.»

Er sah mich an. Er konnte den Blick nicht von mir wenden. Ich fragte mich, was in ihm vorging. Schließlich sagte er: «Vermutlich würden Sie schreiben: ‹Ein langes Leben und die besten

Wünsche – ergebenst Ihr Sie bewundernder...› Na, wie tönt das?»

Das war geradezu teuflisch gut. Einmal, weil er darauf gekommen war, obwohl er so viele andere Sorgen hatte, und zweitens, weil er den Wortlaut so exakt erraten hatte. Besonders das Wort «bewundernder» bedeutete, daß er Totman durchschaut hatte, wie er mich durchschaute, und wußte, wie ich ihm um den Bart zu gehen pflegte.

«Wie Sie sehen», bemerkte er lächelnd, «ist es gar nicht so schwierig. Und die Tatsache, daß meine Visitenkarte benutzt wurde, ist an sich schon ein überzeugender Beweis meiner Unschuld, finden Sie nicht?»

«Für das Schwurgericht vielleicht», erwiderte ich. «Aber nicht für mich.»

«Ich wünschte, ich könnte *Sie* überzeugen», murmelte er zu sich selbst. «Nun, was wollen Sie unternehmen?»

«Ich werde selbstverständlich meine Rekonstruktion des Mordes morgen Inspektor Totman vorlegen.»

«Aha! Eine nette Geburtstagsüberraschung für ihn. Und da Sie Ihren Totman kennen, wie, glauben Sie, wird er reagieren?»

Das war der wunde Punkt und er wußte es.

«Ich glaube, Sie kennen ihn ebenfalls, Sir», erwiderte ich.

«Das tue ich.» Er lächelte.

«Und mich und alle anderen, denen Sie begegnen. Sie haben eine ungewöhnlich gute Menschenkenntnis. Aber selbst normale Menschen wie ich haben gelegentlich gewisse Eingebungen. So wie es mir mit Ihnen ergangen ist. Und ich habe das Gefühl, daß, falls wir Sie je in den Zeugenstand kriegen und Sie unter Eid stehen, Meineid Ihnen weitaus weniger gefallen wird als Mord. Oder jedenfalls das, was das Gesetz Mord nennt.»

«Aber Sie nicht?» fragte er schnell.

«Ich glaube, daß es eine Menge Menschen gibt, die den Tod verdient hätten», erwiderte ich. «Aber ich bin Polizist. Und Gedanken sind keine Beweise. Sie haben Perkins umgebracht, stimmt's?»

Er nickte. Und dann sagte er beinahe lächelnd: «Ein nervlich bedingter Tic meinen Kopf betreffend, wenn Sie mich vor Gericht bringen. Ich habe einen Spezialisten, der das beschwören wird.»

Mein Gott, er war wirklich ein großartiger Mann. Es tat mir aufrichtig leid, als sie ihn am darauffolgenden Tag fanden, nachdem er sich eine Kugel in den Kopf gejagt hatte. Aber es blieb ihm keine andere Wahl. Er wußte, ich würde ihn kriegen.

Ich war wütend auf Fred Mortimer. Das war keine Art, eine Geschichte zu beenden. Abrupt und so, als habe er die Lust daran verloren. Das sagte ich ihm.

«Mein lieber Freund», seufzte er. «Das ist nicht das Ende. Der aufregende Teil kommt erst. Da stehen Ihnen gleich die Haare zu Berge.»

«Oh!» sagte ich voller Sarkasmus. «Dann ist wohl das, was Sie mir bisher erzählt haben, nur die Einleitung gewesen?»

«Richtig. Und jetzt hören Sie gut zu. Am Freitag morgen, bevor wir von Sir Williams Tod erfuhren, wollte ich Inspektor Totman Meldung machen. Er war nicht da. Niemand wußte, wo er steckte. Sie haben in seiner Wohnung angerufen. Nun halten Sie sich fest. Als der Pförtner endlich die Tür aufgebrochen hatte, fand er Totmans Leiche. Man hatte ihn vergiftet.»

«Großer Gott!» entfuhr es mir.

«Richtig. Da lag er nun, und auf dem Tisch stand eine frisch geöffnete Flasche Whisky, und neben der Flasche lag eine Visitenkarte. Und wessen Karte war das? Was glauben Sie? *Meine!* Und was stand drauf? ‹Ein langes Leben und die besten Wünsche – ergebenst Ihr Sie bewundernder . . .› und darunter: *mein Name!* Zufällig hatte ich den jungen Roberts bei mir. Und zu meinem Glück hatte er diese hervorragende Beobachtungsgabe und das blendende Erinnerungsvermögen. Zu meinem Glück konnte er schwören, daß genau dieser Tintenfleck auf meiner Karte gewesen war. Und ich könnte hinzufügen, zu meinem Glück glaubten sie mir, als ich ihnen Wort für Wort wiederholte, was bei meinem Besuch bei Sir William gesprochen worden war, genauso, wie ich es Ihnen jetzt erzählt habe. Ich bekam natürlich einen Rüffel, weil ich meine Befugnisse überschritten hatte, womit sie ja recht hatten. Aber das war nur die offizielle

Seite. Inoffiziell waren sie sehr zufrieden mit mir. Wir konnten natürlich nichts beweisen und man ließ Sir Williams Selbstmord unkommentiert. Aber einen Monat später wurde ich zum Inspektor befördert.»

Mortimer starrte auf sein Glas und trank, während ich mir diese ungewöhnliche Geschichte durch den Kopf gehen ließ.

«Man nahm vermutlich an», sagte ich und putzte nachdenklich meine Brille, «daß Sir William den vergifteten Whisky geschickt hatte; und zwar weniger um Totman loszuwerden, von dem er kaum etwas zu befürchten hatte, als vielmehr um Sie in Mißkredit zu bringen, indem er den Verdacht auf Sie lenkte und damit Ihre Theorie über den Mörder als unsinnig entlarvte.»

«Genau.»

«Und dann, im letzten Moment, muß ihm klargeworden sein, daß er so nicht weitermachen konnte. Die Last seiner Verbrechen erschien ihm doch wohl zu erdrückend.»

«So ungefähr. Niemand erfuhr je etwas Genaueres.»

Eine seltsame Erregung erfaßte mich.

«Erinnern Sie sich, was er zu Ihnen gesagt hat?» wollte ich wissen und zitierte betont langsam: ‹Die Tatsache, daß meine Visitenkarte benutzt wurde, ist der überzeugendste Beweis meiner Unschuld ...› Und Sie haben geantwortet: ‹Nicht für mich.› Und daraufhin hat er gesagt: ‹Ich wünschte, ich könnte *Sie* überzeugen.› *Und so hat er es gemacht!* Die Tatsache, daß Ihre Karte benutzt wurde, *war* der überzeugende Beweis für Ihre Unschuld!»

«Unter anderem. Der Beweis, daß er im Besitz dieser speziellen Karte von mir war, die benutzt wurde, und die Gewißheit, daß er den anderen Mord begangen hatte. Einmal ein Giftmörder, immer ein Giftmörder.»

«Stimmt ... ja ... Vielen Dank für die Story, Fred. Und trotzdem», murmelte ich kopfschüttelnd, «beweist sie überhaupt nicht, was Sie damit beweisen wollten.»

«Und was war das?»

«Daß die einfachste Erklärung im allgemeinen auch die richtige ist. In Perkins' Fall, ja. Aber nicht im Fall Totman.»

«Tut mir leid, dem kann ich nicht folgen.»

«Mein lieber Freund», begann ich und hob den Zeigefinger,

um meine Ausführung zu unterstreichen, denn er schien plötzlich vom vielen Wein etwas verwirrt. «Die *einfachste* Erklärung bei Totmans Tod wäre doch sicher gewesen, daß *Sie* ihm die Flasche Whisky geschickt haben.»

Superintendent Mortimer sah mich ein wenig überrascht an. «Aber das habe ich ja», sagte er.

Jetzt begreifen Sie meine schrecklich mißliche Lage. Ich konnte kaum zuhören, als er wie in Trance fortfuhr: «Ich habe Totman nie gemocht, und er stand mir im Weg. Aber ich hatte nie ernsthaft daran gedacht, ihn aus dem Weg zu räumen, bis ich diese Karte wieder in meinen Händen hatte. Wie ich Ihnen erzählt habe, warf Sir William sie in den Papierkorb und wandte sich zum Fenster, und ich dachte: Verdammt, *Sie* können es sich vielleicht leisten, mit Visitenkarten rumzuwerfen, aber ich nicht. Es ist die letzte, die ich habe, und wenn Sie sie nicht wollen, ich will sie! Also bückte ich mich, wie um meinen Schuh zu binden, und griff dabei in den Papierkorb hinter mir, weil das natürlich ziemlich peinlich war und ich dabei nicht beobachtet werden wollte. Und gerade als ich sie in meine Tasche steckte, sah ich wieder den Tintenfleck, und mir fiel ein, daß Roberts ihn gesehen hatte. Und mit einem Mal kam mir ein Plan; simpel und idiotensicher. Und von diesem Augenblick an geschah alles, was ich zu Sir William gesagt habe, in Vorbereitung auf meinen Plan. Natürlich waren wir vollkommen allein, aber man konnte nie wissen, wer horchte; außerdem –» Er drehte das Weinglas in seiner Hand – «vielleicht bin ich wie Sir William und sage lieber die Wahrheit als zu lügen. Und es war die Wahrheit – alles – wie Sir William von Totmans Geburtstag erfuhr und wußte, daß dies die exakten Worte waren, die ich gebraucht hätte.

Nicht, daß ich Sir William etwas unterschieben wollte, das er nicht getan hatte. Ich mochte ihn. Aber er hat mir praktisch gesagt, daß er nicht warten wolle auf das, was ihm bevorstand, und er hatte immerhin schon einen Mord begangen. Deshalb bin ich noch am Abend heimlich mit der Flasche los und habe sie vor Totmans Wohnungstür gestellt. Habe nicht gewagt, bis zum Morgen zu warten, für den Fall, daß Sir William noch in derselben Nacht Schluß machen würde.» Er stand auf und reckte sich. «Ah, das ist lange her. Auf Wiedersehen, alter Junge, ich muß gehen. Danke für das großartige Abendessen. Vergessen Sie nicht, daß Sie nächsten Dienstag bei *mir* sind. Ich habe einen neuen Burgunder für Sie. Er wird Ihnen schmecken.»

Er trank sein Glas aus, ging schwankend hinaus und überließ mich meinen Gedanken.

Bei einer Flasche Absinth

W. C. Morrow

Arthur Kimberlin, ein junger Mann von edlem Charakter, fand sich eines regnerischen Abends als völlig Fremder in San Francisco in einer verzweifelten Lage wieder. Sein Hunger hatte jene beißende und brennende Qualität angenommen, die physischen Schmerz auf die Spitze treibt, ohne die mentalen Funktionen zu beeinträchtigen. Es war ihm von seinen Habseligkeiten nichts geblieben, das er hätte für etwas Eßbares versetzen können; ja, er besaß sogar an Kleidung nur noch das, was das Schamgefühl unbedingt nötig machte. Folglich setzte ihm auch die Kälte zu und verbündete sich mit dem Hunger gegen ihn, um sein Elend vollkommen zu machen. Als Gentleman geboren und erzogen, fehlte ihm der Mut zum Betteln und das Geschick zum Stehlen. Wäre ihm nicht etwas Außergewöhnliches widerfahren, er hätte sich in den folgenden vierundzwanzig Stunden in der Bucht ertränkt oder wäre auf der Straße an Lungenentzündung gestorben. Er hatte seit siebzig Stunden nichts gegessen, und seine mentale Verzweiflung hatte ihn weit getrieben im Wettlauf mit seinen physischen Bedürfnissen, alle innere Kraft aufzuzehren; so kam es, daß er bleich, schwach und taumelnd allen erdenklichen Trost aus den köstlichen Gerüchen schöpfte, die aus Küchenschächten der Restaurants in der Market Street dampften, und er mühte sich mehr, diese Düfte aufzufangen, als sich gegen den Regen zu schützen. Seine Zähne klapperten; seine Schritte waren schleppend, er ließ die Schultern hängen, und sein Atem ging keuchend. Er war zu verzweifelt, um sein Schicksal zu verfluchen – er kannte nur noch die Sehnsucht nach etwas Eßbarem. Er konnte keinen vernünftigen Gedanken fassen, vermochte sich nicht vorzustellen, daß zehntausend Hände ihn liebend gern verköstigt hätten; all sein Denken kreiste nur um seinen Hunger; um den Hunger, der ihn verzehrte, und um das Essen, das Wärme und Glück verhieß.

Als er in die Mason Street kam, sah er ein kleines Stück weiter an dieser lebhaften Straße ein Restaurant. Darauf hielt er zu, indem er die Straße diagonal überquerte. Vor einem Fenster blieb er stehen und stierte auf Steaks, dick und von Fett marmoriert; auf riesige Austern auf Eiswürfeln; auf Schinkenscheiben so groß wie sein Hut; auf ganze gegrillte Hähnchen, braun und saftig. Er knirschte mit den Zähnen, stöhnte und stolperte weiter.

Wenige Schritte weiter befand sich eine Kneipe mit einer seitlichen Tür mit der Aufschrift «Privat». In der Türnische – die Tür war geschlossen – stand ein Mann. Trotz seiner Qualen entdeckte Kimberlin etwas im Gesicht des Mannes, das ihn zugleich abschreckte und faszinierte. Es war Nacht geworden, und die Gegend spärlich beleuchtet; dennoch war der Ausdruck des Fremden erkennbar, wenn dieser selbst sich dessen auch nicht bewußt zu sein schien. Vielleicht war es der stumme Schmerz darin, der bis zu Kimberlins Mitgefühl vordrang. Der junge Mann blieb unsicher stehen und starrte den Fremden an. Zuerst blieb er unbemerkt. Der Fremde hielt den Blick weiter mit ungewöhnlicher Starrheit geradeaus auf die Straße gerichtet, und die Leichenblässe seiner Haut ließ diesen Blick noch unheimlicher erscheinen. Dann wurde er des jungen Mannes gewahr.

«Ah», sagte er gedehnt und mit seltsamer Artikuliertheit. «Der Regen hat dich auch ohne Mantel und Schirm erwischt! Stell dich in den Eingang – ist Platz für zwei.»

Die Stimme klang nicht unfreundlich, auch wenn sie erschreckende Schärfe besaß. Es waren die ersten Worte, die ein menschliches Wesen an den Gepeinigten gerichtet hatte, seit der Hunger ihn in seinen Fängen hatte, und allein die Tatsache, daß jemand mit ihm sprach und sich auch nur im geringsten um sein Wohlbefinden sorgte, munterte ihn auf. Er trat in die Nische und stellte sich neben den Fremden, der augenblicklich wieder in seine stumpfe Betrachtung der gegenüberliegenden Straßenseite versank. Kurz darauf bewegte sich der Fremde erneut.

«Kann noch lange regnen», sagte er. «Mir ist kalt, und ich sehe, daß du zitterst. Gehen wir rein und trinken wir einen.»

Er öffnete die Tür, und Kimberlin folgte ihm hoffnungsvoll. Der bleiche Fremde ging voraus und betrat eines der Séparées, mit denen die Kneipe ausgestattet war. Bevor er sich setzte, steckte er die Hand in die Tasche und zog eine Rolle Banknoten heraus.

«Du bist jünger als ich», sagte er. «Geh du an die Theke und hol eine Flasche Absinth. Und bring eine Karaffe Wasser und zwei Gläser. Ich mag's nicht, wenn die Bedienung vorbeikommt. Hier sind zwanzig Dollar.»

Kimberlin nahm den Geldschein und ging den Korridor entlang zur Theke. Die Banknote hielt er krampfhaft umklammert; sie fühlte sich warm und tröstlich an und schickte ein herrlich elektrisierendes Gefühl durch seinen Arm. Wie viele köstliche warme Mahlzeiten konnte ihm dieser Schein verschaffen? Er umfaßte ihn fester und zögerte. Er glaubte ein gebratenes Steak mit dicken, kleinen Champignons und geschmolzener Butter zu riechen. Er blieb stehen und warf einen Blick zurück zum Séparée. Der Fremde hatte die Tür geschlossen. Er könnte also daran vorbeigehen, sich aus der Kneipe schleichen und etwas zu essen kaufen. Kimberlin drehte sich um, machte ein paar Schritte, dann durchkreuzte der Feigling in ihm (es gibt viele Namen dafür) seinen Entschluß; also ging er geradewegs an die Theke und gab die Bestellung auf. Diese war so ungewöhnlich, daß ihn der Mann, der ihn bediente, prüfend musterte.

«Sie woll'n doch wohl nich' alles trinken, was?» fragte er.

«Freunde warten im Séparée», erwiderte Kimberlin. «Wir wollen unter uns bleiben. Sind in Nummer sieben.»

«'tschuldigung. Dann ist ja alles in Ordnung», sagte der Mann.

Kimberlins Schritte waren kräftiger und fester, als er mit der Flasche zurückkehrte. Er öffnete die Tür des Séparées. Der Fremde saß am Tisch und starrte auf die gegenüberliegende Wand, wie er über die Straße gestarrt hatte. Er hatte einen breitrandigen Schlapphut auf, den er tief in die Stirn gezogen hatte. Erst als Kimberlin Flasche, Wasserkaraffe und Gläser auf den Tisch gestellt und sich dem Fremden gegenüber in dessen Blickfeld gesetzt hatte, bemerkte ihn der bleiche Mann.

«Oh! Du hast es gebracht? Wie nett von dir. Jetzt bitte schließ die Tür ab.»

Kimberlin hatte das Wechselgeld in die Tasche gesteckt und wollte es hervorholen, als der Fremde sagte:

«Behalte das Wechselgeld nur. Du brauchst es, denn ich hole es mir auf eine Art zurück, die dich interessieren wird. Trinken wir erst, und dann erkläre ich dir's.»

Der bleiche Mann goß Absinth und Wasser in die Gläser. Die beiden tranken. Der unerfahrene Kimberlin kannte diese Sorte Alkohol nicht und empfand ihn als scharf und beißend; kaum jedoch spürte er die Flüssigkeit im Magen, verbreitete sie eine angenehme Wärme, und wohlige Glückseligkeit erfüllte ihn.

«Das tut uns gut», sagte der Fremde, «und bald gibt's mehr. Inzwischen – kannst du würfeln?»

Kimberlin gestand lahm, daß das nicht der Fall sei.

«Dachte ich mir. Dann geh bitte an die Theke und hol Würfel. Würde ja nach der Bedienung klingeln, aber ich will niemand hier haben.»

Kimberlin holte Würfel, verschloß erneut die Tür, und das Spiel begann. Sie spielten keines der einfachen, altbewährten Würfelspiele, sondern nach komplizierten Regeln, bei denen das eigene Urteilsvermögen sowie Glück eine Rolle spielten. Nachdem sie ein oder zwei Partien ohne Einsatz gespielt hatten, sagte der Fremde:

«Du hast es scheinbar kapiert. Jetzt zeige ich dir, was Sache ist. Jeder setzt pro Spiel einen Dollar. Dabei hole ich mir die Summe zurück, die du als Wechselgeld gekriegt hast. Sonst hätte ich das Gefühl, dich zu bestehlen. Und ich schätze, du kannst es dir nicht leisten, zu verlieren. Ich will dich nicht beleidigen. Sage immer, was ich denke. Bin für Offenheit vor Höflichkeit. Was ich will, ist ein bißchen Ablenkung. Du bist ein netter Kerl und hast sicher nichts dagegen.»

«Im Gegenteil», erwiderte Kimberlin. «Ist mir ein Vergnügen.»

«Gut. Aber vor dem ersten Spiel trinken wir noch einen. Habe das Gefühl, mir wird kälter.»

Sie tranken erneut. Diesmal ließ der ausgehungerte junge Mann den Alkohol genießerisch durch die Kehle rinnen. Wenigstens hatte er damit etwas im Magen, das ihn wärmte und Wohlgefühl verbreitete.

Der Einsatz betrug für jeden Spieler einen Dollar. Kimberlin gewann. Der bleiche Fremde lächelte grimmig und eröffnete die zweite Partie. Wieder gewann Kimberlin. Der Fremde schob den Hut in den Nacken und richtete seinen starren Blick auf den Gegner, noch immer lächelnd. Der vollständige Anblick des leichenblassen Gesichts des Fremden entsetzte Kimberlin mehr denn je. Er hatte allmählich wieder Selbstvertrauen und eine gewisse Ruhe gewonnen, sein Staunen über das seltsame Abenteuer hatte sich etwas gelegt. Doch diese Wendung verwirrte ihn erneut. Es war dieser höchst ungewöhnliche Gesichtsausdruck des Fremden, der ihn ängstigte. Niemals zuvor hatte er eine derart totengleiche Blässe in einem menschlichen Gesicht gesehen. Das Blut in den Adern gefror ihm. Die Haut des Fremden war nicht nur blaß. Sie war kalkweiß. Der Absinth hatte Kimberlins Wahrnehmungsvermögen geschärft. Nachdem er den Fremden mehrere Male dabei ertappt hatte, wie dieser geistesabwesend versuchte, sich über einen nicht vorhandenen Bart zu streichen, kam ihm der Gedanke, daß die ungewöhnliche Weiße der Haut daher rühren könnte, daß er noch bis vor kurzem einen Vollbart getragen hatte. Abgesehen von der Blässe kennzeichneten tiefe, harte Linien das Gesicht des Fremden, die das künstliche Licht besonders deutlich machte. Mit Ausnahme der starren Augen und dem gelegentlichen humorlosen Lächeln, die in diesem Gesicht fremd erschienen, wirkte der Ausdruck wie grob in Stein gehauen. Seine Augen waren schwarz und tiefgründig; die Unterlippe schimmerte scharlachrot; die Hände waren schön geformt, weiß und schmal, von ausgeprägten, dunklen Adern durchzogen. Der Fremde zog den Hut wieder in die Stirn.

«Du hast Glück», sagte er. «Schätze, wir trinken noch einen. Geht doch nichts über Absinth. Schärft die Sinne. Unsere Partie wird verdammt interessant werden. Das spüre ich.»

Nach dem nächsten Glas Absinth ging das Spiel weiter. Kimberlin gewann von Anfang an, gab kaum eine Runde ab. Seine Erregung stieg; seine Augen glänzten; Farbe kam in seine Wangen. Das Bündel Banknoten, das der Fremde zuerst hervorgezogen hatte, war verbraucht. Er förderte ein zweites, dickeres mit höheren Scheinen zutage. Das Bündel hatte einen Wert von mehreren tausend Dollar. Neben Kimberlins rechter Hand lag sein Gewinn – an die zweihundert Dollar. Der Einsatz wurde erhöht, und das Spiel ging schnell weiter. Man trank wieder ein Glas Absinth. Plötzlich wendete sich das Blatt, und das Glück war auf der Seite des Fremden. Er gewann mit leichter Hand. Dann war das Glück erneut Kimberlin hold, der nun mit dem ganzen Urteilsvermögen und Geschick, das er mobilisieren konnte, spielte. Nur ein einziges Mal stellte er sich flüchtig die Frage, was er, sollte er gewinnen, wohl alles mit dem Geld tun würde. Sein Ehrgefühl jedoch sagte ihm, daß das Geld dem Fremden gehörte.

Bis zu diesem Zeitpunkt hatte der Absinth Kimberlins Sinne so geschärft, daß, da die vorübergehende Stillung seines Hungers abgeklungen war, die körperlichen Qualen mit nie dagewesener Heftigkeit zurückkehrten. Konnte er sich mit seinem Gewinn nicht eine Suppe bestellen? Nein; das war unmöglich. Und der Fremde sagte nichts vom Essen. Kimberlin spielte weiter, während der Hunger ihn mit der Schärfe von Messerstichen durchzuckte, unter denen er sich wand und mit den Zähnen knirschte. Der Fremde nahm von alledem keine Notiz, war vollkommen ins Spiel vertieft. Er wirkte verwirrt und unruhig. Er spielte mit großer Sorgfalt, studierte jeden Wurf minutenlang. Mittlerweile war jede Unterhaltung zwischen ihnen verstummt. Gelegentlich tranken sie Absinth, die Würfel klackerten, die Scheine türmten sich weiterhin neben Kimberlins Ellbogen auf.

Der leichenblasse Fremde begann, sich seltsam zu benehmen. Manchmal zuckte er zusammen und warf den Kopf zurück, als höre er etwas. Dann wurden seine Augen einen Moment lang klar und glänzten, bevor sich sein Blick erneut verschleierte. Mehr als einmal beobachtete Kimberlin, der mittlerweile in seinem Gegner eine Art Ungeheuer vermutete, wie ein schrecklich geisterhafter Ausdruck über das Gesicht des Fremden huschte und seine Züge für kurze Zeit in einer grimassenhaften Maske erstarrten. Trotzdem war nicht zu übersehen, daß er sich mehr und mehr einem Zustand der Apathie näherte. Gelegentlich hob er die Augen zu Kimberlin, wenn der junge Mann einen erstaunlich glücklichen Wurf gelandet hatte, und fixierte ihn mit einer Stetigkeit, die diesen erzittern ließ.

Der Fremde zückte ein weiteres Notenbündel, nachdem das zweite verbraucht war. Diesmal lag sein Wert ein Mehrfaches über dem der beiden anderen zusammen. Der Einsatz wurde auf tausend Dollar pro Spiel erhöht, und Kimberlin gewann noch immer. Schließlich kam der Zeitpunkt, da sich der Fremde zu einem letzten Versuch rüstete. Schleppend, aber sehr ruhig und deutlich sagte er:

«Du hast vierundsiebzigtausend Dollar gewonnen. Das ist exakt der Betrag, der mir geblieben ist. Wir haben mehrere Stunden gespielt. Ich bin müde, und ich schätze, für dich gilt dasselbe. Beenden wir das Spiel. Jeder setzt jetzt alles, was er hat. Lassen wir die Würfel ein letztes Mal sprechen.»

Kimberlin stimmte ohne Zögern zu. Die Scheine auf dem Tisch hatten sich zu einem beachtlichen Stapel gehäuft. Kimberlin würfelte, und es gab nur noch eine Kombination, die ihn schlagen konnte; eine Kombination, die nur einmal unter zehntausend Würfen gelang. Das Herz des Verhungernden pochte heftig, als der Fremde mit entnervender Bedächtigkeit nach dem Würfelbecher griff. Es dauerte lange, bis er seinen Wurf ausführte. Er machte die Kombination und beendete das Spiel: Er hatte seinen Gegner geschlagen. Der Fremde saß lange da und starrte auf die Würfel. Dann lehnte er sich langsam auf dem Stuhl zurück, rückte sich bequem zurecht, hob den Blick zu Kimberlin und fixierte ihn mit jenem Blick, der nicht von dieser Welt war. Er sagte kein Wort; sein Gesicht zeigte keine Spur von Emotion oder Intelligenz. Er schaute nur. Man kann die Augen kaum länger offen halten, ohne zu blinzeln. Genau das jedoch tat der Fremde. Seine Bewegungslosigkeit begann Kimberlin zur Qual zu werden.

«Ich gehe jetzt», sagte er zu dem Fremden – sagte es, obwohl er doch keinen Cent hatte und am Verhungern war.

Der Fremde erwiderte weder etwas, noch wandte er den Blick. Und unter diesem Blick rutschte der junge Mann völlig verängstigt auf seinem Stuhl zurück. Plötzlich hörte er, daß sich im Nachbarséparée zwei Männer leise unterhielten. Angesichts der Totenstille seiner Nische lauschte er unwillkürlich und hörte dies:

«Stimmt. Man hat ihn gesehen, wie er ungefähr vor drei Stunden in diese Straße eingebogen ist.»

«Und er hatte sich rasiert?»

«Muß er doch. Und wenn man sich einen solchen Vollbart abnimmt, dann verändert das das Aussehen natürlich gewaltig.»

«Dann ist er es vielleicht doch nicht gewesen.»

«Schon möglich. Aber die ungewöhnliche Blässe ist aufgefallen. Du weißt, daß er in letzter Zeit was mit dem Herzen hatte. Und das macht ihm schwer zu schaffen.»

«Trotzdem hat er nichts von seinem legendären Draufgängertum eingebüßt. Einen Bankräuber wie ihn gibt es nicht noch mal. Hundertachtundvierzigtausend Dollar – kaum zu fassen! Wie lange ist es her, daß er aus Joliet raus ist?»

«Acht Jahre. In der Zeit hat er sich einen Bart wachsen lassen und vom Würfelspiel mit Männern gelebt, die glaubten, zu merken, wenn er sie betrog. Das war ein Irrtum. Kein irdisches Wesen kann gegen ihn gewinnen. Aber hier ist er offenbar nicht. Suchen wir weiter!»

Die beiden Männer prosteten sich zu und gingen.

Die Würfelspieler – der Bleiche und der Verhungernde – saßen sich gegenüber, starrten sich über einen Haufen von hundertachtundvierzigtausend Dollar hinweg an. Der Gewinner machte keine Anstalten, das Geld an sich zu nehmen; er saß lediglich da und stierte Kimberlin an. Die Unterhaltung im Nachbarséparée hatte ihn offenbar völlig unberührt gelassen. Seine Unbeteiligtheit war erstaunlich, seine absolute Bewegungslosigkeit geradezu furchterregend.

Kimberlin befiel Schüttelfrost. Der kalte, stete Blick des Fremden ging ihm durch Mark und Bein. Als er den unverwandten Blick nicht mehr ertrug, rutschte Kimberlin zur Seite und stellte verblüfft fest, daß die Augen des bleichen Mannes, statt seiner

Bewegung zu folgen, auf die Stelle an der Wand fixiert blieben, vor der er gesessen hatte. Grauen erfaßte den jungen Mann. Er hatte Angst davor, auch nur das geringste Geräusch zu machen. Von der Theke her drangen Männerstimmen zu ihm herüber, und in all seinen Qualen bildete er sich plötzlich ein, im Gang vor dem Séparée Flüstern und schleichende Schritte zu hören. Er schenkte sich etwas Absinth ein, ohne seinen seltsamen Kumpan aus den Augen zu lassen, und trank allein und von dem Fremden unbemerkt. Er nahm einen kräftigen Schluck und die Wirkung war erstaunlich: Er spürte, wie sein Herz beängstigend laut und rasend zu klopfen begann, und er rang nach Luft. Diesmal blieb ihm das Hungergefühl erhalten, das zusammen mit dem Absinth bei ihm den Eindruck erweckte, von den eigenen Magensäften innerlich aufgezehrt zu werden. Er beugte sich über den Tisch und flüsterte dem Fremden etwas zu, aber der beachtete ihn gar nicht. Eine Hand des Mannes lag auf dem Tisch; Kimberlin berührte sie zögernd und zuckte voller Entsetzen zurück – die Hand war eiskalt.

Das Geld konnte unmöglich für jeden sichtbar liegenbleiben. Kimberlin stapelte es zu ordentlichen Bündeln, während er immer wieder flüchtig zu seinem regungslosen Kumpan hinübersah – *in Todesangst, daß dieser sich bewege!* Dann lehnte er sich zurück und wartete. Ein geradezu selbstmörderischer Zwang veranlaßte ihn, auf seinen ursprünglichen Platz und in das Blickfeld des Fremden zurückzurutschen. So saßen sich die beiden gegenüber und starrten sich an.

Kimberlin fühlte, wie seine Atemzüge mühsamer und seine Herzschläge schwächer wurden. Trotzdem empfand er diesen Zustand als tröstlich, denn er milderte Ängste und Schmerzen des Hungers. Wohlbefinden breitete sich in ihm aus, und er gähnte. Hätte er es zugelassen, er wäre vermutlich eingeschlafen.

Plötzlich blendete ein greller Lichtblitz seine Augen, und er sprang unwillkürlich auf. Hatte er einen Schlag auf den Kopf bekommen, oder hatte ihm jemand ein Messer ins Herz gerammt? Nein, er war unversehrt und lebendig. Der bleiche Fremde saß noch immer da und starrte bewegungslos ins Leere. Kimberlin hatte jede Angst vor ihm verloren. Im Gegenteil, eine erstaunliche Heiterkeit des Gemüts und Beweglichkeit der Glieder verliehen ihm Kraft und Wagemut. Seine Sorgen und Ängste waren verflogen, und er fühlte sich jedem Abenteuer gewachsen. Ohne Zögern sammelte er die Geldscheine ein und stopfte sie in seine sämtlichen Taschen.

«Bin ich ein Idiot?» sagte er sich. «Ich verhungere doch nicht mit all dem schönen Geld, das vor meiner Nase daliegt.»

Vorsichtig wie ein Dieb schloß er die Tür auf, stahl sich aus dem Séparée, machte die Tür hinter sich zu und trat kühn und erhobenen Hauptes auf die Straße hinaus. Zu seinem Erstaunen herrschte draußen dichter Feierabendverkehr. Der Himmel jedoch war klar. Er merkte, daß er längst nicht so lange in der Kneipe gesessen haben konnte, wie er angenommen hatte. Er ging, ohne sich irgendwelche Sorgen zu machen, die Straße entlang und lachte vergnügt in sich hinein. Na, würde er jetzt nicht essen? Ja, natürlich! Er war in der Lage, sich mindestens ein Dutzend Restaurants zu kaufen! Und nicht nur das! Er würde die ganze Stadt in sämtliche Himmelsrichtungen nach hungrigen Menschen absuchen und sie mit den fettesten Steaks, den saftigsten Braten und den dicksten Austern füttern, die in der Stadt zu haben waren. Er allerdings mußte zuerst essen. Danach wollte er eine große Organisation gründen, die andere hungrige Sterbliche unentgeltlich verköstigte. Ja, er wollte zuerst essen; wenn es ihm paßte, würde er essen, bis er platzte. Wo konnte er an einem einzigen Ort genug bekommen, um seinem Hunger gerecht zu werden? Lebte er überhaupt noch lange genug, um diesen Hunger zu stillen? Lebte er lange genug, um sich zum Abendessen einen Ochsen schlachten und am Spieß braten zu lassen? Abgesehen von dem Ochsen hatte er vor, noch zwei Dutzend gegrillte Hähnchen, fünfzig Dutzend Austern, ein Dutzend Krebse, zehn Dutzend Eier, zehn Schinken, acht Spanferkel, zwanzig Wildenten, fünfzehn diverse Fische und acht Salate zu verzehren und vier Dutzend Flaschen Bordeaux, Burgunder und Champagner zu trinken. Zum Nachtisch faßte er acht Plumpuddings, Nüsse, Eis und Pralinen ins Auge. Die Zubereitung eines solchen Mahls würde Zeit in Anspruch nehmen. Lebte er noch lange genug, um das zu erleben, dann war dies unendlich viel großartiger, als sich den Appetit mit einem oder zwei Dutzend Mahlzeiten der herkömmlichen Sorte zu verderben. Er glaubte es zu schaffen – so lange leben zu können, denn er fühlte sich erstaunlich stark und heiter. Nie zuvor in seinem Leben hatte er eine derartige Elastizität in den Beinen verspürt. Seine Füße berührten kaum den Boden. Er lief und sprang. Es tat ihm gut, seinen Hunger auszureizen, denn das erhöhte den Genuß des Festmahles. Ah, und wie sie auf ihn starren würden, wenn er seine Bestellung aufgab, und wie komisch sie sein würden, wenn sie zögerten, und wie erstaunt sie sein würden, wenn er ein paar tausend Dollar auf die Theke werfen und sie auffordern würde, sich zu bedienen und das Wechselgeld zu behalten! Wirklich, es lohnte sich, erst so zu hungern wie er, denn dann wurde «essen» zu einem unaussprechlichen Luxus. Und man durfte nicht zu hastig essen, wenn man so hungrig war – das war scheußlich. Wieviel Lebensfreude entging reichen Leuten, die aßen, bevor sie hungrig waren – bevor sie drei Tage und Nächte ohne Mahlzeiten verbracht hatten! Und welche Männlichkeit und Selbstdisziplin bewies dieses Spiel mit dem Verhungern, wenn man ein ungeheures Vermögen in der Tasche hatte und einem jedes Restaurant offenstand! Hungrig und ohne Geld zu sein – das war die absolute Katastrophe. Aber mit vollen Taschen zu hungern – das war ein unglaubliches Hochgefühl! Das einzige, wahre Paradies war dort, wo man vor reich gedeckten Tischen hungerte, an denen man sich jederzeit bedienen konnte, und schließlich mit vollem Magen einschlief.

Der arme, verhungernde Kerl, der sich all das ausmalte, entsagte noch immer dem Essen. Er fühlte, wie er körperlich wuchs. Die Menschen, denen er begegnete, wurden zu Zwergen. Die Straßen weiteten sich, die Sterne wurden zu Sonnen und blendeten das elektrische Licht aus. Die köstlichsten Gerüche und süßeste Musik erfüllten die Luft. Singend, lachend und jubilierend fiel Kimberlin in einen großen Chor ein, der über die Stadt fegte, und dann –

Die beiden Kriminalbeamten, die dem berühmten Bankräuber bis in jene Kneipe in der Mason Street gefolgt waren, in der

Kimberlin dem leichenblassen Fremden begegnet war, kehrten dorthin zurück, nachdem sich jede andere Spur verloren hatte. Sie fanden die Tür zum Séparée 7 verschlossen. Nachdem alles Klopfen und Rufen vergeblich gewesen war, brachen sie die Tür auf. Dahinter erblickten sie zwei Männer – der eine mittleren Alters, der andere noch sehr jung –, die sich unbewegt, den Blick unnatürlich starr über den Tisch gerichtet, gegenübersaßen. Zwischen ihnen lag, zu ordentlichen Bündeln gestapelt, eine Unmenge Geld. Daneben standen eine leere Flasche Absinth, eine Karaffe Wasser, Gläser und ein Würfelbecher. Die Würfel lagen vor dem älteren Mann, der als letzter gespielt hatte. Einer der Detektive richtete den Revolver auf ihn.

«Hände hoch!»

Doch der Würfelspieler nahm keine Notiz von ihm. Die Detektive wechselten einen bestürzten Blick. Sie betrachteten die Gesichter der beiden Männer genauer, und dann stellten sie fest, daß beide tot waren.

Auf die Witwe

Christianna Brand

Es fiel Dr. Leo Theobald zu – der sich selbst als Psychiater bezeichnete, was allerdings kein ehrenwertes Mitglied dieses Berufsstandes wagen würde –, einer jungen Frau dadurch zu helfen, den Kopf aus der Schlinge zu ziehen, daß er vor Gericht bezeugte, als sie ihren Mann tötete, sei sie von einer Art Zwang beherrscht worden, so zu handeln. Von diesem Moment an belagerten Frauen sein Wartezimmer, die ihm sämtliche Variationen ähnlicher Zwangsvorstellungen gestanden. Dr. Theobald dokumentierte die Sitzungen auf zwei getrennten Tonbandkassetten, die er humorig (für den Eigengebrauch) als *Seine* und *Ihre* bezeichnete, und erlebte von da an eine sprunghafte Steigerung seines Einkommens.

So kam es nicht ohne weiteres überraschend, daß er eines Montagmorgens die Geständnisse von nicht weniger als zwei hübschen Damen zu hören bekam, die sich zu dem zwingenden Wunsch bekannten, ihren jeweiligen Ehemann umzubringen.

Die zweite dieser beiden Damen nahm er außerordentlich ernst. Ihr Mann war *er*.

Viele seiner Patienten stellten sich diskreterweise unter Namen wie Brown, Smith oder Jones vor. Besagte Damen waren keine Ausnahme. «Zehn Uhr dreißig – eine Mrs. Brown», verkündete seine Sekretärin mit einem Anflug von Belustigung. Der Name der Sekretärin war tatsächlich Jones. «Eigentlich ist es eine Mrs. Ponsardine. Penelope. Gutsituierte Witwe. Steht kurz vor der Wiederverehelichung mit einem Herrn namens Lord Briggs. Er hat massenweise Geld.»

«Geld!» wiederholte Dr. Theobald, für den dies das bei weitem schönste Wort in seinem Sprachrepertoire war.

Mrs. (Ponsardine) Brown – Penelope – erwies sich als eine

sorgfältig zurechtgemachte und guterhaltene Lady. Er lud sie zuvorkommend ein, sich auf der Couch im Behandlungszimmer auszustrecken. «Entspannen Sie sich! Entspa-an-nen! Versinken Sie in Halbschlaf – träumen Sie. Ihre Hände sind wie Gummi», suggerierte Dr. Theobald. «Sie verschmelzen ineinander. Sie spüren Ihren Körper, Ihre Beine nicht mehr. Sie fühlen Ihre Füße nicht mehr . . .»

Wunderbar, dachte Penelope, die ernsthaft versuchte, in einen Halbschlaf zu sinken. Ihre neuen Schuhe taten mörderisch weh.

Dr. Theobald schaltete seine beiden Tonbandgeräte ein – aus dem einen, für jedermann sichtbaren, würde er später jene Kassette herausnehmen, die die Patientin mit nach Hause bekam, womit er dokumentierte, daß alles vollkommen sicher und einwandfrei war. Dann knipste er das Licht aus. «Ich nehme jetzt am Kopfende der Couch Platz und lasse lediglich die kleine Leselampe brennen, damit ich meine Notizen machen kann. Sie können mich dabei nicht sehen. Das hat den Zweck, daß Sie mich vergessen und sich lediglich auf Ihre Gedanken konzentrieren, die Sie laut aussprechen.»

Er setzte sich wie angekündigt auf seinen Platz und vertiefte sich im schwachen Schein der kleinen Lampe umgehend in das Kreuzworträtsel für «Eilige» der Tageszeitung. Die Tonbänder reichten für vierzig Minuten. Und das genügte ihm häufig, das Rätsel vollständig zu lösen. Das Geschwafel der Durchschnittspatienten ödete ihn unbeschreiblich an. Alles Interessante würde die unbezahlbare Mrs. Jones, seine Sekretärin, von dem sogenannten geheimen Band herausfiltern, sobald der Patient oder die Patientin gegangen war. Dr. Theobald interessierte es dabei nicht, wie sehr das wiederum Mrs. Jones anöden mochte.

«Sprechen Sie einfach Ihre Gedanken laut aus, gnä' Frau. Versinken Sie, verse-en-k-en Sie sich . . .»

Mrs. (Ponsardine) Brown – Penelope – gehorchte schläfrig. Sie habe, begann sie, diesen unwiderstehlichen Drang, ihren Mann umzubringen.

Dr. Theobald riß sich von seinem Kreuzworträtsel los. Nach kurzem Nachdenken sagte er: «Aber Ihr Mann ist tot.»

«Ich weiß», erwiderte Penelope. «Das ist ja das Schreckliche.»

«Aber ... weshalb sollten Sie ihn dann umbringen wollen?»

«Natürlich, um für die Ehe mit Lord Briggs frei zu sein», erwiderte Penelope vernünftig.

«Aber Sie heiraten Lord Briggs doch sowieso.» (Du meine Güte, da winkte ein fetter Brocken!) «Sie müssen zugeben, das ist verwirrend. Erzählen Sie mir alles.»

Schläfrig, schläfrig, begann Penelope zu erzählen.

Eine knappe Stunde später, nachdem die Dame nach Luft schnappend zu sich gekommen war und wissen wollte, wo sie eigentlich sei, verließ sie schließlich die Praxis, ihre hochbrisante Kassette fest in der Hand. Dr. Theobald schloß *Seine* in den Safe und legte neue Tonbänder ein. Mrs. Jones schob die nächste Patientin herein. «Mrs. Smith», verkündete Mrs. Jones, ohne eine Miene zu verziehen.

«Renée.»

Dr. Theobald empfing seine Ehefrau kommentarlos. Syndrome dieser Art waren keineswegs unbekannt in einem Metier, wo eben alles möglich war, wenn man nur an den richtigen Psychiater geriet. Diesmal allerdings mühte er sich erst gar nicht mit dem Kreuzworträtsel ab, nachdem die Patientin hinreichend ruhiggestellt worden war, sondern forderte sie lediglich auf, ihre Gedanken laut auszusprechen.

«Sie schlafen jetzt», gurrte Dr. Theobald, ganz Ohr am Kopfende der Couch. «Sie sind ganz schlä-ä-ä-frig ...»

Mrs. (Theobald) Smith – Renée – sprach ihre Gedanken laut aus. «Ich habe offenbar diesen unwiderstehlichen Drang, meinen Mann umzubringen.»

«So», entfuhr es dem Arzt trocken. Dabei beschlich ihn das Gefühl, daß dieser Tag noch für einige Überraschungen gut war. «Aber weshalb?» fragte er schließlich.

«Er ist so ein häßlicher kleiner Mann», erwiderte eine mit jeder Minute schläfrigere Renée. «Ziemlich feist um die Taille, müssen Sie wissen, mit Glatze. Und seine Nase ist mit kleinen schwarzen Punkten gesprenkelt, als hätten zahllose Härchen die Haut durchstochen und dann resigniert aufgegeben.»

«Vielleicht rasiert er sie ja», sagte Dr. Theobald, denn genau das war es, was er machte.

«Mein Mann ist der einzige Mensch, der sich die Nase rasieren muß», behauptete Renée. «Außerdem hat er Augen wie Froschlaich.»

«Für sein Äußeres kann er wohl kaum etwas», bemerkte der Arzt gereizt. Noch, so gab er zu bedenken, sei das kaum ein ausreichendes Motiv für einen Mord.

«Oh, aber es kommt ja noch schlimmer», behauptete Renée. «Er ist ekelhaft. So ungeschlacht. In alles kippt er Eiswürfel – sogar in einen Dessertlikör. Und er ist gemein, wenn's um Geld geht – was zufälligerweise mein Geld ist. Außerdem kalt wie ein Fisch und gleichgültig . . .»

Dr. Theobald machte der Sitzung ein vorzeitiges Ende und offerierte ihr keine Tonbandkassette zum Mitnehmen. Er hielt es jedoch für klug, zum frühestmöglichen Termin eine weitere Sitzung anzuberaumen.

«Aber ja doch», sagte seine Patientin selig. «Dann kann ich Ihnen alles über meinen wundervollen neuen Liebhaber erzählen.»

Nachdem die Patientin gegangen war, um *sein* Mittagessen zuzubereiten – die Praxis lag in seinem Privathaus, hatte jedoch einen separaten Eingang –, rief er seine Sekretärin zu sich. Er war tief erschüttert und bedurfte dringend des Trosts. «Leg dich auf die Couch», sagte Theobald und kletterte neben sie. So gefühlskalt und gleichgültig wie behauptet war er nun auch wieder nicht.

Die Couch war für zwei kaum ausreichend oder angenehm, doch im Lauf der Jahre hatte er dieses Problem als durchaus überwindbar empfunden. Jetzt allerdings entpuppte sich auch Mrs. Jones als wenig einladend und angenehm. «Muriel, ich bitte dich! Sonst hast du nie Zicken gemacht.»

«Aber Leo! Inzwischen bin ich eine verheiratete Frau. So kann es nicht weitergehen.»

«Dein Trottel von einem Mann interessiert sich doch nur für Bücher und all dieses kultivierte Zeug. Wie konntest du ihn bloß heiraten? Räucherlachs und Jahrgangsweine! Pah! Setz ihm Dosenfutter und irgendeinen Fusel vor, und er merkt's nicht mal. Wetten? Ich jedenfalls schmecke keinen Unterschied.»

«Das ist mir hinlänglich bekannt», erwiderte Muriel. «Deshalb habe ich ja auch *ihn* geheiratet!»

«Wenn Renée nicht wäre, ich hätte dich vom Fleck weg geheiratet, das weißt du, Mu! Ich meine, immerhin ist Renée diejenige, die das Geld hat. Ich bin verrückt nach dir. Bin es immer gewesen.» Als Mu Anstalten machte, in ihr Vorzimmer zurückzukehren, begann er zu betteln. «Dann eben morgen abend, ja?»

«Nein, Leo. Ich bleibe zu Hause.»

«Aber dienstags geht er doch in seinen Pflanzenfresser-Club.»

«Mit Pflanzen hat das nichts zu tun», belehrte Muriel ihn. «Wie oft soll ich dir das noch sagen? Beim Herbivoren-Club handelt es sich um ein Wortspiel. Die Mitglieder treffen sich, um die Werke eines Autors namens Herbert Voren zu diskutieren, für den sie sich begeistern. Herby Voren, verstehst du? Aber du kapierst das natürlich nicht.»

«Was ich verstehen würde, wäre eine Nacht mit dir auf der Matratze. Morgen abend, Mu – bitte!»

«Nicht morgen ... nirgendwann mehr», wehrte Muriel ab. «Damit ist es vorbei. Meinem Mann würde das nicht gefallen.»

Allein gelassen, legte sich Dr. Theobald auf die Couch und gab sich dem unwiderstehlichen Drang hin, Mus Ehemann zu ermorden.

Mit Mrs. Ponsardines vielversprechenden Sitzungen ging es zügig voran. Mrs. Ponsardine hatte den Namen «Brown» fallen lassen und war schlicht Penelope, die zukünftige Frau des reichen Lord Briggs, geworden. Zumindest war das ihre Zukunftsperspektive, solange Dr. Theobald sehr, sehr verschwiegen angesichts der Enthüllungen in seinem Behandlungszimmer blieb. Denn, so hatte er ihr erklärt, sie litt aufgrund eines früheren Fehltritts eindeutig an einem Schuldkomplex, und nur ein rückhaltloses Geständnis konnte sie von den Fesseln des Unterbewußtseins befreien. In der Folge erleichterte Penelope daher in fortgeschrittenem Trancezustand vollständig ihr Gewissen.

Der verstorbene Ponsardine war als Chemiker in der Arzneimittelforschung tätig gewesen und hatte – verhältnismäßig spät in seiner Karriere, denn brachte das nicht nur Ärger mit sich? – eine Mixtur entwickelt, die, in Verbindung mit Alkohol eingenommen, den sofortigen, schmerzlosen Tod zur Folge hatte. Und sie, von ihrer Leidenschaft für Lord Briggs an den Rand des Wahnsinns getrieben, hatte dem arglosen Chemiker eine ausreichende Dosis in einer Tasse Suppe verabreicht, der ein gepflegter Brandy gefolgt war. Da keiner außer ihm selbst von dieser Entdeckung etwas wußte und die Symptome allen möglichen Gebrechen zugeschrieben werden konnten, war auf sie kein Verdacht gefallen.

Dr. Theobalds Honorarrechnungen stiegen unvermittelt an, und er riet ihr dringend, ihm den Rest der gefährlichen Mixtur zu übergeben. Für den Fall, behauptete er, daß ihr Unterbewußtsein ihr einen Streich gespielt haben sollte, wolle er besagte Flüssigkeit an einem geeigneten Tier erproben; anschließend könne sie die Reste persönlich in seinem Safe wegschließen.

Eine sehr kleine, um nicht zu sagen winzige Dosis – so daß reichlich übrig blieb – verschaffte dem sehr alten, und zufälligerweise auch sehr ungeliebten, Hund des Nachbarn einen glücklichen und friedvollen Tod. Er rebellierte zwar gegen einen kräftigen Schuß geruchlosen Wodkas in seiner Schale mit Milch, protestierte jedoch in keiner Weise gegen «Elixier-X», wie der Doktor die Mixtur – treffender als er ahnte – getauft hatte.

«Es scheint vollkommen geschmacklos zu sein», sagte er und roch an der kleinen Flasche, die er in der Hand hielt, allerdings sorgfältig in ein Taschentuch gewickelt. (Das Fläschchen freizügig mit seinen Fingerabdrücken zu bedecken, war kaum Teil des Planes, der beim Doktor allmählich Form anzunehmen begann.) «Und geruchlos.»

«Deshalb hielt mein Everard die Mixtur auch für so gefährlich. Und da er keinen anderen Zweck darin sah, als Menschen zu töten», erklärte seine Witwe, und die Stimme versagte ihr beinahe, «bestimmte er, daß niemand je etwas davon erfahren solle.»

«Und hat sich damit als Wohltäter der Menschheit erwiesen», bemerkte Dr. Theobald ehrfurchtsvoll – wobei er jedoch kaum auf die Sorge des verblichenen Everard um die Nachwelt anspielte.

Also setzte sich Penelope, verpackte das kleine Fläschchen, das sie sorglos handhabte, und sah zu, wie es im privaten Safe des Doktors verstaut wurde. Selbst wenn es ihr merkwürdig erschien, daß Dr. Theobald, nachdem er um Echtheit und Wirkung der Flüssigkeit wußte, das Zeug nicht umgehend vernichtete, sagte sie nichts. Angesichts der unmittelbar bevorstehenden Einheirat in den Hochadel war ihre Situation höchst prekär. Sie bezahlte ergeben ein weiteres astronomisch hohes Honorar und ging hinaus ins Vorzimmer. Danach erschien Mu erneut, diesmal mit Renée. «Mrs. Smith», verkündete Muriel und schob die Patientin ins Behandlungszimmer.

Renée – obwohl gerade aus demselben Haus gekommen – trug Hut, Mantel, Handschuhe und Handtasche. Sie hatte ein Buch dabei, das sie zusammen mit den Handschuhen auf einer Schreibtischecke deponierte, bevor sie sich auf der Couch ausstreckte und jegliches Gefühl für ihre Hände und Füße verlor und sich ins Unterbewußtsein und ihr Lieblingsthema vertiefte: ihren ungeliebten Ehemann und den so wundersam kontrastierenden Geliebten. Dr. Theobald hatte für ersteres Sujet nur taube Ohren, fühlte sich jedoch von letzterem in wachsendem Maße gefesselt. Die beiden hatten offenbar ein kleines Liebesnest, und einmal pro Woche verbrachten sie dort gemeinsam den Abend. Mehr Treffen waren nicht möglich, denn er war, man höre und staune, ein verheirateter Mann, und sie war ja unbestrittenermaßen eine verheiratete Frau. «Aber mein Mann ...»

«Lassen wir *den*», fiel der Arzt ihr ins Wort, der keinen Gusto auf weitere aufgezeichnete Enthüllungen seiner eigenen Unzulänglichkeiten verspürte. «Sie haben nie den Namen des Mannes erwähnt.»

«Ich nenne ihn Tybalt – Romeo und Julia, Sie wissen ...»

«Was haben die denn damit zu tun?» fragte der Doktor, der in Sachen Literatur nicht sehr bewandert war.

«Nun, ich meine Mercutios Tybalt, wissen Sie. ‹Der gute König der Katzen.›»

«Tibbles? So nennen alte Frauen ihre Miezekatzen.»

«Er ist meine Miezekatze», erklärte Renée liebevoll. «Ich werde ihn auch Tibbles nennen.»

«Und wie heißt Tibbles mit Nachnamen?»

«Hm, Smith», sagte Mrs. Smith. Sie führte aus, daß Smith nicht ihr wirklicher Name sei. Genausowenig wie der des Geliebten, wenn sie ehrlich sein solle. Es handle sich lediglich um eine beiderseitige Abmachung. Sie hätte Lyon oder einen ähnlich eleganten und passenderen Namen vorgezogen, aber nein, er habe auf Smith beharrt, weil sein echter Name schlicht Jones lautete, und Smith sei die naheliegende «schlichte» Alternative. Also nannten sie sich einfach Mr. und Mrs. Smith.

Ich wünschte nur, du wärst es wirklich, dachte Dr. Theobald. Aber der Lichtschimmer, der sich seit kurzem am Horizont seines Unterbewußtseins abzeichnete, wurde heller und heller. «Gut. Dann erzählen Sie mir von Ihrem Tibbles.»

Mrs. Smith gehorchte nur allzu bereitwillig. Wie sein Name schon auf Katzen deutete, schien er, was Geschmeidigkeit und Stärke betraf, geradezu ein Löwe zu sein. (Mrs. Smith tauchte an dieser Stelle gerade lange genug aus ihrem halbhypnotischen Schlafzustand auf, um aus einem geöffneten Auge einen ziemlich besorgten Blick auf Dr. Theobalds teilweise im Dunkeln liegenden Stuhl zu riskieren, als wolle sie sich vergewissern, diesmal nicht zu weit gegangen zu sein. Dann entspannte sie sich wieder.) Und so unglaublich gutaussehend! Heller und doch männlicher Teint. Dichtes, lockiges Haar – die griechische Nase ... und erst sein Intellekt! «Er löst täglich das Kreuzworträtsel – aber nicht das leichte für Eilige, auf das sich einige Leute immer stürzen, sondern das in der ‹Times›!» Und dann sein Sinn für die schönen Künste! Aber vor allem sei Tibbles ein Freund der Literatur – der Literatur und der Malerei. «Die Impressionisten! Er nennt mich seinen kleinen Renoir. Nicht einfach Renée, sondern Renoir, seinen kostbaren Renoir ...»

«Sie nennen ihn Tibbles und er nennt Sie Renuar?» sagte Dr. Theobald. Ein hübsches Paar, dachte er – Tibbles und Renuar.

«Renoir – der Maler, wissen Sie. Eines von diesen jungen Mädchen mit den leicht geöffneten Lippen, die so reizend lächeln, halb unschuldig, halb kokett, und so unergründlich ...»

Dr. Theobald hatte tatsächlich in letzter Zeit bei seiner Ehefrau die Neigung bemerkt, ihn mit hängender Unterlippe anzusehen, was sie seines Erachtens, wenn überhaupt eine Veränderung festzustellen war, noch etwas dämlicher aussehen ließ als sonst. «Also einmal pro Woche treffen Sie und Tibbles sich zu diesen kulturell hochstehenden Abenden?»

«Nun, ich weiß, es ist nicht nett von mir, aber Dienstag abend ist mein Mann nie zu Hause ...»

«Dienstags?» fiel Dr. Theobald ihr ins Wort, und was ihm zu dämmern begonnen hatte, traf ihn plötzlich wie ein Blitz. Dienstags hatten seine Schäferstündchen mit Mu stattgefunden – während ihr Mann seine geliebten Clubtreffen hatte, bei denen er über die unsterblichen Werke dieses Autors diskutierte, auf den die Mitglieder so scharf waren. Der Herbivoren-Club!

Einer plötzlichen Eingebung folgend, stand er auf und ging lautlos an der Schreibtischecke vorbei, wo das Buch lag, das seine Frau mitgebracht hatte. Da seine Augen an das Halbdunkel gewöhnt waren, konnte er, wenn auch mühsam, den Titel entziffern: «Das Paar der Glückseligkeit». Tja, das schien zu passen. Der Autor war ... tatsächlich ... ein gewisser ... Herbert Voren.

Wie viele Abende, fragte er sich mit eiskalter Berechnung, hatte Mus Ehemann – der sich schlicht Smith nannte, während sein richtiger Name schlicht Jones lautete – sich gezwungen gesehen, die Zusammenkünfte seiner Kumpels vom Herbivoren-Club zu versäumen?

Dr. Theobald schlich zu seinem Platz zurück. Und in der schwachen Aura des Lichts, unverkennbar das «Renuar-Lächeln» auf den Lippen, plapperte seine Angetraute munter weiter: «... und so köstliche kleine Abendessen. Ich koche natürlich selbst. Eine wunderbare Abwechslung, für jemand sorgen zu dürfen, der alles zu schätzen weiß, was über Büchsensuppen und haschierten, in Dad's Relish ertränkten Hammel hinausgeht ...»

«Was spricht gegen Dad's Relish?» fragte Dr. Theobald, dessen Lieblingssoße dies – welch seltsamer Zufall! – war. Aber Renée plauderte weiter, ohne darauf einzugehen: «... und dazu einen erstklassigen Champagner. Nur eine halbe Flasche, denn ich trinke ja nicht, wissen Sie. Und nach dem Essen ein Glas vom besten Kognak, den man mit Geld kaufen kann ...»

«Mit wessen Geld?» erkundigte sich Dr. Theobald besorgt.

«Also eigentlich mit meinem Geld», erwiderte Renée automatisch trotzig. «Tybalt – Tibbles – ist zwar dagegen. Er gehört eben zu dieser Art von Männern, müssen Sie wissen. Er ist ein echter Gentleman und schrecklich großzügig, was Geld betrifft. Aber ich bestehe darauf, die Gastgeberin zu spielen, koste es, was es wolle.»

Dr. Theobald wurde klar, daß Tibbles die Bühne dieser Genußsucht noch schneller würde verlassen müssen, als bisher vage ins Auge gefaßt; und zwar aus Gründen, die mit Mu allein nichts zu tun hatten. Er hakte dort ein, wo sich ihm ein vielversprechender Angriffspunkt zu bieten schien. «Und nach dem Essen ...?»

«Dann sagen wir uns gute Nacht und gehen nach Hause», sagte Renuar plötzlich überraschend düster.

«Was? Kein Liebesspiel?» Dr. Theobald tauchte fünf Minuten lang in den reichlich tiefen Teich trüber Psychoanalyse. «Keine sexuellen Aktivitäten?» Der Psychiater in ihm rebellierte dagegen, einen derart uncharakteristischen kleinen Fisch aus dem Teich der Analyse gezogen zu haben.

«Aber er ist doch ein verheirateter Mann! Und ich fürchte, seine Frau ist ziemlich ... anstrengend. Schön ist das nicht für mich», sagte Renée untröstlich. «Finden Sie nicht auch?»

Schön war das auch für Dr. Theobald nicht. Seine Mu! Aber die Sache wurde immer vielversprechender. «Sie meinen ... sagen wir, er ist ausgelaugt?» Das klang alles andere als löwenartig und männlich, aber dieses Bild existierte wohl hauptsächlich im Kopf der verliebten Renée. Dr. Theobald, der Mus Mr. Jones flüchtig vorgestellt worden war, hatte ihn eher hochnäsig als hochdynamisch in Erinnerung. «Oder jedenfalls – zu müde!» Er senkte verschwörerisch die Stimme. «Sie haben wohl nie vom Elixier-X gehört, verehrte Dame?»

«Elixier-X?»

«So nenne ich es. Um Peinlichkeiten vorzubeugen. So viele meiner weiblichen Patienten ... Diese Problemchen sind nicht selten. Ich pflege ihnen zu sagen: ‹Was Ihr Herr und Gebieter braucht, meine Liebe, ist ein Tropfen des guten alten Elixier-X. Geben Sie eine Dosis heute abend in sein Glas›, rate ich. ‹Und dann einen doppelten Kognak nach dem Abendessen und ... ab geht die Post!›» Er bewahre einen kleinen Vorrat der Essenz bei sich auf. Sei angenehmer für die Damen. Wer wolle schon so ein delikates Mittel öffentlich in der Apotheke erwerben? «Sie sollen gleich ein Fläschchen von mir bekommen und nächsten Dienstag – Donnerwetter, das ist ja schon morgen! – schütten Sie das ganze Zeug in Tibbles' Champagner; es ist völlig geschmacklos. Danach soll er seinen köstlichen, kostbaren Brandy kriegen», sagte Dr. Theobald zähneknirschend. «Ohne ein bißchen Alkohol wirkt das Zeug nicht.»

«Meinen Sie nicht, daß er sich dadurch erniedrigt fühlen könnte?»

«Selbstverständlich darf er kein Wort davon erfahren!» brauste der Ehemann auf. Ihm drohte schwarz vor Augen zu werden. «Ein so stolzer Mann wie er! Eine Löwennatur! Natürlich sagen Sie nichts. Keiner Seele sagen Sie was.» Er ließ sich eine ganze Weile über diesen speziellen Punkt aus. «Kippen Sie es in sein Glas, aber heimlich! Nach Champagner und Brandy werden Sie plötzlich feststellen ... Sie werden platt sein, meine Liebe!» Platt war beinahe auch er, nachdem sie ihm diesen Schreck eingejagt hatte! Wie war sie bloß auf die Idee gekommen, dem verdammten Kerl auch noch von dem Elixier zu erzählen, das sie ihm verabreichen sollte? Er riß sie fast von der Couch, erlaubte ihr, das kleine Päckchen aus dem Safe zu holen, und ertrug stoisch ihre beinahe gefühlsduselige Dankbarkeit. Auf Beinen, die sich vermutlich noch nicht vollständig von ihrem gummihaften Zustand während der Sitzung erholt hatten, taumelte sie aus der Tür und in Richtung Patienteneingang.

Dr. Theobald ging schleppenden Schrittes zur Tür, die in den Privattrakt seines Hauses führte, und betrat das Eßzimmer. Es verlangte ihn dringend nach einem doppelten Whisky.

Die Karaffe war leer. Während er den Schrank nach einer frischen Flasche zum Nachfüllen durchstöberte, entdeckte er in der hintersten Reihe halb verdeckt eine halbe Flasche Champagner der Marke «Vöw Klicott», wie er mühsam entzifferte.

Irgendein französischer Blödsinn. Er hatte die vage Ahnung, daß «Vöw» Witwe bedeutete und der Champagner gemeinhin so genannt wurde – von denjenigen, die beweisen wollten, daß nur das Beste für sie gut genug sei. Tja, tja ... übermorgen sollte das sehr hübsch auf seine Mu zutreffen. Und dann war ganz klar, daß Renée die Dosis verabreicht hatte! Eine kleine Vorfeier schien angebracht. Sein Lieblingsessen stand heute abend auf dem Speiseplan – Ochsenschwanzsuppe, Hackbraten mit Erbsen und anschließend ein paar Schachteln Pralinen. Mit dem Schampus ließ sich das alles gut runterspülen. Er schenkte sich großzügig Whisky ein und lehnte sich in Vorfreude auf seine Abendmahlzeit im Sessel zurück.

Seine Sekretärin, nachdem sie Renuar in das Behandlungszimmer geschoben hatte, war an ihren Schreibtisch zurückgekehrt, wo Penelope Ponsardine auf sie wartete. «Ihr nächster Termin?» Während sie das Datum notierte, sagte sie, ohne vom Kalender aufzusehen: «Sie regeln das Honorar persönlich mit dem Doktor, Mrs. Ponsardine? In bar?»

«Ist mir lieber so», sagte Mrs. Ponsardine vorsichtig.

«Ich muß feststellen, daß das offenbar bei vielen Patienten der Fall ist», bemerkte Mrs. Jones. «Nach den ersten Sitzungen mit Dr. Theobald. Ihm ist es auch lieber – viel lieber sogar. Wie ich von den Damen höre», fügte sie beiläufig hinzu, «steigen die Honorare.»

«Kann man wohl sagen!» Ohne Mrs. Jones Gelegenheit zu einer Reaktion zu geben, fügte Penelope hinzu: «Sie haben heute abend nicht zufällig Zeit, mit mir zu Abend zu essen, Mrs. Jones? Auf einen kleinen Plausch?»

«Könnte durchaus sein», sagte Dr. Theobalds Sekretärin. «Und aus gutem Grund.»

Sie trafen sich in einem Restaurant Mrs. Ponsardines Wahl. «Haben Sie mir einen hübschen, ruhigen Tisch reserviert, Henri? Und eine Flasche des Alleinseligmachenden?»

«Kaviar steht auf dem Tisch, Madame Ponsardine, und der Champagner kommt sofort. *Bien frais!*» erwiderte Henri und warf eine Kußhand in die Luft, eine Geste, die in seiner Heimatstadt Blackpool kaum üblich sein dürfte. «Aber zum Kaviar zuerst zwei Gläschen Wodka . . .»

Mrs. Jones, die sich in die angenehm abgeschiedene Nische setzte, beobachtete beglückt die Ankunft des Eiskübels, den von goldenem Stanniolpapier umhüllten Flaschenkopf, den langen Hals à la Modigliani und den leicht geschwungenen Bauch aus grünschimmerndem Glas. «Sie sind Feinschmeckerin?»

«Die Veuve Cliquot war eine Ahnfrau von mir.» Sie hob ihr Glas. «Auf die Witwe.»

Mrs. Jones erhob ebenfalls ihr Glas. «Darf ich als eine Frau, die unmittelbar vom Witwenstand bedroht ist, auf Ihre Befreiung von demselben trinken, Mrs. Ponsardine?»

«Wie meinen Sie das . . . bedroht? Aber bitte nennen Sie mich Penelope, Mrs. Jones.»

«Dann müssen Sie aber Muriel zu mir sagen, Penelope.»

«Nicht Mu?» fragte Penelope spitz. Erklärend fügte sie hinzu: «Er verhaspelt sich gelegentlich und verrät sich.»

«Ja, also . . . Ich hatte ihn mal recht gern, wissen Sie. Wir waren beide sehr viel jünger. Aber jetzt bin ich verheiratet und versuche, die Sache zu beenden. Kein leichtes Unterfangen.»

«Erpressung?»

«Seit etlichen Jahren. Wenn mein Mann auch nur ahnte! – Leo könnte mir sehr schaden. Aber das wissen Sie, Penelope. Deshalb sind wir ja hier.»

«Ich war völlig von der Rolle. Ich habe längst vergangene . . . Übeltaten ausgeplaudert. Kam mir fast wie eine Beichte vor. Und er kann einen ganz schön benommen machen – oder konnte es zumindest, solange man sich noch sicher fühlte und ihm vertraute. Er hat alles auf Band aufgezeichnet. Aber deshalb habe ich mir keine Sorgen gemacht. Er hatte mir schließlich die Kassette mitgegeben. Ich konnte ja nicht wissen, was mir inzwischen klar geworden ist: nämlich, daß er ein Duplikat in seinem Safe zurückbehielt.»

«Und er konnte nicht wissen, daß ich ebenfalls ein Duplikat habe», sagte seine Sekretärin. «Vom Safeschlüssel, versteht sich.»

Penelope wurde leichenblaß. «Oh, mein Gott – Sie haben also die Bänder abgespielt?»

«Bis zum letzten. Er macht so angenehm ausgedehnte Mittagspausen, das gierige alte Schwein. Die langweiligen Bänder läßt er mich sowieso abhören, aber auf die Dauer habe ich mich damit nicht abspeisen lassen ...»

«Wenn er George ... Lord Briggs je erzählt ...! Wenn er zur Polizei ginge! Ich meine ... ich weiß, es sieht so aus, als sei ich sehr, sehr gemein gewesen, Muriel ...»

«Das geht nur Sie und den verstorbenen Ponsardine etwas an», behauptete Muriel. «Der Rest ist einfach: Dr. Theobald hat Ihr schwärzestes Geheimnis entdeckt. Sie haben Ihren Mann umgebracht.»

«Oh, Muriel ...»

«Lassen Sie sich keine grauen Haare wachsen», beruhigte Muriel sie. «Ich habe nämlich *sein* großes Geheimnis entdeckt. Er hat bereits sämtliche Vorbereitungen getroffen, meinen Mann umzubringen.»

Sauber, unkompliziert, sicher, das war es. «Von Ihnen bekommt er das Fläschchen, Penelope. Wie sollen wir das Zeug nennen? Den Fluch der Witwe? Er probiert es an diesem bedauernswerten Hund aus ... Typisch! Allerdings war er wirklich ein schrecklicher alter Köter und der Tod vermutlich eine Erlösung ...»

«Eine durchaus passende Beschreibung für meinen verblichenen Mann, Muriel. Glauben Sie mir.»

«... und anschließend sorgt er dafür, daß niemand je beweisen kann, daß er mit dem Gift herumhantiert hat. Und wenn er erst jemanden damit umgebracht hat, kann er sicher sein, daß Sie schweigen, stimmt's? Schließlich sind Ihre Fingerabdrücke auf dem Fläschchen, und all die brisanten Tonbänder liegen sicher in seinem Safe.» Dann berichtete Mu vom Inhalt des letzten Tonbandes, das am Nachmittag bei Renées Sitzung aufgenommen worden war. «Der Plan ist, daß die arme Renée das Zeug beim morgigen Stelldichein meinem Mann ins Glas geben soll, bevor sie ihn zu einem letzten Kognak nötigt. Wenn sie das tut, kriegt sie lebenslänglich, landet vermutlich in der Heilanstalt – und er kriegt mich. Das ist kaum zu übertreffen, was?»

Penelope dachte an ihre besten Tage und war sich da nicht sicher. Damals war ihr alles zuzutrauen gewesen. Jetzt war sie nichtsdestoweniger schockiert und entsetzt. «Aber sie könnte doch alles erklären.»

«Wer sollte ihr schon glauben? All diese herrlichen Bänder über den unwiderstehlichen Drang, ihren Mann umzubringen... was sie auch noch ausgerechnet ihrem Mann in dem Wahn gestanden hat, er kenne sie überhaupt nicht. So jemand kann doch nur total bekloppt sein. Und dann das Gefasel über ihren sogenannten Liebhaber... der ausgerechnet mein Mann sein soll.»

«Sie glauben nicht, daß Ihr Mann ihr Liebhaber ist?»

«Kein Wort glaube ich. Aber der Punkt ist der, daß Leo es glaubt.»

«Ich frage mich, weshalb er Renée nicht geraten hat, auch eine Dosis von dem Zeug zu nehmen», bemerkte Penelope. «Damit wäre er beide auf einen Schlag losgewesen.»

«Man muß das Zeug mit Alkohol nehmen, und Renée trinkt nicht», gab Muriel zu bedenken und überlegte dabei, daß der reiche Lord Briggs in Zukunft gut daran tun würde, sich zu benehmen, wenn er alt werden wollte.

Penelope selbst mochte ihren Einwand als einen Tick zu kaltblütig empfunden haben, denn sie beeilte sich zu versichern, daß jedes Gericht bezweifelt hätte, daß Renée je die Absicht gehabt haben könnte, ihren geliebten Tibbles zu ermorden. Die Bänder jedenfalls bewiesen das.

«Leo könnte jederzeit geltend machen, die Aggressionen hätten sich verlagert. Er müßte lediglich den Teil auf den Bändern löschen, wo sie behauptet, daß jedesmal, nachdem sie sich mit den reizenden kleinen Diners völlig verausgabt hat, sich Tibbles einfach zu seiner anspruchsvollen Ehefrau davonmacht. Und so – nur gegen eine andere Person gerichtet – hat sie wieder diesen unwiderstehlichen Drang – den Sie, Penelope, in der Vergangenheit nur zu gut gekannt haben.»

«Ihnen dürfte er gegenwärtig auch nicht fremd sein – der Drang nämlich, Dr. Theobald umzubringen.»

«Da haben wir was gemeinsam», stimmte Muriel ungerührt zu. «Bei Ihnen allerdings wär's dann Nummer zwei.» Zum Glück, so fügte sie hinzu, müßten sie sich nicht die Hände schmutzig machen. Sie müßten nur einfach hier sitzen und alles geschehen lassen. «Wäre nicht überrascht, wenn just in diesem Augenblick ...»

Und tatsächlich erteilte Dr. Theobald gerade in diesem Moment, nachdem er die dampfende Terrine mit Ochsenschwanzsuppe inspiziert hatte, seine Anordnungen: «Heute möchte ich mal einen Schluck Champagner zu meinem Abendessen. Und sag jetzt bloß nicht, daß wir keinen Schampus haben. Ich habe nämlich deine gehütete, kostbare Flasche entdeckt. Also hol sie aus dem Kühlfach, und bring gleich ein paar Eiswürfel mit.»

«Oh, Leo, du hast sie gefunden? ... Ich dachte nur ...»

«Denken ist Glücksache. Hol die Flasche und das Eis.»

«Aber Leo! Doch kein Eis. Es ist ein erlesener Veuve Cliquot. Und im Eisfach! Oh, nein! Und dann ... du willst doch nicht wirklich Eiswürfel reintun?»

«Aber selbstverständlich. Ich bestehe darauf. Und steh nicht mit offenem Mund da», sagte Leo gereizt. «Du glaubst wohl, daß du jetzt aussiehst wie ...» Wie hieß er doch gleich? Ach ja, wie ein Renuar. Das Renuar-Lächeln ... unergründlich. «Also steh nicht dumm rum und versuch unergründlich zu lächeln. Geh und hol die Flasche und ein paar Eiswürfel.»

«Ja, Leo», erwiderte Renuar und sah nicht sichtbar ergründlicher aus.

Er brauchte etwas länger als der arme alte Hund, um zu sterben. Schmerzen hatte er keine, und es machte keinen Sinn, Widerstand zu leisten. Da niemand das Gift kannte, existierte auch kein Gegengift ... und sowieso, wie hätte er zugeben können, von der todbringenden Flüssigkeit gewußt zu haben? Diese verfluchte Hexe, dachte er. Sie hat mich reingelegt. Sein Bewußtsein begann zu schwinden und seine Gedanken eilten sprunghaft in die jüngste Vergangenheit: der Liebhaber. Blond, gutaussehend, kultiviert ... und intellektuell. Und all der Unsinn über die Treffen des Herbivoren-Clubs. Andererseits – Mu war es gewesen, die behauptet hatte, er gehe in den Club. Renée hatte es mit keinem Wort erwähnt: «Dein Liebhaber ... Dachte, du meinst ... Mus Mann ...»

«Ich kann dich nicht besonders gut verstehen, Leo. Aber wie kommst du auf Mr. Jones – großer Gott, nein!»

«Wie konntest du dann? ... Das ganze Geschwa ... Geschwafel von Kultu ...»

Er lag wie ein häßlicher Klotz auf dem Eßzimmerboden. Sie saß gelassen, mit angezogenen Knien, neben ihm. «Also, ich bin nicht so dämlich, wie du immer gedacht hast. Ich verstehe durchaus was vom Essen und von guten Weinen – und von Musik und Malerei und so weiter. Ich kann sogar einem Buch von Herbert Voren was abgewinnen.»

«Ab'r d'r Liebha-ber ...», lallte er.

«Oh, Leo! Begreif doch! ... Ich habe ihn dem Psychiater beschrieben. Ausführlich. Mit Muriels Mr. Jones hatte das nichts zu tun. Mein Liebhaber war einfach all das, was mein Mann nicht ist. Herrlicher Körperbau – du solltest seinen scheußlichen kleinen Bauch sehen – mein Ehemann hat kleine schwarze Punkte ...»

«Rrrr, rrr», stöhnte Dr. Theobald.

«Schön und stark wie ein Löwe. Tibbles habe ich ihn in meiner Phantasie genannt. Meine Erklärung, wie ich auf den Namen gekommen bin, war reichlich vage. Und ich scheine in so mancher Beziehung ungenau gewesen zu sein. Aber Tibbles ist eine Katze, und Löwen sind große Katzen, und ein Löwe ist ein Leo, Leo.» Und plötzlich schien sie aus einer Art Traum zu erwachen. «Aber woher konntest du von meinem Liebhaber wissen? Nur wenn du ... Du meine Güte, Leo! In was für ein Durcheinander bin ich geraten? Der Psychiater ... das bist du gewesen!»

Hätte Leo noch deutlich sprechen können, er hätte sicher entgegnet: «Was du verdammt genau gewußt hast.»

«Also dann hättest du mir wirklich auf die Sprünge kommen müssen. So viele Hinweise. Ich meine, Tibbles ... Tibbles war deine Idee. Du hast aus Tybalt Tibbles gemacht. Aber du kennst deinen Shakespeare eben nicht, Leo, stimmt's? Ich glaube, du hast gedacht, Romeo und Julia seien Menschen, die ich einfach ins Gespräch gebracht habe. Mercutios Tybalt, habe ich dir gesagt, der ‹gute König der Katzen›. Und der König der Katzen ist ein Löwe, und ein Löwe ist ein Leo ... ein Leo. Wie du siehst, war alles da, wurde dir alles auf dem Tablett serviert – meine phantasievolle Erfindung eines Liebhabers, den du leicht hättest erkennen müssen – erkennen als die Personifizierung all dessen, was ich an dir vermißt habe. Eiswürfel in einen Champagner zu geben! Warum mußtest du nur so eigensinnig sein! Wo ich dich gebeten habe, es zu unterlassen. Du hattest eine Chance. Das Zeug war nämlich in den Eiswürfeln, mußt du wissen», fügte sie hinzu und beugte sich ein wenig verwirrt über ihn. «Wirklich komisch, wie das zu wirken anfängt!»

«Wie *was* zu wirken anfängt?» brüllte Dr. Theobald, ohne einen Laut von sich zu geben.

«Na, das Aphrodisiakum», sagte Renuar. «Das gute alte Elixier-X!»

Die drei Damen trafen sich bei Penelopes Hochzeit. Penelope entdeckte die anderen beiden an einem hübschen kleinen Tisch – dort wo unablässig Ober defilierten und freizügig aus kühlen, grünen Flaschen ausschenkten – und setzte sich zu ihnen. «Nun, meine Lieben!»

«Nun, meine Liebe!» Muriel wartete, bis Henri gegangen war, nachdem er einen Eiskübel mit Flasche vor ihnen abgestellt hatte. Dann reichte sie Penelope ein kleines braunes Päckchen und sagte: «Ein Hochzeitsgeschenk für dich, Penelope.»

«Oh, Muriel ... meine Kassetten?»

«Die Überreste.» Unerklärlich, wie im Safe der Praxis ein Feuer ausbrechen konnte, sagte Muriel. Nicht denkbar, was passiert sei. Und auch noch kurz bevor die Polizei eingetroffen sei. So peinlich für sie. Aber mittlerweile seien die Geständnisse all der anderen armen Sünder ... zu Asche verbrannt.

«Armer Leo», seufzte Renée. «Allein der Gedanke, wieviel potentielles Erpressungsgeld – und jetzt ist alles Asche!»

«Wo der arme Leo mit an Sicherheit grenzender Wahrscheinlichkeit jetzt ist», sagte seine Mu, «wäre es sowieso schon längst zu Asche verbrannt.»

«Renée», sagte Penelope. «Mach mir bitte auch ein Hochzeitsgeschenk. Erlöse mich aus meiner Ungewißheit. Hast du ihn ... die ganze Zeit über an der Nase herumgeführt?»

«Oh, Penelope, bitte nicht an der Nase. Seine Nase!»

«Ja, ja. Wir wissen alles über seine Nase. Dann hast du ihn von mir aus eben zum Narren gehalten, oder?»

«Oh, nein», widersprach Renée und gestattete es sich, ihre Unterlippe leicht herunterhängen zu lassen. «Ich habe ihn nur ein wenig gefoppt. Und zwar damit ich ihm endlich ins Gesicht sagen konnte, was ich wirklich von ihm dachte.»

«Ja, aber später», beharrte Muriel. «Du hattest ebenfalls Zugang zu den Bändern.»

«Wer? ich? Wie denn das?»

«Ach, komm doch, Renée! Du hast mit ihm unter einem Dach gewohnt – wie leicht ist da einem Mann, der sein Mittagsschläfchen hält, ein Schlüssel aus der Hosentasche gezogen. Du hast dir auch Penelopes Bänder angehört...»

Penelope erlebte eine Schrecksekunde. Dann überlegte sie jedoch, daß Dr. Theobalds Witwe in einer kaum weniger gefährlichen Situation war als sie selbst. «Dann hast du also gewußt, was das Elixier-X wirklich war?»

«Natürlich ein Aphrodisiakum, was denn sonst? Das hat er mir selbst gesagt – die Polizei hat es alles auf meinen Bändern gehört. Das gute alte Elixier-X. Hat er mir gesagt», beharrte Renée.

«Und hat dich überredet, deinem Phantasiegeliebten eine Dosis zu verabreichen.»

«Ah, mein Phantasiegeliebter! Aber irgendwie – ich kann mir nicht erklären, wie – hat Leo meine Phantastereien völlig fehlinterpretiert, nicht wahr? Mein Ehemann – verführt mich dazu, eine Dosis des Elixier-X in einem Glas Champagner meinem Liebhaber zu verabreichen. Und die ganze Zeit war mein Mann mein Geliebter.»

Elixier-X. Penelope und Renuar und Mu – alle sicher und gesund und jetzt glücklich, dank des guten alten Elixier-X. Der Champagner perlte und schimmerte golden in den beschlagenen Gläsern. Fast ehrfürchtig erhoben zwei der Damen ihre Gläser auf die dritte. «Auf die Witwe», sagten sie.

Halb unschuldig, halb kokett – und unergründlich. Mit genüßlich geöffneten Lippen bedachte die Hinterbliebene des verblichenen Dr. Theobald den Eiskübel mit einem kleinen Renoir-Lächeln. «Auf die Witwe», sagte sie.

III

Ein Glas in Ehren

Mordfälle trinkender Detektive

Eine trinkfeste Frage des guten Geschmacks

Dorothy L. Sayers

«Halte-là! . . . Attention! . . . F---e!» Der junge Mann im grauen Anzug schlug sich durch den Pulk der protestierenden Gepäckträger und schwang sich behende aufs Trittbrett des Bremserhäuschens, als der Expreß Paris–Evreux dampfend die Gare des Invalides verließ. Der Zugführer, auf ein Trinkgeld spekulierend, zog ihn geschickt aus dem Gewühl empor.

«Ein Glück, daß Monsieur so flink sind», bemerkte er. «Sind Monsieur in Eile?»

«Ziemlich. Danke. Komm ich durch diesen Gang nach vorn?»

«Selbstverständlich. Die *premières* befinden sich zwei Wagen weiter, vor dem Gepäckwagen.»

Der junge Mann entlohnte seinen Retter, wischte sich den Schweiß von der Stirn und begab sich nach vorn. Als er an dem aufgetürmten Gepäck vorbeikam, stach ihm etwas ins Auge, und er blieb kurz stehen, um es sich genauer anzusehen. Es war ein fast neuer Koffer aus teuer aussehendem Leder mit der auffällig angebrachten Inschrift:

LORD PETER WIMSEY
Hôtel Saumon d'Or
Verneuil-sur-Eure

Seine Reiseroute war mit folgenden Angaben dokumentiert:

LONDON–PARIS
(Waterloo) (Gare St-Lazare)
via Southampton-Havre
PARIS–VERNEUIL
(Chemin de Fer de l'Ouest)

Der junge Mann stieß einen leisen Pfiff aus und setzte sich auf eine Reisekiste, um die Sache zu durchdenken.

Irgendwo war eine undichte Stelle gewesen, und sie waren ihm auf den Fersen. Es machte ihnen auch nichts aus, wer das alles wußte. Es gab Hunderte von Leuten in London und Paris, die den Namen Wimsey kannten, die Polizei beider Länder gar nicht mitgerechnet. Außer daß er einem der ältesten Herzogshäuser Englands entstammte, hatte Lord Peter sich auch noch einen Namen als Detektiv gemacht. Ein Gepäckschildchen wie dieses war kostenlose Reklame.

Aber das Erstaunlichste war, daß die Verfolger sich nicht einmal die Mühe machten, sich vor dem Verfolgten zu verbergen. Das sprach dafür, daß sie sich ihrer Sache sehr sicher waren. Daß es ihm noch gelungen war, aufs Bremserhäuschen aufzuspringen, war natürlich purer Zufall, aber andernfalls hätte er den Koffer auch auf dem Bahnsteig oder sonst irgendwo sehen können.

Zufall? Es wollte ihm so vorkommen – nicht zum erstenmal, aber jetzt mit aller Deutlichkeit und über jeden Zweifel erhaben –, als ob sein Hiersein für die andern nicht nur Zufall, sondern geradezu ein Unfall wäre. Diese Serie unglaublicher Behinderungen, die ihn zwischen London und der Gare des Invalides aufgehalten hatten, präsentierte sich ihm jetzt wie arrangiert. Zum Beispiel die lächerliche Anschuldigung, mit der diese Frau ihn am Piccadilly überfallen hatte, und daraufhin die langwierige Vernehmung bei der Polizei in der Marlborough Street, bis man ihn endlich wieder auf freien Fuß gesetzt hatte. Es war ja so leicht, einen Mann mit Hilfe fingierter Vorwürfe so lange festhalten zu lassen, bis ein wichtiger Plan gereift war. Dann die Toilettentür am Waterloo-Bahnhof, deren Schloß so albern hinter ihm zugeschnappt war. Als sportlicher Mensch war er über die Trennwand gestiegen, nur um festzustellen, daß der Toilettenwärter ebenfalls auf wundersame Weise verschwunden war. Und war es dann in Paris etwa Zufall gewesen, daß er ausgerechnet einen schwerhörigen Taxifahrer erwischte, der die Zielangabe «Quai d'Orleans» als «Gare de Lyon» mißverstand und erst einmal drei Kilometer weit in die falsche Richtung fuhr, bis die Proteste seines Fahrgastes endlich zu ihm durchdrangen?

Sie waren schon schlau, seine Verfolger, und sehr umsichtig. Sie besaßen genaueste Informationen. Sie konnten ihn nach Belieben aufhalten, ohne dabei offen in Erscheinung zu treten. Sie wußten, daß sie nur die Zeit für sich arbeiten zu lassen brauchten, dann benötigten sie keinen weiteren Verbündeten mehr.

Wußten sie vielleicht auch jetzt, daß er im Zug war? Wenn nicht, hatte er noch immer einen Vorteil in der Hand, denn dann reisten sie in falscher Sicherheit, weil sie ihn tobend vor hilfloser Wut in der Gare des Invalides wähnten. Er beschloß, vorsichtig auf Erkundung zu gehen.

Dazu gehörte, daß er als erstes seinen grauen Anzug gegen einen anderen in unauffälligem Marineblau vertauschte, den er in seiner kleinen schwarzen Tasche bei sich hatte. Das besorgte er in aller Stille auf der Toilette, dann setzte er noch statt des grauen Filzhuts eine große Reisemütze auf, die er schön tief ins Gesicht ziehen konnte. Es bereitete so gut wie keine Schwierigkeiten, den Mann zu finden, den er suchte. Er entdeckte ihn auf einem Eckplatz in einem Abteil der ersten Klasse, in Fahrtrichtung sitzend, so daß er selbst sich ungesehen von hinten nähern konnte. Im Gepäcknetz lag ein schönes Reisenecessaire mit den Initialen P.D.B.W. Wimseys schmales, spitzes Gesicht, die glatten gelben Haare und die anmaßend gesenkten Augenlider waren dem jungen Mann bestens vertraut. Er lächelte ein wenig grimmig.

«Er fühlt sich sicher», dachte er, «und hat bedauerlicherweise den Fehler gemacht, den Feind zu unterschätzen. Gut! Somit werde ich mich in eine *seconde* zurückziehen und die Augen offenhalten. Der nächste Akt dieser Komödie wird sich schätzungsweise in Dreux abspielen.»

Beim Chemin de Fer de l'Ouest gilt es als die Regel, daß alle Züge von Paris nach Evreux, ob mit der Bezeichnung «Grande Vitesse» oder (wie Lord Peter es nannte) «Grande Paresse», einen endlos langen Aufenthalt in Dreux haben. Der junge Mann (jetzt in Marineblau) wartete ab, bis er sein Opfer in den Erfrischungsraum verschwinden sah, dann verließ er unauffällig den Bahnhof. Eine Viertelstunde später war er wieder da – diesmal in einem schweren Chauffeurmantel mit Helm und

Brille und am Steuer eines schnellen gemieteten Peugeot. Unbemerkt betrat er den Bahnsteig und bezog Posten hinter der Wand der *lampisterie*, von wo er den Zug und den Eingang zum Erfrischungsraum im Auge behalten konnte. Nach fünfzehn Minuten wurde seine Geduld durch den Anblick seines Opfers belohnt, das mit dem Reisenecessaire in der Hand wieder den Zug bestieg. Die Dienstmänner schlugen die Türen zu und schrien: «Nächste Station Verneuil!» Die Lokomotive ächzte und stöhnte; die lange Reihe graugrüner Wagen ruckte langsam an. Der Autofahrer seufzte zufrieden, eilte durch die Sperre hinaus und ließ den Motor seines Wagens anspringen. Er wußte, daß er gute hundertdreißig Stundenkilometer unter der Haube hatte, und in Frankreich gab es keine Geschwindigkeitsbegrenzung.

Mon Souci, der Sitz des Comte de Rueil, jenes exzentrischen, einsiedlerischen Genies, liegt drei Kilometer außerhalb von Verneuil. Es ist ein tristes, halbverfallenes Schloß, das einsam und verlassen am Ende einer verwahrlosten Kiefernallee sein Dasein fristet, umgeben von der jammervollen Atmosphäre einer Aristokratie ohne Gefolgschaft. Die steinernen Nymphen stehen gebeugt und grün über ihren ausgetrockneten, verwitterten Bassins. Hin und wieder zieht ein Bauer mit einer knarrenden Holzfuhre über schlecht gepflegte Waldschneisen. Den ganzen Tag herrscht Sonnenuntergangsstimmung. Das Balkenwerk ist trocken und rissig, weil ihm der Anstrich fehlt. Durch die Jalousien sieht man in den steifen Salon mit seinen schönen, ausgebleichten Möbeln. Selbst die letzte der einstmals hier wohnenden uneleganten, unansehnlichen Frauen mit ihren übermäßig ausgeprägten Familienzügen und ihren langen weißen Handschuhen hat Mon Souci inzwischen verlassen. Aber im hinteren Teil des Schlosses raucht unablässig ein Schornstein. Es ist die Heizung des Laboratoriums, des einzig Lebendigen und Modernen hier inmitten des Alten und Sterbenden; es ist der einzige Ort, der geliebt und gehegt, verhätschelt und verwöhnt und dem alle Sorgfalt zuteil wird, mit der die Grafen einer leichtlebigeren Zeit ihre Ställe und Zwinger, Gemäldegalerie und Ballsaal bedachten. Und im kühlen Keller darunter liegen

Reihen über Reihen staubiger Flaschen, eine wie die andere ein gläserner Zaubersarg, in dem das Dornröschen der Weinberge im Schlaf zu immer betörenderer Schönheit heranreift.

Als der Peugeot auf dem Hof ausrollte, stellte sein Fahrer mit einiger Überraschung fest, daß er nicht der einzige Besucher des Grafen war. Ein riesenhafter Super-Renault, viel Haube und kaum Rumpf, wie eine Merveilleuse des Directoire, war so großspurig vor den Eingang gesetzt worden, als sollte er jeglichen Neuankömmling erst einmal in Verlegenheit bringen. Seine glitzernden Türbleche zierte ein Wappen, und im Augenblick schleppte der ältliche Diener des Comte sich mit dem Gewicht zweier prächtiger Koffer ab, die in meilenweit sichtbaren silbernen Lettern die Aufschrift LORD PETER WIMSEY trugen.

Der Peugeotfahrer betrachtete das Schauspiel mit Erstaunen und grinste hämisch. «Lord Peter scheint ja in diesem Land ziemlich allgegenwärtig zu sein», bemerkte er bei sich. Dann nahm er Füller und Papier aus seiner Tasche und schrieb ein Briefchen. Bis die Koffer ins Haus getragen waren und der Renault sich schnurrend in Richtung Nebengebäude entfernt hatte, war auch der Brief fertig und in einen an den Comte de Rueil adressierten Umschlag gesteckt. «Wer andern eine Grube gräbt», sagte der junge Mann, und damit ging er die Treppe hinauf und übergab dem Diener an der Tür den Umschlag.

«Ich habe hier ein Empfehlungsschreiben an den Comte de Rueil», sagte er. «Hätten Sie vielleicht die Güte, es zu ihm zu bringen? Mein Name ist Bredon – Death Bredon.»

Der Diener verneigte sich und bat ihn herein.

«Wenn Monsieur die Freundlichkeit besäße, einen Augenblick in der Halle Platz zu nehmen. Monsieur le Comte ist noch mit einem anderen Herrn beschäftigt, aber ich werde ihn unverzüglich von Monsieurs Ankunft in Kenntnis setzen.»

Der junge Mann nahm Platz und wartete. Durch die Fenster der Halle blickte man auf die Zufahrt hinaus, und es dauerte nicht lange, bis der Schlaf des Schlosses vom Hupen eines dritten Autos gestört wurde. Ein Bahnhofstaxi kam lärmend die Allee herauf. Der Mann aus dem Erste-Klasse-Abteil und das

Gepäck mit den Initialen P.D.B.W. wurden vor der Tür abgesetzt. Lord Peter Wimsey entließ den Chauffeur und läutete.

«So», sagte Mr. Bredon. «Nun kann der Spaß beginnen.» Mit diesen Worten zog er sich so tief wie möglich in die Schatten einer großen *armoire normande* zurück.

«Guten Abend», sagte der Neuankömmling in bewundernswertem Französisch zu dem Diener. «Ich bin Lord Peter Wimsey und komme auf Einladung des Comte de Rueil. Ist Monsieur le Comte zu Hause?»

«Milord Peter Wimsey? Verzeihung, Monsieur, aber das verstehe ich nicht. Milord de Wimsey ist schon da und befindet sich im Augenblick bei Monsieur le Comte.»

«Sie sehen mich erstaunt», erwiderte der andere völlig ungerührt, «denn sicherlich hat niemand anderer als ich ein Recht auf diesen Namen. Mir scheint, da hat eine Person von mehr Schlauheit als Ehrlichkeit die raffinierte Idee gehabt, sich für mich auszugeben.»

Der Diener war sichtlich ratlos.

«Vielleicht», schlug er vor, «könnte Monsieur mir seine *papiers d'identité* zeigen?»

«Es ist zwar etwas ungewöhnlich, sich an der Tür auszuweisen, wenn man jemandem einen Privatbesuch abstattet», antwortete Seine Lordschaft mit unerschütterlichem Gleichmut, «aber ich erhebe nicht den mindesten Einspruch. Hier ist mein Paß, hier mein *permis de séjour,* das mir in Paris ausgestellt wurde, hier meine Visitenkarte, und hier ist etliche Korrespondenz, gerichtet an meine verschiedenen Adressen im Hotel Meurice in Paris, an meine Londoner Wohnung am Piccadilly, an den Marlborough Club in London und an das Haus meines Bruders in King's Denver. Ist das wohl ausreichend?»

Der Diener sah die vorgelegten Dokumente sorgfältig durch und schien vor allem von dem *permis de séjour* beeindruckt zu sein.

«Da scheint ein Fehler vorzuliegen», murmelte er skeptisch. «Wenn Monsieur mir folgen wollen, werde ich Monsieur le Comte verständigen.» Sie verschwanden durch die Flügeltür am hinteren Ende der Halle, und Bredon blieb allein zurück.

«Heute wimmelt's hier nur so von Richmonds», bemerkte er,

«und einer ist skrupelloser als der andere. Der Fall erfordert offensichtlich besonders kluges Vorgehen.»

Nach etwa zehn Minuten, in denen es vermutlich in der gräflichen Bibliothek besonders aufregend zugegangen war, kam der Diener wieder, diesmal auf der Suche nach ihm.

«Monsieur le Comte läßt sich Ihnen empfehlen, und würden Monsieur mir bitte hierher folgen?»

Bredon betrat den Raum mit keckem Schritt. Er hatte sich zum Herrn der Lage gemacht. Der Comte, ein magerer, älterer Mann mit fleckigen Fingern vom Umgang mit Chemikalien, saß mit kummervoller Miene an seinem Schreibtisch. In zwei Sesseln saßen die beiden Wimseys. Bredon sah, daß der Wimsey, den er im Zug gesehen (und den er im Geiste Peter I getauft) hatte, sein unerschütterliches Lächeln beibehalten hatte, während Peter II (der mit dem Renault) das vor Empörung gerötete Gesicht eines gekränkten englischen Gentleman zur Schau stellte. Die beiden Herren sahen sich oberflächlich ähnlich – beide blond, hager, mit langen Nasen und unscheinbaren, unbeweglichen Gesichtern, wie sie in einer Versammlung wohlgeborener Angelsachsen vorzuherrschen pflegen.

«Mr. Bredon», sagte der Comte, «es ist mir eine große Freude, Ihre Bekanntschaft zu machen, und ich bedaure, daß ich Sie als erstes um einen Dienst bitten muß, der ebenso einzigartig wie wichtig ist. Sie haben mir ein Empfehlungsschreiben von Ihrem Vetter, Lord Peter Wimsey, vorgelegt. Würden Sie nun wohl so freundlich sein und mir sagen, welcher dieser beiden Herren Lord Peter Wimsey ist?»

Bredon ließ seinen Blick langsam von einem Prätendenten zum andern wandern und überlegte dabei, welche Antwort seinen Zwecken am dienlichsten sein könnte. Zumindest einer der in diesem Raum anwesenden Männer besaß beachtliches intellektuelles Format und war darin geübt, falsches Spiel zu durchschauen.

«Nun?» meinte Peter II. «Wollen Sie mich nicht endlich beglaubigen, Bredon?»

Peter I entnahm einem silbernen Etui eine Zigarette. «Ihr Komplize scheint in seiner Rolle nicht sehr sattelfest zu sein», bemerkte er mit einem gelassenen Lächeln, das Peter II galt.

«Monsieur le Comte», sagte Bredon, «ich bedaure außerordentlich, Ihnen in dieser Angelegenheit nicht weiterhelfen zu können. Meine Bekanntschaft mit meinem Vetter beschränkt sich, wie die Ihre, auf Korrespondenzen zu einem Thema gemeinsamen Interesses. Mein Beruf», fügte er hinzu, «hat mich bei meiner Familie unbeliebt gemacht.»

Von irgendwoher ertönte ein leiser Seufzer der Erleichterung. Der falsche Wimsey – welcher auch immer – hatte noch eine Gnadenfrist. Bredon lächelte.

«Ein hervorragender Schachzug, Mr. Bredon», sagte Peter I, «aber das dürfte kaum erklären – gestatten Sie.» Er nahm den Brief aus der widerstrebenden Hand des Comte. «Es dürfte kaum die Tatsache erklären, daß die Tinte auf diesem vor drei Wochen datierten Empfehlungsschreiben jetzt noch nicht einmal ganz trocken ist – obschon ich Ihnen zu der sehr gekonnten Nachahmung meiner Handschrift gratulieren muß.»

«Wenn *Sie* meine Handschrift zu fälschen imstande sind», sagte Peter II, «so wird Mr. Bredon dies wohl auch können.» Er las den Brief über die Schulter seines Doubles hinweg laut vor.

«‹Monsieur le Comte – ich habe die Ehre, Ihnen meinen Freund und Vetter, Mr. Death Bredon, vorzustellen, der meines Wissens im Laufe des nächsten Monats Ihren Teil Frankreichs bereisen wird. Es liegt ihm sehr viel daran, Ihre interessante Bibliothek zu sehen. Obschon er von Beruf Journalist ist, versteht er etwas von Büchern.› Es freut mich, auf diese Weise zum erstenmal zu erfahren, daß ich einen solchen Vetter habe. Ein Reportertrick, vermute ich, Monsieur le Comte. In Fleet Street scheint man mit den Namen in unserer Familie bestens vertraut zu sein. Vielleicht ist man dort ebenso vertraut mit dem Zweck meines Besuches auf Mon Souci?»

«Wenn Sie», sagte Bredon kühn, «den Erwerb der De-Rueil-Formel zur Herstellung von Giftgas durch die britische Regierung meinen, kann ich nur für mich selbst antworten, wobei die übrige Fleet Street möglicherweise weniger vollständig informiert ist.» Er wägte seine Worte jetzt sorgfältiger, gewarnt durch den Ausrutscher. Der scharfe Blick und der detektivische Spürsinn von Peter I machten ihm weit mehr Sorgen als die scharfe Zunge von Peter II.

Der Comte stieß einen Ruf der Bestürzung aus.

«Meine Herren», sagte er, «eines liegt hier klar auf der Hand – nämlich daß es irgendwo ein schreckliches Loch in der Geheimhaltung gegeben hat. Ich weiß nicht, welcher von Ihnen der Lord Peter Wimsey ist, dem ich die Formel anvertrauen könnte. Sie sind beide mit Papieren zu Ihrer Identität ausgestattet. Sie scheinen beide in der Angelegenheit bestens informiert zu sein. Ihrer beider Handschriften stimmen mit den Briefen überein, die ich zu früherer Gelegenheit von Lord Peter erhalten habe, und Sie haben mir beide die vereinbarte Summe in Noten der Bank von England angeboten. Obendrein erscheint dieser dritte Herr, ausgestattet mit den gleichen handschriftlichen Fähigkeiten, einem von verdächtigen Umständen umgebenen Empfehlungsschreiben und einem Grad von Informiertheit über diese Angelegenheit, die mich erschreckt. Ich sehe nur eine Lösung: Sie müssen alle hier in meinem Château bleiben, während ich um eine Aufklärung dieses Rätsels nach England schicke. Bei dem echten Lord Peter möchte ich mich dafür entschuldigen und ihm versichern, daß ich mich bemühen werde, seinen Aufenthalt hier so angenehm wie möglich zu gestalten. Sind Sie mit dieser Regelung einverstanden? Ja? Das freut mich zu hören. Mein Personal wird Sie in Ihre Zimmer führen, und um halb acht erwarte ich Sie zum Abendessen.»

«Es ist ein schöner Gedanke», sagte Mr. Bredon, während er sein Glas befühlte und es sich mit der Miene des Kenners unter die Nase hielt, «daß derjenige von den beiden Herren, der den Namen, den er sich zu eigen macht, rechtmäßig führt, heute abend eines wahrhaft olympischen Genusses gewiß sein darf.» Er hatte seine Frechheit wiedergefunden und forderte nun die Gesellschaft nonchalant heraus. «Ihr Keller, Monsieur le Comte, ist unter Männern, die mit einem Gaumen gesegnet sind, so berühmt wie Ihre Talente unter den Wissenschaftlern. Mehr könnte man mit allen Worten dieser Welt nicht sagen.»

Die beiden Lord Peters murmelten Zustimmung.

«Ihr Lob», erwiderte der Comte, «freut mich um so mehr, als es mich auf die Idee zu einer Probe bringt, die es uns mit Ihrer freundlichen Mithilfe sehr erleichtern wird, zu entscheiden, wer von Ihnen, meine Herren, der wirkliche Lord Peter und wer sein talentierter Imitator ist. Ist es nicht allgemein bekannt, daß Lord Peters Gaumen für Weine in ganz Europa unerreicht ist?»

«Sie schmeicheln mir. Monsieur le Comte», sagte Peter II bescheiden.

«Ich würde nicht sagen unerreicht», fiel Peter I wie in einem eingeübten Duett ein. «Nennen wir ihn leidlich, das gibt weniger Anlaß zu Mißverständnissen und so weiter.»

«Eure Lordschaft tun sich selbst unrecht», erklärte Bredon, mit unparteiischer Ehrerbietung an beide Herren gewandt. «Die Wette, die Sie gegen Mr. Frederick Arbuthnot im Egotist Club gewannen, als er Sie herausforderte, mit verbundenen Augen die Jahrgänge von siebzehn Weinen zu nennen, hat im *Evening Wire* die gebührende Würdigung erfahren.»

«An diesem Abend war ich nur besonders gut in Form», sagte Peter I.

«Blankes Glück», lachte Peter II.

«Die Probe, die ich vorschlage, meine Herren, sieht Ähnliches vor», fuhr der Comte fort, «wenn es auch nicht gleich so eine Strapaze werden soll. Das heutige Abendessen hat sechs Gänge. Zu jedem Gang werden wir einen anderen Wein trinken, den mein Butler mit verdecktem Etikett hereinbringen wird. Sie werden mir der Reihe nach Ihr Urteil darüber abgeben. Auf diese Weise werden wir vielleicht zu einem Ergebnis kommen, denn selbst der genialste Hochstapler – wovon ich heute abend vermutlich mindestens zwei am Tisch sitzen habe – könnte kaum einen Weinkenner vortäuschen. Wenn ein allzu gewagtes Durcheinander verschiedener Weine zu einem vorübergehenden Unwohlbefinden am nächsten Morgen führen sollte, so werden Sie dies sicherlich im Dienste der Wahrheit ausnahmsweise einmal gern auf sich nehmen.» Die beiden Wimseys verneigten sich.

«In vino veritas», meinte Mr. Bredon lachend. Er zumindest fühlte sich der Herausforderung gewachsen und sah einige Möglichkeiten auf sich zukommen.

«Da der Zufall und mein Butler Sie an meine rechte Seite plaziert haben, Monsieur», fuhr der Comte, an Peter I gewandt, fort, «bitte ich Sie, den Anfang zu machen, indem Sie mir so genau wie möglich den Wein beschreiben, den Sie soeben getrunken haben.»

«Da braucht man nun wirklich nicht lange zu raten», entgegnete der andere lächelnd. «Ich kann mit Bestimmtheit sagen, daß dies ein sehr angenehmer und wohlgereifter Chablis Moutonne ist; und da zehn Jahre ein ausgezeichnetes Alter für einen Chablis sind – für einen echten Chablis –, plädiere ich für 1916 als den vielleicht besten Weinjahrgang des Krieges in dieser Gegend.»

«Haben Sie dem etwas hinzuzufügen, Monsieur?» begehrte der Comte in ehrerbietigem Ton von Peter II zu wissen.

«Ich möchte, was den Jahrgang angeht, nicht dogmatisch erscheinen», sagte der Angesprochene mit kritischer Miene, «aber wenn ich mich festlegen sollte, nun, dann würde ich 1915 sagen, ganz entschieden 1915.»

Der Comte verneigte sich und wandte sich an Bredon.

«Vielleicht möchten auch Sie, Monsieur, eine Meinung äußern», sagte er mit der ausgesuchten Höflichkeit, die oft dem Unbeschlagenen in der Gesellschaft von Fachleuten entgegengebracht wird.

«Ich möchte hier lieber keine Maßstäbe setzen, denen ich hinterher nicht gewachsen bin», antwortete Bredon ein wenig boshaft. «Ich weiß, daß es ein 1915er ist, weil ich nämlich das Etikett gesehen habe.»

Peter II machte ein leicht betretenes Gesicht.

«Dann werden wir die Angelegenheit künftig besser arrangieren», sagte der Comte. «Entschuldigen Sie mich.» Er entfernte sich, um ein paar Minuten mit seinem Butler zu konferieren, der kurz darauf kam, um die Austern abzutragen und die Suppe zu servieren.

Der nächste Kandidat zur Begutachtung erschien bis zum Hals in Damast gehüllt.

«Nun ist die Reihe an Ihnen, als erster Ihr Urteil abzugeben», sagte der Comte zu Peter II. «Gestatten Sie, daß ich Ihnen zuvor eine Olive anbiete, um den Geschmack zu neutralisieren. Nur nichts übereilen, ich bitte Sie. Auch zu den höchsten politischen Zwecken sollte man einen guten Wein nicht ohne Respekt behandeln.»

Die Zurechtweisung war nicht unnötig, denn nach dem ersten Schlückchen hatte Peter II einen kräftigen Zug von dem edlen, schweren Weißwein genommen. Unter dem spöttischen Blick von Peter I welkte er sichtlich dahin.

«Es ist – es ist ein Sauterne», begann er und unterbrach sich. Bredons Lächeln gab ihm aber neuen Mut, und so sagte er jetzt mit mehr Selbstsicherheit: «Château Yquem, 1911 – die Königin der Weißweine, Sir, wie mal irgendwer gesagt hat.» Damit leerte er trotzig sein Glas.

Das Gesicht des Comte sprach Bände, als er langsam seinen faszinierten Blick von Peter II ab- und Peter I zuwandte.

«Wenn sich schon jemand für mich ausgibt», murmelte letzterer sanft, «wäre es schmeichelhafter für mich gewesen, wenn diesen Versuch jemand unternommen hätte, für den ein Weißwein *nicht* wie jeder andere ist. Also, Sir, dieser bewundernswerte Jahrgang ist natürlich ein Montrachet – äh – Augenblick» – er ließ den Wein genießerisch auf der Zunge umgehen – «1911. Und es ist ein vorzüglicher Wein, obgleich ich bei allem Respekt vor Ihnen, Monsieur le Comte, finde, daß er vielleicht ein wenig zu süß ist, um seinen augenblicklichen Platz im Menü einzunehmen. Gewiß ist zu diesem ausgezeichneten *consommé marmite* ein lieblicherer Wein nicht ganz fehl am Platz, aber nach meiner bescheidenen Ansicht wäre er bei den *confitures* noch besser zur Geltung gekommen.»

«Bitte», sagte Bredon unschuldig, «da sieht man wieder, wie man sich irren kann. Hätte ich nicht den Vorteil, Lord Peters Expertenmeinung gehört zu haben – denn gewiß hat niemand, der einen Montrachet mit einem Sauterne verwechselt, Anrecht auf den Namen Wimsey –, so hätte ich diesen Wein nicht für einen Montrachet-Aîné gehalten, sondern für einen Chevalier-Montrachet aus demselben Jahr, der ein wenig süßer ist. Aber zweifellos erscheint er einem, wie Eure Lordschaft sagen, dadurch, daß wir ihn zu dieser Suppe trinken, etwas süßer, als er in Wirklichkeit ist.»

Der Comte sah ihn scharf an, sagte aber nichts dazu.

«Nehmen Sie noch eine Olive», sagte Peter I freundlich. «Man kann einen Wein nicht beurteilen, wenn man noch einen andern Geschmack im Mund hat.»

«Heißen Dank», sagte Bredon. «Dabei fällt mir ein –», und damit gab er eine ziemlich witzlose Geschichte über Oliven zum besten, die sich über die Suppe hinzog und die Pause bis zum Auftragen einer ausgezeichnet zubereiteten Seezunge überbrückte.

Der Blick des Comte folgte ziemlich nachdenklich der hellbernsteingelben Flüssigkeit, die jetzt in die Gläser perlte. Bredon hob das seine auf die bewährte Weise unter seine Nase, und eine leichte Röte huschte über sein Gesicht. Nach dem ersten Schlückchen wandte er sich aufgeregt an seinen Gastgeber.

«Mein Gott, Sir –» begann er.

Die mahnend erhobene Hand ließ ihn verstummen.

Peter I nippte, sog die Luft ein, nippte erneut, und seine Stirn umwölkte sich. Peter II hatte inzwischen offenbar alle Ansprüche aufgegeben. Er trank durstig, strahlte und schien die Wirklichkeit vergessen zu haben.

«*Eh bien, monsieur?*» fragte der Comte liebenswürdig.

«Es ist mit Bestimmtheit ein Rheinwein», sagte Peter I, «und zwar der edelste, den ich je gekostet habe, aber ich muß gestehen, daß ich ihn im Augenblick nicht ganz plazieren kann.»

«Nein?» sagte Bredon. Seine Stimme war jetzt wie Bohnenblütenhonig, süß und harsch zugleich. «Und der andere Herr auch nicht? Dabei könnte ich diesen Wein auf ein paar Meilen genau lokalisieren, obschon ich sagen muß, daß ich ihn in dieser Zeit nicht in einem französischen Keller zu finden erwartet hätte. Es ist, wie Eure Lordschaft sagen, ein Rheinwein, und zwar ein Johannisberger. Nicht der plebejische Vetter, sondern der *echte* Schloß Johannisberger von den schloßeigenen Weinbergen. Er muß Eurer Lordschaft – sehr zu Ihrem Schaden – während des Krieges entgangen sein. Mein Vater hat noch ein paar Flaschen aufgelegt, bevor er starb, aber anscheinend waren die herzoglichen Keller in Denver nicht so gut ausgestattet.»

«Diesem Mißstand soll schnellstens abgeholfen werden», sagte der übriggebliebene Peter entschlossen.

Das *poulet* wurde serviert, begleitet von einem Streitgespräch über den Lafitte, den Seine Lordschaft auf 1878 datierte, während Bredon auf der Ansicht beharrte, er sei ein Restbestand des glorreichen 75er Jahrgangs, ein wenig überreif, aber sowohl seinem hohen Alter als auch seinem edlen Stammbaum zur Ehre gereichend.

Beim Clos-Vougeôt bestand hingegen völlige Einigkeit; nach einer ersten vorsichtigen Datierung auf das Jahr 1915 erklärte Peter I ihn schließlich zu einem Vertreter des ebenso herrlichen, wenn auch ein wenig leichteren Jahrgangs 1911. Unter allgemeinem Applaus wurde das *pré-salé* abgetragen und das Dessert serviert.

«Ist es eigentlich nötig», meinte Peter I mit einem sanften Lächeln in Richtung Peter II – der jetzt nur noch selig vor sich hin lallte: «Verdammt guter Wein, verdammt gutes Essen, verdammt schöner Abend» – «ist es wirklich nötig, diese Farce in die Länge zu ziehen?»

«Eure Lordschaft werden sich doch der weiteren Diskussion gewiß nicht entziehen wollen?» erwiderte der Comte.

«Die Sache ist doch wohl hinreichend geklärt.»

«Aber einem Gespräch über Wein wird sicher niemand aus dem Weg gehen», meinte Bredon, «am wenigsten so ein großer Kenner wie Eure Lordschaft.»

«Bei diesem Wein doch», sagte der andere. «Ehrlich gesagt, ich kann nicht viel damit anfangen. Er ist süß und beißend, zwei Eigenschaften, die ihn in den Augen – vielmehr im Mund – des Kenners abqualifizieren. Hatte Ihr verehrter Herr Vater diesen Wein vielleicht auch im Keller, Mr. Bredon?»

Bredon schüttelte den Kopf.

«Nein», sagte er, «nein. Echter kaiserlicher Tokayer ist für einen Schreiberling leider unerschwinglich. Aber ich gebe Ihnen recht, daß er sehr überbewertet wird – mit allem schuldigen Respekt vor Ihnen selbst, Monsieur le Comte.»

«In diesem Falle», sagte der Comte, «werden wir gleich zum Likör übergehen. Ich gestehe, daß ich die beiden Herren mit einem örtlichen Produkt verblüffen wollte, doch da der eine Bewerber offenbar die Waffen gestreckt hat, soll es Cognac sein – das einzige, was eine gute Weinfolge gebührend abschließt.»

Unter leicht verlegenem Schweigen wurden die großen, runden Schwenker auf den Tisch gestellt und die wenigen kostbaren Tropfen vorsichtig eingeschenkt und in eine leichte Drehbewegung gebracht, um das Bouquet freizusetzen.

«Das», sagte Peter I, nun wieder ganz liebenswürdig, «ist wahrhaftig ein wunderbarer alter französischer Cognac. Schätzungsweise ein halbes Jahrhundert alt.»

«Eure Lordschaft lassen in diesem Lob die Begeisterung missen», versetzte Bredon. «Das ist *der* Cognac – der Cognac aller Cognacs –, der herrliche, unvergleichliche, echte Napoleon. Man sollte ihn als den Kaiser ehren, der er ist.»

Er erhob sich, seine Serviette in der Hand.

«Sir», sagte der Comte, an ihn gewandt, «ich habe zu meiner Rechten einen bewundernswerten Weinkenner sitzen, aber Sie sind einzigartig.» Er winkte stumm dem Butler, der die leeren Flaschen feierlich an den Tisch brachte und enthüllte, vom bescheidenen Chablis bis zum stattlichen Napoleon mit dem in die Flasche geblasenen kaiserlichen Siegel. «Jedesmal haben Sie Lage und Jahrgang richtig bestimmt. Es gibt sicher kein halbes Dutzend Männer mit einem Gaumen wie dem Ihren auf der ganzen Welt, und ich dachte bisher, nur einer davon sei Engländer. Wollen Sie uns jetzt nicht mit Ihrem richtigen Namen beehren?»

«Sein Name spielt überhaupt keine Rolle», sagte Peter I. Er war aufgestanden. «Hände hoch, alle! Comte, die Formel!»

Bredon, der in der einen Hand noch immer die Serviette hielt, riß ruckartig die Hände hoch. Die weißen Falten spien Feuer, und das Geschoß traf den Revolver des andern genau zwischen Lauf und Abzug, wobei sich sehr zum Schaden des gläsernen Kerzenhalters der Schuß löste. Peter I schüttelte seine gelähmte Hand und fluchte.

Bredon hielt die Pistole auf ihn gerichtet, ohne dabei Peter II aus den wachsamen Augen zu lassen, dessen rosarote Visionen sich durch den Knall in nichts aufgelöst hatten und nach und nach seiner früheren Aggressivität Platz machten.

«Da die Abendgesellschaft einen etwas lebhaften Verlauf zu nehmen scheint», meinte Bredon, «wären Sie vielleicht so liebenswürdig, Comte, diese beiden Herren auf weitere Schußwaffen zu untersuchen. Danke. So, und nun können wir uns eigentlich alle wieder hinsetzen und die Flasche kreisen lassen.»

«Sie – *Sie* sind –» knurrte Peter I.

«Oh, mein Name ist wirklich Bredon», entgegnete der andere

gutgelaunt. «Ich habe etwas gegen Pseudonyme. Sie sind so etwas wie die Kleider eines andern, wissen Sie – wollen nie so recht passen. Peter Death Bredon Wimsey – ein bißchen lang und so, aber ganz praktisch, wenn man ihn in Raten benutzt. Auch ich habe einen Paß und alle diese Sachen, aber da deren Reputation hier gewissermaßen etwas lädiert war, habe ich sie nicht vorgewiesen. Für die Formel gebe ich Ihnen, glaube ich, besser einen persönlichen Scheck von mir – mit Noten der Bank von England scheint hier jeder um sich werfen zu können. In meinen Augen ist diese ganze Geheimdiplomatie sowieso ein Fehler, aber das ist Sache des Kriegsministeriums. Ich nehme an, wir haben alle die gleichen Beglaubigungsschreiben bei uns. Eben, dachte ich mir doch. Da scheint sich irgendein schlaues Kerlchen sehr erfolgreich auf zwei Märkten gleichzeitig verkauft zu haben. Aber Sie beide müssen ja wirklich aufregende Zeiten hinter sich haben – jeder in dem Glauben, der andere sei ich.»

«Mylord», sagte der Comte traurig, «diese beiden Männer sind oder waren vermutlich Engländer. Es liegt mir nichts daran, zu wissen, welche Regierungen ihren Verrat gekauft haben. Aber wo sie stehen, da stehe leider, leider auch ich. Gegenüber unserer käuflichen, korrupten Republik empfinde ich als Royalist keinerlei Treueverpflichtung, aber es nagt an meinem Herzen, daß ich mich von meiner Armut dazu habe hinreißen lassen, mein Heimatland an England zu verkaufen. Fahren Sie zu Ihrem Kriegsministerium zurück und berichten Sie, daß ich Ihnen die Formel nicht gebe. Sollte es zwischen unseren Ländern – was Gott verhüte! – zu einem Krieg kommen, so werden Sie mich auf der Seite Frankreichs finden. Das ist mein letztes Wort, Mylord.»

Wimsey verneigte sich.

«Sir», sagte er, «meine Mission ist allem Anschein nach fehlgeschlagen. Darüber freue ich mich. Dieses Geschäft mit der Vernichtung ist ja doch ein schmutziges Geschäft. Schließen wir die Tür hinter diesen beiden Herren, die weder Fisch noch Fleisch sind, und trinken wir den Cognac in der Bibliothek zu Ende.»

Raffles und die Operation Champagner

Barry Perowne

«Sagt Ihnen der Name Gouvion Frères etwas?» erkundigte sich Colonel Godfrey Lees-Garland.

«Champagner», antwortete A. J. Raffles prompt.

Auf ein verschlüsseltes Telegramm hin nach Paris gereist, hatten sich Raffles und ich an der Gare du Nord unter vom Novembernebel gedämpfter Straßenbeleuchtung wiedergefunden und gerade noch ein Taxi zum Ritz an der Place Vendôme erwischt.

Der Colonel hatte uns in seiner Suite empfangen – im Zivilleben gehörte er zum Landadel, und Suiten im Ritz waren Teil seines Lebensstils – und uns ohne Umschweife mit dieser Frage konfrontiert.

«Richtig», bestätigte er Raffles' Antwort. «Gouvion Frères ist eine der größten Champagner-Kellereien in Reims.»

Der Colonel, ein hagerer, kahlköpfiger Mann mit ledriger, faltiger Haut und klugen Augen, schenkte aus einer Karaffe drei Gläser Whisky ein.

«Raffles und Manders, ich will Ihnen sagen, weshalb ich Sie beide aus London habe kommen lassen», eröffnete uns der Colonel, während er uns die Gläser reichte. «Heute morgen in aller Frühe erhielt ich eine streng vertrauliche Mitteilung. Zwei Stunden nach der Unterzeichnung des Waffenstillstandes, die gestern morgen, den elften November, um elf Uhr stattgefunden und den verdammten Krieg beendet hat, hat General Sir Douglas Haig, Kommandeur des britischen Sektors von Frankreich, König George V. eingeladen, seinen Truppen an der Front einen Besuch abzustatten. Der König hat die Einladung angenommen und Sir Douglas davon umgehend in Kenntnis gesetzt.»

Das Glas in der Hand, ging der Colonel im Zimmer auf und ab.

«Das Protokoll erfordert es», fuhr er fort, «daß der Besuch des Königs in Frankreich selbstverständlich mit dem französischen Premier, dem alten ‹Tiger› Clemenceau, abgesprochen werden mußte. Clemenceau begrüßt den Besuch und hat dem einen eigenen Vorschlag hinzugefügt. Gegenwärtig befinden sich gewisse wichtige Staatsmänner der Alliierten auf dem Weg nach Paris – hochrangige Politiker wie zum Beispiel Präsident Wilsons Berater, der einflußreiche Colonel House. Diese bedeutenden Herren kommen zu Vorverhandlungen über den zukünftigen Friedensvertrag hierher. Premier Clemenceau meint nun, König George solle während seines Aufenthalts in Frankreich die Gelegenheit wahrnehmen, sich mit einigen dieser wichtigen Staatsmänner zu treffen. Man braucht nicht unbedingt Prophet zu sein, um zu wissen, daß von der Weisheit und Umsicht dieser herausragenden Persönlichkeiten die Zukunft mehrerer Generationen abhängt.»

Raffles nickte aufmerksam. Mein Herz klopfte heftig.

«Mir wurde mitgeteilt», führte Colonel Lees-Garland weiter aus, «daß man eilig ein Treffen anberaumt hat. In zwei Tagen soll ein Mittagessen an einem Ort stattfinden, der sowohl für den König, der in Haigs Hauptquartier in St. Omer residiert, als auch für die Politiker, die dann mittlerweile in Paris eingetroffen sein dürften, günstig liegt. Zwölf Kisten Champagner, zwölf Dutzend Magnumflaschen, wurden bei Gouvion Frères geordert. Es heißt, dieser Champagner sei eine ganz außergewöhnliche Cuvée. Die Franzosen kennen sich da aus. In einer Zeit, da die halbe Welt den Waffenstillstand feiert, ist ein solcher Champagner von unschätzbarem Wert – flüssiges Gold, sozusagen.»

Der Colonel warf uns einen prüfenden Blick zu.

«Das gemeinsame Mittagessen ist streng geheim und findet im Château Rémy-Latour statt», fuhr er fort. «Das ist ein Schlößchen im Wald nördlich von Versailles, zwischen St. Omer und Paris. Da es sich um eine geheime Zusammenkunft handelt, wurde ich, als Befehlshaber der Sektion O, der Sondereinheit des Geheimdienstes der Alliierten, beauftragt, für Transport und Lieferung des georderten Champagners Sorge zu tragen –

womit wir bei dem Grund wären, weshalb ich Sie habe kommen lassen.»

Ich trank hastig einen Schluck Whisky.

«Kurz nachdem ich heute morgen meine Anweisungen erhalten hatte», sagte Colonel Lees-Garland weiter, «habe ich mit dem Grafen Jules Gouvion telefoniert, dem Chef von Gouvion Frères. Wie Sie wissen, sah es für die verbündeten Heere reichlich mies aus, bevor Onkel Sam seinen Zylinderhut in den Ring geworfen hat. Es deutete alles darauf hin, daß wir Reims würden opfern müssen. Deshalb ist der georderte Champagner nicht mehr in Graf Gouvions Haupthaus in Reims. Wie ich vom Grafen erfahren habe, haben die meisten großen Champagner-Kellereien ihre Bestände in sichere Gegenden ausgelagert. Gouvion Frères zum Beispiel weit fort in die Normandie. Die Firma besitzt dort ein ehemaliges Kloster, die Abtei Prieuré de St. Gabriel, in der historischen alten Stadt St. Lô, die sie als Ausweichkeller benutzt.

Graf Gouvion bat mich, mit seinem Kellermeister, einem Monsieur Yvonnec, Verbindung aufzunehmen, der seit vielen Jahren bei der Firma beschäftigt ist. Yvonnec und sein Lagermeister sind in St. Lô und haben sämtliche Vollmachten. Ich habe mit dem Kellermeister telefoniert und alles arrangiert.»

«Und unser Auftrag lautet, Sir?» erkundigte sich Raffles.

«Auch wenn dieser anhaltende Novembernebel die Freude nicht dämpfen konnte, als die Kirchenglocken der halben Welt gestern um elf Uhr mit überschwenglicher Dankbarkeit den Frieden eingeläutet haben, so steht zu befürchten, daß er noch dichter werden wird. Sie dürften also die Normandie am schnellsten auf dem Schienenweg erreichen. Sie verbringen die Nacht im Ritz und fahren morgen mit dem ersten Zug über Caen nach St. Lô. In der Abtei erwartet Sie ein fahrbereiter Transporter von Gouvion Frères, in den unsere Bestellung verladen wurde.»

Colonel Lees-Garland schloß eine Kommodenschublade auf und nahm einen Umschlag und eine Stabsmappe mit Karte heraus.

«Das Château Rèmy-Latour, wo das Mittagessen stattfindet, ist auf dieser Karte eingezeichnet», führte er aus. «Im Kuvert steckt die Vollmacht für den Kellermeister in St. Lô, die ihn berechtigt, Ihnen die Ladung zu übergeben. Sie liefern den Champagner dann so schnell wie möglich beim Protokollchef ab, der für die Vorbereitungen im Château verantwortlich ist. Ich habe dem Kellermeister der Abtei eingeschärft, die Champagner-Lieferung unbedingt nur an zwei uniformierte und bewaffnete Offiziere meines Stabes auszuhändigen. Das ist der Grund, weshalb Sie für diesen Auftrag Uniform und sämtliche Rangabzeichen tragen sollten. Dabei fällt mir ein – der Krieg ist zwar glücklicherweise vorbei, aber ich nehme an, daß Ihre Revolver geladen sind, oder?»

Auch wenn Raffles und ich während unserer Arbeit für Sektion O selten Uniform getragen hatten, so war sie doch in tadellosem Zustand – unsere Sam-Browne-Gürtel und Revolverhalfter glänzten –, und unsere Revolver waren tatsächlich geladen, wie Raffles dem Colonel versicherte.

«Nicht, daß ich bei dieser Aufgabe – Operation Champagner – mit Problemen rechne», versicherte der Colonel. «Im Vergleich zu so manch anderer Ihrer Missionen in meinem Auftrag dürfte das ein Spaziergang für Sie sein. Es ist übrigens Ihr letzter Auftrag, bevor Sie aus dem Militärdienst entlassen werden und ins Zivilleben zurückkehren können.»

Unser Zivilistendasein als, gegen außen hin, finanziell unabhängige Gentlemen bestritten wir durch Gelegenheitsdiebereien. Aber das wußte Colonel Lees-Garland natürlich nicht. Anderenfalls hätte er es sich vermutlich zweimal überlegt, uns eine Ladung «flüssiges Gold» anzuvertrauen. Ich trank den letzten Schluck Whisky.

«Nur für den unwahrscheinlichen Fall, daß Sie trotzdem in Schwierigkeiten geraten sollten, Raffles», sagte der Colonel, «habe ich Ihnen einen offiziellen Einsatzbefehl von meinem Vorgesetzten, General De Sauvagnac vom Alliierten Oberkommando, beschafft. Bevor Sie zum Essen hinuntergehen, sollten Sie sich den Befehl lieber ansehen.»

Das Dokument, das Colonel Lees-Garland Raffles aushändigte, hätte umfassender nicht sein können. In Französisch und Englisch abgefaßt, lautete es folgendermaßen:

An: Alle Stellen der Alliierten Streitkräfte
Bei Vorlage dieses Einsatzbefehls ist dem Inhaber, Major A. J. Raffles (K.Nr. S/4/828), jede von ihm für nötig erachtete Unterstützung zu gewähren.
Gezeichnet: R. De Sauvagnac, Generalstabsoffizier (I), für
Ferdinand Foch, Marschall von Frankreich
Oberbefehlshaber der Alliierten Streitkräfte

Über den feuchten, grünen Feldern Nordfrankreichs wurde am Tag nach unserem ersten Nachkriegsmahl im Ritz der Nebel allmählich immer dichter. Der Zug war mit alliierten Soldaten überfüllt. Es handelte sich um General Pershings Truppen aus dem Abschnitt Argonne, die – wie ein amerikanischer Offizier in unserem Erstklaßabteil erklärte – auf dem Weg nach Cherbourg waren, wo sie sich nach Hause in die Staaten einschiffen sollten.

«Das haben sie gewiß verdient, Major», bemerkte Raffles. «Ihre Boys haben eine verdammt gute Vorstellung gegeben.»

«Das Kompliment kann ich an Ihre Tommys zurückgeben», entgegnete der Major höflich.

Zigaretten und Flachmänner machten die Runde, und wir diskutierten über die zukünftige Aufteilung der Welt.

«Schätze, es hängt alles von der bevorstehenden Friedenskonferenz von Versailles ab», erklärte der Amerikaner scharfsinnig.

Raffles und ich stimmten ihm zu und tauschten bedeutungsvolle Blicke.

Im weiteren Verlauf des Tages kam der Zug nur noch langsam voran. Immer öfter ertönte das schrille Warnsignal der Lokomotive, und die bislang lautstarke Ausgelassenheit der heimkehrenden Soldaten schlug in Gereiztheit um. Bei ausgedehnten, nicht fahrplanmäßigen Stopps vor teilweise im Nebel verschwindenden roten Signalen steckten die Soldaten die Köpfe aus den Fenstern und verliehen ihrer Meinung über die französische Staatsbahn mit wütenden Tiraden Ausdruck, was der amerikanische Major als «Unmutskundgebung» bezeichnete.

In Caen verließen Raffles und ich den Truppentransportzug, der seine langsame Fahrt nach Cherbourg fortsetzte. Als wir schließlich St. Lô erreichten, war auch das letzte trübe Tageslicht verschwunden. Unsichtbar in Dunkelheit und Nebeldecke, schlug in der alten normannischen Stadt eine sonore Kirchenglocke sechs Uhr abends. Hie und da tauchten aus der weißen Suppe fahle, mit einem Halo umgebene Lichter auf. Ein Gendarm in Pelerine, den wir baten, uns den Weg nach der Prieuré de St. Gabriel zu beschreiben, richtete seine Lampe auf unsere Uniformen.

«Folgen Sie mir!» forderte er uns auf. Er führte uns eine lange, düstere Kopfsteinpflasterstraße entlang. Nach kurzer Zeit hielt er an, leuchtete mit seiner Lampe auf einen Türklopfer und ein schweres, uraltes Tor mit rostigen Eisenbeschlägen in einem flechtenbedeckten, steinernen Torbogen.

«Voilà, messieurs», sagte er, legte zwei Finger an sein Käppi und ließ uns allein.

Raffles betätigte den schweren Türklopfer. Die Schwingungen des Metalls verschluckte der Nebel. Wir warteten. Nichts rührte sich. Raffles wollte schon ein zweites Mal klopfen, als plötzlich ein Guckschlitz in der Tür aufklappte und grelles Licht uns blendete.

«Bonsoir», begann Raffles. «Wir möchten zu Monsieur Yvonnec, dem Kellermeister.»

Ich fühlte, wie unsere Uniformen gemustert wurden, dann sagte eine Stimme in leidlichem Englisch: «Was wünschen Sie?»

«Das hier», antwortete Raffles und schob das Schreiben durch den Schlitz, das uns zur Abholung der Champagner-Lieferung berechtigte.

Das Papier verschwand, der Guckschlitz klappte zu. Wir verharrten in absoluter Dunkelheit. Dann wurde geräuschvoll mit Riegeln und Bolzen hantiert. Die riesigen, schweren Türflügel schwangen knirschend gerade so weit auf, daß wir uns hindurch und in den grellen Lichtschein einer Hochdrucklampe zwängen konnten. Hinter dem Tor empfingen uns zwei Männer mit gezückten Revolvern.

«Ich bin der Kellermeister», stellte sich der größere von beiden vor, ein schlanker Mann im weißen Labormantel, der einen großen Schlüsselring bei sich trug. Sein Ton war barsch:

«Ihre Papiere?»

Wir reichten ihm unsere Dienstausweise. Er riß sie uns aus der Hand. Sein Begleiter, vierschrötig und muskulös, eine grüne Flanellschürze über dem Pullover, war offenbar der Lagermeister. Den Revolver in der einen Hand, die Hochdrucklampe in der anderen, ließ er uns nicht aus den Augen, während der Kellermeister unsere Papiere prüfte. Das Licht fiel auf sein weiches Haar und das schmale, glatte, asketische Gesicht. Seine Züge entspannten sich, als er uns unsere Ausweise zurückgab.

«*Ça va*, Jacques», wandte er sich an den Lagermeister und warf uns ein düsteres Lächeln zu. «Eine merkwürdige Zeit, diese ersten Tage nach dem Krieg, meine Herren. Dem Sieg folgen seine Schmarotzer auf dem Fuß – Saufgelage und Vergewaltigungen, überall kriechen Deserteure aus ihren Löchern. Die Schwarzmarktbanden rechnen mit hohen Profiten und werden immer dreister. Sie plündern Lebensmittel- und Spirituosenlager – Keller wie die unserer Abtei sind natürlich besonders interessant. Sie werden meine Vorsicht verstehen.»

Begleitet vom Lagermeister mit der Lampe, führte uns der Kellermeister zu einem Fahrzeug, das halb verborgen im Nebel auf dem Kopfsteinpflaster im Innenhof stand.

«Transportgelegenheiten sind rar in diesen Zeiten», erklärte er. «Den fahrbaren Untersatz hier benutzen wir selten und nur für Transporte in die Umgebung, aber er erfüllt seinen Zweck.»

Das Fahrzeug war ein uraltes Coupé mit einem zweirädrigen Anhänger. Der Kellermeister löste das Seil, mit dem die Plane über dem Anhänger festgezurrt war. Darunter lagen, dicht gestapelt, zwölf Holzkisten mit dem unübersehbaren Namenszug von Gouvion Frères, Reims.

«Selbstverständlich», sagte der Kellermeister und zurrte die Plane wieder fest, «wird in Flaschen abgefüllter Champagner täglich einmal gewendet – sofern der Kellermeister sein Geschäft versteht. Wohin geht's denn mit dieser Ladung?»

Raffles hatte sich ans Steuer des Zweisitzers gesetzt und leuchtete mit der Taschenlampe prüfend über die Armaturen.

«Der persische Dichter Omar Khayyam», sagte der Kellermeister unvermittelt, «hat sich an einer Stelle mal gefragt, was ein Weinhändler kaufe, das nur halb so kostbar sei wie die Ware, die er verkaufe. Ich hätte ihm die Antwort sofort geben können: Benzin. Ich konnte für Sie eine volle Tankfüllung organisieren. Das dürfte genügen. Ich nehme an, Sie fahren nach Paris?»

«Bunny», sagte Raffles zu mir, «dreh mal tüchtig an der Anlasserkurbel.»

Er schaltete die Scheinwerfer mit Messingfassung ein, deren schwacher Lichtschein die Nebelwand lediglich leicht gelb färbte. Ich bediente mehrfach die Anlasserkurbel. Endlich sprang der Motor an. Ich rannte zur Beifahrerseite und setzte mich neben Raffles in das heftig vibrierende Coupé. In seinem Innern war es so eng wie in einem Hühnerstall. Raffles verstellte einen Hebel am Steuerrad, und das Dröhnen des Motors wurde leiser. Dann dankte er dem Kellermeister für seine Bemühungen.

Daraufhin sagte letzterer mit eisiger Arroganz: «Ich erwarte, daß das Fahrzeug so bald wie möglich zurückerstattet wird – mit vollem Tank, versteht sich.»

«Können Sie haben», erwiderte Raffles.

Jacques, das Muskelpaket von Lagermeister, schob das uralte Hoftor auf. Die unsichtbare Kirchenglocke schlug erneut. Die beiden Glockentöne verhallten dumpf im Nebel. Es war halb sieben Uhr abends, als wir die Prieuré de St. Gabriel verließen und uns auf die Suche nach der Straße nach Versailles machten.

Selbst als wir die *route nationale* gefunden hatten, wurde die Sicht nicht besser. Ich mußte unwillkürlich an die Zeit vor dem Krieg denken. Damals hatten wir stets Nächte wie diese für unsere kriminellen Abenteuer gewählt.

«Raffles», sagte ich, «unser alter Londoner Freund und Hehler, Ivor Kern, würde uns für die Fracht, die wir da hinter uns herziehen, einen fetten Preis zahlen.»

Ich fand den Gedanken amüsant. Raffles jedoch antwortete in ernstem Ton: «Bunny, der Mann, an den ich in diesem Zusammenhang denke, würde uns ebenfalls einen fürstlichen Preis zahlen – und er ist nicht so weit weg wie London. Er sitzt in Paris. Und was noch besser ist, er ist Weinhändler; ein wohlhabender dazu. Und, wie wir beide von früheren Eskapaden her wissen, dazu noch ein Gauner.»

Ich merkte, wie ich nervös wurde.

«Raffles», mahnte ich. «Wir haben uns beim Militär nichts zuschulden kommen . . .»

«Du meinst, wir wären Idioten, uns so kurz vor der Ausmusterung einen rabenschwarzen Eintrag in die Personalakte einzuhandeln», ergänzte Raffles. «Durchaus vernünftig, Bunny. Unter den gegenwärtigen Umständen dürfen wir nichts riskieren. Der verdammte Nebel ist gefährlich genug. Wir können jederzeit mit einem anderen Fahrzeug zusammenstoßen. Also halt die Augen offen!»

Er starrte angestrengt auf den Straßenrand. Die schmale Grasnarbe war das einzige, woran wir uns im lächerlich schwachen Licht der Scheinwerfer orientieren konnten. Nur gelegentlich tauchten urplötzlich andere Autos – meistens Armeefahrzeuge – aus dem Nebel auf. Sie fuhren ebenso vorsichtig an uns vorbei wie wir an ihnen. Es herrschte jedoch wenig Verkehr, und allmählich, während wir Kilometer um Kilometer zurücklegten, forderten die schlechten Sichtverhältnisse ihren Zoll. Ich konnte die Augen kaum noch offenhalten.

In der Enge des klapprigen Zweisitzers schaltete ich hin und wieder – um mich wachzuhalten – meine Taschenlampe ein und studierte die Karte in der Stabsmappe auf meinen Knien. Viel half das jedoch nicht. Wie ich mich auch abmühte, es gelang mir nicht, wach zu bleiben.

Das Gefühl, daß sich etwas grundlegend verändert hatte, ließ mich so abrupt aus meinem Schlummer hochfahren, daß ich mir beinahe den Nacken verrenkt hätte.

Das Coupé, die Scheinwerfer trübe in die Nebelwand gerichtet, stand mit laufendem Motor still, und Raffles sagte: «Wir sind an einer Straßengabelung. Dort drüben steht ein Schild, aber ich kann's nicht lesen. Steig mit deiner Taschenlampe aus, Bunny, und sieh nach, was draufsteht.»

Der Nebel, der sich eisig auf mein Gesicht legte, weckte meine Lebensgeister etwas, als ich aus dem Wagen stolperte. Ich leuchtete mit meiner Taschenlampe auf das Hinweisschild und rief Raffles zu: «Links nach Argentan! Geradeaus nach Verneuil und Versailles!»

«Gut», sagte Raffles. «Wir sind richtig.»

Ich ging zum Auto zurück. Der Lichtkegel meiner Lampe glitt

über das Coupé. Mein Herz setzte einen Schlag aus. Die Knie wurden mir weich.

«Was ist los?» fragte Raffles.

Ich wußte nicht, wie ich es ihm beibringen sollte. Ich hatte einen Kloß im Hals.

«Der Anhänger», brachte ich schließlich heraus. «Er hat sich selbständig gemacht.»

Raffles stieg aus und leuchtete mit seiner Taschenlampe ebenfalls auf das Heck des Coupés. Er zog scharf die Luft ein.

«Wir müssen zurückfahren», sagte er, «und das verdammte Ding suchen.»

Raffles meinte, daß sich der Anhänger auf einem der besonders schlechten Straßenabschnitte losgerüttelt haben mußte.

«Mein Fehler», sagte er. «Ich hätte merken müssen, daß die alte Klapperkiste plötzlich leichter zog.»

Die Blicke wie gebannt auf die Straßenränder gerichtet – Raffles konzentrierte sich auf seine Seite, ich suchte meine ab –, holperten wir im Schneckentempo Kilometer um Kilometer der Strecke zurück, die wir bereits zurückgelegt hatten, und fanden den Anhänger. Er stand mit deutlicher Schräglage auf der Wiese am Straßenrand. Wir zwängten uns aus dem Zweisitzer und betrachteten das gute Stück im Schein unserer Taschenlampen. Die Plane war festgezurrt und unbeschädigt.

«Nicht viel passiert», sagte ich.

«Der Meinung kann man nur sein, wenn man eine Methode kennt, einen zweirädrigen Anhänger mit nur noch einem Rad hinter sich her zu ziehen.»

Erst jetzt sah ich, mit sinkendem Mut, was passiert sein mußte. Nachdem sich der Anhänger vom Coupé gelöst hatte, hatte er offenbar seine Fahrt zuerst allein fortgesetzt, war einen Abhang hinuntergerollt und hatte dabei einen dicht an der Straße stehenden Telegrafenmasten mit hohem Tempo gestreift. Dabei war eine Radkappe verlorengegangen und ein Rad hatte sich selbständig gemacht, wodurch die Fahrt des Anhängers jäh gestoppt worden war.

Wir brachten eine halbe Stunde vergeblich damit zu, die Straßengräben nach dem fehlenden Rad abzusuchen. Es mußte sehr weit davongerollt sein. Die Operation Champagner jedenfalls saß damit im Nebel fest. Ich persönlich hatte keine Ahnung, wo wir uns überhaupt befanden. Raffles stand bereits neben dem Coupé und studierte im Licht seiner Taschenlampe die Karte.

«Während du geschlafen hast, sind wir durch eine kleine Stadt gekommen. Der Karte nach muß das Flers gewesen sein. Da war eine Autowerkstatt. Ich bleibe lieber beim Anhänger und seiner Ladung. Möchte nicht riskieren, daß wir ihn wieder verlieren. Du fährst mit dem Coupé nach Flers, suchst die Werkstatt und siehst zu, daß du einen Lieferwagen mieten kannst. Das Coupé läßt du bei der Werkstatt zurück. Wir holen es später. Anschließend kommst du mit dem Lieferwagen so schnell wie möglich –» Er verstummte abrupt. «Nein! Warte! Hörst du das?»

Ich hörte Motorengeräusch. Es wurde immer lauter.

«Vermutlich wieder ein Militärfahrzeug», sagte Raffles.

Er trat auf die Straße und gab mit seiner Taschenlampe Blinkzeichen. Starke Scheinwerfer pflügten sich plötzlich durch den Nebel. Eine schwere Limousine mit Chauffeur hielt mit quietschenden Bremsen an. Die Innenbeleuchtung des Wagens ging an, ein Fenster wurde heruntergekurbelt, und ein barhäuptiger Männerkopf schaute heraus. Als der Mann sah, daß wir Uniform trugen, fragte er prompt: «Was soll das? Eine Straßensperre?» Er schien Amerikaner zu sein. Sein Pelzmantel und der Duft seiner Zigarre ließen auf einen einflußreichen Zivilisten schließen. «Beeilen Sie sich», fügte er hinzu. «Ich muß nach Cherbourg.»

«Wenn das so ist, Sir», entgegnete Raffles und trat näher, um ins Fenster sehen zu können, «kommen Sie als nächstes durch Flers. Kann nicht mehr weit sein. Wäre Ihnen dankbar, wenn Sie meinen Lieutenant bis dorthin mitnähmen.»

«Selbstverständlich», erwiderte der Amerikaner. Er öffnete die Tür zum Fond des Wagens. «Steigen Sie ein, Lieutenant.»

«Auf diese Weise kommst du schneller nach Flers, Bunny», wandte sich Raffles an mich. «Rein mit dir!»

Als ich in der Limousine davonfuhr, vermutete ich in dem Amerikaner einen Diplomaten, der mit den Vorverhandlungen zum Versailler Vertrag befaßt und auf dem Weg nach Cherbourg sei, um von dort zu Konsultationen ins Weiße Haus weiterzureisen. Das entpuppte sich als Irrtum. Der Mann stellte sich mir als Alexander Woollcott, Korrespondent der amerikanischen Soldatenzeitung *Stars and Stripes,* vor.

«Herausgegeben in Paris», ergänzte er. «Ich will nach Cherbourg, um von den ersten Heimkehrern zu berichten, die sich dort in die Staaten einschiffen. Aber bei dem verdammten Nebel komme ich vermutlich erst an, wenn der Truppentransporter längst abgelegt hat.»

Ich war froh, ihn diesbezüglich beruhigen zu können.

«Zufällig bin ich den Jungs vom Amerikanischen Expeditions-Korps heute im Zug aus Paris begegnet», berichtete ich ihm. «Die sind vermutlich noch nicht mal in der Nähe von Cherbourg. Der Zug, in dem sie sitzen, ist eine Schnecke.»

Der Korrespondent atmete sichtlich auf und erzählte, er sei spät aus Paris weggekommen, weil er Probleme gehabt habe, einen Wagen zu organisieren.

«Überall finden Freudenfeste wegen des Waffenstillstandes statt. Alles, was Räder hat, ist absolute Mangelware», seufzte er. «Ich mußte einen Sergeant von der amerikanischen Fahrbereitschaft in Paris bestechen, um für *Stars and Stripes* eine Limousine für die Hin- und Rückfahrt nach Cherbourg zu kriegen. Der Wagen wurde ursprünglich zusammen mit seinem französischen Chauffeur für Colonel House requiriert. House ist ein hohes Tier in der Politik. Er ist auf dem Weg von Washington nach Paris, wird aber erst morgen abend in Paris erwartet.»

Natürlich hätte ich dem amerikanischen Reporter sagen können, daß Colonel House seine Limousine erst übermorgen brauchen würde, um zu einem wichtigen Treffen im Wald bei Versailles zu fahren, aber ich schwieg. Schließlich war das eine Geheimsache.

«Ich muß den Wagen morgen nachmittag bis spätestens vier Uhr nach Paris zurückbringen», seufzte Woollcott. «Anderenfalls sitzt der Sergeant von der Fahrbereitschaft, dieser Gauner, ganz schön in der Tinte.»

«Wirklich ein tolles Auto, Mr. Woollcott», sagte ich bewundernd.

«Schätze, sie haben ihn irgendeinem Kriegsgewinnler abgenommen», meinte der Reporter. «Seinen Pelzmantel hat er jedenfalls im Auto vergessen. Genau das richtige für eine Nacht wie diese.»

Der Zeitungskorrespondent war ein gut informierter Mann, kannte unzählige Anekdoten über das Amerikanische Expeditions-Korps und wußte erstaunlich gut über die laufenden Theaterprogramme in New York Bescheid. Er war der Meinung, daß der Broadway durch das blendende Talent junger, aus dem Krieg heimkehrender Dramatiker einen ungeahnten Aufschwung nehmen würde.

«Einige dieser Leute gehen vermutlich gerade jetzt in Cherbourg an Bord des Truppentransporters», schloß er.

So faszinierend Woollcotts Erzählungen auch waren, beherrschte mich nur der Gedanke, so schnell wie möglich mit irgendeinem für die Operation Champagner geeigneten Fahrzeug zu Raffles zurückzukehren. Und die Strecke nach Flers zog sich unerwartet lange hin. Ich war erleichtert, als die Limousine endlich durch die Kleinstadt rollte und ich im Scheinwerferlicht eine einzelne Zapfsäule erblickte, die zu einer Werkstatt gehören mußte. Ich bat Woollcott anzuhalten.

Die Tür zur Werkstatt war geschlossen, doch ein Stockwerk höher war im Nebel ein Lichtschimmer hinter einem Fenster zu erkennen. Ich rief zum Fenster hinauf. Niemand antwortete.

Der Reporter setzte eine Kopfbedeckung auf, stieg aus dem Wagen und sagte: «Lieutenant, neben der Zapfsäule hängt eine Glocke.»

Er zog an der Klingelschnur und löste damit einen ohrenbetäubenden Lärm aus, der durch all den Nebel und die ganze kleine französische Stadt gehallt sein mußte. Er klingelte ein zweites Mal. Es schien ihm ungeheuren Spaß zu machen.

«He! Das bringt mich auf eine Idee: Ich schreibe eine Klatschkolumne – oder eine Radiosendung unter dem Titel ‹Hört den Herold›! Der Rundfunk, das ist es, was nach dem Krieg Zukunft hat.»

«Hat Pepp, der Titel, Mr. Woollcott», lobte ich.

«Bin eben ein Naturtalent», sagte er und zog erneut euphorisch an der Klingelschnur.

Plötzlich flog das erleuchtete Fenster über der Werkstatt auf, ein Mann beugte sich heraus und brüllte: *«Fermé! Fermé! Pas de l'essence!»*

«Haben Sie zufällig einen Lieferwagen zu vermieten?» schrie ich zurück.

«Lieferwagen?» Der Mann lachte humorlos. «In ganz Flers fährt seit Jahren kein Auto mehr. Keine Reifen. *Allez-vous-en!*»

Damit fiel das Fenster krachend wieder zu.

Zögernd wie jeder Herold früherer Zeiten, der ohne seine Glocke nicht sein konnte, griff Woollcott noch einmal nach der Klingelschnur und zog kräftig daran.

«Hätte Ihnen ja gern geholfen, Lieutenant», bedauerte er. «Aber inzwischen gehen die Truppen in Cherbourg sicher schon an Bord. Ich muß weiter.» Er drehte sich zum Wagen um und blieb abrupt stehen. «Ich glaube, ich höre einen Lastwagen!»

Was sich da näherte, klang tatsächlich wie ein größeres Fahrzeug. Was dann aber mit dröhnendem Motor und quietschenden Bremsen anhielt, war nichts anderes als der winzige Zweisitzer der Firma Gouvion Frères, dem Raffles entstieg. Er sah mich fragend an. Ich schüttelte den Kopf.

«Kein Glück», sagte ich. «Das können wir in den Kamin schreiben.»

«Was ist mit diesem Gentleman?» wollte Raffles wissen.

«Mr. Alexander Woollcott», stellte ich vor. «Er ist auf dem Weg zu einer Reportage über die Heimkehr des Amerikanischen Expeditions-Korps in Cherbourg. Er ist der Frankreich-Korrespondent von *Stars and Stripes*.»

«Eine Militärzeitung», stellte Raffles fest.

«Entschuldigen Sie mich, meine Herren», meldete sich Woollcott zu Wort. «Ich muß mich auf den Weg machen.»

«Augenblick noch, Mr. Woollcott!» hielt Raffles ihn zurück. «Kurz nachdem Sie in Ihrer Limousine davongefahren waren und meinen Lieutenant mitgenommen hatten – wofür ich Ihnen zu Dank verpflichtet bin –, fiel mir auf, daß ich während unserer Unterhaltung neben Ihnen auf dem Rücksitz eine Mütze liegen sehen hatte. Ihr auffälliger Pelzmantel hat mich vorübergehend abgelenkt, aber dann wurde mir klar, daß es sich um eine Uniformmütze gehandelt haben mußte, was mich stutzig gemacht hat. Ich hielt es daher für angebracht – auch für den Fall, daß mein Lieutenant bei seiner Mission kein Glück haben sollte –, Ihnen nachzufahren. Wie ich sehe, haben Sie die Mütze jetzt auf, und ich finde meine Annahme bestätigt. Vor allem, wenn ich auch noch Ihre amerikanischen Militärstiefel und die Uniformhose in Betracht ziehe, die Sie tragen. Den Rest Ihrer Uniform und Ihre Rangabzeichen verdeckt der Pelzmantel.»

«Ich bin einfacher Soldat», erklärte der Korrespondent verwirrt. «Aber ...»

«Was Sie anhaben, ist mir egal», unterbrach Raffles ihn lächelnd. «Die Sache ist die ... ich muß Ihnen einen Tausch vorschlagen.»

«Diesen Mantel gegen Ihren?» fragte der Korrespondent begriffsstutzig.

«Nein», wehrte Raffles ab. «Ihren Wagen gegen unseren.»

«Bei allem Respekt, Major!» rief Woollcott entsetzt. «Das können Sie nicht verlangen!»

«Bei nicht minderem Respekt meinerseits muß ich Ihnen sagen, daß ich das sehr wohl verlangen kann», entgegnete Raffles. «Ich habe Order, eine wichtige Ladung zu einer bestimmten Zeit an einem bestimmten Ort abzuliefern. Der Anhänger mit dieser Fracht ist durch ein Mißgeschick nicht mehr fahrtüchtig. Das Zugfahrzeug, das Coupé, ist zu klein, um die Ladung aufzunehmen – was man von Ihrer Limousine wahrlich nicht behaupten kann. Daher bin ich gezwungen, Ihren Wagen zu requirieren.»

«Er wurde bereits requiriert», protestierte der Reporter. «Und zwar für die Fahrbereitschaft des amerikanischen Oberkommandos in Paris. Wenn Sie den Wagen stehlen ...»

«Stehlen?» wiederholte Raffles. «Tausch ist kein Diebstahl, Soldat. Ich überlasse Ihnen den Zweisitzer. Hier ist unser Einsatzbefehl. Werfen Sie mal einen Blick drauf. Er ist von Marschall Foch, dem Oberkommandierenden der Alliierten, unterzeichnet.»

Raffles reichte Woollcott das Dokument. Der Amerikaner las es im grellen Scheinwerferlicht der Limousine mit nachdenklicher Miene.

«Ich bin sicher, Sie begreifen jetzt die Situation», bemerkte

Raffles, nahm ihm das Schreiben wieder ab und steckte es in die Tasche. «Verschwenden wir keine Zeit mehr. Mit dem nötigen Glück kommen Sie mit dem Coupé bis Cherbourg. Schätze, Sie haben's ebenso eilig wie wir.»

Damit wandte er sich dem Chauffeur zu, der sich gerade eine Zigarette gedreht hatte, und wies ihn auf französisch an, von der Limousine in das Coupé umzusteigen. Er gehorchte achselzuckend, und Raffles und ich setzten uns in den großen, schweren Wagen. Raffles übernahm das Steuer und drückte auf den Anlasser.

Das sonore Brummen des Motors ertönte, und Raffles rief dem Amerikaner im Pelzmantel, der völlig konsterniert neben dem Wagen stand, zu: «Tut mir aufrichtig leid, aber wir sitzen alle drei im selben Boot. Wir sind die Spielbälle des Oberkommandos.»

Während wir im Nebel davonfuhren, brach hinter uns ein entsetzliches Getöse los. Es war erneut die Werkstattklingel, die anschlug und mit der Penetranz einer Feuersirene durch die Nacht hallte.

«Was zum Teufel denkt sich dieser Woollcott eigentlich?» fragte Raffles. «Was soll der Krach?»

«Reagiert vermutlich seine Wut ab», antwortete ich. «Kann ihn verstehen. Wenn dieser Wagen hier nämlich nicht bis morgen nachmittag vier Uhr wieder bei der Fahrbereitschaft des amerikanischen Heeres in Paris ist, steckt Woollcott in Schwierigkeiten.»

«Die wollen wir ihm gern ersparen», sagte Raffles. «Sobald wir unsere Ladung im Château Rémy-Latour abgeliefert haben, fahren wir nach Paris und geben den Wagen bei den Amerikanern wieder ab.»

«Gute Idee», sagte ich erleichtert. «Damit ist Woollcott aus dem Schneider. Ein interessanter Bursche – ein fähiger Journalist mit schneller Auffassungsgabe. Diese Werkstattglocke hat ihn gleich zu einer witzigen Nachrichtenserie für Zeitung oder Rundfunk inspiriert. Er will sie ‹Hört den Herold› nennen.»

«Was für ein Glück, daß ich seine Uniformmütze gesehen habe – bevor er einen Dreispitz daraus machen konnte!» stöhnte Raffles.

Das Schrillen der Klingel verklang allmählich hinter uns im Nebel.

Die Limousine, die ursprünglich für Colonel House, den geheimnisvollen Präsidentenberater auf dem Weg von Washington nach Paris, requiriert worden war, glitt wesentlich schneller und lautloser dahin als das klapprige Coupé. Die starken Scheinwerfer waren nach den Funzeln des Zweisitzers geradezu eine Erholung. Als wir jedoch immer weiter durch den Nebel fuhren, ohne den Anhänger zu entdecken, begann ich allmählich unruhig zu werden. Raffles erging es ähnlich.

«Dort, wo wir den Anhänger zurückgelassen haben, führte die Straße durch eine kleine Senke», bemerkte er unvermittelt. «Ich bin sicher, daß das gerade die Mulde war. Ein Kieshaufen lag am Straßenrand, daran erinnere ich mich genau. Ich glaube, wir sollten noch mal genauer nachschauen.»

Raffles fuhr die Limousine im Rückwärtsgang dicht am Straßenrand entlang in die Senke zurück und trat abrupt auf die Bremse.

«Da ist er», erklärte er. «Kein Wunder, daß wir ihn nicht gesehen haben.»

Der Anhänger stand nicht mehr an seinem alten Platz am Straßenrand. Das ihm verbliebene Rad ragte im Scheinwerferlicht kaum erkennbar aus einem tiefen Graben.

Wir stiegen hastig aus. Im Schein unserer Taschenlampen entdeckten wir schnell, was geschehen war.

Der Anhänger war leer. Die Abdeckplane fehlte. Die zwölf Kisten Champagner waren verschwunden.

Mein Puls raste. Ich stand wie angewurzelt und hielt meine Taschenlampe ungläubig auf den umgekippten leeren Anhänger gerichtet. Die Plane lag ein Stück weiter in brackigem Wasser.

«Verdammt! Diebe!» hörte ich Raffles fluchen. «Und das war nicht nur einer. Sieh dir das an!»

Ich richtete den Lichtkegel meiner Taschenlampe auf die schlammige Wiese, die er so eingehend betrachtete.

«Spuren!» rief ich.

«Klar wie Kloßbrühe», stimmte Raffles mir zu. «Stiefelabdrücke, Wagenspuren, Hufspuren. Die Diebe haben den Anhänger entdeckt, ihn abgeladen und im Graben versteckt. Komm, wir müssen den Spuren folgen!»

Wir stiegen wieder in den Wagen. Raffles wendete. Im Scheinwerferlicht waren die Spuren auf der morastigen Straße deutlich zu erkennen. In langsamem Tempo folgten wir fast zwei Kilometer weit den Spuren. Dann bogen diese nach rechts ab, durch ein halbverfallenes Hoftor, das offenstand. Von dort führten sie über eine mit Schlaglöchern und Pfützen durchsetzte Hofauffahrt. Raffles hielt die Limousine an, als die Scheinwerfer im Nebel den Wagen erfaßten, der die Spuren hinterlassen hatte. Es war der Mistkarren eines Bauern, die Deichsel hochgestellt, das Pferd ausgespannt. Dahinter war schemenhaft ein langgestrecktes Bauernhaus mit nassem Strohdach zu erkennen.

«Halt die Pistole bereit», flüsterte Raffles, als wir ausstiegen.

Vorsichtig stapften wir durch den tiefen Morast auf das Bauernhaus zu. Links von der Tür lag ein dampfender Misthaufen, rechts davon war ein dürftig erleuchtetes Fenster. Drinnen waren Stimmen zu hören. Lautlos betätigte Raffles den einfachen Türriegel und drückte leicht dagegen. Die Tür war unverschlossen. Er stieß sie auf. Mit gezückten Revolvern stürmten wir hinein – der Anblick, der sich uns bot, war der eines rustikalen Trinkgelages.

Wir befanden uns in einer Küche. Drei häßliche junge Kerle lümmelten sich um einen Tisch, auf dem verstreut die Reste eines einfachen Abendessens lagen, und tranken Champagner aus Magnumflaschen.

«*A votre santé, messieurs*», begrüßte Raffles sie.

Sie starrten uns aus offenen Mündern an. Einer grobknochigen Frau, die gerade dabei war, in einem qualmenden Torffeuer herumzustochern, fiel der Schürhaken aus der Hand. Auf dem unebenen Steinfußboden der Küche standen aufgestapelt die gestohlenen Champagnerkisten. Eine davon war aufgebrochen. Strohhüllen von Magnumflaschen lagen verstreut, wo offenbar eine Flasche zerbrochen war. Ein von Flöhen wimmelnder Pointer leckte die Lache Champagner vom Boden auf.

Die kräftige Frau in Holzpantinen knetete ihre schmuddelige

Schürze in den Händen. Sie hatte ihr dünnes Haar auf Lockenwickel aus Zeitungspapier aufgedreht und erklärte uns jammernd, ihre Söhne hätten den Champagner bei ihrer Rückkehr aus der Dorfkneipe gefunden.

«Wir sind ehrliche Leute, *messieurs*», versicherte sie uns. «Der Inspektor bürgt für uns. Ich wollte gerade vom Telefon des Inspektors die Polizei anrufen und den Fund melden!»

«Ach wirklich?» sagte Raffles.

Er beobachtete seltsam interessiert den Hund.

«Ich schwöre es!» beharrte die Frau. Der Hund wankte auf unsicheren Beinen zu einem Sack auf dem Boden in der Ecke. «Zugegeben, meine Söhne hätten die eine Kiste nicht öffnen dürfen, aber – *que voulez-vous?*» Ihr Achselzucken drückte die Hilflosigkeit einer Mutter aus. «Sie waren im *estaminet*, haben den Waffenstillstand gefeiert, und sie wußten nicht mehr, was sie taten.»

Mit einem trunkenen Seufzer sank der Hund auf den Sack in seiner Ecke. Raffles' Blick wanderte von dem Tier zu den drei Dieben am Tisch. Sie lächelten ihn schuldbewußt an. Allzu intelligent sahen sie nicht aus.

«*Pardon*», sagte Raffles, nahm einem der Saufbolde seine Magnumflasche ab und drehte sie mit der Öffnung nach unten. Sie war leer. «*C'est bon, le vin?*» fragte Raffles lächelnd.

Die ungeschlachten Trottel grinsten und nickten dümmlich wie Marionetten. Offenbar begannen sie die Wirkung ihres hemmungslosen Besäufnisses allmählich zu spüren.

«Bunny», sagte Raffles und betrachtete die drei Bauerntölpel aufmerksam. «Behalte diese Zierden des Landlebens im Auge. Madame, wo ist das Telefon, von dem aus Sie die Polizei anrufen wollten?»

«In meinem Wohnzimmer. Es ist für den Inspektor vom Landwirtschaftsamt bei uns installiert worden. Auf diese Weise ist er auf seinen Überlandfahrten erreichbar. Und ein Inspektor muß schließlich erreichbar sein, nicht wahr?»

«Zeigen Sie es mir», forderte Raffles sie auf.

Im nächsten Moment war ich mit den drei Zechern allein. Ich ließ sie nicht aus den Augen. Sie hingen benommen auf ihren Stühlen, starrten mich mit dümmlichem Ausdruck an und gaben außer gelegentlichen Rülpsern, die den Champagnerdunst im Raum noch unerträglicher machten, keinen Laut von sich. Ihr Zustand verschlechterte sich zusehends. Sie konnten sich kaum noch aufrecht halten. Einer von ihnen kippte schließlich mit dem Stuhl um, fiel zu Boden und blieb mit ausgestreckten Beinen liegen. Seine Brüder glotzten auf ihn hinunter und starrten dann blinzelnd und vorwurfsvoll auf meinen Revolver, als hätte ich den elenden Säufer erschossen.

Ihre Mutter kam mit klappernden Holzschuhen zurück. «*Tiens!*» rief sie angeekelt aus. «Diese Saufbrüder! Es ist eine Schande! Wie können sich meine Söhne nur so schlecht benehmen? Sie sind keinen Champagner gewöhnt. *C'est l'Armistice qui fait mal!*»

Sie erging sich weiter in Entschuldigungen für das unanständige Benehmen ihrer Söhne, und ich war erleichtert, als Raffles zurückkam. Er beugte sich über den auf dem Boden liegenden Bauerntölpel, hob ein Augenlid hoch, fühlte seinen Puls und sah dann seine unseligen Brüder an.

«Völlig hinüber, die Kerle», stellte er fest. «Gelinde ausgedrückt.» Er zuckte die Schultern. «Komm, Bunny. Wir müssen die Fracht selbst in den Wagen laden.»

Die kräftige Mutter dieser Söhne war nicht davon abzubringen, uns zu helfen. Wir trugen elf unversehrte Kisten Champagner zur Limousine hinaus und stapelten sie in den Fond. Dann nahmen wir auf den Vordersitzen Platz und fuhren den Feldweg zurück und wieder auf die *route nationale* nach Paris.

Der Nebel lichtete sich noch immer nicht, und ich begann mir Sorgen wegen des Champagners zu machen. Er war wesentlich länger und heftiger durchgeschüttelt worden als geplant, und ich fragte mich, ob er nach der Übergabe an den Protokollchef, der uns sicher ängstlich im Château Rémy-Latour erwartete, bis zum Mittagessen am darauffolgenden Tag wieder trinkbar sein würde. Ich fragte Raffles nach seiner Meinung.

«Das beschäftigt mich auch, Bunny», sagte er. «Deswegen habe ich vorhin telefoniert.» Auf die Straße konzentriert, fügte er hinzu: «Halt die Augen offen!»

Mir kam ein Gedanke. Ich knipste die Taschenlampe an und sah auf meine Uhr. Es war lange nach Mitternacht. Der Dreizehnte war also vorbei. Raffles sagte ich nichts davon. Er war nicht abergläubisch. Ich dagegen war überzeugt, daß wir das Schlimmste überstanden hatten und sich alles zum Besseren wenden müsse. Um so unglücklicher machte es mich, als, nachdem der Wagen wer weiß wie viele Kilometer mit sanft brummendem Motor zurückgelegt hatte, plötzlich vor uns drei rote Laternen einer Straßensperre aus dem Nebel auftauchten.

«Gütiger Himmel!» entfuhr es mir. «Was jetzt?»

Raffles bremste sanft ab. Neben einer der drei roten Laternen auf der Straße erkannte ich einen Gendarm in schwarzer Pelerine. Auf der Wiese am Straßenrand standen gegeneinander gelehnt drei Fahrräder. Zwei weitere Gendarmen näherten sich von beiden Seiten unserem Auto. Die Lichtkegel ihrer Taschenlampen erfaßten zuerst uns, dann die Holzkisten auf dem Rücksitz, und richteten sich erneut auf uns. Mein Herz setzte einen Schlag lang aus, als ich ihre gezückten Revolver sah.

«Sie haben uns lange in der Kälte warten lassen», begann der Gendarm auf Raffles' Seite voller Zynismus. «Schalten Sie den Motor ab und steigen Sie aus – mit erhobenen Händen!»

«Einen Moment mal!» entgegnete Raffles. «Wie Sie sehen, tragen wir Uniform. Wir sind in offiziellem Auftrag unterwegs – hier ist unser Einsatzbefehl...»

«Ja, ich weiß. Und der stammt natürlich von keinem Geringeren als Marschall Foch», fiel der Gendarm ihm ins Wort. «Stimmt alles mit der Meldung überein, die bei uns eingegangen ist. Sie fahren einen Wagen, der einem Angehörigen des Amerikanischen Expeditions-Korps gestohlen worden ist!»

«Der Herold!» murmelte Raffles. «Dein Freund hat es tüchtig klingeln lassen, Bunny – per Telefon –, und hat seine Neuigkeiten über den Äther verbreitet!»

«Sie tragen gestohlene Uniformen, haben einen gefälschten Einsatzbefehl bei sich und fahren mit einer Ladung Schwarzmarktware nach Paris!» erklärte der Gendarm böse.

«Na, so was», seufzte Raffles. «Er hat nicht nur seine Neuigkeiten ausposaunt, sondern auch noch seinen Kommentar dazu abgegeben.»

«Steigen Sie unverzüglich aus!» befahl der Gendarm. «Oder

Sie werden wegen Widerstand gegen die Staatsgewalt erschossen!»

«Höhere Gewalt, Bunny», sagte Raffles mit einem Seufzer.

Er tat so, als wolle er den sanft brummenden Motor abschalten. Statt dessen legte er blitzschnell den ersten Gang ein. Der Motor heulte auf. Raffles riß das Steuer herum. Der Wagen schoß vor, und Raffles lenkte ihn auf die Wiese. Die drei Fahrräder flogen durcheinander. Die Limousine krachte über sie hinweg und der Wagen tat einen Satz. Ich wurde von meinem Sitz nach vorn geschleudert, und mein Kopf knallte mächtig gegen die Windschutzscheibe. Eine Sternengalaxie blitzte vor meinen Augen auf, dann wurde es dunkel um mich.

Ein bestimmtes berühmtes Bronzedenkmal des Kaisers Napoleon im Krönungsornat, mit einem Lorbeerkranz auf dem Haupt, stand plötzlich auf hoher Säule vor mir. Als ich die Statue, zu der ich durch die zerbrochene Windschutzscheibe aufsah, im winterlichen Tageslicht allmählich erkannte, wurde mir klar, wo ich mich befand.

«Paris», hörte ich mich sagen. Meine Zunge fühlte sich dick und pelzig an, als hätte ich versehentlich darauf gebissen. «Place Vendôme –»

«In dieser Minute sind wir vor dem Ritz vorgefahren», ertönte Raffles' Stimme. «Es ist neun Uhr morgens.»

Ich merkte, daß ich mich halb liegend auf dem Beifahrersitz der Limousine befand, die wir nach meiner Erinnerung für die Operation Champagner requiriert hatten.

Raffles, der am Steuer der Luxuskarosse saß, sah besorgt auf mich herab.

«Du könntest dich mal wieder rasieren», bemerkte ich.

«Warte, bis du dich im Spiegel siehst», entgegnete er und lächelte erleichtert. «Sie haben dir deinen Skalp mit drei Stichen zusammengenäht, und dein Auge ziert ein hübsches Veilchen. Ansonsten fehlt dir nichts. Trotzdem bleibst du am besten im Wagen. Keine Sorge! Den Champagner habe ich abgeliefert. Ich gehe jetzt nur schnell ins Ritz und sage Colonel Lees-Garland Bescheid. Bleib schön sitzen und ruh dich aus!»

«Kommt nicht in Frage», widersprach ich. «Ich will wissen,

wieviel ich versäumt habe. Ich komme mit. Mir geht's prächtig.»

Das war eine Lüge. Mir brummte der Schädel, und als ich mich aufrichtete, um meine Uniformmütze aufzusetzen, stellte ich fest, daß sie für meinen bandagierten Kopf zu klein geworden war. Ich stieg trotzdem aus dem Wagen, strich meine Uniformjacke glatt, rückte meinen Sam-Browne-Gürtel zurecht und versuchte, so präsentabel wie möglich auszusehen. Dann folgte ich Raffles auf etwas unsicheren Beinen ins Ritz. Der Mann am Empfang musterte mich reichlich kühl. Dennoch rief er den Pagen, der uns zur Suite des Colonels bringen sollte. Als wir dort ankamen, saß der Colonel gerade beim Frühstück.

«Großer Gott, Manders!» rief er bei meinem Anblick aus und stand auf. «Ich dachte, der verdammte Krieg sei vorbei!»

Er schenkte uns beiden Kaffee ein, gab einen besonders großzügigen Schuß Kognak in meine Tasse und sagte: «Schießen Sie los, Raffles! Sie hatten mich von diesem Bauernhof aus angerufen. Das war um Viertel nach ein Uhr heute morgen. Sie haben mir berichtet, daß Sie mit dem Korrespondenten von *Stars and Stripes* die Autos tauschen mußten. Was mich besonders interessiert, ist, was Sie zu der Frage veranlaßt hat, die Sie mir gestellt haben?»

«Ganz einfach: das Saufgelage, das wir dort vorgefunden haben, Colonel», erwiderte Raffles. «Diese Bauerntölpel schütteten den Champagner, den sie zufällig am Straßenrand entdeckt hatten, ganz unbedarft in sich hinein. Wie Kinder, die Bonbons von Fremden nehmen, oder Hunde, die irgendwo einen Knochen finden. Es hätte genausogut Gift im Champagner sein können. Jedenfalls war mir flüchtig der Gedanke gekommen. Dabei ist mir etwas eingefallen, das Sie zu uns gesagt hatten. Sie erwähnten, der Kellermeister von St. Lô sei schon seit *vielen Jahren* bei Gouvion Frères beschäftigt. Das allerdings, Colonel, konnte unmöglich stimmen. Der Mann, der uns in der Abtei empfangen hatte, hatte kein einziges graues Haar auf dem Kopf und keine Falte im Gesicht. Er war ein junger Mann – unter Dreißig, würde ich sagen. Darum habe ich Sie angerufen und gebeten, den Polizeichef von St. Lô zu alarmieren, damit er feststellen konnte, ob wir in der Abtei tatsächlich mit Monsieur Yvonnec, dem Kellermeister, gesprochen hatten.»

«Ich habe inzwischen mit dem Polizeichef gesprochen», erwiderte Colonel Lees-Garland. «Ich erhielt heute morgen um vier seinen Rückruf. Er war mit zwei Beamten im ehemaligen Kloster gewesen. Da auf ihr Klopfen niemand geöffnet hatte, mußten sie sich mit Gewalt Zugang verschaffen. Sie haben die Abtei durchsucht und schließlich Monsieur Yvonnec und seinen Lagermeister in einem entlegenen Kellerraum gefunden. Auf beide war geschossen worden. Monsieur Yvonnec liegt jetzt im Krankenhaus und wird überleben. Er hat bereits eine Aussage gemacht. Die beiden wurden in der Abtei von zwei Männern am elften November, dem Tag der Unterzeichnung des Waffenstillstandes, überwältigt. Zweifellos handelte es sich um feindliche Agenten.»

«Um Unverbesserliche, die sich weigern, die Niederlage zu akzeptieren...», murmelte Raffles.

«...und entschlossen sind, weiter zuzuschlagen – auch wenn der Ringrichter den Kampf längst abgebrochen hat!» Der Colonel runzelte die Stirn. «Gott steh mir bei!» stöhnte er. «Ausgerechnet ich habe diesem falschen Kellermeister zu der Chance verholfen, auf die er gewartet hatte. Der Mann versteht etwas vom Weinhandel. Monsieur Yvonnec hat ihn erkannt. Er ist ein junger Vertreter für Rheinweine und französischen Champagner, der kurz vor dem Krieg zu Gouvion Frères nach Reims gekommen war und angeboten hatte, die Vertretung der Firma in England zu übernehmen. Gouvion Frères hat das abgelehnt. Aber da er vom Fach war, wußte er natürlich, wohin die großen Champagner-Häuser in Notzeiten ihre Ware auslagern würden. Und er wußte, daß er nur zu warten brauchte, bis diese besondere Cuvée irgendwann geordert werden würde – für eine wichtige Veranstaltung anläßlich des Waffenstillstandes. Und ich war derjenige, der den Auftrag erteilt und ihm gesagt hat, daß zwei meiner Offiziere den Champagner abholen würden. Dadurch war klar, wie wichtig und geheim die Mission war.»

«Er war verdammt neugierig darauf, wohin wir den Champagner bringen sollten», bemerkte Raffles. «Stimmt's, Bunny?»

«Kann man wohl sagen», bekräftigte ich. Ich hatte inzwischen rasende Kopfschmerzen.

«Was ich nicht verstehe», sagte der Colonel zu Raffles, «ist, was Sie nach dem Telefonat mit mir aus dem Bauernhof um Viertel nach ein Uhr morgens gemacht haben.»

«Wir haben unsere Fahrt fortgesetzt, Sir», antwortete Raffles. «Ich machte mir Sorgen. Diese Bauernburschen hatten kein Gift geschluckt. Auch der Hund nicht. Sie waren nur betrunken. Aber es gab noch eine Möglichkeit. In einer oder mehreren Champagnerkisten konnten Sprengladungen versteckt sein. Das Öffnen der Kisten wäre dann praktisch wie russisches Roulette.»

Die Tasse wäre mir beinahe aus der Hand gefallen. Ich starrte Raffles an.

«Wir hatten kaum Probleme, eine Straßensperre der Polizei zu überwinden, aber das war nebensächlich, Colonel. Ich hatte nur noch einen Gedanken: die möglicherweise gefährliche Fracht auf keinen Fall beim Protokollchef im Château Rémy-Latour, sondern geradewegs dem diensthabenden Offizier beim Alliierten Oberkommando in Paris abzuliefern.»

«Ich weiß, daß Sie das auch getan haben», erwiderte Colonel Lees-Garland grimmig. «Ich wurde angerufen – ungefähr vor einer Stunde. Von General De Sauvagnac. Er hat mir gesagt, daß Sie dem Offizier vom Nachtdienst die Situation erklärt und ihn – kraft Ihres Einsatzbefehls – angewiesen hätten, die elf Kisten umgehend auf dem nächsten Schießstand mit Maschinengewehrsalven in die Luft zu jagen.»

Ich hörte mit offenem Mund zu. Ich hatte Herzklopfen.

«Ich hoffe doch, ich habe richtig gehandelt, Colonel?» bemerkte Raffles.

«Vollkommen richtig», bestätigte der Colonel. «Und General De Sauvagnac ist derselben Meinung. Wir hätten an Ihrer Stelle dasselbe getan. Tatsache bleibt allerdings – eine Sprengladung ist durch den Beschuß mit Maschinengewehren nicht zur Explosion gebracht worden.»

«Keine Explosion, Sir?» Raffles' scharf geschnittene Züge drückten fassungslose Bestürzung aus. Nie zuvor hatte ich ihn derart betroffen erlebt.

«Ich weiß auch nicht, was ich davon halten soll», gestand der Colonel. «Aber es ist die Wahrheit – rückgängig machen läßt sich nichts mehr. Die Magnumflaschen sind von Maschinengewehrsalven durchlöchert, zu einem Haufen Glassplitter zerschossen, der Champagner ist im Erdreich versickert. Ich kriege ziemlich eins auf die Mütze, wenn ich dem Zahlmeister der Sektion O Gouvion Frères' Rechnung für zwölf Dutzend Magnumflaschen ihrer besten Cuvée präsentiere. Er wird meinen Kopf fordern – besonders wenn er erfährt, daß das Mittagessen abgesagt wurde.»

«Abgesagt, Sir?» wiederholte Raffles.

«Das hat General De Sauvagnac mir heute morgen am Telefon mitgeteilt. Das Essen wurde in aller Eile anberaumt. König George ist tatsächlich in Frankreich – in Sir Douglas Haigs Hauptquartier in St. Omer. Aber etliche Staatsmänner der Alliierten können die Verabredung zum Mittagessen aus Zeitgründen nicht einhalten – wie zum Beispiel Colonel House, der aus Washington einen Entwurf über einen Vierzehnpunktevertrag mitbringen soll, von dem Präsident Wilson glaubt, er könne eine solide Basis für den bevorstehenden Friedensvertrag von Versailles sein. Die Überlegung geht dahin, daß es zu Verstimmungen kommen könnte, wenn bekannt wird, daß sich einige wenige alliierte Verhandlungspartner ohne die anderen heimlich getroffen haben. Und Eifersüchteleien wird es bei der offiziellen Friedenskonferenz sicher noch genug geben. Jedenfalls wurde das Mittagessen abgesagt – ein weiser Entschluß, wie ich finde», schloß der Colonel.

In diesem Moment wurde an die Tür geklopft, und er rief: «Herein!»

Es war der Page, der Raffles und mich bis zur Suite begleitet hatte.

«Verzeihung, Colonel, Sir», begann der Junge. «Unten im Foyer warten zwei Militärpolizisten. Sie gehören der U.S.-Armee an und erkundigen sich wegen der Limousine, die draußen steht. Sie behaupten, der Wagen sei beim Hauptquartier als gestohlen gemeldet. Am Empfang wurde ihnen gesagt, daß die Limousine von diesen beiden Offizieren hier gefahren wurde.» Der Page vermied es ostentativ, Raffles und mich anzusehen.

«Die Militärpolizisten wünschen die beiden Offiziere zu sprechen, Colonel, Sir.»

«Bitten Sie die beiden Militärpolizisten, einen Augenblick zu warten, Jean-Claude», erwiderte der Colonel und musterte uns stirnrunzelnd, als der Page verschwand. «Was soll das denn schon wieder?»

Raffles lächelte betreten. «Der *Stars-and-Stripes*-Korrespondent – unser Freund, der ‹Herold›. Er läßt offenbar noch immer die Telefone heißlaufen – vermutlich von Cherbourg aus. Entweder hält er Manders und mich wirklich für Gauner, oder er versucht, sich und dem Sergeant von der Fahrbereitschaft ein Alibi für den Fall zu verschaffen, daß die Limousine nicht bis vier Uhr heute nachmittag wieder bei der amerikanischen Fahrbereitschaft ist. Deshalb verbreitet er wohl überall, der Wagen sei ihm gestohlen worden.»

«Tausch ist kein Diebstahl», sagte der Colonel.

«Das habe ich ihm auch erklärt, Sir», pflichtete Raffles ihm bei. «Aber ich scheine ihn nicht überzeugt zu haben. Wieder mal eines dieser Mißverständnisse unter den Alliierten. Wär's nicht besser, Sie sprechen selbst mal mit den Militärpolizisten, Colonel? Sie wissen, wieviel oder wie wenig Sie von der Operation Champagner preisgeben können. Vielleicht bitten Sie die beiden, die Limousine zur Fahrbereitschaft zurückzubringen, und zeigen Ihnen unseren Einsatzbefehl – damit wäre alles wieder im Lot.»

«Nicht alles», widersprach grimmig der Colonel. «Der falsche Kellermeister konnte noch nicht gefaßt werden. Und in den Wirren der Nachkriegszeit, in der verschleppte Personen und Kriegsgefangene ständig über internationale Grenzen wechseln, ist es sehr unwahrscheinlich, daß wir ihn kriegen. Ich frage mich noch immer, was zum Teufel dieser Mann eigentlich im Schilde geführt hat.»

Der Colonel erhob sich.

«Schätze, ich spreche mal lieber mit den Militärpolizisten», seufzte er. «Sie beide essen mit mir hier im Ritz zu Mittag. Dann nehmen Sie den Nachtzug nach London und melden sich bei Ihrer Dienststelle in der Buckingham Palace Road, damit Sie vorzeitig aus dem Militärdienst entlassen werden können.»

Colonel Godfrey Lees-Garland ließ uns allein. Raffles sah mich besorgt an.

«Dein Veilchen ist ziemlich angeschwollen, Bunny», bemerkte er. «Mal sehen, ob die Küche vom Ritz ein rohes Beefsteak für dich hat. Der Sanitäter im Hauptquartier hat deinen Skalp zusammengeflickt, während ich den diensthabenden Offizier angewiesen habe, den Champagner auf dem Schießstand zu vernichten. Wie fühlst du dich jetzt?»

«Reichlich durcheinander», erwiderte ich. «Und das macht meine Kopfschmerzen noch schlimmer. Raffles, wenn die Champagner-Ladung weder vergiftet noch eine Sprengladung darin versteckt war, was wollte der falsche Kellermeister dann mit der Charade bewirken?»

«Eine gute Frage, Bunny», sagte Raffles. «Die Sache ist die: Als wir nach Paris kamen und du bewußtlos auf dem Beifahrersitz lagst, habe ich auf dem Weg ins Hauptquartier einen kleinen Umweg gemacht. Ich bin bei diesem Schlitzohr, dem Weinhändler, gewesen, mit dem wir schon früher Geschäfte gemacht haben. Erinnerst du dich? Ich mußte ihn aus dem Bett klingeln, um ihn zu fragen, ob er Champagner der Marke Gouvion Frères auf Lager habe. Er hatte tatsächlich sechzehn Kisten von einer der preiswerteren Sorten. Das hat mich veranlaßt, ihm einen Tausch vorzuschlagen: elf Kisten seines Champagners gegen elf Kisten von Gouvions feinster Cuvée – bei Bezahlung der Preisdifferenz.»

Raffles zog ein dickes Bündel Tausend-Franc-Noten der *Banque de France* aus der Tasche seiner Uniformjacke. «Das dürfte dich von deinen Kopfschmerzen befreien, Bunny», verkündete er. «Ist alles ganz einfach. Es gibt ein Sprichwort: Der Zweck heiligt die Mittel. Ich habe den Zweck geheiligt, damit die Mittel wieder stimmen, bin direkt zum Oberkommando gefahren und habe die Lieferung Champagner abgegeben.»

Im ersten Augenblick war ich so geschockt, daß ich mein blaues Auge und meine Kopfschmerzen völlig vergaß.

«Aber der Weinhändler!» entgegnete ich atemlos. «Wenn die Kisten aus St. Lô Sprengladungen enthalten –»

«Davon bin ich sogar überzeugt», erklärte Raffles. «Aber er ist gewarnt. Er bekam kurz nach Abschluß des Geschäfts einen anonymen Anruf. Eine aufgeregte Person schien über alles Bescheid zu wissen und hat ihn davor gewarnt, russisches Roulette zu spielen und die Kisten zu öffnen, wenn ihm sein Leben lieb sei, und sie statt dessen aus Paris fortzuschaffen und irgendwo an einer tiefen Stelle in der Seine zu versenken. Er ist ein Gauner, kein Held. Wir wissen sehr wohl, wozu er sich entscheiden wird – und er weiß, daß wir viel zuviel über ihn wissen, als daß sich irgendwelche raffinierten Retourkutschen auszahlen würden.»

Raffles teilte das Notenbündel in zwei gleiche Teile.

«Du siehst, Bunny, jetzt da der Krieg zu Ende ist, können wir mit reinem Gewissen in unser gewohntes Zivilleben zurückkehren – als finanziell unabhängige Gentlemen», sagte A. J. Raffles zufrieden.

Anmerkung des Autors

Im Zusammenhang mit der Erzählung von Manders, die vor kurzem unter seinen lange unentdeckt gebliebenen Aufzeichnungen über kriminelle Abenteuer in Kriegs- und Friedenszeiten gefunden worden ist, könnte die Anmerkung von Interesse sein, daß die Person des falschen Kellermeisters in St. Lô, wie er von Manders beschrieben wird, einige Ähnlichkeit mit einem Individuum aufweist, das später weltweit eine traurige Berühmtheit erlangte.

Sollte diese Ähnlichkeit mehr als rein zufällig sein, was leider zu diesem späten Zeitpunkt nicht mehr nachgewiesen werden kann, ist es ein Jammer, daß die besagte Person im Verlauf ihrer heimlichen Tätigkeit während des Ersten Weltkriegs in Frankreich nie gefaßt werden konnte.

Der arrogante und ehrgeizige Mann, später ein bekannter Nazi, wurde nämlich von Adolf Hitler zum Außenminister ernannt und trug entscheidend dazu bei, daß alle gut gemeinten Bemühungen der Staatsmänner hinter dem Versailler Vertrag zunichte gemacht wurden. Mit eifernder List und Tücke verfolgte er eine Außenpolitik, die unweigerlich zum Zweiten Weltkrieg führen mußte.

1893 im Rheinland geboren, endete das fragliche Individuum 1946 in Nürnberg mit dem Tod durch den Strang.

Der so starb, war der ehemalige Champagner-Vertreter Joachim von Ribbentrop.

Der Schmuggler mit der weißen Weste

Leslie Charteris

Mr. Melford Croon betrachtete sich als sehr erfolgreichen Mann. Das Messingschild neben dem Eingang zu seiner unprätentiösen Büroetage in der Gray's Inn Road umschrieb ihn reichlich vage als «Finanzberater»; und obwohl die goldverbrämten Wirtschaftsmagnaten der City, soweit bekannt, nie seinen Rat gesucht hatten, stand außer Zweifel, daß seine Geschäfte über die Maßen florierten.

So gebar Mr. Croons schöpferisches Finanzgenie zum Beispiel den großartigen «Tin Salvage Trust» zur Wiederverwertung von Zinn. In Rundschreiben, Werbeannoncen und Presseverlautbarungen prangerte Mr. Croon in geradezu literarischen Tiraden die unfaßbare Vergeudung von Weißblech an, die tagtäglich im Land stattfand. Mit Weißblech meinte er natürlich «Konservendosen», wie sie im normalen Sprachgebrauch hießen und als Gefäße für die 57 Heinz-Produkte, die Gemüse von Crosse & Blackwell, die Suppen der Marke «Chef» dienten und aus möglichst sparsam verzinktem, dünnem Walzblech hergestellt wurden. Trotzdem (wie Mr. Croon darauf hinwies) waren die Dosen aus Zinn. Und was geschah mit ihnen? Sie wurden *weggeworfen*. Der Müllmann entsorgte sie zusammen mit dem übrigen Inhalt der Mülleimer, der in den städtischen Müllverbrennungsanlagen verbrannt wurde. Dabei war Zinn ein wertvolles Metall – nicht ganz so wertvoll wie Gold und Platin, aber fast so wertvoll wie Silber. Mr. Croon forderte seine Leser höflich auf, darüber nachzudenken. Hunderttausende Pfund verschwanden täglich in Mülleimern und Müllverbrennungsanlagen. Einzeln genommen «wertlose» Dosen, die in Mengen jedoch enormen potentiellen Reichtum darstellten.

Der großartige «Tin Salvage Trust» wurde mit einem Kapital

von fast einer Viertelmillion gegründet, um sich dieses Problems anzunehmen. Mit Handkarren sollten die Dosen von Haus zu Haus gesammelt werden. Lumpensammler boten ihre Dienste an. Eine große Zinn-Aufbereitungsanlage sollte gebaut werden, um reines Zinn zurückzugewinnen. Enorme Dividenden sollten gezahlt werden. Die Subskribenten sollten über Nacht reich werden.

Die Subskribenten wurden nicht über Nacht reich; aber daran traf Mr. Croon keine Schuld. Sogar der gerichtlich eingesetzte Konkursverwalter gestand das ein, als der Trust achtzehn Monate nach seiner Gründung liquidiert werden mußte. Eine bedauernswerte Laune des Schicksals deckte einen fatalen Fehler im System auf. Ohne daß sie wußten, wie ihnen geschah, fanden sich etliche, völlig fassungslose Gründungsmitglieder vor Gericht wieder, wo sie zu längeren Haftstrafen verurteilt wurden. Und die restlichen Geldgeber schätzten sich noch glücklich, einen Shilling für jedes investierte Pfund zu erhalten. Mr. Croon war untröstlich – und sagte das in aller Öffentlichkeit, aber für den Fehlschlag konnte man ihn nicht verantwortlich machen. Mit dem Trust hatte er lediglich in seiner Eigenschaft als Finanzberater zu tun gehabt – ein Posten, für den er ein rein symbolisches Entgelt erhalten hatte. Es war alles sehr traurig.

Unter ähnlichen Umständen mußte ein untröstlicher Mr. Croon den Untergang der «Rubber Waste Products Corporation», der «Iron Workers Benevolent Guild», der «Small Investors Cooperative Bank» und der «Universal Albion Film Company» beklagen. Sein Leben war von harter, wenig einträglicher Arbeit gekennzeichnet. Nur seine herrschaftliche Villa in Hampstead, sein Rolls-Royce, sein Jagdrevier in Schottland, sein Rennpferd und sein Haus in Marlow spendeten ihm Trost, und den konnte ihm niemand neiden – nicht wahr?

«Die ideale Spezies für unsere Studien», urteilte Simon Templar.

Das letzte Produkt von Mr. Croons unerreichtem Erfindungsgeist lag ausgebreitet auf seinem Knie. Und zwar in Form eines ausgesprochen sauber und elegant getippten Briefs, den eine Zufallsbekanntschaft Simon dem Heiligen zugespielt hatte.

Sehr geehrter Herr,
wie Ihnen nicht entgangen sein kann, herrschen gegenwärtig in den USA die Gesetze der Prohibition. Dies hat zu einem sehr einträglichen Handel mit verbotenen alkoholischen Getränken zwischen nicht betroffenen Ländern und den Vereinigten Staaten geführt.
Die Meinungen darüber, ob dieser Handel moralisch vertretbar sei, gehen sehr auseinander. Es steht jedoch außer Frage, daß er von diesem Lande aus gesetzlich nicht verfolgt werden kann und .daß die Erträge, gemessen am Risiko, außergewöhnlich attraktiv sind.
Falls Sie weitere Informationen über das Thema wünschen, fordern Sie diese unter der oben angegebenen Adresse an.

Mit freundlichen Grüßen
Melford Croon

Simon Templar suchte Mr. Croon eines Vormittags zu einem vereinbarten Termin auf; der Name, den er genannt hatte, war falsch. Er lernte Mr. Croon als einen rundlichen, ziemlich blassen Mann mit dichter eisgrauer Künstlermähne kennen. Die Informationen, die er, nachdem er geschickt und ausführlich über seine finanziellen und beruflichen Verhältnisse ausgefragt worden war, erhielt, enttäuschten die Erwartungen des Heiligen nicht.

«Ein Freund», sagte Mr. Croon – der sich nie als der Urheber der Unternehmen ausgab, denen er als Finanzberater diente – «ein Freund ist daran interessiert, eine Ladung Wein und andere Alkoholika nach Amerika zu schicken. Die Kosten sind natürlich hoch. Er muß ein Schiff chartern, eine Crew anheuern, die Ladung bezahlen und Vorbereitungen für den Absatz auf der anderen Seite des Atlantiks treffen. Eigentlich wäre es ihm lieber, die gesamte Summe allein vorzustrecken – und damit auch den gesamten Gewinn einzustreichen –, aber leider fehlen ihm ungefähr zweitausend Pfund.»

«Verstehe», sagte der Heilige.

Er verstand sehr viel mehr, als Mr. Croon ihm verraten hatte, aber darüber schwieg er.

«Diese zweitausend Pfund», fuhr Mr. Croon fort, «sind ungefähr ein Fünftel der Kosten für den Transport der Ladung. Um seine Vereinbarungen erfüllen zu können, ist mein Freund bereit, ein Viertel seines Gewinns an denjenigen abzutreten, der sich an dem Geschäft beteiligen möchte. Er rechnet mit einem Reingewinn von mindestens zehntausend Pfund. Sicher ist Ihnen klar, daß es kaum Spekulationsgeschäfte gibt, die eine derartige Summe abwerfen.»

Wenn es eine Rolle gab, die Simon Templar mit unangefochtener Perfektion beherrschte, dann die eines Mannes, von dem Finanzberater aller Größenordnungen und Couleur träumen, er möge ihnen nur einmal noch vor ihrem Tod begegnen. Mr. Croons Herz erwärmte sich für Simon, während dieser seiner Rolle den letzten, meisterlichen Schliff verlieh.

Ein sehr charmanter Mann, dachte der Heilige, als er draußen vor Mr. Croons Bürogebäude auf dem Gehsteig stand.

Da Mr. Croon in seiner ausschweifenden Bonhomie in zahlreichen Phasen des Gesprächs geradezu überschwenglich Einladungen ausgesprochen hatte, mit Mr. Croon zu Mittag zu essen, mit Mr. Croon zu Abend zu speisen, mit Mr. Croon auf die Jagd zu gehen, Mr. Croons Pferden beim Gewinnen in Goodwood zuzusehen und das Wochenende mit Mr. Croon in Mr. Croons Haus am Fluß zu verbringen, hätte die von Simon Templar dargestellte Person den Zug, der um die Lippen des Heiligen spielte, für ungebührlich zynisch halten können; doch Simon dachte nur an die Mission, die er in seinem Leben zu erfüllen gedachte.

So stand er also, den Spazierstock lässig in der Hand schwingend, und starrte aus nachdenklichen blauen Augen auf die belebte Straße. Plötzlich merkte er, daß ein junger Mann von der Statur eines Boxers dicht neben ihm stand. Simon wartete ab.

«Sind Sie bei Mr. Croon gewesen?» fragte der junge Mann unvermittelt.

Simon sah sich mit einem flüchtigen Lächeln um.

«Warum fragen Sie?» murmelte er. «Sie standen doch vor Croons Bürotür, als ich herauskam, und sind mir die Treppe hinunter gefolgt.»

«Es interessiert mich einfach.»

Der junge Mann hatte ein sympathisch häßliches Gesicht mit grauen Augen, die wohl lieber freundlich dreingeschaut hätten, aber er war offenbar sehr nervös.

«Interessieren Sie sich für Alkoholschmuggel?» fragte der Heilige, und der junge Mann starrte ihn grimmig an.

«Hören Sie. Keine Ahnung, ob das ein Witz sein sollte. Ich jedenfalls bin nicht zu Scherzen aufgelegt. Heute nachmittag werde ich vermutlich verhaftet. Im vergangenen Monat habe ich ungefähr fünftausend Pfund bei Croons Unternehmen verloren – und das Geld hat nicht mir gehört. Denken Sie, was Sie wollen. Ich war auf dem Weg zu ihm, um ihm mit meinen Fäusten einen Denkzettel zu verpassen, bevor sie mich einlochen, und jetzt gehe ich zurück, um das nachzuholen. Vorhin habe ich beobachtet, wie Sie rauskamen. Und wie ein Gauner sehen Sie wirklich nicht aus. Deshalb wollte ich Sie warnen. Was Sie daraus machen, ist Ihre Sache. Wiedersehen!»

Er wandte sich abrupt ab und wollte im Eingang des Bürogebäudes verschwinden, doch Simon hielt ihn am Ellbogen zurück.

«Warum essen wir nicht vorher gemeinsam zu Mittag?» schlug er vor. «Croon wird sich sicher auch was einverleiben. Ein Magenschwinger auf einen vollen Bauch ist doch viel wirkungsvoller.»

Weitere Einwände des jungen Mannes beachtete Simon erst gar nicht. Er stoppte ein Taxi und bugsierte ihn hinein. Gelegenheiten wie diese waren das Lebenselixier des Heiligen und er war entschlossen, sich durchzusetzen, auch wenn er seinen Gast dazu entführen mußte. Sie aßen in einem ruhigen Restaurant in Soho; und bei einem halben Liter Chianti, der die Zunge löste und jedes Herz erwärmte, tat der unwiderstehliche Charme des Heiligen sein Übriges. Jedenfalls erzählte der junge Mann, was er von Mr. Croon wußte.

«Ich habe mich vermutlich wie ein kompletter Idiot benommen. Ich habe Croon durch einen Mann kennengelernt, den ich manchmal in dem Restaurant treffe, in dem ich meistens zu Mittag esse. Es ist mir gar nicht eingefallen, daß das Ganze ein abgekartetes Spiel gewesen sein könnte. Croon schien ganz in Ordnung zu sein. Ich hatte es gründlich satt, tagtäglich in einem

Büro zu sitzen und Zahlen von einem Buch in ein anderes zu übertragen. Croons dickes Geschäft schien ein Ausweg zu sein. Ich habe dreitausend Piepen in seine ‹Universal Albion Film Company› gesteckt, nur auf dem Papier, versteht sich, und Croon hat den Eindruck erweckt, als müsse ich das Geld sowieso nie wirklich aufbringen. Sie wollten die ‹World Features Studios› in Teddington mieten – das Objekt ist übrigens noch immer zu haben. Als die ‹Universal Albion› pleiteging, mußte ich plötzlich das Geld tatsächlich auf den Tisch legen. Da ich es nicht hatte, blieb mir nur, es mir von der Firma zu borgen. Croon hat mich auf diese Idee gebracht, aber... Ach, verdammt! Hinterher ist man immer schlauer.»

Er hatte weitere zweitausend Pfund geborgt – ohne Wissen des Kassierers – in der Hoffnung, den ersten Verlust wettzumachen. Er hatte sie in eine Ladung Alkohol für die durstigen Vereinigten Staaten gesteckt. Sechs Wochen später hatte Mr. Croon ihm eröffnet, die Küstenpatrouille habe das Schiff aufgebracht.

«Das ist genau das, was jedem Idioten blüht, der Geld in Croons Alkoholschmuggel steckt», bemerkte der junge Mann verbittert. «Man wird ihm sagen, das Schiff sei gesunken, aufgebracht worden, ausgebrannt oder habe Flügel bekommen und sei weggeflogen. Sein Geld sieht er nie wieder. Mein Gott – der Gedanke, daß sich dieser Schleimer als Alkoholschmuggler versucht! Dabei hat er mir mal erzählt, daß er allein beim Anblick eines Schiffs seekrank wird – und nicht mal für zehntausend Pfund den Kanal überqueren würde.»

«Und was wollen Sie gegen ihn unternehmen?» erkundigte sich der Heilige, und der junge Mann zuckte die Schultern.

«Zurückgehen und ihm einen Besuch abstatten. Er wird sich wünschen, nie geboren worden zu sein. Heute kommt die Buchprüfung in die Firma. Ich werde zwangsläufig auffliegen. Ich habe mich heute morgen krank gemeldet. Da ist nichts mehr zu machen.»

Simon zückte sein Scheckbuch und schrieb einen Scheck über fünftausend Pfund aus.

«Auf welchen Namen soll ich ihn ausstellen?» erkundigte er sich, und die Augen seines Gegenübers wurden groß.

«Ich heiße Peter Quentin. Aber ich will Ihr verdammtes Geld nicht...»

«Mein lieber Junge, ich denke nicht im Traum daran, Ihnen ein Almosen anzubieten.» Simon trocknete die Tinte auf dem rosaroten Stück Papier und schob es über den Tisch. «Unser kleines Gespräch war jeden Penny wert. Außerdem möchten Sie doch wohl nicht schon in Ihrem Alter im Zuchthaus landen, oder? Das ist ungesund. Und jetzt seien Sie ein lieber Junge und sehen Sie zu, daß Sie in Ihr Büro kommen – machen Sie reinen Tisch, so gut es geht.»

Der junge Mann starrte auf den Namen, der auf der unteren rechten Seite des Schecks stand.

«Soll das Simon Templar heißen?»

Der Heilige nickte. «Keine Sorge, ich hole mir alles wieder.»

Zwei Einsichten brachte der Heilige als Resultat der Mühen und Kosten des Tages nach Hause mit: erstens, daß Mr. Melford Croon genau der unerfreuliche Zeitgenosse war, für den er ihn gehalten hatte; und zweitens, daß Mr. Croons Beitrag zur ausgleichenden Gerechtigkeit längst überfällig war. Genau genommen hatte Mr. Croon sein Konto um exakt fünftausend Pfund überzogen; und dieser Zustand konnte nicht länger hingenommen werden.

Nichtsdestotrotz dauerte es vierundzwanzig Stunden, bis der Heilige nach eingehenden Überlegungen auf eine angemessene Vergeltung kam. Dann allerdings erschien ihm die Lösung des Problems so simpel, daß er unwillkürlich laut auflachte.

Mr. Croon pflegte zum Wochenende in sein Haus am Fluß zu fahren. Im Sommer verbrachte er dort ausnahmslos jedes Wochenende, verließ Freitagabend London und erholte sich von der anstrengenden Woche während drei glücklicher Tage in ländlichem Frieden. Mr. Croon ergötzte sich an der schlichten Schönheit der Natur und ihren Produkten: Selten war er so zufrieden wie dann, wenn er ausgestreckt auf einem mit fleckenlos weißen Handtüchern bedeckten Liegestuhl die Arbeit seines Gärtners an den Blumenrabatten dirigierte oder einen eisgekühlten Whisky Soda auf seinem Balkon schlürfte und dabei athletischen jungen Männern beim Rudern auf dem Fluß zusah.

Dieses Wochenende sollte keine Ausnahme vom gewohnten Ritual bilden. Er traf rechtzeitig zum Abendessen in Marlow ein und hatte vor, früh zu Bett zu gehen, da am darauffolgenden Tag eine ausgedehnte Feier mit Freunden stattfinden sollte. Es war nicht ganz elf Uhr, als er seinen Hausdiener entließ und sich einen letzten Drink vor dem Schlafengehen mixte.

Da hörte er die Türglocke und erhob sich widerwillig aus seinem Sessel. Er hatte keine Ahnung, wer das so spät noch sein konnte, und als er die Tür öffnete und niemanden entdeckte, wurde er sehr ärgerlich.

Er kehrte ins Wohnzimmer zurück, leerte den Rest seines Gutenachttrunks mit einem Schluck, ohne den bitteren, zuvor nicht vorhandenen Beigeschmack zu bemerken. Erst als er bereits geschluckt hatte, zog er unwillkürlich eine Grimasse. Er wandte sich zur Tür, und plötzlich begann sich alles um ihn herum zu drehen. Hilflos fiel er zu Boden. Nicht einmal ein Schrei kam über seine Lippen.

Als er aufwachte, glaubte er zuerst, lebendig begraben zu sein. Er lag auf einer harten, schmalen Unterlage, dicht an eine Wand zu seiner Linken gepreßt und dicht unter dem, was ihm wie ein Sargdeckel erschien. Allmählich nahm er mehr von seiner Umgebung wahr und erkannte, daß er sich in einer Art Koje in einer winzigen, unbelüfteten Kammer befand, in die lediglich durch ein rundes Fenster Licht fiel. Er rappelte sich auf einem Ellbogen hoch und stöhnte. Schwindel, Kopfschmerzen und Übelkeit erfaßten ihn.

Trotz seines miserablen Zustands zwang er sich, sich an die letzte, bewußt erlebte Phase vor seiner Ohnmacht zu erinnern. Da waren sein letztes Glas Whisky Soda – das Klingeln an der Haustür – der bittere Nachgeschmack seines Drinks ... Was folgte, war ein endloses schwarzes Nichts. Wie lange war er bewußtlos gewesen? Einen Tag? Zwei Tage? Eine Woche? Er konnte es nicht sagen.

Mit letzter Kraft kroch er aus der Koje und taumelte über den Bretterboden. Dieser schwankte und schaukelte schwindelerregend unter seinen Füßen, so daß er kaum das Gleichgewicht zu halten vermochte. Der Magen drehte sich ihm um. Irgendwie schleppte er sich zu dem einzigen, runden Fenster: Die Scheibe war beschlagen, aber draußen hörte er das Platschen von Wasser und das Heulen des Windes. Allmählich dämmerte es ihm – er war auf einem Schiff!

Seine Beine gaben nach, und er sank stöhnend zu Boden. Eine neue Welle der Übelkeit schnürte ihm die Kehle zu und trieb ihm den kalten Schweiß aus allen Poren. Die Luft war stickig, und es stank nach Öl, was das Atmen beinahe unmöglich machte. Perplex und ungläubig spürte er, wie der Boden im Rhythmus stampfender Maschinen vibrierte. Ein Schiff! Man hatte ihn betäubt – gekidnappt – schanghait! Noch während er sich einzureden versuchte, das alles könne nicht wahr sein, hob sich unter ihm der Fußboden mit der furchterregenden Gewalt einer siebten Welle, und Mr. Croons Eingeweide vollzogen die Bewegung nach ...

Später wußte er selbst nicht mehr, wie es ihm gelungen war, zur Tür zu kriechen, während bei jeder Bewegung des Schiffes Wogen der Übelkeit über ihm zusammenschlugen. Es kam ihm wie Stunden vor, bis er die Tür erreichte und die Kraft fand, die Klinke hinunterzudrücken. Sie bewegte sich nicht. Sie war verschlossen. Er war ein Gefangener – zum Sterben verurteilt. Hätte er die Tür öffnen können, er wäre an Deck gekrochen und hätte sich in die See gestürzt. Alles war erträglicher, als an dieser schrecklichen Übelkeit und diesem Schwindel zu sterben, die seinen Körper malträtierten und ihm das Gefühl gaben, in einer Zentrifuge zu sitzen.

Er ließ sich zu Boden sinken und schluchzte in hilfloser Verzweiflung. Noch eine Stunde in diesem Wetter, und er wäre tot. Hätte er eine Waffe entdecken können, er hätte sich umgebracht. Nie hatte er auch nur das geringste Schaukeln auf dem Wasser ertragen – und nun war er gefangen auf einem Schiff, das sich durch den schlimmsten Sturm der Seefahrtsgeschichte kämpfte. Die Hoffnungslosigkeit seiner Lage ließ ihn laut aufschreien – und es klang wie der Schrei eines Tieres, das in der Falle saß. Dann sackte das Schiff in den Trog der nächsten siebten Welle, und sein Magen wurde nach oben gestülpt.

Minuten später – ihm kam es wie eine Ewigkeit vor – drehte sich ein Schlüssel im Türschloß, und ein Mann trat ein. Durch den wattigen gelben Schleier vor seinen Augen erkannte Mr.

Croon eine hochgewachsene, sehnige Gestalt mit einem von Wind und Wetter gebräunten Gesicht und scharfen stahlblauen Augen. Sein Zweireiher war mit abgenutzten, schmuddeligen Goldtressen besetzt, und er hielt mit gespreizten Beinen lässig sein Gleichgewicht auf dem schwankenden Schiff.

«Na so was, Mr. Croon – was ist denn mit Ihnen los?»

«Ich bin seekrank», schluchzte Mr. Croon und wollte schon zur Beweisführung übergehen.

Der Offizier hob ihn auf und legte ihn in die Koje.

«Ich bitte Sie, Sir, das ist doch nicht der Rede wert. Das bißchen Wind – für den Atlantik wahrlich ein sanftes Lüftchen.»

Croon rang erschöpft nach Luft.

«Sagten Sie Atlantik?»

«Ja, Sir. Wir befinden uns gegenwärtig auf dem Atlantik, Sir, und werden es auch bis Boston bleiben.»

«Ich kann unmöglich nach Boston!» japste Croon. «Ich sterbe.»

Der Offizier zog eine Pfeife aus der Tasche und stopfte sie mit schwarzem Tabak. Eine stinkende Rauchwolke mischte sich mit dem Ölgeruch, was Croons Elend noch verstärkte.

«Gütiger Himmel, Sir! Sie sterben nicht!» erwiderte der Offizier gut gelaunt. «Wer es nicht gewohnt ist, fühlt sich oft die ersten Tage so. Allerdings muß ich zugeben, daß Sie lange gebraucht haben, bis Sie wieder zu sich gekommen sind. Habe nie erlebt, daß ein Mann seinen Rausch so ausgiebig ausgeschlafen hat. Muß eine ziemlich stürmische Abschiedsfeier gewesen sein, Sir.»

«Verdammt!» hauchte der kranke Mann schwach. «Ich war nicht betrunken – man hat mich betäubt!»

Der Offizier starrte ihn mit offenem Mund an.

«Betäubt, Mr. Croon?»

«Ja, betäubt!» Das Schiff legte sich gefährlich zur Seite, und Croon gab sich eine volle Minute seinem Leiden hin. «Streiten wir nicht. Bringen Sie mich nach Hause!»

«Also, Sir, ich fürchte, das ist –»

«Holen Sie den Kapitän!»

«Ich bin der Kapitän, Sir. Captain Bourne. Sie scheinen einiges vergessen zu haben, Sir. Wir befinden uns hier auf der

Christabel Jane. Wir haben vor achtzehn Stunden in Liverpool abgelegt und sind mit einer Ladung Spirituosen unterwegs in die Vereinigten Staaten. Normalerweise nehmen wir keine Passagiere mit, Sir, aber da Sie ein Freund des Eigners sind und mitreisen wollten, haben wir eine Kabine für Sie freigemacht.»

Croon barg das Gesicht in den Händen.

Weitere Fragen erübrigten sich. Die entscheidenden Details der Verschwörung gegen ihn waren offensichtlich. Eines seiner Opfer hatte sich an ihm gerächt – vielleicht hatten sich sogar mehrere gegen ihn zusammengetan. Er war schon oft bedroht worden. Irgendwie mußte ruchbar geworden sein, welche Angst er vor dem Meer hatte. Da hatte es sich geradezu angeboten, ihn zu kidnappen, an Bord eines Schmuggelschiffs zu bringen und zu zwingen, die Reise zu machen, durch die er sich das Geld der Opfer erschlichen hatte.

«Wieviel wollen Sie, damit Sie umkehren?» fragte er.

Kapitän Bourne schüttelte den Kopf. «Sie scheinen noch immer nicht zu begreifen, Sir. Wir haben Alkohol im Wert von zehntausend Pfund an Bord – zumindest ist die Ladung zehntausend wert, wenn wir sie sicher über den Atlantik bringen – und ich verliere meinen Job, wenn ich –»

«Ich pfeife auf Ihren Job!» sagte Melford Croon.

Mit zitternden Fingern zückte er sein Scheckbuch und einen Stift. Er schrieb einen Scheck über fünfzehntausend Pfund aus und hielt ihn dem Mann hin.

«Hier. Ich kaufe Ihre Ladung. Geben Sie dem Eigner sein Geld, und behalten Sie den Rest. Und die Ladung. Ich kaufe das ganze verdammte Schiff. Aber bringen Sie mich zurück. Verstanden? Bringen Sie mich zurück!»

Das Schiff schwankte erneut bedrohlich unter ihm, und er begann zu würgen. Als die Übelkeit abebbte, war der Kapitän verschwunden.

Kurz darauf trat ein Steward im weißen Jackett ein und brachte eine dampfende Tasse mit Fleischbrühe. Croon sah die Suppe an und schüttelte sich.

«Nehmen Sie das weg!» jammerte er.

«Der Kapitän schickt mich, Sir», erklärte der Steward. «Versuchen Sie, es zu trinken, Sir. Das ist in Ihrem Zustand das beste. Wirklich, Sir, wenn Sie es getrunken haben, fühlen Sie sich gleich ganz anders.»

Croon streckte eine weiße, kraftlose Hand aus. Es gelang ihm, einen Schluck der heißen Suppe hinunterzuwürgen, dann einen nächsten. Sie hatte einen leicht bitteren Geschmack, der ihm irgendwie bekannt vorkam. Die Kabine begann erneut vor seinen Augen zu verschwimmen, ihm wurde noch schwindliger als zuvor, und er schloß dankbar ob der Schläfrigkeit die Augen.

Als er sie wieder aufschlug, war er in seinem Schlafzimmer. Sein Hausdiener zog die Vorhänge zurück, und gleißendes Sonnenlicht fiel durch die Fenster.

Bei der Erinnerung an seinen Alptraum überkam ihn erneut Übelkeit. Er biß die Zähne zusammen und schluckte verzweifelt. Doch der Boden unter ihm bewegte sich nicht. Plötzlich fiel ihm etwas ganz anderes ein. Er rappelte sich mit einer Hast hoch, daß sein Magen ihm in den Hals zu hüpfen drohte.

«Geben Sie mir mein Scheckbuch!» keuchte er. «Schnell ... aus der Jackettasche –»

Er schlug es in krankhafter Eile auf und starrte aschfahl auf den letzten Kontrollabschnitt.

«Was für einen Tag haben wir heute?» fragte er.

«Samstag, Sir», antwortete der erstaunte Diener.

«Wieviel Uhr?»

«Elf Uhr, Sir. Sie sagten, ich solle Sie erst –»

Aber Mr. Melford Croon grapschte bereits nach dem Telefon neben seinem Bett. In wenigen Sekunden war er mit seiner Bank in London verbunden. Sie sagten ihm dort, daß sein Scheck um zehn Uhr eingelöst worden sei.

Mr. Croon sank in die Kissen zurück und versuchte nachzuvollziehen, wie das gelungen sein könnte.

Er ging sogar so weit, die unglaubliche Geschichte Scotland Yard zu erzählen, obwohl er normalerweise die Polizei instinktiv mied, wo er nur konnte. Eine Recherche im Lloyd's-Register ergab, daß kein Schiff mit Namen *Christobel Jane* registriert war.

Das war kaum überraschend; *Christobel Jane* war der Name, den Simon Templar vorübergehend dem alten, klapprigen

Themse-Schlepper verliehen hatte, der sehr überzeugend einige Stunden im gigantischen Wasserbecken der «World Features Studios» in Teddington auf und ab geschaukelt war, das zum Zweck der Simulation von Filmszenen auf stürmischer See konstruiert worden war. Zweifellos hätte sich letztere Einrichtung durchaus als Pluspunkt für Mr. Croons «Universal Albion Film Company» erwiesen, wären die Verhandlungen über den Abschluß eines Mietvertrags je erfolgreich verlaufen.

Der Fall der verräterischen Flasche

Ellery Queen

«Sehen wir uns dieses Volksmärchen, diesen Beinahemythos, dieses Zerrbild der Geschichte doch genauer an», fuhr Ellery fort. «Was sind die Tatsachen? Die Tatsachen, meine liebe Nikki, sind folgende:

Es war *keine* gute Ernte. Schön, sie hatten zwei Morgen Land umgepflügt, um Mais zu pflanzen. Aber darf ich dich erinnern, daß der Mais von den Hochlandindianern geklaut worden war? Und wäre Tisquantum nicht gewesen...»

«Tis-Wer?» fragte Inspektor Queen lahm.

«... fälschlicherweise als Squanto bekannt – hätte es in jenem Jahr überhaupt keine Ernte gegeben. Der letzte der mehr oder weniger edlen Patuxet-Indianer mußte unseren verdutzten Vorvätern nämlich erst einmal beibringen, wie man Mais richtig pflanzt.»

«Alles schön und gut. Trotzdem ist nicht zu leugnen, daß sie sich einen Feiertag verdient hatten!» konterte Nikki aufgebracht. «Wenigstens damit sie gemeinsam ‹frohlocken› konnten!»

«Ich habe nicht die Absicht, Geschichtsfälschung zu betreiben», entgegnete Ellery würdevoll. «Ganz im Gegenteil. Natürlich hatten sie allen Grund zu ‹frohlocken› – eine Handvoll von ihnen hatte immerhin überlebt! Aber nun sag mir bitte: Wer war denn bei diesem ersten amerikanischen Festtag wirklich dabei?»

«Na, die Pilgerväter», erwiderte Inspektor Queen verunsichert.

«Dann wirst du mir jetzt vermutlich gleich erzählen wollen, daß, während die Pilgerväter sich die Bäuche mit all den überlieferten Köstlichkeiten vollschlugen, andere ehrenwerte Vorväter mit von Indianerpfeilen durchbohrten Hüten aus den Wäldern gerannt kamen?»

«Ich erinnere mich, ein solches Bild in meinem Volksschullesebuch gesehen zu haben, ja», sagte Nikki trotzig.

«*Tatsache* ist», erklärte Ellery mit einem Grinsen, «daß sich unsere Vorväter in jenem Herbst 1621 mit den Indianern so gut vertrugen, daß die ausgelassensten Festgäste ein gewisser Massasoit von den Wampanoag mit neunzig seiner Krieger waren. Und die hatten mächtig Hunger. Jetzt möchte ich gern von dir wissen: Was stand bei diesem historischen Anlaß auf der Speisekarte?»

«Truthahn!»

«Preiselbeersoße!»

«Kürbiskuchen!»

«Und so weiter», schloß der Inspektor. Inspektor Queen war an diesem Tag zu Hause geblieben, um Madame La Grippe zu pflegen. Bis zu dem Zeitpunkt, als Ellery angefangen hatte, ihn mit seiner berüchtigten Eloquenz zu attackieren, war er das ungnädigste Opfer von «Madame» in ganz New York gewesen. Mittlerweile jedoch hatte er sie fast völlig vergessen.

«Das ‹Und so weiter› akzeptiere ich. Mehr nicht», fuhr Ellery gnädig fort. «Falls die Leute tatsächlich ‹Truthahn› bei diesem Fest hatten... überliefert ist davon nichts. Natürlich gab es massenweise Preiselbeeren in den Mooren. Ich halte es jedoch für mehr als zweifelhaft, daß die Damen der Pilgerväter, die grün im Gesicht der *Mayflower* entstiegen waren, etwas damit hätten anfangen können.»

«Ich schätze», warf Nikki ein und knirschte mit den Zähnen, «ich schätze, sie sind einfach nur dagesessen und haben auf altem Mais rumgekaut.»

«Aber keineswegs! Die Speisefolge war geradezu königlich... im Vergleich zur Alltagskost unserer Vorväter, die hauptsächlich aus wurmiger Mehlpampe bestand. Sie delektierten sich an Aalen...»

«Aalen!»

«... Krebsen, Wildbret, Wasservögeln und so weiter. Zum Dessert – wilde Pflaumen und getrocknete Beeren. Und, nicht zu vergessen, immerzu Trauben von wildem Wein», sagte Ellery melancholisch. «Ah... und noch was! Wie lange hat dieses erste Thanksgiving-Fest gedauert?»

«Thanksgiving Day? Na, wie lange dauert ein Tag? Eben einen Tag lang!»

«Drei Tage. Und warum feiern wir Thanksgiving im November?»

«Weil... weil...»

«Weil die Pilgerväter ihn im Oktober gefeiert haben», schloß Ellery. «Da hast du sie, Nikki... die ganze Liste unrühmlicher Fehlinterpretationen unserer Geschichte. Nichts als nationale Schaumschlägerei! Wenn wir schon Thanksgiving feiern müssen, dann bitte schön bedanken wir uns beim Roten Mann, dem wir sein Land weggenommen haben. Ich sage – laßt uns auf dem Boden der Tatsachen bleiben!»

«Und ich sage», ereiferte sich Nikki erregt, «daß du ein Faktenprotzer, ein... ein verdammtes wandelndes Lexikon bist, Ellery Queen! Mir sind deine geliebten ‹Fakten› wurscht! Ich möchte eigentlich nur wie jedes Jahr die Geschenkkörbe zum Thanksgiving an diese Leute in der East Side verteilen, die zu arm sind, um morgen ein anständiges Thanksgiving-Essen auf den Tisch zu bringen... und ganz besonders in diesem Jahr, wo die Preise in den Himmel geschossen sind und so viele Flüchtlingskinder amerikanische Traditionen kennenlernen sollten. Aber wer soll ihnen die beibringen, wenn... Sowieso ist eine von ihnen eine Indianerin... also bitte schön!»

«Aber nicht doch», entfuhr es Ellery betrübt und er kniete neben Nikki nieder, die auf dem Fußboden lag und in den Teppich schluchzte. «Warum hast du mir nicht gesagt, daß eine Indianerin dabei ist? Das ändert alles – begreifst du nicht?» Er sprang auf. Seine Backen glühten, so erfüllt war er plötzlich vom Geist des Thanksgiving. «Truthähne! Preiselbeeren! Kürbiskuchen! Auf zu Mr. Sisquencchi!»

Der Fall der verräterischen Flasche war eine ganz besondere Gemeinheit, die in der gemeinsten aller Gemeinheiten gipfelte: in Mord. Trotzdem bleibt zweifelhaft, ob Ellery, selbst wenn er ein direkter Nachkomme von Mutter Shipton gewesen wäre, die wohltätige Exkursion in die East Side abgeblasen oder den ruhmreichen Tag auf andere Weise verdorben hätte.

Mr. Sisquencchi vom Laden um die Ecke sprühte vor glänzenden Ideen bezüglich des Inhalts der Körbe. Miss Porter umwehte ein Glanz, der mit fortschreitendem Nachmittag immer heller wurde, und selbst Manhattan glänzte, als es sich in sein Festtagskleid aus Schnee hüllte, während Ellerys alter Duesenberg durch die East Side rollte.

Ellery hievte Körbe und zahllose Pakete durch vorsintflutliche Hauseingänge und düstere Treppenhäuser hinauf, bis seine Arme protestierten. Doch nur das Fleisch war schwach – der Geist wurde immer wacher, während sie an die Türen der O'Keefes, Del Florios, Cohens, Wilsons, Olsens, Millers, Kowalskis und Johnsons klopften und die Begeisterungsschreie zahlloser Pats, Sammies, Antonios, Olgas, Marias und Petunias in ihren Ohren hallten.

«Und wo ist die Indianerin?» fragte Ellery, als sie im Wagen saßen und Nikki ihre Liste überprüfte. Die Sonne ging unter, und Horden von Gassenkindern turnten über den Duesenberg, doch es blieb ein bemerkenswerter Tag.

«Kommt jetzt», sagte Nikki. «Orchard Street. Da wohnt die Indianerin, Ellery. Ich meine – keine *echte* Indianerin! Hat nur indianisches Blut. Irokesenblut, glaube ich. Sie ist die letzte.»

«Ich will ja nicht pingelig sein», begann Ellery stirnrunzelnd und steuerte den guten alten Duesenberg mitten durch die hoffnungsvolle Jugend Amerikas. «Trotzdem hätte ich gern . . .»

«Ach, sei doch still! Mutter Carey ist eine ganz liebe alte Lady – sie verdient ihr Geld mit Fußbodenschrubben.»

Von der Wohnung in der Orchard Street, unter einem Vordach aus schneegepolsterten Feuerleitern, war jedoch von Ellerys Indianerin nur der Hausmeister aufzutreiben.

«Die alte Schachtel wohnt hier nicht mehr.»

«Ach herrje!» seufzte Nikki. «Und wohin ist sie umgezogen?»

«Keine Ahnung. Vorgestern ist sie Hals über Kopf mit ihrem ganzen Krempel auf und davon.» Der Hausmeister spuckte auf den Boden und verfehlte Nikkis Schuh nur knapp.

«Wissen Sie zufällig, wo die alte Dame arbeitet?» fragte Ellery und verfehlte den Schuh des Hausmeisters nur knapp.

Der Hausmeister zog hastig seinen Fuß zurück. «Schätze,

regelmäßig putzt sie in der Kneipe von so 'nem Franzmann an der Canal Street.»

«Ja, jetzt fällt's mir wieder ein!» rief Nikki. «Bei Fouchet, Ellery. Sie arbeitet seit Jahren dort. Wir fahren gleich hin. Vielleicht kennen die dort ihre neue Adresse.»

«Fouchet!» sagte Ellery aufgekratzt; und so sehr war er vom Zauber dieses märchenhaften Nachmittags angesteckt, daß für einmal seine innere Stimme ihn im Stich ließ.

Das Restaurant Fouchet lag gleich oben an der Canal Street, nur wenige Blocks vom Polizeipräsidium entfernt – eingezwängt zwischen einer Knopffabrik und dem Büro eines Schiffsausrüsters. An der Glasfront des Lokals rasten Autos mit dem unübersehbaren Brooklyn-Flair vorüber. Das Lokal wirkte hier irgendwie fehl am Platz. Drinnen standen sie dann in einem Raum mit runden Tischen, abwaschbaren Karodecken, einer Weintheke, Reiseplakaten vom Frankreich der Vorkriegszeit an den Wänden, beißendem Dunst und einer Kassiererin namens Clothilde.

Clothilde hatte einen üppigen Busen, den eine große Kamee schmückte, ein breites schwarzes Band im Haar, und als sie den Mund aufmachte, um zu fragen: «Die alte Frau, die bei uns putzt?», entblößte sie einen großen Goldzahn. «Fragen Sie Monsieur Fouchet. Er muß gleich zurück sein.» Sie musterte Nikki aus stechenden schwarzen Augen.

«Wenn die Pilgerväter Aale gegessen haben ...», murmelte Ellery über eine Speisekarte gebeugt. «Warum nicht? *Escargots!* Nikki, laß uns hier essen!»

«Ich weiß nicht recht», antwortete Nikki skeptisch. «Aber wenn wir sowieso auf Mr. Fouchet warten müssen ...» Ein Ober mit einem langen Gesicht und Grabesmiene führte sie an einen Tisch. Ellery und der Ober diskutierten lebhaft die Speisekarte. Nikki schenkte dem keine Beachtung – sie war viel zu sehr damit beschäftigt, mit Clothilde kurze feminine Blicke auszutauschen. Schließlich stand für beide fest: Sie mochten sich nicht. Clothilde trug einen seltsam wachsamen Ausdruck zur Schau, und Nikki wirkte nervös.

«Ellery ...», sagte Nikki.

«... nur der allerbeste», sagte Ellery großzügig. «Wo zum Teufel ist dieser Ober hin? Ich habe noch keinen Wein bestellt. Pierre!»

«Un moment, Monsieur», ertönte die Stimme des Obers mit der Trauermiene.

«Weißt du was, Nikki? Weniger als fünf Prozent der Weinproduktion auf dieser Welt kann man als richtig guten Wein bezeichnen.»

«Ellery, ich mag dieses Restaurant nicht», sagte Nikki.

«Der Rest ist *pour la soif* –»

«Komm ... wir essen doch lieber nicht hier, Ellery. Wir erkundigen uns nach Mutter Carey und ...»

Ellery machte ein erstauntes Gesicht. «Warum, Nikki? Ich dachte, du liebst französisches Essen? Also bestellen wir den göttlichsten, vollmundigsten, bekömmlichsten aller Weine. Pierre! Wo zum Teufel ist er hin? Einen Sauterne mit Körper, Bouquet, Stil ...»

«Oh!» quietschte Nikki und sah sofort schuldbewußt drein. Es war nur Pierre gewesen, dessen Atem sie im Nacken gespürt hatte.

«Es ist ja schließlich eine besondere Gelegenheit. Ah, da sind Sie ja! *La carte des vins!* Ach was, bemühen Sie sich nicht! Ich weiß, was ich will. Pierre», sagte Ellery großartig, «eine Flasche ... *Château d'Yquem*!»

Wie durch Zauber verschwand der trübsinnige Ausdruck aus dem Gesicht des Obers.

«Aber, Monsieur», murmelte er. «*Château d'Yquem* ...? Das ist ein teurer Wein. Solche Qualität werden Sie in unserem Keller nicht finden.»

Dabei versuchte Pierre seiner Stimme einen sehr bedeutungsvollen Ton zu geben. Nikki warf Ellery einen ängstlichen Blick zu. War Ellery das seltsame Betragen auch aufgefallen? Ellery jedoch wirkte lediglich enttäuscht.

«Ah, da habe ich mich wohl in der Vorfreude auf Thanksgiving hinreißen lassen. Dumm von mir, Pierre. Natürlich. Bringen Sie uns Ihren besten Wein ... was vermutlich *vin ordinaire* sein wird», fügte er hinzu und lachte.

Irgend etwas stimmt hier nicht, dachte Nikki. Und sie fragte sich, wie lange es dauern würde, bis Ellery wieder zur Vernunft kam.

Dies geschah unmittelbar nach den *pêches flambeaux* und der *demi-tasse*. Das heißt, es geschahen zwei Dinge, einmal den Ober, einmal Clothilde betreffend.

Der Ober wirkte etwas konfus. Als er Ellery *l'addition* vorlegte, warf er ihm gleichzeitig schwungvoll eine frische Serviette in den Schoß! Dieses erstaunliche, unerklärliche Verhalten brachte Mr. Queen augenblicklich zur Besinnung. Er sagte jedoch nichts, fuhr mit der Hand über die Serviette und ertastete einen harten, flachen Gegenstand in ihren Falten, der dort nicht hingehörte. Ohne auch nur einen Blick darauf zu werfen, ließ er ihn in die Tasche gleiten.

Was die Kassiererin betraf, so schien sie ebenfalls reichlich durcheinander zu sein. Um *l'addition* zu begleichen, legte Ellery eine Zwanzig-Dollar-Note auf die Theke. Clothilde suchte das Wechselgeld zusammen, plauderte dabei munter mit *Monsieur* und *Mad'moiselle,* fragte, wie es ihnen geschmeckt habe, und gab schließlich falsch heraus. Es fehlten genau zehn Dollar.

Ellery hatte Clothilde gerade auf diese bedauernswerte Ungeübtheit im Umgang mit der amerikanischen Währung aufmerksam gemacht, als ein kleiner, untersetzter Mann in das Restaurant stürmte und mit französischen Ausdrücken um sich warf.

«Mais Monsieur Fouchet, je fais une méprise ...»

«Bête à manger du foin – silence!» M. Fouchet wandte sich, den Tränen nahe, erregt an Ellery: «Monsieur, so was ist noch nie passiert! Ich versichere Ihnen ...»

Einen schrecklichen Augenblick lang dachte Nikki, Ellery würde hervorziehen, was er in seiner Tasche verwahrte, und es M. Fouchet zeigen. Aber er lächelte nur, nahm den fehlenden Zehn-Dollar-Schein entgegen und bat um Mutter Careys Adresse, M. Fouchet schlug die Hände über dem Kopf zusammen, rannte ins Hinterzimmer, kam hastig zurück und drückte ihm einen fettigen Zettel in die Hand. Dabei plapperte er pausenlos auf französisch zu Ellery, Nikki und seiner Kassiererin. Schließlich standen sie auf der Straße. Mit gespielt satten, zufriedenen Mienen schritten sie auf den Duesenberg zu ... denn sie waren sich wohl bewußt, daß M. Fouchet und Clothilde ...

und natürlich der griesgrämige Pierre ... hinter der Glasfront jede ihrer Bewegungen beobachteten.

«Ellery, was ...?»

«Nicht jetzt, Nikki. Steig in den Wagen!»

Nikki warf immer wieder nervöse Blicke zurück zu den drei gallischen Gesichtern hinter dem Fenster, während Ellery den Motor des Duesenberg anzulassen versuchte. «Wie bitte?»

«Ich habe gesagt, er springt nicht an. Verdammt! Muß die Batterie sein!» Ellery sprang in die wirbelnden Schneeflocken hinaus und zerrte am Korb. «Greif dir die anderen Sachen und steig aus, Nikki!»

«Aber ...»

«Taxi!» Ein Taxi, das nur wenige Meter hinter ihnen parkte, schoß vorwärts. «Nehmen Sie den Korb und die Sachen auf dem Rücksitz, Mister! Rein ins Taxi mit dir, Nikki!»

«Läßt du den Wagen hier stehen?»

«Wir holen ihn später. Worauf warten Sie noch, Mister?» fragte Ellery den Taxichauffeur.

Der Fahrer wirkte reichlich distanziert. «Sie haben offenbar schon früh angefangen, Thanksgiving zu feiern, was?» konterte er. «Glauben Sie, ich bin Hellseher? Wohin soll ich denn fahren?»

«Oh! Der Zettel, den Fouchet mir gegeben hat. Nikki, wo ...? Hier! Henry Street 214B. East Side.»

Das Taxi fuhr an. «Wollen Sie mir vielleicht noch 'ne Skizze machen?» murmelte der Chauffeur.

«Gut, Nikki. Sehen wir uns mal Pierres kleines Überraschungspaket an.»

Es handelte sich um ein steifes, weißes Papierbriefchen. Ellery faltete es auseinander.

Darin kam eine größere Menge einer weißen pulverartigen Substanz zum Vorschein.

«Was ist das? Sieht aus wie Schnee», kicherte Nikki.

«Ist es auch.»

«Schnee?»

«Kokain!»

«Das ist das Verrückte an dieser Stadt», bemerkte der Taxifahrer. «Es gibt nichts, was es nicht gibt. Ich weiß noch, als ...»

«Ich muß Pierre etwas gesagt haben, was er versehentlich für eine Art Codewort gehalten hat, Nikki. Komischer Zufall.»

«Er hat dich für einen Kokser gehalten! Das bedeutet, Fouchet ist ...»

«Eine Vertriebsstelle für Rauschgift. Möchte nur wissen, was ich gesagt habe, das Pierre veranlaßt hat ... Der Wein!»

«Ich kann Ihnen nicht folgen», beklagte sich der Taxifahrer.

Ellery warf ihm einen wütenden Blick zu. Daraufhin war der Taxifahrer beleidigt und hupte einen älteren Chinesen mit Strohhut von der Straße.

«*Château d'Yquem*, Nikki. Das war das Codewort! Perlen vor die Säue ... natürlich, natürlich.»

«Ich wußte, daß in diesem Laden was faul war, sobald ich meinen Fuß da reingesetzt hatte, Ellery.»

«Hm. Wenn wir die Sachen bei Mrs. Carey abgeliefert haben, fahren wir auf dem schnellsten Weg nach Hause und setzen Dad auf Fouchet an. Üble Geschichte.»

«Ha, da wird der Inspektor aber schnell seine Erkältung vergessen haben!» lachte Nikki. Dann wurde sie schlagartig ernst. «Ellery ... meinst du, das hat was mit Mutter Carey zu tun?»

«Unsinn, Nikki!»

Der Maestro hatte nicht seinen besten Tag.

Denn als sie vor Henry Street 214B angelangt waren und an die Tür von Apartment 3-A pochten, rief eine Stimme, die so brüchig klang wie die Treppenstufen im Flur: «Wer is' da?» Als Nikki sich zu erkennen gab, passierten seltsame Dinge. Hinter der Tür wurden Geräusche laut. Ein merkwürdiges Rumpeln begann, dann hörten sie Schleifgeräusche. Die Tür blieb zu.

Nikki biß sich auf die Lippe und sah ängstlich zu Ellery. Der runzelte die Stirn.

«Scheint nicht gerade scharf auf ihre Thanksgiving-Ration zu sein, die Dame», stellte der Taxifahrer fest, der den Kürbiskuchen und die Flasche kalifornischen Wein die Treppe hochgetragen hatte, die einer Eingebung von Mr. Sisquencchi zu verdanken war. Nikki hatte die anderen Päckchen geschleppt, während Ellery den nobel bestückten Korb übernommen hatte. «Meine Alte wäre vor Glück sprachlos, wenn ...»

«Ich wünschte, ich könnte das von Ihnen behaupten!» fuhr Ellery ihn heftig an. «Sobald Mrs. Carey die Tür aufmacht, stellen Sie Kuchen und Wein rein und warten im Wagen auf uns!»

In diesem Moment ging die Tür auf. Eine rundliche kleine Frau mit dicken Armen und roten Beinen stand auf der Schwelle und sah nicht im mindesten wie eine Indianerin aus.

«Miss Porter!»

«Mutter Carey!»

Es war ein armseliges Zimmer, in dem ein unangenehmer Geruch hing. Der Geruch von Armut jedoch war es nicht, denn der Raum war geradezu penibel sauber. Ellery hörte dem Gezwitscher der beiden Frauen kaum zu. Er war viel zu sehr damit beschäftigt, Augen und Nase zu gebrauchen. Er schien Massasoit und die Wampanoag völlig vergessen zu haben.

Kaum saßen sie wieder im Taxi, fragte er unvermittelt: «Nikki, kannst du dich zufällig noch an Mutter Careys alte Wohnung erinnern?»

«An die in der Orchard Street? Ja ... Warum?»

«Wie viele Zimmer hatte sie?»

«Zwei. Ein Schlafzimmer und eine Küche. Wieso?»

«Hat sie immer allein gelebt?» erkundigte sich Ellery eher beiläufig.

«Ich glaube schon.»

«Weshalb ist sie dann ganz plötzlich oder, mit den Worten des Hausmeisters aus der Orchard Street, sogar Hals über Kopf in eine *Drei*-Zimmer-Wohnung gezogen?»

«Du meinst, die Wohnung in der Henry Street ...»

«... hat drei Zimmer. Den Türen nach zu schließen. Warum sollte eine arme alte Putzfrau, die allein lebt, plötzlich ein Zimmer mehr brauchen?»

«Klarer Fall!» sagte der Taxifahrer. «Sie will untervermieten.»

«Ja», murmelte Ellery gnädig. «Ja, ich schätze, das könnte den Gestank von billigem Zigarrenrauch erklären.»

«Zigarrenrauch?»

«Vielleicht unterhält sie in ihrer Bude ja auch ein heimliches Wettbüro», riet der Taxifahrer munter weiter.

«Jetzt reicht's, mein Freund!» sagte Nikki gereizt an die

Adresse des Taxifahrers. «Sollen wir das Steuer übernehmen, und Sie setzen sich nach hier hinten?»

«Immer schön mit der Ruhe, Lady!»

«Eines ist klar», überlegte Ellery. «Bevor deine Mrs. Carey die Tür aufgemacht hat, hat sie Möbel gerückt. Die Geräusche? Sie hatte die Tür verbarrikadiert, Nikki!»

«Ja», sagte Nikki kleinlaut. «Auf einen Untermieter läßt das nicht schließen, was?»

«Sie versteckt jemanden. Darauf läßt es schließen», sagte Ellery. Er beugte sich vor, als der Taxifahrer den Mund aufmachte. «Lassen Sie's lieber», fuhr er ihn an. «Nikki, sie versteckt jemand, der die Wohnung entweder nicht verlassen kann oder es nicht wagt auszugehen ... Allmählich glaube ich, daß es tatsächlich eine Verbindung zwischen dem Zigarrenraucher, den deine Mrs. Carey versteckt, und dem Päckchen Koks gibt, das Pierre mir aus Versehen bei Fouchet zugesteckt hat.»

«O nein, Ellery!» stöhnte Nikki.

Ellery nahm ihre Hand. «Ein mieses Ende für einen so schönen Tag, Liebes, aber wir haben keine Wahl. Ich muß Dad bitten, Pierre noch heute abend zu verhaften. Hoffen wir ... Zum Henker mit den Pilgervätern!»

«Das nenne ich subversive Propaganda, mein Freund», meldete sich der Taxifahrer.

Ellery knallte das Schiebefenster energisch zu.

Inspektor Queen schniefte. «Sie steckt mit drin, das ist klar.»

«Mutter Carey?» jammerte Nikki.

«Vor drei Jahren», nickte der Inspektor und schnürte seinen Bademantel enger. «Das Lokal Fouchet war in eine Drogengeschichte verwickelt. Und Mrs. Carey hatte damit zu tun.»

Nikki begann zu weinen.

«Inwiefern, Dad?»

«Einer von Fouchets Obern war ein Pusher ...»

«Pierre?»

«Nein. Pierre arbeitete zwar zu diesem Zeitpunkt im Lokal – oder zumindest gab es einen Ober mit diesem Namen –, aber der Schuldige war ein alter Mann namens Carey ... der Mann der Putzfrau.»

Ellery setzte sich und nahm seine Pfeife. «Wo ist Carey jetzt, Dad?» fragte er schließlich.

«Im Knast. Muß zehn Jahre absitzen. Wir haben damals Schnee im Wert von ein paar hundert Dollar bei dem alten Kauz im Schlafzimmer gefunden. Da wohnten sie noch in der Mulberry Street. Carey hat behauptet, jemand habe ihm den Stoff untergeschoben ... aber das sagen sie alle.»

«Und Fouchet?» murmelte Ellery und zog an seiner Pfeife.

«Ist ungeschoren davongekommen. Offenbar hat er von alledem nichts gewußt. Carey hat auf eigene Rechnung gedealt.»

«Komisch. Dabei läuft das Geschäft bei Fouchet immer noch.»

Der Inspektor sah Ellery überrascht an. Ellery zuckte die Achseln.

«Mr. Carey ist wirklich reingelegt worden!» rief Nikki.

«Möglich», murmelte der alte Herr. «Könnte dieser Pierre gewesen sein. Er hat gemerkt, daß es brenzlig wurde, und hat einen Köder für uns ausgelegt. Nikki, reich mir mal das Telefon!»

«Ich hab's gewußt! Ich hab's gewußt!»

«Wenn du schon mal telefonierst, Dad», warf Ellery ein, «dann frag doch bitte, warum die vom Präsidium Carey nicht schon längst wieder dingfest gemacht haben.»

«Wieso denn das? Carey sitzt im Bau, habe ich gesagt. Hallo?»

«Nein, tut er nicht», widersprach Ellery. «Er versteckt sich im Apartment 3-A in der Henry Street 214B.»

«Der Zigarrenrauch», sagte Nikki atemlos. «Die verbarrikadierte Tür. Das zusätzliche Zimmer!»

«Velie!» schnarrte der Inspektor in den Hörer. «Ist ein Ganove namens Frank Carey aus dem Knast ausgebrochen?»

Sergeant Velie, den diese hellseherische Bemerkung etwas aus dem Gleichgewicht brachte, stammelte: «Ja, Inspektor. Vor ein paar Tagen. Konnten ihn noch nicht wieder fassen. Wir versuchen, seine Frau ausfindig zu machen, aber sie ist umgezogen. Was ist los? Sie sind doch krank, oder?»

«Umgezogen! Sie ist umgezogen», stöhnte der Inspektor. «Aber bestimmt nicht gleich in die Äußere Mongolei, oder?» brüllte er. «Sie hält ihn versteckt, Mann! Egal ... Sie fahren jetzt sofort mit den Jungs zum Restaurant Fouchet an der Canal

Street und verhaften einen Ober namens Pierre! Wenn er nicht da sein sollte, dann bitte ... finden Sie raus, wo er wohnt. Aber brauchen Sie keine zwei Wochen dazu! Ich will den Mann heute noch!»

«Aber Carey ...»

«Um Carey kümmere ich mich persönlich. Machen Sie sich auf die Socken ... Umgehend!» Wutschnaubend legte der alte Mann auf. «Wo zum Kuckuck ist meine Hose ...»

«Dad!» Ellery hielt ihn zurück. «Du gehst nirgendwohin! Du bist krank!»

«Carey gehört mir», beharrte der Vater. «Glaubst du wirklich, du bist Manns genug, mich davon abzuhalten, ihn zu schnappen?»

Die alte Putzfrau saß mit stoischem Gesicht am Küchentisch. Diesmal war ihre irokesische Abstammung unverkennbar.

Außer ihr war niemand in der Wohnung in der Henry Street.

«Wir wissen, daß Ihr Mann hier war, Mrs. Carey», behauptete Inspektor Queen. «Er hat Ihnen eine Nachricht zukommen lassen, nachdem er ausgebrochen war, Sie sind umgezogen, und Sie haben ihn hier versteckt. Wo ist er jetzt?»

Die alte Frau saß nur da und sagte kein Wort.

«Mutter Carey, bitte!» drängte Nikki. «Wir wollen Ihnen helfen!»

«Wir glauben, daß Ihr Mann unschuldig ist. Er hat nicht gedealt, Mrs. Carey», mischte Ellery sich ein.

Mrs. Careys bläuliche Lippen wurden schmal. Der Korb, der Truthahn, der Kürbiskuchen, die Flasche Wein, die Päckchen, alles lag noch auf dem Tisch.

«Schätze, Mrs. Carey möchte mehr Beweise unseres guten Willens, Dad», wandte sich Ellery an den Inspektor. «Mutter Carey, angenommen, ich sage Ihnen nicht nur, daß ich glaube, daß Ihr Mann vor drei Jahren reingelegt wurde, sondern daß derjenige, der dahintersteckte ...»

«Dieser Pierre!» erklärte Mutter Carey mit harter Stimme. «Er war der Kopf bei der Sache. Er hatte sich mit Frank angefreundet.»

«Er hat Ihren Mann reingelegt ... aber der Kopf war er nicht.»

«Was soll das heißen, Ellery?» wollte Inspektor Queen wissen.

«Arbeitet Pierre nicht auf eigene Rechnung?» fragte Nikki.

«Wenn das so wäre, hätte er mir – einem völlig Fremden – dann ein Päckchen Koks im Wert von mehreren hundert Dollar in den Schoß geworfen … ohne über den Preis auch nur zu reden?» entgegnete Ellery sarkastisch.

Mutter Carey starrte ihn an.

«Pierre hat im Auftrag gehandelt», begann es dem Inspektor zu dämmern.

«Richtig. Demnach hat er einen Hintermann. Jemand, der ihn nur zur Übergabe der Drogen benutzt. Die Bezahlung ist auf andere Art geregelt.»

«Vermutlich gegen Vorkasse!» Der Inspektor beugte sich vor. «Nun, Mrs. Carey, wollen Sie jetzt nicht reden? Wo ist Frank?»

«Sagen Sie es dem Inspektor, Mutter Carey», bettelte Nikki. «Die Wahrheit!»

Mutter Carey war verunsichert. Schließlich sagte sie: «Wir haben vor drei Jahren die Wahrheit gesagt!» Sie faltete ihre rissigen Hände.

Es steckt unbeugsame Kraft in den Unterdrückten.

«Lassen wir's», seufzte der Inspektor. «Komm, mein Sohn … wir fahren zu Fouchets Restaurant und unterhalten uns mal mit Mr. Pierre, finden raus, wer sein Boß ist …»

In diesem Augenblick sagte Mutter Carey plötzlich mit angsterfüllter Stimme: «Nein!» Entgeistert hielt sie eine Hand vor den Mund.

«Carey ist zu Fouchet gefahren», erkannte Ellery langsam. «Natürlich … Mrs. Carey muß einen Schlüssel haben! Vermutlich ist sie es, die das Restaurant aufschließt. Carey ist in der verzweifelten Annahme hingegangen, irgendwelche Beweise finden zu können, die ihn entlasten. Stimmt's, Mutter Carey? Das ist es doch, oder?»

Inspektor Queen war bereits draußen im widerlich riechenden Flur.

Sergeant Velie stand mit unglücklicher Miene vor dem Restaurant Fouchet, als der Einsatzwagen heranraste.

«Also, Inspektor, werden Sie jetzt nicht wütend . . .»

«Sie haben Pierre entwischen lassen», sagte der Inspektor nachsichtig.

«Nein, nein!» widersprach Sergeant Velie. «Pierre ist da drin, Inspektor. Aber er ist tot.»

«Tot!»

«Todesursache?» wollte Ellery hastig wissen.

«Jemand hat ihm ein Tranchiermesser in die Brust gerammt. Das ist die Todesursache, Maestro. Wir sind sofort hierhergefahren, wie Sie uns angewiesen haben, Inspektor. Aber irgend so ein Messerkünstler ist uns zuvorgekommen.» Der Sergeant atmete auf. Es war alles in Ordnung. Der alte Mann lächelte.

«Und natürlich ist es Frank Carey gewesen?»

Der Sergeant hatte sich zu früh gefreut. «Himmel, nein! Es war nicht Carey!»

«Velie . . .»

«Wirklich, er war's nicht! Als wir ankamen, stand Carey genau hier vor dem Eingang. Das Lokal ist über Nacht geschlossen – brennt nur eine Nachtbeleuchtung. Er hatte einen Schlüssel. Wir haben beobachtet, wie er aufgeschlossen hat, reingegangen ist und zack! Er wäre beinah über diesen Pierre gestolpert. Der alte Idiot hat sich gebückt, Pierre das Messer aus der Brust gezogen und ist wie belämmert mit dem Messer in der Hand stehengeblieben. Bis jetzt hat er sich nicht vom Fleck gerührt.»

«Ich hoffe doch, ihr habt ihm das Messer abgenommen.» sagte der Inspektor zynisch. Sie gingen hinein.

Dort stand wie ein lebendes Fragezeichen an einen Tisch gelehnt, unter einem Plakat von Frankreich, ein alter Mann zwischen all den Polizisten. Er hatte den zahnlosen Mund weit geöffnet und die wäßrigen alten Augen starr auf den verblichenen *garçon* gerichtet. Der verblichene *garçon* trug noch seinen Frack; die Innenfläche seiner rechten Hand zeigte nach oben, als wolle er um Gnade oder das übliche *pourboire* bitten.

«Carey», begann Inspektor Queen.

Der alte Carey schien nicht zu hören. Er starrte wie hypnotisiert auf Ellery. Dieser ließ sich auf ein Knie nieder und prüfte Pierres Pupillen.

«Carey, wer hat den Franzosen umgebracht?»

«Mit dem ist nichts anzufangen», behauptete Sergeant Velie. «Der hat erst mal Sendepause.»

«Wer will ihm das auch übelnehmen?» ereiferte sich Nikki. «Vor drei Jahren beschuldigt man ihn fälschlicherweise, mit Drogen gehandelt zu haben, verurteilt ihn und steckt ihn ins Gefängnis ... Und jetzt glaubt er, daß ihm jemand einen Mord anhängen will!»

«Wenn wir nur was aus ihm rausbringen könnten», seufzte der Inspektor nachdenklich. «Liegt klar auf der Hand, daß Pierre nach Lokalschluß geblieben ist, weil er eine heimliche Verabredung mit jemandem hatte.»

«Mit seinem Boß!» behauptete Nikki.

«Mit dem, für den er Schnee gedealt hat, Nikki.»

«Dad.» Ellery war aufgestanden und starrte auf das lange, melancholische Gesicht des Toten, das jetzt noch länger und trauriger aussah. «Erinnerst du dich, ob Pierre vor drei Jahren als Drogenabhängiger registriert war?»

«Glaube ich nicht.» Der Inspektor machte ein verdutztes Gesicht.

«Sieh dir seine Augen an!»

«Interessant!»

«Und er hat es nicht erst seit gestern genommen. Wenn Pierre zur Zeit von Careys Verhaftung noch nicht abhängig war, dann muß er es in den vergangenen drei Jahren geworden sein. Das erklärt, weshalb er heute nacht erstochen wurde.»

«Er ist zu einem Risiko geworden», bemerkte der Inspektor grimmig. «Seit Carey frei herumlief und Pierre am Abend dieser Fehler mit dir unterlaufen war, wußte sein Boß, daß der Fall Fouchet wieder aufgerollt werden würde.»

Ellery nickte. «Er glaubte, Pierre nicht mehr vertrauen zu können. Pierre war am Ende. Nach jahrelangem Drogenkonsum hätte er einem Verhör durch die Polizei nicht mehr standgehalten. Und das hat der geheimnisvolle Hintermann gewußt.»

«Ja», murmelte der Sergeant wissend. «Wenn du einen Kokser so richtig in die Zange nimmst, spuckt er alles aus.»

Ellery hörte gar nicht zu. Er hatte sich an einen der leeren Tische gesetzt und starrte zur Weintheke hinüber.

M. Fouchet stürmte im dicken Tweedmantel herein. Sein Hut hatte eine Delle, wo sie nicht hingehörte.

«Wieder Drogen! Dieser Pierre!» zischte M. Fouchet und sah bemerkenswert giftig auf seinen toten Ober herab.

«Wissen Sie was über die Sache, Fouchet?» fragte der Inspektor höflich.

«Nichts, *Monsieur l'inspecteur*. Ich gebe Ihnen mein Wort, nichts, Pierre ist heute abend länger geblieben. Wollte angeblich die Tische für morgen fertig machen. Er ist geblieben und ... pfft! *Il se fait tuer!*» M. Fouchets dicke Lippen zuckten. «Jetzt gibt die Bank mir keinen Kredit mehr!» Er sank auf einen Stuhl.

«Oh! Stecken Sie in finanziellen Schwierigkeiten, Fouchet?»

«Ich biete *escargots* an der Canal Street an. Dabei sollte ich lieber Brezeln verkaufen! Die Bank ... Ich stehe mit fünftausend Dollar in der Kreide.»

«Das Leben ist hart», bemerkte der Inspektor mitfühlend. «In Ordnung, M. Fouchet. Sie können nach Hause gehen. Wo ist die Kassiererin?»

Ein Polizist schob Clothilde vor. Clothilde hatte geweint. Ihr Make-up war verschmiert. Aber mit den Tränen war es jetzt vorbei. Sie starrte ebenso böse wie M. Fouchet auf den toten Pierre. Pierre starrte zurück.

«Clothilde?» murmelte Ellery, der plötzlich aus seinen Gedanken aufschreckte.

«Velie hat was entdeckt», flüsterte der Inspektor.

«Sie steckt mit drin. Sie hat was damit zu tun», erklärte Nikki Ellery aufgeregt. «Wußte ich's doch!»

«Clothilde», begann der Inspektor. «Wieviel verdienen Sie in diesem Lokal?»

«Fünfundvierzig Dollar die Woche.»

«Und wieviel Knete haben Sie auf der Bank, Ma'moselle?» intonierte Sergeant Velie jovial.

Clothilde warf einen sehr hastigen Blick auf den Hünen Velie. Dann begann sie zu schluchzen und mit einigen Körperteilen zu zittern. «Ich 'abe kein Geld auf der Bank. Vielleicht ein paar Dollar ...»

«Das ist doch Ihr Sparbuch, oder, Clothilde?» wollte der Inspektor wissen.

Clothilde hörte so schnell auf zu schluchzen, wie sie begonnen hatte. «Woher 'aben Sie das? Geben Sie es mir!»

«Nicht so stürmisch!» sagte der Sergeant und hielt sie fest. «Sagen Sie ...»

Sie schüttelte seinen Griff ab. «Das ist mein Sparbuch!»

«Und es weist eine Summe über siebzehntausend Dollar auf, Clothilde», berichtete der Inspektor. «Haben Sie vielleicht einen reichen Onkel?»

«*Voleurs!* Das ist mein Geld! Ich spare!»

«Sie hat ein neues Sparsystem entdeckt», klärte der Sergeant die Umstehenden auf. «Von fünfundvierzig Piepen in der Woche spart sie manchmal sechzig, manchmal fünfundachtzig ... Es ist ein Wunder. Wie machen Sie das, Clothilde?»

Nikki sah Ellery verdutzt an. Er nickte düster.

«*Fils de lapin! Jongleur! Chienloup!*» kreischte Clothilde. «Also gut! Manchmal gebe ich den Kunden zu wenig raus! Ich bin Kassiererin, *non*? Das ist alles!» Damit stieß sie Sergeant Velie den Ellbogen in den Bauch. «Lassen Sie Ihre Pfoten von mir!»

«Ich tue nur meine Pflicht, Ma'moselle», konterte der Sergeant, ließ sie jedoch schuldbewußt los. Inspektor Queen sagte leise etwas zu Velie, und der Sergeant wurde rot. Clothilde ging mit Fäusten und Fingernägeln auf ihn los, und die anderen Polizisten mußten eingreifen. Während des folgenden Handgemenges stand Ellery vom Tisch auf und nahm seinen Vater beiseite: «Komm, wir fahren zu Mutter Carey zurück.»

«Wozu, Ellery? Ich bin hier noch nicht fertig ...»

«Ich will reinen Tisch machen. Morgen ist Thanksgiving. Die arme Nikki hat sich solche Mühe ...»

«Ellery!» mahnte Nikki.

Er nickte. Seine Miene war noch immer düster.

Der Anblick seiner Frau machte aus dem alten Carey wieder ein menschliches Wesen. Er hielt sie umklammert und versicherte immer wieder, daß er nichts getan habe und daß man versuche, ihm ein zweites Mal etwas anzuhängen, und diesmal käme er auf den elektrischen Stuhl. Und Mrs. Carey nickte unaufhörlich und schnippte Fusseln von seinem Jackettaufschlag. Und Nikki versuchte, möglichst unsichtbar zu bleiben.

«Wo ist Velie?» polterte der Inspektor. Careys Gefühlsduselei schien ihn ebenso zu ärgern wie die Tatsache, daß Ellery sämtliche Polizisten nach Hause geschickt hatte, als wolle er ihre schwachen Nerven schonen.

«Velie erledigt was für mich», antwortete Ellery. Dann fuhr er fort: «Mr. und Mrs. Carey, würden Sie bitte in dieses Zimmer hier gehen und die Tür schließen?» Mutter Carey nahm ihren Mann wortlos bei der Hand. Als sich die Tür hinter den beiden geschlossen hatte, sagte Ellery unvermittelt: «Dad, ich habe dich gebeten, Pierre heute abend zu verhaften. Du hast Velie angerufen und ihn angewiesen, sofort zu Fouchet zu fahren. Velie hat gehorcht ... und den Ober erstochen aufgefunden.»

«Und?»

«Das Polizeipräsidium liegt in der Centre Street. Fouchets Lokal ist gleich an der Canal Street. Nur wenige Blocks entfernt.»

«Na und?»

«Kam es dir nicht komisch vor, daß Pierre so schnell ermordet worden ist?» murmelte Ellery. «Noch bevor Velie die kurze Strecke zurücklegen konnte?»

«Du meinst, Pierres Hintermann hat so schnell zurückgeschlagen, um Pierres Verhaftung zuvorzukommen? Das haben wir doch schon mal durchgekaut, mein Sohn!»

«Hm», seufzte Ellery. «Die Frage ist nur, was Pierres Mörder gewußt hat ... was ihn veranlaßt hat, Pierre unverzüglich umzubringen. Die Antwort ist: Er muß gewußt haben, daß Pierre mir an diesem Abend versehentlich ein Päckchen Kokain zugesteckt hatte. Und daß ich vorhatte, Pierre heute abend verhaften zu lassen.»

«Aber Ellery, niemand wußte von diesen Dingen außer dir, mir und dem Inspektor ...», warf Nikki stirnrunzelnd ein.

«Interessant, was?»

«Geht über meinen Horizont», brummte sein Vater. «Der Mörder wußte, daß Pierre verhaftet werden sollte, noch bevor Velie Fouchets Lokal erreichen konnte. Schließlich ist er Velie zuvorgekommen. Aber wenn nur wir drei wußten ...»

«Ganz recht. Wie hat es der Mörder dann erfahren?»

«Ich werfe das Handtuch», sagte der Inspektor prompt. Er

hatte schon vor vielen Jahren für sich entdeckt, daß dies die beste Methode war.

Aber Nikki war noch jung. «Könnte jemand gehört haben, wie du mit mir und dem Inspektor darüber gesprochen hast?»

«Laß uns mal sehen, Nikki. Wir haben mit Dad in unserer Wohnung darüber gesprochen, nachdem wir von Mrs. Carey zurückgekommen waren ...»

«Aber da kann uns niemand gehört haben», warf der Inspektor ein.

«Dann muß Ellery und mich jemand gehört haben, bevor wir nach Hause gekommen sind.»

«Bravo, Nikki. Und der einzige Ort, an dem wir über den Fall diskutiert haben ... der einzige Ort, an dem wir sprechen konnten ...»

«Ellery!»

«Wir haben das Päckchen im Taxi aufgemacht. Auf dem Weg in die Henry Street», nickte Ellery. «Und wir haben über den Inhalt sehr offen geplaudert ... im Taxi. Und wenn du dich recht erinnerst, Nikki, hat sich unser geschwätziger Taxifahrer sehr häufig und eifrig in unser Gespräch eingemischt.»

«Der Taxifahrer! Heiliger Bimbam!» sagte Inspektor Queen leise.

«Den wir direkt vor Fouchets Lokal angeheuert hatten. Dort hatte er geparkt. Es paßt alles zusammen.»

«Derselbe Taxifahrer», fuhr Ellery düster fort, «der uns später nach Hause gefahren hat, Nikki. Erinnerst du dich? Und auf der Rückfahrt von der East Side habe ich dir gesagt, daß ich Dad bitten würde, Pierre noch heute abend zu verhaften ... Ja, der Taxifahrer! Und nur der Taxifahrer – der einzige Außenstehende, der die beiden Aussagen hören konnte, die dem Drogenboß die Möglichkeit gaben, seinen Pusher schnell zu töten, um einer Verhaftung und einem Verhör zuvorzukommen und damit zu verhindern, daß Pierre seinen Boß verraten konnte.»

«Fährt Taxi», murmelte der Inspektor. «Schlaue Tarnung. Parkt direkt vor seinem Hauptquartier. Vermutlich bringt er seine Kunden selbst zu Fouchet und kassiert im voraus. Pierre war derjenige, der den Stoff übergeben hat. Und später hat er seine Kunden vermutlich wieder weiterbefördert.» Er sah auf und strahlte. «Großartige Arbeit, mein Sohn. Ich schnappe mir den Burschen...»

«Du schnappst dir wen, Dad?» fragte Ellery noch immer mit düsterer Miene.

«Na, den Taxifahrer!»

«Aber wer ist der Taxifahrer?»

Ellery war auf diesen Punkt wahrlich nicht stolz.

«Das fragst du *mich*?» brüllte sein Vater.

Nikki kaute auf ihren hübschen Nägeln. «Ellery, ich habe überhaupt nicht darauf geachtet...»

«Ha, ha», sagte Ellery. «Genau das habe ich befürchtet.»

«Soll das vielleicht heißen, daß *mein Sohn* nicht mal einen Blick auf die Taxikennummer, geschweige denn auf den Ausweis des Fahrers geworfen hat?» fragte Inspektor Queen mit unheilvoller Stimme.

«Hmm...»

«Dazu bist du gesetzlich verpflichtet!»

«Wir haben den Abend vor Thanksgiving, Dad», murmelte Ellery. «Squanto... die Pilgerväter... Mutter Carey und ihre irokesische Abstammung...»

«Hör mit dem Gefasel auf! Kannst du mir keine Personenbeschreibung geben?»

«Hmm...»

«Keine Beschreibung», flüsterte sein Vater. Das war tatsächlich das Ende.

«Inspektor, wen kümmert es schon, wie ein Taxifahrer aussieht», sagte Nikki unbedarft. «Sie wissen doch! Ein Taxifahrer! Der... der ist da, ohne daß man ihn bemerkt!»

«Der Unsichtbare», sagte Ellery hoffnungsvoll. «Chesterton?»

«Ah, an den Namen erinnerst du dich also doch?»

«Nein, nein, Dad...»

«Ich würde seine Stimme erkennen», meldete sich Nikki. «Wenn ich sie höre.»

«Dazu müßten wir ihn erst schnappen, und wenn wir ihn schnappen, brauchen wir seine Stimme nicht.»

«Vielleicht kommt er wieder mal bei Fouchets Lokal vorbei.»

Der Inspektor stieß ein kurzes, heiseres Lachen aus.

«Ist ja prima. Wir wissen, wer's getan hat ... aber das nützt uns nicht die Bohne. Hör mir mal zu, du Detektiv! Du gehst jetzt zur Taxiregistratur mit und siehst dir die Fotos von jedem Taxifahrer in ...»

«Warte! Warte!»

Ellery warf sich auf Mutter Careys leeren Stuhl. Er setzte sich schräg darauf, das Kinn in die Hand gestützt, und begann seltsame Grimassen zu schneiden. Nikki befürchtete bereits, mit seinen Augen sei etwas nicht in Ordnung. Dann wechselte er die Stellung und fing mit dem Theater wieder von vorn an. Sein Vater beobachtete ihn äußerst skeptisch. Das war nicht sein Ellery. Sein Sohn war heute nicht er selbst. Dieses Gezucke ...

Ellery sprang auf und stieß den Stuhl dabei um. «Ich hab's! Wir haben ihn!»

«Wie? Was?»

«Nikki!» Ellerys Stimme klang geheimnisvoll, dramatisch. Machen wir uns nichts vor, dachte der alte Herr. Er ist verrückt geworden. «Erinnerst du dich, als wir die Sachen für Mutter Carey vom Taxi in ihre Küche gebracht haben? Der Taxifahrer hat uns geholfen ... er hat die Weinflasche getragen!»

«Was?» japste der Inspektor. Dann rief er: «Nein, nein, Nikki, nicht anfassen!» Und er kicherte leise über der Flasche kalifornischen Weins. «Fingerabdrücke! Das ist es – das ist es, mein Sohn! Jetzt brauchen wir nur diese schöne Flasche Traubensaft ins Präsidium zu bringen, nehmen die Fingerabdrücke, vergleichen sie mit den Akten in der Taxiregistratur –»

«Ach wirklich?» sagte der Taxifahrer.

Er stand in der offenen Tür. Ein schmutziges Taschentuch verbarg die untere Hälfte seines Gesichts, die Mütze war tief in die Stirn geschoben, und er richtete einen Polizeirevolver auf Vater und Sohn.

«Dachte mir schon, daß ihr was im Schilde führt, als ihr von Fouchet direkt hierher gekommen seid», schnaubte er geringschätzig. «Und dann habt ihr auch noch die Tür offen gelassen, damit ich alles hören konnte. Du, Alter! Gib mir die Weinflasche!»

«Besonders pfiffig sind Sie nicht gerade», sagte Ellery gelassen. «In Ordnung, Sergeant! Schießen Sie ihm die Waffe aus der Hand!»

Damit schlang Ellery einen Arm um seinen Vater, den anderen um seine Sekretärin und ging mit ihnen auf Mutter Careys blitzsauberem Fußboden in Deckung, während Sergeant Velie hinter dem Taxifahrer auftauchte, sorgfältig zielte und die Waffe aus der Hand des Unsichtbaren schoß.

«Wünsche einen angenehmen Thanksgiving, du Trottel», sagte der Sergeant.

Ein trockener Highball

Craig Rice

«Sie müssen mir glauben!» flehte die Schönheit. «Ich habe damit nichts zu tun. Ich war genauso überrascht wie Arthur . . .»

Sie entnahm ihrer Handtasche ein Taschentuch und schluchzte leise hinein. John J. Malone saß peinlich berührt hinter seinem Schreibtisch. «Ist ja gut. Ist ja gut», murmelte er. Die junge Frau weinte weiter. «Ruhig, ganz ruhig», sagte Malone.

«Aber es ist so schrecklich», bekannte sie schließlich. «Arthur ist tot, und . . .» Sie verschwand erneut hinter ihrem Taschentuch.

Malone seufzte. «Ich würde Ihnen ja gern helfen», behauptete er nicht ganz wahrheitsgemäß. «Aber dazu muß ich mehr wissen. Fangen wir von vorn an. Sie heißen Sheila Manson.»

Das Schluchzen verstummte wie auf Knopfdruck. Die junge Frau strich sich das seidigglänzende, weizenfarbene Haar aus dem tränennassen Gesicht, hob den Blick zu Malone und fragte: «Aber woher wissen Sie denn das?»

Malone fand es nicht der Mühe wert, Sheila Manson darüber aufzuklären, daß in den vergangenen achtundvierzig Stunden in jeder Zeitung von Chicago eine treffende Personenbeschreibung von ihr erschienen war. «Ich habe da meine Methoden», erwiderte er vage und versuchte, geheimnisvoll auszusehen.

«Dann wissen Sie bestimmt auch, was mit Arthur passiert ist», sagte Sheila Manson.

«Wie wär's, wenn Sie's mir trotzdem erzählen?» schlug Malone diplomatisch vor.

Sheila nickte. Sie steckte ihr Taschentuch wieder ein. «Er war mein Verlobter. Arthur Bent. Wir wollten nächste Woche heiraten.»

«Und jetzt ist er tot», hakte Malone mitfühlend nach.

Sie nickte erneut. «Und die Polizei hält mich für die Täterin. Aber ich war's nicht. Sie glauben mir doch, nicht wahr, Mr. Malone?»

«Wie kommt die Polizei darauf, daß Sie Ihren Verlobten umgebracht haben?» wich Malone geschickt aus.

Sheila Manson schüttelte den Kopf. «Das weiß ich nicht», sagte sie. «Aber ich kann Ihnen sagen, wer ihn wirklich umgebracht hat.»

Einen Moment herrschte Stille. «Wer?» wollte Malone schließlich wissen.

«Mae Ammon», antwortete Sheila. «Immerhin war sie ebenfalls anwesend. Und da ich's nicht war, muß sie's gewesen sein.»

«Mae Ammon?»

«Sie taugt nichts», behauptete Sheila. «Sie würde jeden umbringen – vorausgesetzt, es lohnt sich für sie.»

«Und inwiefern hätte sich der Mord an Arthur Bent für sie gelohnt?» wollte Malone wissen.

Sheila zuckte mit den Schultern. Sie sieht phantastisch aus, auch wenn sie die Achseln zuckt, dachte Malone.

Er gelangte zu der Einsicht, daß er den Fall annehmen mußte – selbst wenn er kein Geld einbrachte. Dabei schuldete er noch Telefonrechnung, Miete, Stromrechnung und Zechen bei drei Restaurants. Aber das hatte Zeit. Eine Sheila Manson dagegen verschlug das Schicksal nur einmal im Leben in seine Kanzlei.

«Sie war bloß eifersüchtig», behauptete Sheila. «Ich war Arthurs Verlobte, und sie war eifersüchtig.»

In Malones Augen hätte Mae Ammon demnach ein triftigeres Motiv gehabt, Sheila umzubringen, als Arthur aus dem Weg zu räumen. Aber für subtile Unterscheidungen dieser Art war nicht der passende Augenblick. «Ich tue, was ich kann», erklärte Malone bestimmt.

«Viel kann ich nicht bezahlen ...»

«Zerbrechen Sie sich deswegen nicht Ihren hübschen Kopf», erwiderte Malone. «Geben Sie mir nur Ihre Adresse, damit ich Sie erreichen kann – und dann gehen Sie nach Hause und ruhen sich erst mal aus.»

«Mr. Malone.» Sheila stand auf. Sie hatte eine schlanke, atemberaubende Figur. Dem Anwalt schwanden die letzten finanziellen Bedenken. «Und wenn die Polizei bei mir auftaucht? Was mache ich dann?»

«Schießen!» sagte Malone. Dann besann er sich eines Besseren. «Verzeihung – ich muß in Gedanken ganz woanders gewesen sein. Wenn die Polizei sich bei Ihnen meldet, rufen Sie mich an. Hier im Büro. Falls ich nicht da bin – meine Sekretärin weiß, wo sie mich findet. Kein Grund zur Aufregung. Hören Sie auf, sich Sorgen zu machen.»

«Also gut, Mr. Malone.» Die Augen des Anwalts folgten ihr bis zur Tür. Es war ein umwerfender Anblick. Auf der Schwelle drehte sie sich noch einmal um. «Malone», sagte sie, und ihre Stimme klang plötzlich eine Oktave tiefer, «ich – bin Ihnen sehr dankbar.»

Die Tür fiel zu, und sie war fort.

Eine Minute später verbannte Malone schuldbewußt das Lächeln aus seinem Gesicht, setzte eine geschäftsmäßige Miene auf und ermahnte sich, keine kostbare Zeit zu verschwenden.

Er lehnte sich auf seinem Stuhl zurück, schloß die Augen und zwang sich mühsam, seine Gedanken auf Arthur Bent zu konzentrieren.

Natürlich hatte er in den Zeitungen darüber gelesen. Bent war ein reicher Mann gewesen – ein erst vor kurzem reich gewordener Mann, korrigierte Malone sich. Er hatte, wie vom Vater testamentarisch bestimmt, an seinem fünfundzwanzigsten Geburtstag das Familienvermögen geerbt. Jetzt, zwei Wochen später, war Arthur Bent tot; vergiftet durch Arsen, das er in einem Highball aus Whisky und Ginger-ale zu sich genommen hatte. Er hatte den tödlichen Cocktail in seinem Apartment getrunken. Außer Sheila Manson und Mae Ammon war niemand bei ihm gewesen.

Allerdings waren sowohl das Ginger-ale als auch der teure Whisky vollkommen in Ordnung gewesen. In keiner der beiden Flaschen hatte man Arsen gefunden. Und einzig Bents Highball hatte Gift enthalten.

Alles deutete auf nur zwei potentielle Verdächtige hin: Sheila

Manson und Mae Ammon. Ich arbeite für Sheila Manson, überlegte Malone. Das bedeutete, daß er dringend und unverzüglich mit Mae Ammon sprechen mußte.

Eigentlich lag es auf der Hand, daß Mae Ammon den Mord begangen hatte. Sheila war eine wunderschöne junge Frau, und wunderschöne Frauen taten so was einfach nicht. Zumindest Malone war von ihrer Unschuld überzeugt.

Malones Theorie hatte unglücklicherweise einen Haken: Auch Mae Ammon war eine Schönheit.

Ihre Adresse fand sich bequemerweise im Telefonbuch von Chicago. Malone stieg vor dem ruhig gelegenen braunen Sandsteinhaus aus dem Taxi, ging die Treppe hinauf und klingelte.

Die junge Frau, die ihm öffnete, hatte schwarzes Haar und eine Figur, die bei Malone Atembeschwerden auslöste. Sie war nicht schlank wie Sheila Manson, aber Malone entschied, daß er kurvenreiche und kuschelige Brünette in jedem Fall vorzog. Sie trug ein dunkelgrünes Kleid, das wie eine zweite Haut an ihr lag.

«Ich wollte zu Mae Ammon», begann Malone. «Aber jetzt bleibe ich lieber bei Ihnen.»

Die junge Frau lächelte. «Sie haben Glück», erwiderte sie. «Ich bin Mae Ammon. Kommen Sie rein.»

Malone folgte ihr wie in Trance durch einen Korridor und eine im Halbdunkel liegende Treppe hinauf. «Die meisten Bewohner hier arbeiten tagsüber», erklärte sie und stieß die Tür zu einem großen, hellen Raum auf. «Ich bin die einzige, die zu Hause ist. Deshalb mache ich die Tür auf.»

«Aha», sagte Malone intelligenterweise und folgte ihr ins Zimmer. Der Raum war hoch und sonnendurchflutet. Überall lagen Illustrierte herum – auf dem Couchtisch aus hellem Holz, auf dem hellgrünen Sofa und den Sesseln, in Stapeln auf der Stereoanlage und dem Fernsehapparat. Sogar auf der gelben Überdecke des schmalen Bettes entdeckte Malone ein Bündel davon.

«Sie sind also Mae Ammon», begann Malone. Was anderes fiel ihm nicht ein.

«Richtig.» Sie lächelte erneut. «Legen Sie einfach ein paar Zeitschriften auf den Boden und setzen Sie sich. Wer sind Sie überhaupt?»

Malone räumte einen Stapel von *Life*-Magazinen und *Look*-Heften von der Couch und nahm Platz. «Ich bin John J. Malone», stellte er sich vor.

«*Der* John J. Malone?» Mae Ammon schien ausgesprochen überrascht.

Malone nickte. «Der Anwalt, ja», sagte er und hoffte, es klinge bescheiden genug.

«Sie kommen wegen dem armen Arthur», schloß Mae. Ihr Lächeln war wie weggewischt. «Ich hoffe, dieses Weib kommt auf den elektrischen Stuhl», brach es aus ihr heraus. «Arthur umzubringen – und aus purer Eifersucht! Alles nur – nur weil er mein Verlobter war . . .»

«Halt!» fiel ihr Malone ins Wort.

Mae sah auf ihn herab. «Halt?»

«Sagten Sie gerade, Arthur Bent sei Ihr Verlobter gewesen?»

«Ganz richtig», erwiderte die junge Frau.

Malone seufzte. Die Dinge komplizierten sich etwas, wie er feststellen mußte. «Ich hatte gehört, er sei Sheila Mansons Verlobter gewesen», entgegnete er vorsichtig.

«Sheila Manson!» Mae sah sich plötzlich im Zimmer um. Ihr Blick fiel auf einen Porzellanhund auf dem Fußboden. Sie bückte sich danach und schleuderte ihn gegen die Wand. Malone duckte sich. Der Hund zerbarst mit lautem Krachen über seinem Kopf. Porzellanstückchen rieselten ihm hinten in den Kragen.

«Das halte ich von Sheila Manson!» erklärte Mae. «Ich hoffe, sie landet auf dem elektrischen Stuhl! Arthur Bent war mein Verlobter, und ich habe nicht die Absicht, das zu vergessen!»

Malone erhob sich langsam. «War ja nur eine Frage», bemerkte er ruhig.

Mae trat zu ihm und legte eine Hand auf seine Schulter. «Bitte nehmen Sie das nicht persönlich», sagte sie. «Gegen Sie habe ich nichts. Sie wissen schließlich, daß ich Arthur nicht umgebracht habe. Warum hätte ich das auch tun sollen? Wir wollten übernächste Woche heiraten.»

«Sicher», sagte Malone. Der Zeitpunkt schien nicht günstig, Mae Ammon zu sagen, daß er für Sheila Manson arbeitete. Sheila hatte behauptet, ihre Hochzeit mit Arthur Bent habe in der nächsten Woche stattfinden sollen. Das gab ihr eine Woche Vorsprung vor Mae. Malone beschloß hastig, auch darüber kein Wort zu verlieren.

«Ich will nur die Wahrheit herausfinden», sagte er.

«Nun, die Wahrheit kennen Sie», konterte Mae. «Es war dieses Flittchen, Sheila Manson. Sie hat das Gift in sein Glas getan, und er ist gestorben. Man wird sie verhaften, ihr den Prozeß machen, sie verurteilen, und ich hoffe, sie kommt auf den elektrischen Stuhl...» Sie bückte sich erneut, und Malone duckte sich schleunigst. Mae griff jedoch lediglich nach einer Illustrierten. «Manchmal schicken sie auch Frauen auf den elektrischen Stuhl», erklärte sie. «In dieser Zeitschrift stehen ein paar Geschichten – aber das gehört nicht hierher. Ich *will*, daß Sheila Manson auf den elektrischen Stuhl kommt.»

Malone holte tief Luft. «Angenommen, sie ist es gar nicht gewesen», gab er vorsichtig zu bedenken.

«Aber sie war es!» entgegnete Mae. «Ich war dabei. Ich weiß es.»

«Haben Sie mit eigenen Augen gesehen, wie sie Gift in sein Glas getan hat?»

«Nun», begann Mae, «das nicht gerade. Aber ich habe gesehen, wie er die Drinks gemixt – die Flaschen und alles herausgeholt –, seinen eigenen kleinen Cocktailrührer aus dem Glas genommen und es anschließend geleert hat. Und da ich ihn nicht umgebracht habe, muß *sie* es gewesen sein. Außer uns war niemand in dem Apartment.»

Malone nickte. Er hatte das untrügliche Gefühl, noch eine andere Frage stellen zu müssen, ließ es jedoch bleiben. «Waren in seinem Drink Eiswürfel?» fragte er ins Blaue hinein.

«Selbstverständlich», erwiderte Mae. «Aber die Polizei hat die Eisschale untersucht. War kein Gift drin.»

Damit, überlegte Malone, konnte er wieder eine Möglichkeit abhaken. Trotzdem, die Idee war nicht schlecht gewesen. «Angenommen, es war nicht Sheila Manson, die Ihren – angenommen, sie hat Arthur Bent nicht umgebracht», verbesserte er sich hastig. «Wer sonst hätte ein Motiv gehabt?»

«Alle mochten Arthur», sagte Mae. «Er war ein wunderbarer Mann.»

«Sicher», sagte Malone. «Aber er war reich. Wer erbt sein Geld?»

«Ich war seine Verlobte», antwortete Mae. «Ich erbe.»

«Hat er ein Testament gemacht?»

Mae zuckte mit den Schultern. Auch sie wirkte achselzukkend sehr attraktiv. «Keine Ahnung», sagte sie unbekümmert.

«Was ist mit Blutsverwandten?» wollte Malone wissen.

«Er hatte nur zwei Cousins», berichtete Mae. «Charlie Bent und J. O. Hanlon. Sie leben beide in Chicago. Sind aber nicht mal in der Nähe von Arthurs Apartment gewesen. Ich war wie gesagt dabei. Arthur hat Eiswürfel in sein Glas getan, dann Whisky und Ginger-ale, und schließlich hat er umgerührt und getrunken ...»

«Ich tue, was in meiner Macht steht», versprach Malone diplomatisch.

«Da bin ich sicher», stimmte Mae zu. «Sagen Sie, warum stellen Sie eigentlich diese Fragen? Arbeiten Sie für die Polizei? Ich habe denen nämlich all das schon gesagt ...»

«Ich bin nur ein Freund», log Malone aalglatt. «Ich bin für Gerechtigkeit.»

«Ich auch», erklärte Mae. «Und Gerechtigkeit bedeutet, daß dieses Flittchen auf den elektrischen Stuhl kommt.»

Und dann, dachte Malone, als er wieder in sein Büro kam, sind da immer noch J. O. Hanlon und Charlie Bent.

Er hatte keine besondere Lust, mit den beiden zu reden, aber irgendwer mußte schließlich der Mörder sein. Nach Lage der Dinge waren eine schöne Blondine und eine schöne Brünette die einzigen Verdächtigen. Beide, so schien es, waren mit dem Toten verlobt gewesen. Und jede war davon überzeugt, daß die andere den Mord begangen hatte – es sei denn, überlegte Malone, beide waren verflixt gute Schauspielerinnen.

Aber wenn keine der Damen Arthur Bent umgebracht hatte, räsonierte Malone beharrlich weiter, wie war er dann gestorben? Das Arsen hatte sich in seinem Drink befunden. Es war nicht in der Flasche Whisky oder in der Flasche Ginger-ale und nach Mae Ammons Aussage auch nicht in den Eiswürfeln gewesen. Also mußte jemand das Arsen in genau das Glas getan haben, das Arthur benutzt hatte.

Es sei denn, Arthur Bent hatte immer nur ein bestimmtes Glas genommen – und jemand hatte das Glas im vorhinein mit Arsen präpariert. Das war möglich. Malone kannte die Methode. Man mußte dazu Arsen als wäßrige Lösung benutzen. Das Gift trocknete als dünner Film am Glas und löste sich in Flüssigkeit wieder auf.

Natürlich sah das Glas damit leicht beschlagen aus.

Malone seufzte und griff nach dem Telefonhörer.

Fünf Minuten später legte er wieder auf. Von Flanagan war außerordentlich höflich und zuvorkommend gewesen – für von Flanagans Verhältnisse zumindest. Er hatte Malone tatsächlich gesagt, was dieser hatte wissen wollen, und hatte nicht ein einziges Mal gedroht, ihn verhaften zu lassen.

Es gab keine Arsenreste oberhalb des Drinks im Glas.

Also war das Glas nicht mit Arsen präpariert worden.

Und das bedeutete, daß entweder Mae oder Sheila Arthur Bent umgebracht hatte.

Natürlich konnte auch nur der Glasboden mit Arsen bedeckt gewesen sein. Malone fragte sich, ob von Flanagan daran gedacht hatte, und war nahe daran, ihn erneut anzurufen, als ihm klar wurde, daß das keinen Unterschied machte.

«Komische Geschichte», hatte von Flanagan gesagt. «Er war ein Typ, der auf allem, was er besaß, sein Monogramm hatte – zum Beispiel auf seinen Glasuntersetzern. Niemand sonst benutzte seine Untersetzer. Aber auf den Gläsern war kein Monogramm. Also konnte keiner im voraus sagen, welches Glas er benutzen würde.»

Und das, dachte Malone, machte die Sache noch undurchsichtiger.

Er griff erneut nach dem Telefonhörer.

Es ergab sich, daß J. O. Hanlon seinen Besuch umgehend in Aussicht stellte. Am Telefon klang er schroff und herrisch, und Malone war nicht sicher, ob er sich nicht zu weit vorgewagt hatte. Charlie Bent war nicht zu erreichen. Seine Haushälterin sagte, er befände sich seit sechs Monaten auf Safari in Afrika.

Da wäre ich auch gern, dachte Malone wehmütig.

J. O. Hanlon stürmte wie ein Stier in die Kanzlei. Er knallte die Tür zu, daß die Wände bebten. «Sie wollen mich sprechen!» schnarrte er Malone im Ton eines drillgewohnten Feldwebels an.

«Setzen Sie sich erst mal», forderte Malone ihn nervös auf. «Und beruhigen Sie sich.»

Hanlon ließ sich auf einen Stuhl fallen und starrte kampflustig auf den Mann hinter dem Schreibtisch. «Was kann ich für Sie tun?» schnauzte er.

Malone zuckte zusammen. «Ich ermittle im Mordfall Arthur Bent...»

«Mit der Polizei habe ich gesprochen», erklärte Hanlon. «Habe alles gesagt. Fragen Sie die Polizei.» Er machte Anstalten aufzustehen.

«Nur ein paar Fragen, Mr. Hanlon», sagte Malone. «Ich nehme Ihre Zeit nicht lange in Anspruch.»

«Na gut», ergab sich Hanlon in sein Schicksal und sank schwerfällig auf den Stuhl zurück. «Schießen Sie los! Ich bin ein fairer, vernünftiger Mann. Helfe gern, wenn ich kann.»

Malone räusperte sich und begann: «Soviel ich weiß, sind Sie Arthurs Cousin.»

«Richtig – mütterlicherseits. Meine Mutter war die Schwester von Arthurs Mutter.»

Malone versuchte das Verwandtschaftsverhältnis nachzuvollziehen, gab jedoch schnell auf. «Cousin» mußte genügen. «Wissen Sie, ob Arthur Bent ein Testament hinterlassen hat?» erkundigte er sich.

«Habe ich auch schon der Polizei gesagt», bellte Hanlon. «Charlie erbt alles – der gute alte Charlie!»

«Charlie Bent?»

«Genau der!» röhrte Hanlon. «Charlie ist gerade in Afrika – auf Großwildjagd oder weiß der Kuckuck was. Er erfährt es erst, wenn er zurückkommt.»

«Aha», murmelte Malone. Hanlon hatte also kein Motiv. Damit blieben nur zwei Verdächtige – von denen keine, wie Malone sich unglücklich versicherte, schuldig war. Aber vielleicht konnte er ein paar dunkle Punkte aufklären.

«Wie ich höre, war Ihr Cousin verlobt», begann er vorsichtig.

«Verlobt?» Hanlon brach in schallendes Gelächter aus. Malone wartete geduldig, bis der Anfall vorüber war. Schließlich sagte Hanlon: «Der war überhaupt nicht verlobt – aber er ließ die Mädels gern in dem Glauben. Deshalb haben sie sich an jenem Abend zu dritt in seinem Apartment getroffen – um ein paar Dinge zu klären.»

«Die beiden hatten voneinander erfahren?» erkundigte sich Malone.

«Arthur muß da einen Fehler gemacht haben», erklärte Hanlon. «Beide sind an jenem Abend zu seinem Apartment gefahren, um mit ihm Tacheles zu reden.»

Malone fiel plötzlich noch eine Frage ein. «Und woher wissen Sie das alles?»

«Ich?» sagte Hanlon. «Bin selbst mal mit der einen liiert gewesen – Arthur hat sie mir ausgespannt. Sie hat mir alles erzählt, bevor sie in sein Apartment gefahren ist.»

«Welche war das?» Malone beugte sich vor.

«Sheila», antwortete Hanlon. «Die gute alte Sheila. Bin sicher, daß sie nichts damit zu tun hat. Muß die andere gewesen sein – wie heißt sie doch? – Mae. Sheila würde so was nicht tun.»

Malone schloß eine ganze Weile die Augen. Dann schlug er sie wieder auf. «Ich rate Ihnen, sich einen guten Anwalt zu nehmen. Mich.»

«Einen Anwalt?»

«Um Sie in einem Mordprozeß zu verteidigen», klärte Malone ihn auf. «Wissen Sie, ich habe gewußt, daß es etwas gab ... Ich wußte, ich hatte etwas gehört, das die ganze Sache erklärte. Aber erst jetzt, als ich das Motiv erkannte, habe ich mich daran erinnert und die Puzzleteile zusammengefügt.»

«Ich verstehe kein Wort!» behauptete Hanlon.

«Warten Sie», versprach Malone. «Das kommt schon noch. Hanlon, Sie haben Ihren Cousin umgebracht – um sich Ihr Mädel zurückzuholen.»

«Was?» Hanlon sprang auf.

«Immer mit der Ruhe!» sagte Malone. «Ich übernehme Ihre Verteidigung. Bisher habe ich noch keinen Klienten verloren.»

«Aber ich bin nicht mal in dem Apartment gewesen!» fuhr Hanlon auf.

«War auch nicht nötig. Arthur Bent war ein ideales Opfer – für einen schlauen Mörder. Jeder von Ihnen hatte irgendein Motiv – die beiden Damen, Sie und Charlie. Aber die Mädels sind es nicht gewesen – sie hätten sich zuerst gegenseitig umgebracht. Und Charlie ist in Afrika. Arthur Bent hat auf alles sein Monogramm anbringen lassen, bis auf – unverständlicherweise – seine Gläser.»

«Sie waren neu – er war noch nicht dazu gekommen, sie zum Graveur zu geben», erklärte Hanlon.

«Und Mae hatte mal Arthurs eigenen kleinen Cocktailrührer erwähnt.»

Hanlon sank in sich zusammen.

«Also gut», sagte er schließlich wie ein Ballon, aus dem die Luft raus war. «Ich habe seinen Cocktailrührer mit Arsen bestrichen ... Ich mußte ihn beseitigen – damit Sheila zu mir zurückkehren konnte.»

«Lassen Sie sich deswegen keine grauen Haare wachsen», seufzte Malone. «Und geben Sie der Polizei gegenüber nichts zu. Sie waren völlig mit den Nerven am Ende. Sie wußten nicht, was Sie taten.»

«Wie bitte?»

«Mein Honorar ist natürlich hoch», fuhr Malone eindringlich fort.

«Das kriege ich schon hin, Malone», versprach Hanlon. «Ich habe selber etwas Geld ...»

Malone lehnte sich zufrieden zurück. Vielleicht, überlegte er, würden ihn alle bezahlen – jeder auf seine oder jede auf ihre Weise ...

Die Versteigerung

Georges Simenon

Maigret schob den Teller weg, stieß den Tisch zurück, stand brummend auf, schneuzte sich und hob mechanisch die Ofenklappe hoch.

«An die Arbeit, Leute! Wir wollen heute früh schlafen gehen!»

Die andern, die rund um den großen Wirtshaustisch saßen, sahen ihn resigniert an. Frédéric Michaux, der Wirt, dem in den letzten drei Tagen ein dichter Stoppelbart gewachsen war, erhob sich als erster. Er ging auf die Theke zu.

«Was darf ich ...»

«Nein, nein, genug!» rief Maigret aus. «Genug Weißwein, Calvados, Weißwein und wieder ...»

Alle Beteiligten waren so erschöpft, daß ihnen die Lider brannten und der ganze Körper weh tat. Julia, mehr oder weniger Frédérics Frau, trug eine Schüssel in die Küche, in der ein Rest roter Bohnen eintrocknete, Thérèse, das kleine Dienstmädchen, rieb sich die Augen, nicht weil sie weinte, sondern weil sie einen Stirnhöhlenkatarrh hatte.

«Womit fangen wir an?» fragte sie. «Damit, daß ich abräume?»

«Es ist acht Uhr, also fangen wir mit dem an, was um acht Uhr abends geschehen ist.»

«Also, dann bring ich den Teppich und die Karten ...»

Im Gasthaus war es warm, sogar zu warm, draußen aber fegte ein eiskalter Regensturm durch die Nacht.

«Setzen Sie sich an den Platz, an dem Sie gesessen haben, Père Nicolas ... Sie, Monsieur Groux, Sie waren noch nicht da ...»

Der Wirt mischte sich ein:

«Als ich die Schritte von Groux draußen hörte, sagte ich zu Thérèse: ‹Leg die Karten auf den Tisch.›»

«Soll ich jetzt noch einmal so tun, als käme ich herein?» brummte Groux. Er war Landwirt, einen Meter achtzig groß und breit wie ein Bauernschrank.

Sie wirkten wie Schauspieler, die zum zwanzigsten Mal eine Szene probten: wie ausgehöhlt, mit schlaffen Bewegungen und ausdruckslosem Blick. Sogar Maigret, der alles wie ein Regisseur leitete, hatte Mühe, sich vorzustellen, daß dies alles Wirklichkeit war. Allein der Ort! Wer hielt sich schon drei Tage lang in einem Gasthaus auf, das mitten im Sumpfgebiet der Vendée, kilometerweit vom nächsten Dorf entfernt lag? Die Gegend hieß Pont-du-Grau, und es gab auch tatsächlich eine Brücke hier, eine lange Holzbrücke über einen sumpfigen Kanal, der zweimal täglich anschwoll, wenn Flut war. Das Meer aber sah man nicht. Das einzige, was man weit und breit sah, waren Sumpfwiesen, die von zahlreichen Rinnsalen durchschnitten wurden, und ganz am Horizont die flachen Dächer von Gehöften.

Man mußte sich fragen, wer eigentlich dieses Gasthaus hier aufsuchte. Vielleicht Enten- und Kiebitzjäger? Vor dem Haus stand eine rotgestrichene Benzinpumpe, und auf dem Giebel thronte eine große blaue Schokoladenreklame.

Jenseits der Brücke gab es ein verfallenes Gemäuer, einen richtigen Kaninchenstall: Da wohnte Nicolas, ein Aalfischer. Dreihundert Meter entfernt lag ein ziemlich großer Hof mit langgestreckten einstöckigen Gebäuden, der Besitz von Groux.

Am 15. Januar ... Punkt 13 Uhr ... findet an der Mulatière ... die öffentliche Versteigerung eines Hofes statt. Dreißig Hektar Sumpfwiesen ... Vieh und Pachtgegenstände ... landwirtschaftliche Geräte ... Möbel, Geschirr ... Bezahlung in bar.

Damit hatte alles angefangen. Seit Jahren verliefen die Abende im Gasthaus alle gleich. Père Nicolas kam, schon halb betrunken, an und stürzte, bevor er sich vor seinem Schoppen am Tisch niederließ, erst einmal ein Glas an der Theke hinunter. Danach kam Groux von seinem Hof herüber. Thérèse breitete dann einen roten Teppich auf dem Tisch aus, brachte die Karten und Jetons. Sie mußten noch auf den Zöllner warten, der als vierter Mann zum Spiel gebraucht wurde. Wenn er einmal nicht kam, spielte Julia mit.

Am 14. Januar nun, am Abend vor der Versteigerung, waren noch zwei andere Gäste dagewesen, Bauern, die von weit her zur Versteigerung gekommen waren: Borchain aus der Gegend von Angoulême und Canut aus Saint-Jean-d'Angély.

«Augenblick!» sagte Maigret, als der Wirt begann, die Karten zu mischen. «Borchain ging schon vor acht Uhr schlafen, gleich nach dem Essen. Wer von euch hat ihn auf sein Zimmer gebracht?»

«Ich», antwortete Frédéric.

«Hatte er viel getrunken?»

«Nicht besonders. Ein wenig schon. Er hat mich gefragt, wer dieser düstere Kerl sei, und ich erklärte ihm, das sei Groux, dessen Hab und Gut versteigert werden sollte... Dann hat er mich noch gefragt, wie Groux das nur geschafft habe, all sein Geld zu verlieren, wo er doch so gute Sumpfwiesen besitze, und ich...»

«Das reicht!» brummte Groux.

Der Koloß sah finster drein. Er wollte nicht zugeben, daß er sich nie richtig um sein Land und sein Vieh gekümmert hatte, er fühlte sich vom Schicksal verraten.

«Gut. Wer hatte um diese Uhrzeit Borchains Brieftasche gesehen?»

«Alle. Er hatte sie beim Essen herausgezogen, um ein Foto seiner Frau herumzuzeigen... Jeder hatte also sehen können, daß sie voller Geldscheine steckte. Aber selbst wenn wir sie nicht gesehen hätten... Jeder wußte doch, daß er mit der Absicht gekommen war zu kaufen und daß man bar bezahlen mußte.»

«So hatten also auch Sie, Canut, mehr als hunderttausend Francs bei sich?»

«Hundertfünfzigtausend. Höher wollte ich nicht gehen.»

Gleich bei seiner Ankunft am Tatort hatte Maigret, der zu jener Zeit die Kriminalpolizei von Nantes leitete, Frédéric Michaux kritisch gemustert. Michaux, ungefähr fünfundvierzig Jahre alt, sah mit seinem Boxerhemd und dem gebrochenen Nasenbein nicht gerade so aus, wie man sich einen Gastwirt auf dem Lande vorstellt.

«Sagen Sie mal... Irgendwie kommt es mir so vor, als wären wir uns schon mal begegnet?»

«Na ja, fackeln wir nicht lange herum, Kommissar. Sie haben recht. Aber jetzt ist bei mir alles in Ordnung.»

Zuhälterei im Ternes-Viertel, Schlägereien, verbotene Wettspiele, Geldautomaten... Kurz, Frédéric Michaux, Gastwirt in Pont-du-Grau, im fernsten Winkel der Vendée, war der Polizei besser bekannt unter dem Namen Fred der Boxer.

«Julia werden Sie wahrscheinlich auch noch kennen... Sie haben uns ja zusammen eingelocht vor zehn Jahren... Wenn Sie wüßten, wie bürgerlich die inzwischen geworden ist...»

Das stimmte. Die dick geschminkte, aufgedunsene, ungepflegte Julia mit den fettigen Haaren, die in ihren Pantoffeln ständig zwischen Küche und Wirtsstube hin und her schlurfte, war kaum mehr als die Julia von der Place des Ternes zu erkennen, und das Erstaunlichste war, daß sie außerordentlich gut kochte.

«Wir haben auch Thérèse zu uns genommen... Sie war ein Fürsorgepflegling...»

Achtzehn Jahre alt, lang und dünn, mit spitzer Nase, einem komischen Mund und einem frechen Blick.

«Sollen wir jetzt richtig spielen?» fragte der Zöllner, der Gentil hieß.

«Macht es genauso wie an dem Abend. Canut, warum sind Sie nicht schlafen gegangen?»

«Ich schaute der Partie zu», murmelte der Bauer.

«Besser gesagt, er war dauernd hinter mir her», warf Thérèse bissig ein, «und ich sollte ihm unbedingt versprechen, in sein Zimmer zu kommen...»

Maigret bemerkte, daß Fred dem Mann einen bösen Blick zuwarf und daß Julia Fred ansah.

Gut... Nun waren alle an ihren Plätzen... An dem Abend hatte es ebenfalls geregnet. Borchains Zimmer lag im Erdgeschoß, am Ende des Korridors. Von diesem Korridor gingen noch drei andere Türen ab: eine, durch die man zur Küche gelangen konnte, eine, die zur Kellertreppe führte, und eine dritte, auf der oo stand.

Maigret seufzte und fuhr sich mit einer müden Bewegung über die Stirn. Jetzt war es schon drei Tage her, er fühlte sich vom Geruch des Hauses ganz durchdrungen, von der Atmosphäre bis zur Übelkeit angeekelt.

Aber welche andere Möglichkeit blieb ihm? Am 14. hatte Fred gegen Mitternacht, als das Kartenspiel noch immer im Gange war, plötzlich angefangen herumzuschnuppern und dann zu Julia, die in der Küche war, hinausgerufen:

«Brennt da was an im Ofen?»

Dann war er aufgestanden und hatte die Korridortür geöffnet.

«Verdammt, da brennt doch etwas!»

Groux war ihm nachgegangen, ebenso Thérèse. Der Geruch war aus dem Zimmer des Gastes gekommen. Er hatte geklopft. Dann hatte er geöffnet, denn es gab kein Schloß an der Tür.

Es war die Matratze gewesen, die da gebrannt hatte, eine Wollmatratze, die einen scharfen Wollfettgeruch verbreitete. Auf der Matratze hatte Borchain in Hemd und Unterhose gelegen, mit eingeschlagenem Schädel.

Fred hatte sofort telefoniert. Um ein Uhr morgens war Maigret alarmiert worden. Um vier Uhr war er bei sintflutartigem Regen mit roter Nase und blaugefrorenen Händen hier angekommen.

Borchains Brieftasche war verschwunden. Das Fenster seines Zimmers war geschlossen. Von außen hätte niemand eindringen können, denn Michaux hielt einen scharfen Schäferhund.

Es war unmöglich, alle zu verhaften. Alle aber kamen als Täter in Frage, alle außer Canut, der als einziger die Wirtsstube den ganzen Abend über nicht verlassen hatte.

«Also los jetzt, Leute! Ich höre euch zu. Ich sehe euch zu. Macht genau das, was ihr am 14. zur selben Stunde getan habt.»

Die Versteigerung war auf ein späteres Datum verschoben worden. Am 15. waren den ganzen Tag über Neugierige vor dem Haus erschienen, das der Kommissar hatte verschließen lassen.

Inzwischen war der 16. Maigret hatte diesen Raum während

der ganzen Zeit nur für ein paar Stunden verlassen, um zu schlafen. Ebenso die anderen. Sie konnten es kaum mehr ertragen, von morgens bis abends zusammen eingesperrt zu sein, immer wieder dieselben Fragen zu hören, dieselben Bewegungen machen zu müssen.

Julia kochte. Die Außenwelt schien entrückt. Es wurde immer unvorstellbarer, daß noch irgendwo in Städten Leute lebten, die nicht pausenlos wiederholten:

«Also... Ich hatte gerade Herz abgehoben, da legte Groux seine Karten auf den Tisch und sagte:

‹Ich brauche wirklich nicht weiterzuspielen... Nicht eine einzige gute Karte... Ich hab eben Glück wie immer!›

Dann stand er auf...»

«Stehen Sie auf, Groux!» befahl Maigret. «Machen Sie alles genau wie an dem Abend.»

Der Koloß zuckte mit den Achseln.

«Wie oft soll ich denn noch aufs Klo?» brummte er.

«Fragen Sie doch Frédéric... Fragen Sie Nicolas... Geh ich an den anderen Abenden vielleicht nicht auch mindestens zweimal hinaus? Was glauben Sie denn, wo ich mit meinen vier oder fünf Flaschen Weißwein pro Tag bleibe?»

Er spuckte aus und wandte sich zur Tür, ging durch den Korridor und stieß die Tür, auf der oo stand, mit der Faust auf.

«Also bitte! Soll ich jetzt vielleicht auch noch drin bleiben?»

«So lange wie nötig schon... Und ihr übrigen, was habt ihr in seiner Abwesenheit getan?»

Der Zöllner lachte nervös über die Wut von Groux, sein Lachen klang leicht irr. Er hatte die schwächsten Nerven und konnte am wenigsten aushalten.

«Ich sagte zu Gentil und zu Nicolas, daß es diesmal schlecht für ihn ausgehen würde!» gestand Fred.

«Daß es schlecht für wen ausgehen würde?»

«Für Groux und seinen Hof... Er hatte immer noch gehofft, daß es nicht zum Verkauf käme und er noch Geld auftreiben könnte. Als dann der Gerichtsvollzieher kam und ihm den Kuckuck dranklebte, hat er ihn mit dem Gewehr bedroht.

Es ist nicht leicht, in seinem Alter noch als Knecht anfangen zu müssen, wenn man immer einen eigenen Hof gehabt hat...»

Groux war wortlos wieder hereingekommen und warf einen bösen Blick in die Runde.

«Seid ihr bald fertig?» schrie er. «Sagt doch gleich, daß ich den Mann umgebracht und seine Matratze angesteckt habe. Los, führt mich doch ab! Ihr braucht euch nicht zu genieren.»

«Wo waren Sie denn zu dem Zeitpunkt, Julia? Ich hab den Eindruck, Sie befinden sich nicht auf Ihrem Platz...»

«Ich hab in der Küche Gemüse geputzt. Wir erwarteten Gäste zum Mittagessen, wegen der Versteigerung. Ich hatte zwei Hammelkeulen bestellt... Und wenn ich daran denke, daß wir bis jetzt gerade erst mit einer fertig geworden sind...»

«Und Sie, Thérèse?«

«Ich ging in mein Zimmer hinauf.»

«Wann genau?»

«Kurz nachdem Monsieur Groux zurückgekommen war.»

«Gut, dann werden wir jetzt einmal zusammen hinaufgehen... Die übrigen machen bitte weiter... Haben Sie noch weitergespielt?»

«Nicht sofort. Groux hatte keine Lust. Ich holte eine Schachtel Gauloises von der Theke.»

«Kommen Sie, Thérèse.»

Das Zimmer, in dem Borchain umgebracht worden war, lag strategisch sehr günstig. Die Treppe war nur zwei Meter entfernt. Thérèse hätte leicht...

Ihr Zimmer war schmal, nur mit einem eisernen Bettgestell und einem Stuhl möbliert, auf dem Wäsche und Kleider lagen.

«Was haben Sie hier getan?»

«Ich habe geschrieben.»

«Was denn?»

«Daß wir am nächsten Tag gewiß nicht einen einzigen Augenblick allein sein würden...»

Sie blickte ihn herausfordernd an.

«Sie wissen genau, wovon ich spreche... Das habe ich an Ihren Blicken und Ihren Fragen gemerkt... Die Alte ist mißtrauisch. Sie ist dauernd hinter uns her. Ich habe Fred angefleht, mit mir von hier fortzugehen, und wir haben beschlossen, im Frühjahr abzuhauen.»

«Wieso im Frühjahr?»

«Ich weiß auch nicht. Fred hat diesen Zeitpunkt festgelegt. Wir wollten nach Panama, wo er früher schon einmal gelebt hat, und dort wollten wir ein Bistro aufmachen.»

«Wie lange sind Sie in Ihrem Zimmer geblieben?»

«Nicht lange ... Ich habe die Alte heraufkommen hören. Sie fragte mich, was ich da machte. Ich antwortete: ‹Nichts!›

Sie haßt mich, und ich hasse sie. Ich möchte schwören, daß sie unseren Plan spitzgekriegt hatte ...»

Thérèse hielt Maigrets Blick stand. Sie war eine von denen, die wissen, was sie wollen, und auch kein Mittel scheuen, es zu erreichen.

«Meinen Sie nicht, Julia würde Fred lieber im Gefängnis sehen, als ihn gemeinsam mit Ihnen irgendwo in der Weltgeschichte zu wissen?»

«Dazu ist sie imstande!»

«Was hat sie in ihrem Zimmer gemacht?»

«Sie hat ihren Gürtel ausgezogen ... Sie braucht einen Gummigürtel, um ihre Reste zusammenzuhalten ...»

Thérèses spitze Zähne erinnerten an die eines kleinen Tiers, auch ihre unbewußte Grausamkeit hatte etwas Tierhaftes. Wenn sie über die Frau sprach, die vor ihr Freds Herz besaß, warf sie die Lippen trotzig auf.

«Am Abend, vor allem, wenn sie zuviel gegessen hat – sie stopft sich so voll, daß einem schon vom Anblick schlecht wird –, fühlt sie sich von dem Gürtel so eingezwängt, daß sie hinaufgeht und ihn auszieht ...»

«Wie lange blieb sie in ihrem Zimmer?»

«Vielleicht zehn Minuten. Als sie herunterkam, half ich ihr beim Gemüseputzen. Die andern saßen noch immer beim Kartenspiel.»

«Stand die Tür zwischen Küche und Schankraum offen?»

«Sie steht immer offen.»

Maigret warf ihr noch einmal einen Blick zu und ging dann schwerfällig die knarrenden Stiegen hinunter. Er hörte den Hund draußen im Hof, der an seiner Kette zog.

Gleich hinter der Kellertür gab es einen Kohlehaufen, und auf dem Kohlehaufen hatte man das Mordwerkzeug gefunden: einen schweren Kohlehammer. Doch er war ohne Fingerabdrücke. Der Mörder hatte das Werkzeug gewiß mit einem Tuch angefaßt. An allen übrigen Stellen des Hauses, einschließlich des Türknaufs des Zimmers, gab es zahlreiche Fingerabdrücke: diejenigen aller Leute, die am 14. anwesend waren.

Die Brieftasche hatten zehn Leute an den unwahrscheinlichsten Orten gesucht, Leute, die in solchen Dingen Erfahrung hatten, am Vortag war sogar die Abortgrube geleert worden.

Der arme Borchain war von seinem Ort hierhergekommen, um den Hof von Groux zu kaufen. Nachdem er sein Leben lang nur Pächter gewesen war, wollte er endlich einen eigenen Hof erwerben. Er war verheiratet und hatte drei Töchter. An dem Abend hatte er an einem der Tische gegessen, sich dabei mit Canut unterhalten, der ebenfalls an dem Kauf interessiert war, und ihm das Foto seiner Frau gezeigt.

Von der allzu schweren und reichlich begossenen Mahlzeit müde geworden, hatte er sich, wie er es als Bauer gewohnt war, zur Schlafenszeit zu Bett begeben. Ob er seine Brieftasche unters Kopfkissen gesteckt hatte?

In der Wirtsstube hatten vier Männer wie jeden Abend beim Weißwein gesessen und Belote gespielt: Fred, Groux, der alte Nicolas, dessen Gesicht, wenn er einen gewissen Weinpegel erreicht hatte, violett anlief, und der Zöllner Gentil, der auch besser daran getan hätte, seine Runde zu machen.

Hinter ihnen hatte Canut rittlings auf einem Stuhl gesessen und abwechselnd die Spieler und Thérèse beobachtet, in der Hoffnung, daß diese Nacht, die er fern von zu Hause verbrachte, durch ein Abenteuer gekrönt würde.

In der Küche hatten zwei Frauen, Julia und die Kleine von der Fürsorge, vor einer Schüssel mit Gemüse gesessen.

Einer der Beteiligten war zu einem bestimmten Zeitpunkt unter irgendeinem Vorwand auf den Korridor hinausgegangen, hatte zunächst die Kellertür geöffnet, um den Kohlehammer zu nehmen, und dann die Tür zu Borchains Zimmer.

Niemand hatte etwas gehört. Die betreffende Person konnte auch nicht lange weggeblieben sein, denn keinem war ihre Abwesenheit aufgefallen.

Dabei hatte der Mörder doch immerhin die Brieftasche in Sicherheit bringen müssen!

Denn er mußte damit rechnen, daß die brennende Matratze bald bemerkt und sofort Alarm geschlagen würde, daß man die Polizei rufen und alle durchsuchen würde.

«Daß Sie nicht einmal ein Bier haben, das man trinken kann!» beklagte sich Maigret, als er die Wirtsstube wieder betrat.

So ein kühles, schäumendes, frisch gezapftes Bier! Hier gab es nur Flaschen mit einem unbeschreiblichen sogenannten Familienbier!

«Und die Partie?»

Fred sah auf die Reklameuhr aus himmelblauer Fayence. Er war geübt im Umgang mit der Polizei. Auch er war müde, genau wie die andern, aber weniger nervös.

«Zwanzig vor zehn ... Noch nicht ... Wir unterhielten uns noch ... Du, Nicolas, hast dann nochmals Wein bestellt.»

«Kann sein ...»

«Ich rief Thérèse zu: ‹Füll noch eine Flasche Wein ab!› Dann stand ich aber auf und ging selbst in den Keller.»

«Warum?»

Er zuckte mit den Achseln.

«Es kommt jetzt sowieso nicht mehr darauf an, oder? Soll sie es ruhig hören. Wenn dies hier vorüber ist, geht es sowieso nicht weiter wie vorher ... Ich hatte gehört, daß Thérèse in ihr Zimmer hinaufgegangen war, und ich dachte, sie habe mir sicher ein Briefchen geschrieben. Ich wollte im Schloß der Kellertür nachsehen ... Hörst du, Julia? ... Ich kann auch nichts dafür, Alte! Du hast mir ja auch keine Szene erspart als Ausgleich für unsere seltenen angenehmen Augenblicke ...»

Canut lief rot an. Nicolas grinste in seinen rötlichen Bart. Monsieur Gentil blickte beiseite, denn auch er hatte Thérèse Avancen gemacht.

«Und war ein Briefchen da?»

«Ja ... Ich habe es unten gelesen, während der Wein in die Flasche lief. Thérèse schrieb nur, daß wir am nächsten Tag wohl nicht einen Augenblick allein sein würden ...»

Fred war eine erstaunliche Leidenschaft und ganz unerwartete Bewegung anzumerken. Man hörte Thérèse in der Küche plötzlich aufstehen. Sie kam auf den Tisch zu, an dem die Spieler saßen.

«Ist es jetzt endlich ausgestanden?» fragte sie mit zitternden Lippen. «Besser wär's, wenn wir alle verhaftet und ins Gefängnis gebracht würden. Dann würde man ja sehen. Aber weiterhin hier wie die Katze um den heißen Brei zu schleichen und zu tun ... So zu tun ...»

Sie brach in Schluchzen aus, drehte sich zur Wand und versteckte das Gesicht in den Armen.

«Sie sind also mehrere Minuten lang im Keller geblieben ...» fuhr Maigret unbeeindruckt fort.

«Drei oder vier Minuten lang, ja.»

«Und was haben Sie mit dem Briefchen gemacht?»

«Ich habe es in der Kerzenflamme verbrannt.»

«Hatten Sie Angst vor Julia?»

Fred ärgerte sich über diese Frage Maigrets.

«Verstehen Sie denn nicht? Sie haben uns vor zehn Jahren doch selbst verhaftet ... Wissen Sie, wenn man gewisse Dinge zusammen durchgemacht hat ... Na ja! Wie Sie wollen ... Reg dich nicht auf, meine arme Julia ...»

Aber Julia antwortete ganz gelassen aus der Küche:

«Ich rege mich nicht auf.»

Das berühmte Tatmotiv, von dem in jedem Kriminologieunterricht die Rede ist! Ein Motiv hatten sie alle! Groux noch mehr als die andern, denn der war am Ende, er sollte am nächsten Tag vor die Tür gesetzt, sein Hab und Gut verkauft werden, so daß er sich in Zukunft nur noch als Knecht verdingen konnte!

Er kannte sich auch aus hier, kannte die Kellertür, den Kohlehaufen, den Hammer ...

Und Nicolas? Nun, er war ein alter Säufer, der ein elendes Dasein führte. Aber hatte er nicht eine Tochter in Niort, die als Dienstmädchen mit Müh und Not für den Unterhalt ihres Kindes aufkam? Wäre er nicht fähig gewesen ... Vor allem, da er, wie Fred vorhin gesagt hatte, jede Woche einmal zum Holzspalten und Kohlebrechen herkam!

Gegen zehn Uhr war Nicolas nämlich aufs Klo gegangen und hatte dabei so geschwankt, daß Gentil noch sagte:

«Hoffentlich findet er die richtige Tür!»

Es gibt solche Zufälle! Warum hatte Gentil das gesagt, während er mechanisch weiter Karten spielte?

Warum hätte nicht Gentil selbst auf die Idee kommen können, das Verbrechen zu begehen, als er ein paar Minuten nach dem alten Nicolas ebenfalls hinausgegangen war?

Gut, er war Zöllner, aber jeder wußte doch, daß er nicht zuverlässig war, daß er, statt seine Runden zu machen, lieber im Café saß und daß man mit ihm immer handelseinig wurde.

«Hören Sie, Kommissar ...», begann Fred.

«Entschuldigen Sie, es ist jetzt fünf nach zehn ... Was geschah da an dem Abend?»

Thérèse setzte sich schniefend hinter ihren Chef und berührte dabei mit der Schulter seinen Rücken.

«Saßen Sie da?»

«Ja ... Ich war mit dem Gemüse fertig ... Dann nahm ich meine Strickarbeit zur Hand, einen Pullover, aber ich habe nicht daran weitergearbeitet ...»

Julia hielt sich noch immer in der Küche auf, man konnte sie nicht sehen.

«Was wollten Sie gerade sagen, Fred?»

«Es ging mir da so ein Gedanke durch den Kopf. Ich glaube, es gibt ein Detail, das beweist, daß niemand aus dem Haus den Mann umgebracht haben kann. Denn ...

Nehmen Sie einmal an ... Nein, ich wollte etwas anderes sagen ... Wenn ich also jemanden in meinem Haus umbrächte, meinen Sie, dann käme ich auf die Idee, Feuer zu legen? Wozu denn? Vielleicht, um die andern aufmerksam zu machen?»

Maigret hatte sich gerade eine neue Pfeife gestopft und steckte sie gemächlich an.

«Gib mir jetzt doch einen kleinen Calvados, Thérèse ... Fred, warum, meinen Sie, hätten Sie kein Feuer gelegt?»

«Na, weil ...»

Er verlor den Faden.

«Wenn es nicht angefangen hätte zu brennen, hätte sich doch kein Mensch um den Mann gekümmert. Die andern wären nach Hause gegangen ... und ...»

Maigret grinste, verzog dabei eigentümlich seine Lippen um das Mundstück seiner Pfeife.

«Schade, daß Sie damit gerade das Gegenteil von dem beweisen, was Sie beweisen wollten, Fred ... Diese Brandlegung ist nämlich das einzige ernstzunehmende Indiz, das wir haben, das fiel mir sofort auf, als ich kam. Nehmen wir ruhig einmal an, Sie bringen den alten Mann um, wie Sie sagen. Jeder weiß, daß er bei Ihnen ist. Sie dürfen also nicht davon ausgehen, die Leiche fortschaffen zu können. Sie müssen am nächsten Morgen die Tür öffnen und Alarm schlagen ... Übrigens, um wieviel Uhr wollte er denn geweckt werden?»

«Um sechs. Er wollte den Hof und das Land vor dem Verkauf noch ansehen.»

«Wenn man die Leiche also um sechs Uhr morgens entdeckt hätte, wären nur Sie, Julia und Thérèse im Haus gewesen. Monsieur Canut können wir aus dem Spiel lassen, denn ihn hätte bestimmt niemand verdächtigt. Auch hätte niemand angenommen, daß das Verbrechen während des Kartenspiels hätte begangen werden können ...»

Fred hörte den Erklärungen des Kommissars aufmerksam zu, und Maigret hatte den Eindruck, daß er blasser geworden war. Er zerpflückte sogar gedankenverloren eine Karte und ließ die Fetzen auf den Boden fallen.

«Passen Sie auf, wenn Sie nachher wieder spielen wollen, werden Sie vergeblich nach dem Pik-As suchen ... Also, ich sagte ... Ah, ja ... Wie also konnte der Mörder vor dem Aufbruch von Groux, Nicolas und Monsieur Gentil auf das Verbrechen aufmerksam machen, so daß der Verdacht auch auf sie fiel? Es gab ja keinen Vorwand, das Zimmer zu betreten ... Keinen außer dem Feuer ...»

Diesmal verlor Fred die Fassung. Mit geballten Fäusten sprang er auf, sein Blick verhärtete sich, und er schrie:

«Herrgottsakrament!»

Alle verstummten. Es war, als hätte man ihnen einen Schock versetzt. Denn zuletzt hatte keiner mehr richtig an die Existenz eines Mörders geglaubt, so sehr waren sie alle ermüdet. Sie hatten ganz vergessen, daß er sich ja hier im Hause befinden mußte, daß sie mit ihm sprachen, an einem Tisch mit ihm saßen, vielleicht mit ihm Karten spielten und tranken.

Fred durchmaß die Wirtsstube mit Riesenschritten, während Maigret ganz zusammengesunken dasaß und kleine Augen bekam. Sollte er endlich am Ziel sein? Seit drei Tagen hielt er sie nun in Atem, ließ sie keine Minute in Ruhe, zwang sie, dieselben Bewegungen, dieselben Worte x-mal zu wiederholen, in der Hoffnung, daß plötzlich irgendein Detail, dem man vorher keine Beachtung geschenkt hatte, zum Vorschein käme, vor allem aber in der Absicht, ihre Nerven aufs äußerste zu strapazieren und den Mörder so in die Enge zu treiben, daß er zusammenbrach.

Man hörte seine freundliche Stimme, die von kurzen Zügen an der Pfeife in Silben zerhackten Worte.

«Die entscheidende Frage ist jetzt, wer ein so sicheres Versteck hatte, daß die Brieftasche nicht gefunden werden konnte...»

Jeder einzelne von ihnen war durchsucht worden. Einer nach dem andern waren sie in der berühmten Nacht bis auf die Haut entkleidet worden. Auch die Kohle an der Kellerstiege war vollkommen umgeschaufelt worden. Man hatte Mauern und Fässer abgeklopft. Dennoch hatte man die dicke Brieftasche mit mehr als hundert Tausend-Francs-Scheinen nicht finden können...

«Mir wird ganz schwindlig, wenn Sie immer so hin und her gehen, Fred.»

«Verdammt noch mal, verstehen Sie denn nicht, daß...»

«Daß was?»

«Daß ich ihn nicht umgebracht habe! Daß ich doch nicht so blöd bin! Daß meine Akte schon dick genug ist, um...»

«Wollten Sie nicht im Frühjahr mit Thérèse nach Südamerika und dort ein Bistro kaufen?»

Fred warf einen Blick zur Küchentür und fragte dann mit zusammengepreßten Zähnen:

«Na und?»

«Mit welchem Geld denn?»

Er sah Maigret durchdringend an.

«Also darauf wollen Sie hinaus? Da sind Sie aber auf dem Holzweg, Kommissar. Geld werde ich nämlich am 15. Mai haben. Da hatte ich nämlich einmal eine ganz bürgerliche Idee, als ich mit meinen Boxkämpfen noch ganz nett verdiente: Ich schloß eine Versicherung über hunderttausend Francs ab, und die wird an meinem fünfzigsten Geburtstag fällig. Ja, und mein fünfzigster Geburtstag, der ist genau am 15. Mai ... Jawohl, Thérèse, ich habe ein bißchen mehr auf dem Kasten, als es gewöhnlich den Anschein hat ...»

«Wußte Julia etwas von dieser Versicherung?»

«Das geht die Frauen nichts an!»

«Julia, Sie wußten also nichts davon, daß Fred hunderttausend Francs ausbezahlt bekommen wird?»

«Ich wußte es.»

«Was?» schrie Fred und fuhr hoch.

«Ich wußte auch, daß er mit dieser Nutte abhauen wollte ...»

«Und hätten Sie das zugelassen?»

Julia blieb unbeweglich stehen, den starren Blick auf ihren Liebhaber gerichtet. Eine seltsame Ruhe ging von ihr aus.

«Sie haben mir nicht geantwortet!» sagte Maigret fordernd.

Sie blickte nun ihn an, ihre Lippen begannen sich zu bewegen. Vielleicht war sie im Begriff, etwas Wichtiges zu sagen? Nein, sie zuckte nur mit den Achseln.

«Weiß man, wozu ein Mann fähig ist?»

Fred hörte nicht zu. Er sah aus, als hätte er plötzlich eine andere Sorge. Mit zusammengezogenen Brauen dachte er nach, und Maigret hatte den Eindruck, daß ihre Gedanken in dieselbe Richtung gingen.

«Sagen Sie mal, Fred!»

«Was?»

Er wirkte, als hätte man ihn aus einem Traum geholt. «Diese Versicherungspolice, die Julia ohne Ihr Wissen gesehen hat, die würde ich ganz gern auch einmal sehen ...»

Auf welch verschlungenen Pfaden die Wahrheit schließlich ans Licht kam! Maigret hatte geglaubt, an alles gedacht zu haben. Thérèse hatte ihm in ihrem Zimmer von der geplanten Abreise erzählt, also brauchten sie Geld ... Fred gestand, daß er eine Versicherung abgeschlossen hatte ...

Und nun entpuppte sich alles als so blödsinnig einfach, daß er fast lachen mußte: Zehnmal hatte man das Haus auf den Kopf gestellt und weder Versicherungspolice noch Personalausweis, noch Wehrpaß gefunden!

«Ich stehe zu Ihrer Verfügung, Kommissar», sagte Fred seufzend und ganz ruhig. «Bei der Gelegenheit können Sie auch sehen, wie hoch meine Ersparnisse sind ...»

Er wandte sich zur Küche.

«Sie können hereinkommen ... Wenn man in so einem Nest lebt ... Außerdem hab ich einige Papierchen, die meine Kumpel von früher vielleicht nicht ungern an sich nehmen würden ...»

Thérèse folgte ihnen staunend. Dann hörte man die schweren Schritte von Groux näher kommen, und schließlich erhob sich auch Canut.

«Nicht, daß Sie mich deswegen für besonders schlau halten müßten ... Rein zufällig war ich in meiner Jugend mal Kesselschmied ...»

Rechts neben dem Ofen gab es einen riesigen Abfalleimer aus verzinktem Blech. Fred stülpte den Eimer mitten im Raum um und nahm einen doppelten Boden heraus. Er sah es als erster. Seine Augenbrauen schoben sich langsam zusammen, langsam hob er den Kopf, öffnete den Mund ...

Unter verschiedenen Papieren kam da eine dicke, durch die Abnutzung grau gewordene Brieftasche zum Vorschein, um die ein rotes, aus einem Reifen ausgeschnittenes Gummiband gewickelt war.

«Nun, Julia?» fragte Maigret.

In diesem Augenblick erkannte man in den aufgequollenen Zügen der Wirtin ein wenig jene Julia wieder, die sie einst gewesen war. Sie blickte alle an. Ihre Oberlippe verzog sich zu einer verachtungsvollen Schnute. Fast sah es aus, als wolle sie gleich losschluchzen. Aber sie beherrschte sich. Mit matter Stimme sagte sie nur:

«Na und? Es ist aus mit mir.»

Am erstaunlichsten war, daß jetzt Thérèse plötzlich in Tränen ausbrach und heulte wie ein Schloßhund, während die Mörderin fragte:

«Ich nehme an, daß Sie mich gleich mitnehmen, da Sie ja mit dem Auto hier sind ... Kann ich meine Sachen einpacken?»

Er ließ sie ihr Bündel schnüren. Er fühlte sich traurig: die Reaktion auf eine lange nervliche Anspannung.

Vor wie langer Zeit hatte Julia Freds Versteck entdeckt? Hatte sie beim Anblick der Versicherungspolice nicht sofort begriffen, daß er mit Thérèse abhauen würde, sobald er sein Geld ausbezahlt bekäme?

Sie hatte eine Gelegenheit gesehen, zu noch mehr Geld zu kommen, als Fred erhalten würde! Und sie wollte ihm dieses Geld bringen, in ein paar Tagen, ein paar Wochen, wenn Gras über die Sache gewachsen gewesen wäre.

«Schau, Fred», hätte sie dann gesagt, «ich wußte alles ... Du wolltest mit ihr weggehen, nicht? Du hast geglaubt, daß ich zu nichts mehr zu gebrauchen sei ... Mach mal dein Versteck auf ... Ich, deine Alte, wie du mich nennst, habe für dich ...»

Maigret bewachte sie aus Sicherheitsgründen, während sie in ihrem Zimmer, dessen einzige Einrichtung aus dem Mahagonibett und einem Foto von Fred als Boxer bestand, hin und her ging und ihre Sachen packte.

«Ich muß meinen Gürtel wieder anziehen», sagte sie.

«Schauen Sie lieber nicht her, es ist nicht gerade ein erhebender Anblick ...»

Erst im Auto brach sie zusammen, während Maigret starr auf die Regentropfen blickte, die an den Scheiben herunterliefen. Was die andern wohl jetzt machten im Gasthaus? Und wem würde der Hof von Groux zugeschlagen, wenn er nun endgültig zur Versteigerung kam?

Die Wege des Bösen

Ruth Rendell

«Boviste», sagte Inspector Burden, «Parasols, Totentrompeten, Blaustiefel und Hallimasch. Klingelt's da bei dir?»

Chief Inspector Wexford hob die Schultern. «Hört sich an wie so ein Illustriertenrätsel: Was haben sie alle gemeinsam? Ich rate mal und sage, es sind Krustentiere. Oder Seeanemonen. Wie wäre es damit?»

«Es sind eßbare Pilze», sagte Burden. «Sieh mal an. Und was haben Speisepilze damit zu tun, daß Mrs. Hannah Kingman sich oder daß man sie von ihrem Balkon gestürzt hat?»

Die beiden Männer saßen in Wexfords Büro in der Polizeistation von Kingsmarkham in der Grafschaft Sussex. Es war November, aber Wexford war gerade erst aus dem Urlaub zurückgekommen. Und in der Zeit seiner Abwesenheit, während er in Cornwall einen ausgehenden Oktober erlebt hatte, der sommerlicher gewesen war als der Sommer, hatte Hannah Kingman Selbstmord begangen. Das jedenfalls hatte Burden zunächst geglaubt. Jetzt befand er sich in einem Zwiespalt, und als Wexford an diesem Montagmorgen hereingekommen war, hatte Burden sofort seinem Chef die Geschichte erzählt.

Wexford, der auf die Sechzig zuging, war ein großer, ungelenker, eher häßlicher Mann, früher einmal korpulent bis zur Fettleibigkeit, doch nach einer Schlankheitskur aus gesundheitlichen Gründen abgemagert und hager geblieben. Burden dagegen besaß die schlanke Figur eines Mannes, der von jeher dünn gewesen war. Sein Gesicht war asketisch, von einer frostigen Schönheit. Obwohl der Ältere eine gute Frau hatte, die hingebungsvoll für ihn sorgte, sah er doch immer aus, als kämen seine Kleider von der Stange eines Secondhand-Ladens, während der Jüngere, ein Witwer, Wert auf makellose Eleganz legte.

Ein Tramp und ein Beau Brummell dem Äußeren nach, doch der Dandy vertraute auf den Tramp und verließ sich auf ihn, er kannte seine Fähigkeiten und seinen Scharfblick. Insgeheim verehrte er ihn fast.

Ohne seinen Chef hatte er sich in diesem Fall etwas verloren gefühlt. Zunächst hatte alles auf einen Selbstmord Hannah Kingmans hingedeutet. Sie war manisch-depressiv gewesen, bedrängt von einem starken Gefühl ihrer Unzulänglichkeit, ihre noch junge zweite Ehe schien unglücklich gewesen zu sein, und ihre erste war gescheitert. So hätte Burden, obwohl kein Abschiedsbrief vorlag und keine Suiziddrohungen vorausgegangen waren, ihren Tod als Selbstzerstörung hingenommen – wäre nicht ihr Bruder aufgetaucht und hätte ihm von den Speisepilzen erzählt. Und dabei hatte Wexford gefehlt, der sich so gut darauf verstand, die Schafe von den Ziegen zu trennen und die Spreu vom Weizen.

«Die Sache ist die», sagte Burden über den Schreibtisch weg, «es geht weniger um den Nachweis eines Mordes als um den Beweis für einen Mord*versuch*. Axel Kingman könnte seine Frau von dem Balkon gestoßen haben – er besitzt kein Alibi für die fragliche Zeit –, aber ich hatte keinen Grund, ihn zu verdächtigen, bis ich erfuhr, daß man zwei Wochen vorher schon einmal versucht haben soll, sie umzubringen.»

«Und der Versuch steht im Zusammenhang mit Speisepilzen?» Burden nickte. «Sagen wir, mit einer giftigen Substanz, die ihr in einem Schmorgericht aus Speisepilzen beigebracht wurde. Wenn das aber stimmt, dann weiß Gott, wie er es angestellt hat, denn drei andere Personen, darunter er selbst, haben ohne gesundheitliche Folge von dem Pilztopf gegessen. Ich glaube, ich sollte es dir mal von Anfang an erzählen.»

«Das glaube ich auch», sagte Wexford.

«Die Tatsachen», begann Burden fast wie ein Vertreter der Anklage vor Gericht, «sind folgende. Axel Kingman ist fünfunddreißig Jahre alt und führt in der High Street ein Reformkostgeschäft, das sich *Harvest Home* nennt. Kennst du es?» Als Wexford mit einem Kopfnicken bejahte, fuhr Burden fort: «Früher war er Lehrer in Myringham, und bevor er hierherkam, lebte er sieben Jahre mit einer Frau namens Corinne Last zusammen. Er verließ sie, gab seinen Beruf auf, steckte sein ganzes Geld in dieses Geschäft und heiratete eine Mrs. Hannah Nicholson.»

«So etwas wie ein Ernährungsfanatiker demnach», sagte Wexford.

Burden rümpfte die Nase. «Lauter hochgestochener Unsinn», sagte er. «Ist dir schon mal aufgefallen, was für dünne, blasse Hemden diese Reformkostler sind? Während die Leute, die sich von Braten, Schmalz, von Whisky und Rosinenkuchen nähren, immer aus dem vollen schöpfen und vor Leben nur so strotzen.»

«Ist Kingman ein dünnes, blasses Hemd?»

«Ein schwächlicher – wie nennt man das? – Asket, wenn du mich fragst. Jedenfalls machten er und Hannah dieses Geschäft auf und nahmen sich ein Appartement in dem Wohnturm, den unsere Planungsgenies mit leichter Hand obendraufgesetzt haben. Im fünften Stock. Corinne Last fand sich, wie sie und Kingman übereinstimmend behaupten, nach einer Weile mit der Situation ab, und sie alle blieben Freunde miteinander.»

«Erzähl mir davon», sagte Wexford. «Laß die Tatsachen mal erst, und erzähl mir von den Leuten.»

Damit tat sich Burden immer schwer. Er neigte dazu, Menschen als «ganz normal eben» oder «wie alle anderen auch» zu beschreiben, eine Nachlässigkeit, die Wexford ein Dorn im Auge war. Also gab er sich Mühe. «Kingman wirkte wie jemand, der keiner Fliege was zuleide tun kann. Ich würde ihn sogar als sanft bezeichnen, wenn ich nicht Anlaß hätte, ihn für einen kaltblütigen Gattenmörder zu halten. Er ist Abstinenzler, hat schon fast einen Vogel, was das Trinken angeht. Sein Vater ging bankrott und starb schließlich am Suff, daher ist unser Kingman ein radikaler Gegner des Alkohols.

Die Tote war neunundzwanzig. Ihr erster Mann verließ sie nach sechsmonatiger Ehe und ging mit einer Freundin von ihr durch. Hannah zog wieder zu ihren Eltern und fand einen Halbtagsjob als Küchenhilfe in der Schule, an der Kingman unterrichtete. Dort haben sie sich kennengelernt.»

«Und die andere Frau?» sagte Wexford.

Burdens Gesicht nahm einen mißbilligenden Ausdruck an. Außerehelicher Sex, mochte er auch hundertmal durch Konvention und allgemeinen Konsens geduldet sein, war und blieb für ihn eine Unsitte. Daß er bei seiner Arbeit fast täglich mit unerlaubtem Sex in Berühung kam, hatte seine Einstellung um nichts gemildert. Man hätte glauben können, bemerkte Wexford mitunter im Spott, daß in Burdens Augen alles Leid der Welt und mit Sicherheit alle Verbrechen irgendwie daher rührten, daß Männer und Frauen ohne Trauschein miteinander ins Bett gingen. «Gott weiß, warum er sie nicht geheiratet hat», sagte Burden jetzt. «Ich persönlich meine, daß es in den Tagen, als die Erziehungsbehörden der Immoralität unter den Lehrern noch einen Riegel vorschoben, besser um die Dinge stand.»

«Halten wir deine Ansichten da mal raus, Mike», sagte Wexford. «Vermutlich ist Hannah Kingman nicht deshalb gestorben, weil ihr Mann nicht als unberührter Knabe zu ihr kam.»

Burden errötete leicht. «Ich wollte von dieser Corinne Last sprechen. Die Frau sieht sehr gut aus, wenn man den dunklen, leidenschaftlichen Typ mag. Ihr Vater hinterließ ihr einiges Geld und das Haus, wo sie mit Kingman wohnte, und sie bewohnt es immer noch. Sie gehört zu den Frauen, die anscheinend in allem gut sind, was sie anfassen. Sie malt und verkauft ihre Bilder. Sie näht ihre Kleider selbst, sie ist mehr oder weniger der Star an der hiesigen Landesbühne, und sie spielt Violine in einem Streichertrio. Außerdem schreibt sie für Gesundheitsmagazine und ist Autorin eines Kochbuchs.»

«Demnach», warf Wexford ein, «sieht es aus, als hätte Kingman mit ihr gebrochen, weil das alles ein bißchen mehr war, als er hinnehmen konnte. Und so entschied er sich für die graue kleine Frau aus der Schulküche. Sie war keine Konkurrenz für ihn, denke ich mir.»

«Da würde ich zustimmen. Die Theorie ist mir sogar schon unterbreitet worden.»

«Von wem?» sagte Wexford. «Woher hast du diese ganzen Informationen eigentlich?»

«Von einem zornigen jungen Mann, dem vierten Mitglied des Quartetts, nämlich Hannahs Bruder. Er heißt John Hood, und mir scheint, er hat uns noch viel, viel mehr zu erzählen. Aber es wird Zeit, daß ich mit der Beschreibung der Personen aufhöre und mit der Geschichte weiterkomme.

Niemand sah, wie Hannah von dem Balkon stürzte. Es geschah letzten Donnerstag nachmittag gegen vier. Ihr Mann sagt aus, er sei in einer Art Büroraum hinter dem Laden gewesen und hätte, wie immer, wenn das Geschäft früher schließt, Bestandsaufnahme gemacht und Waren bezeichnet und ausgepreist.

Sie fiel auf einen betonierten Parkplatz auf der Rückseite des Wohnblocks. Zwei Stunden später wurde ihre Leiche von einem Nachbarn zwischen zwei parkenden Wagen gefunden. Man verständigte uns, und Kingman schien außer sich zu sein. Ich fragte ihn, ob er eine Ahnung gehabt hätte, daß seine Frau ihrem Leben ein Ende setzen wollte. Darauf sagte er, sie hätte zwar nie damit gedroht, sei aber in der letzten Zeit sehr deprimiert gewesen, und es hätte Streit gegeben, hauptsächlich wegen Geld. Ihr Arzt hätte ihr Beruhigungsmittel verschrieben – was Kingman übrigens mißbilligte –, und der Arzt selbst, der alte Dr. Castle, sagte mir, Mrs. Kingman sei wegen Depressionen bei ihm gewesen: weil sie ihr Leben nicht lebenswert fand und glaubte, ihrem Mann nur eine Last zu sein. Ihn überraschte es nicht, daß sie sich umgebracht hatte, und mich unter diesen Umständen auch nicht. Wir waren ganz darauf eingerichtet, es als einen Fall von Selbstmord abzuschließen, aber dann wurde ich durch John Hood aus dem Konzept gebracht, der nämlich herkam und erklärte, Kingman hätte schon einmal versucht, seine Frau zu ermorden.»

«Das hat er dir einfach so gesagt?»

«Im Grunde schon. Es ist klar, daß er Kingman nicht mag, und zweifellos hing er an seiner Schwester. Corinna Last mag und bewundert er anscheinend auch. Er erzählte mir, Ende Oktober hätten sie an einem Samstagabend alle vier bei Kingman gegessen. Es war ein rein vegetarisches Menü, von Kingman, der gerne kocht, selbst zubereitet, und eines der Gerichte bestand aus dem, was ich, altmodisch oder auch engstirnig, wie ich bin, als Schwämme bezeichne. Sie aßen alle davon, und allen bekam es gut, außer Hannah, die vom Tisch aufstand, sich stundenlang übergeben mußte und anscheinend ernstlich krank war.»

Wexford hob die Augenbrauen. «Bitte, mehr Einzelheiten.»

Burden lehnte sich zurück, legte die Ellbogen auf die Lehnen des Sessels und drückte die Spitzen seiner Finger zusammen. «Ein paar Tage vor dem Essen trafen sich Hood und Kingman in dem Squashclub, dem sie beide angehören. Da erzählte ihm Kingman, daß Corinne Last versprochen hätte, ihm einige Speisepilze, und zwar Schopftintlinge, aus ihrem Garten vorbeizubringen, gemeint ist der Garten des Hauses, in dem sie und Kingman zusammen gelebt hatten. Jeden Herbst taucht da unter einem Baum ein Haufen von den Dingern auf. Ich hab sie selbst gesehen, aber darauf komme ich noch. Kingman steht unerhört auf Kräuter und grünes Allerlei zum Kochen, macht Salate aus Löwenzahn und Sauerklee, und er schwört auf dieses Schwammzeug, das angeblich viel mehr Würze hat als Champignons. Mir ist was Plastikverpacktes aus dem Supermarkt allemal lieber, aber jeder nach seiner Fasson. Das Kochbuch von Corinne Last heißt nebenbei *Kostenlos kochen*, und alle Rezepte darin sind aus Sachen zusammengestellt, die man am Wegrand aufliest oder unter Hecken pflücken kann.»

«Diese Kropfzündlinge oder Schrottfindlinge oder was weiß ich, hatte er die schon mal gekocht?»

«Schopftintlinge», sagte Burden grinsend, «oder *Coprinus comatus*. Allerdings, jedes Jahr, und jedes Jahr hatte er den Schmortopf mit Corinne gegessen. Diesmal wollte er sie auch wieder kochen, und wie Hood meint, schien er Corinne sehr dankbar zu sein für ihre – hm, Großherzigkeit.»

«Ja, es muß ihr wohl wirklich zu Herzen gegangen sein. Wie wenn man ‹unser Lied› in Gesellschaft seines Exliebhabers und des Menschen hört, der an die eigene Stelle getreten ist.» Wexford nahm eine bebende Bruststimme an. «‹Macht es dir auch nichts aus, mich unsere Schwämme mit einer anderen essen zu sehen?›»

«Im Grunde genommen», sagte Burden ernst, «könnte es genauso gewesen sein. Jedenfalls das Gespräch im Squashclub endete damit, daß Hood für den folgenden Samstag eingeladen wurde, um diese Delikatesse zu probieren, und man ihm sagte, Corinne Last würde auch dort sein. Vielleicht nahm er deshalb die Einladung an. Kurz und gut, der Tag kam. Gegen Mittag schaute er bei seiner Schwester rein. Sie zeigte ihm den Topf mit den Pilzen, die Kingman schon angesetzt hatte, und sie sagte, *sie hätte schon davon gekostet,* sie seien sehr lecker. Außerdem zeigte sie Hood noch ein halbes Dutzend Schopftintlinge, die Kingman nicht mehr gebraucht hatte und die sie sich zum Frühstück braten würden. Das hier hat sie ihm gezeigt.»

Burden machte eine Schreibtischschublade auf und nahm eine der Plastiktüten heraus, die ihm angeblich soviel Vertrauen einflößten. Der Inhalt der Tüte stammte allerdings nicht aus dem Supermarkt. Er entfernte den Drahtverschluß und schüttete vier weißliche, schuppige Objekte heraus. Sie waren eiförmig oder eher langgezogen oval, jeweils mit einem kurzen, fleischigen Stiel.

«Ich hab sie heute morgen selbst gepflückt», sagte er, «in Corinne Lasts Garten. Wenn sie größer werden, öffnet sich der eiförmige Teil zu einem Schirm, eigentlich mehr zu einer Pagode, und er bekommt an der Unterseite schwarze Lamellen. Essen soll man sie, wenn sie in dem Stadium sind wie die hier.»

«Ich nehme an, du hast ein Pilzbuch?» fragte Wexford.

«Hier.» Auch das Buch erschien aus der Schublade. *Eßbare und giftige britische Pilze.* «Und da wären wir schon: Der Schopftintling.»

Burden hatte die Abteilung *Eßbar* und eine kolorierte Zeichnung der Sorte, die er in der Hand hielt, aufgeschlagen. Er reichte sie dem Chief Inspector.

«Coprinus comatus», laß Wexford laut, *eine verbreitete Spezies, erreicht voll ausgewachsen eine Höhe von 22 cm. In großer Zahl im Spätsommer und Herbst zu finden, wächst auf Wiesen, an Hecken und oft auch in Gärten. Am besten genießbar, bevor sich der Schopf öffnet und seine tintenartige Flüssigkeit absondert, jedoch zu allen Zeiten gänzlich harmlos.»* Er legte das Buch hin, ohne es aber zu schließen. «Bitte weiter, Mike», sagte er.

«Hood holte Corinna ab, und sie kamen dort zusammen kurz nach acht an. Etwa um Viertel nach setzten sich alle zu Tisch, und das Essen begann mit Avocado in *vinaigrette.* Als nächster Gang kam der Pilztopf, gefolgt von Nußschnitzeln mit Salat und danach einem Apfelkuchen. Selbstverständlich gab es wegen Kingmans Einstellung weder Wein noch sonst was Alkoholisches. Sie tranken Traubensaft aus dem Laden.

Die Küche grenzt direkt an das Wohn- und Eßzimmer. Kingman brachte das Pilzgericht in einer großen Terrine herein und servierte es auch selbst am Tisch, angefangen natürlich bei Corinne. Jeder von diesen Schopftintlingen war der Länge nach halbiert, und die Stücke schwammen in einer dicken Soße, die mit Möhren, Zwiebeln und anderem Gemüse zubereitet war. Nun hatte Hood, seit er zu dem Essen eingeladen worden war, seine Bedenken dagegen gehabt, Pilze zu verspeisen, doch Corinne hatte ihn beruhigt, und als er erst mal mit dem Essen angefangen hatte und sah, wie sich's die andern schmecken ließen, stellte er seine Bedenken zunächst zurück. Er holte sich sogar noch einmal nach.

Kingman räumte die Teller und die Terrine weg und *spülte sie sofort unter dem Wasserhahn ab.* Das haben sowohl Hood als auch Corinne Last mir gesagt, allerdings behauptet Kingman, er würde es immer gleich machen, er sei pingelig in der Beziehung...»

«Was seine Exfreundin doch sicher bestätigen oder widerlegen kann», warf Wexford ein, «nachdem sie so lange zusammengelebt haben.»

«Wir müssen sie fragen. Von dem Pilzessen wurden die letzten Reste weggespült. Dann brachte Kingman die Nußschnitzel und den Salat. Aber bevor er noch servieren konnte, sprang Hannah plötzlich auf, hielt sich die Serviette vor den Mund und stürzte ins Bad.

Nach einer Weile ging Corinne nachsehen. Hood konnte heftiges Erbrechen aus dem Bad hören. Er blieb im Wohnzimmer, während Corinne und dann auch Kingman bei Hannah im Bad waren. Gegessen wurde nicht mehr. Schließlich kam Kingman wieder herein, er sagte, Hannah müsse sich eine ‹Magengrippe› geholt haben, und sie hätten sie ins Bett gebracht. Hood ging in das Schlafzimmer, wo Hannah auf dem Bett lag und Corinne neben ihr saß. Hannahs Gesicht war grünlich und schweißüberströmt, und sie stand offensichtlich große Schmerzen aus, denn sie stöhnte und krümmte sich, während er dort war. Sie mußte wieder ins Bad, und danach konnte Kingman sie nur noch zurücktragen.

Hood schlug vor, Dr. Castle zu verständigen, aber das lehnte

Kingman energisch ab, da er Ärzte nicht mag und es, wenn überhaupt, lieber mit pflanzlichen Heilmitteln wie Himbeerblattpillen, Kamillentee und dergleichen hält. Er verstieg sich sogar zu der reichlich abwegigen Behauptung, Hannah hätte schon genug mit Ärzten zu tun gehabt, und wenn nicht durch eine Infektion, dann hätte sie sich durch die ‹gefährlichen› Beruhigungstabletten, die sie immer nahm, den Magen verdorben.

Hood hielt Hannah für ernstlich krank, und der Streit spitzte sich zu, je mehr Hood Kingman drängte, einen Arzt zu rufen oder sie in ein Krankenhaus zu bringen. Kingman wollte nicht, und Corinne stellte sich auf seine Seite. Hood gehört zu den jähzornigen, aber schwachen Leuten, die schnell mit Drohungen dabei sind, und obwohl er selbst einen Arzt hätte rufen können, tat er es nicht. Vermutlich lag das auch an Corinnes Einfluß. Allerdings schimpfte er Kingman einen Idioten, weil er Sachen zusammenbraue, von denen jedes Kind die Finger lasse, worauf ihm Kingman entgegenhielt, wenn Schopftintlinge gefährlich wären, wieso dann nicht allen schlecht geworden sei. Gegen Mitternacht schließlich ließen Hannahs Brechanfälle nach, sie schien auch keine Schmerzen mehr zu haben und schlief ein. Hood fuhr Corinne nach Hause, kehrte zu den Kingmans zurück und blieb für den Rest der Nacht dort, er schlief auf dem Sofa.

Am Morgen schien Hannah, wenn auch geschwächt, wieder ganz wohlauf zu sein, was Kingmans Theorie von der Magengrippe ziemlich widerlegte. Das Verhältnis zwischen den beiden Männern war gespannt. Kingman sagte, Hoods Anspielungen hätten ihm nicht gepaßt, und wenn er in Zukunft seine Schwester besuchen wollte, sollte er lieber kommen, wenn er, Kingman, außer Haus sei. Hood fuhr nach Hause und hat Kingman seitdem nicht mehr gesehen.

Am Morgen nach dem Tod seiner Schwester kam er hier hereingestürmt, erzählte mir, was du eben gehört hast, und beschuldigte Kingman, er hätte Hannah zu vergiften versucht. Er war hoch erregt und fast hysterisch, aber ich fand, ich konnte seine Behauptung nicht als die – hm, als die Raserei eines betroffenen Angehörigen abtun. Die Umstände waren doch allzu merkwürdig – die unglückliche Ehe, die Tatsache, daß Kingman die Teller abspülte, seine Weigerung, einen Arzt herbeizuholen. Hatte ich recht?»

Burden hielt inne und wartete auf Zustimmung. Sie kam in Form eines nicht sehr begeisterten Nickens.

Nach einem Augenblick sagte Wexford: «Könnte Kingman sie von dem Balkon gestoßen haben, Mike?»

«Sie war eine kleine, schmächtige Frau. Physisch war es möglich. Die hintere Seite des Wohnblocks ist gegen Sicht abgeschirmt. Da gibt es nichts außer dem Parkplatz, und dahinter ist freies Feld. Kingman könnte anstatt mit dem Lift über die Treppe hochgekommen sein und über die Treppe auch wieder hinunter. Zwei der Wohnungen in den unteren Etagen stehen leer. Unter den Kingmans wohnt eine bettlägerige kranke Frau, deren Mann auf der Arbeit war. Die Mieterin der Wohnung darunter, eine junge Hausfrau, war auch daheim, hat aber nichts gesehen und gehört. Die kranke Frau glaubt, am Nachmittag einen Schrei gehört zu haben, aber sie unternahm nichts deswegen, und wenn sie wirklich einen gehört hat, was besagt das schon? Ich könnte mir denken, daß in dem Moment ein Selbstmörder ebenso schreit wie ein Mordopfer.»

«O. k.», sagte Wexford. «Kommen wir jetzt noch mal auf die merkwürdige Geschichte mit diesem Essen zurück. Dahinter steckt doch der Gedanke, daß Kingman vorhatte, sie an dem Abend umzubringen, daß aber sein Plan mißlang, weil das, was er ihr gab, nicht giftig genug war. Ihr wurde zwar todübel, aber sie starb nicht. Er wählte diese Methode und diese Gesellschaft, um nachher Zeugen für seine Unschuld zu haben. Alle aßen von demselben Gericht, aus derselben Terrine, aber nur Hannah wurde davon schlecht. Könntest du verraten, wie er ihr das Gift, was immer es gewesen sein mag, verabreicht haben soll?»

«Kann ich nicht», sagte Burden offen, «aber andere haben ihren Verdacht. Hood ist wohl ein bißchen einfältig, und zuerst meinte er schlichtweg, alle Pilze seien gefährlich und das ganze Essen sei giftig gewesen. Als ich ihn darauf hinwies, daß das offensichtlich nicht zutraf, sagte er, Kingman müsse heimlich etwas auf Hannahs Teller geschmuggelt haben oder es sei das Salz gewesen.»

«Welches Salz?»

«Er entsann sich, daß niemand außer Hannah Salz zu den Pilzen nahm. Aber das ist absurd, weil Kingman es vorher nicht wissen konnte. Und an dem Punkt können wir gleich noch etwas klarstellen – die Avocados waren vollkommen harmlos. Kingman hat sie *am Tisch* halbiert, und die *vinaigrette* wurde in einem Krug serviert. Das Brot war nicht in Scheiben, sondern ein selbstgebackenes Vollkornbrot. Wenn überhaupt, dann muß es schon in dem Pilztopf gewesen sein.

Corinne Last will von einem möglichen Vergehen Kingmans nichts wissen. Aber als ich ihr auf den Zahn fühlte, gab sie immerhin zu, daß sie selbst nicht am Tisch gesessen hatte, als die Pilze serviert wurden. Sie war aufgestanden und auf den Flur gegangen, um ihre Handtasche zu holen. Sie sah also nicht, wie Kingman Hannah bediente.» Burden griff nach dem Buch, das Wexford auf der Seite mit der Beschreibung und der Abbildung der Schopftintlinge offengelassen hatte. Er blätterte zur Abteilung der Giftpilze vor und schob Wexford das Buch wieder hin. «Schau dir mal ein paar von denen an.»

«Ach ja», sagte Wexford. «Unser alter Freund, der Fliegenpilz. Ein hübscher kleiner Rotschopf mit weißen Flecken, hochbeliebt bei Kinderbuchillustratoren. Meistens setzen sie einen Frosch obendrauf und einen Gnom untendrunter. Wenn man ihn ißt, steht hier, verursacht er Übelkeit, Erbrechen, starrkrampfartige Lähmung und Tod. Viele von diesen Blätterpilzen sind hier vertreten, was? Purpurn, schuppig, grünlich, warzig – alle mehr oder weniger tödlich. Aha! Der Grüne Knollenblätterpilz, *Amanita phalloides*. Wie überaus unerfreulich. Der gefährlichste Pilz, heißt es hier. Sehr kleine Mengen schon verursachen heftige Schmerzen und oft den Tod. Und wohin führt uns das alles?»

«Der Grüne Knollenblätterpilz ist laut Corinne Last bei uns ziemlich verbreitet. Obwohl sie es nicht sagt, schließe ich daraus, daß Kingman ihn sich leicht hätte verschaffen können. Was aber, wenn er ein einziges Exemplar davon getrennt gekocht und es unmittelbar vor dem Servieren noch in den Topf gelegt hat? Als die Reihe an Hannah kommt, fischt er diesen Pilz oder die Stücke davon für sie heraus, ähnlich wie man für jemand ein besonderes Stück, etwa vom Huhn, aus seiner Kasserolle pickt. Die Soße war kräftig und dick, es war keine dünne Brühe.»

Wexford schien nicht überzeugt. «Gut, als Theorie wollen wir es gelten lassen. Wäre das übrige Gericht vielleicht mit ‹angegiftet› worden und noch jemand hätte etwas abbekommen, würde es noch eher wie ein Unfall ausgesehen haben, worauf es ihm vermutlich ja ankam. Aber ein Haken ist dabei, Mike. Wenn er Hannah töten wollte und skrupellos genug war, auch Corinne und Hood zu gefährden, wieso hat er dann die Teller abgespült? Um zu *beweisen*, daß es ein Unfall war, hätte er doch gerade gewollt, Reste von diesem Essen für den Zeitpunkt einer Untersuchung aufzubewahren, denn die Untersuchung hätte Spuren giftiger wie ungiftiger Pilze erbracht, und es hätte so ausgesehen, als sei er nur nachlässig gewesen. Also gehen wir und sprechen mal mit diesen Leuten, ja?»

Der *Harvest Home Shop* war geschlossen. Wexford und Burden gingen durch die Gasse neben dem Gebäude, an den Glastüren des Haupteingangs vorbei und zu einer Tür auf der Rückseite, die die Aufschrift *Treppen und Notausgang* trug. Sie betraten eine kleines, mit Fliesen ausgelegtes Vestibül und gingen über die steile Treppe nach oben.

Auf jeder Etage gab es eine Wohnungstür und eine Tür zum Lift. Wäre jemand herausgekommen und sie hätten nicht gesehen werden wollen, hätte es genügt, hinter der Treppenbiegung zu warten, bis derjenige in den Lift gestiegen war. Die Klingel an der Wohnungstür im fünften Stock trug die Aufschrift *A. und H. Kingman*. Wexford läutete.

Der Mann, der sie einließ, war ziemlich klein, wirkte sanft, und er sah traurig aus. Er führte Wexford auf den Balkon, von dem seine Frau gestürzt war. Er war einer von zweien in der Wohnung; der andere, größere lag vor den Wohnzimmerfenstern, während man diesen durch die verglaste Küchentür erreichte – ein Platz zum Wäscheaufhängen und zur Gärtnerei im Kleinformat. Kräuter wuchsen aus Blumentöpfen, und in einem Trog hielten sich noch frostgeschädigte Tomatenstöcke. Die Wand um den Balkon war etwa einen Meter hoch, tief darunter lag der betonierte Platz.

«Waren Sie überrascht, daß Ihre Frau sich das Leben nahm, Mr. Kingman?» sagte Wexford.

Kingman antwortete nicht direkt. «Meine Frau hatte ein sehr geringes Selbstwertgefühl. Als wir heirateten, dachte ich, sie wäre wie ich ein einfacher Mensch, der nicht viel vom Leben verlangt, der auch relativ leicht zufrieden sein kann. So war es nicht. Sie erwartete mehr Unterstützung, mehr Zuspruch und Ermutigung, als ich ihr geben konnte. Das galt besonders für die ersten drei Monate. Danach wandten sich ihre Gefühle gegen mich. Sie war sehr launisch, starken Stimmungsschwankungen unterworfen. Mein Geschäft geht nicht sehr gut, und sie gab mehr Geld aus, als wir uns leisten konnten. Ich weiß nicht, wohin das ganze Geld ging, und wir stritten uns deshalb. Das wieder deprimierte sie stark, und sie sagte oft, sie hätte keinen Wert für mich, sie wäre besser tot.»

Er hatte ihm eine recht lange Erklärung geliefert, fand Wexford, eine Erklärung, um die er nicht gebeten hatte. Es konnte aber sein, daß diese Gedanken, Rechtfertigungen und doch wieder Selbstvorwürfe einfach das waren, was ihn im Augenblick mehr als alles andere beschäftigte. «Mr. Kingman», sagte er, «wie Sie wissen, können wir die Möglichkeit nicht ausschließen, daß hier ein Verbrechen vorliegt. Ich möchte Ihnen ein paar Fragen zu einem Essen stellen, das Sie am 29. Oktober zubereitet haben und nach dem Ihre Frau krank wurde.»

«Ich kann mir denken, wer Ihnen das erzählt hat.»

Wexford reagierte nicht darauf. «Wann hat Miss Last Ihnen diese – äh, Schopftintlinge gebracht?»

«Am Abend des Achtundzwanzigsten. Am Morgen darauf setzte ich nach Miss Lasts eigenem Rezept den Pilztopf an.»

«Waren zu der Zeit noch andere Pilzsorten im Haus?»

«Champignons wahrscheinlich.»

«Haben Sie irgendwann diesem Gericht etwas Giftiges oder eine giftige Substanz beigemischt, Mr. Kingman?» Kingman sagte ruhig, müde: «Natürlich nicht. Mein Schwager hat einen Haufen dummer Vorurteile: Er will nicht begreifen, daß dieser Schmortopf, den ich genauso schon ein dutzendmal vorher gemacht habe, so bekömmlich war wie meinetwegen Hühnerfrikassee. Bekömmlicher, nach meiner Ansicht.»

«Mag sein. Trotzdem war Ihre Frau sehr krank. Weshalb verständigten Sie keinen Arzt?»

«Weil meine Frau nicht ‹sehr› krank war. Sie hatte Schmerzen und Diarrhöe, das war alles. Vielleicht wissen Sie nicht, wie die Symptome einer Pilzvergiftung aussehen. Der Betroffene leidet nicht nur an Schmerzen und Übelkeit. Seine Sicht wird getrübt, er verliert sehr wahrscheinlich das Bewußtsein oder bekommt Krämpfe, wie man sie bei Tetanus kennt. Bei Hannah gab es nichts dergleichen.»

«Leider haben Sie sofort die Teller gespült. Hätten Sie das nicht getan und einen Arzt gerufen, wären die Reste des Essens wohl mit Sicherheit zur Untersuchung geschickt worden, und wenn es so harmlos war, wie Sie sagen, hätten diese Ermittlungen ganz vermieden werden können.»

«Es war harmlos», sagte Kingman unerschüttert.

Draußen im Wagen meinte Wexford: «Ich bin geneigt, ihm zu glauben, Mike. Und wenn uns Hood oder Corinne Last nichts wirklich Definitives sagen können, würde ich die Sache ruhen lassen. Wollen wir zunächst zu ihr?»

Das kleine Landhaus, das Corinne mit Axel Kingman geteilt hatte, lag an einem einsamen Wegstück außerhalb des Dorfes Myfleet. Es war ein Steinhaus mit Schieferdach, umschlossen von einem gutgepflegten hübschen Garten. Ein grüner Ford Escort stand auf der Zufahrt vor einer Brettergarage. Unter einem großen Apfelbaum, von dem die gelben Blätter fielen, wuchsen in drei großen Büscheln, auf den ersten Blick erkennbar, die Schopftintlinge.

Sie war eine große Frau, die Eigentümerin des Hauses, mit einem schönen, breitknochigen Gesicht und einer Fülle dunklen Haares. Wexford wurde sofort an das Klimt-Porträt einer trägen, rotlippigen Frau, goldbereift und halbverhüllt in goldenen Gewändern, erinnert, obwohl Corinne Last Arbeitskittel und Pullover trug. Ihre Stimme war tief und verhalten. Er gewann den Eindruck, daß sie sich niemals verunsichern oder überrumpeln ließ.

«Sie haben, glaube ich, ein Kochbuch verfaßt?» sagte er. Sie antwortete nicht, sondern reichte ihm ein Taschenbuch, das sie von einem Regal herunternahm. *Kostenlos kochen, Wald- und*

Wiesenrezepte für jeden Tag, von Corinne Last. Er schaute das Register durch und fand das Rezept, das er suchte. Auf der anderen Seite war eine Farbfotografie von sechs Leuten, die eine Art braune Suppe verzehrten. Das Rezept enthielt Möhren, Zwiebeln, Kräuter, Sahne und eine Reihe anderer harmloser Ingredienzen. Es schloß mit den Zeilen: *Geschmorte Schopftintlinge serviert man am besten kochend heiß mit Vollweizenbrot. Dazu passende Getränke siehe S. 171*. Er sah auf Seite 171 nach, dann gab er das Buch an Burden weiter.

«Das war das Gericht, das Mr. Kingman an dem Abend gekocht hat?»

«Ja.» Sie hatte die Eigenart, sich, wenn sie sprach, zurückzulehnen und dabei halb die glänzenden, schweren Lider zu senken. Es wirkte schlangenhaft und ein wenig abstoßend. «Ich habe die Schopftintlinge selbst in meinem Garten gepflückt. Ich verstehe nicht, wie Hannah davon übel geworden sein kann, aber sie müssen daran schuld sein, denn als wir hinkamen, ging es ihr gut. Sie hatte keine Mageninfektion, das ist Unsinn.»

Burden legte das Buch weg. «Aber Sie bekamen die Pilze doch alle aus derselben Terrine.»

«Ich habe nicht direkt gesehen, wie Axel Hannah bedient hat. Ich war gerade nicht im Zimmer.» Ihre Lider flatterten und schlossen sich fast ganz.

«Hat Mr. Kingman sonst auch nach dem Abräumen immer gleich das Geschirr abgespült?»

«Fragen Sie mich nicht.» Sie hob die Schultern. «Ich weiß es nicht. Ich weiß aber, daß es Hannah, unmittelbar nachdem sie das Geschmorte gegessen hatte, sehr schlechtging. Natürlich, Axel hält nichts von Ärzten, und vielleicht war es ihm... nun ja, zu peinlich, in der Situation Dr. Castle zu holen. Hannah hatte schwarze Flecken vor den Augen, sie fing an, alles doppelt zu sehen. Ich machte mir größte Sorgen um sie.»

«Aber Sie haben nicht von sich aus einen Arzt herbeigeholt, Miss Last? Oder auch nur John Hood in seiner Behauptung unterstützt?»

«Was immer auch Hood behauptet hat, ich wußte jedenfalls, daß es nicht an den Schopftintlingen liegen konnte.» Es schwang Verachtung mit, als sie Hoods Namen aussprach.

«Und ich hatte ziemliche Angst. Ich mußte immer daran denken, daß es schrecklich wäre, wenn Axel in irgendwas verwikkelt würde, wenn es zu einer Untersuchung käme oder dergleichen.»

«Jetzt findet eine Untersuchung statt, Miss Last.»

«Ja, aber jetzt ist es doch wohl was anderes? Hannah ist tot. Ich meine, es ist nicht mehr nur ein Verdacht oder eine Vermutung.»

Sie brachte sie hinaus und schloß die Haustür, bevor sie am Gartentor angelangt waren. Entlang der Straße und unter den Hecken konnte man ebenfalls Schopftintlinge sehen wie auch andere Pilzsorten, die Wexford allerdings nicht kannte – kleine champignonartige Dinger mit rosa Lamellen, ein Haufen gelber Schirmchen, und an dem Stamm einer Eiche rauchgraue, rundliche Pfropfe, von denen Burden meinte, es seien Austernpilze.

«Diese Frau», sagte Wexford, «ist eine Meisterin der schlechtversteckten Andeutung. Sie hat Kingman fast mit jedem Wort verurteilt, aber sie ist nie mit etwas wie einem Vorwurf herausgerückt.» Er schüttelte den Kopf. «Kingmans Schwager ist vermutlich auf der Arbeit?»

«Anzunehmen», sagte Burden, aber John Hood war nicht auf der Arbeit. Er erwartete sie in der Polizeistation, erbost über die verlorene Zeit, und drohte, «wenn nicht sofort etwas unternommen würde», sich beim Chief Constable oder notfalls beim Innenministerium zu beschweren.

«Es wird etwas unternommen», sagte Wexford ruhig. «Es ist gut, daß Sie hier sind, Mr. Hood. Nur, würden Sie sich, bitte, beruhigen?»

Für Wexford war es leicht ersichtlich, daß John Hood einer anderen Intelligenzkategorie angehörte als Kingman oder Corinne Last. Er war ein untersetzter Mann von vielleicht sieben- oder achtundzwanzig, kaum älter, mit verwirrt und zugleich verbittert blickenden blauen Augen in einem aufgedunsenen roten Gesicht. Ein Mann, dachte Wexford, der übereilte Vorwürfe ausstieß, die er nicht beweisen konnte, den die Gesellschaft des Exlehrers und dieser cleveren, hintergründigen Frau zu großen Sprüchen und starken Gesten verleiten mußte.

Er wiederholte jetzt, nicht unbeherrscht, aber doch ohne Zurückhaltung, was er schon Burden gesagt hatte, und pochte darauf, ohne greifbare Beweise vorzubringen, daß sein Schwager an dem Abend versucht hätte, seine Schwester umzubringen. Es sei nur Glückssache gewesen, daß sie überlebt hätte. Kingman sei ein skrupelloser Mensch, der vor nichts zurückgeschreckt wäre, um sie aus dem Weg zu räumen. Er, Hood, werde es sich nie verzeihen, daß er sich an dem Abend nicht durchgesetzt und einen Arzt verständigt habe.

«Ja, gut, Mr. Hood, aber an welchen Symptomen litt denn nun Ihre Schwester genau?»

«Erbrechen und Magenschmerzen, heftige Schmerzen», sagte Hood.

«Sonst hat sie über nichts geklagt?»

«War das denn nicht genug? Das kriegt man doch, wenn einer einem giftiges Zeug zu essen gibt.»

Wexford hob nur die Brauen. Unvermittelt schweifte er von den Ereignissen jenes Abends ab und fragte: «Was lief in der Ehe Ihrer Schwester verkehrt?»

Bevor Hood Antwort gab, merkte Wexford, daß er etwas zurückhielt. Ein wachsamer Ausdruck, der in seine Augen huschte und gleich wieder verschwand. «Axel war nicht der Richtige für sie», begann er. «Sie hatte Schwierigkeiten, sie brauchte Verständnis, sie war nicht...» Seine Stimme verlor sich.

«War was nicht, Mr. Hood? Was für Schwierigkeiten?»

«Das hat mit alledem gar nichts zu tun», murmelte Hood.

«Wollen Sie das Urteil darüber bitte mir überlassen. Sie haben diese Anschuldigung vorgebracht, und Sie haben die ganze Geschichte ausgelöst. Jetzt steht es Ihnen nicht zu, etwas zurückzuhalten.» Auf eine plötzliche Eingebung hin sagte Wexford: «Hatten diese Schwierigkeiten etwas mit dem Geld zu tun, das sie ausgab?»

Hood war verdrossen und stumm. Wexford überdachte kurz, was er bereits erfahren hatte – Axel Kingmans unversöhnliche Einstellung in einem besonderen Punkt, Hannahs dringendes Bedürfnis nach nicht näher bezeichnetem Beistand während der ersten Zeit ihrer Ehe. Später dann ihre Stimmungsschwankungen und in der Folge das Geld, die unerklärten wöchentlichen Ausgaben.

Er blickte auf und fragte unverblümt: «War Ihre Schwester Alkoholikerin, Mr. Hood?»

Hood gefiel diese Direktheit überhaupt nicht. Er wurde rot und sah gekränkt aus. Er umging eine offene Antwort. Nun ja, getrunken hatte sie schon. Heimlich, denn sie wollte nicht, daß man es merkte, und, seit ihre erste Ehe in die Brüche gegangen war, mehr oder weniger regelmäßig.

«Mit anderen Worten, sie war Alkoholikerin», sagte Wexford.

«Ich nehme es an.»

«Wußte Ihr Schwager nichts davon?»

«Lieber Himmel, nein. Axel hätte sie umgebracht.» Er begriff, was er gesagt hatte. «Vielleicht ist das der Grund. Vielleicht ist er dahintergekommen.»

«Das glaube ich nicht, Mr. Hood. Nun könnte ich mir vorstellen, daß sie in den ersten Monaten ihrer Ehe einen Versuch gemacht hat, vom Trinken loszukommen. Während dieser Zeit brauchte sie viel Unterstützung, aber sie konnte oder wollte Mr. Kingman nicht sagen, weshalb. Ihre Anstrengung war umsonst, und weil sie es ohne Alkohol nicht aushielt, griff sie nach und nach wieder zur Flasche.»

«Aber nicht so schlimm wie früher», sagte Hood mit rührendem Eifer. «Und nur noch abends. Sie sagte mir, vor sechs würde sie nie etwas anrühren und danach nur heimlich ein paar Schluck, so daß Axel es nicht merkte.»

Burden fragte unvermittelt: «Hatte Ihre Schwester an dem Abend auch getrunken?»

«Ich denk's mir schon. Sie hätte keine Gesellschaft, nicht mal nur Corinne und mich, ohne einen Drink vorher ertragen können.»

«Wußte außer Ihnen sonst jemand, daß Ihre Schwester trank?»

«Meine Mutter. Meine Mutter und ich hatten so etwas wie einen Pakt geschlossen, es vor allen Leuten geheimzuhalten, damit Axel es nicht erfuhr.» Er zögerte und sagte dann fast trotzig: «Aber Corinne hab ich's erzählt. Sie ist ein wunderbarer Mensch, so gescheit. Es bedrückte mich, und ich wußte nicht, was ich tun sollte. Sie versprach mir, Axel nichts davon zu verraten.»

«Ich verstehe.» Wexford hatte seine Gründe, weshalb er annahm, daß sie es nicht weitererzählt hatte. In Gedanken vertieft stand er auf und ging zur anderen Seite des Zimmers, wo er vor dem Fenster stehenblieb und hinausschaute. Burdens fortlaufende Fragen, Hoods Antworten erreichten ihn nur als ein undeutliches Gemurmel von Stimmen. Dann hörte er, wie Burden lauter sagte: «Das wär's im Augenblick, Mr. Hood, falls der Chief Inspector nicht noch Fragen an Sie hat.»

«Nein, nein», sagte Wexford abwesend, und als Hood ziemlich unwillig gegangen war: «Zeit zum Mittagessen. Es ist schon nach zwei. Ich für meinen Teil werde um alles einen Bogen machen, was Pilze enthält, seien es auch nur *Psalliota campestris*.»

Nachdem Burden diese Sorte nachgeschaut und sie als den Gemeinen Champignon identifiziert hatte, gingen sie essen und suchten anschließend die Spirituosenhandlungen auf, die in Kingsmarkham um diese Zeit geöffnet waren. Im *Wine Basket* hatten sie kein Glück, doch die Verkäuferin im *Vineyard* erklärte ihnen, eine Frau, die der Beschreibung Hannah Kingmans entsprach, sei bei ihr Stammkundin gewesen und habe am vorausgegangenen Mittwoch – dem Tag vor ihrem Tod – hereingeschaut und eine Flasche Cognac Courvoisier gekauft.

«In Kingmans Wohnung war nichts Alkoholhaltiges», sagte Burden. «Vielleicht, daß im Abfall eine leere Flasche lag.» Er machte ein betretenes Gesicht. «Wir haben nicht nachgeschaut. Dafür sahen wir keinen Grund. Aber sie kann doch am Mittwoch keine ganze Flasche getrunken haben, dort?»

«Was interessiert dich an der Trinkerei so, Mike? Du betrachtest es doch nicht im Ernst als Tatmotiv? Daß Kingman sie getötet hätte, weil er herausfand oder durch Dritte erfuhr, daß sie eine heimliche Trinkerin war?»

«Es war ein Mittel zum Zweck, kein Motiv», sagte Burden. «Ich weiß, wie es vor sich ging. Ich weiß jetzt, wie Kingman sie beim erstenmal versucht hat umzubringen.» Er grinste. «Mal eine Abwechslung, daß ich die Lösung vor dir finde, nicht? Ich werde deinem Beispiel folgen und vorläufig den Schleier des

Geheimnisses darüberbreiten, wenn du nichts dagegen hast. Mit deiner Erlaubnis gehen wir zurück aufs Revier, holen uns diese Schopftintlinge und machen ein kleines Experiment.»

Michael Burden wohnte in einem hübschen Bungalow in der Tabard Road. Er hatte dort schon mit seiner Frau bis zu ihrem frühzeitigen Tod gewohnt, und seit sein Sohn außerhalb studierte, bewohnte er ihn allein mit seiner sechzehnjährigen Tochter. Aber an diesem Abend war Pat Burden mit ihrem Freund aus, und auf dem Kühlschrank lag eine Nachricht für ihren Vater. *Dad, ich hab den kalten Braten von gestern gegessen. Machst du dir eine Dose auf? Bin um halb elf zurück. Gruß, P.*

Burden las den Zettel mehrmals durch, wobei die Bestürzung in seinem Gesicht mit jedem Mal zunahm. Und Wexford hätte die verschiedenen Gründe genau angeben können, von denen dieser müde Ausdruck in seinen Augen kam, diese Falten auf der Stirn, der sich langziehende Mund. Weil sie mutterlos war, mußte seine Tochter nicht nur kalt, sondern auch noch Reste essen; sie, die unbeschwert sein sollte, war gezwungen, sich um ihren Vater zu kümmern; die Einsamkeit trieb sie bis zu entsetzlich später Stunde, bis um halb elf aus dem Haus. All das war natürlich Unsinn. Burdens Kinder waren glücklich und über ihren Verlust hinweg, aber wie sollte man Burden davon überzeugen? Wie ein körperliches Gebrechen trug er den Witwerstand mit sich herum. Er blickte auf, zerknüllte den Zettel und sah sich halb abwesend, halb verzweifelt in seinen Räumlichkeiten um. Wexford kannte diesen mutlosen Ausdruck. Er sah ihn jedesmal, wenn er Burden nach Hause begleitete.

Es regte ihn auf, und gleichzeitig empfand er Mitleid. Er wollte Burden sagen – hatte es ihm ein- oder zweimal schon gesagt –, er solle aufhören, John und Pat wie zwei zurückgebliebene Paranoiker zu behandeln, doch statt dessen sagte er leichthin: «Erst gestern habe ich gelesen, daß überhaupt nichts dabei wäre, wenn wir im Leben keine einzige warme Mahlzeit essen würden. Im Gegenteil, je kälter und roher, desto besser.»

«Du hörst dich an wie einer von der Axel-Kingman-Riege», fing sich Burden und lachte, und dazu hatte Wexford ihn auch bringen wollen. «Aber ich bin sowieso froh, daß sie nichts gekocht hat. Ich hätte es nicht essen können, und es wäre mir unangenehm, wenn sie das als Kritik aufgefaßt hätte.»

Wexford beschloß, das geflissentlich zu überhören. «Während du dir überlegst, inwieweit du mich in dein Experiment einweihen willst, könnte ich da mal meine Frau anrufen?»

«Natürlich.»

Es ging auf sechs zu. Als Wexford wieder hereinkam, war Burden damit beschäftigt, Möhren und Zwiebeln zu schälen. Die vier Exemplare des *Coprinus comatus*, die schon ein wenig verhutzelt aussahen, lagen auf einem Hackbrett. Auf dem Herd wurde eine Kasserolle mit Fleischbrühe heiß.

«Was zum Teufel hast du vor?»

«Geschmorte Schopftintlinge zu machen. Meine Theorie ist, daß sie für jemanden, der nicht trinkt, harmlos sind, dagegen aber toxisch – zumindest in einem gewissen Umfang –, wenn man Alkohol im Magen hat. Was sagst du nun? Wenn das Ganze gleich kocht, werde ich eine mäßige Dosis Alkohol zu mir nehmen und anschließend die Pilze essen. Von mir aus nenn es ruhig Leichtsinn.»

Wexford hob die Schultern. Er grinste. «Ich kann nur staunen, mit welchem Mut, welcher Hingabe du deiner Pflicht gegenüber dem Steuerzahler nachkommst. Aber warte erst mal. Bist du denn sicher, daß nur Hannah an dem Abend getrunken hatte? Kingman hatte zwar nicht, das wissen wir. Aber die anderen beiden?»

«Danach habe ich Hood gefragt, während du deinen Tagträumen nachhingst. Er holte Corinne, die ihn darum gebeten hatte, um sechs ab. Sie pflückten ein paar Äpfel für seine Mutter, dann machte sie ihm einen Kaffee. Er schlug zwar vor, auf dem Weg zu den Kingmans noch irgendwo auf ein Glas einzukehren, aber anscheinend brauchte sie so lange, um fertig zu werden, daß sie dazu keine Zeit mehr hatten.»

«O. k. Dann versuch dein Glück. Aber wäre es nicht einfacher, einen Experten zu Rate zu ziehen? Es muß doch welche geben. Bestimmt sitzt an der Uni in London irgend jemand auf einem Lehrstuhl für Fungologie oder wie immer sich das nennen mag.»

«Sehr wahrscheinlich. Dahin können wir uns wenden, wenn ich es hinter mir habe. Ich möchte jetzt Bescheid wissen. Willst du auch?»

«Auf keinen Fall. Da ich meiner Frau gesagt habe, ich wäre zum Essen nicht daheim, könntest du mir vielleicht aber ein paar harmlose Rühreier machen.»

Er folgte Burden ins Wohnzimmer, wo der Inspector die Tür eines Sideboards öffnete. «Was möchtest du trinken?»

«Weißwein, wenn du welchen hast, sonst Wermut. Du weißt ja, ich darf's nicht übertreiben.»

Burden schenkte Wermut und Soda ein. «Eis?»

«Nein, danke. Und du? Einen Brandy? Das war offenbar Hannah Kingmans Lieblingsgetränk.»

«Hab ich nicht da», sagte Burden. «Bleibt nur Whisky. Zwei doppelte Brandy wird sie vor dem Essen schon getrunken haben, was meinst du? Mein Mut geht nämlich nicht so weit, daß ich so krank werden möchte, wie sie es war.» Er fing Wexfords Blick auf. «Du glaubst doch nicht, daß manche Leute empfindlicher dagegen sind als andere?»

«Manche bestimmt», sagte Wexford munter. «Cheers!»

Burden nippte an seinem stark verdünnten Whisky, dann schüttete er ihn runter. «Ich seh noch mal nach den Pilzen. Setz dich schon hin, und mach den Fernseher an.»

Wexford gehorchte ihm. Auf dem großen farbigen Bildschirm erschien ein Wald im Herbst, hellblauer Himmel, goldenes Buchenlaub. Dann zeigte die Kamera in Nahaufnahme eine Gruppe rot und weiß gefleckter Fliegenpilze. Mit einem Lachen schaltete Wexford das Gerät ab, als Burden den Kopf zur Tür hereinsteckte.

«Ich glaube, es ist fast soweit.»

«Dann trink besser noch einen Whisky.»

«Vielleicht hast du recht.» Burden kam herein und füllte sein Glas noch einmal. «Das dürfte reichen.»

«Was ist mit meinen Eiern?»

«O Gott, hab ich vergessen. Ich bin kein großer Koch, weißt du. Mir ist schleierhaft, wie es die Frauen schaffen, so viele Sachen gleichzeitig über den Herd und auf den Tisch zu bringen.»

«Ein wahres Rätsel, nicht? Ich mach mir ein paar Käsebrote, wenn du erlaubst.»

Die bräunliche Mixtur war in einer Suppenschüssel. In der Soße schwammen vier der Länge nach halbierte Schopftintlinge. Burden trank seinen Whisky auf einen Zug aus.

«Wie sagten die Christen in der Arena immer zum römischen Kaiser, bevor sie zu den Löwen gingen?»

«*Morituri, te salutamus*», sagte Wexford. «Wir, die wir sterben müssen, grüßen dich.»

«Hm . . .» Burden versuchte sich mit dem Latein, das er durch die Hausarbeiten seines Sohnes aufgeschnappt hatte. «*Moriturus, te saluto*. Wäre das richtig?»

«Ich glaube schon. Du wirst allerdings nicht sterben.»

Burden gab keine Antwort. Er nahm seinen Löffel und begann zu essen. «Kann ich noch etwas Soda haben?» fragte Wexford.

Kaum etwas trifft härter, als wenn man seinen Heldenmut verspottet sieht. Burden warf ihm einen säuerlichen Blick zu. «Nimm dir selbst. Ich bin beschäftigt.»

Wexford bediente sich. «Wie schmeckt es denn?» fragte er.

«Danke. Es schmeckt ganz gut, wie Champignons.» Verbissen aß er weiter. Er würgte kein einziges Mal. Er aß restlos auf und wischte die Schüssel mit einem Stück Brot aus. Dann lehnte er sich etwas verkrampft zurück.

«Jetzt können wir den Fernseher ja noch mal anstellen», sagte Wexford. «Das verkürzt die Zeit.» Er schaltete ihn wieder ein. Keine Fliegenpilze diesmal, sondern ein Fuchs, der zu Vivaldiklängen durch eine Wiese streifte. «Wie geht es dir?»

«Gut», sagte Burden düster.

«Dann freu dich doch. Es bleibt vielleicht nicht so.»

Aber es blieb. Auch als fünfzehn Minuten vergangen waren, fühlte Burden sich noch vollkommen wohl. Er machte ein verblüfftes Gesicht. «Dabei war ich mir so sicher. Ich wußte hundertprozentig, daß ich mittlerweile spucken und brechen würde. Ich hab extra den Wagen nicht reingestellt, weil ich überzeugt war, du müßtest mich ins Krankenhaus bringen.»

Wexford hob lediglich die Brauen.

«Du hast es ziemlich leicht genommen, muß ich sagen. Kein Wort, um mich eventuell davon abzuhalten. Hast du nicht daran gedacht, daß es ein bißchen peinlich für dich hätte werden können, wenn mir etwas passiert wäre?»

«Ich wußte, daß nichts passieren konnte. Außerdem riet ich doch zu einem Fungologen.» Und dann lachte Wexford angesichts der betrübten Augen Burdens laut heraus. «Guter alter Mike, du mußt entschuldigen. Aber du kennst mich – glaubst du im Ernst, ich hätte zugelassen, daß du mit diesem Fleiß dein Leben riskierst? Ich wußte, es war ungefährlich.»

«Darf man fragen, woher?»

«Man darf. Und du hättest es auch selbst gewußt, wenn du dir Corinne Lasts Kochbuch mal richtig angesehen hättest. Da stand unter dem Rezept für die geschmorten Schopftintlinge: ‹Dazu passende Getränke siehe Seite 171.› Na, ich hab auf Seite 171 nachgeschaut, und da führt Miss Last ein Rezept für Schlüsselblumenwein und eins für Schlehenlikör auf, beides hochprozentige Getränke. Hätte sie wohl Wein und Likör zu diesen Pilzen empfohlen, wenn damit das geringste Risiko verbunden wäre? Doch keinesfalls, wenn sie daran interessiert war, ihr Buch zu verkaufen. Und keinesfalls, wenn sie nicht Hunderte von bösen Briefen ins Haus bekommen wollte und kostspielige Klagen obendrein.»

Burden war leicht rot geworden. Dann lachte auch er. Nach einer Weile tranken sie Kaffee.

«Ein bißchen logisches Denken wäre wohl angebracht», sagte Wexford. «Du meintest heute morgen, es ginge weniger darum, einen Mord nachzuweisen als vielmehr einen Mordversuch. Axel Kingman könnte seine Frau vom Balkon gestoßen haben, aber niemand sah den Sturz, und niemand sah ihn oder sonst jemanden an dem Nachmittag hinauf in die Wohnung gehen. Wenn aber zwei Wochen davor ein Mordversuch an ihr begangen worden wäre, würde damit die Vermutung, daß sie schließlich einem Mord zum Opfer fiel, enorm erhärtet.»

Ungeduldig sagte Burden: «Soweit waren wir doch schon.»

«Warte nur mal. Der Versuch schlug fehl. Aber wie krank wurde sie denn eigentlich? Nach den Angaben Kingmans und Hoods bekam sie heftige Leibschmerzen und erbrach sich. Um

Mitternacht schlief sie ganz friedlich ein, und am nächsten Tag fehlte ihr nichts mehr.»

«Ich verstehe nicht, worauf du abzielst.»

«Auf einen sehr wichtigen Punkt, der entscheidend für den ganzen Fall sein könnte. Du behauptest, daß Axel Kingman versucht hat, sie zu ermorden. Um das zu erreichen, müßte er alles bis ins Detail vorausgeplant haben – die Verabredung zu dem Essen, die Einladung der beiden Zeugen, die Kostprobe, die seine Frau schon am Morgen vorher von dem Geschmorten aß, und die Vorbereitungen für einen raffinierten Taschenspielertrick bei Tisch. Ist es da nicht verwunderlich, daß der Plan bei der Durchführung dann so entschieden versagt haben soll? Daß Hannahs *Leben* anscheinend gar nicht in Gefahr war? Und was, wenn die Durchführung geglückt wäre? Bei der Obduktion hätte man Gift oder die Wirkung eines Giftes in ihrem Körper festgestellt. Wie hätte er hoffen können, damit durchzukommen, da seine ‹Zeugen› doch letztlich nicht einmal mit ansahen, wie er Hannah auftrug, und einer sogar nicht im Zimmer war?

Deshalb gehe ich davon aus, daß niemand versucht hat, sie zu ermorden, sondern daß jemand *versucht hat,* sie so krank zu machen, daß es, zusammengenommen mit dem unheilvollen Ruf wildwachsender Pilze und der argwöhnischen Abneigung Kingmans gegenüber Ärzten und zusammengenommen mit der als unglücklich bekannten Ehe, *so aussehen mußte, als hätte ein Mordversuch stattgefunden.*»

Burden starrte ihn an. «Das hätte Kingman doch nie getan. Er hätte entweder gewollt, daß sein Versuch gelingt, oder aber, daß gar nichts auf einen Versuch hinweist.»

«Genau. Und wohin führt uns das?»

Anstatt auf die Frage einzugehen, sagte Burden, dem seine Demütigung vielleicht noch nachhing, ein wenig triumphierend: «In einem Punkt irrst du dich: Sie *war* ernstlich krank, sie hatte nicht nur Bauchschmerzen und Brechreiz. Kingman und Hood haben es wohl nicht erwähnt, aber Corinne Last sagte, sie hätte doppelt gesehen und schwarze Flecken vor den Augen gehabt, und...» Seine Stimme stockte. «Mein Gott, du meinst...»

Wexford nickte. «Corinne Last ist die einzige von den dreien, die angibt, sie hätte diese Symptome gehabt. Nur Corinne Last könnte uns sagen, ob es Kingmans Gewohnheit ist, Teller gleich nach dem Abräumen abzuspülen, denn sie hat mit ihm zusammengelebt. Aber was sagt sie? Sie wüßte es nicht. Ist das nicht etwas merkwürdig? Ist es nicht auch etwas merkwürdig, daß sie ausgerechnet diesen Augenblick dazu benutzte, um vom Tisch aufzustehen und im Flur ihre Handtasche zu holen?

Sie wußte, daß Hannah trank, weil Hood es ihr erzählt hatte. An dem Abend, als das Essen stattfand, hat Hood, wie du sagst, sie auf ihren Wunsch hin abgeholt. Weshalb? Sie hat selbst ein Auto, und ich glaube keine Sekunde, daß eine Frau wie sie für Hood viel mehr als Verachtung übrig hat.»

«Sie sagte ihm, an ihrem Wagen sei etwas nicht in Ordnung.»

«Sie bat ihn, um sechs zu kommen, obwohl sie bei Kingman erst um acht erwartet wurden. Sie gab ihm *Kaffee*. Ein seltsames Getränk für diese Zeit und vor einem Essen, meinst du nicht? Was passiert dann auch, als er den Vorschlag macht, unterwegs noch in eine Kneipe zu gehen? Sie sagt nicht nein oder auch nur, es sei nicht gut zu trinken, wenn man fährt. Sie braucht so lange, um sich fertig zu machen, daß sie keine Zeit mehr haben.

Hood sollte keinen Alkohol trinken, Mike, darum ging es ihr, und sie war entschlossen, es zu verhindern. Sie selbst rührte natürlich nichts an, und sie wußte, daß Kingman aus Prinzip nicht trank. Sie wußte aber auch von Hannahs Gewohnheit, nachmittags gegen sechs ihr erstes Glas zu sich zu nehmen.

Jetzt schau dir ihr Motiv an, ein viel stärkeres als das von Kingman. Sie macht auf mich den Eindruck einer hemmungslosen, leidenschaftlichen, entschlossenen Frau. Hannah hatte ihr Kingman weggenommen. Kingman hatte sie zurückgewiesen. Warum sollte sie nicht an beiden Rache nehmen, indem sie Hannah umbrachte und dafür sorgte, daß Kingman wegen Mordes verurteilt würde? Wenn sie Hannah einfach tötete, hätte sie keine Gewähr dafür gehabt, daß Kingman in Verdacht kommen würde. Wenn sie es aber so hinbog, daß es aussah, als hätte er schon einmal nach ihrem Leben getrachtet, würden die Umstände sehr stark gegen ihn sprechen.

Wo war sie letzten Donnerstag nachmittag? Sie könnte geradesogut diese Treppe hinaufgegangen sein wie Kingman. Hannah hätte sie in die Wohnung gelassen. Da sie sich bekanntlich für Gärtnerei interessiert, hätte sie nur zu fragen brauchen, ob Hannah ihr die Topfpflanzen auf dem Balkon zeigen würde, und Hannah hätte es bereitwillig getan. Dann ist da noch das Rätsel um die fehlende Cognacflasche, in der bestimmt noch etwas drin war. Hätte Kingman sie getötet, würde er die Flasche ganz sicher dortgelassen haben, denn sie hätte den Verdacht auf Selbstmord wesentlich erhärtet. Stell dir vor, was er daraus hätte machen können: ‹Meine Frau hatte an dem Abend zuviel getrunken, davon wurde ihr schlecht. Sie wußte auch, daß ich wegen ihres Trinkens meine Achtung vor ihr verloren hatte. Sie brachte sich um, weil ihr Verstand vom Alkohol verwirrt war.›

Corinne Last entfernte die Flasche, damit nicht bekannt würde, daß Hannah trank, und sie setzte darauf, daß Hood es uns verheimlichen würde, wie er es sonst auch für sich behalten hatte. Und zwar durfte es nicht bekannt werden, weil es bei dem fingierten Mordversuch, den *sie* an dem Abend in Szene setzte, darauf angekommen war, daß ihr Opfer Alkohol im Blut hatte.»

Burden seufzte und goß den letzten Rest des Kaffees in Wexfords Tasse. «Aber das haben wir doch ausprobiert», sagte er. «Oder vielmehr, ich hab's probiert, und es funktioniert nicht. Du wußtest schon aus ihrem Buch, daß es nicht geht. Sie hat ihm zwar die Schopftintlinge aus ihrem Garten selbst gebracht, aber sie kann keine giftigen Pilze daruntergemischt haben, denn das hätte Axel Kingman sofort gemerkt, oder wenn nicht, wären sie doch alle krank davon geworden, ob mit Alkohol oder ohne. Sie war vor dem Essen keinen Augenblick mit Hannah allein, und als es aufgetragen wurde, war sie gar nicht im Zimmer.»

«Ich weiß. Aber wir gehen morgen früh zu ihr und stellen ihr noch ein paar Fragen.» Wexford zögerte, dann zitierte er leise: «In etwas Gutem noch Mittel und Wege des Bösen erschauen.»

«Bitte?»

«Das hat sie doch offenbar getan, nicht? Allen ist das Essen gut bekommen, außer Hannah. Auch dir hat es sichtlich nur gutgetan, aber für Hannah war es schlecht. Ich verschwinde jetzt, Mike, es war ein langer Tag. Vergiß nicht, den Wagen reinzustellen. Du machst heute nacht keine Notfahrten zum Krankenhaus mehr.»

Es gelang ihnen nicht, ihre Selbstbeherrschung zu durchlöchern. Das träge Klimtgesicht war an diesem Morgen sorgfältig geschminkt, und ihre Kleidung war ganz der Violinistin, der Schauspielerin und Autorin entsprechend. Der Besuch war ihr angekündigt worden, und sie hatte das Image der Gärtnerin beiseite geschoben. Ihre langen geschmeidigen Hände sahen aus, als hätten sie nie die Erde berührt oder ein Unkraut ausgezupft.

Wo war sie an dem Nachmittag von Hannah Kingmans Tod gewesen? Ihre dichten, wohlgeformten Augenbrauen hoben sich. Daheim, sie hatte im Haus gemalt. Allein?

«Maler arbeiten doch nicht vor Publikum», sagte sie ein wenig überheblich und lehnte sich zurück, wobei sie auf ihre besondere Art die Augendeckel senkte. Sie zündete sich eine Zigarette an, und wie einem Kellner bedeutete sie Burden mit einem Schnippen der Finger, ihr den Aschenbecher zu reichen.

Wexford sagte: «Am Samstag, dem 29. Oktober, war anscheinend mit Ihrem Wagen etwas nicht in Ordnung, Miss Last?»

Sie nickte träge.

Mit der Frage, was denn daran gewesen sei, glaubte er sie fangen zu können. Aber nicht doch.

«Das Glas am rechten Scheinwerfer war eingedrückt worden, jemand hatte ihn gerammt, als er parkte», sagte sie, und obwohl ihm klar war, wie leicht sie das Glas selbst hätte beschädigen können, konnte er das doch kaum sagen. In dem gleichen ruhigen Ton setzte sie hinzu: «Möchten Sie vielleicht die Rechnung von der Reparaturwerkstatt sehen?»

«Das wird nicht nötig sein.» Sie hätte es ihm nicht angeboten, wenn sie die Rechnung nicht besessen hätte. «Sie haben, glaube ich, Mr. Hood damals gebeten, schon um sechs zu Ihnen zu kommen?»

«Ja. Er ist zwar nicht gerade der unterhaltsamste Mensch der Welt, aber ich hatte ihm ein paar Äpfel für seine Mutter versprochen, und die mußten wir pflücken, bevor es dunkel war.»

«Sie servierten ihm Kaffee, aber keinen Alkohol. Auch auf dem Weg zu Mr. und Mrs. Kingman hielten Sie nirgends, um etwas zu trinken. Fanden Sie die Vorstellung von einem Abendessen, wo es nicht mal ein Glas Wein geben würde, nicht ein bißchen ungemütlich?»

«Ich war mit Mr. Kingmans Gewohnheiten vertraut.» Aber doch nicht so vertraut, dachte Wexford, daß sie mir sagen könnte, ob es ungewöhnlich oder normal für ihn war, die Teller vorzuspülen. Ihre Lippen kräuselten sich, was sie ein wenig verriet. «Es störte mich nicht. Ich bin keine Sklavin des Alkohols.»

«Ich möchte noch einmal auf diese Schopftintlinge zurückkommen. Sie haben sie am 28. Oktober hier gepflückt und am Abend dann zu Mr. Kingman gebracht. War das so?»

«Genau so. Ich habe sie hier im Garten gepflückt.»

Sie betonte die Worte und sah ihn aus weitgeöffneten Augen dabei aufrichtig an. Die Worte, vielleicht aber auch ihre ungewohnte Geradheit ließen eine Idee in ihm aufkeimen. Hätte sie jedoch nichts weiter gesagt, wäre der Gedanke vielleicht so schnell wieder verschwunden, wie er aufgekommen war.

«Wenn Sie sie untersuchen oder prüfen lassen wollen, kommen Sie leider ein bißchen spät. Ihre Zeit ist praktisch schon vorbei.» Sie schaute zu Burden und bedachte ihn mit einem anmutigen Lächeln. «Aber Sie haben sich ja gestern die letzten geholt. Dann haben Sie ja welche.»

Natürlich sagte Wexford nichts von Burdens Selbstversuch. «Wir werfen noch mal einen Blick in Ihren Garten, wenn es Ihnen recht ist.»

Sie schien nichts dagegen zu haben, doch sie hatte sich geirrt. Die meisten der Pilze waren in den verstrichenen vierundzwanzig Stunden schon zu schwarzgerippten Pagoden geworden. Aber zwei neue hatten ihre weißlichen Schöpfe durch das nasse Gras gestreckt. Wexford las sie auf, und auch das schien Corinne nicht zu stören. Weshalb hatte sie dann aber so offenkundig gehofft, daß ihre Zeit vorüber wäre? Er dankte ihr, und sie ging zurück ins Haus. Die Tür schloß sich. Wexford und Burden traten hinaus auf die Straße.

Die Pilzsaison war alles andere als vorbei. Nach dem stattlichen Aufgebot am Wegrand zu urteilen, sah es aus, als würde sie noch Wochen andauern. Überall wuchsen Schopftintlinge, darunter manche kleiner und grauer als die Saat, die aus Corinnes gutgedüngtem Rasen sproß. Man sah grüne und rote Blätterpilze, hornförmige Schwämme und Hexenringe von winzigen Feldchampignons.

«An sich hat sie gegen eine Analyse wohl nichts einzuwenden», sagte Wexford nachdenklich, «aber es scheint ihr lieber zu sein, wenn man die untersuchte, die du gestern mitgenommen hast, als die von heute. Kann das stimmen, oder bilde ich es mir nur ein?»

«Wenn du es dir einbildest, müssen wir's uns beide einbilden. Aber die Überlegung ist müßig. Wir wissen doch, daß ihre Verträglichkeit, oder wie man das nennen will, durch Alkohol nicht beeinträchtigt wird.»

«Ich werde trotzdem noch ein paar aufsammeln», sagte Wexford. «Hast du vielleicht eine Tüte dabei?»

«Ich habe ein sauberes Taschentuch. Tut es das auch?»

«Muß ja», sagte Wexford, der nie ein sauberes hatte. Er las noch ein Dutzend junger Schopftintlinge auf, große und kleine, weiße und graue, schon ausgewachsene und unreife. Sie stiegen wieder in den Wagen, und Wexford wies den Fahrer an, an der Stadtbibliothek zu halten. Er ging hinein und kam Minuten später mit drei Büchern unter dem Arm wieder heraus.

«Wenn wir zurückkommen», sagte er zu Burden, «ruf bitte mal die Universität an und erkundige dich, ob sie uns nicht einen Experten für Fungilogie anzubieten haben.»

Er vergrub sich mit den drei Büchern und einem Kännchen Kaffee in seinem Büro. Als es auf Mittag zuging, klopfte Burden an die Tür.

«Komm rein», sagte Wexford. «Was hast du erfahren?»

«Ist nichts mit Fungilogen oder Fungologen», sagte Burden mit überlegener Strenge. «*Mykologen* nennt man die Leute, und sie haben keinen. Aber es gibt einen Toxikologen an der Fakultät, der gerade so ein populärwissenschaftliches Buch herausgebracht hat. Und zwar eins über Vergiftungen durch Wildpflanzen und Pilze.»

Wexford grinste. «Wie heißt es denn? *Kostenlos killen?*»

«Ich sagte, um sechs würden wir ihn aufsuchen. Hoffentlich kommt dabei auch was heraus.»

«Davon bin ich überzeugt.» Wexford klappte das dickste der drei Bücher zu. «Wir brauchen noch eine Bestätigung, aber ich habe die Lösung gefunden.»

«Herrgott noch mal! Warum sagst du das nicht gleich?»

«Du hast nicht gefragt. Setz dich mal.» Wexford wies mit einer Handbewegung auf den anderen Stuhl am Schreibtisch. «Du hattest dich wohl mit der Materie befaßt, Mike, sogar in mehr als einer Form, nur war dein Fachbuch nicht umfassend genug. Es enthält einen Teil über Speisepilze und einen über Giftpilze – *aber was dazwischenliegt, fehlt*. Das heißt, in deinem Buch steht nichts über Pilze, die zwar nicht eßbar sind, aber auch keine tödlichen oder gefährlichen Vergiftungen bewirken. Die Sorten, die beispielsweise nur unter bestimmten Umständen unverträglich sind, werden nicht erwähnt.»

«Wir wissen aber doch, daß sie Schopftintlinge gegessen haben», protestierte Burden. «Und falls du mit den ‹bestimmten Umständen› Alkoholgenuß meinst, der spielt bei Schopftintlingen doch nun mal keine Rolle.»

«Mike», sagte Wexford ruhig, «wissen wir tatsächlich, daß es Schopftintlinge waren?» Er breitete den Fang, den er vom Straßenrand und aus dem Garten Corinne Lasts gefischt hatte, auf dem Schreibtisch aus. «Sieh dir die mal genau an, ja?»

Nun doch einigermaßen verwirrt, betrachtete und betastete Burden das runde Dutzend Pilze, das vor ihm lag. «*Wonach* soll ich denn sehen?»

«Nach Unterschieden», sagte Wexford lakonisch.

«Manche sind kleiner als die andern, und die kleineren sind eher grau. Meinst du das? Aber denk doch nur mal, wie verschieden Champignons sein können. Da gibt es große flache Hüte und kleine dicke Knollen und –»

«Trotzdem, in diesem Fall ist es der kleine Unterschied, auf den alles ankommt.» Wexford sortierte die Pilze in zwei Hälften. «Die kleinen graugetönten», sagte er, «kommen alle vom

Wegrand. Von den größeren und weißen kommen einige aus Corinne Lasts Garten und einige vom Wegrand.»

Er nahm eines der grauen Exemplare zwischen Daumen und Zeigefinger. «Das hier ist kein Schopftintling, es ist ein Faltentintling. Und jetzt hör zu.» Das dicke Buch öffnete sich an der Stelle, wo er ein Lesezeichen hineingelegt hatte. Langsam und deutlich las er: «*Der Faltentintling,* Coprinus atramentarius, *ist nicht zu verwechseln mit dem Schopftintling,* Coprinus comatus. *Er ist kleiner und grauer in der Farbe, doch im übrigen sehen sich beide sehr ähnlich. Der* Coprinus atramentarius, *im gekochten Zustand zwar für gewöhnlich harmlos, enthält eine chemische Substanz, deren Wirkung den Aktivstoffen in* Antabus *entspricht, einem Medikament, das als Aversionstherapie bei Alkoholikern eingesetzt wird; der Verzehr in Verbindung mit Alkohol führt zu Unwohlsein, Übelkeit und Erbrechen.*»

«Beweisen werden wir es nie.»

«Das sei dahingestellt», sagte Wexford. «Für den Anfang können wir uns auf die eine greifbare Lüge konzentrieren, die Corinne Last uns erzählt hat – die Lüge, sie hätte die Pilze, die sie Axel Kingman gab, *in ihrem eigenen Garten* gepflückt.»

Zu den Autoren und ihren Figuren

Joan Aiken (1924–) tritt mit ihren exzellenten Kurzgeschichten voll psychischen Terrors und makabren Humors in die Fußstapfen ihres allseits verehrten Vaters, Conrad Aiken. Zu «Likör» wurde sie von ihrem Bruder inspiriert, einem Chemiker, welcher, nach ihrer Aussage, selbst einen einzigartigen Wein «von ungewöhnlicher Stärke» kelterte. Die Geschichte wurde auch verfilmt.

Leser, die das Werk von **Kingsley Amis** (1922–1995) kennen, wissen um seine Fachkenntnisse über Weine und Spirituosen, die in Romane wie *On Drink* und *How's Your Glass?* Eingang gefunden haben. Auch in seinen Kurzgeschichten spielt Alkohol häufig eine Rolle. Vor kurzem wurde Amis in der Zeitung *The Independent* als «Meister der komischen Katerstimmung und überzeugter Nicht-Abstinenzler» bezeichnet. Er ist außerdem der Erfinder eines Sub-Genres, das sich «SF-Drink» nennt. Dabei handelt es sich um eine Serie von Geschichten über Zeitreisen, in denen Forscher sich in die Zukunft begeben, um herauszufinden, was aus den englischen Trinkgewohnheiten geworden ist. In einer dieser Geschichten, *«The 2003 Claret»*, entdeckt der Zeitreisende, daß die Mitglieder der Arbeiterklasse zu exquisiten Weinkennern avanciert sind, während die Trendsetter der Oberschicht vorzugsweise finstere Kaschemmen frequentieren, wo sie Bier trinken und drei Tage alte Käsebrötchen verzehren. Auch «Die Freunde des Fusels» gehört zu den «SF-Drinks»; aus den «Connaisseurs» sind bloße «Konnäzers» geworden...

Robert Bloch (1917–) wurde als Autor von *Psycho* (1959) berühmt, dem Roman, der Alfred Hitchcock als Vorlage für den vermutlich populärsten Horrorfilm aller Zeiten diente. Davon abgesehen ist Robert Bloch einer der meistbeachteten Verfasser von Horrorkurzgeschichten. Vom Gruselschocker bis zum Galgenhumor beherrscht er alles. Selbst den alltäglichsten Dingen gewinnt er eine schaurige Seite ab. Auch «Eine Flasche Gin» ist gefärbt von Blochs Vorliebe fürs Übersinnliche und für schwarzen Humor.

Christianna Brand (1907–) gehört zur Champagner-Liga der Krimi-Autoren; ein Lob, das ihr vor einigen Jahren von Anthony Boucher zuteil wurde: «Man muß schon nach den besten der großen Namen wie Agatha Christie, John Dickson Carr und Ellery Queen Ausschau halten, um, was die Raffinesse in diesem Genre betrifft, Ebenbürtige für Brand zu finden.» Sie besitzt etliche Auszeichnungen der *Mystery Writers of America* und wurde 1984 als die «Grand Lady des britischen Kriminalromans» gepriesen.

Alkohol spielt in etlichen Abenteuern des «Heiligen», auch als Simon Templar bekannt, aus der Feder von **Leslie Charteris** (1907–1993) eine Rolle; dieser war selbst ein Liebhaber großer Weine und Spirituosen. In einem seiner frühen Abenteuer beschreibt der «Heilige» seinen Lebenszweck folgendermaßen: «Schlicht und ehrenhaft, so mag ich es – Kampf, Mord, ein unverhoffter Tod, genug gutes Bier und Damen in Not.» Mit wachsendem Ruhm wurde auch der Gaumen dieses modernen Robin Hood zunehmend heikler, und man erlebte ihn häufiger mit einem Glas Wein, Scotch oder Champagner in der Hand als mit einem Glas Bier. Das trifft vor allem auf jene Zeit zu, als seine Abenteuer mit dem weltmännischen Roger Moore fürs Fernsehen verfilmt wurden.

Alfred Edgar Coppard (1878–1957) war, nach eigenen Angaben, «einem Glas guten Biers sehr geneigt», und abgesehen davon, daß er in seinem Haus im Dorf Dunmow in Essex sein eigenes Bier braute, scheute er auf der Suche nach einem «besseren

Bier» weder Weg noch Mühe. Coppard gilt als einer der vollendetsten Kurzgeschichtenautoren seiner Zeit, mit einer Vorliebe für das Leben auf dem Land und seine Sitten und Gebräuche. In «Himmlisches Bier» (1952) verbindet er auf eine sehr eigene Art schriftstellerisches Können und Lokalkolorit.

Zwei Überraschungen erwarteten den Besucher stets in **Roald Dahls** (1916–1990) Haus in Great Missenden in Buckinghamshire – vom hünenhaften, dominierenden und streitbaren Autor selbst einmal abgesehen. Eine war der merkwürdige, gelbliche, reichlich eklige Gegenstand, den man in einem Glas schwimmend auf einem kleinen Tisch im Wohnzimmer bewundern konnte – die Bandscheibe des Hausherrn, Souvenir einer Operation –, die andere war sein Keller, in dem er beneidenswerte 3000 Flaschen Spitzenweine lagerte. Dahl war nicht nur einer der genialsten Verfasser makabrer Geschichten in diesem Jahrhundert, sondern vermutlich auch der beliebteste Kinderbuchautor der Welt. Seine Geschichten lieferten die Vorlage zur amerikanischen Fernsehserie *«Way Out»* Anfang der sechziger Jahre, die er selbst moderierte, und für die in Großbritannien produzierten *«Tales of the Unexpected»*. Ein Highlight dieser Serie war die 1980 verfilmte Geschichte «Geschmack».

Stanley Ellin (1916–1986) wird im selben Atemzug genannt wie Sir Arthur Conan Doyle und Dashiell Hammett. Er ist Autor mehrerer Romane, die verfilmt wurden, wie zum Beispiel *Von allem das Beste (1964)* und *Kartenhaus (1968)*. Darüber hinaus stammt auch eine ganze Anzahl überdurchschnittlich guter Kurzgeschichten von ihm, wie «Die Spezialität des Hauses», für die er 1954 den Edgar der *Mystery Writers of America* erhielt. Ellery Queen nannte «Nagelprobe mit einem Toten» eine «Spitzengeschichte über Spitzenwein».

Michael Gilbert (1912–) gilt als einer der besten Nachkriegsautoren von Detektivgeschichten. Er hat neben seiner Anwaltspraxis Hunderte von Kurzgeschichten verfaßt, von denen viele den unerschütterlichen Detective Sergeant Patrick Petrella als Protagonisten haben. Gilberts Kenntnisse über Recht, Gesetz und Wein finden in nicht geringem Maß Eingang in «Das Einkommensteuergeheimnis», in dem sich die geradezu dickenssche Figur des Mr. Portway als ein Mann erweist, der Nase und Gaumen eines Gourmets und die Gerissenheit eines Verbrechers besitzt.

Die Wirkung von Edgar Allan Poes Kurzgeschichte «Das Faß Amontillado» hat bei Lesern wie Autoren bis zum heutigen Tag einen nachhaltigen Eindruck hinterlassen, und es gibt solche, die sagen, sie könnten nie ein Glas dieses strohfarbenen, halbtrockenen Sherrys trinken, ohne an Poes schaurige Geschichte zu denken. Zu diesen Autoren gehört auch **John Jakes** (1932–), der seine Karriere mit Science-fiction- und Fantasy-Geschichten begann und in den vergangenen zehn Jahren mit seinen Romanen über die amerikanische Vergangenheit zum Bestsellerautor wurde. Jahrelang, so sagt er von sich, habe ihn Poes Geschichte von Montresor und Fortunato, «die klassische Horrorgeschichte schlechthin», geradezu verfolgt, und er war entschlossen, eine Folgegeschichte zu schreiben.

Berühmt als einer der größten Erzähler dieses Jahrhunderts, schöpfte **William Somerset Maugham** (1874–1965), Meister der Kurzgeschichte, aus Abenteuern auf seinen Weltreisen, den Erlebnissen als Geheimagent in beiden Weltkriegen und aus seiner Menschenkenntnis. Alkohol spielte in vielen seiner besten Romane und Theaterstücke eine große Rolle und steht auch im Mittelpunkt von «Vor der Party», einer Geschichte aus dem Fernen Osten, wo er ebenfalls etliche Jahre gelebt hatte.

Tokajer, der süßliche, schwere Wein mit dem unverwechselbaren Aroma aus der ungarischen Stadt Tokaj, gehörte zu den bevorzugten Getränken von **Alan Alexander Milne** (1882–1956), berühmt durch seine Geschichten über *Pu den Bären* und Christopher Robin. Milne war einer der führenden Satiriker seiner Zeit (seine Beiträge erschienen über viele Jahre in *Punch*) und verschrieb sich ganz der Kriminalliteratur. Sein Roman *The Red House Mystery* aus dem Jahr 1922 setzte neue Maßstäbe und wurde von Alexander Woollcott als «eine der drei besten Kriminalgeschichten aller Zeiten» gelobt. Sein Theaterstück *The Perfect Alibi* (1928) war sowohl in London als auch am Broadway ein Erfolg. Darüber hinaus schrieb er etliche Kurzgeschichten, darunter «Das Weinglas».

Es gibt wenige Erzählungen, die den Absinth, diesen ungewöhnlichen Branntwein aus Wermut, der seit jeher im Ruch des Exotischen und Gefährlichen steht, so faszinierend darstellen, wie dies in «Bei einer Flasche Absinth» des amerikanischen Schriftstellers **William Chambers Morrow** (1853–1923) geschieht. Sein Ruf gründet sich auf eine einzige Kurzgeschichtensammlung, die den seltsamen Titel *The Ape, the Idiot and Other People* trägt und 1897 veröffentlicht wurde. Morrow starb unter nie geklärten Umständen in San Francisco an den Folgen seiner Trunksucht.

Barry Perowne (1908–) läßt in seiner Geschichte «Raffles und die Operation Champagner» einen Helden wiederauferstehen, der als der «beste Einbrecher in der Geschichte der Gaunerei» bezeichnet wurde. Vor über hundert Jahren in *The Amateur Cracksman* von Ernest William Hornung (1866–1921) erschaffen, blieb Raffles nicht nur als Buchfigur, sondern auch als Leinwandheld beliebt, den zahlreiche bekannte Filmstars wie John Barrymore, Ronald Colman und David Niven verkörperten. Kritiker sind der Meinung, Perowne habe Hornungs Original in seiner Kriminalserie noch übertroffen.

Vielleicht eine der besten Geschichten, in denen Mord und Alkohol eine Symbiose eingehen, ist «Das Faß Amontillado» von **Edgar Allan Poe** (1809–1849). Poe, der als Meister des subtilen Horrors gilt, schrieb kaum eine bessere Erzählung, in der gleichzeitig sein persönlicher Hang zum Alkohol zum Ausdruck kommt, eine Sucht, die letztendlich zu seinem frühen Tod führte.

Der amerikanische Amateurdetektiv **Ellery Queen**, dessen Name seinen geistigen Vätern gleichzeitig als Pseudonym dient, wurde stets als ein ungewöhnlich belesener, gebildeter, aber reichlich blasierter junger Mann beschrieben, Eigenschaften, die ihn allgemein als «logischen Nachfolger von Sherlock Holmes» erscheinen lassen. Die beiden Autoren, die sich hinter dem Pseudonym verbergen, Frederic Dannay (1905–) und Manfred Lee (1905–1971), machten Ellery Queen sowohl als Romanfigur als auch als Aushängeschild eines New Yorker Magazins berühmt, in dem seit 1941 Kriminalliteratur vom Feinsten veröffentlicht wird. Beide Herren feierten jeden Erfolg in ihrer ungewöhnlichen Karriere stets gemeinsam bei einer Flasche Château d'Yquem. Kein Wunder also, daß dieser Spitzenwein im Mittelpunkt von «Der Fall der verräterischen Flasche» steht.

Ruth Rendell (1930–), eine der beliebtesten Krimiautorinnen, lebt in East Anglia, der Heimat etlicher hervorragender Biersorten und einiger der gemütlichsten Gasthöfe des ganzen Landes. Nach eigener Aussage wurde sie von Georges Simenons Büchern inspiriert. Daher überrascht es kaum, daß Chief Inspector Wexford, wie Maigret, genau weiß, wie hilfreich Kenntnisse auf dem Gebiet des Alkohols bei der Lösung von Kriminalfällen sein können, oder daß beide Männer stets versuchen, ein Psychogramm des Verbrechers zu erstellen, dem sie auf der Spur sind, indem sie seine kleinen Schrullen analysieren. «Die Wege des Bösen» vereinigt beide Elemente zu einer Geschichte über einen genialen Giftmord, der Wexfords Kombinationsvermögen auf eine harte Probe stellt.

Die Figur des Privatdetektivs und Anwalts John J. Malone, dessen Leidenschaft eher dem Whisky als der Jurisprudenz gilt, schuf **Craig Rice** (Pseudonym für Georgiana Ann Randolph, 1908–1957) während des Zweiten Weltkriegs. G. A. Randolph war eine ehemalige PR-Assistentin und Radioreporterin. Eine Zeitlang verfaßte sie in Hollywood Drehbücher, lebte jedoch hauptsächlich in Chicago. Die Geschichten mit Malone waren zweifellos die erfolgreichsten ihrer Kriminalromane, obwohl sie auch als Ghostwriterin von zwei beliebten Mordgeschichten des Filmstars Gypsy Rose Lee, *The G-String Murders* (1941) und *Mother Finds A Body* (1942), noch in guter Erinnerung ist. Auch nach ihrem Tod blieben zwei Rätsel um ihre Person unaufgeklärt: der Ursprung ihres Pseudonyms und wie oft genau sie verheiratet war – unterschiedliche Quellen nennen vier bis sieben Ehemänner. John J. Malone hätte ein Geheimnis dieser Art mit Sicherheit gereizt.

Dorothy L. Sayers (1893–1957) wird von vielen als die «Königin der Kriminalliteratur» betrachtet. Zu Lebzeiten galt sie unter Freunden als eine hervorragende Sherrykennerin. In ihrer Zeit als Werbetexterin in einer der größten Werbeagenturen Londons prägte sie den berühmten Slogan «Guinness ist gut für dich», mit dem heute noch geworben wird. Zwei ihrer Romanfiguren teilen ihre Vorliebe für erlesene Alkoholika: der Amateurdetektiv Lord Peter Wimsey und der Weinhändler Montague Egg, der, je nach Bedarf, auch als Privatdetektiv agiert.

Lord Peter Wimsey, der geistreiche und aristokratische Amateurdetektiv, wird vermutlich nur noch von Sherlock Holmes als Londons (wenn nicht sogar als Englands) berühmtestem Detektiv übertroffen. Er mag der größte Weinkenner unter allen literarischen Figuren sein, die Verbrechensbekämpfung auf ihr Schild geschrieben haben – ja, man sagte von ihm: «Ist es nicht hinlänglich bekannt, daß Lord Peter einen Gaumen für Wein besitzt, der in Europa seinesgleichen sucht?»

Georges Simenons (1903–1989) Kommissar Jules Maigret ist sicher der Detektiv, den man aufgrund seiner Vorliebe für Weine und andere Spirituosen am ehesten mit Alkohol assoziiert. Wie allgemein bekannt, führt er seine Ermittlungen häufig in Bars und Cafés durch, wobei er normalerweise Faßbier oder Calvados trinkt, obwohl er zum Abend- oder Mittagessen eher Wein, Pernod oder einen Aperitif wählt. Maigret ist am erfolgreichsten und entwaffnendsten, wenn er Verdächtigen bei ein oder zwei Drinks auf den Zahn fühlt. Er löst seine «Fälle» nicht durch Logik, sondern durch intuitive Einfühlung in Zusammenhänge, Situationen und Mentalitäten, die auch die seinen sind und die auch Simenon aus der eigenen Lebensgeschichte vertraut waren. Eine heimliche Solidarität mit den Schuldigen – hin und wieder läßt Maigret einen durch die Maschen schlüpfen – hat hier ihre Wurzeln.

Quellenverzeichnis

Joan Aiken, «Likör» (Marmelade Wine), aus: *Dolly Dolittle's Crime Club Band 1*, Copyright © 1971 by Diogenes Verlag AG, Zürich. Übersetzt von Günter Eichel.
Kingsley Amis, «Die Freunde des Fusels» (The Friends of Plonk), aus: *Murder by the Glass.*
Robert Bloch, «Eine Flasche Gin» (A Bottle of Gin), aus: *Murder by the Glass.*
Christianna Brand, «Auf die Witwe» (To the Widow), aus: *Murder by the Glass.*
Leslie Charteris, «Der Schmuggler mit der weißen Weste» (The Unblemished Bootlegger), aus: *Murder by the Glass.*
A. E. Coppard, «Himmlisches Bier» (Ale Celestial?), aus: *Murder by the Glass.*
Roald Dahl, «Geschmack» (Taste), aus: *... und noch ein Küßchen*, Copyright © 1963 by Rowohlt Verlag GmbH, Reinbek. Übersetzt von Hans Heinrich Wellmann.
Stanley Ellin, «Nagelprobe mit einem Toten» (The Last Bottle in the World), aus: *Nagelprobe mit einem Toten*, Copyright © by Stanley Ellin. Copyright der deutschen Übersetzung by Scherz Verlag, Bern und München. Übersetzt von Helma und Michael Koser.
Michael Gilbert, «Das Einkommensteuergeheimnis» (The Income Tax Mystery), aus: *Murder by the Glass.*
John Jakes, «Die Öffnung der Krypta» (The Opener of the Crypt), aus: *Murder by the Glass.*
W. Somerset Maugham, «Vor der Party» (Before the Party), aus: *Vor der Party*, Copyright © 1972, 1976 by Diogenes Verlag AG, Zürich. Übersetzt von Kurt Wagenseil.
A. A. Milne, «Das Weinglas» (The Wine Glass), aus: *Murder by the Glass.*
W. C. Morrow, «Bei einer Flasche Absinth» (Over an Absinthe Bottle), aus: *Murder by the Glass.*
Barry Perowne, «Raffles und die Operation Champagner» (Raffles and Operation Champagne), aus: *Murder by the Glass.*
Edgar Allen Poe, «Das Faß Amontillado» (The Cask of Amontillado), übersetzt von Hedda Eulenberg.
Ellery Queen, «Der Fall der verräterischen Flasche» (The Adventure of the Telltale Bottle), aus: *Murder by the Glass.*

Ruth Rendell, «Die Wege des Bösen» (Means of Evil), aus: *Die Wege des Bösen*, Copyright © 1991 by Rowohlt Taschenbuch Verlag GmbH, Reinbek. Übersetzt von Malte Krutzsch.

Craig Rice, «Ein trockener Highball» (Wry Highball), aus: *Murder by the Glass*.

Dorothy L. Sayers, «Bittere Mandeln» (Bitter Almonds), aus: *Feuerwerk*, Copyright © 1939 by Anthony Fleming. Copyright der deutschen Übersetzung by Scherz Verlag, Bern und München. Übersetzt von Maria Meinert.

Dorothy L. Sayers, «Eine trinkfeste Frage des guten Geschmacks» (A Matter of Taste), aus: *Der Mann mit den Kupferfingern*, Copyright © 1982 by Rowohlt Verlag GmbH, Reinbek. Übersetzt von Otto Bayer.

Georges Simenon, «Die Versteigerung» (Vente à la bougie), aus: *Meistererzählungen*, Copyright © 1980 by Diogenes Verlag AG, Zürich. Übersetzt von Linde Birk.

Murder by the Glass ist 1994 bei Souvenir Press Ltd., London, erschienen. Die daraus entnommenen Geschichten wurden übersetzt von Christine Frauendorf-Mössel.